KB165980

해금을 넘어서 복원과 공존으로

# 해금을 넘어서
# 복원과 공존으로

평화체제와 월북 작가 해금의 문화정치

김성수 · 천정환 엮음

역락

2022년, 한반도를 둘러싼 남북한과 미중일 등 정세가 급변하고 있다. 한반도적 관점에서 볼 때 분단·냉전체제의 완강한 구심력과 평화체제를 염원하는 미래지향적 활력이 날로 부딪치는 형국이다. 이에 평화체제 도정의 남북관계 복원을 위한 문화사적 의제를 우리 사회, 학계에 선도적으로 제시할 때라고 생각한다. 특히 1948년의 분단과 1950년의 전쟁 이후 한반도 지성사의 인위적 분단과 지역적 재편에 대한 발본적 재조명이 필요한 시점이 되었다. 이를테면 분단과 전쟁으로 인한 '월북' 작가의 '해금'(1988)과 이후 30여 년간 전개된 우리 사회와 학계의 지성사·문화사적 변모를 정리할 수 있다. 이제는 누구누구가 월북했고 누구누구는 월북자 아닌 납북, 재북이니 구별해야 하고 누구누구는 숙청되었더라는 식의 전근대적인 사고방식에서 근본적으로 벗어나야 한다. 월북이란 단죄, 연좌제 같은 낙인찍기 식의 공안통치 개념을 해체, 극복하고 '분단 피해자의 정치적 복권 및 문화적 해원(解冤), 신원(伸冤)'으로 프레임을 전환하는 것도 가능하다.

이 책은 바로 이러한 문제의식을 가지고 기획한 '월북 작가 해금 30주년 재조명' 학술모임에서 발표한 관련 학계의 성과를 모은 것이다. 엮은이가 문화적 분단체제와 냉전의식을 처음부터 다시 살펴보자고 기획했던 것이 '해금 재조명'이란 키워드였다. 주지하다시피 해금을 다시 보자는 학술적 화두는 2018, 9년 4.27 및 9.19 남북정상회담과 6.12 북미정상회담 등 평화체제 '특수'와 절묘하게 맞아 떨어진 화답이 되었다. 실제로는 남북문학예술연구회, 인문학협동조합, 구보학회 등이 주최한 학술회의 발표문과 『구보학보』, 『반교어문연구』, 『상허학보』의 특집 논문을 수정 보완한 것이다.

이 책은 제1부 문화사·지성사 논문 7편, 제2부 문학사·작가론 논문 6편 등 13편의 기획으로 구성되었다. 1부 총론격인 글에서 김성수는 '납·월북 작가 해금 조치'(1988) 30년을 맞아 '월북' '해금'이란 개념을 해체하고 대안으로 월북이든 월남이든 분단 피해자의 문화정치적 복권이란 개념을 제안한다. 냉전체제·분단체제가 강제한 공안통치적 배제·숙청이라는 '뺄셈의 문학사' 프레임에서 벗어나 평화체제를 지향하는 '통합과 포용의 문화사'로 의제를 전환하자는 것이다. 천정환은 한국 냉전문화의 역사와 극복 방법을 4.27 판문점선언과 6.12 북미회담 전후 통일·평화 담론의 전변과정에서 살피고 있다. 통일 당위론의 해체 극복과 평화 담론과의 병행 가능성을 모색한다. 남북이 식민화와 세습독재를 피하면서도 각각 사회적 민주주의와 민주적 사회주의로 나아가는 과정과 평화체제, 국가연합을 이루는 과정이 서로 다른 과정이어서는 안 된다고 주장한다.

이봉범은 납·월북 작가 해금 조치의 자세한 경과를 살펴본 후 월북이란 의제를 분단이데올로기를 넘어서려는 통일 민족문학(사)로의 진전을 가로막는 냉전프레임의 망령, '내부냉전'으로 규정한다. 해금과 국가보안법의 모순구조 타파, 즉 월북 작가의 사상적·정치적 복권은 문학예술뿐만 아니라 우리 사회의 냉전프레임의 미망을 극복하는 과제라는 것이다. 이철호는 해금 이후 90년대 학술장의 변동을 비판적으로 리뷰한다. 해금과 북한을 학술장에 끌어들이자 내재적 발전론과 단절되고 '리얼리즘의 축복'이 더 이상 축복이 아니며 모더니즘을 포함한 근대성 담론의 전유가 일반화된 것이다. 이제 리얼리즘, 북한문학, 통일문학이 더 이상 특권화될 수 없게 되었다는 점을 날카롭게 지적한다.

정종현은 납월북 작가 해금이 문학사뿐만 아니라 학술과 지식장 전체에 변화를 가져왔다고 전제하고 '해금' 전후 1980년대 금서의 전체상을 재구성한다. 특히 박정희 유신 정권기의 정치 이면사를 다룬 금서에 주목하여 그들을 유신 정권의 도덕적 타락과 관련된 일종의 정치 포르노로 해석한다. 허민은 '해금(1988)'이라는 조치의 성격을 '문학문화의 재구조화'라는 역사적이면서도 문화사적인 맥락 안에서 파악하고, 이를 통해 냉전 이데올로기의 해체 및 북한·통일 문제에 대한 역사 인식의 전환, 한반도 정치 지형의 변화 등이 연동됐던 '항쟁 이후'라는 시간의 중층적 성격과 탈냉전적 문화사 인식의 지평에 관해 탐구한다.

한상언은 영화인의 월북을 이유로 영화 상영이 금지된 1940년대 후반부터 일제강점기 제작된 조선영화가 발굴되기 시작한 2000년대 중반까지를 중심으로 월북 영화인과 해금에 관해 되짚어 본다. 문제는 발굴된 영화가 대부분 일제 말기 영화라서 월북 문제보다 친일 문제로 지적받는데, 이는 친일문제라는 보다 민감한 부분도 있지만 월북 영화인과 북한 영화에 대한 무지에서 빚어진 결과라고 파악한다. 현재 월북 영화인에 대한 연구는 시작단계로 북한영화 연구와 함께 진행되는 수준이기 때문이다.

2부 총론격인 글에서 유임하는 해금 조치 30년을 넘긴 현재까지도 납북, 월북 문인들의 사상적 복권은 유보된 채 몇몇 문인들의 해방 이전 작품들만 유통되는 경향을 비판한다. 해금 조치의 불구성은 북한문학과 통일문학에 대한 통합적 시각과 연구 붐이 불과 10년을 넘기지 못하고 퇴조한 점에서도 잘 확인된다. 다만 우리 문학의 근대성 재검토, 재월북 문인과 북한문학, 통일문학사와 관련된 문학사적 복원 노력을 지속해 왔던 점을 간과해선 안 된다고 주장한다. 김미지는 1988년 발표된 월북 문인 해금이라는 사건의 '이면'을 두 상징적 사건을 중심으로 탐구한다. 정지용 아들이 '아버지는 월북이 아닌 납북'임을 증명하기 위해 벌인 싸움이 공안 정국에서 어떤 정치성을 가지는지 고찰하고, 출판사 사계절이 해금 이전에는 '불온문서'였고 해금 이후에는 '해적판'으로 몰린 소설 『임꺽정』을 복권하기 위한 노력을 추적한다. 이를 통해 민주화 이후의 민주주의, 불화의 소멸 이후의 민주주의를 사고하는 데 하나의 가능성을 열었다는 점을 지적한다. 장문석은 1985~1989년 시기 월북 작가의 해금과 작품집 출판을 최대한 전수 조사한다. 그 결과 월북 작가의 실제 작품집 출판이 해금의 시간과 어긋나는 경우가 적지 않음을 발견한다. 이 점에서 정부의 공식적인 '해금'과 어긋나는 시간, 주체, 사건이 존재한다는 것을 확인할 수 있다. 1988년 정부의 공식 해금 조치에 맞서서 출판사, 비평가·연구자, 독자의 상호작용과 문화적 실천이 해금 전후 1985-1989년에 있었음을 실증적으로 검토한다.

월북 작가, 작품론은 세 편이다. 오태호는 월북 작가 홍명희의 역사소설 『임꺽정』 연구사를 남북한 학계 전체로 확대 검토한다. 그 결과 남북한 학계의 역사소설에 대한 인식 차이가 분명 존재하지만 『임꺽정』 자체가 남북 공통의 문학적 자산에 해당하는 원천 텍스트임을 확인할 수 있게 한다. 정우택은 월북 시인 이용악의 러시아 연해주를 배경이나 제재로 한 시에 주목한다. 이용악에게 만주가 관찰의 장소였다면, 연해주는 생계를 위해 월경했던 생활의 현장이기에, 그의 '북방 시'는 분단 극복의 심상이자 냉전체제를 돌파하여 평화 연대의 시대를 열어 밝히는 문학적 자산이 될 수 있다고 주장한다. 고자연은 1957~1960년에 발표된 월북 작가 한설야의 아세아·아프리카 관련 기행문을 분석하여 제3세계에 대한 그의 인식 형성·변화를 고찰한다. 북한을 대표하는 문화사절로서 한설야의 행보는 제3세계의 반제국주의, 반식민주의를 표방하지만 평화라는 키워드에 맥이 닿아있다고 볼 수 있다.

이상에서 요약했듯이 이 책은 70년 냉전 문화사, 문학사를 해체하고 대안을 찾는 중간 이정표이다. 우리 학계가 1988년 이후 30년동안 이룩된 지적 성과를 근현대 문학·문화·지성사의 복원과 새로운 문화정치/지식사회학 프레임으로 포착한 셈이다. 그 구체적 사례로 내부 냉전의 해체와 남북한 문학장에서 한때 배제 실종되었던 재·월북 작가의 복권과 작품의 복원 및 정전화 문제를 천착한다. 이를 통해 분단·냉전체제를 끝내고 평화체제를 정착시키는 데 지성사적 문화사적 기여를 할 것으로 기대한다.

끝으로 이 책을 준비하는 데 도와주신 남북문학예술연구회, 인문학협동조합, 구보학회 여러분들, 특집 기획을 실어주신 『구보학보』, 『반교어문연구』, 『상허학보』 편집위원회 여러분께 감사를 드린다. 원고 수합과 편집, 연락을 전담한 고자연 님, 어려운 형편에도 책을 내주신 도서출판 역락에게도 고마움을 전한다.

2022. 7. 15.

김성수, 천정환이 공저 필자를 대신해서 씀

## 제2부   해금의 문학사, 작가론

고자연 | **한설야의 제3세계 인식**
1950년대 중·후반의 기행문을 중심으로

제1부

# 해금의 문화사, 지성사

# 월북 작가 해금의 문화사적 의미*

◇ 김성수 ◇

## 1. 문제 제기: '납·월북 작가 해금' 30년?

1945년 8.15해방과 함께 국토 분단, 1948년 남북 정부 수립과 함께 '민족 분열, 국가 분단, 분단체제'가 고착되었다. 남북의 역대 정권은 정치적 판단에 따라 '월북/월남'한 '정치적·이념적 타자'인 작가와 예술가를 '빨갱이/부르주아 반동'으로 호명한 후 금지·금제, 검열, 숙청, 정전 누락·삭제 작업을 수행하였다. 그나마 우리 한국에서는 1988년 이른바 '납·월북 작가·예술인 해금 조치'로 40년간 금지되었

---

\*  이 글은 '납·월북 작가 예술인 해금'조치(1988) 30주년을 기해서 2018년 8월에 개최된 학술회의 발표 총론을 보완한 「재·월북 작가 '해금'조치(1988)의 연구사·문화사적 의미」(『상허학보』 55, 상허학회, 2019.2)를 단행본 취지에 맞게 수정한 것이다. 김성수, 「재·월북 작가·예술인 '해금'조치(1988)의 연구사·문화사적 의미」, 『증오와 냉전의식의 험로를 넘어 다시 평화 교류의 길로- 재·월북 작가·예술인 해금(1988) 30주년 기념 학술회의: 남북문학예술연구회·성균관대 국문과·인문학협동조합 공동 학술회의 발표논문집』, 성균관대, 2018.8.17.

던 납·월북 작가의 복권과 일부 작품 복원이 공식화되었다. 그후 30년 동안 분단국가 양 체제에서 검열·삭제된 근·현대 문학·예술·문화사 실상의 복원·복권이 이루어졌다. 이에 2018년 남북정상회담과 북미정상회담을 통한 '한반도 평화체제' 구축이라는 객관적 정세 변화와 발맞춰, 분단 70년(냉전 65년)동안 금지되고 축소·삭제된 과거 문학적 실상의 실증적 복원과 정치적 복권을 재조명한다. 구체적으로는 '해금' 이후 냉전체제 균열이 우리 학계·문학예술장에 어떤 연구사적 진전과 문화사적 변화를 불러일으켰는지 살펴볼 생각이다.

왜 지금 재·월북 작가론을 의제화하는가? 남북 북미관계 등 한반도 정세가 급변했고 그에 따라 10년간의 신냉전기동안 물밑에서 준비한 남북관계 복원을 위한 실현 가능한 의제를 학계, 문학예술장에 긴급 제안하기 때문이다. 또한 한반도 정세가 긍정적 평화적 방향으로 급변하는 요즈음이 마침, 88올림픽 전야처럼 남북 화해 무드가 고조된 1988년과 마침 맞게 '납·월북 작가 해금' 30주년이기 때문이다. [01]

돌이켜보면 박정희·전두환 군부독재(1961~87) 시대는 분단·냉전체제와 반공·반북이데올로기가 판을 치던 암흑기였다. 가령 해방후 70년간의 우리 문학·문화장을 매체사적으로 일별할 때 1980년 7월 31일 5공 신군부에 의한 정기간행물의 대거 폐간조치[02]는 일종의 분

---

01 그 전에 대한민국 정부 수립 70주년이다. 하지만 정부 수립 70주년의 이면에는 분단 70년, 실은 그 직전에 실패했던 '남북협상 70주년'이기도 하다.

02 전두환 5공 정권은 1980년 7월 31일 이른바 '사회정화' 명목으로 주간, 월간, 계간지 등 1백72개 정기간행물의 등록을 취소했다. 등록 취소 간행물 중에는 '기자협회보, 월간중앙, 씨알의소리, 뿌리깊은나무, 창작과비평, 문학과지성, 주간국제, 주간부산' 등이 포함돼 있으며 '서강타임스' 등 대학 간행물도 포함되었다. 등록이 취소

서갱유라 할만하다. 현 시점에서 우리 학계가 진정으로 분단·냉전체제를 극복·지양하고 평화체제로 나아가려면 '납·월북 작가 해금'조치란 개념을 근본적으로 다시 보는 인식의 프레임 전환이 필요하다.

'납·월북 작가 해금'조치란 도대체 무엇인가? 분단 후 암암리에 작품 유통 심지어 거론 자체가 금기시했던 납·월북 작가 120여 명을 해금한 것이다. 정한모 문공부 장관이 발표한 1988년 7.19조치[03]는 88 서울올림픽을 개최하는 데 필요한 국제사회의 공조와 문화적 포용성을 과시하기 위하여 노태우 6공 정권의 북방정책과 맞물려 단행되었다.[04] 정부 수립 후 40년 동안 공식·비공식적으로 금지·금제되었던 납·월북 문인들의 '해방전 순수' 문학작품에 대한 문학적 복권과 동

───────

된 간행물은 유가지 1백20개, 무가지 52개 등으로 일간-통신을 제외한 전체 등록 정기간행물 1천4백34개 중 12%에 해당한다. 문공부는 정화 대상 간행물들은 1. 각종 비리, 부정, 부조리 등 사회적 부패요인이 되어오거나 2. 음란, 저속, 외설적이거나 사회범죄, 퇴폐적 내용, 특히 청소년의 건전한 정서에 유해한 내용을 게재해왔으며 3. 계급의식 격화 조장, 사회불안을 조성해 왔거나 4. 발행목적 위반 내지 법정발행실적을 유지하지 못했다고 지적, '신문 통신 등의 등록에 관한 법률' 제8조에 의거, 등록을 취소했다고 발표했다. 이와 비슷한 '분서갱유 수준'의 정간물 대거 폐간조치가 1968년 3월, '주체사상의 유일체계화'를 단행한 북한에서도 자행되었다는 사실에 주목할 필요가 있다.

03    그 전에 1987년 10월, 월북 작가 '연구'가 우선 허용되었다. 해금 조치의 한 주체였던 정한모, 김윤식, 권영민의 노력에 경의를 표한다. 다만 해금 조치를 미리 알고 있었던 것처럼 기다렸다는 듯이 동시에 나온 김윤식, 정호웅 편, 『한국 근대 리얼리즘 작가 연구』(문학과지성사, 1988)를 보면, 해금이라는 학문적 의제를 선점한 것은 아니었을까 의문이다. 해금 30주년 시점에서 당시를 자랑스레 회고하는 정호웅의 기조 강연이 한 근거이다. 정호웅, 「해금과 한국 현대소설연구」, 『해금 30년, 문학장의 변동: 제26회 구보학회 정기학술대회 자료집』, 서울여대, 2018.4.21.

04    1978년 3.13조치에서 '해방 전의, 순수문학으로, 생존해 있지 않은 재·월북 문인에 한해' 학문적 논의 허용, 1987년 10.19조치에서 재·월북 문인의 전면 논의와 상업적 출판 허용, 1988년 3.31 조치에서 정지용, 김기림 작품 해금 등의 선행 조치가 있었다.

시에 상업 출판이 합법화된 것이다. 작가에 이어서 1988년 10월 28일 납·월북 예술인들의 작품 또한 해금되었다. 음악가 63명과 화가 41명, 총 104명의, 정부 수립 이전에 발표된 '순수' 창작품이 해금됨으로써 공연, 음반 제작, 전시, 출판이 가능해졌다.

　1948년 정부 수립 이후 납·월북 작가·예술인들은 암암리에 거론 자체, 존재 자체가 금기시되었다. 한창 전쟁 중이던 1951년 공보처에서 '월북 작가 작품 판매 및 문필활동 금지 방침'을 내면서 월북 작가를 '6.25사변 전 월북자 A급, 사변 이후 월북자 B급, 사변 중 납치, 행불자로 내용 검토 중 C급'으로 분류, 제재하기 시작하여 1957년 월북 작가 작품의 전면적인 출판·판매 금지가 시행되었다.[05] 이들은 국가보안법, 반공법에 근거하여 반역자로 몰렸고 심지어 중세처럼 후손들에게까지 연좌제가 적용되었다. 월북 작가의 본명·필명은 금단의 영역에 속해 오랫동안 비밀에 붙여졌다. 월북이라는 중대 범죄자로 낙인찍혀 '임O, 이O영, 한O야' '이×준, 박×원, 김×천'이라는 복자형태로만 모습을 드러냈고 그들의 문학작품은 '불온간행물'로 취급받았으니 그 이면에는 분단의 벽이 완강하게 버티고 있었다.[06] 그들의 생애와 문학이야말로 분단 모순 속에서 어떻게 한 작가·예술인의 삶과

---

05　공보처, 「월북 작가 작품 판매 및 문필활동 금지 방침 하달」(1951.10.5.), 국사편찬위
　　편, 『자료 대한민국사』 23권 DB; 문교부, 「월북 작가 작품들 교과서 사용 않도록」,
　　『경향신문』 1957.3.2.; 「월북 작가 작품 출판 판매 금지 문교부에서 지시」, 『동아일
　　보』 1957.3.3. 정종현, 「해금' 전후 금서의 사회사」; 김미지, 「월북 문인 해금의 이
　　면: '불화'의 소멸과 그 이후」, 『(월북/재북/납북 작가) 해금 30년, 해금 전후 지성사·
　　문화사의 풍경들: 제27회 구보학회 학술대회 발표논문집』, 서울대, 2018.10.20.
　　에서 재인용.
06　그 상세한 경과와 의의는 이봉범, 「냉전과 월북, (납) 월북 의제의 문화정치」(『역사문
　　제연구』37, 2017.4) 제 1장 '(납) 월북 문인·예술가 해금 조치, 그 경과, 의의, 한계'에
　　잘 정리되어 있다.

창작이 지워졌는지 알 수 있는 한 전형이라고 생각될 정도이다.

그러다가 1987년 6.10항쟁을 통한 절차적 민주주의가 진행되고 88 올림픽 개최를 위한 대내외적인 이념적 포용정책의 필요성 때문에 '납·월북 작가 해금'조치가 단행되었다. 7월 19일자로 월북 후 북한 고위직을 역임한 정치·문단 권력 5인(홍명희 이기영 한설야 백인준 조영출)을 제외한 120여 명의 납·월북 작가의 존재가 복권되고 그들의 작품을 간행 유통할 수 있는 해금 조치가 이루어졌다. 후속조치로 10월 12일 음악, 미술, 무용, 영화인 등 납·월북 예술인들의 해금 조치도 차례대로 이루어졌다. 음악인 63명 미술인 41명, 총 104명의 정부 수립 이전에 발표된 순수작품이 해금됨으로써 공연, 음반 제작, 전시, 출판이 가능해졌다.[07] 다만 관련 학계·문단 전문가들의 충분한 사전 검토나 학술적 여과장치가 부족한 채 공안당국의 시혜적 조치로 해금이 단행되는 바람에 납북과 월북, 무엇보다도 재북 개념이 간과, 무시되었다. 심지어 1928년 러시아 연해주로 망명하여 1938년 스탈린 체제에서 억울하게 처형된 포석 조명희 같은 경우는 정보 부족으로 어이없게 월북 작가로 여전히 분류/낙인찍혀 있을 정도이다.[08]

---

07  "홍명희, 이기영, 한설야, 조영출, 백인준 등 미해금작가도 얼마 지나지 않은 1989년 2월 추가 해금됨으로써 40여 년 동안 공식적으로 봉인·금지되었던 월북 문인들의(납북 및 재북 작가도 포함) 문학작품에 대한 문학적 복권과 동시에 상업적 출판이 합법화되기에 이른 것이다. (중략) 조영출의 작품은 그가 여전히 未해금자였기에 배제될 수밖에 없었고, 그것은 1992년까지 지속된다. 미술작품은 아무 제약 없이 전시가 허용된 반면 음악작품은 현행법('공연법' 및 '음반에 관한 법률')의 절차에 의거해 공연윤리위원회의 심의를 거쳐야 하는 또 다른 제약이 뒤따랐으나 공식적인 금지철폐가 갖는 의의를 거스르는 수준은 아니었다." 이봉범, 「냉전과 월북, (납)월북 의제의 문화정치」 『역사문제연구』 37, 2017.4., 230쪽.

08  "진천에서 태어난 조명희, 조벽암도 대표적인 월북시인이다." 장동열 기자, 「충북이 낳은 '비운의 작가' 5인 재평가 이뤄지나」, 뉴스1, 2018.5.1. (http://news1.kr/

어쨌든 1988년 이후 30년 한 세대가 지나면서 학계에선 이들의 존재가 일정 부분 복원·복권되었다고 할 수 있다. 하지만 우리 사회 전반적으로 엄존해 있는 강고한 반공·반북 이데올로기 때문에 이들 중 소수만 교육과정, 문학선집·문학사 등의 정전에 편입되고 나머지 대부분은 학계에서만 복권되었을 따름이다. 즉 이태준·박태원·정지용·김기림·이용악·백석·최명익·현덕 등의 해방 전 순수문학만 정전화되었다는 것이다. 정작 근현대문학사의 중요한 한 축을 이루는 카프와 조선문학가동맹 출신의 문학은 정전에 온전하게 포함되지 못하였다. 가령 이기영·한설야·임화·김남천·안함광·송영·박세영·엄흥섭·이갑기·이찬 등의 월북 이전 사회주의문학이나, 해방 전 순수문학가 출신이라 하더라도 해방 공간 및 월북 후 사회주의문학 활동을 한 오장환·안회남·함세덕·김순석·조운 등이 그렇다. 이들 존재와 문학은 정규 교육과정과 일반인들의 독서 영역에서는 여전히 금단이거나 미지, 무관심의 영역으로 남아있다.

따라서 '납북·재북·월북·월남' 작가의 존재와 그들의 작품에 대한 실증적 서지작업부터 시작하여 우선 분단 이전 문학을 온전하게 복원해야 할 것이다. 나아가 분단 이후 북한에서 숙청된 재·월북 작가 복권·문학 복원도 필요하다. 북한문학의 경우 분단 이후 숙청된 월북·재북·월남 작가와 그들의 '非주체문예(개인숭배적 주체사상에 기초한 문학예술에 동조하지 않은 사회주의 리얼리스트)' 사회주의 리얼리즘 문학의 복원이 되어야 할 것이다.

사실 지난 30년동안 우리 학계·문학장의 재·월북 작가·작품에

articles/?3305308) 2018-05-01 09:09 송고.

대한 연구와 정전화를 검토해보면 만족할만한 성과를 거두었다고 할 수 있다. 학문장에선 재·월북 작가·작품에 대한 전 방위적 연구와 그를 바탕으로 한 해방전 근대문학사의 복원이 상당 수준에 올랐다. 그를 뒷받침하는 재·월북 작가·작품에 대한 개인별·주제별 선집 편찬도 상당히 진척되었다. 따라서 재·월북 작가·작품에 대한 자료 차원의 복원·복권은 일정 정도 완료 단계라 해도 큰 잘못은 아니다.[09] 그러나 해방후 현대문학사, 문학교육, 문학선집, 문학상 등 정전화·대중화 차원에서는 이들 재·월북 작가·작품의 수용·포용작업이 결여되거나 미진하다고 아니할 수 없다.

따라서 앞으로 남은 과제는 정전화문제라고 생각한다. 왜냐하면 같은 근대 작가·작품에 대한 남북한 지배이데올로기의 평가가 워낙 차이가 심해서 공통점을 찾기가 너무 어렵기 때문이다. 이와 관련된 최근 논의에 따르면 남북한의 대표적 정전이라 할 '현대문학선집'류 사화집에 들어간 600여 명의 작가 중 남북한이 공통 정전으로 삼은 작가가 한자리 수에 불과하다는 충격적인 보고는 주의를 요한다.[10]

이른바 '해금' 30년을 맞은 재·월북 작가·작품에 대한 그간의 경

09  재·월북 작가·작품의 자료 정리는 재·월북 작가가 아닌 대다수 근대 작가 작품의 자료 정리에 크게 떨어지지 않는다. 아직 개인별 주제별 선집으로 정리되지 못한 것은 정전 반열에 오르지 못할 대표성 문제일 터이다.

10  북한의 정전화 결과물인 『현대조선문학선집』(1960년대판과 90년대판 2종) 수록 작가 작품을 실증적으로 전수 조사한 남원진의 논의를 보면, '(남)한국과 (북)조선'의 대표적인 문학선집을 비교한 결과 남북 공통의 근대 대표 작가가 '불과 9명'에 불과하고 월북 작가 대부분이 북한 정전에서 탈락하였다. 남원진, 「북조선 정전, 그리고 문화정치적 기획 (I)-'현대조선문학선집' 연구 서설」, 『통일인문학』 67, 건국대 인문학연구원, 2016.9; 남원진, 「북조선 정전집, '현대조선문학선집' 연구 서설- 1980년대 중반 이후 『현대조선문학선집(1~53)』(1987~2011)을 중심으로」, 『통일정책연구』 26-1, 통일연구원, 2017.6. 참조.

과를 거시적으로 돌이켜보면 한반도 남북 문학장의 공통점과 함께 이질성, 차이도 적지 않음을 확인하게 된다. 이제 남북의 문학예술사 서술의 근거가 되는 정전(正典, Canon), 매체를 데이터베이스 구축 차원에서 꼼꼼하게 정리하고 그 성과를 바탕으로 궁극적으로 한반도 통합 문학·예술·문화사 설계라는 미래의 청사진을 그려볼 수 있다. 이는 현존하는 남북한 문학 정전의 해체와 재구성을 위한 기반 구축작업이자 앞으로 써야 할 통일 통합 문학사의 기초를 다지는 일이 된다. 현존하는 남북의 대표 문학사 둘을 합체한다고 통합 문학사가 되는 것이 아니기에 문학 개념사·제도론·매체론적 접근은 의의가 적지 않다.[11]

## 2. 프레임의 전환: 납·월북, 재·월북, 이념적 선택, 분단 '피해자 복권'

### 2.1. 이른바 '납·월북자 해금'이라는 명명법

재·월북 작가·작품에 대한 연구사적 문화사적 의의를 재조명하는 이 글의 핵심은 해금의 경과를 석명하고 근대 문학사를 복원·재구성하며 분단 이후 통합 문학사 기초 데이터베이스를 구축해서 통일에 기여하자는, 어찌 보면 너무나 당연한 주장을 시류에 맞춰 반복하는 것이 아니다. 이번 기회에 이 문제에 대한 발본적 성찰과 발상 전환을 하자는 프레임 전환을 제안한다. 월북 작가의 월북 후 행적과

---

11  다만, 문학사 서술에서 북한 작가와 문학이 '정전'에서 배제된 데 대한 비판도 중요하지만, 그러한 배제를 근거로 '재통합을 위한 복원'에 골몰하기보다는, 그러한 배제가 수행된 정치적 (무)의식에 대한 비판과 문학사 재서술의 필요성을 제기하는 방향으로 논의를 진전시킬 필요가 있다. 배제된 현황 파악과 복원을 지나치게 강조하는 것은 자칫 문제의식을 희석시킬 우려가 있기 때문이다.

그들의 작품에 대한 기초 조사, 즉 실증적 서지 DB작업은 그것대로 당연히 진행해야 하지만, 현 시점에서 더욱 중요한 것은 '납·월북 작가의 해금'이라는 기존 프레임을 해체하고 전향적으로 재구성하는 일이다. 즉 '납·월북 작가의 해금'이라는 공안통치적 발상에서 벗어나, '재·월북 작가의 복권과 분단 이후 문학의 전체상 복원'을 통한 통합 문학사 물적 토대 마련이라는 문화정치적 방향으로 의제 설정과 접근 프레임 자체를 발본적으로 전환 교체해야 한다는 점이다.

먼저 '재·월북,' '납·월북'이란 명명법의 분단체제적 낙인찍기를 반성 비판하고 대안을 모색한다. '납·월북"해금'이란 발상이나 명명 자체가 첫째 시대착오적인 냉전적·반북적·공안적 사고방식의 산물이기 때문이다. '납북·월북' '해금'이란 명명 자체가, '자유 대한'을 찾아 월남하는 것은 선이고, '공산 이북'을 선택하는 것은 악이라는 이분법이 전제되어 있다. 1988년 3월에 정지용·김기림을 월북자 아닌 납북자로 재규정하여 '우선' 해금한 공안당국의 논리 속에는 이북행을 택한 사람 중 "강제로 납북당한 이들이 대부분일 것이라는 막연한 이데올로기적 우월성"이 작동하며 '월북자=배신자·민족반역자', '월북자=빨갱이'라는 등식을 만들어낸다.[12]

엄밀한 의미에서 월북은 정치적·이념적 선택에 의한 이북으로의 공간이동 및 체제 기여를 뜻한다. 가령 1946년 7월 31일 북조선임시인민위원회 김일성은 남한에 파견원을 보내 유수한 역사학자들을 초청했다. 박시형·김석형·전석담 같은 마르크시스트 역사학자들이 김일성의 초청에 응해 월북했다. 이외에 경성대학 법문학부 교수였던

---

12    이신철, 「월북과 납북」, 『역사용어 바로쓰기』, 역사비평사, 2006, 222~230쪽.

역사학자 백남운도 1947년 5월 여운형 등과 근로인민당을 결성해 부위원장을 역임하다가 월북했다.[13] 문학장의 경우 가령 이기영·한설야·임화·김남천·안함광·송영·박세영·이찬·이갑기 등의 월북이 그렇다. 이들의 월북행위는 '정치 사상적 규제'와 '사상적 불온성'으로 규정되면서 작품에 대한 문학사적 평가가 유보되거나 배제되었고 그 이름마저 복자(伏字) 처리되었다.[14]

그래서 1978~88년 사이 문단·학계 권력이 정부 당국에게 해금의 논리로 청원한 것이 납북을 월북과 분리하여 '억울한 누명'을 벗게 하는 것이다. 가령 김윤식이 명명한 '해방공간'이나 전쟁이란 급박한 정황에서 정치적·이념적 지형상 긴급하게 다른 공간을 선택할 수도 있거나(월북) 타의로 강제 이주 당하는(납북) '혁명적 비정상성'에 기초해 있음을 감안해야 한다는 논리이다.[15] 그런 까닭에 자발적 월북자의 문학 경우에도 그들의 '월북 이전 순수문학만큼은 해금시켜 달라는 수준이었다. 가령 1988년 7월 대한출판문화협회가 권영민 교수에게 해금대상 문인에 대한 조사를 의뢰해 추린 납·월북 작가 명단이 한 예이다. 그 선정기준은 월북 이후 현저한 활동이 없고 월북 이전 일제 강점기 문학에서도 이데올로기문제가 별로 없으며, 1930년대 문

---

13  서울신문 기사
    (http://m.seoul.co.kr/news/newsView.php?cp=seoul&id=20180410023002#csidx1db599
    8c8d2be50a80010960e13f10d)

14  권영민, 「월북 문인을 어떻게 볼 것인가」, 권영민 편, 『월북 문인연구』, 문학사상사,
    1989, 20쪽.

15  김윤식·권영민 대담, 「한국 근대문학과 이데올로기」, 권영민 편, 『월북 문인연구』,
    문학사상사, 1989, 361쪽.

학사에서 반드시 검토되어야 할 작가·작품들로 제한시켰다.[16]

둘째, '납·월북"해금'이란 호명에서 정작 관련 전문가에 의한 '납북·월북·재북(在北)·귀북(歸北)'의 정교한 개념 분류가 결여되어 있다. 8.15해방과 6.25전쟁이라는 격동기에 한반도에 거주하면서 창작 활동을 했던 작가 예술인들의 경우가 다 그렇지만, 정치적·이념적 선택에 의한 자진 월북과 타의에 의한 강제 납북 그리고 거주지와 주 활동무대가 이북이라서 월북 작가로 오인·묵인된 채 낙인찍힌 재북을 구분해야 한다. 나아가 일종의 '귀환 서사'로 해방과 전쟁의 격변기에 고향인 이북에 귀향한 행위를 정치적·이념적 선택에 의한 자진 월북과 동일시해야 하는지도 의문이기에 이 경우 귀향·귀환처럼 '귀북' 개념을 사용할 수 있다. 마찬가지 논리로 우리가 잘 사용하지 않는 '납남·월남·재남·귀남' 개념도 순논리상 성립이 가능하다.

앞으로 학계의 정교한 오류 수정 작업이 뒤따라야 하겠지만 지금까지의 논의를 바탕으로 이들을 유형화하면 대략 다음과 같다.[17] (학

---

16　「납·월북 작가 순수문학 출판건의」, 『동아일보』, 1988.3.18. 1차 해금대상 23명의 명단은 정지용, 김기림, 백석, 설정식, 오장환, 조운, 임학수, 박팔양, 이용악, 임화(시인 10명), 박태원, 이태준, 최명익, 박노갑, 안회남, 이선희, 정인택, 허준, 현덕, 현경준(소설가 10명), 이원조, 김태준(비평가 2명), 김영팔(극작가 1명) 등이다. 이와 더불어 권영민은 ①'월북·재북 문인현황', 즉 재북 및 제1차 월북 문인 23명(8·15해방 당시 북한에 머물렀거나 1945년 12월 조선문학가동맹 결성에 불만을 품고 월북한 문인), 제2차 월북 문인 21명(1947년 이후 정부수립 때까지 남로당 간부들과 월북한 문인과 조선문학가동맹원 및 북한지역 출신 문인 일부 포함), 제3차 월북 14명(6·25 당시 북한군과 함께 월북했거나 지리산 빨치산운동에 가담한 문인), ②'북한에서 활동한 문인', 즉 조선문학가동맹에 가담해 적극 활동한 문인 19명, 숙청됐거나 실각한 문인 7명, 행적이 거의 드러나지 않은 문인 5명 등의 명단을 작성하였다.

17　월남, 재남, 월북, 재북 작가 명단의 실체는 여전히 불명확하다. 이봉범의 앞의 논문 이외에 권영민, 『납·월북 문인인명사전』, 문예중앙, 1987, 이선영, 『한국문학의 사회학』, 태학사, 1993. 참조. 장문석, 「해금 후 월북 작가의 작품집 출판- 예비적 고

계 공동작업으로 이들 사실 관계에 대한 지속적인 오류 수정이 공유·축적될 필요가 있다. 하지만 이러한 분류 자체가 매우 낡은 발상이고 무지한 폭력임을 전제한다).

> 1) 납북; 이광수 김동환 박영희 김억 김진섭 홍구범 등 /
> 정인보 현상윤/ 정지용 김기림[18]
> 2) 월북;
>  (2.1) 프로문맹- 이기영 한설야 안함광 안막 윤세평(윤규섭) 한식 이동규 이원우
>  /(예맹) 최승희 신고송 송영 강호 라웅 김승구(김상복)
>  (2.2) 조선문학가동맹 1 (해방전 좌파)- 임화 박세영 조영출 조벽암 이찬 김상훈 설정식
>  박산운 박아지(박일) 박찬모, 윤복진, 김남천 이원조 이병철 김사량 윤기정 김오성
>  김동석 지하련 엄흥섭 이갑기 김영석, 홍명희 등
>  (2.3) 조선문학가동맹 2 (해방전 우파)- 이태준 정지용 김기림 박태원
>  안회남 이용악 오장환 박팔양 임학수 조운 정인택 함세덕 허준 현덕 등

---

찰, 1985~89」, 『해금 30년, 문학장의 변동: 제26회 구보학회 정기학술대회 자료집』, 서울여대, 2018.4.21., 24~30쪽. 문제는 이들 명단의 적확성, 분류의 사실 적합성이 아니라 작가 예술인을 월북 동기와 시기 등으로 범죄인 취급하는 등급화, 세분화 자체가 공안통치적 발상의 산물이라는 점이다.

18  '자진' 월북이 아니라는 뒤늦은 판단으로 다른 월북 작가들보다 4개월 먼저 1988년 3월 '우선' 해금하였다. '자진/타의, 우선/지연'의 등급화·세분화·서열화가 바로 '해금'조치의 공안통치 증거라는 것이 필자의 문화정치학적 해석이다.

3) 재북(在北)/귀북(歸北); 최명익 김조규 백석(재북/귀북)

　　안용만 유항림 한설야 이기영(월북/歸北)

　　이찬(월북/歸北) 이용악(월북/歸北) 백인준 이북명 윤기

　　정 윤세중 지봉문 김순석

　　김북원 김우철 이원우 민병균


　　1988년 문학 분야 납·월북 작가 해금(7월 19일)에 이어 납북 또는 월북한 음악인, 미술인들의 작품 공연, 음반제작, 전시출판 등의 일반 공개를 허용하는 해금 조치를 10월 27일 단행했다.

　　그 중 해금된 월북 음악인 명단은 다음과 같다.[19]

### 1988년 해금 음악인 명단(63명)

| 구분 | 이름 |
|---|---|
| 국악(7명) | 공기남, 박동실, 안기옥, 임소향, 정남희, 조상선, 최옥산(*최옥삼) |
| 평론(5명) | 박영근, 박은용, 신막, 정종길, 최창은 |
| 작사(13명)<br>(# 문인) | 김북원, 김석송, 박산운, 박세영, 박영호, 박찬모, 박팔양, 신고송, 오장환, 윤복진, 이병철, 이용악, 이정구 (# 조영출=조명암 제외) |
| 작곡(4명) | 김순남, 안기영, 이건우, 이면상 |
| 성악(13명) | 고종익, 권원한, 김형로, 신용대, 이경팔, 이규남, 이범준, 정덕영, 조 경, 최보인, 최희남, 강장일, 정영재 |
| 기악(21명) | 문학준, 박현숙, 이인형, 최성자, 이계성, 이용철, 안성교, 이강렬, 이효성, 우달형, 유주용, 이유성, 현경섭, 김종대, 윤낙순, 이정언, 최복남, 홍광은, 홍광수, 이기윤, 현수강 |

19 「해금 납·월북음악·화가」, ≪경향신문≫, 1988년 10월 27일 4쪽; 「반신불수 민족 예술사 복원」, ≪한겨레신문≫, 1988년 10월 28일 7쪽.

한편, 월북 미술인 명단은 대략 다음과 같다. 최열, 신수경 등은 월북 미술인들을 '6.25전쟁 이전 월북, 전쟁 중 월북, 전시 의용군 입대 월북, 전후 월북과 재북(귀북 포함)' 등으로 분류한다: (1) 6.25전쟁 이전 월북- 김주경 강호 조규봉 이쾌대(1차 월북) 이석호 김정수 이여성 이팔찬 박병수 윤자선... (2) 전쟁 중 월북- 이석호 정종여 김만형 엄도만 임군홍 정은녀 현충섭 허남흔 기웅 박문원 손영기 리성 (배운성 김용준 김진항)... (3) 전시 의용군 입대(미술인 이전) 월북- 이지원 박상락 한명렬 안상옥 김장한 홍종원 이한조 김종렬 김기만 조준오 장성민 김재홍 최남택 장재식... (4) 전후 월북- 이건영 이쾌대(2차 월북), (5) 전쟁 전후 재북, 귀북(歸北)- 길진섭 김만형 김경준 허남흔 황헌영 이병효 이해성 문학수 한상익...[20]

## 2.2. 월북 프레임의 족쇄 풀기-조명희의 경우

이른바 '납·월북 작가 해금'조치(1988.7.19.) 이후 30년째 해결되지 못한 문제 중 하나가 월북과 구별되지 않는/못한 '재북(귀북)' 개념이다. 1948년 8월 정부 수립 이전부터 내내 이북에 거주하고 활동했거나 해방과 전쟁의 비상 상황에서 귀향하거나 그냥 집에 머물렀던 일군의 작가들 문제이다. 재북(귀북) 작가들로는, 최명익·김조규·백석

---

20  신수경, 「해방기 월북미술가 연구」, 명지대 박사논문, 2015, 56~61쪽 표 참조,; 김정아(기자), 「시기별 유형별로 살펴본 월북 작가」, 『미술세계』 405호, 2018.8, 68~71쪽 참조. 필자가 전공한 문학과 달리 음악, 미술, 기타 예술에서 재월북 예술가의 행적과 월북 시기별 분류는 여전히 문제적이다. 장르와 시기가 아니라 공간 이동의 이념적 자발성과 강제성, 중간항이 고려된 보다 진전된 상세 분류가 필요하다, 기왕의 비예술적, 반학문적 분류가 해금 조치에 어떤 시사점을 주고 앞으로 예술적 프레임 전환이 가능한지 관련 전공자의 논의가 뒤따랐으면 한다.

(재북/歸北)·안용만·유항림·한설야·이기영(월북/歸北)·이찬(월북/歸北)·이용악(월북/歸北)·백인준·이북명·윤기정·윤세중·지봉문·김순석·김북원·김우철·이원우·민병균·이면상(歸北) 등이 있다.

필자가 월북·재북·귀북을 일단 세분한 이유는 월북이면 죄가 있어 해금되면 안 되고 납북이나 재북, 귀북이면 면죄·복권되어 작품을 복원·유통할 수 있다는 공안통치적 발상 때문이 아니다. 다만 사실관계는 더 확인할 필요가 있다.[21] 가령 역사에 만약은 없다지만 '국민시인(민족시인)' 김소월의 경우 1934년 12월 자살하지 않고 해방 후까지 생존해서 이북에서 활동했다면 꼼짝없이 월북 작가로 몰려 우리는 국민 애송시 「진달래꽃」은커녕 그의 존재조차 모를 뻔했다. 이미 그런 예로 이제는 민족 대표 시인이 된 이용악, 백석이 있지 않은가.

다른 한편, 한동안 월북자로 착각된 경우이다. 6.25전쟁기에 사망한 김태준, 유진오라든가, 마산에 칩거한 탓에 행불자였던 권환, 그리고 1928년 옛 소련으로 망명했다가 1938년 사망한 조명희 등의 경우이다. 월북자란 낙인이 잘못 찍힌 경우 후손들의 피해와 우리 문학사의 훼손을 어찌할 것인가?

가령 포석 조명희(抱石 趙明熙, 1892~1938)를 예로 구체적으로 들어보자.[22] 1987년까지 조명희라는 이름 석 자는 월북 작가라는 엉뚱한 낙인이 찍혀 '조O희' '조X희' '조포석'이라는 복자형태로만 모습을 드

---

21  권영민의 분류에서 가장 큰 문제점은 제2차 월북 문인 명단에서, 1945~48년 남로당 간부들과 월북한 문인과 조선문학가동맹원 및 '북한지역 출신 문인'을 넣었다는 점이다. 월북과 변별되는 '재북'을 암암리에 인지했다면, 이북으로의 귀향·귀환자인 '귀북' 문인의 존재를 몰랐을 리 없다.

22  김성수, 「북한의 조명희 인식, 그 역사적 변천」, 『북한의 조명희 인식, 그 역사적 변천: 제7회 포석 조명희 학술심포지엄』, 동양일보출판국, 2018.6.22., 17~57쪽.

러냈다. 그의 생애와 문학이야말로 "분단의 모순 속에서 어떻게 한 예술가의 삶과 예술이 지워졌는지 알 수 있는 한 전형"이라고 생각될 정도였다. 조명희는 우리에게 월북 아닌 월북 작가로 오인된 인물이다. 그를 월북 작가로 분류하는 것 자체가 어불성설이다. 그는 북한에 넘어간 적이 없을 뿐 아니라 북한이란 존재가 생기기 훨씬 전인 1938년에 사망했기 때문이다. 신문학운동 초창기의 극작가이자 시인이요 카프 소설가였던 포석은 1928년 일제 탄압을 피해 소비에트러시아 블라디보스토크로 망명하였다. 하바로프스크를 거쳐 중앙아시아 타슈켄트에 정착할 때까지 문예지를 간행하고 러시아작가동맹 작가와 한인학교 교사로 활동하였다. 일종의 '망명지문학'이라 할 연해주 한인신문 『선봉』(훗날의 '레닌기치'), 잡지 『로력자의 조국』 등에 시, 평론, 수필을 발표하고 1934년에 결성된 러시아작가동맹의 원동(遠東)지부 간부를 맡는 등 정력적인 문예활동을 펼쳤다. '재소한인(在蘇韓人)문학 건설자'이자 사회주의 리얼리스트였던 그는 스탈린의 소수민족 강제이주정책 와중이었던 1937년 체포되어 이듬해 알마티 감옥에서 처형되었다.

카프 활동기 대표작 「낙동강」이 1927년 처음 발표된 것을 보면 200자 원고지 60여 장 분량의 단편에서 50여 문장, 100여 군데가 'XXX'표시로 지워진 채 인쇄된 것을 볼 수 있다. 당시 일제 검열당국에 의해서 끔찍하게 검열 복자된 것을 보면 일제당국이 민족해방운동에 애쓴 우리 진보적 지식인들의 형상화된 모습에 대해 얼마나 알레르기반응을 보였는지 알 수 있다. '혁명'이니 '투쟁'이니 하는 단어뿐만 아니라 심지어 '폭풍우' '폭발' '조직' 같은 말까지도 깡그리 지워야 했던 일제의 탄압은 차라리 경멸과 조소의 대상일 뿐이다.

그러나 더욱 끔찍한 것은 아예 이런 작가의 존재를 묻어버리고 작품을 읽지 못하도록 했던 지난 몇 십년동안의 우리 '내부 냉전적' 사고이다. 좌파 계급이념에 대한 거부반응은 그 내부에 담긴 민족 독립의지까지도 함께 매몰시키고 우리 근현대문학사의 내용을 상당부분 친일작가 중심으로 오도했던 것이다. 더구나 그를 월북 작가 명단에 오랫동안 잘못 넣은 관행은 전적으로 그의 생애와 행적에 대한 선입견과 무지 탓이다. 그가 1928년 일제의 탄압을 피해 러시아로 망명하여 1938년에 사망한 사실을 알았던들 그런 잘못은 저지르지 않았을 것이다. 「낙동강」의 100여 군데 검열 표시가 원래대로 복원되어 작품의 본 모습을 그대로 볼 수 있는 것은 남한책도 북한책도 아닌 러시아판 『조명희 선집』[23](1959)에서만 가능했다. 이 또한 1980년대에 유입되어 우리에게 원래 작품이 소개된 실정이다.

1987, 8년까지 우리에게 월북 작가로 오해된 조명희는 북한에서 이미 1956년 재조명되었다. 조명희가 러시아에서 재혼한 부인 황명희의 남동생 황동민이 소련작가동맹원이 된 후 매형의 복권에 앞장섰던 것이다. 황동민을 비롯한 조선아, 조알렉세이 등 자손들의 노력에 의해 조명희는 복권되고 소련작가동맹 산하 조명희문학유산위원회에서 『조명희 선집』을 간행하기에 이른다. 이 책의 원고를 마침 모스크바에 친선 방문한 방소(訪蘇) 조선작가동맹원에게 전달하여 북한

---

23  『조명희 선집』은 1959년 모스크바국립종합대학출판사에서 출판한 670쪽짜리 한글판(세로조판) 책이다. 이 책은, 제1부 '봄 잔디밭 우에'(1920년대 시·동요), 제2부 '락동강'(1920년대 소설·수필·희곡), 제3부 '시월의 노래'(1928년 소련 망명후 시·수필·동요), 제4부 '정론, 평론, 소품, 서한'(망명후 산문) 등 전 4부로 나누어 작품을 싣고 있다. 또한 서두에는 황동민의 해설 「작가 조명희」가 있고 부록으로 이기영·한설야·강태수의 조명희에 대한 회상기가 붙은 체제로 편집되어 있다.

에 소개된 것이다. 이를 읽고 북한 평론가 엄호석, 김재하가 논저를 쓰고 조선작가동맹 기관지 『조선문학』에 시를 소개한 바 있다.[24]

　북한에서의 조명희 평가는 카프, 이기영·한설야, 사회주의 리얼리즘의 문학사적 운명과 궤를 같이 한다. 카프 중심의 월북 작가들이 북한문학의 모태이며 그들의 사회주의 리얼리즘 문학이 북한문학의 모태로 여겨졌던 1950년대에는 조명희가 일종의 '기원 상징'으로 중요시되었다. 북한 문학장에서 조명희를 재인식한 것은 1956년 소련 자료의 유입과 1956~64년 카프 전통 담론이 주된 원동력이었다. 그 핵심은 조명희의 대표작 「낙동강」(1927), 「아들의 마음」(1928) 등 목적의식적 방향전환기(1927~8) 작품이 사회주의 리얼리즘의 초기 특징을 보인다고 규정되었다. 이는 북한 사회주의적 사실주의 문학의 역사적 정통론에서 조명희가 차지하는 비중이 매우 컸다는 점을 시사한다.

　그러나 1967, 8년 주체사상의 유일체계화가 구축된 후 북한 문학장에서 조명희 존재와 그의 문학은 잊혀져갔다. 김일성의 빨치산 게릴라 투쟁을 북한 역사의 신기원으로 삼아 '항일혁명무장투쟁'을 유일 전통으로 절대시한 주체사상이 유일화되자, 그에 따른 항일혁명문학예술 적통론에 기초한 주체문예론 확립(1967~75)과 주체사실주의 미학(1992~)이 고착되자 이후부터는 조명희와 그의 문학은 상대적으로 의미가 줄어들거나 아예 무관심 대상으로 변모해버렸다. 한설야의 숙청(1962)과 이기영의 실질적 은퇴 후 북한 문학장에서 더 이상 카프 정통론과 사회주의 리얼리즘 보편 미학이 힘을 발휘할 수 없

---

24　조명희, 「시 五편- 짓밟힌 고려(산문시), 10월의 노래, 볼쉐비크의 밤, 여자 돌격대, 맹세하고 나서자」, 『조선문학』 1957.1, 4~9쪽. 미간행된 『조명희 선집』의 원고를 방쏘 조선작가동맹에게 소개해준 황동민 동지에게 감사한다는 내용의 편집자 주가 있다.

기 때문이다. 개인숭배가 강화된 주체문예이론체계에 따라 '수령론, 총대미학, 주체사실주의' 창작방법이 유일화되자 조명희 문학은 예전 같은 기원 상징의 위상을 차지할 수는 없게 되었다. 따라서 역으로 볼 때 '만들어진 전통'인 수령론이나 빨치산문예 전통론이 폐기되면 (앞으로 씌어질 '통일된 민족문학사'의 어느 국면) 다시 조명희 문학이 북한문학의 지워진 기원 상징으로 복권될지도 모를 일이다.

우리는 어떤가? 돌이켜보면 1948년 대한민국 정부 수립후 납·월북 작가 예술인들은 암암리에 거론 자체, 존재 자체가 금기시되었다. 조명희, 조벽암(사촌 조카, 월북 작가)의 자손은 국가보안법, 반공법에 근거하여 반역자로 몰렸고 심지어 중세처럼 후손들에게까지 연좌제가 적용되었다. 다행히도 조명희는 1989년 필자의 러시아 망명 이후 행적 소개[25] 이후 우리 한국에서는 학계·문단과 고향 진천을 중심으로 조명희란 존재가 재발견되고 복원, 복권, 신원(伸寃)되었다. 조명희 문학제와 학술대회가 매년 열리고 문학관까지 건립되어 지금까지 기려지고 있다.[26] 심지어 중앙아시아 우즈베키스탄 수도 타슈켄트의 우즈벡 국민작가 알리세이 나보이를 기리는 나보이문학박물관 4층에 '조명희 기념실'까지 꾸며져 있다.[27]

---

25 「소련에서의 조명희」, 『창작과비평』 64호, 1989. 여름호 참조.

26 진천의 조명희문학관(2015) 건립 전후해서 1994년부터 조명희문학제, 조명희 학술대회가 매년 열리고 있다.

27 김성수, 「포석, 분단 피해자에서 통일문학 상징으로-김성수의 타슈켄트 조명희기념관 방문기」, 『동양일보』 2018. 9. 14. ~9. 19. (3회 연재) 참조.

[그림 1] 우즈베키스탄의 수도 타슈켄트에 있는 나보이문학박물관 4층
'조명희 기념실'의 조명희 흉상과 안내판, 2018년 8월 3일 방문시,
필자 편저, 『북한의 조명희 인식, 그 역사적 변천』 증정식 장면.

　　이제 조명희와 그의 대표작 「낙동강」을 남북한 통일 문학의 한 상
징으로 교과서, 문학교육 등 정전에 포함시킬 필요가 있다. 신냉전체

제와 평화체제 사이에서 미래가 불투명한 현재, 남북 나아가 아시아의 평화 교류를 상징하는 문학적 심상지리로 확산시킬 수 있다.[28] 즉 조명희의 문학적 행적을 따라서 '진천-청주-서울-동경-평양-블라디보스톡-하바로프스크-알마티-타슈켄트'에 이르는 트랜스아시아 전체의 문학기행 지도를 남북 및 아시아 평화 교류 협력의 상징으로 격상시킬 수 있다.

## 3. '해금'의 문화사와 '해금' 프레임 해체의 문화정치학

1948년 이후 1988년까지 오랜 기간 우리 사회는 재·월북 작가를 학문적 문단적 자정작용이란 별다른 여과장치 없이 공안통치적 관점으로 정전, 교육에서 원천봉쇄, 배제했던 냉전적 반공적 논리를 너무도 당연시하였다. 게다가 1987년 이후 민주화가 진행되면서 친일 잔재 청산과 역사 바로 세우기 운동을 통해 친일 작가의 친일행적이 밝혀지면서 그들의 친일 작품 또한 상당 부분 배제하거나 단죄되었다. 그것은 자칫 근현대문학사를 형해화시킬지도 모른다.

이제 관점을 조금 바꿔보자.

납·월북 또는 재·월북 작가 예술인의 해금 조치는 88 서울올림픽

---

28  이런 식의 문학사 서술과 정전화 작업이 신냉전체제 극복 및 평화체제 정착의 일환으로 진행되면 좋을 것이다. 다만 체제(regime)와 문학의 관계-체제의 실정성(positivity)을 구축하고 강화하는 문학의 이데올로기적 효과-에 근본적인 의문은 여전히 남는다. 냉전-분단체제를 극복하고 평화체제로 전환되는 것도 중요하지만, 문학사 서술이 체제의 본질을 비판적으로 성찰하지 못할 가능성도 있기 때문이다. 자칫 문학을 체제와 유비관계에 놓고 그 종속물 정도로 여기고 있다는 오해를 받을 수 있기 때문이다.

을 위한 노태우 6공정권, 공안당국의 시혜적·포용적 조치로 규정하는 것에 그리 쉽게 동조할 수 없다. 오히려 그 이전까지 40년간 국가폭력을 행사했던 분단체제 독재정권의 폐해를 해체하려 한 6월항쟁 민주화운동의 선물로 재평가되어야 한다.

> "정부는 이번 조치는 분단 상황 극복과 남북 문화 교류 추진을 앞두고 민족문학 정통성 확보를 위해 월북 작가의 해방 전 작품 출판 제한을 풀어야 한다는 학계 및 문화계의 건의를 수용한 것이다. 그러나 문공부 관계자는 이번 조치가 월북 작가들의 정치사상적 복원을 의미하는 것은 아니라고 밝히고 계속 작품 출판이 제한되는 5명의 작품 중 이미 출판돼 시판되고 있는 『임꺽정』(중략) 등에 대해서는 출판사에 더 이상 내지 않도록 자제를 요청하고 필요할 경우 사법 심사를 의뢰할 수 있을 것이라고 말했다.[29]

월북 작가의 운명이 이들 사법당국의 손에 달려 있었던 것이다. 우리 사회는 북한과 달리 문학예술이 당 문예정책의 전달 수단이 아니라 하면서도 '해금'이라는 정책조치/공안통치로 대한 것이 아닌가? 시장논리에 기반을 둔 진정한 자유민주주의체제라면 독자가 원하는 작품을 자유롭게 구해볼 수 있어야 했지만 그것이 불가능하였다. 장문석의 온당한 지적처럼 해금을 두고 '출판사, 비평가. 연구자, 독자들의 수요와 생산'으로 이해할 가능성은 없다고 하겠다.[30]

---

29  「월북 작가 백20명 해금」, 『동아일보』 1988. 7. 19.

30  장문석, 「월북 작가의 해금과 작품집 출판(1)- 1985~89년 시기를 중심으로」, 『구보학보』 19, 구보학회, 2018. 8. 참조.

문제는 해금의 문화정치적 의미이다. 정한모, 김윤식, 권영민, 정호웅, 이봉범 등 기존 논자처럼 1988년의 7.12 해금 조치의 전사(前史)로 1978년 3.13조치부터 1992년까지 정부당국의 오랜 내재적 준비와 단계별 조치를 취한 결과라는 사실을 세밀하게 논증[31]하는 것도 매우 중요하다. 다만 사실관계를 석명하려는 성실한 연구자의 의도와는 무관하게 공안당국의 시혜성을 정당화하는 논리로 오해 왜곡될 수 있다는 점이다. 해금이 분단체제의 이데올로그인 김동리·선우휘·정한모 등이 아니라, 남정현·임헌영부터 김영종·백진기에 이르는 반공법·국보법·연좌제의 피해자와 그 가족·친인척, 『임꺽정』·『녹두꽃』 등 '불온간행물' 출판·유통·소개로 구속된 출판업자·작가·비평가 등 등 시민사회의 저항과 투쟁의 산물로 다시 봐야 한다는 사실이다. 여기에 해금의 문화정치적 의미를 굳이 재조명하려는 이유가 있다.

'재·월북 작가의 복권과 분단 이후 문학의 전체상 복원'이란 더 이상 냉전·분단체제를 지탱해온 공안통치적 레짐(regime)의 시혜적 조치를 사후 정당화하는 후속작업이 아니다. 이남을 선험적으로 선한 존재로 당연시하고 이북을 미지의 악마로 타자화함으로써 70년 전 분단 직후 해방과 전쟁기(1945~53) 이북을 택하거나 또는 이북에 남아 있던 '납·월북 작가'란 존재를 마치 1988년에 와서야 이제는 인정해 줄 수 있다는 식의 '해금'이란 용어가 지닌 공안적·시혜적 태도를 보였던 30년 전의 기존 관습을 근본적으로 반성·비판할 필요가 있다.

---

31  납·월북 작가에 대한 해금은 1988년 전격적으로 이루어진 것이 아니라 1977년 선우휘의 문제제기 이후 1988년 정한모 문공부 장관의 7.19 조치까지 "선별적 해금이 계기적으로 연속되는 과정을 거쳐 전면적인 해금으로 귀결된 것이었다."는 이봉범의 언급이 그 예이다.

1978년 3.13조치부터 1992년까지 정부당국이 취했던 조치처럼 '광의의 월북'을 '자진 월북·타의 납북·무의식적 재북·귀향본능 귀북'으로 차등화하고 선별적으로 구제하는 단계별·순차적 해금은 시혜가 아니라 고도의 공안 통치 행위가 아닐 수 없다. 반대로 월남 행위를 '귀순'이라 하는 것도 문제이다. 게다가 월북이란 명명의 낙인찍기와 등급 분류 그리고 해금의 차등화·선별, 단계별 진행 전체가 문학예술의 특수성(비정치성과 창의 영역을 다루는 자기완결성)을 모욕하는 비문학적·비학문적 권력의 횡포이자 지성에 대한 폭력이 아닐 수 없다.

같은 논리로 정전화의 문화정치도 천착할 필요가 있다. 도대체 월북과 해금·정전화의 주체는 누구/무엇인가 하는 합리적 의심이 가능하다. 전시체제에나 가능할 법할 파시즘적 횡포에 가담한 문학장 내의 부역자(작가, 비평가, 학자, 관료)는 누구이며, 문학외적 국가권력인 이데올로기 국가기구(ISA)에 동조한 교육시스템, 문단·학계·출판·유통 등 권력·시장의 결합체는 무엇일까? 적잖은 국가 예산을 사용하여 월북과 해금, 정전화 메카니즘에 동원된/참여한 주체를 규명하는 작업과 함께, 그리 정교하지도 않은 이념 잣대를 자의적·폭력적으로 휘둘러 타의적 '납북'은 용인하고 자발적 '월북'은 단죄하며 비이념적 '재북'까지 슬쩍 월북에 끼워넣었던 그간의 경과도 재확인할 필요가 있다. 만약 그 실체가 문학내적 논리가 아니라 공안통치적 발상이라면 그 결과물 전체를 비판·부정하고 새로운 프레임을 제시해야 한다. 아무리 분단체제 치하의 냉전적 발상이라도 월북은 악이고 월남은 선이라 하거나, 월북은 범죄, 월북은 귀순(북에선 탈북, 월남을 패륜시한다)으로 호명하는 것 자체가 중세적 이분법의 산물이기 때문이다.

공안적 발상의 대안은 학문적·문화예술적 프레임을 새롭게 모색

하는 일이다. '광의의 월북' 행위자 중 납북자는 피해자이고 월북자는
가해자·범죄자이며 재북자는 미필적 가해자란 냉전·공안적 발상을
해체하고 월남·재남까지 포함하여 그들 모두 분단과 냉전의 피해자
이며 문화적 시민권자라고 재호명할 필요가 있다. '납·월북'에서 '재·
월북'으로, 다시 '피해자 복권'으로 프레임을 바꿔 전향적 인식을 수행
하자는 뜻이다.

이 경우 '월남' 행위의 거울로 월북을 다시 본다면 어떨까? 해방기
전쟁기에 이북에서 탄압받아 정치적 망명으로 남행한 구상·황순원
의 예와 그 시기에 재북 문학활동을 했던 '양명문·박남수·최인준·최
태응'[32] 등이 월남한 후 대체로 열정적인 반공투사가 되었던 사례를
개인 문제로 돌려둘 수만은 없다. 가령 북에서 이른바 『응향』 사건으
로 숙청되어 일종의 '정치적 망명'으로 남행을 택한 구상·황순원 등의
사례와 같은 프레임으로 임화·김남천·이태준·박태원 등의 북행을
남에서 탄압 받아 체포·투옥·처형을 피해 북행을 시도한 일종의 긴
급피난 행위, 정치적 시민권 행사로 볼 수는 없을까. 이 모험적 제안,
거친 언어는 우리에게 과연 무엇이 이념적 자율성이며 정치적·문화
적 시민권인가 라는 또 다른 과제를 던지긴 하지만.

현 시점에서 '재·월북 작가의 복권과 분단 이후 문학의 전체상 복
원'을 의제화하는 것은 냉전 분단체제를 작동시킨 권력당국이 어쩔

---

32  북문예총 기관지 『문학예술』만 펼쳐봐도, 박남수, 「할아버지 2제」(1948.7, 72쪽),
「내 손에 한장 유서가 있다」(1949.8, 143쪽), 「상봉」(1949.10, 138쪽), 「어서 오시
라」(1950.4, 50쪽), 양명문, 「용광로」(1948.11, 114쪽) 등의 시와 최인준의 단편 「소」
(1949.8, 255쪽) 등을 찾아볼 수 있다. 월남 후 반공투사로 자처했던 이들의 재북 당
시 작품에 대한 은폐 여부와 상관없이 온당한 문학사적 평가를 해야 할 터이다. 김
성수, 「6·25전쟁 전후시기 북한 문예지의 문화정치학-『문학예술』(1948.4~1953.9)
연구」(『민족문학사연구』 62호, 2016.12. 참조.

수 없이 베푼 은혜에 감사하면서 그나마 다행이라는 식의 학계의 후속조치를 정당화·의미화하는 것이 아니다. 오히려 그런 관행이 잘못되었다는 자기비판적 학술운동일 뿐 아니라 남과 북, 월북과 월남을 막론하고 '분단 피해자의 이념적 자율성'을 뒤늦게라도 추인하려는 '정치적 시민권' 복원이자 휴전선에 떠도는 영혼의 신원운동이다. 월북·재북이든 월남·재남이든 자발적 선택이든 어쩔 수 없이 살려고 선택했든 그들이 정치적 이념적 시민권을 그 자체로 인정하자는 전향적 제안이다.

앞의 조명희 사례에서 보듯이 월북 작가란 낙인찍기는 분단과 냉전을 정당화하고 후손까지 피해를 끼치는 연좌제라는 점에서 중세적 공안통치의 산물이다. 이제 월북 작가란 낙인찍기가 초래한 냉전/분단체제의 논리, 그 공안통치적 배제와 숙청이라는 '뺄셈의 문학사' 프레임에서 발본적으로 탈피해야 한다. 시혜적 차원의 이른바 '해금'에 만족하거나 안주하지 말고 탈냉전·평화체제를 지향하는 '통합과 포용의 문화사'로 의제 자체를 변환할 때이다. 월북 작가·예술인들은 미래에 새롭게 정초할 한반도 문화사에서 '한때 박해받았던 문화적 시민권자'로 복권되어야 하고 그들의 창작 또한 분단기(통일운동기의 그늘) 문화예술의 중요한 한 축으로 복원되어야 한다.

이러한 문제의식을 가지고 1988년 납·월북 또는 재·월북 작가 해금 조치와 관련되어 지난 30년동안 우리 사회의 문화사적 변화가 무엇인지 다시 생각해보자. 당시 『동아일보』 사설을 보면, 납·월북 작가 '해금'조치의 의의를 "40여 년 간 철옹성같이 우리 앞을 가로막았던 사상의 벽, 냉전의 벽이 무너졌다"고 하였다. 나아가 "냉전시대의 문화적 금기를 깨고 민족적 유산에 대한 폭넓은 수용태세를 갖추는 것이 체제경쟁의 우위에 선 우리 국민이나 정부의 아량이요 금도(襟度)"

라고 평가한 바 있다.[33]

　1978년부터 시작되어 1988년에 이르러서 전체상이 대거 복원된 월북 작가·예술인의 해금 조치는 적잖은 긍정적 효과를 거두었다. 정보기관이 독점하고 관제언론, 관제 학자·비평가가 일방적으로 재단비평[34]했던 재·월북 작가와 그들의 작품에 대한 실체를 일정 정도 확인할 수 있었다. 그들의 존재와 문학작품 실체 확인을 통해 정보당국 등 국가기구의 기왕의 정보 독점과 통제, 관리가 반학문적·반문예적·반인륜적·반통일적 통치수단이었음도 재확인하게 되었다.

　해금 조치 이후 30년동안 우리 학계는 근대 문학·예술사 전체상의 약 3, 4할 분량의 지워진 존재를 복원함으로써 근현대 문학·예술사를 새롭게 재구성할 수 있게 되었다. 분단 반세기동안 냉전·분단체제 하의 반공·반북 이데올로기 탓에 왜곡·훼손·축소·소거된 해방전 근대문학사, 온전한 근대문학의 원상회복이 가능해졌다. 해방후 남북 분단의 현대문학사 전체상 복원도 가능해졌다. 북한문학예술도 본격적으로 연구하고 일반에게 공개하게 된 것이다. 필자가 명명한 냉전·분단체제 하의 '뺄셈의 문학사' 폐해로부터 실질적으로 벗어나 제대로 된 남북 통합 문학사를 서술할 토대가 마련되었다. 나아가 북한산 지식의 유통에 따라 '북한 바로 알기운동'도 전 학문분야에서 활

---

33　「월북 작가 해금의 의미」(사설), 『동아일보』 1988.7.20.

34　현수, 『적치 6년의 북한문학』, 국민사상지도원, 1952(보고사, 1999 번인); 이철주, 『북의 예술인』, 계몽사, 1966; 이기봉, 『북의 문학과 예술인』, 사사연, 1986; 성기조, 『주체사상을 위한 혁명적 무기의 역할-시부문』, 신원문화사, 1989; 성기조, 『북한 비평문학 40년』, 신원문화사, 1990; 한국비평문학회, 『혁명 전통의 부산물』, 신원문화사, 1989. 옛 안기부 외곽기관인 내외통신의 후신 연합뉴스 민족국제부 북한 담당 기자 최척호의 증언에 따르면, 한국비평문학회는 페이퍼 컴퍼니, 유령단체이다.

기를 띠었다.[35] 북한학 자체도 이전까지의 냉전적 반공적 연구에 반기를 든 진보적 경향성을 띠게 되었는데, 이는 '북한 바로알기운동'의 이름으로 당시 진보적 운동과 일정하게 궤를 같이하며 발전하였다.[36]

'해금'의 문학사적 의미는 과연 무엇일까? 이전까지 자명한 명제였기에 당연시했던 '한국문학' 개념의 철옹성 신화에 균열을 내고 해체 후 재구성 가능성을 찾게 된 점이다. 이른바 '문협 정통파'가 만든 문학사적 신화라 할 비정치적 순수주의 문단 중심의 '한국문학 개념'과 '한국 현대문학사'가 실은 필요에 따라 '만들어진 전통'이라는 발상이 가능해졌다. 온전한 해금으로 복귀·복원·복권한 작가가 있는 반면, 해금으로 인해 이전보다 문학(사)적 비중이 줄어든/들 작가도 있을 터이다. 매우 조심스런 발언이긴 하지만, 민주화(1987) 이전 문단권력이자 정전 혜택을 누렸던 '문협 정통파'와 그들이 의도적으로 과대평가하고 실상 이상으로 위상을 높였던 식민지시대 작가들이 그에 해당될 것이다. 가령 정지용, 백석, 이용악, 김기림, 오장환 등 월북한 순수 시인·모더니스트의 일종의 대안 구실을 했던 김영랑, 김광균, 청록파 등이 그렇다. 이태준, 박태원, 최명익, 허준 등 30년대 소설문단을 주도했던 월북 소설가의 대안이라 할 이상, 김유정, 김동리, 황순원 등과, 카프 비평가 임화, 김남천, 안함광, 한효 등의 대안인 백철, 조연현 등은 재평가되어야 한다.

---

35  가령 사회과학과 역사학의 경우 금기시되었던 마르크스주의와 주체사상의 시각으로 우리 사회와 역사를 다시 보고 현실 변혁에 기여하려는 학술운동이 활성화되었다. 신주백, 「1980년대 중후반~90년대 초 北朝鮮産 역사지식의 유포와 한국사회·한국사」, 『구보학보』20, 구보학회, 2018.12. 참조.

36  이종석, 「탈냉전기 북한연구의 동향과 과제; 북한연구의 신지평 시대」, 『한국사론』27, 국사편찬위원회, 1997, 343~344쪽.

하지만 과연 우리 문학장·학계의 그 누가 감히 고양이 목에 방울을 달 것인가? 민주화 이전 오랫동안 우리 문단에서는 김동리 말처럼 해금대상에 대한 엄격한 구별이 필요하다는 인식이 주류를 이루었다.[37] 월북 작가 상당수, 특히 "임화 일파는 철저한 공산주의자였다"는 사실에 대한 주의 환기를 비롯해 해금이라는 규제 완화가 초래할 혼란과 무분별한 과대평가의 위험성에 대한 우려, 경계, 두려움 등이 가감없이 표출되었다. 그것은 제도적 이완에 미치지 못하는 문학주체들의 견고한 냉전·반공의식이 여전했음을 보여주는 것이었다.[38] 이봉범의 여전한 우려와는 달리 현재, 김동리를 비롯한 상기 문인 상당수는 문학사와 독서시장이 아니라 문학교육·입시 시장에서나 여전히 권력을 누릴 뿐이다. 만약 정전·문학교육에 월북·좌파 작가들이 '온전하게' 복권되어 대거 유입된다면 독서시장의 논리만으로도 그들 교과서에서나 만나는 문인들은 존재감이 더욱 축소·약화될 터이다.

해금의 문학사적 의미는 또한 '한국문학'의 타자로서 '북한=북조선=조선'의 문학 존재를 인정해야 된다는 신선한 역발상까지 가능하게 만든다. '한국문학/조선문학'은 이념형이라 할 '우리 코리아문학'의 타자이자 반대개념일 수도 있다는 '개념사적 성찰'[39]도 현재진행형이다. 그렇다면 이른바 '계급/프로/사회주의'문학도 기존 순수문학/민족/국민문학의 또 다른 이름인 '한국문학의 주류/정전'에 끼지 못한 주변부문학, 하위주체(서발턴)이자 '한국문학'이라는 철옹성에 저항하

37  김동리, 「월북 작가작품 규제완화에 제언」, 『동아일보』, 1978.3.16.

38  이봉범, 앞의 글, 232쪽.

39  김성수, 「'(민족)문학' 개념의 남북 분단사」, 김성수 외 3인 공저, 『한(조선)반도 개념의 분단사: 문학예술편 2』, (주)사회평론아카데미, 2018, 12~13쪽.

는 대항개념이 될 수 있다. 심지어 북한문학도 '노동(자)문학, 계급문학, 민중문학, 분단문학, 여성문학, 대중문학, 장르문학' 등과 동렬의 인정투쟁, 존재증명, 존재감을 갖게 된다.[40] 나아가 냉전의식, 반공이데올로기 해체의 물적 토대가 마련되었기에, 북한 및 사회주의와 관련된 것은 무조건 색안경을 끼고 보게 되는 편견과 그쪽에 괜한 관심을 두었다가는 우리 사회에서 알게 모르게 빨갱이로 몰릴지도 모른다는 레드콤플렉스, 자기검열에서 근본적으로 해방될 수 있는 계기가 마련되었다.

그렇다고 '해금'의 긍정적인 의미만 있는 것은 아니다. 우리 문학장에 해금이 초래한 부정적 영향을 정리해보자. 1988년의 해금 후 재·월북 작가와 북한문학에 대한 신비주의도 호기심 만족 차원에서 일단 해소되었다. 그러나 오랜 금기와 억압기제의 반대 편향이라 할 해금의 초기적 현상인 새로 모습을 보인 문화콘텐츠에 대한 지나친 기대와 과열이 문제였다. 의도치 않은 일종의 신비주의 전략처럼 금기 콘텐츠에 대한 과잉·과대평가를 초래한 결과, 북한 문학예술 작품 실체에 대한 섣부른 실망과 환멸이 발 빠르게 뒤를 이었던 것이다. 그 이유 중 하나는 학계 전문가의 여과를 거쳐 월북·프로·북한 작가의 대표작이 '온전하게' 소개된 것이 아니라, 변혁운동의 이념 전파 수단으로 수령문학과 주체문예물이 무분별하게 게릴라 출판·유통된 탓도 없지 않았다.

가령 『1932년』, 『닻은 올랐다』, 『봄우뢰』 등 총서 '불멸의 역사' 장편

---

40  가령 민족문학사연구소의 문학사 이론서나 강좌 편제에서도 북한문학은 여성문학, 대중문학 등과 함께 주변부에 배치된다. 민족문학사연구소 편, 『새 민족문학사 강좌 02』, 창비사, 2009; _____, 『문학사를 다시 생각한다』, 소명출판, 2018.6.

소설 시리즈야말로 대표적 경우였다. 이들이 분명 북한의 문화정전이긴 하다. 그래서일까, 1988년 전후 해금시기에 국가보안법을 위반하면서까지 초법 출판이 성행하였다. 하지만 북한의 이른바 '불후의 고전적 명작'이나 정전이 우리 독자들에게 제대로 널리 유통되거나 오랫동안 회자되지 않은 것은 공안당국의 통제나 금지, 사법처리 때문이 아니었다. 광신도의 신앙 같은 최고 지도자 찬양, 개인숭배, 당 정책 선전에 질린 우리 독자들이 알아서 외면해버린 바로 그 시장논리 탓이었다.[41]

월북 작가 작품의 해금을 통해 새로 접하게 된 문화콘텐츠를 통해 냉전체제의 낡은 억압기제를 극복하자는 것은 동의 가능하다. 하지만 봉인에서 풀린 해금 콘텐츠가 1988년 당시 우리 사회의 문제를 한꺼번에 해결할 만능 치트키는 분명 아니었다. 해금과 그로부터 파생된 좌파 이념에 기반을 둔 각종 문학·문화·학문 콘텐츠가 신비주의 속에서 과포장된 실체가 드러나자 반대로 지나친 기대가 급속하게 실망, 환멸로 바뀌었다. 특히 금제 속의 비장의 무기이자 숨겨진 문화적 권력 담론처럼 여겨졌던 '사회주의이념, 프로(계급)문학, 북한문학, 리얼리즘미학'에 대한 실망이 컸다. 가령 민족문학사연구소의 (남)북한문학·통일문학 연구와 관련 담론이 2000년대 초 한때는 학계의 관심과 일종의 학문 권력을 누렸지만 불과 10년도 안 되어서 담론으로

---

41　참고로, 필자가 조사한 바로는 우리 독서시장에 가장 많이 읽힌 북한문학 작품은 북한의 공식 정전인 『피바다』(『혈해』, 『민중의 바다』로 개제 출판), 『꽃파는 처녀』 등의 이른바 '항일혁명문학'이나, 『불멸의 역사』 총서, 『불멸의 향도』 총서 등 '수령형상문학'(지도자 찬가)이 아니었다. 그들 '불후의 고전적 명작'이 아니라 주민 일상과 생활 감정을 섬세하게 그린 『벗』, 『청춘송가』, 『나의 교단』 등의 세태소설과, 『갑오농민전쟁』, 『두만강』 같은 역사소설이었다. 스테디셀러인 『임꺽정』은 월북 작가 홍명희의 해방 전 작품이니 북한문학이 아니다.

서의 권위와 현실적 힘을 잃었던 것이 한 예이다.

또 다른 예로 1980년대 후반기 대학가와 운동권에 널리 유포된 '정치 팸플릿'에 담긴 급진 좌파 진보진영의 사회변혁론에서, 정파 차이 없이 암묵적으로 전제/합의했던 저 유명한 명제, "해방된 이상사회의 예술 창작방법은 리얼리즘 창작방법이 유일 미학이 되어야 한다"는 구호가 그 상투성·도식성·폭력성 때문에 대중들이 염증을 느끼게 만들었다. 분단을 극복하려는 통일과 자본에서 해방되자는 평등이념이 도덕적 당위를 넘어서 또 하나의 정치적 억압 '장치'[42]로 작동했던 셈이다.

나아가 이철호의 지적처럼, 조동일·임형택·최원식 등 1970, 80년대 국문학계를 지배했던 권력담론인 내재적 발전론과의 단절도 90년대 학술장에 일어난 중요한 해금 효과, 아니 '해금의 역효과'라고 하겠다.[43] 민족문학사연구소의 '민족문학과 근대성' 심포지엄(1994)에서 재확인된 사실처럼 월북 작가 해금이 더 이상 우리 문학장에 '리얼리즘의 축복'이 될 수는 없었다. 리얼리즘만으로는 안 되겠기에 '모더니즘 문학 논쟁'(1995, 6)[44]을 통해 동렬의 존재가치를 부여받은 모더니티·

---

42　여기서 '장치'(dispositif)는 조르조 아감벤이 미셸 푸코의 통치성 담론을 전유해 만들어낸 개념이다. 푸코와 아감벤에 따르면, 장치는 "담론, 제도, 건축 상의 정비, 법규에 관한 결정, 법, 행정상의 조치, 과학적 언표, 철학적·도덕적·박애적 명제를 포함하는 확연히 이질적인 집합"이자 "이런 요소들 사이에서 세워지는 네트워크"이다. 아감벤은 장치의 사례로 감옥, 병원, 공장, 펜, 글쓰기, 문학, 인터넷서핑, 컴퓨터, 휴대전화 등을 들었다. 조르조 아감벤, 양창렬 역, 『장치란 무엇인가? 장치학을 위한 서론』(난장, 2010), 17~33쪽.

43　이철호, 「해금 이후 90년대 학술장의 변동- 근대성 담론의 전유와 그 궤적」, 『구보학보』 19, 구보학회, 2018.8., 11~14쪽 참조.

44　1990년대 중반 시점에서 우리 문학의 나아갈 길을 「객지」의 리얼리즘보다 「난장이가 쏘아올린 작은 공」의 모더니즘에서 새롭게 찾아보자는 진정석의 문제제기 이

모더니즘이나, 둘의 회통(최원식)조차 소멸의 신호일 뿐이며, '광의의 모더니즘'(진정석), '미적 근대성'론을 거쳐 결국 포스트주의 물결에 문학담론이 매몰된 것이 또 다른 해금효과라는 이철호의 진단[45]은 날카롭다 못해 '아프다.' 이렇듯 월북 작가의 이북에서의 작품 활동과 그 결과물에 대한 지난 30년 사이 우리 사회의 수용방식은 빨리 끓어오르고 더 빨리 식어버리는 특유의 냄비 현상을 드러냈다.

게다가 해금의 문화사가 천박한 시장논리에 의한 자연적 소멸 퇴출로 귀결되어, 30년이 지난 이제는 '결과적 배제와 재봉인'이 이루어졌다고 아니할 수 없다. 월북 작가 해금은 북한과 사회주의·공산주의·주체사상이라는 금기에 대한 호기심을 너무도 손쉽게 소비·해소시켰다. 문제는 '손쉽게'였다. 1987년부터 95년까지 우리 사회에는 정상적인 저작권 확보나 학계 전문가의 여과장치 없이 출판사들의 졸속 출간과 과열 유통 경쟁이 벌어졌다. 시장논리가 이념적 금제를 또 다른 방식으로 활용한 좌파 상업주의, 진보 상품화 사태가 벌어진 것이다.

그래서일까, 과포장된 북한 문화콘텐츠에 대한 과잉 기대와 과대

___

후 일종의 창작방법 논쟁이 벌어졌다. 진정석, 「모더니즘의 재인식」, 『창작과 비평』 96, 1997년 여름호.; 진정석, 「특집: 민족문학론의 갱신을 위하여; 민족문학과 모더니즘」, 『민족문학사연구』 11호, 민족문학사학회·민족문학사연구소, 1997.9.; 윤지관, 「민족문학에 떠도는 모더니즘의 유령」, 『창작과비평』 97, 1997. 가을. 이후 논쟁 구도를 범박하게 요약하면, 반모더니즘적 리얼리즘론--윤지관(『놋쇠하늘 아래서』 및 『창작과 비평』 115, 2002. 봄), 비모더니즘적 리얼리즘 재구성론--임규찬(『창작과 비평』 114, 2001. 겨울), 모더니즘과 리얼리즘 회통론--최원식(『문학의 귀환』), 모더니즘과 리얼리즘의 역사범주화론--김명인(『창작과 비평』 117, 2002. 가을), 반리얼리즘적 모더니즘론--황종연(『비루한 것의 카니발』) 등으로 대략 정리할 수 있다.

45  이철호, 「해금 이후 90년대 학술장의 변동-근대성 담론의 전유와 그 궤적」, 『구보학보』 19, 구보학회, 2018.8., 14~22쪽 참조.

평가는 실체를 확인하는 순간 그에 따른 해금 절차와 속도(1978~88)보다 더 빨리 시장에서 쇠퇴, 소멸하였다. 1998년경이 되자 북한 문건은 거의 출판되지 않고 일반인 대부분이 챙겨 읽지 않을 지경에 이르렀다. 다만 독서시장과 출판자본의 외면에도 불구하고 학계, 공공도서관은 1987~95년 족출했던 월북 작가의 월북 작품과 북한 문건, 특히 문학서 수집과 체계적 아카이빙[46]을 했어야 하는데 이미 늦었다. 우후죽순격으로 난립했던 '진보' '운동권' '사회과학' 출판사의 몰락과 폐업 이후 자료들은 대부분 망실되고 말았다. 이 부분의 복원은 학계의 몫이다.[47]

## 4. 결론: 평화체제를 지향하는 '통합과 포용의 문화사'로

이 글은 재·월북 작가의 해금(1988)조치 30년을 맞아 '월북' '해금'이란 개념을 해체하려고 씌어졌다. 이른바 재·월북 작가의 정치적

---

46  장문석, 「해금 후 월북 작가의 작품집 출판- 예비적 고찰, 1985~89」, 『해금 30년, 문학장의 변동: 제26회 구보학회 정기학술대회 자료집』, 서울여대, 2018.4.21.; _____, 「월북 작가의 해금과 작품집 출판(1)」, 『구보학보』 19, 구보학회, 2018.8, 39~110쪽 참조.

47  해금 문제와 관련된 우리 학계의 시장논리를 자기비판하지 않을 수 없다. 문단 혈연(후손) 학연(인맥) 지연(지자체) 등 비문학적 근거 아닌 문학적 학문적 준거만으로 연구와 출판이 과연 정당하게 이루어졌을까. 가령 "해금 이후 시인 연구는 그 시인의 문학적 성취도에 비례하여 전개되었다"(이숭원, 「해금과 한국 현대시」, 『해금 30년, 문학장의 변동: 제26회 구보학회 정기학술대회 자료집』, 서울여대, 2018.4.21., 13쪽)는 주장이 타당한지 의문이다. 현재까지 출판된 월북 시인 선집은 정지용, 백석, 이용악, 오장환, 임화, 김기림, 설정식, 이찬, 박세영, 조벽암, 조영출 등인데, 정지용, 백석 등 특정 시인 것만 과잉 출판된 감이 없지 않다. 다른 한편 문예미디어, 출판사, 지자체와 후손이 주도하는 각종 문학제와 문학상 과잉 현상도 한번쯤 짚고 넘어갈 때가 되었다.

복원·복권과 '북한 바로 알기운동'의 일환인 북한문학 소개와 연구는 1987년 6월항쟁의 문화적 반영물이라는 시각을 제시하였다. 30년 세월이 지난 2018, 9년 남북·북미관계가 급진전되는 한반도 정세 변화에 대응하여 평화체제를 향한 실현 가능한 의제를 학계, 문학장에 제안한다. '납·월북'이란 낙인찍기의 냉전적 문화통치를 극복하고, '납·월북'에서 '재북·월북·귀북'으로, 나아가 '분단 피해자의 복권 및 신원운동'으로 프레임을 전환하자는 것이다. 냉전·분단체제가 강제한 공안통치적 배제와 숙청이라는 '뺄셈의 문학사' 프레임에서 벗어나 탈냉전·평화체제를 지향하는 '통합과 포용의 문화사'로 의제를 변환하자. 이러한 프레임 전환을 단계별로 정리하면 다음과 같다.

1단계: 기존의 '월북=배제' 프레임에서 납북·월북·재북을 분류해서 납북·재북·월북1(북 숙청)·월북2(북 출세) 순으로 구별해서 해금하는 것이 1988년도 당시의 발상이었다. 이 프레임은 30년째 고착되어 관성화되었다.[48] 가령 이북에서 출세한 홍명희·이기영·한설야·백인준 등을 해금에서 제외한 논리이기도 하다.

2단계: 남북의 기존 공식 문학사와 정전에서 배제되었던 월북 후 숙청된 좌파와 재남 좌파, 그리고 월북·재북 후 등단한 좌파 사회주의문학의 복원 문제이다. 즉, 남북의 정전에서 정치적 이념적 이유로 배제된 '휴전선 위에 떠도는 문학적 망령'까지 전면 해금하는 것이다. 가령 북에서 주체문학·수령문학 잣대로 숙청·배제된 주체문예론 이

---

48  '납북, 월북, 재북, 귀북' 등의 미세한 차이를 준별하는 것이 연구의 한 영역일 수 있다. 이념에 따른 공간적 이동의 원인은 강제성과 자발성, 그 중간 등 애매한 경우가 많은데도 국가 폭력으로 세분화가 강행되었다. 이러한 세분화는 문학예술문화사의 영역이 아니라 또 다른 조서 쓰기라는 공안 통치 행위일 뿐이다.

전 195,60년대 사회주의 리얼리스트[49]도 포용하며 남에서 이루어진 1980년대 말 '노동(해방)문학'까지 포용할 수 있다.

3단계: 아예 '납·월북/재·월북' '해금'식으로 작가를 낙인찍고 소환하지도 않는다. 더 이상 분단체제를 정당화하는 공안통치적 프레임에 휘둘리지 말자는 뜻이다. 납·월북, 재·월북, 해금이란 개념의 해체 후 '분단 피해자의 복권과 신원운동'으로 프레임을 전환한다. 냉전·분단체제가 강제한 공안통치적 배제와 숙청이라는 '뺄셈의 문학사' 프레임에서 발본적으로 탈피하여 탈냉전·평화체제를 지향하는 '통합과 포용의 문화사'로 의제 자체를 변환한다. 납북·월북·재북·월남·숙청이든 상관없이 그들 모두 한반도 문학사에서 '한때 박해받았던 문화적 시민권자'로 복권되어야 하고 그들의 문학활동과 작품 또한 분단기(통일운동기의 그늘) 문화사의 한 축으로 복원되어야 한다. 물론 정치적 인격권을 회복하면 정당한 절차에 따라 역사적 보상이나 경제적 보상이 뒤따라야 한다.

평화체제 하 새로운 한반도(조선반도) 문학을 상상하려면 전제조건으로 '(남)한국/(북)조선문학' 개념의 기득권을 내려놓고, '코리아문학 리부트'를 해야 할지도 모른다. 결자해지 차원에서, 과거 재북·월북·월남·숙청/연좌제 등으로 금지했던 '분단 피해' 작가의 복원·복권·신원운동을 위한 남북 문단과 학계의 공동 연구와 협력사업을 추진할 수 있다. 이는 문화예술 분야에서 분단·냉전체제를 해체하고

---

49  가령 북한의 공식 문학사에서 사라진 1950년대 사회주의문학으로 안막 「무지개」, 신동철 「전사와 황소」, 전초민 「꽃씨」, 리순영 「산딸기」 등 리얼리즘 서정시와 전재경 「나비」, 신동철 「들」 등 리얼리즘 세태소설을 복원 복권해야 한다. 고자연 김성수, 「예술의 특수성과 당(黨)문학 원칙-1950년대 북한문학을 다시 읽다」(『민족문학사연구』 65호, 민족문학사학회, 2017.12. 참조.

평화체제로 전환하는 학문적 역사적 실천의 일환이 될 터이다.

이때 '1987년 체제'식 '민족, 민족문학, 통일문학'이란 당위 개념에 대한 근본적 성찰도 필요하다.[50] 현재, 통일은 더 이상 당위가 아니다. 만약 '코리아문학 리부트' 이후의 문학이 또 다른 억압장치로 변질될 것이라면 차라리 문학사를, 통일된 민족문학 또는 남북 통합 문학사를 서술하려는 욕망을 버리는 것도 한 방편이다. 대안으로 전 지구적 차원의 한겨레 언어문화 콘텐츠의 디지털 자료관을 구축할 수 있다. 남북한을 포함해서 전 세계에 흩어진 한겨레(작가)의 한글로 씌어진 언어문화 자료를 온라인으로 연결하는 인터넷 허브 프로젝트를 추진하는 방안을 추진해볼 만하다.[51]

---

50 '코리아문학 통합' 가능성을 전향적으로 모색하려고 과거 월북 단죄론을 해체하려는 이 글의 문제의식에서 볼 때, 남북의 자의적이고 자기중심적인 '통일문학' 전유 자체가 진정한 통일·통합문학의 걸림돌이라 아니할 수 없다. 이와 관련하여 남한 위주의 〈통일문학전집 시디롬〉(문예진흥원, 2003)도 문제가 많지만, 북한 중심의 『통일문학작품전집』(평양출판사, 2015~2022년 현재까지 계속 간행 중)도 통일문학이란 미명 하에 북한판 '남조선 비판 문학'을 통일 주제 문학이라 강변하고 수령론과 '우리민족끼리'의 이념을 강요한 일방적 편찬방식이라 동의하기 어렵다. 가령 리찬의 「김일성 장군 찬가」와 백인준의 「벌거벗은 아메리카」가 왜 통일문학선집 1권의 권두 대표작인지부터 의문이다. 『통일문학작품전집① 통일되는 날에』(평양출판사, 2015) 참조.

51 김성수, 「'코리아문학'의 통일·통합 (불)가능성: 남북 문학 교류의 역사와 과제」, 『통일과평화』 10-2, 서울대 통일평화연구원, 2018.12. 참조.

# 다시, '우리의 소원'은 통일?

## – 통일·평화 담론의 변화와 새로운 지적·학문적 과제*

천정환

### 1. 들어가며: '김정은 참수부대'의 추억(?)

2017년에서 2019년 사이 마치 롤러코스터를 탄듯 한반도 정세는 급변했다. 핵·미사일을 둘러싼 북미 간의 대립은 '제2의 한국전쟁'이라는 끔찍한 말이 운위될 정도로 위험한 지경까지 갔으나 평창 동계 올림픽을 계기로 급반전되었다. 그리고 2018년 4.27 판문점선언과 6.12 북미정상회담은 한반도에 곧 평화체제가 수립되고 남북 경제

---

\* 이 글은 천정환, 「다시, '우리의 소원'은 통일?: 통일·평화 담론의 변화와 새로운 지적·학문적 과제」 역사문제연구소, 『역사비평』(통권124호 / 2018년 가을호)의 일부 내용과 표현을 수정한 것이다. 현재 남북관계는 다시 크게 변화했으나 2017~18년 사이 남북관계의 변화와 그에 따라 쏟아져 나온 통일 담론의 내용과 그 이후의 과정을 돌아본다는 의미가 있다 생각하여 내용은 별로 고치지 않았다. 그리고 이 글의 일부 단락은 저자의 책 『촛불 이후, K-민주주의와 문화정치』(역사비평사, 2020년 5월)의 2부 「3·1운동 100주년의 대중정치와 민족주의의 현재」 및 3부 「세대 담론, 그리고 영화 〈1987〉—586 vs 20대」에 수록되었다.

협력으로 장밋빛 미래가 온 민족에게 펼쳐질 것 같은 상황이 빚어졌다. 위기감의 해소를 넘어 평화/통일에 대한 기대를 전사회적으로 확산하게 만든 것이다. 그러나 몇 가지 곡절을 겪으며 다시 북미관계는 교착상태에 빠졌고, 희망의 거품도 빠졌다.

그 반전 또 반전의 과정은 한반도의 냉전문화를 구성하고 있는 정치적·문화적 구성물이 과연 무엇인지를 드러나게 했던 바, 이 글은 그것을 살피는 것이 목적이다. 따라서 이 글은 책에 실린 다른 논문들과 좀 다르게 주로 4.27판문점선언 이후 백출한 탈분단/통일 담론을 대상으로 삼아 누적되어온 남북 사이의 적대와 냉전문화의 요인들을 살피고 그것을 해체하는 지적 실천의 길이 어디 있는가를 논한 것이다.

예컨대 북한 최고 지도자에 대한 한국사회의 인식은 북한에 대한 인식의 한 척도라 할만하다. 이는 남북한 사람들 사이에서 어쩌면 가장 큰 인식의 격차를 만들어낸다. 북한 권력이나 인민이 김일성, 김정일, 김정은 삼대를 비판도 도전도 절대 허용할 수 없는 '최고존엄' 신성한 존재로 대의 한 척도라 할만하다. 이는 남북한 사람들 사이에서 어쩌면 가장 큰 인식의 격차를 만들어낸다. 또한 이는 남한에서 다양한 정치적·문화적 효과를 발한다. 그 특유의 우상화와 개인숭배는 진보주의자를 포함한 대부분의 남한 사람들에게 북한체제의 합리성 자체에 대해서 의심하게 만든다. 또한 남한의 담론에서 세습(독재)과 일인지배는 곧 '북한스러운 것'으로 표상되기도 한다.[01]

---

01  예컨대 '태극기 부대'의 박근혜 숭배나 삼성의 기업 문화의 부정성도 북한체제에 비유된다. 「삼성전자 "삼성을 최악 독재국가인 북한과 비교…납득 어려워"…한겨레 보도에 "깊은 유감"」『조선일보』 2017.12.5. 미국 인터넷매체 〈글로벌포스트〉의 한

[그림 1] 조선중앙통신을 인용하여 『한겨레』 등에
2018년 8월 8일 보도된 김정은 위원장의 이미지

　침해불가능한 권위와 위엄을 지닌 존재를 비판·조롱하는 일은 비판하는 측에서는 인간적 이성과 계몽(즉 민주주의)의 본연에 속하는 일이며 그 자체로 무척 재밌는 일이다. 하지만 비판을 받는 쪽에서는 극단의 모독이자 적대를 상징하는 것이 될 수 있다. 남한 '어른'들의 대화 자리에서 곧잘 '정은이'라 불리던 김정은 국무위원장은 원래 인터넷에서도 인기(?)가 꽤 있었다. 그 증거가 '김정은 짤'이다. 오늘날 인터넷 공간에서 '짤'은 일종의 언어며 미디어다. '짤'은 한국의 인터넷 공간에서 2008년 경부터 유통되기 시작한 이미지 파일로 된 풍자화·패러디물을 통칭한다. 이른바 인터넷 밈(meme)을 구성 성분으로

국 특파원을 지냈고, 2018년 2월 저서 『삼성제국(Samsung Empire·가제)』 출간을 앞둔 제프리 케인 기자가 인터뷰에서 "사내 곳곳에 이건희 회장을 찬양하는 글들이 넘쳤고, 몇몇 고위 임원들은 회장의 연설이나 어록을 달달 외우더라"며 이를 "마치 북한 사회에 와 있는 게 아닌가 싶은 생각마저 들었다"고 평가했다. 그런데 이에 대해 삼성전자 측에서 내놓은 반응이 더 흥미롭다. "글로벌 기업 삼성을 역사상 최악의 독재국가인 북한과 비교하는 주장을 여과 없이 게재한 것은 납득하기 어렵다"고 유감 성명을 발표했다.

한 것이며, '짤방'의 준말인 이는 원래 특정 사이트들에서 유통된 하위문화였으나 이제는 네티즌 문화 전체에서 빼놓을 수 없는 요소가 되었다.[02] 유명인이나 문제적인 대상에게는 '짤'이 있다.(당연히 박근혜 짤, 트럼프 짤이 무수히 많다.) '김정은 짤'이 있다는 것은 그가 넷 공간에서도 유명하고 문제적이며 재미있기(?) 때문에 비교적 젊은 네티즌의 사유와 놀이의 대상이 된다는 뜻이다. '짤'에서 그는 주로 돼지나 떼쓰는 아이로, 핵 미사일은 그의 장난감으로 비유되었다.

[그림 2] 김정은 '짤' 중 해외 사이트에서 찾은 것이다. 중국에서 만들어져 유통되는 것으로 보인다.

[그림 3] 국내에서 유통돼온 연합뉴스 사진을 변용한 '김정은 짤'

　'떼쓰는 못된 아이=김정은'이니, '정상적인' 지도자도 대화의 상대일 리도 없었다. '김정은 참수부대'를 기억하시는지? 1000여 명 규모의 특수부대로 김정은을 제거한다는 이 참신한(?) 비밀(?) 계획은

---

02　이 같은 '짤'의 상징체로서의 기능에 대해서는 오영진, 「짤방의 발생과 사용에 대한 문화기술학적 고찰」, 인문학협동조합 〈뉴미디어비평스쿨2기〉(2018.7.20 금) 강의 등을 참조.

2016년 2월에 실시된 한미 합동 군사훈련에서 미군이 이른바 '그리 펀 나이프'라는 김정은 제거 작전을 연습했다는 보도가 나온 후에 따라 만들어진 것으로 보인다.[03] 알다시피 참수는 머리를 자른다는 의미이고, 김정은이라는 '수뇌'를 잘라 없애면 북한이라는 위협 자체를 제거할 수 있다는 발상을 부대 창설로 구현코자 한 것이다. 냉전문화의 구성 요소 중 군사적 대결, 즉 첩보전·심리전과 그에 대한 상상력은 가장 핵심적인데, 직접적인 대북 전쟁의 상상력은 천안함·연평해전 등을 통해 이어지고 북핵 위기에서 가장 크게 부풀어올랐던 것이다.[04] 참수부대는 군부의 친박들이 만들어낸 것이었지만, 송영무 국방장관도 2017년 12월 1일에 부대를 창설하겠다고 공언한 바 있다. 이 같은 일들은, 김성경의 말대로 "확인되는 않은 온갖 '설'들이 김정은 위원장의 숨겨진 비밀인양 유통되고, 거기에 장성택 처형이나 김정남 독극물 살해 등 드라마 같은 '사실'들이 뒤섞이면서 우리의 인식 속에서 그는 괴물"이었기 때문에 가능했었다.[05]

관련된 '여론의 근거'도 있었다. 평창올림픽이 열리기 직전 2017년 12월의 여론 조사 결과 '대화와 협상을 통해 북핵 문제를 평화적으로 해결해야 한다'는 응답은 63.5%였다. '군사적 해법 등 강경책으로 대응해야 한다'는 응답은 32.1%였다.[06] 그런데 이처럼 미군 주도 하에

---

03  「핵항모·스텔스기 최대 참가… 북 공포 수단 총동원」『세계일보』 A4면, 2016.2.15; 「참수 작전명 '그리펀 나이프'」『채널A 뉴스』, 2016.3.5 등을 참조.

04  「공중훈련도, 참수부대 창설식도 '공개 NO'…북한 자극할까 눈치보나?」『TV조선』 2017.12.4; 「투시경 헬멧도 없는 '참수부대'…'김정은 참수커녕 다 죽을 판'」『문화일보』 2017.12.5.

05  김성경, 「'괴물'의 놀라운 변화」『창비 주간 논평』, 2018.5.9. http://magazine. changbi.com/180509/?cat=2466

06  2017년 8월 16일 『문화일보』가 문재인 정부 출범 100일(8월 17일)을 맞아 실시한

서 전쟁(군사적 해결)을 감당해야 한다는 여론이 30% 선까지 높았다는 사실 자체가 주목할 일이 아닌가?

남북관계가 좋아졌을 때 북한과 김정은 위원장에 대한 남한 사람들의 인식 또한 혐오와 공포에서 '친근'과 '신뢰'로 또 '귀엽다'로 급격히 변했다. 예컨대 2017년 7월부터 2018년 6월까지 1년간 소셜네트워크서비스(SNS)상에 언급된 김 위원장 연관 검색어(특히 감정 관련 어휘)를 분석한 결과, 지난해 김 위원장과 가장 많이 연관된 단어는 '위협'(5456건)이었다가 이제는 '귀엽다'(3만 8936건)가 가장 많이 연결됐다는 것이다.[07] 필자의 검색 결과로도 남북정상회담 이후 '김정은 짤'은 거의 새로 생산되지는 않은 것으로 보인다. 풍자와 비꼼의 대상으로서의 '매력'은 상실한 것이다. 대신 '귀여운' 김정은 위원장의 실제 사진이 남한의 언론에 주요 뉴스거리가 되었다.[08]

---

여론조사에서도 비슷한 결과가 나왔다 한다. 북한 핵 및 미사일 위협에 맞서기 위한 한국의 핵 무장에 대한 찬성 응답이 62.8%에 달했다. 반면에 북한의 공격을 예방하는 차원에서 한국과 미국이 선제적으로 북한의 핵·미사일 시설을 공격하는 것에 대해서는 반대 응답이 64.8%였다. 북한의 핵 및 미사일 위협에 대응하기 위해 한국도 핵 무장을 해야 한다는 주장에 대한 생각. '매우 찬성한다' 25.1%, '찬성하는 편이다' 37.7%, '반대하는 편이다' 22.1%, '매우 반대한다' 12.7%의 응답 분포를 보였다.

07 「나에게 통일이란: 작년 '위협'→올해 '귀엽다'… 김정은 이미지 변신 성공했다」,『서울신문』, 5면, 2018.7.19. CJ올리브네트웍스가 개발한 SNS 분석 플랫폼 '큐파인더'를 이용했으며 블로그와 트위터에 노출된 67만 1486건을 대상으로 했다 한다. '위협' 외에 '강력'(5위), '무섭다'(6위), '비난'(7위), '포기'(8위), '반대'(9위) 등 상위 10개 연관어 중 6개가 부정적인 단어였다. 긍정적인 단어는 '이해'(2위), '좋다'(3위), '평화'(4위), '최고'(10위) 등 4개에 그쳤다.

08 그냥 친근이나 다른 긍정적 가치가 아닌 하필 '귀여움'의 이미지의 효과는 무엇일까? 한편 이 '가상(표상)'과 '실제' 사이의 거리가 중요하다. '신뢰'는 대화와 접촉을 통해서만 얻을 수 있는 것이며, 혐오는 상당히 가상적이고 인터넷 등 미디어에 의해 조작되고 이미지적이다. 따라서 문재인 김정은 정상회담과 그 전후의 일련의

이 글은 우선 이와같은 2018년 사이 남한사회의 대북 인식의 급격한 변화를 구체적으로 짚는다. 변화를 초래한 객관적인 요소는 물론 '역사의 대전환'으로 일컬어질 만큼의 국제정세의 큰 변화며, 평창 올림픽을 터닝포인트로 한 새로운 국제적 '임시 평화 레짐'의 형성이다.[09] 그런데 여기에는 촛불항쟁과 정권교체 같은 한국 내부의 변화와 한국인들의 주관적 인식도 변수로 움직이고 있다.

현재 '비핵화'나 '체제보장'은 물론 한반도 평화체제의 구축은 그야말로 먼 미래의 일이거나 대단히 어려운 작업임이 다시 드러나고 있는데,[10] 적어도 담론장에서 탈분단/통일의 희망에 관한 '민족'의 상상력은 한동안 만개했었다. 통일의 개념과 과정에 대한 것은 물론, 민족 공동 번영에 대한 장밋빛 전망과 주한미군 철수, 한반도의 영세 중립 국가화 같은 이상적 미래상까지 운위되었다. 이 같은 주관은 70년 넘게 이어져온 휴전 상태와 극우 반공 냉전 기생 세력의 지배를 벗어나서 새로운 나라에서 살고 싶다는 시민·민중의 열망이 반영된 것이라 말할 수 있겠으나, 이 주관의 내용·구조가 무엇인지 더 깊이 탐색해야 한다고 생각한다. 그 실내용은 아마도 민족주의와 유관한 이 사회

---

'접촉'이 가진 의미는 크다.

09  이 과정에 대해서는 구갑우, 「평창 '임시평화체제'의 형성 원인, 과정, 결과-한국의 트릴레마(trilemma)」, 한양대학교 평화연구소, 『평화가제트』 No. 2018-G22. 2018.4.23.

10  예컨대 구갑우는 한반도 비핵화와 한반도 평화체제, 한미동맹의 지속 등 세 가지는 논리적으로도 모두는 달성할 수 없는 '삼각모순'(trilemma)이라고 한다. 한반도 평화체제의 구축과 한미동맹의 지속은 북한을 핵 국가로 사실상 인정하는 정책조합이며, 한반도 비핵화와 한반도 평화체제를 달성하려면 한미동맹의 수정 또는 대체가 불가피하다. 구갑우, 「평창 이후, 한국이 직면한 '삼각 모순'」 성균관대학교 성균 중국연구소, 『차이나 브리프』 47호, 2018.7.

의 정서구조(structure of feelings, 또는 정동의 구조)일 것이며, 이는 단지 남북관계나 대북인식에 의해서만이 아니라 그것과 상호작용하는 계급갈등과 '문화'에 의해 총체적인 맥락을 가진 것일 테다.

이런 견지에서 4.27판문점선언 이후 백출한 탈분단/통일 담론의 양상을 살피고자 한다. 그것은 내용상 대략 다섯 갈래로 보인다. 첫째 남북정상회담, 북미정상회담 등의 정세변화와 남북미 관계의 전략 등을 분석하는 국제정치 및 대북·대미 관계 전문가들의 담론이다. 둘째 탈분단/통일과 그 경로에 관한 담론이다. '우리의 소원은 통일'이 다시 당위로서 운위되는가 하면, '평화공존론'이 '분단체제론'과 대립각을 세우기도 했다. 셋째는 북한 경제개발을 매개로 한 남북 공동 번영과 경제공동체의 건설에 대한 다양한 담론이며 넷째 이와 연관된 북한 사회주의의 전도(前途)나 개방개혁에 관한 담론이다. 마지막으로 주한미군 철수라든가 한반도의 영세 중립화 같은, 한반도와 동북아시아 지정학의 미래에 대한 거시적 담론이다.

그러나 첫째 영역은 이 글의 관심이 아니다. 이 글은 정세나 외교적 전략에 대한 담론과 상호작용하며 보다 메타적인 차원의 이데올로기와 민족·통일·평화 등에 대한 대중의 인식을 만드는 언어와 요소들을 다루고자 한다. 그 모두를 살필 여유는 없어서, 우선 '평화공존론(양국체제론)과 분단체제론(한반도체제론)'[11] 사이의 논쟁을 소재로 삼아 그 속에 든 담론소들을 살펴보고자 했다. (2절) 양론 안에는 통일의 개념이나 민족주의, 통일과 민주주의·개혁의 관계에 대한 입장 차이가 들어있다. (3, 4절) '번영'과 개발을 키워드로 한 남북 공동 번영과

---

11    한반도체제라는 용어는 이일영, 「양국체제인가, 한반도체제인가」, 『동향과 전망』 No. 102, 2018년 여름. 참조.

경제공동체의 건설에 대한 담론과 북한 사회주의의 전도(前途)나 개혁에 관한 담론은 묶어 다뤘다.(5절)

미리 결론을 말하는 것이 될 텐데, 종래의 이념적·정치적 냉전문화를 대체하거나 또는 그것과 병존하는 것은 경제주의 평화·통일 인식이다. 즉 새로운 한반도 정세에서의 평화·통일 담론은 북한개발 및 경제협력을 당연한 전제로 삼으면서 남한의 공론장을 가득 채웠다. 2018년 8월 15일 광복절 기념식에서도 문재인 대통령은 이런 양상을 재삼 확인시켜주었다. 그는 "평화가 경제"라는 테제를 내세우면서 남북·동북아 공동번영 구상을 발표했는데, 연설문 중에 '평화'라는 단어가 21번, '경제'라는 단어가 '19번', '비핵화'는 7번 언급되었다.[12] 이 같은 개발과 '번영'의 담론에는 변형된 민족주의가 개발주의(또는 신자유주의)와 공명하고 있는 것으로 보인다. 이를 경제주의 평화·통일 담론이라 지칭하고자 한다.[13] 분단을 둘러싼 가장 어려운 장벽인 정치이념과 문화 차이를 순식간에 극복하거나 망각하게 만드는 두 힘이 자본의 논리(또는 민족적 생존주의) 그리고 여전히 작동하는 본질론적 민족주의다.


## 2. 평화공존이냐 통일이냐: 최장집·백낙청 논쟁

'평화공존론'(양국체제론)은 서로 다른 국민국가로서 국제사회의 주체로서나 국내적 주권체로서나 병존해온 남북한의 현실을 그대로 인

---

12  「문대통령 '평화' 경축사」, 『연합뉴스』 2018.8.15.

13  따라서 이 글에서 경제주의란 경제중심주의, 경제결정론 등의 함의를 가진다.

정하고, 항구 평화의 길을 모색하자는 것이 핵심 내용이다.[14] 평화공존론은 평화와 통일 사이의 간극이 있을 수밖에 없고 또 그래야 한다는 점을 강조한다. 사회학자 김동춘은 "분단 극복이 곧 통일은 아니"며 "성급한 통합, 통일은 훨씬 심각한 갈등, 심지어 내전의 위험도 안고 있"기 때문에 경제교류 등은 지속하되, "서로의 경계는 닫아두"고 "두 국가 체제를 유지하면서 군비를 축소하고 교류하는 일, 대외적으로는 한반도의 항구적 평화를 정착시키는 일을 동시에 수행해야 한다"고 한다. 즉 "평화와 통일은 분리된 과제이며, 별도의 프로세스를 필요로 한다"는 것이다.[15]

최장집은 이 같은 주장을 좀 더 강하게 내세워, "신질서에서 이해되는 평화 공존은 통일의 가능성을 제거해버리는 남북관계"라면서 "미래의 남북관계는 통일된 민족단일국가가 아니며, 어떤 것이 될지는 열려 있다"면서 "그것을 열어 놓고 평화 공존을 어떻게 제도화하고 관리하느냐에 집중하지 않으면 평화 공존도 실현할 수 없다"고 했다.[16]

이 같은 평화공존론은 분단체제론자들을 위시한 일부 논자들의 반발을 불렀다. "남북이 평화협정을 맺고 개별적인 국가로서 공존하면 된다는 발상 역시 남북 분단에 대한 역사적 맥락과 복잡한 현실을

---

14 김상준, 「누가 한반도의 빌리 브란트가 될 것인가」 (http://thetomorrow.kr/archives/6476

15 김동춘, 「두 국가 체제를 거쳐 영세중립국으로」, 『한겨레』 2018.4.24.

16 최 교수는 "남북 간 평화 공존은 정치적, 경제적으로 상이한 체제 간의 공존이 본질"이라며 "그 형태가 사실상일 뿐만 아니라 법적으로 분단된 국가의 존재를 인정하는 것"이라고 말했다. 「통일 가능성 제거한 뒤 남북 평화 공존 논의를」, 『경향신문』, A23면 2단 2018.7.5.

도외시하는 회피적 사고"[17]라는 것인데, 특히 백낙청은 최장집을 직접 겨냥해 격하게 비판했다.[18] 백낙청은 한반도 평화와 통일은 동시에 추진해야 할 과제며 '평화체제의 필수조건으로서의 남북연합'을 전제하고 "통일 가능성을 제거해버리는' 평화 공존을 운운하는 것은 탁상공론에 불과하다"고 주장했다. 또 평화공존이 "국가연합에 미달하는 남북관계 개선에 멈춘다고 한다면" 남북 사회 내부의 "빈부격차, 성차별, 환경파괴, 인간성 붕괴 등의 문제에 신경 쓰지 않고 기성 체제를 각자 유지하면서 편안하게 살아보자는" "분단 체제의 기득권 수호의 논리"라고까지 비난했다. "평화공존이라는 것도 사실 무책임의 논리"며 "그동안 전쟁위협에 시달리고 분단체제 아래 신임해 온 민중더러 또다시 '가만히 있으라'고 달래는 이데올로기"라는 것이다.[19]

이처럼 논쟁에 내재된 것은 통일의 개념 및 통일과 평화공존의 관계, 민족주의와 분단체제론의 문제, 남한 내부 변혁(촛불)과 분단·통일 문제의 관계 등이라 보인다. 이는 단지 특정 논자의 입장 차이가 아니라 평화공존과 통일 문제의 중요한 면들을 지시하고 있다는 점

---

17  백영경, 「분단 너머의 삶과 커먼즈」, 『창비주간논평』, http://magazine.changbi.com/180523/?cat=477 이 글은 『창작과비평』 2018년 여름호의 권두언의 일부라 한다.

18  두 논자의 분단(체제론) 문제를 둘러싼 논쟁은 처음이 아니다. '1차전'은 백낙청 교수가 『한반도식 통일, 현재진행형』에서 "분단현실의 존재를 망각하거나 외면한" 학계 흐름을, 특히 최장집 고려대 교수의 실명을 들어 비판하여 일어났었다. 「백낙청-최장집 논쟁'이 던지는 사회적 의미」, 『한겨레』 2006.5.6; 「백낙청·최장집 명예교수, 전시작전권 놓고 설전」, 『중앙일보』 2014.12.1.

19  2018년 7월 12일 한반도평화포럼 주관 강연 「시민참여형 통일운동과 한반도평화」, Korea Peace Forum 한반도 평화포럼 홈페이지 「이슈」, http://www.koreapeace.co.kr/pds/issue_view.php?notice_seq=9875&start=0&key=title&keyword=&table_gb=issue (2018.7.22)

에서 검토할만하다.[20]

우선 통일과 평화공존의 관계를 생각해보자. 평화공존론과 분단
체제론은 각각 합리적 핵심과 오류 가능성을 갖고 있으며, 완전히 대
립되는 면을 가진 것도 아니라 보인다. 과연 평화공존론자들이 남북
의 경계를 닫아두자거나 통일의 위험성을 강조하는 것이 기득권을
지키고 '가만히 있으라' 하기 위해서일까? 남북한 양자의 명백한 사회
문화의 차이, 국력의 차이 그리고 급격한 통일이 야기할 위험과 '북한
에 대한 식민화'로서의 통일을 우려하기 때문이다. 그래서 김동춘은
"두 국가는 각자 21세기 조건에 맞는 이상적인 사회경제 체제를 건설
하기 위한 모색을 해야 한다"[21]고 했다. 남북한 국가가 각각 더 나은
체제가 되는 과정이 선행(또는 병진)되지 않는 한 통일이 오히려 위험
한 것이라는 인식은 옳고, 넓은 범위에서 대중의 지지도 얻고 있는 것
으로 보인다. 두 개의 '헬조선'이 합쳐서 더 크고 나쁜 '헬'이 되어서는
곤란하다는 것이다.[22]

대통령 직속 민주평화통일자문회의의 정기 '통일여론조사' 결
과(2018년 6월 19일, 전국 만19세 이상 1,000명 대상) 중에서 2016년부터
2018년 6월 사이에 가장 극적으로 변화한 항목들은 "향후 남북관계
전망"과 "북한에 대한 인식", "향후 북한 체제의 개혁/개방 가능성"이
다. "향후 남북관계 전망"은 2016년 1분기에 '좋아질 것'이라 응답한
사람이 28.5%, '나빠질 것'이 31.4%였다가 2018년 1분기에 '좋아질 것'

---

20  논점 중의 일부는 구갑우, 안병진, 이기호, 이일영, 장혜원, 「좌담: 한반도 정세의 대
    변화와 대안 체제」『동향과전망』 2018년 여름호(통권 103호), 2018.6에 다뤄져 있다.

21  김동춘, 앞의 글.

22  이에 관한 장강명, 「우리의 소원은」『한국일보』, 2018.1.26; 「박권일, 다이내믹 도
    넛 우리의 소원은」『한겨레』2018.5.11 등 많은 글이 있음.

이 77.7%, '나빠질 것'이 5.2%로 변했다.[23] 그리고 "북한에 대한 인식"
항목에서 북한이 '협력 내지 지원 대상'이라는 응답자는 2016년 1분
기에 38.2였다가 2018년엔 60.1%로 두 배 넘게 늘어났고, 북한이
'경계 내지 적대 대상'이라는 응답자는 2016년 50.8에서 23.5%로 딱
반이 줄어들었다. 11.2%는 '별로 상관없는 대상'이라고 답했다.[24]

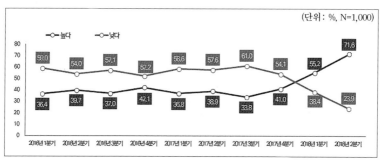

[표 1] 북한 체제의 개혁·개방 가능성(추이 비교: 2016~2018년)

---

23  2016년 1분기부터 2018년 2분기까지 분기별 조사결과는 다음과 같다. 각 수치가
    각 년도 각 분기의 수치다.
    ·좋아질 것: 28.5→31.4→22.9→29.0→34.2%→48.1%→27.0%→39.0%→62.2%
    →77.7%
    ·변화없을 것: 35.7→43.2→39.5→40.5→38.4%→35.7%→37.7%→41.4%→27.2%
    →13.1%
    ·나빠질 것: 31.4→19.3→31.9→22.0→21.3%→12.9%→30.3%→15.7%→6.4%→
    5.2%
    출처:「180619 보도자료_민주평통 2분기 통일여론조사 결과(6.19)」중 남북관계.

24  한편 2016년 1분기부터 2018년 2분기까지 분기별 조사결과는 다음과 같다. 각 수
    치가 각 년도 각 분기의 수치다.
    ·협력/지원 대상: 38.2→43.9→30.9→38.8→34.7%→39.8%→30.5%→39.9%→
    50.1%→60.1%
    ·경계/적대 대상: 50.8→43.7→48.3→40.9→44.0%→44.3%→48.7%→42.5%→
    32.6%→23.5%
    출처:「180619 보도자료_민주평통 2분기 통일여론조사 결과(6.19)」중 대북 인식.

그런데 긍정적으로 크게 변화한 위 항목들에 비할 때, "통일 필요 정도"와 "통일 후 국가발전 공감정도"에 대한 인식은 거의 변화가 없다는 점을 주목해볼 필요가 있다. 적어도 이 조사에 응한 대중은 남북교류협력이나 북한 체제의 개방 문제와 '통일'의 긍정성을 직접 결부시키지는 않는다는 것을 알 수 있다. '통일'이 또다시 민족주의적 당위로서 제시되기는 하지만 그저 낙관적인 현실로 받아들여지진 않는 것이다. 반대로 통일 개념에 대한 혼란과 통일에 대한 당위적 태도에 대한 회의는 광범위함에도, 탈분단·탈냉전(평화)에 대한 지지와 열망은 크다는 점을 생각할 수 있다.

통일의 정치적·경제적 비용이나 위험성 뿐 아니라, 통일과 평화 공존을 오히려 대립할 수 있는 것으로 파악하는 것은 의미 있는 통찰이기도 하다. 왜냐하면 분단의 인위적이고 급박한 해소는 오히려 민족 전체의 위기나 강대국의 개입을 부를 수 있다.[25]

그럼에도 통일의 가능성을 '인위적으로 제거'해야 한다거나 평화 공존에만 만족하자는 것은, '민족'과 결부된 이념과 서사가 여전히 현실에서 큰 힘을 발휘하는 남북관계의 특수성을 경시하는 것일 수도 있다. 남북은 매우 부자연스럽고 소모적인 대치상태에 있지만 문화적 언어적 동질성도 여전히 크다. 북한의 경제개혁과 개방이 만약 현실이 된다면 남의 북한 인민에 대한 사회문화적 영향력이 급격히 커지고, 이는 북한체제 자체와 탈분단에 대한 강력한 변화의 압력이 될 수 있다는 것도 쉬 짐작할 수 있다. 만약 북한의 개혁과 경제개발이 진짜 본격화된다면 양자의 관계가 한류를 전파하고 금강산 관광하

---

25  백낙청은 이에 대해 다자 평화 안보 협력 체제와 남북(국가)연합이 군사적으로 가장 확고한 보장이라 주장한다.

는 수준에서 그칠까? 사실 예측하기 어렵기 때문에 양론은 설득력을 나눠 가진다. '과정으로서의 통일'이나 '국가연합'은 과연 어떤 모습일까? 이에 관련하여 백낙청은 "통일지향적" 평화 프로세스와 "분단지향적" 평화 프로세스로 나누어 생각해볼 수 있고, 임동원 등이 주장했다는 "통일지향적" 평화 프로세스가 현실에 더 가깝고 바람직하다고 했지만[26] 전제 자체가 지나치게 이분법적이다.

사실 '평화공존'의 반대는 '통일'이 아니라 '적대적 공존'일 것이다. 그런데 이 공존의 주체가 평화국가가 아니라, 안보국가며 한미동맹의 하위파트너이거나 '비정상적인' 전체주의 국가이기 때문에 문제가 아닌가? 국가연합론이건 평화공존론이건 현실을 실제로 반영한 것이라기 보다 예측이나 관념일 수밖에 없는 측면이 있기에, 더 많은 논의와 경험에 대한 평가가 필요하다. 이런 견지에서 독일통일 과정에서의 국가연합과 평화체제를 논한 이동기의 말이 의미 있다. 분단독일에서는 무려 30여개의 국가연합안이 있었고, 중립국가 지향의 국가연합안이나 '실용적 관점'의 국가연합안도 있었다. 흥미로운 것은 독일에서도 동독과 서독의 극심한 경제적 불균형은 국가연합의 정치적 상상을 제한했고, 이를 해소하는 것을 우선의 과제로 삼게 했다는 점이다. "국가연합안은 여러 가지 방식으로 평화 형성의 문제를 포함"하기에 필요한 것은 "국가연합을 정적이고 완성된 이상적 체제로 보지 않고 실용적이고 현실적인 협력의 안정적 틀을 만드는 정치 과정의 산물이자 그런 의지의 결집으로 보는 관점이다."[27] 즉 국가연합과

---

26　백낙청, 앞의 글.

27　이동기, 「국가연합과 평화체제」, 참여연대 참여사회연구소, 『시민과세계』 No.27, 2015.

평화공존의 과정을 대립적으로 보지 말아야 하며, 평화공존의 실질적 능력과 경험을 쌓아가는 동시에 분단이 야기하는 사회모순을 민주주의의 원칙에 입각해서 제거하며 탈분단을 제도화해나가는 것만이 현실적이라 하겠다.

### 3. 왜 통일해야 하는가: 민족주의의 여전한 역능

민족주의의 이념·정념과 평화·통일에 대한 기대 사이의 함수관계에 주목해야 한다고 생각한다. 주지하듯 민족주의는 근대 이후 한국사회를 가장 강하게 지배하며 한국인들을 결속시켜온 이데올로기이다. 분단과 냉전이 그 작동방식을 변화시켰지만 민족주의는 언제나 지배적인 심성과 표상을 주조해내는 정신의 기제였다. "지정학적 지옥"[28]인 한국에서 민족주의는 언제나 강한 매개로 전치·변형될 수 있다. 1998~2007년 사이 민주정부 시대 남한의 민족주의는 두 갈래의 방향이었다. 일면 남북화해를 통해 '민족'의 가치는 높아지며,[29] 동시에 분단을 반영한 '대한민국 민족주의'가 커진다. 특히 2002년 월드컵, 2006년의 황우석사태는 민족주의/국가주의를 폭발하게 한 사건이었다. 민족주의는 대중의 강력한 공동체주의적 원망(願望)를 연료

---

28  박훈, 「[역사와 현실] 지정학적 지옥 한국, 지질학적 지옥 일본」, 『경향신문』, 2017. 06.29.

29  이 시기에 남북 역사학자 교류, 겨레말 사전 만들기 사업 그리고 남북 작가회의 교류 등이 각각 해당 학계에 의해 수행되고 각각 다른 효과를 발휘했음에 주목하고 싶다.

로 하고 신자유주의적 경제주의를 촉매로 해서 격렬하게 현상했다.[30]

그러나 동시에 '탈민족'의 원심력도 커져왔다. 한국 민족주의가 단지 '상상된 것(imagined)'이 아니라 민중의 처절한 경험과 민족 부르주아지의 기획의 합작품이듯, 탈민족주의도 단순히 사변이거나 (혹자들이 누명을 씌우듯) 제국적 지배의 논리에 침윤된 자유주의의 사조만은 아니다. 그 또한 구체적인 맥락과 다가성을 가진 가치다. 인권의식과 개인주의의 개화, 반 남성중심주의, 반 파시즘·국가주의 그리고 한국인들이 실제 경험한 세계화와 다문화 상황의 본격화를 물질적 맥락으로 한 것이다. 즉 이는 '민주화 이후의 민주주의' 또는 '포스트 민주화'의 실제적 사회정세를 재현하고 전유한 논리이기도 했다.

이러한 흐름은 남북관계나 냉전문화에 관련하여 어떻게 작용해왔나? 두 가지로 생각해볼 수 있다. 첫째, 한반도 정세의 변화와 이에 따른 대중의 인식으로, 남한의 대중은 남북 사이에서 중립적이거나 순수히 '통일된 민족'을 바라지 않는다는 점이다. 새로 등장한 '대한민국 이데올로기'는 1990년대 이후 한국사회의 변화와 성장뿐 아니라 북한 체제의 쇠퇴와 정당성 문제에 대한 전유의 결과이다. 2000년대 중반의 사회조사 결과에 의하면, 민족과 지리적 특수성보다 '대한민국 국민'이라는 정치공동체의 소속감이 한국인의 정체성을 구성하는 핵심적 요인이 되고 있다. 즉 오늘날 남한 주민의 대다수는 남한과 북한이 현실적으로 별개의 독립적인 국가라 인식하면서, 동시에 정통성을 지닌 '국가'는 대한민국 뿐이라 생각하는 경향이 있다. 남한은 통일 논의에 있어서나 체제 경쟁에 있어 완연한 우위를 점하게 되었

---

30  천정환, 「황우석 사태의 대중 현상과 민족주의」, 『역사비평』 통권 77호, 2006년 겨울.

(거나 그렇게 표상되고 있)을 뿐 아니라 정통적이고 헤게모니적인 정체로 간주된다. 북한체제의 한계나 탈북자들의 존재는 그 확고한 증좌로 간주되는 바, 이는 한편으로 냉전의 종식과 세계화라는 새로운 국제적 조건에 처한 현실에 대한 반응이다. 따라서 두 국가를 따로 생각하는 것도 상호 체제에 대한 인정이라는 의미가 아니라, 북한 체제에 대한 혐오와 거부 또는 통일에 대한 공포심을 수반한 것이라 봐야 한다.[31] 이런 방향의 인식은 북핵위기 국면에서 극대화되기도 했으며 여전히 광범위하게 퍼져있다 봐야 한다.

둘째, 우파의 기획이다. 소위 뉴라이트와 조중동 등의 언론이 대표적이다. 그들은 위의 이데올로기적 변화를 나름 전유하여 일제강점기의 역사 뿐 아니라 대한민국 정부 탄생 과정의 학살·전쟁 등의 '어두운' 과거를 지우고 남한 지배체제의 정당성을 강변·강요하기 위해 '대한민국 이데올로기'를 유포해왔다. 이는 변종 반공주의이자 국가주의를 수반한다. 우파적으로 전유된 탈민족주의는 바로 이러한 변종 반공주의와 국가주의에 접속했다.[32] 촛불항쟁은 그같은 지배와

31  2000년대 중반 남북관계가 좋았던 때의 강원택 교수의 조사 결과에 의하면 "한국인은 자신을 한민족(64%)보다 한국 국민(77%)에 더 가까운 것으로 느끼고 있다. 또한 남한과 북한이 현실적으로 별개의 독립적인 국가라 생각하는 사람이 78%라 한다. 이에 대해 강원택은 "남한만의 민족국가적 정체성이 형성된 것"이라며 이를 "대한민국 민족주의"라 지칭했다. 강원택 등, 「한국인은 누구인가-창간40주년 기념 특집 여론조사」, 『중앙일보』 2005.10.13; 천정환, 「'황우석 사태'의 대중현상과 민족주의」 『역사비평』 2006년 겨울호(통권77호), 2006.11, 재인용.

32  지식·학술장에서도 2000년대 초부터 본격적으로 나타난 탈민족주의 흐름은 반파시즘론, 페미니즘, 식민지근대성론 등 여러 내용을 가진 것이었고 생산성이 높았으나 차츰 좌우로 갈라져갔으며 국내외적 정세 변화에 의해 처음의 생산을 유지하지는 못 한다. 다만 1960-80년대를 풍미한 버전의 민족주의는 용인되지 않는다. 대신 『제국의 위안부』 논란 등에서 보듯 탈민족주의는 모호하고 불건강한 일본식 자유주의의와 접속하기도 했는데, 이 같은 탈민족주의에 대한 경계심도 높아져 있다.

극우 정치를 확장한 이명박 박근혜정권에 대해 강력한 제동을 걸었지만 여전히 재벌·기독교·공안세력 등을 근거로 한 기득권 우파 동맹의 힘은 약화되지 않았다.

최장집은 분단체제론의 "함의는 한반도의 탈냉전과 남북 평화 공존은 통일에 이르는 과정이고, 그 다음 단계는 민족통일국가의 건설이자 분단 이전 상태의 복원"이라고 지적했다. 그러면서 "탈냉전, 평화 공존은 분단의 극복을 통한 미완의 통일된 민족독립국가의 때늦은 완성이 아니라 과거와는 다른 형태의 역사적 경로를 행하는 것"이라고 했다. 이에 대해 백낙청은 분단체제론이 1민족 1국가를 전제로 하는 민족주의적 통일을 지향하는 것이 아니라며, 자신의 통일 개념이 결국 국가연합의 건설이라는 점으로 반박했다.[33]

분단체제론이 민족주의적 전제를 깔고 있는지 아닌지는 이 글의 관심이 아니다. 근본적인 문제는, 한반도 평화와 통일 문제에 있어 민족주의적 당위를 벗어나는 일이 과연 가능한가? 민족주의는 단지 과거의 이념일 뿐인가? 등이라 본다.

4.27 판문점 선언은 "한반도의 평화와 번영, 통일을 위한 판문점 선언"이라 하여 그 제목부터 강하게 '통일'을 전제하고 있다. 전문과 3개항으로 이뤄진 이 선언은 또한 제1항에서 "남북 관계의 전면적이며 획기적인 개선과 발전을 이룩함으로써 끊어진 민족의 혈맥을 잇"는다 했으며 제2항에서도 "양 정상은 정기적인 회담과 직통전화를 통하여 민족의 중대사를 수시로 진지하게 논의하"여 "(중략) 한반도의 평

---

천정환, 「탈근대론과 한국 지식문화(1987~2016)」, 민족문학사연구소, 『민족문학사연구』 67권, 2018, 55~96쪽 참조.

33  백낙청, 앞의 글.

화와 번영, 통일을 향한 좋은 흐름을 더욱 확대해 나가기 위하여 함께 노력하기로 하였다"고 했다. 즉 두 정상이 그렇게 만나 신뢰를 구축하고 긴장을 해소해야 하는 이유는 결국 단 하나다. "민족"의 회복 즉 "통일"이다. "민족의 혈맥"을 이어야 하는 이 같은 당위가 '번영'이라는 키워드로 수식되어 있는 점도 놓칠 수 없다. 이는 (이후 보겠지만) 남과 북 양쪽에서 통일을 위한 각각 가장 중요한 설득의 이유가 되고 있다.

그러면서 동시에 "혈맥" 운운하는 본질론적인 뉘앙스의 민족주의도 당위로서 발화된다. 민족주의가 남한에서 보다 훨씬 더 강력한 지배이데올로기로 돼 있는 국가의 지도자이기 때문인지,[34] 김정은 위원장은 공동성명 발표 후의 연설에서 "가슴 아픈 분단의 상징이 평화의 상징이 된다면 하나의 핏줄, 하나의 언어, 하나의 역사, 하나의 문화를 가진 북남은 본래대로 하나가 돼 민족의 끝없는 번영을 누리게 될 것이다"며, 더 심정적인 차원에서 '민족의 하나'임을 강조했다. 최장집이 지적한 '민족의 회복으로서의 통일'이다.

"하나의 핏줄, 하나의 언어, 하나의 역사, 하나의 문화"는 오늘날 남한의 지식장·공론장에 용인되는 개념인가? 아니지 않은가? 그럼에도 '민족의 하나됨'은 남북 당국자의 만남이나 교류의 실제 장에서는 여전히 당위로 거론된다. 1990년대 이후 남한의 담론장·지식장의 주요 특징 중 하나가 민족주의로부터의 벗어남이었다고 할 수 있을 정도인데, 이 같은 간극이 의미하는 바는 무엇일까? 또 4.27 선언 등에 담긴 민족주의의 수사와 통일 당위론에 대한 비판은 (거의) 없었다.

---

34    사실 우리는 북한에서 민족주의가 어떻게 소구되는 이념인지 정확히 모른다.

왜일까?

이처럼 한반도에서 민족주의는 다가적이며 비균형적인 상태로 유지될 것이다. 그것이 여전히 지배적인 담론으로 통용될 수 있는 상황 (즉 강대국 패권주의와 분단의 효력이 지배하는 '절반의 주권국'으로서의 모순 등)과 반대로 상주 외국인이 200만명(남한)을 넘고 한국인의 이동량도 유례없는 다문화적 상황과 글로벌 자본주의 체제가 공존하기 때문일 것이다. 따라서 앞으로도 당위적 '민족 통일론'과 반통일·탈분단 평화공존론이 각각 다른 차원의 현실성을 지닌 채 병존할 것이다.[35]


## 4. '미투'(#Me_too)와 분단: 사회개혁과 통일의 관계

이 문제는 '분단모순'과 남한 내부의 사회 모순 사이의 관계를 바라보는 매우 오래된 관점의 차이(마치 NL/PD 논쟁을 연상시키는 같은)와도 연관돼 있다. 남한의 사회운동에서 NL식의 사고가 영향력이 약화된 이후, 분단체제론자들은 분단모순을 가장 중요한 심급으로 바라보는 대표적인 지식인 그룹이라 할만하다. 분단체제론은 냉전과 남

---

35  지난 2019년 5월 31일에 성균관대와 통일연구원, 북한대학원대학교가 공동 주최한 열린 심포지움 "한반도평화체제의 전망과 북한 문화예술 연구의 과제"에서도 남북한의 통일(통합)과 평화공존 간의 모순적 관계에 대한 흥미로운 토론이 오갔다. 북한학 연구자들은 공히 북한을 제대로 이해하고 분단의 현상(실제)을 인정하는 것이 기본적인 중대 과제라 전제하고(이우영, 유임하), 당위적 '통합·통일'에 대해 유보적 태도를 취했다. (김성수) 분단 극복(통합)의 매개가 되어야 할 것이 배타적 의미를 띨 수밖에 없는 민족주의나 '적'의 설정이 아니라, 탈식민(구갑우)이나 평화라 했다. 평화는 특히 최소한의 공약수 같은 것이다. (이신철) 학회의 세부사항에 대해서는 https://www.skku.edu/skku/campus/skk_comm/popup_notice.do?mode=view&articleNo=72501 등을 참조.

북분단의 효과를 포착하는 데 유용한 면이 있지만, 반대로 언제나 환원론의 위험을 내포한다. 예컨대 백영경은 미투운동을 야기한 한국사회의 남성우월주의와 성차별이 "분단의 습속"과 "분단체제의 효과"라 주장한다.

> "이처럼 사소해 보이는 문제라 하더라도 자기의 삶에서 성역 없는 싸움을 시작한 이들의 힘이 모일 때 결국 일상 속에 스민 분단의 습속을 일신할 수 있는 동력이 될 것이다. 우리 사회에서 남성우월의 성차별과 기득권의 갑질이 이토록 기승을 부리는 것은 사실 오랜 분단체제의 효과이기도 하기 때문이다."[36]

남한의 남성우월주의와 분단체제를 굳이 연결시키자면 징병제·군사문화 등을 찾을 수는 있겠지만, 이는 여성에 대한 차별·혐오를 가부장제의 보다 근원적인 폐단과 연관시키는 페미니즘의 주장[37]과 거리가 실로 크다. 분단 없는 미국과 서유럽에서는 왜 미투운동이 활발했으며, 일본이나 제3세계 국가들에는 분단모순이 없어 미투가 잠잠한 편이었나?

'여성들에게는 국가는 없다'는 구호가 외쳐지는 상황에서 이런 주장은 오늘날 언제나 교차하고 또 서로 길항하는 이슈와 정체성 사이에 존재하는 민주주의의 전선을 호도하는 것이다. 예컨대 지난 19대 대통령선거에서 불거진 성소수자 이슈나, 페미니즘 운동과 다른

---

36　백영경, 앞의 글.
37　우에노 치즈코 『여성혐오를 혐오한다』나 정희진 이나영 등의 글을 참조.

범 '진보' 분파들 사이의 갈등을 생각해보라. 또한 미투 운동 때 폭로된 '진보 남성'들과 몇몇 예술가들을 상기해보라. 그들 중에는 '분단체제'의 해소를 위해 노력해온 남성들이 적지 않았다. 이제 현실에 대한 쉬운 진단과 안일한 처방을 피하고자 할 때, 억압과 모순이 교차하고 연관되는 선을 찾고 교차하고 길항하는 전선의 지점들을 의식해야 하는 것이 '정치(적인 것)'의 요체가 된다.[38] 물론 '정체성들'을 횡단하는 민주주의의 심급이 존재하지 않는 것은 아니며 한반도에서의 평화 이슈가 갖는 중요성이라든가, 냉전·수구·극우 세력과의 대결 같은 것도 일반 민주주의적 중요성을 지닌다. 그럼에도 민주주의의 전선은 교차적이고 다차원적이다. 이를 무시하여 '민주 대 반민주, 통일 대 반통일'의 구도만 내세웠었기에 우리 사회에서는 페미니즘·생태주의도 진보정당도 설 곳이 좁았다. 촛불항쟁과 '페미니즘 리부트'도 연관되어 있지만, 두 항쟁조차 그 사이의 이음매가 견고하지는 않다. 오늘날 이 다차원성은 '민주 대 반민주'나 '분단 대 통일'처럼 전선의 통합이나 일관된 동원의 기표가 아닌 오히려 '분할'로 상징된다. 세대 단절이나 젠더 대립, 그리고 노동계급 내부에서의 분할로 표시되는 사회경제적 분단 상태는 근래 극심해졌다. 일상적 민주주의 문제나 기후 변화로 표상되는 생태위기 또한 다른 모순과 연관되어 있지만 다른 모순으로 환원되지는 않는다.[39] 과연 오늘 한국의 청년과 젊은 여성들은 '민족'과 '통일'을 어떻게 생각할까? 우리가 어떤 통일을 추구해야 하는지 그들의 생각이 시금석일 것이다. 2017년의 조사

---

38    샹탈 무페 / 이보경 옮김, 『정치적인 것의 귀환』, 후마니타스, 2012 참조.

39    천정환, 「'1987년형' 민주주의의 종언과 촛불항쟁 이후의 한국 민주주의: 대중 민주주의의 문화정치 문제를 중심으로」, 『문화과학』 94호, 2018년 여름호.

에 의하면 청년들의 경우 "통일의 이유에 대해 20대는 26.9%, 30대는 24.2%, 40대는 29.5%, 50대는 28.1%, 60대 이상은 48.6%가 민족 동질성을 꼽았다." "같은 민족이라는 명분이 통일의 유일무이한 근거가 되어서는 안된다는 것이 20~30대의 생각"이라 정리할 수 있다.[40]

분단 환원론은 백낙청 등이 주장하는 '시민참여(형) 통일운동론'에도 나타나 있다. 일단 통일운동에서의 '시민참여'가 과연 무엇인가 하는 점부터가 모호하다. 백낙청은 "독일 통일은 '흡수 통일'이라는 평가가 있지만 동독 주민들의 봉기로 시작해서 상당한 정도의 시민 참여가 있었다. 또 그 전에 준비 과정에서는 시민 참여형 동서 교류가 많이 있었다"고 한다. 이에 따르면 베를린 장벽 붕괴를 야기한 동독 주민의 결정적 봉기도, 그 이전의 동서 교류도 모두 '시민 참여'다. 이 같은 해석은 "시민참여형 중에서 가장 중요했던 행위는 남북관계 발전을 저해하는 정권을 시민들이 들고 일어나서 쫓아냈다는 점"이며 박근혜정권 퇴출이 "시민참여형 통일운동의 획기적 사건"[41]이라고 했다는 점에서도 나타난다. 촛불항쟁이 '통일운동의 사건'이라는 주장에서 결국 '모든 것이 분단문제'고 그 반대 움직임이면 모두 '통일(운동)'이라는 식의 환원론과 아전인수가 드러난다. 사실 촛불항쟁과 정권교체 이후에도 남북관계는 한동안 어려웠고, 만약 국제적인 다른 변수가 있으면 오늘의 '임시 평화 레짐'이 변할 수도 있다.

백낙청 등이 주장하는 '시민참여형 통일운동'은 분단 문제를 강대국과 '국가'에만 맡겨놓지 말자는 것과, 변혁과 통일을 떨어지지 않은

---

40    박주화(통일연구원), 「20~30대 통일의식에 대한 변명」『SPN 서울평양뉴스』, http://www.spnews.co.kr/news/articleView.html?idxno=7046 (2018.01.31.)

41    백낙청, 앞의 글.

과정으로 놓고 보자는 좋은 뜻을 갖고 있는지 모른다. 통일·평화의 문제에서 실제 시민과 민중은 소외될 가능성이 크고 특히 정보 격차 때문에 권력 및 전문가 사이의 인식과 대중 담론 사이의 괴리도 크다. 그래서 대중의 참여와 민주주의의 문제가 통일 문제와 맺는 관계는 중요하다. 그러나 위와 같은 통일운동론은 현실과 거리가 있고, 이전의 민족주의 운동세력이 그랬듯 남한 내부의 모순과 운동을 호도할 오류를 내장한다. 논리적으로는 민주주의의 여러 국면과 여러 심급의 문제를 분단으로 환원한 데서 빚어지는 오류나 '분단체제'라는 개념 자체에 대한 집착의 결과라 보인다. 필요한 것은 남북한 각각의 사회변혁과 체제 수렴으로서의 평화·통일의 과정에 대한 실제적인 천착과 담론이라 보인다. 분단 자체도 문제지만 남북한의 경제 격차와 독재, 인권 문제 등의 '차이'야말로 화해나 '통일'의 가장 큰 저해요인 아닌가? 이를 어떻게 한반도 차원의 문제로 만들고 해결해나갈 것인가? 또 하나의 결정적인 문제는 분단체제론자 등이 확신하는 것처럼 탈분단과 통일이 양 체제의 민중과 비기득권자들을 위한 것이 될수 있는지 이제 확실하지 않다는 점이다. 분단체제론은 자본의 힘이나 자본주의의 모순에 대한 사고가 부족하다.

## 5. 새로운 당위로서의 경제주의 통일 관념: '번영'과 북한 개발 담론

북한이 경제 건설(부흥)을 최대 국가목표로 삼은 것은 사실인 듯하다. 김정은은 2018년 신년사 국가경제 발전 5개년 전략수행과 관련하여 "사회주의 경제 건설"과 "인민경제의 자립성과 주체성을 강화하고 인민생활을 개선 향상"에 대해 강조했다.[42] '장마당 시대' 북한의 변화를 반영한 것이겠지만, 중국식 또는 베트남식 개방개혁을 지향한다는 말을 공식적으로 천명한 적은 없다. 그리고 현재 '비핵화'와 '체제보장'은 답보 상태에 놓인 채 여전히 안보리 제재 때문에 모든 것이 막혀있다.

그럼에도 남북정상회담과 북미 회담 전후 마치 북한의 경제개혁·개방은 마치 기정사실처럼 되었다. 개혁으로 북한체제가 어떤 모습으로 변할지, 과연 '북한식 사회주의'가 거기 어떻게 작용·반작용할지 아무도 모른다. 그런데 남한에서는 선의로 북한의 시장화·식민화를 미리 걱정하는 담론이 족출하는가 하면[43] 『조선일보』처럼 북한에서 인민혁명이 일어나면 문재인 정부가 어떻게 할 거냐는 '설레발'도 있었다.

강조하고 싶은 것은 남북한의 경제협력·공동번영의 미래상에 대한 담론이 '통일'과 연관된 지배적이고도 새로운 당위를 만들고 있으며, 이것이 가진 힘이 현재 한국 냉전문화와 대북한 인식의 모든 것을 재구성하는 중력을 만들고 있다는 점이다. '발전의 정체에 빠진 남한'과 '가난에 찌든 북한'의 상생이 오직 화해협력의 길에 있다는 식의 담론은 이전부터 '봇물'이었다. '상생'이 아니라 일방적인 식민화나 흡수통일의 뉘앙스가 포함된 것이지만 경제주의적 화해 제스처도 이미 이명박 정권 시절에 나왔다. 문재인이 제시한 한반도 '신경제지도' 구

---

42   김정은 위원장 2018년 신년사.

43   예컨대 정태인, 「정태인의 경제시평」 김정은 위원장께」 『경향신문』 2018.4.30 등.

상도 이미 박근혜 탄핵 이전에 존재했다.[44] 여기에는 남한이 가진 건 당연히 자본과 기술이고 북한은 당연히 '풍부한 고급 인력과 자원'을 갖고 남한의 그것의 '진출'을 기다리고 있다는 식의 지극히 물질주의적이며 식민주의적인 뉘앙스의 전제가 있다.[45] 이는 현재 좌우와 진영을 초월하고 있다.[46] 더 거슬러 올라가면 이 같은 경제주의 평화-번영-통일 개념은 1990년대 중반 이후 북한의 경제 상황과 그것을 '평화'의 지렛대로 활용한 김대중정부의 햇볕정책에서부터 실제화된 것이라고 할 수 있다.

그럼에도 남북정상회담 이후의 과정에서 경제주의 통일·평화 담론과 인식은 이전과 비교할 수 없는 규모로 부풀어 올랐다. 즉 앞에서 잠시 봤듯 북핵위기를 해소할 이유뿐 아니라 그 방법도, 갈라진

---

44    「문재인, 북 아우른 성장전략 제시…"인구 8000만 명 시장 열자"」『한겨레』 2015.8.16; 「문 대통령 공약 '한반도 신경제지도 구상' 주목」『경향신문』 2018.4.23.

45    매우 상투적이지만 다음과 같은 논리(?)다.
      "남북 경제협력은 신성장동력을 확보하지 못하고 있는 한국 경제의 돌파구가 될 수 있다. 한국 경제는 저출산·고령화로 인해 생산가능인구가 감소할 뿐 아니라 미국·중국(G2) 간 무역전쟁과 미국의 금리 인상에 따른 신흥국 경기의 불안 등으로 전통적인 효자였던 수출도 부진하다. (중략) 이러한 상황에서 남북 관계 개선과 경제협력은 8000만명 시장을 기반으로 규모의 경제를 달성할 수 있게 해준다. 남한의 자본과 기술, 북한의 자원과 인력을 결합한다면 세계 최고 수준의 제조업과 정보통신기술(ICT) 강국으로 나아갈 수 있는 가능성이 충분하다. 우리 기업의 경쟁력 확보, 신시장 개척, 투자와 일자리 창출에도 더할 나위 없는 호재인 셈이다."- 이동근(현대경제연구원장), 「매경시평: 남북 경협은 경제위기 극복 기회」『매일경제』 2018.7.2.
      이런 식의 논리에 대해 경계하는 목소리가 없지 않지만 그중 자본의 논리에서 북한의 정치제도적 한계와 '인력'의 비고급성을 지적하는 목소리가 흥미(?)롭다. 예컨대 이장훈, 「북한은 보물선이 아니다」, 『주간조선』 2519호, 2018.8.7

46    아래 글을 위 매일경제의 것과 비교해보라. 「사설: '신남북경협'으로 한국 경제 재도약 기회 열기를」『한겨레』 2018.4.30.

겨레가 통일을 해야 할 이유도 경제적 번영에 있다. 과거의 남북 경협은 "북한의 노동력과 자원을 활용한 국지적 임가공 사업이나 관광 교류에 초점이 맞춰져 왔는데" 이번에 문재인 정부가 들고 나온 "한반도 신경제지도 구상은 남북한이 협력해 한반도와 동북아에 새로운 경제권을 창출하는 것을 목표로" "광범위한 영역에서 한 차원 높은 경제 협력이 추진되는 것이"[47]라는 기대를 갖게 한다는 것이다. '장사꾼' 트럼프가 북한 개발과 '번영'에 대해 언급한 사례들을 더 환기할 필요가 있을까?

남한의 담론장에서 쏟아진 경제주의 평화·통일 담론과 북한 개발(진출)에 대한 담론은 정리하기 어려울 정도로 다양하고 많다. 토건자본은 물론 금융자본이 나서서 '북한 바로알기 운동'을 벌이는가 하면,[48] 중앙정부는 물론 지방자치단체가 나서고 있다. 대자본은 말할 것도 없고 중소자본과 벤처, 아니 '개미'들까지 군침을 흘리고 있다.[49] 북한 경협 관련주와 접경지역 땅값도 요동을 쳤다.

이 같은 경제주의 통일·평화 담론은 양가적 의미를 갖는다. 한편으로는 통일 문제에 대한 탈정치 및 탈 이념적인 '기능적' 접근이 가능하고, 이념과 정치에 찌든 대결의식을 넘을 수 있다. 또 개발과 경제협력이 오늘날 분단모순의 주요고리가 돼 버린 남북한의 차이를 해소하는 방법이라는 점을 일깨운다. 반면 경제주의적 평화·통일 관념이 지배적 관념이 되는 데 따르는 위험도 있다. 이러한 담론과 인식

---

47  위의 글.

48  「금융권에 부는 '북한 알기' 바람. "사양산업만 북에 올라가선 안돼"」, 『한겨레』, 2018. 8. 8.

49  『한국일보』「"북한 근로자 55만 명, 한국 중소기업 현장에 투입하자"」2018. 5. 13.

은 '민족' 문제나 남북한의 체제 문제를 망각하게 하고, 문제를 오로지 투자 대비 효과와 비용의 문제로 치환할 수 있다.

과연 경제주의가 주도하는 평화·통일 담론은 문화적·정치적 통일 담론보다 나은 것인가? 판단하기 쉽지 않으나 이는 자본이 주도하는 화해와 통일을 당연하게 만들고, 비용과 효율에 어울리지 않는 북한체제나 그 사람들을 '프리라이더'나 '이등국민'으로 취급하여 식민화하는 논리와 쉬 접속할 가능성이 있다.

'혐오의 시대'라는 오늘날 한국에서의 차별과 혐오는 지극히 신자유주의적인 것이다. 평화로의 '반전'이 일어나기 직전 전쟁에 대한 공포·불안과 함께 북한에 대한 혐오가 새로운 냉전의 정동이며 반공주의의 기제임을 확인시켜준 사건들이 있었다.

판문점에서 북한 병사가 남으로 '귀순'하는 사건이 발생한 것은 2017년 11월 13일이었다. 치명적인 총상을 입은 병사를 살려내어 스타가 된 아주대 이국종 교수가 기자회견에서, 병사의 배에서 "한국 사람에서 한 번도 보지 못한", "엄청난 양의 기생충이 나와 치료에 애를 먹고 있"[50]다고 하자 예상치 못한 논란이 일어났다. 기생충들은 새삼 북한 인권과 체제에 대한 담론을 꽃 피우게 했다. 대부분의 보수 언론이 관련 뉴스를 쏟아냈다. 북한에 대한 냉전적 우월감과 혐오를 일깨우는 데 더할 나위없는 소재였기 때문이다.

이 기생충 사안은 북한의 취약한 경제나 인권상황이 한반도 평화·통일 문제에서 매우 약한 고리임을 재차 확인시켜 주었다 할 수

---

50 「이국종 교수 "JSA 귀순 병사 배에 기생충 엄청나…치료 애먹어"」, 『중앙일보』 2017.11.15.

있다.[51] 수술실에 피범벅과 함께 쏟아져 나왔을 기생충, 똥 따위는 중요하다. 그것은 원초적인 신체 반응, 즉 혐오와 연관된 반응을 자극한 표상이다.

법철학자 마사 누스바움은 혐오의 생물학적이고도 사회적인 차원을 논하며, 혐오가 어떻게 배변이나 점성을 지닌 동물 같은 존재에 대한 배제와 연관을 맺는지를 논한 바 있다. 인간은 자신을 구별할 수 있는 집단을 필요로 하는데 우월한 인간과 저열한 동물의 경계선을 분명히 하고, 후자를 혐오의 대상으로 간주한다. 그랬을 때 '인간'은 동물성과 유한성으로부터 멀어질 수 있기 때문이다. 그래서 혐오의 대상에게는 점액성, 악취, 점착성, 부패, 불결함의 속성이 부여된다. 역사 속에서 유대인, 여성, 동성애자, 불가촉천민, 하층계급 사람들은 육체의 오물로 더럽혀진 존재로 상상되어 왔다.[52] 남한사회에서 '북한 사람'('탈북자')에 대한 차별의식이나 혐오는 동남아 출신 이주자나 무슬림에 대한 그것과 비교하면 어떤가?

2018년 평창올림픽 논란에서도 북한 혐오 정서가 표출되었다. 평창올림픽을 남북관계 반전의 계기로 삼기 위해 아이스하키 단일팀을 추진한 정부에 대해 20-30세대를 중심으로 반발이 나타났다. 그 표면적 이유는 국가대표 선수들이 '단일 국가대표팀'을 위해 희생해야 하며 그것이 '공정'하지 못한 것이란 것이었다.[53] 여기에 올림픽 준비 과

---

51    정욱식 평화네트워크 대표는 이 사안 전체가 "보수 언론의 프레임"에서 다뤄진다 파악했다. 정욱식, 「김종대-이국종 논쟁 키운 보수언론의 덫」, 『프레시안』 2017.11.22.

52    마사 너스바움/조계원 역, 『혐오와 수치심 - 인간다움을 파괴하는 감정들』, 민음사, 2015, 2장 참조.

53    「정유진의 사이시옷: 공정함에 집착하는 불공정 사회」, 『경향신문』 2017.11.29.

정의 남북 접촉과 대북 관계의 변화를 '평양 올림픽' 따위의 프레임으로 싸잡아 부정하거나 문재인 정부에 대한 반격의 빌미로 삼은 보수언론과 '태극기' 세력이 편승하고 '드루킹 일당'의 여론 조작 시도까지 끼어들어 한때 논란이 심각했다. 정부 방침에 대한 표면적 반발 이면에 있는 의식이 중요해보였다. 거기에는 (1) 엷어진 민족주의+두터워진 개인주의 (2) 북한체제에 대한 적대감+새 버전의 냉전문화 (3) '공정함 = 반(反) 무임승차'로 간주하는 능력주의 이데올로기 등이 착종돼있는 것으로 보인다. 이중 (2)는 '이명박근혜' 시대에 특히 조장된 것이며, (3)은 한국사회에서의 여성혐오 이주노동자 혐오 등과 연관된 것이다. "무한경쟁과 각자도생 사회에서는 작은 차이가 생존과 탈락을" 갈라 "공정성에 극도로 민감해질 수밖에 없다"[54]는 것이 20-30세대의 사정은 아이스하키 단일팀의 북한 선수들을 경쟁 없이 끼어든 자 즉 프리라이더, 무임 승차자처럼 간주한다. 경쟁의 논리와 능력주의에 포로가 돼 있는 자들은, 사회의 다른 약자를 무임승차자로 지목하고 혐오의 대상으로 삼는다.[55]

"이제 더 이상 착취할 것조차 없어져버린 한국 땅에 갇힌 한국식 자본주의가 혹여나 그다음 먹잇감으로 북한을 상상"하는 것이 상식이 돼 가는 것은 바람직하지 않다. "북한과의 협력은 소수 재벌이 더 부자가 되는 계기가 되거나, 한국 노동자가 직접 나서 자신들보다 더 착취받는 프레카리아트를 찾아내는 과정이"나 "소수 자본가의 기회

---

54  「박권일, 다이내믹 도넛: 그 '공정성'의 의미」, 『한겨레』 A21면 4단 2019.2.9.

55  천정환, 「문화비평 세대담론 2018, 그리고 영화 〈1987〉」, 『역사비평』 통권122호, 2018년 봄호.

로 전락"[56]하지 않게 하는 방략이 무엇인지 총체적인 문제가 제기된다. '개발'의 진리치를 전혀 의심하지 않는 경제주의와 개발주의는 아마 남한의 자본과 기술이 개발해야 할 것은 북한의 자원과 인프라 뿐 아니라 북한 사람들의 '미개한' 사회주의 이념일 것이라는 인식을 키우지 않을까? 경제주의 평화·통일 담론의 위력이 커질수록 남북한 사회를 각각 민주주의적이고 평등한 사회로 만드려는 노력과 '대안 이념'이 중요해진다.

## 6. 과제 : 결론을 대신하여

이제 시민사회와 공론장은 소수의 전문가들과 당국에만 맡겨놓지 않는 탈분단·통일 담론과 실천의 과제가 요청된다. 2018~19년의 탈분단·통일 담론에는 다음과 같은 점들이 여전히 부족했다 생각한다.

첫째, 모두가 북한의 변화 필요성에 대해서는 마치 기정사실인 듯 말하지만 남한 사회에 대한 성찰과 변화의 필요성에 대해서는 탈분단·통일의 문제와 연관시켜 말하지 않는다. 남북 공동 번영과 탈분단을 위해 '촛불혁명'을 이뤘다는 남한이 더 높은 수준의 민주주의 사회가 되는 일이 필요하다. 남한 또한 모든 면에서 국가연합이든 통일이든 제대로 해낼 사회·문화적 역량이 있다 보기 어렵다.

둘째, 2000년대 남북교류와 경제협력에 관한 과거의 경험이 평가·성찰되어야 한다. 경협과 교류의 실제 경험은 이른바 '퍼주기' 선동이나 '이명박근혜' 시대의 적대 때문에 긍정적인 기억과 경험으로

---

56   김성경, 「북한을 향한 동상이몽」, 『한겨레』 26면, 2018.5.2.

대중에게 인식되어 있지 않다.[57]

셋째, 통일에 대한 개념의 검토와 그 과정에 대한 논의가 보충되고 시민적으로 확산되어야 한다. 무엇이 통일인지, '과정으로서의 통일'이나 '느린 통일론'에 대한 합의는 업그레이드돼야 하며, 단지 남북의 차이와 '통일'의 위험성에 대해 강조하는 것만이 아니라 그것을 완화하고 탈분단하기 위한 실천적 과제에 대한 연구가 필요하다. 앞에서 말했던 것처럼 '한반도 냉전'의 현황과 구조를 밝히는 것은 그래서 중요하다.

넷째, 북한사회에 대한 진정한 이해나 구체적인 분석에 기반한 담론이 보충되어야 한다. 남한의 시민사회 뿐 아니라 대학도 북한사회와 체제에 대해 아는 게 거의 없다. 『조선일보』가 쓰는 반공 소설이나 몇몇 전문가나 탈북자들이 제공하는 극히 제한된 지식·정보로만 이야기한다. 북한 사람들을 그저 억압받고 가난한 사람들이나 한류 소비자로만 표상하는 수준을 넘어야 한다. 적대나 혐오에 기반하지 않은 북한에 대한 객관적 지식과 정보 자체가 충분히 공급되어야 한다.

요컨대 남과 북의 정치·사회는 이제까지와는 다른 방식으로 상호작용할 가능성이 크고 한반도 수준의 새로운 문화정치와 이데올로기 문제가 제기될 것이다. 남북한이 각각 사회적 민주주의와 민주적 사회주의로 나아가는 과정과 평화체제 또는 국가연합을 이루는 과정이 서로 다른 과정이어서는 안된다고 생각한다. 식민화와 세습독재를 피하며 남과 북이 함께 신자유주의를 극복해야 하는 과제도 제기될 것이다. 시민과 연구자들은 2000~2007년 사이의 남북관계 뿐 아

---

57  물론 남북 경협에 대한 학문적 평가가 없지 않으나 대부분 제도와 실무적인 수준에서의 평가이다.

니라 독일 통일 과정 등에 대해서도 다시 새기고 공부해야 할 필요가 있다. 우리는 과거와 수준이 다른, 동시 탈식민(민족문제)과 민주개혁의 공부/실천의 과제를 새로 안게 되었다.

# 냉전과 월북, 해금 의제의 문화정치

◆―――――――◇ 이봉범 ◇―――――――◆

## 1. (납)월북 문인·예술가 해금 조치, 그 경과, 의의, 한계

1988년 7월 19일, 5명을 제외한 (납)월북 문인들의 해방 전 문학작품에 대한 해금 조치가 단행되었다. '북의 공산주의체제 구축에 적극적으로 협력 활동했거나 현재 현저한 활동을 한다'는 이유로 해금대상에서 제외되었던 홍명희, 이기영, 한설야, 조영출, 백인준 등 미해금작가도 얼마 지나지 않은 1989년 2월 29일 추가 해금됨으로써 40여 년 동안 공식적으로 봉인·금지되었던 월북 문인들의(납북 및 재북 작가도 포함) 문학작품에 대한 문학적 복권과 동시에 상업적 출판이 합법화되기에 이른 것이다. 같은 맥락에서 1988년 10월 28일 (납)월북예술인의 작품 또한 해금되었다. 음악가 63명과 화가 41명, 총 104명의 정부수립 이전에 발표된 순수작품이 해금됨으로써 공연, 음반

제작, 전시, 출판이 가능해졌다. 당시 조영출의 작품은 그가 여전히 미해금자였기에 배제될 수밖에 없었고, 그것은 1992년까지 지속된다. 미술작품은 아무 제약 없이 전시가 허용된 반면 음악작품은 현행법('공연법' 및 '음반에 관한 법률')의 절차에 의거해 공연윤리위원회의 심의를 거쳐야 하는 또 다른 제약이 뒤따랐으나 공식적인 금지철폐가 갖는 의의를 거스르는 수준은 아니었다. 이 같은 일련의 해금 조치가 정부당국이 명시한 바와 같이 대상자들의 정치·사상적 복권을 의미하는 것은 아니었다. 그리고 해방 전 또는 정부수립 이전 그것도 순수작품으로 한정된 해금이라는 불구성을 지닌 것이었으나 월북행위에 대한 정치적·사상적 규제와 함께 월북자들의 문학예술활동도 사상적 불온성을 지닌 것으로 단죄된 맹목의 역사가 종언을 고하면서 냉전의 사상적, 문학예술적 프레임이 파열·조정되는 획기적인 문화사적 사건으로 기록될 수 있다. 더욱이 사상검열을 독점한 채 그 금지의 주도적 관장자였던 국가권력이 자발적으로 해금을 단행했다는 점에서 그 의미가 자못 컸다. '40여 년 간 철옹성같이 우리 앞을 가로막았던 사상의 벽, 냉전의 벽이 무너졌다(무너뜨렸다)'는 당시 언론의 환호가 과장만은 아니었을 것이다.[01]

　그런데 1988년 해금 조치가 전격적으로 이루어진 것은 아니다. 적어도 문학 분야만은 선별적 해금이 계기적으로 연속되는 과정을 거쳐 전면적인 해금으로 귀결된 것이었다. 우선 국가권력이 공식적으로 해금문제를 거론한 것은 1978년 3·13조치를 통해서다. 국토통

---

01　「월북 작가 해금의 의미」(사설), 『동아일보』, 1988.7.20. 이 신문은 한 발 더 나아가 "냉전시대의 문화적 금기를 깨고 민족적 유산에 대한 폭넓은 수용태세를 갖추는 것이 체제경쟁의 우위에 선 우리 국민이나 정부의 아량이요 금도(襟度)"라고 평가한다.

일원에서 국회에 제출한 이 조치는 월북 문인이나 그들의 작품에 대한 거론이 민족사적 정통성의 확립에 기여할 수 있는 범위 내에서 무방하다는 원칙하에 두 가지 세부기준, 즉 ①해당 문인의 월북 이전의 사상성이 없는 작품으로서 근대문학사에 기여한 바가 현저한 작품에 한하며, ②문학사연구의 목적에 국한하되 그 내용이 반공법, 국가보안법 등에 저촉되지 않는 작품에 한정한다는 조건이었다. 국토통일원 고문회의(1977.2.8.)에서 선우휘가 자진월북이 아닌 납북된 작가들에 대한 재평가작업의 필요성을 제안했던[02] 것이 월북 작가로까지 그 범위가 확대된 형태로, 비록 해방 전 순수문학으로 제한된 문학사연구용으로 학문적 논의를 허용하는 수준에 그쳤으나 월북 문인에 대한 정부의 인식과 이에 따른 부분적 규제완화를 처음으로 시행했다는 자체가 당시로서는 파격이었다.[03]

　더욱이 3·13조치를 계기로 관(국토통일원, 문화공보부)과 민(문단, 출판계 등) 두 차원에서 월북문제가 공론 장에서 다발적으로 제기되는 가운데 월북의제의 본질적 요소들에 대한 공개적 논의가 본격화되기에 이른 점은 중요한 의의를 갖는다. 특히 국토통일원은 3·13조치의 후속으로 분단 이래 처음으로 북한문학학술토론회를 개최했고 (1978.4.27), 구상, 김윤식, 홍기삼 등의 북한문학연구 지원, 김일성저작선집(전7권) 분석을 비롯한 북한관련 연구과제의 발주 등을 통해 북한(문학)연구를 대결보다는 통일대상의 차원으로 제고시키는 노력을 기울였다. 개괄적인 수준이고 또 관변차원에서 이루어진 것이지만

---

02 「납북작가 터부시돼야 하나」, 『조선일보』, 1977.2.22.

03 「월북 문인작품의 규제완화」(사설), 『동아일보』, 1978.3.15.

북한문학연구에 첫 시금석이 됐다는 점에서 의미를 지닌 것이었다.[04]

민간차원에서는 문학사연구의 진일보를 가능케 한 규제완화를 원칙적으로 환영하고 그 폭의 확대를 희망하되 해금대상에 대한 엄격한 구별이 필요하다는 인식이 주류를 이루었다.[05] 월북 작가의 상당수, 특히 임화 일파는 철저한 공산주의자였다는 사실에 대한 주의 환기를 비롯해 규제완화가 초래할 혼란과 무분별한 과대평가의 위험성에 대한 우려, 경계, 두려움 등이 표출된다. 그것은 3·13조치에 부합하는 대상자 선별과 나아가 문학사적 인식의 서로 다른 입장들이 갈등하며 증폭되는데, 제도적 이완에 미치지 못하는 문학주체들의 견고한 냉전반공인식이 여전했음을 잘 보여주는 것이었다.

관 주도로 빗장이 풀리기 시작한 월북 문인의 해금 문제는 1980년대에 들어 관/민의 협력과 갈등이 교차하며 사회문화적 주요 의제로 부각된다. 문단은 한국문인협회 차원의 '납북작가대책위원회'를 발족시켜(1983.2.23.) 납북작가의 기준 및 선정원칙과 해금대상 및 범위에 대한 자체 가이드라인을 마련한다. 문화의 남북대결에서 기선을 잡는 계기로 삼겠다는 기조 아래 문학사서술과 문학이론의 전개에서 납북작가를 처리하는 통일된 기준 네 가지 원칙을 정한 가운데 정지용, 김기림 작품의 출판허용을 건의하는 동시에 이태준, 박태원, 백석, 조운 등의 작품에 대해서는 정부와 공동조사연구를 제안하는 적극적인 행보를 보인다.[06] 이 기구는 1987년 8월 8월 민정당이 정

---

04    유종호, 『한국현대문학50년』, 민음사, 1995, 294~295쪽.

05    김동리, 「월북 작가·작품 규제완화에 제언」, 『동아일보』, 1978.3.16.

06    이근배, 「납북작가」, 『경향신문』, 1983.3.23. 당시 납북작가대책위원회는 이항녕(위원장), 황명, 이근배, 이호철, 곽학송, 원형갑, 신동한, 성기조, 구혜영, 조정래(간사) 등 총 10명으로 구성되었다.

부와 협의를 거쳐 발표한 '문화예술자율화대책'에 맞춰 '납북·월북 작가·작품해금선정위원회'로 확대 개편되어 문단 자체 처음으로 (납)월북 문인에 대한 본격적인 심의작업에 착수한다.[07] 1차 심의결과 총 76명의 (납)월북 작가 명단을 작성해 문화공보부에 제출하면서 납북이 확실시되는 정지용, 김기림의 해금 건의와 나머지 월북 작가들의 작품목록 정리 및 내용에 대한 분석, 검토를 토대로 사상적 요소가 없는 순수문학작품에 대해 해금의 폭을 넓혀주도록 단계적으로 건의하기로 결정한다.[08] 단 사회주의이념이 명백히 담겨있거나 홍명희의 경우처럼 월북 후 공산정권의 주요 인물로 활동한 문인은 해금 건의에서 제외했다. 그 76명은 이에 앞서 문화공보부가 작성해 국회문공위에 제출한 납·월북 문화예술인 명단 42명보다 34명이 추가된 것이었다.[09] 그리고 납·월북 문인 해금과 관련해 가장 긴밀한 이해당사자였던 출판계에서도 대한출판문화협회 명의로 1차 해금대상자 23명을 선정해 그 명단과 함께 출판허용을 요청하는 건의서를 문화공보부에

---

07  '월북납북문인작품심의위원회'로 불리기도 한 이 심의기구는 김동리(위원장), 신동욱, 원형갑, 신동한, 구인환, 김양수, 박재삼, 유한근 등 총 9명으로 구성되었다.

08  「납·월북 작가 모두 76명, 문인협」, 『경향신문』, 1987.9.7. 문인협회가 추가로 작성해 제출한 월북 문인명단 34명은 오장환, 박찬모, 조남령, 주영섭, 윤규섭, 황건, 한효, 이동규, 박세영, 송영, 이갑기, 김승구, 윤세중, 홍순철, 이병철, 박산운, 엄흥섭, 박태민, 채규철, 이정구, 이북명, 현경준, 최인준, 안회남, 최명익, 이근찬, 박노갑, 정인택, 홍구, 안자산, 이여성, 김오성, 조운, 김소엽 등이다.

09  문화공보부가 1987.8.12. 국회에 제출한 명단은 납북문화예술인 5명(이광수, 김진섭, 김동환, 김억, 박영희)과 월북 작가 37명(정지용, 김기림, 홍명희, 신고송, 임화, 설정식, 조영출, 이원조, 이서향, 이태준, 김남천, 이근영, 김오성, 박팔양, 조운, 민병균, 허준, 박태원, 조벽암, 양운한, 안함광, 임호권, 김상훈, 황민, 지하련, 임학수, 이용악, 김조규, 이흡, 함세덕, 현덕, 김동석, 윤기정, 박영호, 안용만, 김영석, 조명희) 등 총 42명이다. 「해방 6·25때 납·월북한 문화예술인 모두 43명」, 『동아일보』, 1987.8.12. 여러 관련보도를 종합해볼 때 42명이 더 정확하다.

제출한 바 있다(1988.3.18.). 출판허용 대상작품은 사상성 없는 분단 이전의 순수문학작품이었다. 권영민 교수에게 해금대상문인에 대한 조사를 의뢰해 추린 결과로, 그 선정기준은 월북 이후 현저한 활동이 없고 월북 이전 일제강점기 문학에서도 이데올로기 문제가 별로 없으며, 1930년대 문학사에서 반드시 검토되어야 할 작가작품들로 제한시켰다.[10]

문화공보부는 이와 별도로 '도서심의특별위원회'를 조직해(1987.8) 기존 판매금지도서에 대한 재심사를 통해 금서 650종 가운데 431종의 출판을 허용한다.[11] 월북 작가, 공산권 관련 금서도 재심의대상으로 포함시켰다. 이 재심조치는 1987년 '6·29선언'의 세부계획실천의

---

10 「납·월북 작가 순수문학 출판건의」, 『동아일보』, 1988.3.18. 1차 해금대상 23명의 명단은 정지용, 김기림, 백석, 설정식, 오장환, 조운, 임학수, 박팔양, 이용악, 임화 (시인 10명), 박태원, 이태준, 최명익, 박노갑, 안회남, 이선희, 정인택, 허준, 현덕, 현 경준(소설가 10명), 이원조, 김태준(비평가 2명), 김영팔(극작가 1명) 등이다. 이와 더불어 권영민은 ①'월북·재북 문인현황', 즉 재북 및 제1차 월북 문인 23명(8·15해방 당시 북한에 머물렀거나 1945년 12월 조선문학가동맹의 결성에 불만 월북한 문인), 제2차 월북 문인 21명(1947년 이후 정부수립 때까지 남로당간부들과 함께 월북한 문인과 조선문학가동맹의 맹원과 북한지역출신 문인 일부 포함), 제3차 월북 14명(6·25당시 북한군과 함께 월북했거나 지리산 빨치산운동에 가담한 문인), ②'북한에서 활동한 문인', 즉 조선문학가동맹에 가담해 적극 활동한 문인 19명, 숙청됐거나 실각한 문인 7명, 행적이 거의 드러나지 않은 문인 5명 등의 명단을 상세히 작성해 전달하였다.

11 도서특별심의위원회 위원으로 활동한 각계 전문가는 김윤식, 김시태, 유민영, 임종철, 차인석, 송복, 배무기, 정원식, 이택휘, 이용필, 장원종, 오경환, 강성위 등 현직 대학교수 13인이었다. 당시 이 위원회의 구성 및 참여는 대단히 민감한 사안이라 비밀에 붙여졌다가 1988년 10월에 가서야 국회 국정감사를 통해서 밝혀졌다. 특히 13인 중 7명(이용필, 임종철, 정원식, 배무기, 송복, 강성위, 김윤식)은 1987년 10월 19일 출판활성화조치 이전에 문공부가 시행하던 '도서사전검열 및 파악업무'를 대행했던 한국도서잡지주간신문윤리위원회의 9개 분과 33명 위원 가운데 7개 분과 위원에 포함되었던 사실이 확인되면서 악명 높았던 출판계 탄압에 간접적으로 협조했다는 논란이 일었다. 「실체 드러난 출판계 관계기관대책회의」, 『한겨레』, 1988.10.12.

일환으로 이루어진 문화예술자율화대책의 출판분야 조치, 즉 출판사 등록의 자유화, 납본필증의 즉시 교부, 판매금지도서의 재심과 대폭 해제 등 출판활성화조치의 일부였다. 그 결과 판매금지도서 431종을 해제하고 181종은 사법 의뢰했다. 그런데 당시 문화대사면(赦免)으로 평가될 정도로 해제의 폭을 컸음에도 불구하고 『임꺽정』(전9권)을 비롯해 월북 작가의 작품 21종은 심사를 보류시켰다.[12] 루쉰, 바진, 마오둔, 라오서 등 공산권작가도서 17종도 마찬가지로 보류되었다. 가요의 경우도 공연금지 또는 방송금지된 가요 834곡 중 상당수를 해제했으나 월북 작가·작품 88곡은 표절곡 39곡, 일본곡 22곡과 함께 계속 규제대상으로 존속시켰다. 도서심의특별위원회가 2개월간 심의를 거쳐 문화공보부에 건의한 것을 토대로 판금해제가 결정되는 절차를 밟았으나 월북, 납북작가의 작품은 검토대상에 포함시키되 당장의 해제 심사대상에서는 제외하기로 한 기본방침으로 인해 판금해제 자체가 애초부터 불가능했다. 흥미로운 점은 『정지용연구』(김학동)처럼 작품은 유보되었으나 연구서는 판금 해제된 사실이다. 월북 작가를 부분적으로 다룬 『한국근대소설비판』(김윤식), 『한국근대문학과 시대정신』(권영민) 등도 해제되었다. 작품출판은 금지하고 대상 월북 문인에 대한 논의는 전면적으로 해금하는 모순적인 상황이 발생한 것이다.

이른바 '10·19조치'로 명명되는 출판자유화조치로 인해 (납)월북 문인작품에 대한 판금은 명분에 있어서나 통제의 효력 면에서 더 이상 지탱하기 불리한 지경에 처하게 된다.[13] 대폭적인 해금과 함께 공

---

12  판금 해제된 431종과 사법심사 의뢰 181종의 목록과 심사 유보된 '월북·공산작가 도서 38종'의 목록은 『경향신문』, 1987.10.19. 참조할 것.

13  「좌경사상과 '금서' 해금」(사설), 『경향신문』, 1987.10.19.

산주의 이론·사상활동을 찬양, 동조하거나 자본주의체제를 부정하는 반체제 이념서적 165종을 국가보안법 위반으로 사법심사를 의뢰하는 강/온 양면책을 구사했음에도 월북 작가와 공산권작가의 문학작품을 제외시킨 것은 이 때문이다. 유명무실화된 (납)월북 작가에 대한 판금처분은 문공부가 1988.1 『정지용-시와 산문』(깊은샘)의 납본필증을 교부해줌으로써 실질적 해금으로 진전되었고 결국 정지용, 김기림의 작품에 대한 공식적인 선별해금조치(3·31조치)를 거친 뒤 (납)월북 문인과 예술가에 대한 전면적인 해금 조치로 현실화되기에 이른 것이다.

그런데 이 같은 점진적 과정이 1980년대 후반 몇 년 동안에 집약되어 선별적 해금 나아가 전면적 해금으로 귀결된 데에는 당대 정치적 조건이 크게 작용했다. 무엇보다 1988년 '7·7특별선언'(민족자존과 통일번영을 위한 대통령 특별선언)의 직접적인 산물이었다. 박정희체제 하 '8·15선언'(1970), '7·4남북공동성명'(1972), '6·23선언'(평화통일외교정책에 관한 특별선언, 1973)에 바탕을 두고 있는 7·7선언은 "자주·평화·민주·복지의 원칙에 입각하여 민족구성원 전체가 참여하는 사회, 문화, 경제, 정치공동체를 이룩함으로써 민족자존과 통일번영의 새시대를 열어나갈 것임"을 천명하고 이를 위해 남북동족 간의 상호교류 적극 추진, 중국·소련 등 사회주의국가들과의 관계개선 추진 등을 포함한 6개 중점정책을 제시함으로써 장기간 교착상태에 놓여 있던 남북관계 및 통일에 관한 새로운 비전을 담고 있다.[14] 북한에 대한 인식의 전환과 통일외교정책의 기조를 전환시킨 긍정적인 내용으로 인

---

14　'7·7특별선언'의 전문은 『한겨레』, 1988.7.8. 참조.

해 국내외에 걸쳐 호의적인 반응을 이끌어냈음에도 불구하고 7·7선언은 곧바로 대화상대방인 북한이 '두 개의 조선 및 분단의 영구화를 획책하는 음모'로 규정해 제안을 거부함으로써(7.11) 실질적인 성과를 거두기 어려웠다. 국제적인 신데탕트의 조성에다 여소야대의 정치상황, 고조된 민주화요구에 직면한 집권세력이 북한 및 진보진영의 통일공세 차단, 당면한 올림픽의 성공적인 개최, 사회주의국가와의 관계 개선 등을 통해 남북관계의 주도권을 장악하기 위한 정략성이 농후한 선언이었기에 어쩌면 당연한 결과였다고 볼 수 있다. 다만 적대적 대결에서 평화공존의 동반자적 관계로 대북정책의 기조가 전환되면서 일련의 유화적인 조치가 실행되었고, 그 일환으로 납·월북작가의 해금 조치가 단행된 것이다.[15] 미수교 공산주의국가, 특히 반세기 동안 불온·금기시되었던 중국현대문학이 공식 수교관계 체결(1992.8.24) 이전에 해제되어 합법적인 출판이 가능해지면서-대표적으로 『중국현대문학전집』(전20권, 중앙일보사, 1989.4) 간행-중국문학의 번역, 연구가 촉진되는 동시에 중국(문학)에 대한 이해의 새로운 지평이 열리게 된 것도 같은 맥락에서였다.[16]

(납)월북 문인 해금 조치가 갖는 의의는 문학 안팎에 걸쳐 다대했다. 비록 해금대상자들의 해방 전 순수문학작품에 대한 상업적 출판을 합법화한 조치에 불과했으나 이를 계기로 냉전체제의 이념적 규

---

15  「7·7선언 한 돌 평가」, 『한겨레』, 1989.7.7~8. 정부당국이 스스로 밝힌 7·7선언의 업적은 ①대북 비난방송 중지 ②납·월북 작가의 해방 전 문학작품 출판허용 ③남북이산가족찾기 신청 접수 ④북한 및 공산권자료 공개 ⑤교과서 북한관련 내용 개편 ⑥남북교류 협력지침 발표 등이다.

16  이에 대해서는 이봉범, 「냉전과 두 개의 중국, 1950~60년대 중국 인식과 중국문학의 수용」, 『한국학연구』52, 인하대 한국학연구소, 2019., 75~76쪽.

율에 속박되어 기형성을 면치 못했던 문학(사)연구의 새로운 지평이 열리게 된 것이다.

> 반공법, 국가보안법, 사회안전법 등이 겹겹이 놓여 있었던 탓이지요. 제가 쓴 한 권의 책(서울대출판부)은 판매금지되어 창고에 쌓였고, 또 한 권의 책(한길사)은 조판 후 두 해나 묵혔지요. 뿐만 아니라 사람이름에 ○○○을 표시하기, 그럼에도 납본필증을 못 받은 책이 따로 두 권이 있습니다. 또 책으로 나왔거나 발표된 논문 중에도 그 작가 시인을 일부러 혹평한 곳을 삽입함으로써 검열의 완화를 노렸던 점도 있었습니다.[17]

김윤식의 이 발언은 월북 문인연구의 제반 제도적 환경과 그 험난했던 도정을 잘 대변해준다. 사상통제법의 거시적 규율에다 각종 행정처분(사전 및 사후검열)에 의한 금지 그리고 이러한 규제 속에서 관련연구자들이 검열우회 전략을 구사할 수밖에 없었던 막후 사정 등이 압축되어 있다. 여전히 국가보안법의 규율 속에 갇힌 상태이나 공식 해금 조치로 인해 공개적 접근을 차단시켰던 여러 행정규제가 철폐됨으로써 월북 문인연구 및 근대문학(사)연구의 새로운 전기를 맞는다. 그것은 문학사에서 제외·매몰되었던 해금작가들의 작품출판에서부터 본격화된다. 백석, 이태준, 박태원, 김남천 등 납본필증 없이 이미 출판·유통되던 30여 종의 기존 작품집의 합법적 출판으로의 전환과 더불어 해금 조치 직후 『북으로 간 작가선집』(전10권, 을유문화

---

17 「월북 문인 연구의 문학사적 의의: 한국 근대문학과 이데올로기」(대담; 김윤식·권영민), 권영민 편저, 『월북 문인연구』, 문학사상사, 1989, 357~358쪽.

사, 1988.10), 『한국해금문학전집』(전18권, 삼성출판사, 1988.11), 『월북 작가대표문학전집』(전24권, 서음출판사, 1989.1) 등 전·선집, 『임화선집』(전2권, 세계, 1988.8), 『이용악시전집』(창비, 1988.12) 등의 개인전집, 『납·월북시인총서』(전11권, 동서문화원, 1988.7) 영인본 등이 동시다발적으로 출간되면서 해금작가작품 출판 붐이 조성되기에 이른다.

그 추세는 저작권분쟁-첫 사례는 1989.6 박태원의『갑오농민전쟁』에 대한 남한의 유족 측 권리 인정 판결-을 수반한 채 확대되는 가운데 이른바'문학사의 미아들'에 대한 문학사적 복원과 재조명 작업을 추동해낸다. 정지용문학상(1989), 상허학회(1992) 등 일련의 (납)월북 문인관련 전문학회의 발족 및 문학상제정이 뒤따르며 이를 더욱 촉진시켰다. 문학사의 공백이 채워지면서 근대문학사가 복원될 수 있게 된 것이다. 요컨대 7·19해금 조치는 월북 문인연구를 필두로 민족(중)문학론, 분단문학론, 북한문학연구, 근대문학사 서술 등을 촉진·확대시킨 가운데 문학연구의 새로운 전환을 추동해낸 변곡점으로서의 의의를 갖는다고 할 수 있다.

그러나 7·19해금 조치는 냉전의 벽을 무너뜨린 획기적 의의가 강조된 것에 비해 자체 많은 한계와 문제점을 내포하고 있다. 첫째, 민간인(주요인사 포함) (납)월북문제가 철저히 배제되었다. 정부당국이 밝힌 7·7선언의 취지가 남북관계를 선의의 동반자관계로 정착하려는데 있다고 할 때 (납)월북 문인·예술가뿐만 아니라 적어도 한국전쟁기에 납북된 수많은 민간인(1954년 내무부치안국이 작성한 기준으로는 17,940명)의 송환 또는 생사확인과 관련한 정부대책이 포함되는 것은 당연한 것이었다. '이산가족 생사확인, 서신 상봉추진'을 중점정책으로 천명하는데 그쳤을 뿐 민간인납북에 대해서는 거론조차 하지 않았다. 민간인납북문제는 휴전협정 제3조(포로에 관한 협정) 59항 '민간인귀환에 관한 규정'에 의해 상호 귀환이 보장되었음에도 불구하고 휴전협정 과정에서 유엔 측과 북한 측의 정치공세로 불발된 이후 민간차원에서 국제적십자사와 유엔을 통한 교섭이 전개되었으나 정부당국은 매우 소극적인 대응으로 일관해왔고 그것이 1988년에도 지속된 것이다.[18] 해금 조치의 진의가 의심될 수밖에 없는 지점이다.

둘째, 사상적, 정치적 복권을 불허한 반쪽짜리 해금이었다. 사실상 7·19해금 조치는 사상통제의 법적 기제인 국가보안법이 엄존하는 현실에서 논리적으로 모순이다. (납)월북 작가의 작품 판매금지는 법적 근거가 없는 상태에서 국가권력이 국가보안법(반공법)을 자의적으로 적용한 산물이었다. <출판사 및 인쇄소 등록에 관한 법률>의 등록제도(제3조) 및 납본제도(제4조)를 활용한 (사전)검열을 통해 판금조치를 행사했고 그것이 공권력의 남용이라는 비판 속에서도 강력한 규제력을 장기지속적으로 발휘할 수 있었던 것은 국가보안법의 뒷받침에 속에서 정당화되었기 때문이다. 따라서 국가보안법의 폐지가 전제되지 않은 상태에서의 해금 조치는 이율배반적일 수밖에 없다. 그 논리적 모순은 해금 조치의 문화적 의미까지도 훼손시켜 해금 시기의 제한과 대상작품의 제한, 즉 공산주의체제를 찬양, 선전·선동하는 내용이 포함된 작품은 불허하는 것으로 나타난다. 사상통제, 문화통제의 근간은 여전히 유지하면서 탈냉전의 고조에 따른 국내외적 압력을 수동적으로 방어하기 위한 정략성의 다른 표현이라고 할 수 있다. 실제 공산권작품의 이·수입 대폭 개방, 해금 조치, 사전심의(검열)

---

18   이에 대한 자세한 내역은 이미일 외, 『한국전쟁납북사건사료집①/②』(한국전쟁납북사건자료원, 2006/2009) 참조.

폐지와 같은 검열완화책을 세트로 시행했음에도 불구하고 이 같은 유화책 직후부터 국가보안법을 적용한 단속위주의 사후검열을 통해 사상통제가 오히려 노골화되기에 이른다.

이와 관련해 법과 해금(또는 판금)의 관계가 사회문화적 쟁점으로 부각된 바 있다. 『임꺽정』의 행정심판청구 건을 둘러싼 문공부와 출판사(사계절)간 법적 공방을 통해서다(1988.9~12). 즉 『임꺽정』의 출판금지는 단순권고에 의한 '행정지도'일 뿐이라는 문공부의 입장과 실질적으로 공권력을 수반한 '행정처분'이라는 출판사측의 주장이 첨예하게 맞서며 그동안의 (납)월북 작가·작품의 판금/해금의 법적 정당성 문제가 불거졌다. 법 집행으로서 정당한 공권력 행사인가(행정처분)/법적 근거 없이 행정목적을 달성하기 위한 규제유도의 수단에 불과한가(행정지도)의 논쟁, 즉 법적 효력 유무와 직결된 사안으로 검열의 정당성 문제 또한 함축하고 있다.[19] 출판사측의 주장처럼 출판금지가 행정지도의 하나로 이루어졌다고 하더라도 그것이 공권력의 발동, 예컨대 사전검열, 간행물내용 수정 요구, 압수수색 시판 중지 등의 간접적 제재와 출판사등록취소, 형사 입건 등의 직접적인 제재가 병행된 행정처분의 실질적·강제적 실현이었다는 점에서 문공부의 입장이 설득력을 얻기란 역부족이었다.[20] 미해금자 5명을 이 논쟁 직

---

19  행정청의 위법이나 부당한 처분 또는 공권력 등으로부터 국민의 권리와 이익을 보호·구제하기 위해 제정된 행정심판법(1984.12.15, 법률 3755호)상 행정처분은 행정청이 행하는 구체적 사실에 관한 법집행으로서의 공권력의 행사 또는 그 거부와 그 밖에 이에 준하는 행정작용이며, 행정지도는 행정기관의 행정 객체에 대해 권력적, 법적 행위에 의하지 않고 행정목적을 달성하기 위한 규제 유도의 수단으로서 협력을 구하는 일로 조언, 요청, 권장, 주의, 경고, 통고 등이 이에 해당한다. 출판, 공연, 방송 '금지'는 원칙적으로 법에 근거한 행정처분의 결과물이다.

20  출판사측의 반론에 대해서는 「문공부장관 답변 앞뒤가 다르다」, 『한겨레』, 1988.

후 추가 해금한 것도 이와 무관하지 않다.

그러나 법리적으로 볼 때 문공부의 주장이 틀린 것은 아니다. 정부수립 이래 월북 작가·작품에 대한 금지규정이 명시된 법률이 없었으며 따라서 그 어떤 강제 조치였든 행정처분이었다고 규정하기는 어렵다. 이런 맥락에서 볼 때 해금 조치는 법률적, 행정적 금지조치가 취해졌던 적이 없음에도 불구하고 시행된 성립불가능성을 지니고 있는 것이다.[21] 결국 이 법리논쟁은 관계당국의 (납)월북 작가·작품 출판금지가 자의적, 탈법적으로 행사되었다는 것을 반증해주는 것으로 이해할 수 있다. 동시에 법적 구속력 없이 남발된 행정지도에 의해 출판금지가 40여 년 동안 강고하게 유지된 현상에 대해 의문을 제기해준다.

셋째, 납북, 월북, 재북에 대한 엄격한 구별 없이 동일한 해금대상으로 취급했다는 점이다. 그것은 사상지리의 한 예증으로 문학예술의 내부냉전이 얼마나 극심했는가를 잘 보여준다. 납북/월북의 구획은 한국전쟁 직후부터 행위의 강제성/자발성의 여부를 기준으로 구별 짓기가 비교적 분명하게 이루어진 가운데 월북은 그 시기, 동기와 관계없이 자발적인 이념 지향과 체제 선택의 행위로 규정·배척되었다. 이러한 배제의 메커니즘은 남북한의 첨예한 이념 대립 및 체제 경쟁, 남한사회 내부의 레드콤플렉스의 심화와 그에 비례한 사회적 금기의 확산 속에 강화되었다. 그 과정에서 전시 납북(자)문제는 냉전

---

9.30. 참조. 해금 조치도 문공부는 행정지도의 일환으로 시행된 것이라는 일관된 주장을 견지한 반면 출판사측은 해금은 출판금지조치를 전제로 성립될 수 있는 것이라는 반론을 제기한 바 있다.

21  최 열, 「역사적 사실 진지하게 다뤘어야」, 『한겨레』, 1988.11.2.

체제하 국제적 차원의 남북 체제경쟁의 정치적 도구로 적극 활용되면서 다른 한편으로는 납북자유가족의 이데올로기적 순수성 강조의 인정투쟁을 통해서 이광수, 김동환, 김진섭 등 일부의 납북문인은 점진적으로 문학사의 영역에 포용되는 절차를 거치지만 나머지 대다수의 납북작가는 월북 작가와 동일하게 금기의 대상으로 속박되었다. 반면 재북의 경우는 일관되게 월북행위로 간주되어 대동소이한 이념적 규정·단죄를 받았다. 1978년 3·13조치를 계기로 재북 작가를 월북 작가와 다른 각도에서 접근할 필요성이 제기된 바 있으나 납북/월북 작가의 변별과 납북작가의 우선적 선별해금 추진에 논의가 집중되면서 재북은 여전히 월북행위의 일부로 간주되었고 문학예술계 내부에서도 암묵적으로 용인되었던 것이다.

납북, 월북의 용어는 냉전사고식 분류법의 산물이다. 그로 인해 의미가 왜곡되고 그것이 강력한 정치적, 이데올로기적 효력을 발휘하며 문학예술의 영역에서 내부냉전의 기제로 작용해온 실상과 폐해가 해금을 계기로 대두되기에 이른 것이다. 그런 점에서 해금은 문제의 종식이 아니라 냉전적 인식태도를 극복해야 하는 시발점이라는 의미를 갖는다. 이런 맥락에서 디아스포라의 관점에 입각해 월북(남), 재북(남)의 공간이동에 대한 사회학적 분석을 통해 분단문학사의 실상을 좀 더 객관적으로 조명할 수 있는 틀을 마련하는 시도가 나타날 수 있었다.[22]

---

22    이선영의 『한국문인의 공간이동과 작품성향에 관한 연구』(1993/『한국문학의 사회학』, 태학사, 1993 재수록)가 이를 대표한다. 해방직후 남과 북의 중요 관심사였던 토지개혁과 친일파처리 문제에 대한 시각을 중심으로 월북(남), 재북(남) 문인을 분류하고 공간이동과 작품성향 사이의 상관성을 객관적으로 추출해냄으로써 냉전사고적 접근의 미망을 극복하고자 시도했다. 월북을 주로 정치적 개념으로 해석하는 문학계

넷째, 문학예술 해금 자체에도 여러 허점이 존재한다. ①영화, 연극, 무용분야는 포함되지 않았다. 비교적 일찌감치 1960년대 초에 연구(개방)가 공식적으로 허용된 학술은 그렇다손 치더라도 예술 영역의 또 다른 중요분야가 배제된 것은 형식적으로도 앞뒤가 맞지 않는다.

②해금대상자의 선정 기준과 규모가 불분명하다. 음악·미술은 정확한 숫자와 명단을 적시해 해금대상을 발표한 반면 문학은 공식적으로 숫자와 명단을 한 번도 명확하게 밝힌 바 없다. 3·31 선별해금에서는 정지용, 김기림 두 문인만 거론했고, 7·19 해금에서는 미해금자 5명의 실명만 거명했을 뿐이다. 해금자 규모와 명단을 생략함으로써 96명, 120여 명 등 갖가지 추산이 난무했다.[23] 그렇다고 (납)월북자에 해당하는 모두를 해금한 것이라고 보기도 어렵다. 같은 조건과 논리가 적용된 음악·미술 분야에서는 실명의 명단을 정확히 제시했기 때문이다. 그 이유가 밝혀진 바 없으나 (납)월북 문인에 대한 충분한 연구가 없었으며 그 결과 해금의 세부 원칙, 기준 등을 제대로 마련하지 못했거나 아니면 이를 둘러싼 정부당국 내부의 이견이 존재했을 것이라는 추정이 대세였다.[24] 어쩌면 행정처분상 금지조치가 없었

---

의 관행과 다르게 역사학계는 디아스포라 관점의 합리성을 적용해 월북, 납북, 월남의 객관적 의미 규정의 필요성을 제기한 가운데 재북이남인(월북, 납북인), 재남이북인(월남자)으로 명명할 것을 제안한바 있다(이신철,「역사용어바로쓰기: 월북과 납북」,『역사비평』76, 2006년 가을, 296~304쪽 참조). 타당한 의미 규정·명명으로 판단된다. 다만 이 글에서는 월북, 납북, 월남 등이 담지하고 있는 역사성을 고려해 기존 명명법을 그대로 따랐다.

23  구체적인 실명 명단을 보도한 매체는『경향신문』이 유일하다. 소설가 38명, 시인·평론가 58명, 총 96명의 추산된 명단을 발표했는데(1988.7.19.), 권환, 김태준, 이북만 등이 포함된 것으로 보아 이 보도도 허술하긴 마찬가지였다.

24  「해금자 명단 등 안 밝혀」,『경향신문』, 1988.7.22.

기에 발생할 수밖에 없는 시행착오였을 지도 모른다. 명단이 적시된 예술가해금에서도 이상춘, 박진명 등 월북 작가가 아닌 인물이 포함되거나 박승구, 윤승욱(조각가), 이해성, 김진성(화가) 등 미술사적으로 중요 인물이 누락되는 오류가 발생한 것도 이 때문으로 보인다.

③해금의 기점 또한 다르다. 문학은 8·15해방 이전으로 반면 음악·미술은 1948년 정부수립 이전으로, 엄격한 차이가 존재한다. 따라서 두 분야에 중복되는 해금대상자의 경우에는 해금대상의 시기가 충돌할 수밖에 없었다.[25] 장르가 다르기 때문에 큰 문제가 없다고 할 수도 있으나 그러면 오히려 작품 장르에 따라 동일인물의 해금 대상이 서로 다르게 되는, 즉 인물/작품의 괴리가 발생하는 기형성을 드러내게 된다. 문학 분야의 시기를 더 축소·국한시킨 이유가 공개된 바 없다. 해방직후 좌파 주도의 진보적 민족문학운동을 염두에 둔 것으로 추정해볼 수 있으나 음악, 미술도 마찬가지였다는 점을 감안하면 단정하기는 어렵다. 더불어 해금의 기점을 기계적으로 적용한 사후검열로 인한 논란도 빚어졌다.[26]

④해금의 원칙에서도 차이가 있다. 음악·미술의 경우 작가개인

---

25 가령 음악분야의 경우 해금대상자 중 작(사)가 윤복진, 박산운, 이병철, 박찬모, 이정구, 오장환, 김북원, 김석송, 박세영 등이 포함되어 있는데, 이들은 문학분야의 해금대상자로 충분히 추정 가능하다는 점에서 해금대상 작품의 혼선이 불가피했다. 조영출의 경우 해금발표의 시차, 즉 7·19해금대상에서 제외된 관계로 10·28 예술가해금대상에서도 배제되었고, 비록 1988.2.29. 미해금문인 추가 해금에 포함되었으나 음악분야에서는 여전히 제외되었기 때문에 1992년 7월에 가서야 '월북 작가 조명암의 일제시대 작사에 대한 해금 청원서'가 받아들여져 대중가요 61편이 해금되는 곡절을 겪었다.

26 한 예로 1988년 11월 해금가곡제에서 이건우의 「산길」이 제외되는데, 이유는 정부수립 이전에 작품이 발표되었으나 이 작품이 수록된 가곡집 『산길』이 1948년 11월 15일 출판된 관계로 해금기준일에 해당되지 않는다는 검열당국의 제재 때문이었다.

의 신분에는 관계없이 작품의 내용을 기준으로 가능한 한 모두 해제시키려고 시도한 특징을 보여준다.[27] 포로수용소에서 자진해 북을 택한 이건영, 이쾌대[28]까지 해금대상자에 포함시켰으며, 월북 후 북한 예술분야에서 핵심적 역할을 수행했거나 요직에 있었던 경력도 크게 문제 삼지 않았다. 반면 애초 홍명희, 이기영 등 5명을 제외한 이유를 감안할 때, 문학은 신원의 문제가 상대적으로 중시되었다고 볼 수 있다. 이 같은 불합리한 문제들은 해금 조치의 의의를 근본적으로 제약하는 요인이라는 점에서 가벼이 볼 수 없다. 물론 후행적으로 보완, 수정, 개선되는 과정을 거치나 그 과정은 또 다른 갈등과 논란을 수반해야 했다.

(납)월북 문인·예술가 작품에 대한 해금은 그 의미의 상징성에 비해 오히려 반세기의 냉전문화사에 잠복되었던 고질적 문제들을 고스란히 드러내줬다는 점에서 더 큰 의의를 찾을 수 있다. 그것은 (납)월북문제가 어떻게 의제화되어 사회문화적 규율 기제로 작동했는가에 대한 역사화 작업의 필요를 요구한다. 드러난 문제점의 상당부분은 이후 탈냉전의 추세 속에 점차 극복되나 연장, 퇴행, 변형, 고착된 점도 없지 않다는 점에서 더욱 그러하다. 이 글은 (납)월북 의제가 분단체제(남북한의 적대적 의존관계)의 차원뿐만 아니라 냉전체제의 변동과 결부된 정치적, 사회문화적 의제라고 판단한다. 냉전의 거시적 규율 속에서 금기, 금지, 해금 등이 촉진/제약되었기 때문이다. 그 모순적 과정은 해당유가족만이 아니라 당대 통치 권력과 일반국민들에게도 불안, 억압의 요소로 작용해 통치술의 모순이 잠복, 외화되는가 하

---

27  「납·월북 음악·화가 작품 해금 안팎」, 『경향신문』, 1988.10.27.
28  조은정, 『권력과 미술-대한민국 제1공화국의 권력과 미술』, 아카넷, 2009, 122쪽.

면 다른 한편으로는 금기의 조성으로 야기된 불안, 공포에서 벗어나기 위한 여러 차원의 대응, 이를테면 동의, 순응, 침묵, 묵인, 우회, 야합, 저항 등이 착종되어 나타난다.

(납)월북 문제와 관련한 국가권력의 (사상)통제가 일방적, 단선적이지만은 않았다. 상호 제약적이었고, 그것은 양자의 역학 관계에 따라 다양하게 변주되는 동태적 양상을 보여준다. (납)월북 의제가 냉전과 결부되는 또 다른 중요 지점은 한국사회의'내부냉전'[29]의 기제로 작동했다는 사실이다. 반공주의의 사회적 (의사)합의가 견고해지는 과정과 맞물려 사회전체 및 사회 각 영역(조직)들 내부에 대립전선이 형성되어 배제, 편견, 금기시, 내면화를 조장했고 또 확대 심화시켰다. 그것은 연좌제(implicative system)가 공식 폐기(1981.3.25, 제5공화국헌법 제12조 3항에 근거)된 이후에도 근절되지 않았다.[30] 문학예술분야의

---

29  '내부냉전'의 위상과 역할에 대해서는 베른트 슈퇴버의 견해를 따랐다. 그에 따르면 냉전은 처음부터 사회 내부에서 다른 진영의 추종자 혹은 추종자로 간주된 자들과의 대립을 뜻하는 것이었고, 그 '내부냉전'은 냉전기간 내내 시기, 지역에 따라 다른 강도로 나타나나 계속해서 전개되었으며 특히 서방(자유진영)에서는 반공주의적 합의에도 불구하고 대립의 전선이 부분적으로 각 사회조직들 내부에서 형성, 작동했다는 사실에 주목했다(베른트 슈퇴버, 최승완 옮김, 『냉전이란 무엇인가: 극단의 시대 1945~1991』, 역사비평사, 2008., 119~124쪽). 이 글은 내부냉전의 작동과 이를 통한 냉전의 국내화, 일상화는 우리와 같이 탈식민과 냉전의 중첩된 과제를 떠안아야 했고 또 냉전을 열전으로 체험한 가운데 분단된 국가에서 더 강력하고 전방위적으로 작동하며 사상통제의 효력을 발휘했다는 사실에 강조점을 두고자 한다.

30  연좌제는 근대법의 원리에 정면 위배되는 것으로 갑오개혁 때 형사상 연좌제가 폐기되었고, 1980년 제5공화국 헌법 개정으로 일체의 연좌제가 폐지된 바 있다. 그에 따라 부역, 월북 또는 동조한 본인을 제외한 이들의 직계존비속, 형제자매, 배우자들을 비롯한 모든 연고자의 기록을 완전히 정리하여 당시 경찰 집계로 약 75만 명이 불이익처분을 받지 않게 되었다(『경향신문』, 1981.3.24). 하지만 그 이후에도 사회 내부에서는 여전히 친일, 부역, 월북을 둘러싸고 연좌제가 부활하다시피 해 사회갈등을 부추기는 현상이 지속되고 있다.

(납)월북문제는 해금에 이르는 과정에서 정치권력의 통제(검열) 이상으로 내부 대립의 수단으로 변질, 활용되면서 규율기제로 작동한 전형적인 면모를 나타낸다. 이러한 문제의식에 입각해 냉전체제의 변동과 (납)월북 문제의 상관성을 바탕으로 (납)월북의제가 내장하고 있는 문화정치의 논리와 양상을 규명해보고자 한다. 냉전의 거시적 규율에 의해 봉인되고 또 그 힘에 의해 해제된 냉전프레임의 미망(迷妄)을 역사화 해보는 작업이다.

## 2. 냉전논리의 제도화와 사상지리의 구축, 1950년대

월북 작가에 관한 논의가 최초로 금지된 것은 1953년 12월 조연현의 『현대한국작가론』(문예사, 1953) 판금사건이다. 월북 작가를 다뤘다는 것이 이유였다. 오장환, 김동석, 최명익 등 3편의 작가론이 수록되었기 때문인데, 공보처는 월북 작가를 한국작가로서 인정할 수 없으며 따라서 월북 작가를 평론에서 취급한다는 것만으로도 판금의 사유가 충분하다는 입장이었다(『태양신문』, 1953. 12. 6.). 조연현은 공산주의문학을 비판하는 것을 금지한다는 것이 국시 위반이라는 논리로 법적 소송을 예고했고, 한국문학가협회도 반국가적인 조치라는 요지의 강경한 성명서를 발표하며 집단적으로 대응했다.

> 조연현 저 "현대한국작가론"이 월북한 작가를 한국작가
> 란 이름 아래 취급했다고 발매처분을 내렸다. 동저의 내용은
> 공산주의 작가에 대한 문학적 비판으로 구성되어 있을 뿐 아
> 니라 대한민국의 판도는 三八이북까지도 것임으로 비록 이

북거주자라 할지라도 대한민국의 법률 및 문화적 방향으로부터 자유로울 수는 없다. 그러므로 이번의 공보처의 처사는 공산주의에 대한 비판의 자유를 금지하는 반국가적인 조치일 뿐만 아니라 三八이북을 대한민국과 분리된 국가로 인정하는 과오임을 지적하지 않을 수 없다. 동처의 이번 처사의 시급한 정정을 요구하는 바이다.[31]

문단의 당혹감, 비분강개의 어조가 역력하다. 단정수립 후부터 반공문화건설의 주역이자 정부시책의 동반자로서의 역할을 충실히 수행했고 여전히 대공문화전선의 선도적 일익을 담당하고 있는 보수우익문단에 칼날을 들이댔으니 오죽 했겠는가. 문단의 반발과 검열정책의 무원칙성에 대한 여론의 비판이 거세지자 공보처가 일보 후퇴해 곧바로 월북 작가를 다룬 3개 부문 삭제를 조건으로 판매금지를 해제함으로써 더 이상의 대립으로 비화되지 않는다. 공보처의 조건부 타협안에 대해 조연현과 한국문학가협회가 더 이상의 이의를 제기하지 않은 것으로 보아 공보처의 입장이 관철되었다고 볼 수 있다.

그런데 이 판금사건을 단순한 해프닝으로 보아서는 안 된다는 것이 이 글의 판단이다. 첫째, 월북의제를 둘러싼 정치권력(검열당국)과 문단의 입장 차이가 표출되었다. 공보처의 판금사유와 한국문학가협회의 성명서를 겹쳐보면 사상적 적대와 지리적 경계의 관계에 대한 인식태도가 미묘하게 다르다는 사실을 확인할 수 있다. 검열당국은 냉전 진영논리에 입각해 사상성과 장소성을 동일시한 반면 문단은 분리해서 접근하고 있으며 따라서 양립이 가능하다는 논리를 견

---

31  「조연현 저, 『현대한국작가론』 공보처서 판매금지처분」, 『동아일보』, 1953.12.5.

지하고 있다. 결국 월북 작가를 한국작가로 포함시킬 수 있는가 여부를 두고 충돌하고 있는 양상이다. 전시에도 검열당국은 월북 작가를 '사상적으로' 시인, 용납할 수 없다는 이유로 규제를 정당화했을 뿐 이북거주자, 즉 장소성을 근거로 내세운 적은 없었다. 문단도 북한(괴)이 주적이고 절멸의 대상이되 실지, 즉 대한민국의 영토의 일부이며 북한거주자 또한 민족의 일원이라는 반공논리의 기조를 고수해왔다. 이 논리에 기대면 월북 작가를 한국문학(사)의 일부로 포함해 취급하는 일은 당연한 것이었다. 그러나 공보처의 판금조처가 현실적 유효성을 지님으로써 월북 작가는 한국문학사에서 완전히 배제, 축출될 수밖에 없었고, 장소성에 의해 재북 및 납북도 월북과 동일한 규정을 받는 결과를 낳는다. 요컨대 이 판금사건은 전후 월북의 '사상지리'[32]가 문화제도적으로 정착하게 되는 계기로 작용했다.

둘째, 이와 관련한 것으로 월북 작가에 대한 규제의 대상과 범위가 가시화 되었다. 이전까지 월북 작가에 대한 규제는 판매(발매)금지의 형식으로 통제되었으나, 그 금지대상이 되는 작품에 대해 개별작가의 차원이든 전체 차원이든 한 번도 명시한 적이 없었다. 또한 적용 시기를 특정한 적도 없다. 월북 작가의 여부만을 규정짓는 수준이었던 것이다. 가요만 유일하게 금지대상 작품의 목록을 적시했을 뿐이다. 이러한 모호성이 이 판금사건을 통해 개선되어 좀 더 구체화된

---

32  사상지리(ideological geography)는 이혜령 교수가 제안한 용어(개념)이다. "지정학적 경계가 표현의 제도적 심리적 규율체계이자 존재-장소에 대한 상상과 이동성을 배치, 규율하는 권력-지식의 작용과 효과를 의미"한다고 그 개념을 정식화했는데, 이 글에서는 그 기본적 의미와 더불어 분단체제에 입각해 과거소급적인 심문의 사상통제시스템의 주요한 메커니즘으로 작용했다는 지적에 특히 동의하며 차용했다. 이혜령, 「사상지리(ideological geography)의 형성으로서의 냉전과 검열-해방기 염상섭의 이동과 문학을 중심으로」, 『상허학보』34, 상허학회, 2012.

다. 월북 작가 작품뿐만 아니라 이들에 대한 2차적 연구까지 규제 대상에 포함되기에 이른 것이다. 문화단체 산하 기구의 명명에서 북한이란 명칭 사용도 전면 금지되었다. 더불어 판금의 빌미가 된 세 작가론이 발표된 시점(정부수립 이전)을 고려해 보건대 일단 분단이 제도화되기 이전 시기까지 소급해 규제의 범위가 확장된 양상이다. 공보처가 이런 부분까지 섬세하게 살펴 가이드라인을 정했다고 할 수는 없겠으나, 과거소급적인 규제 원칙을 재천명한 것만은 분명하다. 이후 소급의 시점에 대한 추가 제시가 없었던 상태에서 이로부터 등장한 소급원칙이 무분별하게 확장되어 모든 시기의 작품에 확대 관철된 것으로 짐작해볼 수 있다. 당시에도 벌써 그 시점이 8·15이전까지 확대되어 작품의 교과서 재록 금지, 재간 금지가 이루어지고 있었다.[33] 따라서 월북의제에 관한 한 문학의 논리가 적용될 여지는 완전히 봉쇄되고 만다. 월북의제는 그것이 금지든 해금이든 철저히 정치(이념) 논리에 지배될 수밖에 없게 된다. 이는 금지의 맹목성이 강화되는 것을 추동하나 역으로 언제든 정치논리로 해결될 수 있었다는 것을 의미한다. 그 가능성이 문학예술에서만은 반세기 동안 열리지 못한 이유에 다시금 주목하지 않을 수 없다. 공권력의 통제만으로는 온전히 설명될 수 없는 지점이다.

셋째, 사상(문화)검열의 강화와 그 논리적 모순성이 부각되는 계기가 된다. 이 판금사건은 전후 사상검열의 신호탄이었다. 실제 이 판금조치 직후 곧바로 국방, 내무, 법무, 공보처 등이 참여한 관계기관 합동회의에서 사상전 강화 방안이 구체적으로 결정된다. 골자는 전

---

33 「인권옹호의 시점」(사설), 『경향신문』, 1953.12.10.

시부터 이루어진 월북반역작가작품 단속에 관한 건을 더욱 강력히 시행할 것, 언론출판에 있어서의 사상전을 강화하고 공산분자침투 방지에 만전을 기할 것, 전시 하 국론통일을 달성하기 위하여 이적적인 결과를 초래하는 논조를 경계할 것 등 3개 항이었다.[34] 월북 작가·작품 단속을 특정한 것이 이채롭다. 표현물의 논조에까지 검열의 칼날을 들이대고 이미 검열을 통과해 출판·유통되거나 공연이 진행 중인 경우에도 재검열(사후검열)을 실시해 추후 제재하는 무리수를 남발할 만큼 강경하고 공세적이었다.

그러나 사상적 문화통제는 현실적인 난관이 존재했다. 기본적으로 언론출판을 규제할 법률적 근거가 없었기 때문이다. 1952년 3월 광무신문지법이 국회에서 공식 폐기된 이후 그 대체법안으로 추진했던 출판법 제정이 연속해서 좌절된 결과이다. 결정적인 이유는 공권력의 심의(사전/사후검열)을 명문화한 조항의 비민주성 때문이었다. 그리하여 언론사, 출판사 등의 신규 진입은 미군정법령 제88호(허가제)로 차단, 봉쇄할 수 있었으나, 국외에서 간행된 공산주의관련 간행물(북한을 포함)과 외국영화 및 음반 등의 이입, 기 허가된 언론·출판사의 간행물은 규제할 법안이 부재했다. 따라서 사상적 문화통제에 국가보안법의 과도한 적용과 법적 근거가 결여된 행정규제가 지나치게 발생할 수밖에 없는 제도적, 구조적 조건이 배태되었던 것이다. 현대작가론 판금사건도 이 같은 조건 속에서 발생한 무리한 행정규제였다. 그로 인해 공산주의에 대한 비판의 자유를 억압한다는 사실 뿐만 아니라 검열의 근거, 절차상의 비민주(합법)성이 도마에 올랐다. 나아

---

34 「언론 통해 사상전 강화」, 『서울신문』, 1953. 12. 7.

가 『임꺽정』 행정심판청구건의 법적 공방에서 이 판금사건이 사법부에 의해 월북 작가·작품 출판금지처분의 기점으로 인정되는 동시에 행정지도/처분 논란의 핵심 증거로 채택된다. 행정처분의 증거로 채택됨으로써 결과적으로 자충수가 된 꼴이다.

한 가지 환기해 둘 것은 이 시기 사상전의 강화 방안에서 월북 작가·작품 단속이 특정된 데에는 사상성의 문제뿐만 아니라 출판독서계의 조건과도 밀접한 관련이 있다는 점이다. 즉 월북 작가·작품의 저작권을 확보하고 있던 기 허가 출판사들이 수익성을 제고하기 위한 상업주의전략으로 월북 작가들의 작품을 불법 출판하거나 이미 간행된 단행본을 유통시키면서 대중적 수용이 광범하게 형성되었던 상황이 반영된 것이다. 월북 작가들이 문학사의 중심인물이자 문학성 또한 대체로 높았고 여기에다 월북 작가에 대한 지속적 금지가 대중적 관심과 수요를 오히려 부추긴 면이 컸기 때문이다.

그리고 이 판금사건의 비민주성을 계기로 사상검열체제에서 국가권력/사회문화계 간 대립전선의 형성된다. 국가권력과 문화적 보수우익집단이 뚜렷한 전선으로 분화되어 대립하게 된 것은 처음이 아닐까 한다. 간혹 문화검열을 둘러싸고 양자의 첨예한 갈등이 불거진 적이 더러 있었으나 대체로 사상문제와는 관련이 없는 사안이었다. 오히려 문화주체들, 일반대중들에 의해 사상검열의 불철저성과 후행성이 질타되면서 사상검열이 촉진, 강화되는 추세였다. 의사합의의 형태이나마 (반공)사상적 동의기반이 조성되어 있었기 때문이다. 물론 반공공약수적 틀 안에서의 대립전선이었으나, 그 전선이 가시화된 후 과도한 사상검열이 자행되는 흐름과 대응하여 이승만 정권의 지배체제를 위협할 정도의 수준으로 고조되어 간다. 흥미로운 사실은 월북에 관한 통제에 있어서는 아무런 이의와 저항이 없었다는 점이다. 국가보안법을 적용한 사상통제에서 그 과도함으로 인해 대공전선을 약화시킨다는 비판이 거세게 일었던 것과는 뚜렷한 대조를 보여준다. 무엇 때문이었을까?

문화영역에서의 확고한 동의기반은 단정수립 이후부터 축적된 내부냉전의 결과로 여겨진다. 월북 작가 규제와 문단의 내부냉전은 유기적으로 결합해 상호 상승적 작용을 발휘했다. 그 과정을 살펴보자. 월북 작가에 대한 규제는 단정수립 후부터 본격화되어 지속적으로 이루어져왔다. 단정수립과 인공수립으로 남북분단이 제도화된 '1948년 체제'에서 좌익/우익은 사상의 단순한 선택이 아니라 지리적 공간의 선택, 즉 체제 선택의 의미를 갖게 됨으로써 월북이 금서의 중요한 기준으로 부상한다. 좌파 그 중에서도 월북한 작가들의 저술을 주로 출판했던 아문각, 백양당과 같은 출판사에 대한 제재 조치, 박문서의 시집 『소백산』 발매금지(1949.1), 조벽암의 시집 『지열』 판매금지·압수 조치(1949.2) 등 남한 내에서 (지하)저항운동에 가담한 문인의 단행본을 제재한 경우는 더러 있었으나 월북문제를 기준으로 한 금지조치가 본격화된 것은 국민보도연맹 발족으로 전향이 강제된 전향국면에서다. 아문각 등 출판사에 대한 제재는 잔류한 좌익들의 물적 기반을 붕괴시켜 문단을 장악하고자 했던 보수우익문단의 총공세를 국가권력이 수용한 결과였다. 문단 내 조직적 내부냉전의 개시를 잘 보여주는 사건이다.

월북 작가에 대한 공권력의 통제가 가시화된 것은 중등교과서에 수록된 좌익작품 삭제 조치이다(1949.9.15.). 문교부는 이 조치가 "건전한 국가이념과 철저한 민족정신의 투철을 기하고 특히 학도들에 대한 정신교육에 유감이 없도록"하기 위한 것이라고 설명했으나 실제로는 좌익계열 문인들에 대한 탄압을 위한 것이었다. 이 조치로 11종의 중등교과서에서 23인의 작품 47편이 삭제된다.[35] 삭제대상 작가는 김남천, 안회남, 이선희, 오장환, 박팔양, 조벽암 등 이미 월북한 작가와 정지용, 김기림, 박태원, 엄흥섭, 김용준, 이용악 등 재남작가들이 혼재되어 있다. 이로 보아 당시까지는 월북 여부가 중요한 통제기준이라기보다는 좌익사상에 초점을 둔 좌익 척결의 사상통제에 무게중심이 있었음을 확인할 수 있다. 월북은 좌익의 한 가시적 지표라는 선에 그친 것이다. 국가이념에 위반하는 작품이라 명시했으나 대상작가·작품 목록을 봤을 때 작가의 신원, 즉 이념적 성향이나 과거 전력이 중시된 특징을 발견할 수 있다. 교과서에서는 삭제하되 대상 작가의 단행본에 대한 판금조치로까지는 확대되지 않았다.

월북 여부가 작가 및 작품의 중요한 사상검증의 기준 나아가 금서 조치의 기준으로 등장한 것은 서울시경찰국에 의해 시행된 좌익계열 문화인 저서 판매금지조치였다(1949.11.6). 좌익계열문화인을 3등급으로 분류, 즉 1급은 월북했거나 해방 후부터 북한에 거주한 자로 이들이 발행한 서적은 모두 압수 조치했고, 남한에 체류하는 자 중 좌익의 정도에 따라 2급(29명), 3급(22명)으로 차등 분류해 전향을 강요하고 만약 자진 전향하지 않으면 기 간행서적 압수와 추후 간행, 창작, 투고, 게재 등의 금지를 공식화했다.[36] 월북 및 재북자를 1급 좌익으로 분류·규정했다는 것에서 판금조치의 일차 기준이 월북이고, 좌익

35 「국가이념에 위반되는 저작물 등을 일체 삭제」, 『조선일보』, 1949.10.1. 이 기사에 삭제대상 작가·작품의 목록이 제시되어 있다.

36 「문화인자수조사-미전향자 서적을 발금」, 『자유신문』, 1949.11.6.

사상이 이차적이었다는 것을 확인할 수 있다. (공간)체제 선택이 사상
보다 우선했던 것이다.[37] 이 조치를 계기로 홍명희의 『임꺽정』 판금에
서 보듯 월북 작가의 저술은 물론이고 월북 작가의 서문이 들어간 간
행물도 모두 판금 조치된다(박용구의 『음악과 현실』 판금-김동석이 서문 작
성). 발표문에 적시되어 있는 바와 같이 좌익계열문화인 판금조치는
전향공간에서 지지부진했던 문화지식인의 전향을 종용, 강제하기 위
한 문화인통제의 수단으로 시행된 것이다. 이 조치에 잇달아 남한 내
문인들 40여 명의 작품 중 불온서적과 좌익사상을 고취한 서적의 발
행 및 판매금지를 예고해 압박의 수위를 높여갔다.[38] 자진 전향한 경
우에도 '전향문필가집필금지조치'(1949.11~50.2), '전향문필가원고심사
제'(1950.2), '원고사전검열조치'(1950.4) 등의 집중적인 검열을 받아야
했으며, 전향을 거부한 인사들에게는 월북의 또 다른 동기로 작용하
게 된다. 전향공간의 특수성, 즉 냉전적 경계를 내부로 끌어들여 지리
적, 사상적 남북적대를 확대재생산하는 동시에 지배체제의 우월성을
배타적으로 승인·공고화하는데 월북의제가 적극 활용되었던 것이
다.[39]

　월북의제의 사상적 경각성이 증대하고 그에 따라 배타적인 강력
한 통제가 시행되는 것은 한국전쟁을 통해서다. 물론 좌익사상과 연

---

37　이중연에 따르면, 금서의 우선 기준이 월북 여부로 변화하면서 상대적으로 『자본
　　론』을 비롯한 학문적·이론적인 사회과학 좌익서적은 금서로 지정·압수되지 않았
　　으며, 전석담, 인정식 등도 월북하지 않은 조건에서 특별한 제재 없이 연구서를 집
　　필·출판할 수 있었다고 한다. 이중연, 『책, 사슬에서 풀리다; 해방기 책의 문화사』,
　　혜안, 2005, 299~300쪽.
38　「불온저서 판금, 불일내로 압수 착수」, 『동아일보』, 1949.11.7.
39　이에 대해서는 이봉범, 「단정수립 후 전향의 문화사적 연구」, 『대동문화연구』64, 성
　　균관대 대동문화연구원, 2008, 249쪽 참조.

관된 문예서, 사회과학서 일체도 통제되었다(금서 지정). 1951년 10월 공보부가 월북 작가를 특정하고 그 명단을 공개하여 문필활동 금지, 발매금지 조치를 내린다. 전전 월북 문인 38명(A급), 전후 월북 문인 24명(B급), 납치 및 행불 문인 13명(C급) 등 총 75명인데, A, B급이 제재조치 대상이었다.[40] 국가권력이 월북시기를 기준으로 월북 작가명단을 작성·공개한 것은 처음 있는 일이었고, 이 명단이 이후 공적 차원의 월북 작가명단의 저본이 된다. 공보처는 또한 사상전을 공고히 한다는 취지 아래 월북 작가의 가곡, 가창을 일제히 금지하고 기간(旣刊) 유행가집에 게재된 것도 판매금지조치를 내렸다.[41] 금지대상 작품의 목록을 구체적으로 밝힌 최초의 사례이다. 이들 조치에서 눈에 띄는 것은 월북행위가 국가를 배반한 반역에 해당한다는 것을 적시함으로써 극단적 통제의 수준을 넘어 절멸의 대상으로 취급했다는 점이다. 따라서 월북 작가의 이름 자체가 금기시되고 납북작가는 복자 표기를 해야 했으며, 재판 시 월북 작가와 관련된 부분은 삭제가 불가피해진다.[42]

---

40　「월북 작가 저서발금」, 『자유신문』, 1951.10.5. A급은 김남천, 김사량, 김순남, 김조규, 김태진, 민병균, 박세영, 박아지, 박영호, 박찬모, 박팔양, 서광제, 송영, 안함광, 안회남, 오기영, 오장환, 이기영, 이면상, 이병규, 이북명, 이선희, 이원조, 이찬, 이태준, 임선규, 임화, 조벽암, 지하련, 최명익, 한설야, 한효, 함세덕, 허준, 현덕, 홍기문, 홍명희, B급은 강형구, 김동석, 김만형, 김영석, 김이식, 문철민, 박계명, 박노갑, 박문원, 박상진, 박태원, 배호, 설정식, 안기영, 이건우, 이범준, 이병철, 이용악, 임서하, 정종여, 정현웅, 홍구, C급은 김기림, 김기창, 김찬승, 김철수, 김홍준, 박내현, 박노아, 정광현, 정인택, 정지용, 채정근, 최영수 등이다.

41　「월북한 작가의 작품 일제 금지」, 『동아일보』, 1952.10.30. 금지대상의 작가작품은 조명암의 「낙화유수」 등 54곡, 박영호의 「오빠는 풍각쟁이」 등 34곡, 안기영의 「마의태자」 등 3곡, 이면상의 「진주라 천리길」 1곡 등 총 92곡이다. 이 목록 또한 이후 월북을 이유로 금지된 금지가요목록의 저본으로 기능한다.

42　윤동주의 『하늘과 바람과 별과 시』 재판에서 정지용이 쓴 초판 서문 삭제, 한하운의

그런데 월북의제의 냉전적 적대화를 주도한 주체가 문화단체라는 사실이 중요하다. 국가권력보다 훨씬 과격했고 조직적이었다. 문총은 전쟁발발 직후인 8월 10일 '조국을 배반하고 민족의 정기를 더럽히는 반역문화인을 조사하기 위한 최고집행위원회를 개최해 심의과정을 거친 뒤 총 139명의 제1차 반역문화인명부를 실명으로 발표했으며,[43] 홍명희, 이극로, 이기영, 한설야 등 총 27명을 중요전범자로 결정·규탄했다(『부산일보』, 1950.8.19.). 전자는 월북 및 재북 작가를 위주로 하되 잔류파 중 부역혐의가 알려진 문학예술가 일부를 포함하고 있다. 후자는 월북 후 한국전쟁에 종군·남하한 작가들을 지칭했다. 아울러 문총구국대 명의로 이들 반역문화인을 탕아로 규정하고 투항을 권고하는 동시에 가족들의 신변을 위협하는 내용을 골자로 한 경고문을 발표하기까지 했다.[44] 이러한 적대의 노골적 표출은 도강파에 의해 부역자심사가 예술 각 분야에서 실시되면서 더욱 기승을 부렸다.[45] 그 이후로도 문학예술계 내부의 문화빨치산(적) 색출작업을 가동하여 자체검열을 강화시킨다(『경향신문』, 1953.7.5.).

문화단체가 독자적으로 '월북자 및 부역자=반역자'라는 프레임을 만들어 극단적 내부냉전을 공세적으로 전개한 데에는 전시 국책에 공명, 협조한 결과이기도 했으나 그보다는 문학예술계의 복잡한 사

---

『한하운시초』 재판에서 이병철이 쓴 초판 서문 삭제 등을 예로 들 수 있다. 전시뿐만 아니라 전후에도 이어져 정인보의 『담원시조집』(진문사, 1954) 재판 때 홍명희의 초판 서문이 삭제되는 등 이러한 현상은 하나의 출판관행으로 굳어지게 된다.

43 그 구체적 명단은 『전선문학』(『문학』전시판), 1950.9, 51~52쪽에 제시되어 있다.

44 문총구국대, 「반역문화인에게 보내는 경고문」, 『전선문학』(『문학』전시판), 1950.9, 49~50쪽.

45 일례로 『문예』12호(1950.12)에 실린 조영암, 「잔류한 부역문화인에게-보도연맹의 재판을 경고한다」/ 김광주, 「북쪽으로 다라난 문화인에게」를 들 수 있다.

정이 작용한 산물로 보는 것이 적실할 듯싶다. 이념전의 성격을 지닌 한국전쟁으로 인해 사상문제가 생사를 결정짓는 요인이 된 국면에서 상당수의 문학예술가들은 이전의 좌익활동 전력, 전향 전력, 부역 전력, 월남 전력(특히 1·4후퇴 때 월남한) 등으로 인해 엄중한 사상검증을 받아야 하는 처지에 내몰리게 된다. 전향경력자와 부역자는 보복에 대한 공포로 다수가 월북을 택하지만, 남한에 잔존한 해당자들은 반공적 선민의식에 입각한 반공반북의 전사로서 자신의 정체성을 형성, 대내외적인 인정투쟁을 전개할 수밖에 없었다. 월남문화인들도 예외가 아니어서 독자적으로 창출한 조직, 미디어와 미국(공보원, 아시아재단 등)의 후원을 바탕으로 전시 사상전과 문화냉전전의 전초가 되어 남한 문화제도권에 안정적으로 진입하는 동시에 내부냉전을 선도해갔다.[46] 당시 가장 유효한 인정투쟁방법은 종군문화반(1950.10)과 같은 전시동원책에 자발적으로 참여하거나, 정치권력(군)과 문화계의 협력의 산물로 조직된 종군작가단(화가단)에 가입·활동하는 것이었는데, 그렇다고 확실한 면죄부가 주어진 것은 아니다. 적어도 문화제도권 내에서는 예술원파동(1954) 때 재연되었듯이 오랫동안 인신과 문화 활동을 제약하는 잠재적 족쇄로 작용했다.

이 모든 인정투쟁은 북한 및 월북(자)을 부정적 타자로 한 월북=반역의 프레임을 전제로 한 것이었고 더불어 그 프레임을 확고부동한 규율기제로 정착시키는 동력이 된다. 여기에 문화계의 재편과 이를 기회로 한 문화 권력투쟁이 개입하면서 그 과정이 더욱 촉진되었다. 요약하건대 현대작가론판금사건을 통해 일시 불협화음을 노출하

---

46   이에 대해서는 이봉범, 「냉전과 월남지식인, 냉전문화기획자 오영진」, 『민족문학사연구』61, 민족문학사학회, 2016 참조.

나 전향공간과 한국전쟁을 경과하며 형성·내재화된 월북의 냉전프레임과 문학예술계의 지속적인 내부냉전의 전개는 적어도 월북에 대한 사상지리의 제도화에 또 월북 작가 통제의 무저항적 상시화에 확고한 동의기반이었다는 것을 강조하고자 한다.

앞서 현대작가론판금사건이 전후 사상전의 공세적 추진의 일환으로 강행되었다는 점을 언급한 바 있다. 실제 휴전직후 한국사회는 사상전의 총력전체제로 급속히 재편되기 시작한다. 이승만이 강조했듯이 반공투쟁의 궁극적 성공은 경제전과 더불어 사상전에 있으며 당시 냉전(외교)전의 유력한 수단이 심리전이라는 인식 아래 대공투쟁의 중심이 사상전으로 옮겨지고, 그 구체적 방법인 선전전, 심리전을 강화하기 위한 제도적 정비와 공세적 행정이 국책으로 추진되었다. 국방부는 정훈관계기구 개편과 군 방송국 신설을 통해 방송선전전과 전후방의 사상적 유대를 강화했고, 공보처는 산하기관인 대한공론사를 중심으로 특히 아시아반공진영의 단결을 도모하는 대외적 선전과 공보활동을 전개했으며, 문교행정 전반을 관장한 문교부는 선전의 중요 매개체인 언론, 방송, 문학예술 분야를 동원해 대중적 사상계몽운동에 주력하고자 했다.

다소 수세적, 방어적 차원이던 전시의 선전전과는 분명히 다른 양상으로 전개되는데, 대외적인 차원뿐만 아니라 사회 내부의 말단까지도 사상전에 동원되었다.[47] 일례로 1954년부터 매년 전 국민운동으로 실시된 '방첩강조주간'을 들 수 있다. 이전 특무부대의 주관행사였던 방첩주간을 국방부 주최로 격상시켜 사상전의 중요한 국책의 일환으

---

47   「사상선전전을 적극 전개하라」(사설), 『동아일보』, 1954.12.21.

로 (재)추진함으로써 사회내부의 제5열 색출과 대공의식의 확산과 침투를 기도한 바 있다.[48] 사상전을 통해 국민 상호간 감시체제의 일상화를 의도한 것이다. 그것은 전후 냉전체제하 남북한의 체제 경쟁과 이승만정권의 체제 위기가 점증하면서 확대되는 과정을 밟는다.

이러한 공격적인 사상전의 전개 속에서 그 전열에 저촉, 위협이 되는 일체의 요소가 제5열, 제6열 등 내부의 적으로 간주되어 관리, 통제의 우선적 대상이 된다. 제6열은 교육, 문학예술, 종교, 학술 등에 종사하는 지식인층을 겨냥한 것이다. 반공주의자임에도 불구하고 민주주의신념을 고수하지 못하거나 그 실천에 등한한 결과 일반민심에 악영향을 끼치는 동시에 제5열 및 공산주의진영의 선동 자료로 이용당하는 경우로, 의도성 여부를 떠나 결국 이적행위에 해당한다는 논리였다.[49]

그리고 사상전의 차원에서 1955.11 사상범전과자에 대한 유화책이 구사되었다. 부역문제로 야기된 불안, 의심, 밀고, 투서, 분열을 완화하고 사상범전과자를 선도·포섭해 내부 결속과 동원력을 강화하겠다는 취지였다.[50] 검찰청의 전격적 조치로 시행된 이 유화책은 사회적 호응 속에 6·25부역자뿐만 아니라 6·25이전에 좌익단체에 가입했던 자, 이북에서 해방 후 북한정권에 가담한 자, 9·28이후 월남하여 대한민국으로 편입돼 기여를 하고 있는 자 등까지도 그 대상으로 포함시켰다. 검찰은 과거 국민보도연맹과 같은 조직을 만들지 않는 방향으로 선도 방안을 안출한 것이라고 강변했으나 실제는 국민

---

48  「방첩과 방심」(사설), 『경향신문』, 1954.11.1.

49  「第六列」(사설), 『동아일보』, 1953.1.11.

50  「경미한 부역자는 불문」, 『동아일보』, 1955.12.14.

보도연맹과 흡사한 형태의 국가폭력적 내부평정작업이었다고 볼 수 있다. 선도방법이라기보다는 오히려 사상범을 감시·통제하는 방법으로 활용될 가능성이 높았고[51] 실제 그렇게 시행되어 부역자에 대한 색출, 체포, 처벌이 상시적으로 이루어졌다. 특히 전쟁부역자의 색출, 체포는 1960년대까지 계속된다. 이렇듯 사상전의 국민총동원체제가 강제되면서 사상관련 금기영역이 해방직후까지 소급·적용돼 확대되고 그에 따른 일상적 불안과 공포가 사회 전분야로 확산, 만연되기에 이른다. 이 같은 분위기 속에서 월북문제는 한국사회 전반에 걸쳐 사상통제의 우선 순위대상이자 금기의 절대영역으로 고착된다.

문학예술에서는 이러한 사상전의 국민총동원체제 아래 불온검열의 상시화를 통해 심화된다. 특히 1957년부터 불온에 대한 행정단속이 대대적으로 실시된다. 서울지검 정보부장으로 복귀한 오제도가 주도했다. 이때의 불온성은 좌익, 특히 적성(敵性)으로 제한되는 비교적 단순성을 지녔고 국외에서 발행된 공산주의관련 간행물, 출판물에 대한 이·수입통제로 집중되었다. 국내생산물은 선제적으로 차단되었기 때문이다.

그러나 국내에서 유통될 가능성이 여전히 존재했던 (납)월북 작가 관련 출판물, 공연물에 대해서만은 매우 엄격한 검열기준을 적용했다. 우선 눈에 띄는 것은 월북 작가명단을 재정리·공시했다는 점이다. 문교부가 월북 작가들의 저서 출판 및 판매를 사전에 차단하기 위한 차원에서 가이드라인을 제시한 것인데, A급 38명(한국전쟁 이전의 월북), B급 23명(전쟁이후 월북) 총 61명이다.[52] 1951년 전시에 작성한

---

51   「부역자처리에 대한 신방안」(사설), 『한국일보』, 1955.11.15.

52   「월북 작가·작품 출판판매금지」, 『동아일보』, 1957.3.3. 이 조치는 한국현대작가론

명단과 큰 차이가 없다. 다만 B급 명단 중 박태원이 빠지고 김소엽이 추가된 변화가 있었을 뿐이다. 월북 작가의 주요 인물이 대부분 포함되었으나 김기림, 정지용, 박태원 등 전시 (납)월북자의 상당수가 누락된 것이 특징적이다. 제대로 된 조사가 없었던 결과이다. 어쩌면 검열의 효력 면에서 구체적 명단보다는 월북이라는 금기의 상징성을 부과하는 것이 더 유효했을 지도 모른다. 대신 이 명단 발표 이후로 (납)월북 작가 명단에 대한 공적 제시가 한 번도 없었다는 것을 고려할 때, 납북작가에 대한 거론의 잠재적 가능성이 존재했다고도 볼 수 있다.

타 예술분야에서도 월북은 불온성의 핵심으로 간주되어 검열의 우선적 기준이 된 것은 마찬가지이다. 문교부 부령으로 제정된 레코드검열기준을 보면, 적성국가와 관계가 있다고 인정된 것의 수입 차단과 함께 국산레코드의 경우 작사가, 작곡가, 가수 등이 월북 또는 적성국가로 도피한 사실이 있다고 인정되는 작품에 대해서는 압수 또는 판매금지처분을 내릴 수 있도록 했다.[53] 가사와 음반판매 두 측면의 사전검열을 통해서다. 영화검열기준에서는 자진월북자 또는 납치당한 후 자진하여 공산진영에 참가 부역한 자의 작품 금지를 국산영화검열의 중요한 세칙으로 규정했다.[54] 현실적으로 월북 작가·작품을 원작으로 하는 시나리오 부문의 통제책이었다.

그런데 사상전의 문화통제수단으로 시행된 불온검열은 효과적인 사회문화적 지배력을 획득하지 못한다. 불온에 대한 국가권력의 자

판금사건과 함께 『임꺽정』 행정심판청구건에서 행정처분을 입증해주는 증거자료로 채택되었다.

53  「검열기준을 제정, 국산과 수입레코드」, 『경향신문』, 1955.10.22.
54  「영화 수금 등 기준을 제정」, 『동아일보』, 1958.6.27.

의적 규정, 사전검열을 통과한 텍스트에 대한 사후 행정처분의 남발, 적용법규가 없는 상태에서 국가보안법과 미군정법령의 적용에 따른 비민주성(위헌성) 등으로 사회문화적 동의를 이끌어내기 어려웠다. 오히려 권위주의적 지배에 대한 대중적 저항을 촉발시켰다. 게다가 예술영역은 불온성의 판단이 작품의 내용이 아니라 작품의 생산지, 작가(감독)의 성분을 기준으로 했기 때문에 예술의 자유에 대한 침해 논란을 불러일으켰고, 나아가 반공전선에 역효과를 낸다는 비난이 팽배해졌다. 관계당국이 서적, 영화, 미술 등에 대한 좀 더 자세한 불온가이드라인을 제시하고 이를 무마하려 했으나 비판과 저항이 수그러들지 않았다.[55]

그렇다고 불온검열의 효과가 전혀 없었다는 것은 아니다. 통제책으로는 동의를 획득하는데 실패했으나 (불온)검열의 다른 한 축인 육성(진흥)책은 문화제도권에서는 상당한 효력을 발휘했다는 사실을 간과해선 안 된다. 특히 국가권력이 배타적으로 독점한 유한한 자원(재정)의 선별적 분배가 가장 큰 효력의 원천이었는데, 이는 또 다른 측면에서 문화계의 내부냉전을 촉진시키는 요인이기도 했다. 반면 앞서 거론한 바와 같이 불온검열의 일 순위였던 월북 작가 규제를 둘러싼 논란은 전무했다. 월북 작가에 대한 불충분한 정리에다 불온성 규정이 작품과 무관하게 월북행위 자체로 재단된 전형적인 경우인데도 불구하고 아무런 이의나 비판이 일지 않았다. 당연한 것으로 동의된 것이다. 월북이 불온(성)의 대명사로 인식, 관념화되는 데에 전후 불온검열이 보완작용을 했다고 볼 수 있다.

---

55 「불온서적의 단속 한계」, 『동아일보』, 1957.7.23.

1950년대 월북의 사상지리가 제도화되는 조건과 경로를 살펴보았다. 요약하건대 냉전체제(규정력)가 사상지리의 가장 근본적, 실질적인 조건이었고 그 거시적 규율 속에 자행된 국가주도 사상통제(검열)의 확대재생산과 문학예술계의 내부냉전이 상호 상승적으로 작용하면서 월북의 사상지리가 제도적, 인식적, 사회적으로 고착된 것이다. 열전의 경험에서 배태된 정신적 외상과 레드콤플렉스의 확산으로 인한 동의의 기반이 형성되어 있었기에 부분적 저항이 야기되었음에도 불구하고 그 과정이 전폭적으로 관철될 수 있었다. 이 글이 특히 주목했던 그 동의기반으로서의 문학예술계의 내부냉전이 월북의 사상지리가 당대뿐만 아니라 장기지속화 되는 요인으로 작용했다는 것을 다시금 강조하고 싶다. 다시 말해 금지, 즉 법적 명문화 또는 그 집행에 따른 통제 못지않게 내부냉전에 따른 금기시의 지속적 확산, 심화가 월북의제를 냉전시대 문화적 금기로 재생산해내면서 금제를 장기간 유지시켰던 주요 원인이었다. 그 같은 부정적 기여는 맹목성의 증폭과 신비화의 조장을 동시에 수반했다.

한편, 문학예술 영역에서 납북의제가 월북과 동일시돼 금지된 것과 달리 민간(인) 차원의 납북문제는 전시 때부터 조사 작업과 송환 문제에 대한 공개적인 논의가 활발하게 이루어졌다. 전시는 물론이고 전후에도 납북의제는 남북관계, 남북 상호간 냉전외교의 가장 민감한 정치적 현안이었기 때문이다. 그 과정에서 조사, 작성된 납북자명부 및 명단이 총 6종이다. 1950년 전시 공보처통계국이 작성한 <6·25사변서울특별시피해자명부>(납치 2,438명), 1951년 6·25사변피랍치인사가족회가 작성해 국회의장 신익희에게 송부한 <6·25사변피랍치인사명부>(2,316명), 전국단위의 명부로는 1952년 대한민국정부가 작성한

<6·25사변피랍치자명부>(납북자 82,959명), 1954년 내무부치안국이 작성한 <피납치자명부>(17,940명), 1956년 대한적십자사가 자세한 신고서에 의해 작성한 <실향사민등록자명부>(7,034명) 등이다.[56]

납북자문제가 민족적, 사회적 의제로 대두된 것은 휴전회담이 개시되면서부터이다. 전쟁포로 송환협상 과정에서 외국민간인 송환을 다룬 것과 달리 우리 민간납북자에 대해서는 휴전회담의 중요 의제가 되지 못했으나, 휴전협정이 조인된 뒤 납북자 송환문제가 본격화될 수 있었다. 휴전협정 제3조(포로에 관한 협정) 59항(민간인의 귀환에 관한 규정)에 의해서인데, 우여곡절 끝에 송환 합의가 이루어졌음에도 불구하고 북한이 합의를 파기함으로써 결국 납북자 송환은 무산되고 만다.[57] 송환협상의 과정과 합의 이행의 전반을 우리가 아닌 유엔측에 의해 주도될 수밖에 없는 조건에서 어쩌면 자연스런 결과였는지도 모른다. 특히 유엔측이 피랍자를 '실향사민'(失鄕私民, Displaced Civilians)으로 명칭을 변경해 송환교섭에 임함으로써 자진월북자만 존재하고 타의에 의한 실향사민은 존재하지 않는다는 북한의 주장에 힘을 실어주고 나아가 월남민과 실향사민의 상호교환을 역제안하는 정치공세의 빌미를 제공한 과오가 두고두고 논란이 되었다.[58]

이후 납북자문제는 사상전의 전개와 맞물려 정권/민간의 협조관계 속에 국제적인 냉전외교의 차원으로 옮겨져 다루어지게 된다. 북한 또한 마찬가지의 전략을 구사했다. 바야흐로 국제무대에서 납북

---

56  각 명부(단)의 작성원칙, 양식, 특징, 명단 등에 대해서는 이미일 외, 『한국전쟁납북사건사료집①』, 한국전쟁납북사건자료원, 2006, 666~713쪽 참조.

57  이에 대해서는 정진석, 『납북』, 기파랑, 2006, 284~292쪽 참조.

58  「고향 그리는 마음」(사설), 『경향신문』, 1956.6.20.

자를 둘러싼 남북대립이 격렬하게 발생하는 신국면이 조성된 것이
다. 주로 유엔과 국제적십자사를 서로 이용하는 선전전의 양상으로
전개되는데, 우리는 납북자문제를 북한의 비인간적인 인질정책으로
규정하고 이를 폭로, 선전하는 동시에 국제적 여론을 환기시켜 자유
진영의 승리를 위한 신냉전 공세로 확대 발전시키는 방향이었다.[59]
북한도 조소앙, 안재홍, 김약수 등 저명 납북인사들로 구성된 '재북평
화통일촉진협의회'를 조직하여(1956.7.2.) 납북자송환을 거부하는 태
도로 대남선전에 동원·이용했다. 특히 납북자문제가 인권문제의 일
종이라는 점에서 국제적십자회의를 통한 대립이 두드러지는데, 제19
차 국제적십자회의(뉴델리, 1957.10.14.~11.7)에서 실향사민(납치인사)의
송환을 강력히 요구하는 결의안을 채택시켜 북한에 압력을 가했으
나, 북한이 이를 거부함으로써 첨예한 남북대립이 표출된 바 있다.

특이하게 이 회의에서 국제적십자사로부터 북한이 제공한 337명
의 납치인사명단을 입수하는 성과를 거둔다.[60] 이를 계기로 전쟁 민

---

59　「인질정책을 폭로 분쇄하라」(사설), 『동아일보』, 1955.9.14. 주요한은 유엔을 이용
　　하여 납북자문제를 세계여론에 호소하는 한편 유엔이 북한의 책임을 추궁하는 것
　　이 가장 합리적인 방법이라고 제안한 바 있다. 주요한, 「납치인사 귀환문제의 초
　　점」, 『여성계』, 1954.3, 60~65쪽.

60　그 자세한 과정은 「납치인사 337명 생존통보를 받기까지」(『신태양』, 1958.1, 112~115
　　쪽)에 잘 나타나 있다. 요약하면 국제적십자위원회의 위원 중 스위스 국적 윌리
　　암·H·밋셀이 평양을 거쳐 1956년 5월 9일 내한하여 대한적십자사와 비밀회의를
　　가졌는데 의제는 ① 6·25당시 납치된 민간인의 구출문제, ② 반공애국포로 송환문
　　제, ③ 인도로 건너간 한국포로문제, ④ 일본 오무라형무소에 억류된 교포의 석방
　　문제, ⑤ 납치인사의 송환 요구 등이었다. 현실적으로 해결이 어려운 과제들이라
　　결국 납치인사의 생사확인으로 합의를 보아 국제적십자사가 이를 중개하는 것으
　　로 추진되면서 명단을 입수할 수 있었다고 한다. 이 결정의 후속조치로 대한적십자
　　사가 의용군으로 나간 사람과 자진월북한 사람을 제외한 납치인사에 대한 등록 작
　　업을 벌여(1956.6. 15.~8.15) 7,034명이 등록한 명단이 작성되었다. 337명의 생존

간납북자의 송환, 구출에 대한 가능성과 희망이 재점화되었으나 후속 조치가 더 이상 진척되지 않았고, 제일교포 북송과 연관시켜'국제적십자사가 거주선택의 자유원칙을 보편적으로 적용하여 인정할 것 같으면 먼저 전쟁 중 납북자에게도 이 거주선택의 자유를 공평하게 부여해서 송환해야 한다'는 논리로 국제적십자사의 적극적인 주선을 촉구했으나 뚜렷한 성과를 거두지는 못한다.[61] 정부 또한 선전전 전개 이상의 대응에는 소극적인 태도를 보였다.

이렇게 민간인 납북자문제가 사상전의 차원에서 정략적으로 활용되면서 문학예술에서의 납북문제가 월북과 분리돼 거론될 여지가 다소 생길 수 있었다. 여기에는 앞서 거론한 (납)월북 의제가 정치적(이념적) 논리에 철저히 지배되었으며, 1957년 최종적 월북자명단에서 상당수의 전시 (납)월북자가 제외됨으로써 거론의 가능성이 잠재적으로 존재했다는 점 등이 작용한 면이 없지 않다. 물론 공식적인 차원에서는 불가능했다. 다만 비공식적 차원에서 제한된 범위의 납북자들, 예컨대 민간인납북자 명단에 자주 오르내렸던 이광수, 김동환, 김진섭 등에 대한 접근은 숨통이 트일 수 있었다고 본다.

그렇다고 자동적으로 신원이 복권된 것은 아니며 더구나 문학적 복권에는 많은 어려움이 뒤따랐다. 이광수, 김동환은 이데올로기적 순결성을 지닌 납북(자)임을 증명하기 위한 유가족의 눈물겨운 노력이 뒷받침됨으로써 적어도 적색의 멍에에서는 벗어나게 된다. 남편 김동환의 납북을 입증하려는 인정투쟁을 수십 편의 소설을 통해 전

---

납북자명단은 『조선일보』 1957년 11월 9일자에 실려 있다.

61　「거주 선택의 자유와 6·25 때의 납치인사의 경우-국제적십자위원회에 묻노라」(사설), 『조선일보』, 1959.8.12.

개했던 최정희의 처절함. 이광수의 경우는 유가족의 노력과 더불어 서북출신지식인 및 그들이 주관한 매체(『사상계』, 『새벽』 등)를 거점으로 한 복권운동(?)-친일의 문제까지 포함한-이 있었기에 문학적 복권이 실현될 수 있었다. 그러나 납북작가일반의 금기시, 통제는 여전히 그리고 꽤 오랫동안 지속된다. 그 흐름 속에 4·19혁명 직후 제31차 국제펜대회(1960. 7. 24.~30, 리우데자네이로)에서 백철을 비롯한 한국대표단이 납북작가들의 구출안건을 제출해 채택시킨 것은[62] 금기를 넘어서려는 의식적인 노력의 첫 발걸음이라는 점에서 희망적이었다.

## 3. 냉전체제 변동의 국내적 변용과 금지/해금의 파행, 1960~70년대

그러나 (납)월북 작가·작품에 대한 금제는 1977년 납북/월북(재북)의 분리에 입각해 납북작가에 대한 비판적 논의의 필요성이 제기된 뒤 국가권력이 이를 수용해 1978년 3·13조치를 단행하기까지 견고하게 유지되었다. 그 기간 동안 (납)월북 작가 및 작품에 관한 담론이 공론화된 적이 한 번도 없으며 비판적 거론조차 금기시되었다. 사회과학이나 기타 분야에서 비판적 기능으로 인용, 거명이 되었던 것과 큰 차이를 보인다. 비공식적 차원에서 간헐적으로 (납)월북 작가 이름과 그들의 어떤 구절이 인용되는 사례가 있었으나 그런 경우에도 복자 처리가 불가피했다. 일부 문과대학생들조차 김기림, 박태원의 이름을 김공림, 박공원으로 알고 있다는 우스꽝스러운 에피소드가 그

---

62  「납북작가 구출안을 채택」, 『조선일보』, 1960. 8. 28.

실상을 잘 드러내준다 하겠다(『경향신문』, 1978.3.15. 여적란).

작품의 경우에도 납북작가로 알려진 극소수 작가에 한해서 특정 작품이 전(선)집에 실리기는 했다. 가령 문인협회가 발간한 『신문학 60년대표작선집』(전6권, 정음사, 1968)에는 이광수의 단편(「할멈」) 한 편이 유일하게 실렸다. 총 640명의 작가작품을 수록한 한국문학의 총 결산에 (납)월북 작가가 차지할 자리는 없었다. 1960~70년대 한국문학전집 전성시대에 발간된 수십 종의 전(선)집 또는 대계(大系)에도 이광수의 작품 몇 편이 반복되어 수록되었을 뿐이다. 각종 시선집에도 (납)월북시인의 작품이 더러 실리나 작가이름이 생략된 채였다. 월북 작가 기명 작품집은 아예 없었다.

그렇다고 (납)월북 작가에 대한 규제조치가 다시금 강력하게 재추진된 것도 아니다. 가요분야만 월북 작가의 작품 금지가 두 차례 시행된 적은 있다. 첫 번째는 1965.3.1. 방송윤리위원회가 작사자월북을 사유로 한 방송금지곡을 지정하는데, 조명암 작사의 「기로의 황혼」(방윤금지번호 1번)을 필두로 박영호, 김석송 작사 등 총 79곡이 방송금지된다. 작사가 대부분이 문인이었기에 이들의 문학작품이 금지되면서 노래도 규제된 것이다. 결과적으로는 1952년 10월에 취해진 월북음악가작품 가창, 가곡 금지처분의 목록과 크게 다르지 않았다. 다만 금지곡 수가 약간 축소되는데, 그 이유는 금지 사유가 작사자월북이었고 따라서 이를 피하기 위해 작사가를 다른 사람으로 변경하는 일종의 검열우회 전략을 구사하는 것이 성행했기 때문이다. 정지용 작사(시)의 상당수가 이런 전략에 의해 살아남을 수 있었다.[63] 두

---

63    이에 대해서는 문옥배, 『한국 금지곡의 사회사』, 예솔, 2004, 105~111쪽 참조.

번째는 1975년 6월 월북 작가의 가요 88곡이 금지곡으로 (재)지정되었다. 긴급조치9호의 후속 조치로 시행된 '공연활동정화대책'의 일환이었다. 마찬가지로 이전 금지곡 목록과 별 차이가 없다. 이 두 조치도 월북(작가)에 초점이 맞춰진 것이 아니었다. 나머지 문학예술분야에서는 월북규제와 관련한 추가적 행정조치를 찾아볼 수 없다.

사정이 이러할진대 (납)월북 작가·작품에 대한 금기가 어떻게 오랫동안 완벽에 가깝게 유지될 수 있었을까? 월북의제에 관해 사회문화적으로 형성되었던 이전의 규범화된 관행과 내면화된 관념이 여전히 금기의 동력이었는가. 가시적인 규제 조치가 없었던 것으로 미루어 보아 신빙성이 높다. 또 그 금기에 별다른 균열, 동요의 조짐이 없었는데도 정치권력은 왜 1978년에 (납)월북 작가·작품에 대한 규제완화 조치를 적극적으로 단행했을까? 더구나 육영수피격사건, 베트남 공산화에 따른 대중동원의 안보총궐기대회가 수차례 열리는 등 냉전 분위기가 최고조에 이르면서 강력한 사상통제정책이 구사되던 시점에. (납)월북 작가 작품에 대한 통제의 가치와 효력이 상실된 것은 분명 아닐 것이다. 여기에는 1960~70년대 냉전체제의 동태적 변동에 의해 제약된 통치술이 작동했다는 것이 이 글의 판단이다.

박정희정부는 집권 기간 내내 강력한 사회통제정책을 통해 지배체제의 안정적인 재생산을 도모하는 통치전략을 구사했다. 계엄령, 위수령, 긴급조치 등 10회 이상 약 7년에 가까운 예외상태가 사회통제의 밑바탕이었으며 통제력을 극대화시킨 일차적 요인이었다. 검열 또한 사회(문화)통제의 중요한 원리이자 수단이었다. 박정희정부의 검열은 이전(이후)과 비교할 수 없을 정도로 폭력적이면서도 상대적으로 뛰어난 검열기예를 발휘한 특징을 보여준다. 단순히 폭력에만 의존한 것은 아니라는 것이다. 분할통치(채찍/당근의 양면전략), 법적, 이데올로기적 기제에 입각한 검열의 합법성, 능률성, 경제성 제고, 테스트케이스 전략, 사상검열/풍속검열, 관권검열/민간검열의 분리적 통합의 유연성 등.[64] 이러한 검열기예는 (의사)헤게모니 지배력의 확장과 동의기반의 창출에 유리한 발판이 되었으며, 동원/배제를 원리로 한 사회통제의 효력을 제고하는 효과적인 기능을 한다.

그러나 사상검열에서만은 기예가 적용되지 않았다. 중앙정보부를 정점으로 한 국가기구가 검열(통제)권을 독점적으로 소유한 채 전적인 물리적 강제력에 의존했다. 사회, 문화, 풍속, 일상은 물론이고 감성의 영역에까지 사상검열의 촉수가 미친다. 이때 통제된 사상의 내용, 영역은 공산주의(非반공)만이 아니다. 이른바 불온으로 취급된 일체의 요소를 포함하고 있다. 즉 용공, 중립주의, 사회민주주의, 반미, 계급사상, 반전사상, 자본주의 적대시, 성장(발전)주의 비판 등 지배이데올로기의 잔여 개념이었고, 그 자의성이 확대되어 1970년대에는 풍속의 일부도 불온으로 취급되었다. 불온의 자의성 증대에 따른 사상검열이 반면적(反面的)저항을 야기하는 원인이 되기도 하나 그것이 또 다른 폭력성을 증식시키는데 작용하면서 사회 전반에 불온의 공포를 확산시켰다. 문학예술도 불온검열로 인해 창작 의도, 소재, 세부 내용까지 점검받아야 하는, 즉 표현과 소통영역 전반이 규율·장악되기에 이른다.

그런데 사상검열의 작동 추이를 잘 살펴보면 특이한 현상 하나를 발견할 수 있는데, 국가권력이 불온의 대명사인 공산주의의 연구를

---

64    이에 대해서는 이봉범, 「1960년대 검열체재와 민간검열기구」, 『대동문화연구』75, 성균관대 대동문화연구원, 2011, 416~420쪽 참조.

촉진시키는 다소 이율배반적인 흐름이 존재한다. 즉 공산주의연구의 후원자 내지 실질적 주체자로서의 면모이다. 4·19혁명과 5·16쿠데타를 반공진영의 위기에서 촉발되었고 따라서 반공진영의 재편성 과정이었다고 볼 수 있다면, 1960년대 반공주의의 강화는 통치의 절대적 요소이자 기반이었다. 실제 1960년대는 반공담론의 이론적 체계화가 현저해지고 방어적 반공에서 승공위주의 적극적 반공으로 그 기조가 전환된다. 박정희정권의 정권의 정당화 제고와 반공개발동원전략의 필요에 의해 그 과정이 공세적으로 추진될 수 있었고, 공산주의이론에 대한 이론적, 학술적 연구의 필요성이 증대될 수밖에 없었다. 이러한 분위기 속에서 김상협의 『모택동사상』(지문각, 1964)과 같은 '지피지기론'에 입각한 공산주의연구가 활성화될 수 있었다. 지피지기론의 논리가 오히려 반공주의를 강화하면서 통치전략을 보조하는 부정적 기여를 한 측면을 부정할 수 없겠으나, 적어도 국가권력이 독점적으로 해석·부과한 규범화된 반공을 균열시키고 새로운 해석의 지평을 개척한 것만은 인정할 수 있다. 학술, 특히 사회과학에서의 공산주의, 중공, 북한, (납)월북관련 금기는 자연스럽게 깨진다.

사상통제에서의 이 같은 양면성은 큰 틀에서 볼 때 냉전체제의 변동과 깊은 관련이 깊다. 데탕트시대의 도래는(1963~72년) 적대와 투쟁의 이데올로기 우위보다는 현실(국가이익) 우위의 냉전 인식과 그에 입각한 냉전 정책을 추동했다. 박정희정권도 이러한 변동, 특히 동아시아 냉전질서 재편에 적극적으로 대처할 수밖에 없었고 베트남파병, 한일수교 강행 등 아시아 중심의 냉전외교정책을 전개했다. 그런 맥락에서 사상통제(검열)가 냉전과 접속된다. 즉 사상검열주체로서 국가권력의 권능이 외적(냉전) 제약을 받을 수밖에 없었던 것이다. 강경책과 더불어 일정한 유화책 구사가 불가피해진다. 실제 국가권력은 1966년 공산권에 대한 문호개방 원칙을 천명한다. 공산권에서 개최되는 각종 국제컨퍼런스, 학술회의, 기술훈련에 민간대표 파견 및 우리나라서 열리는 국제기구 주최 국제컨퍼런스에 국교관계가 없는 회원국 대표 및 그 나라 출신 국제기구사무국 직원의 입국을 허용하는 방침을 전격적으로 발표했다(북한, 동독, 월맹 등 분단국가는 제외). 정치, 경제, 문화면에서의 국가 지위를 향상시키고 대중립외교 강화, 실리 외교를 위해 불가피하다는 것이 그 명분이었다.[65] 이 조치의 국시위반 여부를 둘러싼 찬/반 양론이 팽팽히 맞선 가운데 찬성론자 상당수도 북한과 중공의 경우는 불허해야 한다는 입장이 대세였다.[66] 그러나 정부(외교부)가 남북교류는 국시 위반이지만 공산권 국제회의 참석 및 국내입국 허용은 오히려 북한과 중공의 국제적 지위를 약화시키는데 기여하는 반공을 위한 적극적인 수단임을 천명함으로써 공산권과의 각종 (문화적)교류가 공식적으로 가능해지기에 이른다.[67] 지피지기론이 탄력을 받았던 것도 이런 맥락에서였다.

'닉슨독트린'발표(1969.7) 후 현상 유지를 기조로 하는 평화공존의 데탕트 추세가 고조되면서 이러한 냉전(외교)정책도 확대·강화된다. 8·15선언'(1970년), '7·4남북공동성명'(1972년), '6·23선언'(1973년)으로 이어지는 일련의 조치는 남북한 및 대외정책의 획기적 변화를 가져온 정책적 전환점이었다. 특히 7·4남북공동성명은 남북한 당사자 간의 최초의 합의문서로서, 자주통일, 평화통일, 사상, 이념, 제도의 차

---

65  「공산권서 열리는 비정치국제회의 대표 파견을 허가」, 『동아일보』, 1966.4.2.

66  「찬/반의 팽팽한 대립, 반공국시와 공산권에의 접근」, 『경향신문』, 1966.4.4.

67  「공산권서 국제회의 참석 국시 위배 아니다」, 『동아일보』, 1966.6.8.

이를 초월한 민족적 대단결 도모 등은 정략성에도 불구하고 지금까지도 유효한 통일원칙이라는 점에서 역사적 의의를 갖는다. 6·23선언(평화통일외교정책에 관한 특별선언, 총 7개항) 또한 기존의 할슈타인원칙(Hallstein Doctrine)에 따른 적대적, 폐쇄적 통일정책을 탈피하고 모든 국가에 대한 호혜를 전제로 한 문호개방을 천명함으로써 외교정책의 대전환을 가져온다.[68] 북한이 분단을 영구화시키려는 의도라는 논리로 제의를 거부함으로써 실질적인 성과를 거두지 못했고, 또 평화와 대화가능성을 천명한 이 조치들이 국내적인 권력 강화의 수단, 결과적으로는 박정희의 장기집권을 위한 유신체제로의 전환의 배경이 되었다는 점에서 정략성의 문제를 지적할 수 있으나,[69] 적어도 脫할슈타인원칙의 표방과 그 실천은 냉전외교의 진전이라는 점에서 값진 의의가 있다.

이러한 진전은 공산권연구의 문호 확대를 견인해낸다. <불온외국간행물 수입규제완화 조치>(1971.11.25.)에 의한 것인데, 이 조치는 불온간행물을 취급 열람할 수 있는 기관을 공산권에 관한 학술연구조사가 필요한 국가기관, 교육기관, 공공기관 및 언론기관으로 확대하

---

68 「통일외교정책의 전진, 6·23평화선언의 의의」(사설), 『매일경제신문』, 1973.6.25. 이 선언 후 핀란드, 인도네시아 등과 국교수립에 합의하면서 비동맹중립 진영과의 유대를 강화한다. 이 같은 정부의 대공산권정책과 대북한정책의 유연화, 특히 6·23선언은 필연적으로 북한정권의 존재에 대한 법률적 승인문제를 야기할 수밖에 없었는데, '사실상의 존재'를 인정할 뿐 국제법상의 국가승인을 의미하는 것이 아니라는 다소 모호한 결론이 주류를 이루었다(이한기, 「6·23외교선언을 보고② 북한정권의 법률적 면모」(『동아일보』, 1973.7.6.). 다만 이런 해빙무드에서 통일론의 금기를 깬 천관우의 '복합국가론'의 제기(1972.9)는 통일논의의 전환을 시사해준다는 점에서 상당한 의의를 갖는다.

69 데탕트가 한반도에서 작용한 양상에 대해서는 이근욱, 『냉전』, 서강대출판부, 2012, 104~105쪽 참조.

고, 종래 일률적으로 수입 금지했던 좌경출판사나 좌경저자 또는 비적대 공산국가에서 간행한 도서라도 그 내용이 비정치적, 비사상적인 것으로서 유익한 학술 및 기술서적인 경우에는 수입업자를 지정, 일반시판을 위한 수입까지도 허용했다.[70] 단, 중앙정보부장의 승인을 얻어야 했고, 문학예술작품에는 적용되지 않았다.

따라서 국가권력이 1978년 3·13조치를 단행한 데에는 그 절차상 민간의 요청을 수용한 것이지만 그에 못지않은 내적 필요가 개재되어 있다고 판단된다. 앞서 살펴본 대로 냉전체제의 변동에 제약/촉진된 것이지만, 공산권에 대한 문호개방, 남북관계 및 통일론에 대한 적극적 조치로 일정정도 대내외적인 지지와 동의를 획득한 상태에서 이를 문화적 영역으로 확대해 문화적 남북대결에서 주도권을 장악하기 위한 목적에서 시행된 것으로 보인다. (납)월북의제는 민족문화(학)의 정통성이 남한에 있음을 (재)확인하는 동시에 북한문화(학)의 허구성, 획일성을 폭로할 수 있는 좋은 재료이다. 3·13조치를 주관한 부처가 국토통일원이라는 점 그리고 그 후속조치로 북한문학 연구를 처음 개방하고 이를 적극적으로 권장, 후원했다는 사실, 국토통일원이 3·13조치의 취지가 민족사적 정통성의 확립에 기여라고 적시한 것 등이 이를 뒷받침해준다. 어쩌면 역설적으로 여전히 공고하게 유지되고 있는 규범화된 (납)월북의제에 대한 금기의 확고한 동의기반이 가장 큰

---

70 「공산권연구 문호 확대」, 『경향신문』, 1971.11.25. 더불어 외국간행물의 주요 심의기준이었던 '국헌문란'의 저촉 기준도 대폭 완화했다. 항상 인용 보도되는 북괴의 호칭 및 직위 정부 또는 국호, 자유진영과 대비 찬양하지 않은 공산국가의 발전상 소개 기사, 북괴를 찬양 보도하지 않은 기사, 단순한 공산수뇌의 사진, 화보와 공산서적의 광고 등은 그 내용 삭제를 지양하며, 외국간행물의 수입절차와 서식 등도 대폭 간소화해 외국간행물의 수입에 원활을 기하도록 했다.

배경이었는지 모른다.

물론 '8·15선언'을 비롯한 일련의 조치가 지배체제에 대한 국민적 지지, 동의를 확대하기 위한 정략성을 지녔듯이 3·13조치도 마찬가지였다는 사실은 부정할 수 없다. 특히 이 조치가 민족의 정통성 찾기와 문화유산의 계승이라는 차원과 접맥되어 있다는 점을 감안하면, 당시 이러한 기조 하에 국책사업으로 강력하게 추진되던 '제1차 문예중흥5개년계획'(1974~78년)과 밀접하게 연결될 수밖에 없고 따라서 육성/통제의 양면적 차원에서 "유신체제의 규범적 질서를 세우고 그 정당성을 확보하며, 유신이념을 대중적으로 홍보하고 유신체제에 대한 대중들의 동의를 이끌어내려 했던"[71] 문예중흥계획의 정치적 의도와 긴밀하게 관련된다고 볼 수 있다.

선우휘의 제안과 이에서 촉발된 문단의 반응도 국가권력의 의도와 크게 다르지 않다. 선우휘는 (납)월북 작가 문제를 다시 검토할 단계에 있다는 애초의 비공식적인 입장을 발전시켜 자진월북 작가로까지 그 범위를 확대할 필요가 있다는 적극론을 공개적으로 펼친다.[72] 그 근거로 우리가 우리문학의 정통성을 계승하고 있다는 긍지와 자부심을 가질 수 있고, 지금까지 금지되어온 월북 작가들의 작품이 저열한데도 금지로 인해 도리어 신비화되고 고평이 조장되고 있으며, 대만에서도 루쉰, 라오서를 비롯하여 이제까지 기피되어온 중국작가들의 작품을 다시 검토하는 가운데 금지조치를 해제할 것이라는데 이보다 우리가 먼저 시행할 필요 등을 든다. 특이하게 대만과의 비교가 눈에 띄는데, 이는 당시 여러 문인들이 공유하고 있던 근거였다.

---

71    김행선, 『1970년대 박정희 정권의 문화정책과 문화통제』, 선인, 2012, 222~223쪽.
72    선우휘, 「납북되거나 월북한 문인들의 문제」, 『뿌리 깊은 나무』, 1977.5, 68~71쪽.

아시아반공블록 내에서의 경쟁의식의 표출이자 해금의 명분을 보충하기 위한 수단이었다.

이어서 그는 월북 작가를 처리하는 구체적 단계를 제시하는데, 첫 단계는 납북당한 것이 거의 분명한 작가는 그 명예를 회복시켜야 하며 작품은 문학사에 수록돼야 한다, 둘째 단계는 월북/납북 여부가 확실하지 않으면 납북된 것으로 규정해 마찬가지로 처리한다, 셋째 단계로 월북 작가라 하더라도 북한에서 기피되고 말살된 경우는 정치이념과 정치조직의 희생으로 봄으로써 먼저 그의 비정치적인 작품을 우리 문학사의 적절한 위치에 편입시킨다, 즉 단계적 해제방안이다. 선우휘의 주장을 관통하고 있는 논리는 정치/문학의 분리 원칙, 납북/월북의 분리(선별) 원칙이라고 볼 수 있다.

선우휘가 제시한 근거, 원칙, 단계론 등에 문인들 대부분이 같은 의견을 나타낸다. (납)월북 작가·작품 금지의 문학사적 금기를 깨야 한다는 대전제 아래 당시 민족문학론의 발전도상에서 문단, 학계에 일고 있던 '1930년대 재평가론'을 고려할 때, 금지 해제를 통해서 문학사의 공백을 채워야 한다는데 대체적으로 동의한다. 납북/월북의 구별과 단계적 해제론에 입각해 우선적인 해제 대상작가로 꼽은 것은 김기림, 정지용, 이태준, 오장환, 백석, 김남천, 박태원, 안회남, 최명익, 현덕, 함세덕, 이원조 등이다. 특히 김기림, 정지용, 이태준을 거론한 이가 가장 많았다.[73] 대체적인 합의를 보인 선우휘의 의견이 3·13조치에 반영되었으며 나아가 1988년 해금 조치 전까지 큰 변화 없이 (납)월북 작가 해금 논의에 적용되었다. 선우휘가 해금의 가이드

---

73  「납북작가 터부시돼야 하나」, 『조선일보』, 1977.2.22.

라인을 만든 셈이다.

그런데 눈여겨봐야 할 것은 금지 해제가 문단의 오랜 숙원이었는데도 불구하고 문단의 반응이 잠잠했다는 사실이다. 의견을 표명한 소수의 문인들조차 매우 조심스러운 태도를 보였다. (납)월북의제에 대해 내면화된 불안, 공포, 경계, 꺼림으로밖에 설명할 방법이 없다. 당시 김동리/소장파 평론가들 사이에 벌어진 '사회주의사실주의 논쟁'(1978)의 귀추, 즉 문학논쟁의 전개가 문학의 논리보다는 사상적 불온성에 의해 좌우되는 실정을 감안하면 충분히 수긍할 수 있는 면모이다.

그 같은 미온적인 반응은 3·13조치가 시행된 뒤에도 큰 변함이 없었다. 국가권력이 공식적으로 해금문제를 거론하고 지극히 제한적이나마 선별적 해금 조치를 시행하겠다는데도 문단의 대응은 의외로 차분했다. 공개적인 토론뿐만 아니라 개인적 의견 표명도 저조했다. 그런 가운데서 『신동아』가 기획한 좌담회는 특기할 만하다.[74] 3·13조치의 선용 차원에서 대두된 규제완화의 문학사적 의의, 대상문인과 작품의 범위, 재평가 방법상의 문제 등에 대한 당시 문단의 입장(인식)을 이 좌담회가 대변하고 있다고 봐도 무리가 아닐 듯싶다. 프로문학 경험자(백철), 해방직후 보수우익문학의 대표자(김동리), 해금문제의 선도적 제기자(선우휘) 등이 참여했기 때문에 그러하다. 월북의제의

---

74  「'월북 작가'들의 문학사적 재조명」(좌담회; 김동리, 백철, 선우휘, 김윤식(사회)), 『신동아』, 1978.5, 290~303쪽. 참고로 좌담의 소주제는 ① 규제완화의 전제조건 ② 세부기준이 갖는 한계 ③ 월북 작가의 선정기준 ④ 해방직후의 문단상황 ⑤ 좌익문인들의 성분 ⑥ 해방 후 3년의 역사 공간 ⑦ 사상성이 없다는 것 ⑧ 객관적인 서술방법 ⑨ 논의대상과 작품 ⑩ 순수작품을 쓴 작가들 ⑪ 정지용, 김기림, 백석의 시 ⑫ 이태준, 박태원의 소설 ⑬ 정통성 확립을 위한 길 등이다.

본질적 요소와 관련된 주요 논의를 추려보면 ①세부기준의 애매함과 한계, 즉 실정법(반공법, 국가보안법)과 해금의 괴리, 모순이다. 법을 개정, 폐기하지 않는 한 필연적으로 규제완화조치의 의의가 훼손될 수밖에 없다는 사실이 지적되었고, 실제 이 문제는 지금까지도 지속되는 해금의 근본적 한계이다. ②월북 작가의 선정기준과 관련하여 월북의 성격, 시기, 동기 등 첨예한 쟁점이 처음 제기된다. 그러면서 자연스럽게 해방3년의 문학(좌/우 대립)에 대한 논의의 필요성이 부각되었다. 납/월북의 구별 및 이와 재북의 구별 또한 필요하다고 본다. ③ 사상성 유무와 관련해 일제하 프로문학/민족문학의 관계, 프로문학의 문학사 편입 문제 등이 논란된다. 그것은 해금 조치의 취지인 민족사적 정통성의 확립과 연관된 문제로 가장 큰 이견이 노출된 주제이다. ④ 논의대상과 작품에 대해서도 이견이 노출되었으나 대체로 정지용, 김기림, 백석, 이태준, 박태원 등이 우선적 대상이 되어야 한다는 것, 반면 김남천, 오장환은 좌파이기에 배제되어야 한다는 것이 중론이었다. 의견 일치보다는 이견의 노출이 많은 좌담회였다. (납)월북 작가에 대한 첫 공개토론이었다는 점에서 불가피한 결과였다.

그럼에도 이 좌담회는 (납)월북의제 금기의 문제적 요소와 지점을 공론화시킴으로써 냉전문화사의 견고한 금기에 균열을 가하고 이 의제에 대한 인식의 전환을 추동한 계기로 작용했다는 점에서 문학사적 의의가 매우 크다 하겠다. 이후 국토통일원이 부과한 틀, 즉 민족사적 정통성 확립에 기여할 수 있는 범위, 실정법에 저촉되지 않는 월북 이전의 작품과 근대문학사에 기여가 현저한 작품이라는 가이드라인에 대한 국가권력/문단, 문단 내 서로 다른 입장이 중층적으로 교차하는 가운데 (납)월북의제 및 이와 내접한 근대문학사 관련 논의가 활성화되기에 이른다. 어떤 면에서는 1980년대 문학연구의 의제로 부상한 프로문학, 해방직후 진보적 민족문학에 대한 연구가 3·13조치로부터 진작되었다고도 볼 수 있다.

## 4. 신데탕트의 조성과 해금의 불가항력, 1980년대

1978년 3·13조치 이후 (납)월북 작가 해금 논의는 국토통일원이 부과한 원칙과 기준을 훼손하지 않는 범위 내에서 문단중심으로 신중하게 진행된다. 금기 완화에 따른 (납)월북 작가작품에 대한 감동주의, 상업주의의 분위기 조성에 대한 사회적 거부 반응을 특히 우려한 가운데 3·13조치가 후퇴, 무화되는 역효과를 경계했기 때문이다. 제5공화국으로 정권이 바뀌면서 더욱 강화된 문화통제의 제약도 고려하지 않을 수 없었다. 이런 맥락에서 우선적 논의 대상이 된 것이 납북작가이다. 한국문인협회 차원에서 조직된 '납북작가대책위원회'(1983.2)를 중심으로 납북작가에 대한 복권 및 작품해금 문제가 본격 추진되었다. 문인협회 이사장 김동리의 발언처럼, 납북 및 일부 월북 문인은 친공(용공)문인과 엄연히 구별되어야 하며, 이들에 대한 규제 해소가 우리문학사의 중요한 과제 중 하나라는 논리였다. 이에 입각해 정부가 소장하고 있는 관련 자료의 요청·입수와 자체로 정보를 수집, 검토하는 작업을 거쳐 복권의 기준과 선별적 해금대상자를 선정했다. 정지용, 김기림, 백석, 박영희, 정인택, 안회남, 박태원, 이태준, 조운 등 9명을 일차로 선정하고 그중 납북경위가 확실히 드러난 정지용, 김기림 두 명에 대한 작품해금건의서를 문화공보부에 제출함으로써 (납)월북의제를 다시금 공론화시킨다.[75] 문화단체로서는 최초의 공식적인 일로 적잖은 이목을 끌었다.

더불어 납북작가를 문학사에 편입시켜야 한다는 전제 하에 그 과정의 혼선과 부작용을 막을 수 있는 네 가지 원칙, 즉 ① 작품의 출판을 허용하는 작가 ② 문학사나 문학이론에 작품의 인용이 허용되는 작가 ③ 비판적 입장에서 거명만 허용되는 작가 ④ 거명조차도 허용할 수 없는 작가 등으로 구분한 자체 가이드라인을 만들어 납북작가 해금을 기정사실화하고자 의도했다. 북한에서 배제, 축출된 작가들에 대한 수용이 민족문화(학)적 정통성을 확보, 확인하는 일이라는 논리는 당시 정부의 문화정책의 기조와도 공명·부합하는 것으로서 해금의 기대를 상당히 높였다.[76] 더욱이 일차 해금대상자였던 정지용, 김기림 유가족의 납북을 증명하려는 노력, 특히 군 당국에 정지용 행방에 대한 조사를 의뢰해 납북 추정의 답변을 얻고 이를 바탕으로 문화공보부에 두 차례 해금요청탄원서를 제출한 바 있는 그의 아들 정구관의 끈질긴 청원이 뒷받침됨으로써 더욱 그러했다.[77]

하지만 이 같은 문단차원의 납북작가 해금시도는 1988년 3·31조치로 정지용, 김기림의 작품이 해금되기까지 성사될 수 없었다. 그 기간 월북 작가에 관한 논의는, 납북작가 해금 추진과 연관해 6·25 이전의 월북 작가 작품까지 문학사에 수용해 비판적 대상으로 삼아야 한다는 소수의 의견이 제출되기도 했으나, 공론화된 적은 없었다. 남북한고향방문단 및 예술공연단 상호교환방문(1985.9.20~23)을 계기로

---

75 「정지용, 김기림 작품 해금 건의키로」, 『경향신문』, 1983.3.18.

76 「납북문인들의 '복권' 논의」(사설), 『동아일보』, 1983.3.16.

77 「아버지 정지용은 납북되었다」, 『동아일보』, 1985.6.25.

월북 작가들의 행적 일부가 알려지면서 이들에 대한 관심이 높아지기는 했으나 월북금기는 강고했다. 공산권 문호개방 확대에 따른 문학예술의 대폭 개방과는 비교되는 지점이기도 하다. 다만 1장에서 언급했듯이 관/민 협력채널 속에서 (납)월북 작가 해금문제가 물밑에서 논의되고 있었다는 사실을 환기해 둘 필요가 있다.

그렇다면 왜 이런 현상이 발생했는가. 다시 말해 1988년에 가서야 비로소 관계당국에 의해 (납)월북 작가·작품 해금 조치가 단행될 수 있었는가? 여기에는 1980년대 냉전체제의 급변과 이와 연동된 정치적, 사회문화적인 구조적 역학관계가 복잡하게 얽혀 있다. 우선 제5공화국의 문화정책 및 검열의 효력과 관련이 깊다. 제5공화국 시기는(1981.3~88.2) 이전 유신체제나 긴급조치시기에 못지않은 강권적 문화통제가 극심한 연대였다. 계엄령 하 대통령령으로 총리 직속의 '사회정화위원회'(1980.11)를 설치해 관제 국민의식개혁운동을 전개함으로써 신군부의 정권 창출과 정당화 수단으로 활용하는 한편 언론통폐합(1980.9) 및 언론기본법 제정(1980.11)을 통해 대대적인 언론 통제를 실시했다. 이보다 앞서 사회정화의 일환으로 사회불안 조성, 계급의식 조장 등의 이유를 들어 『창작과 비평』, 『문학과 지성』, 『뿌리깊은 나무』 등 정기간행물 172종을 일방적으로 등록취소(폐간)시키고 (1980.7.31), 폐간되지 않은 정기간행물에 대해서까지 불순할 경우 간행물은 물론 관계자까지 의법조치할 것이라는 경고문을 발송해 비판적 대항을 사전 제압하는 강공책을 구사한다.[78] 곧바로 건전한 언론 출판 풍토 조성을 명분으로 한 정기간행물 67종을 또다시 등록 취소

---

78  「정기간행물 172개 등록취소」, 『경향신문』, 1980.7.31.

함으로써(11.28) 언론 및 출판기구는 국가권력에 완전히 장악되기에 이른다.

이후에도 이 같은 사전정지 작업을 바탕으로 한 문화통제가 소관 부처인 문화공보부(심의실)에 의해 강경하게 지속되었다. 엄중한 심의기준을 통해 이념서적·공연물을 사전에 차단, 봉쇄하는 동시에 청와대, 안기부, 보안사, 검찰로 구성된'불온책자에 대한 유관기관 실무대책반'(1985.5), '치안본부 불온간행물전담반'(1986.5) 등을 운영해 압수수색, 판매금지 종용, 각서 강요 등과 같은 행정단속을 상시화해 불온물의 색출, 추방에 전력을 기울였다. 도서출판의 경우 출판사등록제(<출판사 및 인쇄소등록에 관한 법률>제3조)를 행정지도란 명목으로 악용해 운동권출신자들의 출판업진출 자체를 봉쇄했고(서울은 1981년부터, 기타 지방은 1986년부터), 1986년 초부터는 출판사명의변경도 불허했다. 또 체제비판, 좌경서적 등에는 납본필증을 교부하지 않는 방법으로, 납본필증을 받아 출간되었다 하더라도 사후에 시판중지를 종용하거나 이것이 안 될 때는 출판사와 서점에 대해 압수수색, 책·지형의 폐기, 광고기회 봉쇄, 세무사찰과 같은 갖은 방법을 동원하여 탄압하였다.[79] 유신, 긴급조치시기 때보다 더 많은 1천여 종의 금서가 양산된 것도 이 때문이다.[80]

---

79 「선별해제에 출판계 불만」, 『동아일보』, 1987.10.19. 당시 출판문화탄압의 실상은 1980~83년 창비 대표를 역임했던 정해렴의 최근 증언(기록)에 생생하게 밝혀져 있다(정해렴, 『편집·교정 반세기』, 한울, 2016.11, 제3~4부). 그에 따르면 판매금지처분 때도 문서로 통고하는 것이 아니라 발행인을 직접 불러 팔지 말 것을 협박, 종용하는 방식으로 이루어졌는데, 이는 추후 소송을 제기할 수 있는 근거를 미연에 방지하기 위한 조치였다고 술회한 바 있다(207쪽).

80 1980년대 금서의 유형은 ① 납본을 했으나 납본필증을 받지 못한 경우 ② 처음엔 필증을 내줬으나 후에 문제도서로 지목된 경우 ③ 필증이 나오지 않을 것을 예견

공연물(영화, 연극, 가요, 무용)의 경우는 공통적으로 사전심의제도를 근간으로 통제했는데, 특히 영화는 시나리오 심사와 영화제작물 심사의 이중심의체제를 통해서 가요는 음반제작사(비디오제작사 포함)의 등록을 사실상 허가제로 운영해 신규 등록을 차단하는 등의 과도한 행정규제가 자행되어 사회적 물의를 빚었다. 이 모든 과정이 공연윤리위원회, 도서잡지주간신문윤리위회 등의 민간자율기구와의 협력 채널을 가동해 시행됨으로써 또 출판금고 지원, 영화진흥기금 지원, 좌익사상을 비판한 도서 및 반공물의 보급지원과 같은 당근책을 병행함으로써 그 효과가 배가될 수 있었다.

그러나 문화공보부가 '문화공포부'로 불릴 정도로 공세적 문화탄압이 시행됐음에도 불구하고 사회문화계의 강력한 저항을 반면비례적으로 야기했다. 모든 행정규제가 기본적으로 비(초)법적인 폭력에 의존했기 때문이다. 그로 인해 표현의 자유, 학문과 예술의 자유를 보장한 헌법의 가치를 훼손한다는 비판적 여론에 직면해야 했고, 여러 행정규제가 법적 구속력을 지니지 못했기 때문에 규제 권외에서 또 다른 대항문화를 양산하는 역효과를 초래한다. 『실천문학』(전예원, 1980.4)에서 『또하나의 문화』(평민사, 1985)에 이르는 부정기간행물(MOOK)의 족출과 소집단 문화운동의 활성화, 좌파상업주의로 일컬어진 지하(이념)출판물의 번성, 민중가요와 같은 비제도적 음악권의

---

하고 아예 납본을 거부한 경우 등인데, ①②가 대부분이지만 ③의 경우도 상당수였다. 당시 문공부는 1970년대 중반 이후 금서가 총 650종이라고 공지했으나 한국출판문화운동협의회가 1987년 9월 자체 발표한 판금도서목록을 보면 위의 세 가지 경우에 해당되는 판금도서는 총 1,160종이었다. 한 가지 유념할 것은 이 숫자는 행정처분에 의한 금서라는 점, 다시 말해 사법처분(판례상)에 의한 금서 지정과는 구별해야 한다는 사실이다.

형성, 마당극을 중심으로 한 민족극의 양성, 비합법음반의 유통 등과 같은 대항문화가 형성돼 점차 제도권문화를 능가하는 주류적 문화로 부상하기에 이른다. 과도한 규제가 자초한 부산물이었으며, 검열로 더 이상 이를 통제하기 어려운 지경이 도래한 것이다.[81]

　국가권력의 과도한 문화통제가 결과적으로는 검열(통제)의 효용을 크게 약화시키는 부메랑이 되었던 것이다. 언론출판 대학살로 해직된 천여 명의 언론출판인들, 신군부에 협조하지 않은 지식인들이 이를 주도했는데, 민주화운동의 점진적 발전과 한국사회의 모순구조, 즉 계급, 민족, 분단, 외세 등에 대한 비판(저항)세력의 탈냉전인식의 성장이 이를 뒷받침했다. 1970년대부터 뉴미디어로서 대중적으로 보급된 복사기, 비디오재생기(테이프)의 역할도 유효했다. 요약하건대 규제/저항의 상호 제약의 상승적 역관계가 1980년대 문화지형을 구성하는 조건과 논리였다고 할 수 있겠다.[82] 그 상호 긴장관계가 임계점에 다다르고 그것이 '6·29선언'을 계기로 파열되면서 문화예술계의 자율화, 민주화요구가 제도적으로 수렴·반영되기에 이른다.

　그런데 극심한 문화통제 흐름 속에서 다소 예외적인 현상을 발견할 수 있는데, 즉 대공산권 문화에 대한 개방정책이다. 비교적 이르게 5공 초기부터 시행되는데, 공산권음반의 수입을 허용하는 조치에서

---

81　「'금서'와 출판사등록」(사설), 『동아일보』, 1987.7.7.

82　일례로 1985년 5월 자율화조치를 스스로 위배한다는 비난을 감수하면서까지 불온이념도서에 대한 대대적인 단속을 벌여 출판관계자 12명 연행, 298종 4,571부의 서적을 압수한 조치는 시판중지종용을 거부하거나 납본필증을 발부받지 않아도 법적 구속력이 없다는 점을 이용해 광범하게 생산·유통되고 있던 이념도서에 맞선 대응이었으며, 급기야 출판사등록취소라는 초강수를 두게 되는 것도 대항 출판문화의 성장 때문이었다. 「불온·불법간행물 뿌리뽑는다」, 『경향신문』, 1985.5.4.

시작됐다. 1982년 공산권 18개국에 대한 교역 증진책(관세상 편익 부여), 공산권 특히, 소련, 중공 거주 교포의 모국 방문 허용, 스포츠 상호 교류 등 외교통상정책상 일련의 공산권 문호개방이 문화 영역에 확대 적용된 것이었다. 문화공보부는 기존 대중가요 외에 예술음악에서도 적성국가 작품이나 적성국민의 표현물을 금지해온 것을 파기하고 우선 공산권 작곡가, 지휘자, 연주자에 의한 순수음악작품의 수입, 음반화할 수 있도록 허용기준을 마련해 공산권예술에 대한 문호개방을 적극적으로 추진한다.[83] 이데올로기에 관계없고 음반법에 저촉되지 않은 기악곡을 대상으로 한 제한적인 조치였으나 문공부가 밝힌 취지, 즉 대공산권 문호개방정책의 일환이었다는 점에서 경직된 불온검열의 균열을 암시해주는 사건이었다.

특히 제시된 기준에도 나타나 있듯이 여전히 냉전 진영논리에 입각해 있었으나, 이전의 획일적 기준, 즉 적성(국가, 국민)이면 무조건 금지했던 냉전이데올로기의 맹목성에서 벗어나고 있음을 시사해주는 의미가 있다. 이 같이 미미하게 시작된 공산권 문화의 개방은 점진적으로 그 대상 폭을 넓히며 오페라, 성악곡의 수입 및 공연을 허가

---

83 「문공부, 공산권 음반 수입 허용」, 『동아일보』, 1983.4.19. 구체적 기준은 ① 러시아 혁명(1917년) 이전의 차이코프스키 작품 등 순수음악 ② 1917년부터 제2차세계대전(1939년) 전까지의 작품으로 쇼스타코비치, 프로코피에프 등 자유진영 국가에서 널리 연주되어 일반화된 작품 ③ 자유진영의 작품 중 공산권국가 음악가에 의해 연주된 작품 ④ 현재 자유진영에서 제작되고 라이센스계약이 된 작품 등이다. 단, 표제가 불온, 퇴폐, 폭력, 선정적인 것이나 공산권과 직접 계약된 것은 불허했다. 이 기준에서 눈에 띄는 것은 러시아혁명 이후의 시기까지 해제 대상으로 삼고 있다는 사실이다. 1950년대 후반부터 러시아혁명 이전의 문학작품 중 이후 소련에서 찬양되지 않은 작품의 경우, 예컨대 투르게네프, 톨스토이, 도스토예프스키, 고골리 등은 번역·출판이 허용된 바 있으나 문학예술을 통틀어 러시아혁명 이후를 명시해 포함시킨 것은 처음인 경우로 보인다.

하는 것으로 확대된다.[84] 음악뿐만 아니라 문학, 미술, 영화, 연극, 학술, 과학기술 분야에도 인적 교류를 비롯해 전향적, 유화적인 조치들이 시행되면서 마찬가지의 과정을 밟는다. 1980년대는 공산권에서 개최되는 국제컨퍼런스 참가 및 국내개최 컨퍼런스에 공산권 인사의 참여가 아무 제약 없이 가능해졌다.

이 같은 대공산권 개방정책은 세계적 냉전질서가 新데탕트 국면으로 전환되는 흐름과 맞물려 더욱 촉진된다. 1979년 소련의 아프가니스탄 침공과 이란혁명으로 냉전은 또 다시 격화되었다. 미국의 권위가 실추된 상황에서 집권한 레이건행정부는 공산주의를 근대세계의 악의 축으로 지목하고, 냉전을'정의/불의, 선/악의 싸움'으로 규정한 레이건독트린을 기조로 한 공격적인 냉전외교정책으로 회귀하면서 미/소간 대결 기류가 고조되는 긴장 국면을 맞는다.[85] 그러나 1985년 취임한 고르바초프의 소련이 정치적 개혁(페레스트로이카), 개방(글라스노스트)을 표방하고 냉전경쟁의 상징이었던 전략무기감축과 군축을 미국에 제의하여 타협의 분위기를 만드는 동시에 각 사회주의국가의 독자적인 길을 열어주는 조치를 발표하면서 냉전경쟁은 1985년 이후 빠른 속도로 완화되기에 이른다.

이러한 신데탕트가 국내에 미친 파급 효과는 매우 컸다. 무엇보다 한반도를 둘러싼 안보딜레마가 증대되면서 기존의 냉전정책으로는

---

84  이 개방정책의 추세 속에서 수입과 시중상영이 금지된 일본 극영화에 대한 단계적 수입허용 방침이 추진되는데, 한국인의 대일감정, 문화적 침식 우려, 대일무역 역조의 심화 우려 등을 이유로 1965년 한일국교 수립 후 18년 간 금지되었던 일본영화에 대한 수입을 적극적으로 검토했다는 사실 자체가 당시로서는 문화적 큰 이슈였다. 「일본영화의 수입」(사설), 『동아일보』, 1983.7.6.
85  이에 대해서는 베른트 슈퇴버, 앞의 책, 198~201쪽 참조.

국제적인 고립을 자초할 것이라는 위기의식이 팽배해진다. 미소 간의 신데탕트 강화, 중·소의 화해 추세, 소련의 (아시아태평양 경제권)동진정책 강화와 그에 따른 북한과의 군사적 밀착 등. 국내 정치상황도 6·29(민주화)선언으로 지배/저항의 첨예한 대립구도가 파열, 타협, 조정되어 형식적인 민주화의 단계로 접어들면서 일시적인 안정을 찾았으나 여소야대의 정치구조, 진보 세력의 통일공세, 민주화의 확대 요구 등 지배체제의 불안정성이 해소된 것은 아니었다. 이 같은 긴박한 국내외 정세변동의 제약 속에 대두된 한국의 새로운 생존전략과 이를 둘러싼 다양한 모색이 7·7특별선언으로 귀결되면서 새로운 전기를 맞게 된 것이다.

이 같은 흐름, 특히 6·29선언 후에 (납)월북의제가 다시 재개되어 급물살을 타게 된다. 6·29선언의 후속조치로 문화대사면, 즉 1987.8.8. 집권세력에 의해 문화예술자율화대책이 시행되면서 공연예술(영화, 연극, 음악, 무용)의 이중심의제도 폐지, 출판문화분야의 금서해제 등 문화통제의 근간이 대폭 완화, 붕괴되는 가운데 '문화의 봄'에 대한 기대를 한층 높였다.[86] 공산권 문화에 대한 개방 또한 더욱 확대되어 중공, 소련, 동구권 예술작품 중 사상성이 없는 경우 공연, 번역출판이 가능해져 브레히트, 차오위의 작품까지 수용될 수 있었다.[87]

---

86  그 완화 과정도 대상, 기준 등을 둘러싸고 정부당국과 문화예술계 그리고 문화예술계 내부의 치열한 갈등을 동반한다. 가령 사전심의제도의 경우 문화공보부는 공연법 개정이 선행되어야 한다는 이유로 제도를 존속시키되 그 기준을 공산주의찬양 등 이적행위를 제외한 수준으로 완화한다는 입장을 고수했으며, 영화의 사전검열의 경우는 영화인들은 무조건 철폐를 요구한 반면 영화제작자들은 사후심의에서 제재를 받을 경우 경제적 손실이 크다는 이유로 사전심의의 형식상 필요성을 주장하는 이견을 보인 바 있다. 「문화·예술 궁금한 해금의 폭」, 『동아일보』, 1987.8.10.

87  「문화 공산권 교류시대」, 『동아일보』, 1988.6.22.

그러나 이런 대사면의 분위기 속에서도 월북 및 공산작가에 대한 규제는 여전히 변함이 없었다. 다만 (납)월북 작가에 대한 해금의 기운은 관/민 두 차원에서 무르익어가는 양상을 보인다. 1983년 납북작가대책위원회의 활동이 별다른 성과를 거두지 못하면서 주춤했던 문단의 움직임이 재개되어 납월북 문인작품심사위원회로 확대 개편해 자체적인 해금대상자 명단을 마련했고, 대한출판문화협회 또한 1차 해금대상자를 선정해 출판허용건의서를 문화공보부에 제출했다. 고무적인 것은 문화공보부가 납월북문화예술인 42명의 명단을 작성해 국회에 보고했다는 사실이다. 국회 문공위의 요구에 응한 것이지만, 1957년 이후 국가권력이 납북/월북을 구별한 구체적인 명단을 작성하긴 처음이다. 더욱이 "이제 월북 작가들의 문학행위를 감춰놓아야 할 아무런 중요성도 갖고 있지 못하며 정치·사상적 차원에서 심각하게 다뤄져야 할 긴장도 내포하고 있지 않다"(『매일경제신문』, 1987.8.15.)라는 문화공보부의 공식적 입장 표명은 냉전이데올로기에 기초한 월북규제가 더 이상 유효하지 않다는 것을 국가권력이 자인한 것이다. 공산권문학의 출판금지도 냉전이데올로기에 대한 상투적이고 경직된 사고의 산물이라는 비판이 비등하며 해제의 利點을 강조하는 여론이 강하게 일었다.[88]

이로 볼 때 (납)월북 작가의 금제는 6·29선언으로 조성된 민주적 시공간에서 정책적, 제도적, 인식적 측면에서 더 이상 지탱되기 어려웠고, 그 효과 또한 유명무실해졌다고 볼 수 있다. 형해화(形骸化)된 금제가 풀리는 것은 시간문제일 뿐이었다. 따라서 1988년 7·7특별선

---

88 「'문화민주화' 걸림돌은 무엇인가」, 『한겨레』, 1988.5.15.

언의 후속조치로 전면적인 해금 조치가 단행된 것은 어쩌면 이 같은 조건의 압력 속에서 이루어진 또 다른 정략적 조치였다고도 할 수 있겠다. 정치적·사상적 복권을 불허한 한계선뿐만 아니라 1978년 3·13 조치에서 후퇴, 특히 해금시기를 애당초 설정한 월북시기 이전에서 8·15이전(문학), 정부수립 이전(음악, 미술)으로 시점을 축소, 일률화한 것, 또 해금 조치 직후 사전검열 등 기존 행정규제가 완화 내지 제한된 가운데서도 1989.3 좌경이념서적에 대한 일제단속에서 보듯 국가보안법의 뒷받침 속에 사상관련 간행물에 대한 단속위주의 사후검열이 오히려 노골화한 것에서 확인할 수 있는 바이다.[89]

## 5. 미완의 해금(복권) 너머-결론을 대신하여

1988년 (납)월북 문인·예술가 해금 조치는 냉전 금기의 중요한 보루가 무너진 상징적 사건이다. 냉전과 분단의 규율에 의해 견고하게 유지되었던 냉전의 벽, 사상의 벽이 무너진 것이며, 동시에 탈냉전의식의 성장과 그에 입각한 사회민주화의 힘이 그 금기를 무너뜨린 것이기도 하다. (납)월북의제가 철저히 정치(이념)논리에 의해 지배되었다는 점에서 해금 조치가 정치적인 해결의 수순을 밟은 것은 당연한 일이었다. 다만 탈냉전기가 도래하기 이전에 해금 조치가 단행된 것

---

89  이의 한 예시로 판례상 이적표현물의 증가 현상을 들 수 있다. 검찰·법원의 비공개 문서 〈판례상 인정된 이적표현물(도서, 유인물) 목록〉(1967~1995년)을 살펴보면, 이적표현물로 확정된 경우가 1980년대 230종에서 1990년대 전반기 525종으로 격증한 사실을 확인할 수 있는데, 사법심사에 의한 결정이라는 점을 감안할 때 이 같은 현상은 공안당국의 사상통제(사후검열)가 더욱 강화되었다는 점과 이를 둘러싼 공안당국/출판계의 대립이 심화되었다는 사실을 말해준다.

은 분명 큰 의의를 부여할 수 있겠으나 해금에 이르는 역사적 과정에 착안할 때 그 시점이 늦은 감이 없지 않다. 이러한 문제의식에 입각하여 유독 문학예술분야의 월북 규제(금지)가 별다른 균열, 동요 없이 반세기 가깝게 공고하게 지속된 현상에 의문을 갖고 그 이유를 찾아보고자 했다. 국가권력의 강권적 사상(문화)통제만으로 온전히 설명될 수 없다고 판단했기 때문이다. 더욱이 (납)월북 작가·작품의 해금 조치가 비교적 이른 1978년부터 국가권력에 의해 추진되었다는 점에서 더욱 그러하다.

(납)월북규제의 장기지속은 기본적으로 냉전질서의 거시적 규율에 의해 가능했다. 냉전이 경쟁과 대결 이외에 공존이란 또 다른 성격을 중요한 본질로 한 체제였고,[90] 그 대립의 격화/데탕트의 반복적 교체가 분단국가 한국에 부과한 압력 속에서 국가권력의 사상통제를 촉진·강화/제약했다. 그 압력은 사상통제의 부분적 유연화를 강제했고, 그것이 특히 권위주의정권에서 대공산권 문호개방정책으로 구현되면서 결국 냉전프레임의 이완, 균열을 야기하는 결과를 초래함으로써 월북규제 해제의 당위성을 높여갔다. 국가권력의 전략적 판단에 의해 규제 완화(해금)가 언제든지 가능한 사회문화적 의제가 되었던 것이다. (납)월북의제가 냉전체제 하 남북 간 체제경쟁의 도구로 활용되었던 관계로 그 도구로서의 유효성이 전략적 결정을 좌우한 요소로 작용했다.

다른 한편으로 문화계의 내부냉전의 형성, 작동이 월북금기의 재생산에 부정적으로 기여했다. 냉전이데올로기와 국가권력의 사상통

---

90    김진웅, 『냉전의 역사, 1945~1991』, 비봉출판사, 1991, 14쪽.

제로 촉발, 조장된 내부냉전이 상호 상승적 보완작용을 하면서 월북 금기가 일찌감치 제도화되었고 그것이 금지, 금기시의 맹목성을 확대 재생산시켰다. 특히 문화계의 내부냉전은 (납)월북의제가 탈식민(친일), 전향, 부역 등 또 다른 이데올로기적 요소와 결부되어 작동함으로써 문화계 내부의 강력한 규율기제로 군림한다. 그 내면화된 미망(迷妄)이 해금을 지체시킨 일 요인이었던 것이다. 국가권력에 의해 해금이 모색, 추진되고 문학예술계는 우려와 경계의 시선으로 이를 추수하는 경향을 일관되게 보여주었던 것도 이 때문이다. 해금 조치 이후에도 이 같은 내부냉전이 완전히 청산되었다고 보기 어렵다. 사회일반의 경우와 마찬가지로 월북문제는 여전히 내부냉전의 잠재적 요소로 존재한 가운데 분단이데올로기를 넘어서는 통일 민족문학(사)로의 진전을 가로막는 벽으로 작용하고 있는 형편이다. 국가보안법의 제약에 버금가는 냉전프레임의 망령이다.

1988년 해금 조치가 정략적이었던 것은 명백하다. 무엇보다 사상(이념)/문학논리의 분리원칙과 그에 따른 사상적·정치적 복권이 불허되었기 때문이다. 그 같은 불구성은 해금의 의의를 훼손시키는 동시에 이후의 (납)월북 작가에 대한 복권의 범위, 수준을 제약했다. 한마디로 국가보안법 틀 안에서 허용된 문학논리의 영역으로 제한된 것이다. 물론 그 범위 내에서 이루어진 문학적 복권작업의 성과를 무시할 수는 없다. 단절된 문학예술사의 복원, 해당 작가들에 대한 연구의 촉진, 월북의 시기, 동기 등의 조사·연구에 따른 월북의제의 객관화, 월북 이후 북한에서의 행적에 관한 조사 등. 또 (납)월북 작가·작품의 합법적 상업출판에 따른 대중적 수용의 확산으로 적어도 월북 작가들이 적색의 굴레에서 벗어나 민족(문학예술)사의 자명한 존재로서 사회적으로 인식되기에 이른 것은 간과할 수 없는 긍정적 성과이다.

하지만 그 이상으로의 진척은 현실적으로 이루어지고 있지 못하다. 해금과 국가보안법의 모순구조 속에서 부과된 상한선이다. 그 모순구조의 타파, 즉 월북 작가의 사상적·정치적 복권은 문학예술뿐만 아니라 우리 사회의 냉전프레임의 미망을 극복하는 과제이기도 하다. 그 방법은 어쩌면 월북금기의 태생적 본질과 금지/해금의 역사 속에 이미 존재하고 있는지 모른다. 아직도 사회적 타자로 배척되고 있는 일반(납)월북자들의 복권문제와 더불어 다시금 월북의제에 대한 진지한 관심, 접근이 필요한 이유이다.

# 해금 이후 1990년대 학술장의 변동
## - 근대성 담론의 전유와 그 궤적

이철호

## 1. 내발론, 민족문학사, 근대기점론

민족문학작가회의 주최로 열린 좌담회에 김우창, 김재용, 백낙청, 조동일이 참석해 「90년대 민족문학의 진로」라는 주제로 대화를 나눈 것은 1991년 7월 22일의 일이다.[01] 좌담회의 주제대로 1990년대 문학을 전망하기에 앞서 1980년대의 문학, 특히 민족문학과 리얼리즘의 성과를 평가하는 가운데 이들은 미묘한 차이를 보여준다. 사회자로서 발언을 자제한 김재용의 경우는 제외하더라도, 고은이나 황석영 문학에 대해 백낙청과 조동일의 평가가 서로 어긋나고 전통이나 정치의 의미 규정과 관련해서는 조동일과 김우창의 견해가 다르며

---

01    이 좌담회는 『문학』 창간호 특집에 수록되었다. 백낙청 회화록 간행위원회 편, 「90년대 민족문학의 진로」, 『백낙청 회화록』 3, 창비, 2007, 90~146쪽.

리얼리즘 문제에 있어 김우창과 백낙청의 차이는 비교적 명확하다. 1988년 7.19해금으로부터 정확히 3년이 지난 시점에서 마련된 이 좌담회가 비록 해금 자체를 쟁점화하지는 않았지만, 해금 이후 학술장의 변동과 관련하여 재독하면 여러모로 상징적이다. 따라서, 이 좌담회의 참석자와 주요 쟁점을 중심으로 90년대 학술장을 재구해보고자 한다.[02]

해금 이후 학술장에서 이루어진 최초의 변화는 무엇보다 북한/통일문학사 연구의 융성이었다. 1990년 연세대 알렌기념관에서 개최된 창립총회를 통해 정식 출범한 민족문학사연구소(공동대표 이선영, 임형택)와 이 단체가 거둔 일련의 연구성과는 그 당시 개방된 월납북 문인들의 작품과 북한문학사 자료에 대한 학계의 관심과 요구에 부합하는 결과들이었다.[03] 하지만 해금 직후 급속히 점화된 민족문학(사) 연구의 붐은 1990년대 초반에 이미 퇴조하기 시작했다는 위기감으로 이어졌다.

---

02  7.19해금의 냉전문화사적 의미에 관한 최근 논의로는 이봉범, 「냉전과 월북, (납)월북 의제의 문화정치」, 『역사문제연구』 37, 역사문제연구소, 2017 참조. 그에 따르면 "7.19해금조치는 월북문인연구를 필두로 민족(중)문학론, 분단문학론, 북한문학연구, 근대문학사 서술 등을 촉진, 확대시킨 가운데 문학연구의 새로운 전환을 추동해낸 변곡점으로서의 의의를 갖는다."(238쪽) 1988년 이전부터 산발적으로 진행되어 온 (월)납북 문인들의 해금 논의와 선별 과정에는 다수의 문인 및 연구자들이 관여했고, 해금조치 직후 『북으로 간 작가전집』(1988), 『한국해금문학전집』(1988), 『월북작가대표문학전집』(1989)을 시작으로 각종 전집 출판, 문학상 제정, 학회 창립, 문학사적 재조명 붐이 일어나면서 한국문학 연구의 지형이 급격히 변화했다.

03  이와 관련하여 『북한의 우리문학사 인식』(창작과비평사, 1991); 민족문학작가회 주최로 여성백인회관에서 개최된 심포지엄 「분단극복의 민족문학사를 위하여」(1990.6.9); 「특집: 다시 쓰여야 할 우리 문학사」, 『문학과비평』 1990년 가을호 참조.

80년대 후반 들어 기존의 민족문학론에 대한 비판과 도전, 그리고 새로운 이념의 모색이 활발하게 전개된 것도 사실은 민족문학이라는 큰 나무가 거느리는 넓은 그늘 아래서였다고 할 수 있다. 그리하여 우리 국문학 연구에서도 민족문학이라는 이념의 기치하에 새로운 연구의 흐름이 태동하기도 했다.

　　그런데 불과 몇 년 지나지도 않아 어느새 민족문학은 그 휘황한 이념으로서의 힘을 잃어가고 있다. 기존에 민족문학 진영에 참여했던 사람들도 그 이념에 새롭게 의문부호를 붙이게 되었다. 창작이든 비평이든, 나아가 국문학 연구까지도 예전만큼 그 이념으로부터 추동력을 얻지 못하게 되었으며 그 이념에 바탕한 실천적 노력을 기울이려는 마음도 훨씬 줄어들었다. 그렇다고 새로운 대안이 있는 것은 결코 아닌데도 말이다. 분열과 혼란 그리고 위기, 이것이 이즈음의 우리 '진보적' 문학계의 현실임을 부정할 수 없다.[04]

　　"불과 몇 년" 사이에 민족문학의 이념적 활력이 소진되어 버린 이유는 과연 무엇일까. 이 질문을 다시 해금의 맥락에서 제기해 보자. 해금(解禁)이란 단어의 뜻 그대로 금서목록으로부터의 해방을 의미한다. 이렇게 해방된 책들이 학술장에 기입됨으로써 일어난 변화는 어떤 것이었을까. 문학의 이중적 기능에 관한 모레티의 지적을 떠올려

---

04　신승엽, 「새로운 출발점으로서의 민족문학」, 『민족문학을 넘어서』, 소명출판, 1999, 13~14쪽. 그리고 다시 3년이 지난 시점에서 신승엽은 민족문학 이념의 쇠퇴가 현대비평의 경우 "프로문학진영의 비평활동을 상대화시켜서 바라보려는" 경향으로 구체화되었음을 회고하기도 했다. 신두원, 「현대비평 연구동향」, 『민족문학사연구』 6, 민족문학사연구소, 1994, 277쪽.

보면, 문학은 무의식적 내용을 표현하는 동시에 은폐한다.[05] 그렇다면 이른바 해금문학이 90년대 학술장 내부로 들어오면서 어떤 시각의 전도가 일어났다고 볼 수 있지 않을까. 지금까지 분명하게 보였던 것들이 일순간 우리의 시야에서 사라지고, 그와 동시에 존재하지 않았던 것들이 불쑥 우리의 시야에 나타나는 시각의 전도.

우리는 민족문학사 연구의 붐이 근대기점에 관한 논의와 더불어 시작되었음을 기억한다. 월납북 문인들의 작품과 북한문학사를 학술장 안으로 끌어들이는 과정에서 근대기점론은 불가피한 쟁점 중 하나였을 것이다. 하지만 바로 이 지점에서 내발론과의 단절이 발생한다. 앞서의 좌담회가 상징적으로 보여준 민족문학사의 세대교체는 실은 내발론에 기반을 둔 역사관과의 결별이라 해도 틀리지 않다. 민족문학사의 장구한 내력을 과시한 『한국문학통사』와는 달리, 『한국근대민족문학사』에서 연대기의 시작은 19세기말에서 1910년 사이, 더 정확하게는 1905년 이후로 설정되어 있다. 이 시기 근대기점론의 선봉이었던 최원식이 이미 말하지 않았던가. 근대의 기점을 끌어올리려는 시도는 모두 부질없는 것이라고. 민족문학사연구소가 고전문학과 현대문학 연구자들간의 협력 아래 출범한 사실을 상기하면 내발론과의 결별은 아이러니한 데가 있다.[06] 적어도 현대문학 연구자들의 시야에서 내발론의 역사는 사라져버리고 말았다. 그것이 90년대 학술장에 일어난 첫 번째 해금 효과이다.[07]

---

05   프랑코 모레티, 「공포의 변증법」, 조형준 옮김, 『공포의 변증법: 경이로움의 징후들』, 새물결, 55쪽.

06   「국문학연구와 서양문학 인식」, 『민족문학사연구』 2, 민족문학사연구소, 1992; 백낙청 회화록 간행위원회 편, 『백낙청 회화록』 3, 앞의 책, 191쪽.

07   이 첫 번째 해금 효과에 대해서는 별도의 논의가 필요하다. 특히 민족문학사연구소

'내발론과의 단절'은 백낙청이 다음과 같이 발언한 1992년의 한 좌담회에서도 드러난다. "우리나라 근대문학사의 시대구분 문제에 대해서는 두 가지 상반된 접근방법을 상정할 수 있는데, 하나는 근대화의 준비단계 즉 근대로의 전환 이전에 근대를 지향하는 요소 그러니까 여항문학뿐만 아니라 실학파의 문학까지 포함해서 이것들을 우리 국민문학 내지 민족문학의 첫 단계로 잡는 방법이겠습니다. (…중략…) 다른 하나는 아까도 말씀드렸듯이 역시 근대문학과 국민문학 혹은 민족문학은 범박하게 봐서는 일치하는 개념이고 상황에 따라서 앞서거니 뒤서거니 할 수가 있다는 견해인데, 더 구체적으로는 근대로의 전환에 있어 타율성이 강하면 강할수록 본격적인 국민문학의 성립은 근대로의 전환보다 뒤떨어진다는 입장입니다. 저는 이런 후자의 입장에서, 근대로의 전환 이전의 문학을 민족문학의 첫 단계라고 부르는 데에는 동의하지 않습니다." 「시민문학론」(1969)의 경우 내발론에 대한 이론적 동의가 표현되어 있기는 해도,[08] 그 후 「민족문학 개념의 정립을 위해」(1974)에서 백낙청이 상정한 민족문학=근대문학의 기점은 내발론의 그것과 분명 변별된다. 그에 따르면, 실학사상이 근대지향적이기는 해도 결국 근대사상이라 보기 어려운 것처럼 "조선왕조 후기의 한문으로 된 근대지향적 작품"[09]도 민족문학=근대문학 자체로는 미흡하다. 그럼에도 이 좌담회의 참석자 중 하나가 임형택이었음을 감안하면, 백낙청의 직설적인 발언은 그들 사이의 연대

---

를 중심으로 (남)북한문학사, 통일문학사 연구와 그 담론의 행방을 고찰하는 것은 추후과제로 남긴다.

08  백낙청, 「시민문학론」, 『민족문학과 세계문학1/인간해방의 논리를 찾아서』, 창비, 2011, 53쪽.

09  백낙청, 「민족문학 개념의 정립을 위해」, 위의 책, 159쪽.

감과 무관한 맥락에서 내발론과의 결별에 대한 선언으로 독해 가능하다.

## 2. 민족문학의 근대성론, 모더니즘의 재인식과 전유

한편으로는 동유럽 사회주의 국가의 붕괴, 다른 한편으로는 포스트모더니즘의 유행이라는 서구사회의 급변이 민족문학의 퇴조에 중요하게 작용했다. 이러한 세계사적 변화로 인해 무엇보다 '근대(성)' 자체가 원론적인 차원에서 재검토되기 시작했다. 『창작과비평』 1993년 겨울호에 실린 백낙청의 글은 그 대표적인 사례이다.

「문학과 예술에서의 근대성 문제」의 전반부에서 백낙청은 모던, 모더니티, 모더니제이션, 모더니즘, 포스트모더니티, 포스트모더니즘 개념과 더불어 하버마스에서 버먼(M. Berman)에 이르는 근대성론을 개관한다. 그 중 백낙청의 관심은 "근대주의와 반근대주의의 요소를 동시에 지니는"[10] 버먼의 모더니즘론에 집중되어 있으며, 결국 이를 통해 민족문학=리얼리즘의 갱신을 도모한다. 우선 모더니즘과 근대주의, 포스트모더니즘과 현대주의를 등치시키고 두 계열 사이에 연속성을 부과함으로써 버먼의 모더니즘을 역사화=고정화한다. 이렇게 포스트모더니즘과의 친연성을 고려하면 자본주의에 침윤된 모더니즘의 한계가 더욱 선명해진다는 생각이, 버먼에 대한 비판에도 그리고 한국 근대문학에 대한 평가에도 고스란히 적용되는 가운데, 근대극복의 역사적 과업은 어느새 리얼리즘이 독점하게 된다. 백낙청

---

10   백낙청, 「문학과 예술에서의 근대성 문제」, 『창작과비평』, 창작과비평사, 1993, 21쪽.

에 따르자면 근대와 반근대, 포스트모던과 탈근대지향성 중 어느 한 쪽에 치우치지 않는 균형감각 속에서 리얼리즘=민족문학의 권능은 여전히 지속 가능하다. 이광수, 정지용, 김수영보다 한용운이나 홍명희, 이육사, 신동엽이 고평되어야 하는 이유가 여기에 있다.

> 포스트모던 시대의 소비문화야말로 유일하게 전지구적 실세를 가진 테러리즘이 아니겠는가. '탈근대성'을 빙자한 이 폭력적 근대 앞에서 자신을 지켜냄으로써 진정한 탈근대 즉 근대극복에 이바지하는 일이 곧 민족문학의 근대성이자 현 시기 세계문학의 진정한 탈근대지향성일 것이며, 한용운과 홍명희에서 오늘의 고은에 이르는 우리 근대문학의 고전들 이 모두 그러한 탈근대지향성을 다소간에 드러내고 있는 것 도 결코 우연이 아니다.[11]

포스트모더니즘이 미국 중심의 상업주의 또는 전지구적 소비문화의 산물로 인식되고, 더 멀게는 모더니즘이 "제국주의 문화침략"에 연루된 예술로 이해될 때, (탈)근대성의 과제는 온전히 리얼리즘의 몫이 될 수밖에 없다. 백낙청의 선언적 진술을 그대로 복기하면, 리얼리즘이야말로 근대성/탈근대성, 민족문학/세계문학을 동시에 구현하는 유일한 가능성이다. 이러한 주장은 그 자신의 제3세계문학론 테제를 90년대의 맥락으로 변주한 것이면서,[12] 앞서 논의한 버먼의 모더니즘을

---

11    백낙청, 위의 글, 28쪽.

12    그가 강조한 제3세계적 가치란, 민족이 처한 자본주의 모순과 역사적 질곡이 오히려 세계문학적 선진성으로 환원되는 역설의 논리에서 비롯한다. 이철호, 「1970년대 민족문학론과 반세속화의 징후들: 백낙청의 초기 비평에 나타난 '본마음'을 중심

전유한 결과이기도 하다. 모더니즘을 겸비한 리얼리즘. 이 슬로건은 이선영, 최원식, 윤지관 등에 의해 또 다른 방식으로 재전유되었다.

'민족문학과 근대성'을 주제로 한 기념비적인 심포지엄[13]에서 이선 영과 최원식이 공유한 문제의식도 모더니즘을 겸비한 리얼리즘으로 요약된다. 먼저 이선영은 루카치와 브레히트 간의 논쟁을 화두로 삼 아 모더니즘에 대한 "협소하고 경직된 시각"을 반성한다.

> 원칙 없는 절충주의에서가 아니라 발전을 위한 유연성의
> 차원에서 볼 때, 우리는 그 동안 문학·예술의 리얼리즘이나
> 모더니즘에 대해서 너무 협소하고 경직된 시각에 사로잡혀
> 있었던 것이 아니었나 느껴진다. 엄연히 존재하는 모더니즘
> 내지 그 연장선상에 있는 것으로 생각되는 포스트모더니즘
> 의 실체와 그 긍정적인 이용 가능성을 무시하거나, 급속한 변
> 화와 다양성을 지닌 현실에 대해서도 최선의 원근법과 전체
> 적 파악을 단념할 수 없다는 것이 우리의 입장이다.[14]

그는 모더니즘에 대한 재인식을 요청하면서 한국문학사 중 특히 1930년대를 겨냥해 그 유효성을 주장한다. 이광수의 계몽적 합리성, 한설야의 인간 해방의 이념을 거쳐 이 시기의 대표적인 모더니스트

---

으로」, 『민족문학사연구』 62, 민족문학사학회, 2017, 291~293쪽 참조.

13   1994년 5월 21일 민족문학사연구소 창립 4주년 기념 심포지엄에 대해서는 여러 논자들의 역사적 의미 부여가 있었다. 이혜령, 「언어=네이션, 그 제유법의 긴박한 성찰 사이」, 『상허학보』 19, 상허학회, 2006; 최병구, 「한국문학사 서술의 경과: 제 도와 이념에의 결박과 성찰」, 『민족문학사연구』 56, 민족문학사학회, 2014.

14   이선영, 「우리 문학 연구의 새로운 지평」, 『민족문학과 근대성』, 문학과지성사, 1995, 21쪽.

이상에 대해 "그런 근대적 기법 자체가 당대의 억압적인 식민지 상황 아래서는 효과적인 창작상의 전략"일 수 있다고 부연했다. 그런데 위의 인용문 중 '엄연히 존재하는 모더니즘'이라는 표현이 거듭 주목된다. 이선영이 무심코 내뱉은 듯한 이 말은 그를 포함한 민족문학론의 무의식을 반영한다. 그들에게 모더니즘은 존재하면서도 사실상 존재하지 않는 그 무엇이었는지도 모른다. 월북문인들의 해금자료가 더이상 '리얼리즘의 축복'일 수만은 없는 순간이란 비로소 모더니즘이 이들의 시야에 들어오게 된 시점과 거의 일치한다. 이렇듯 카프문학 연구자들에게 발생한 시각의 전도, 그것이 바로 두 번째 해금 효과이다. 이러한 사정은 근대기점론에 천착한 최원식의 경우에도 크게 다르지 않다.

최원식도 루카치의 모더니즘 비판에 대해 거리를 두는 한편, 르네 지라르(R. Girard)의 프루스트론을 범례로 들어 소위 진보적인 문학의 자기반성을 촉구했다. 그런데 동서고금의 유수한 고전을 거론하는 가운데 그의 논의가 마침내 도달한 지점에도 1930년대 모더니즘이 있다. 적어도 최원식의 논의 안에서 "30년대의 모더니즘에 대한 시각을 재조정"하는 것과 "프로 문학의 주류성을 이제 진정으로 해소"하는 것은 별개의 문제가 아니다.[15] 따라서 그가 제안하는 바는, 『고향』의 성취를 부르주아 문학과의 차별성 속에서 강조하는 대신에 "계몽 이성의 귀향이라는 『흙』의 모델"의 계보에서 이해하는 것, 이용악의 독자성이 동시대 "모더니즘과의 고투" 속에서 이루어진 점을 망각하지 않는 것, 또한 구인회를 프로 문학의 역사적 반동으로 치부하는 대신

---

15 최원식, 「한국 문학의 근대성을 다시 생각한다」, 『창작과비평』, 창비, 1994년 겨울호; 위의 책, 59쪽.

에 그 예술파적 성격이 어떻게 해방기 조선문학가동맹으로 재결집될
수 있었는지를 이태준을 비롯한 정지용, 김기림, 박태원 같은 모더니
스트의 작품을 통해 해명하는 것이다. 그런 의미에서, 식민지기 카프
와 해방기 조선문학가동맹 사이의 역사적 계보를 놓고 다름아닌 구
인회의 모더니스트를 중요한 매개항으로 설정하는 최원식의 문학사
관은 주목된다.

> 조선문학가동맹은 결코 식민지 시대의 카프의 복사판이
> 아니라, 우리 문학사상 처음으로 이루어진 문인들의 좌우 합
> 작 조직으로 출범하였다. 이 과정에서 비록 개별적 차원이지
> 만, 그들이 모더니즘의 깊숙한 세례를 받은 30년대의 새로운
> 세대의 기수들이었다는 점에 주목해야 한다. (…중략…) 모더
> 니스트의 자기 비판과 카프의 자아 비판이 해후하는 지점에
> 서 조선문학가동맹의 모태가 싹텄던 것이다. 사실 20년대에
> 국민 문학, 계급 문학, 절충파의 그 요란한 논쟁에도 불구하
> 고 신간회의 문학적 상관 조직이 결성되지 못한 이 미완의 과
> 제가 해방 후 이루어졌다는 것은 획기적이다.[16]

이렇듯 1990년대 초반 최원식, 이선영, 백낙청이 공유한 민족문학
론의 긴급한 과제 중 하나가 모더니즘의 재인식이라고 할 때, 이 테제
를 가장 전면화한 논자는 진정석이다. 리얼리즘을 중심에 놓고 (사조
나 기법으로서의) 모더니즘을 포섭하는 것이 기존의 논자들이 취한 방
식이었다면, 이와 정반대로 「모더니즘의 재인식」에서 진정석은 광의

---

16    최원식, 위의 글, 60~62쪽.

의 모더니즘을 채택하여 90년대의 현실에 부합하는 리얼리즘의 과감한 쇄신을 요구한다.[17] 이른바 민족문학의 위기와 관련하여 "현실대응력에 있어서만큼은 다른 어떤 미학보다 우월하다고 자타가 공인했던 리얼리즘론이 정작 현실을 파악하는 데 있어서는 이론의 관성에 붙잡혀 심각한 시각장애를 일으키는 역설적인 상황"[18]이라는 진단은 여전히 인상적이고, 모더니즘을 겸비한 리얼리즘이란 "실재할 수 없는 관념적 가공물"[19]에 지나지 않는다는 논평은 지금도 유효하다. 여기서 진정석이 말하는 광의의 모더니즘이란 물론 버먼 특유의 모더니즘론에서 연유한 것이며, 이는 백낙청식의 전유 방식과는 큰 편차를 보여준다. 그의 입론이 민족문학 진영 내부에서 리얼리즘의 격하로 오해될 여지는 다분했던 것으로 보인다.[20] 이를테면 "모더니즘이라는 명칭으로 통폐합"[21]하는 것이라는 내부 비판에 직면하지 않을 수 없었다.

그럼에도 진정석이 리얼리즘=민족문학의 갱신 가능성을 여전히

---

17　진정석은 자신의 모더니즘을 가리켜 "리얼리즘과 대립 개념인 '협의'의 모더니즘이 아니라 기존의 리얼리즘과 모더니즘은 물론 근대적 기획의 정당성에 근본적인 회의를 표시하는 김지하의 '생명사상'이나 『녹색평론』의 문제의식까지 포함하는 '광의'의 개념"이라 부언한 바 있다. 「모더니즘의 재인식」, 『창작과비평』, 창비, 1997년 여름호, 159쪽.

18　진정석, 위의 글, 155쪽.

19　진정석, 위의 글, 161쪽.

20　이 논쟁과 관련하여 윤지관, 「문제는 모더니즘의 수용이 아니다」, 『사회평론 길』, 1997년 1월호; 김명환, 「민족문학론 갱신의 노력」, 『내일을 여는 작가』, 1997년 1-2월호; 윤지관, 「민족문학에 떠도는 모더니즘의 유령」, 『창작과비평』, 창작과비평사, 1997년 가을호; 이광호, 「문제는 미적 근대성인가」, 『미적 근대성과 한국문학사』, 민음사, 2001 참조.

21　윤지관, 위의 글, 206쪽. 진정석, 앞의 글, 158쪽에서 재인용.

버먼의 모더니즘론에서 찾는 이유는 "근대성이라는 인류사의 보편적 경험"이 문학의 존재근거가 되어야 하기 때문이다. 더 적극적으로는 "근대성에 대한 미적 대응"이 관건이라고 할 때 광의의 모더니즘 테제는 불가피한 선택이 되는 것이다. "그동안 민족문학론과 리얼리즘은 근대의 파괴적, 억압적 측면을 극복하는 데 골몰한 나머지 근대의 창조적, 해방적 가능성을 소홀하게 취급하는 오류를 범한 것이 사실이다. 그러나 추상적인 관념이나 법칙체계에 기대지 않고 근대화의 과정에서 생겨난 인간 경험, 곧 근대적 현실의 '리얼리티'를 포착하려면 무엇보다도 먼저 근대에 내포된 역설과 이중성을 통찰하는 시선의 전환이 필요하다."²² 진정석이라는 리얼리즘 쇄신론의 임계점이 일러주는 아이러니는, 이러한 근대성론을 민족문학=리얼리즘에 본격적으로 점화시킨 이가 바로 백낙청이라는 사실에서 비롯한다.²³ 어떠한 계기에서이든 우리가 살아온 근대(성)의 의미를 근본적인 수준에서 다시 질문해야 할 때, 그것은 근대라는 현실을 바라보는 시선의 다양화를 전제로 하지 않을 수 없다. 「모더니즘의 재인식」에서 진정석이 버먼에 기대어 주장한 "근대에 내포된 역설과 이중성"²⁴이란, 다

22  진정석, 앞의 글, 162쪽.

23  그 아이러니는 근대성과 근대주의(즉 홍명희와 이광수)를 분별하는 개념적 유희가 다 다른 곤경이기도 하다.

24  이러한 관점에서 최명익 소설을 다룬 진정석, 「최명익 소설에 나타난 근대성의 경험양상」, 『민족문학사연구』 8, 민족문학사연구소, 1995 참조. 그런데 흥미롭게도 대표적인 해금 작가인 최명익이 활발하게 연구대상이 된 시점은 진정석의 논문 이후가 아니다. 그의 논문이 최명익 및 단층파 연구에 미친 중요한 영향력과 상관없이 1995년을 기준으로 대략 살펴보면 1990년대 전반기(1990~94)에 나온 최명익 관련 석박사학위논문은 후반기(1995~99)의 그것에 비해 2배에 달한다. 이는 해금 직후 한국문학 연구자들의 모더니즘 경도를 보여주는 단적인 사례로 이해된다. 권선영, 「최명익 소설 연구」, 숙명여대 석사논문; 주혜성, 「최명익 연구」, 연세대 석사

시 1991년의 좌담회로 돌아가 김우창의 어법으로 말하자면 다른 리얼리티를 묻는 일이다.

> 김우창: 나는 포괄적으로 리얼리즘에 대해 여러가지 의
> 견이 있을 수 있다는 것을 인정해야 한다고 생각
> 합니다. 바로 제3세계를 공부하는 의의 중 하나
> 가 바로 서양역사를 진보의 관점에서 파악한 리
> 얼리티뿐만 아니라, 다른 리얼리티도 생각해야
> 하기 때문입니다. (…중략…) 리얼리즘의 문제는

논문; 김겸향, 「최명익 소설의 공간연구」, 이화여대 석사논문; 심영덕, 「최명익 소설연구」, 영남대 석사논문(이상 1990); 김해연, 「최명익 소설 연구」, 경남대 석사논문; 이희윤, 「최명익 연구」, 건국대 석사논문; 임병권, 「최명익의 작품세계 연구」, 서강대 석사논문(이상 1991); 신수정, 「단층파 소설 연구」, 서울대 석사논문; 이계열, 「최명익 소설 연구」, 숙명여대 석사논문; 권애자, 「최명익 소설 연구」, 전북대 석사논문; 김현식, 「최명익 소설 연구」, 전북대 석사논문(이상 1992); 신윤정, 「최명익 소설 연구」, 중앙대 석사논문; 윤부희, 「최명익 소설 연구」, 이화여대 석사논문(이상 1993); 이윤미, 「최명익 소설 연구」, 연세대 석사논문; 김예림, 「최명익 소설 연구」, 연세대 석사논문; 김정옥, 「최명익 소설 연구」, 전남대 석사논문; 김민정, 「1930년대 후반기 모더니즘 소설 연구: 최명익과 허준을 중심으로」, 서울대 석사논문; 최강민, 「자의식 소설의 공간 대비 연구: 이상, 최명익, 손창섭의 작품을 중심으로」, 중앙대 석사논문; 이호, 「1930년대 한국 심리소설 연구: 이상과 최명익 소설의 서사론적 분석을 통하여」, 서강대 석사논문(이상 1994); 안미영, 「1930년대 심리소설의 두 가지 양상: 이상과 최명익을 중심으로」, 연세대 석사논문; 이경희, 「1930년대 모더니즘 소설의 변이 양상 연구: 박태원과 최명익을 중심으로」, 연세대 석사논문(이상 1996); 김정남, 「최명익 소설의 자의식 연구」, 영남대 석사논문; 오영애, 「최명익 소설의 인물 연구」, 숙명여대 석사논문; 한순미, 「최명익 소설의 주체, 타자, 욕망에 관한 연구」, 전남대 석사논문(이상 1997); 김지연, 「1930년대 후반 '신세대 작가'의 소설 연구: 최명익, 허준, 유항림에 나타난 형상화 방식과 주체의 인식을 중심으로」, 경북대 석사논문; 이계열, 「1930년대 후반기 소설의 자아 의식 연구: 이상, 최명익, 허준 소설을 중심으로」, 숙명여대 박사논문; 김세연, 「최명익 소설 연구」, 홍익대 석사논문(이상 1998); 김경연, 「최명익 소설의 식민지적 근대성 비판 양상 연구」, 부산대 석사논문(이상 1999). 김대행 외, 『어두운 시대의 빛과 꽃』, 민음사, 2004의 「최명익 연구 서지」 참조.

정치적인 문제인데, 어느 나라에서 하나의 리얼
리즘 해석, 궁극적으로 하나의 역사해석, 이것을
지탱하기는 어렵지 않나 합니다.

백낙청: 저의 리얼리즘론을 공박하기 위해 이슬람 얘기
를 꺼내신 것은 아니죠?(웃음)

김우창: 분명히 여러 가지 의견이 있을 수 있는데 한 관
점에서 얘기할 때 문제가 있다는 것이죠. 그리고
어떠한 해석을 가지고 작가적 사고를 대체하는
것은 문제가 있지 않느냐 하는 얘기입니다.[25]

상기한 좌담회에서 백낙청이 내세운 리얼리티의 표본은 고은이
다. 고은에 대한 백낙청의 문학사적 상찬은 거듭 반복되는데,[26] "우리
민중 본래의 건강한 삶에 대한 인식과 현대 도시인의 첨예한 인식"[27]
의 결합이야말로 "훌륭한 시인"의 조건이라고 할 때 여기에 정확히
부합하는 것이 고은이라는 주장이다. 하지만 이 두 가지 요소는 리
얼리즘과 모더니즘에 대응되는 특성이기도 하다. 요컨대, 고은 시문
학의 고평은 '모더니즘을 겸비한 리얼리즘' 테제의 적용이라 할 만하
다.[28] 그런데 여전히 리얼리즘의 가능성을 신뢰한다는 백낙청을 염두
에 두고 김우창이 "다른 리얼리티"도 인정할 줄 알아야 한다고 지적

---

25  백낙청 회화록 간행위원회 편, 「90년대 문학의 진로」, 앞의 책, 130~131쪽.

26  또 다른 표현: "한편으로는 우리 민족의 전승된 삶의 미덕이랄까 보람에 대한 건강
   한 의식을 가지는 동시에, 다른 한편으로는 변화하는 현대세계의 최첨단적인 인식
   도 아울러 가져야 한다는 점"(105쪽)

27  백낙청 회화록 간행위원회 편, 「90년대 문학의 진로」, 앞의 책, 113쪽.

28  이러한 맥락에서 좌담회 이후 1993년에 발표된 백낙청의 고은론 「선시와 리얼리
   즘」, 『통일시대 한국문학의 보람』, 창비, 2006 참조.

하는 대목이 주목된다. 다시 상론하겠지만, 김우창이 이러한 문제의 식을 피력한 것은 이 좌담회가 처음은 아니었다.[29] 그럼에도 흥미로 운 것은 1980년대와 달리 좌담회 이후 김우창 자신이 '다른 리얼리티' 에 부합하는 근대성론을 제출했다는 점에 있다. 미적 근대성이 바로 그것이다.


## 3. 미적 근대성론과 그 이후

1974년의 한 대담에서 백낙청이 "어떤 말을 해주려는 성의가 도무 지 없는 예술"[30]이라고 평가절하한 것은 서구 모더니즘이었다. 대담 상대인 유종호의 경우, 모더니즘 애호가까지는 아니더라도 백낙청의 모더니즘 폄하에 대해 지속적으로 의문을 제기하고 있어 흥미롭다. 가령 "갈라리 찢긴 현대세계의 한 반영이고 그 점 그 진실성의 일단 (一端)을 인정해야"[31] 한다는 발언이나, 그와 반대로 "리얼리즘의 기준 을 명명백백한 현실에의 충실도에서만 찾는다면 그것은 아까 지적하 신 모사나 복사에의 의존 이외의 아무것도 아니"라는 지적은 그 예이 다. 심지어 유종호는 "경험교환 가능성"을 기준으로 리얼리즘과 모더 니즘을 단순히 대비함으로써[32] 그것이 하나의 세계에 대한 '다른' 관

---

29    가장 대표적인 사례로는 「어떻게 할 것인가: 민족, 세계, 문학」, 『세계의 문학』 창간
      호, 민음사, 1976년 가을; 백낙청 회화록 간행위원회 편, 『백낙청 회화록』 1, 창비,
      2007.

30    「리얼리즘과 민족문학」, 『월간중앙』, 1974년 10월호; 『백낙청 회화록』 1, 위의 책,
      101쪽.

31    위와 동일함.

32    유종호에 의하면, 전자가 "경험교환 가능성에 대한 굳건한 믿음"의 소산이라면 후

점일 수 있음을 애써 환기시키려 했다.

이와 같이 현실 재현의 믿음 여부로 리얼리즘과 모더니즘을 이해한 유종호의 논의 맥락과 달리, 백낙청은 모더니즘과 자연주의 사이의 유사성을 강조한다. 즉 "사회현실, 역사현실 전체에 대한 안목과 책임감을 결하고 있다는 점에서는 오히려 일맥상통"[33]하다면서 그 둘을 모두 리얼리즘의 수준에 못 미치는 것으로 평가한 것이다. 무려 이십여 년의 시차에도 불구하고 백낙청이 고수해온 모더니즘의 이해 방식이 문제적인 것은 이러한 이유에서이다. 요컨대, 자연주의와 동일시=역사화하는 1974년의 백낙청은 1990년대에 이르러 포스트모더니즘과 모더니즘을 하나의 계보로 묶어 버린다. 마치 보학(譜學) 속에서 모더니즘을 다루듯이, 한번 모더니즘은 영원히 모더니즘이라는 식의 관점에서 보면 그것은 결국 리얼리즘의 미달태라는 숙명을 피하지 못한다.[34]

이 대담 이후 백낙청은 1976년 『세계의 문학』 창간기념 좌담회에서도 유종호, 김우창과 좌담회를 갖게 된다. 여기서도 모더니즘은 이들의 비평적 관점의 차이를 극명하게 보여주는 화두였다. 우선 백낙청이 1991년의 좌담회와는 대조적으로 30년대 문학사의 평가에 매우 인색한 대목이나, 박경리와 황석영에게서 세계문학적 가능성을 보는

---

자는 그에 대한 "믿음의 붕괴"를 의미한다. 이를 당대 한국소설에 적용할 경우 "경험교환의 가능성에 대한 신뢰에 찬 믿음"을 보유한 작가들로 거론된 이들은 신경림, 조태일, 김지하, 방영웅, 황석영, 이문구, 조선작, 조해일 등이다.

33 「리얼리즘과 민족문학」, 위의 책, 203쪽.

34 백낙청의 모더니즘 이해에 관한 또 다른 비판으로는 류보선, 「중심의 향한 동경: 한국 근대문학 연구의 정치적 무의식」, 『한국 근대문학의 정치적 (무)의식』, 소명출판, 2005., 593~594쪽 참조.

대목도 주의할 만하지만, 우리의 논의와 관련하여 김우창이 미적 근대성론을 시사하는 대목이 더욱 주목된다.

> 김우창: 아까 세계문학과 민족문학을 얘기했는데 사실 우리가 세계문학을 하느냐 민족문학을 하느냐가 초급한 문제는 아니고, 가장 긴급한 것은 오늘 우리가 이 시점에서 여기에 살고 있는 사람으로서 문학을 하는데 어떻게 하느냐 하는 점일 것입니다. (…중략…) 우리가 민족문학에 대해서 가질 수 있는 또 한 가지의 유보는 사실상 경제 면이라든가 정치, 사회 면에서 기성의 세계질서 속에서 살면서, 정신적인 면으로만 민족을 찾아가지고 자기기만도 생기고 여러 가지 사태를 호도하고 잘못 보게 하는 일도 생기는 것 같은데 문화라는 것도 그 자체로서 보편성을 띠어서 당장 여기서 좋은 것이 저기서도 좋다는 식으로야 물론 얘기할 수 없지만 정치적, 경제적으로 의존하면서 문화적으로 민족주의 되는 것보다는 적어도 가설적으로 정치적 경제적으로 독립하면서 문화적으로 세계적이 되는 것이 좋지 않을까 하는 생각도 해볼 가치가 있지 않을까요?(웃음) [35]

위의 인용문에서 김우창이 반농담조로 내세운 가설은 당대 민족문학=리얼리즘에 대한 비판에서 시작된 것이다. 이는 "자기분열"이

---

35 「어떻게 할 것인가: 민족, 세계, 문학」, 앞의 책, 223~224쪽.

라는 유종호의 표현과도 그 의미맥락이 상통한다. 즉 "생활조건의 향상이나 상업화 면에서는 서구적 가치관을 그야말로 무비판적으로 받아들이면서, 한편 문화나 모호한 정신 면에서는 또 사회제도의 면에서는 우리의 것을 강조하는 자기분열적인 현상"[36]이라는 진단은 결국 제3세계문학론의 맹점을 비판한 것으로 이해된다. 어찌 보면, 1990년대 중반 이후 본격적으로 제기된 민족주의 비판론의 70년대 판본이라 해도 좋을 정도로 김우창은 민족을 상대화하는 발언을 내놓는다. 제3세계문학론에 관해서는 "기술적인 면에서 혹은 제국주의적인 세계 질서 속에서 낙후된 지역에서 반드시 보편적인 세계공동체의 이념이 산출되느냐 하는 다분히 희망적인 관측"이라 평할 뿐만 아니라, 민족주의에 대해서도 "민족이라는 것은 타고나면서 주어지는 것보다 구체적인 대화와 생활이 공간에서 얻어지는 것"이라 충고한다. 이를 통해 김우창이 궁극적으로 말하려는 바는, 문화적 민족주의를 견지하는 대신에 오히려 문화 자체의 전지구적 세계성을 기본전제로 삼아야 한다는 데에 있는 것으로 보인다. 다시 말해, 비록 가설이기는 해도 미적 근대성의 관점에서 한국문학을 새롭게 바라보려 한 김우창의 발언에 뒤이어, 백낙청은 다음과 같이 분단이나 반식민지 상황의 특수성을 들어 그 적용 가능성을 유예한다.

> 백낙청: 민족분단의 현실, 과거의 식민지 경험과 아직도
> 일소되지 않은 그 잔재, 정치, 경제, 국방 등 여러
> 면에서 여전히 목표로만 남아 있는 자주성의 문
> 제, 또 현실적으로 민족구성원 대다수가 어떠한

---

36 위의 글, 233쪽.

삶을 영위하고 있는가 하는 문제들을 생각할 때, 이것을 민족적이 아닌 다른 차원에서 온당하게 파악하고 해결할 수 있는 단계는 아직 오지 않았다고 볼 수밖에 없습니다.[37]

그로부터 이십여 년 뒤에 발표된 「감각, 이성, 정신」(1995)은 바로 이 문제에 대한 김우창의 오랜 천착의 결과인지도 모른다. 이렇게 판단하는 이유는 물론 「감각, 이성, 정신」이 다른 리얼리티, 곧 미적 근대성 문제를 집중적으로 탐구하고 있기 때문이기도 하지만, 더 주목할 점은 하필 그 대상이 이광수라는 사실에 있다. 김우창의 이광수론은 그 자신의 근대문학론을 되돌아보더라도 매우 이례적이다. 그는 「감각, 이성, 정신」을 발표한 1995년까지 거의 십년 간 동시대 작가에 대한 리뷰 형식의 글을 쓰기는 했어도 식민지기 작가를 다룬 적은 없었다.[38] 더 넓게 보면, 김우창의 근대문학론이 중요하게 다룬 작가는 염상섭이나 한용운이었지 적어도 이광수는 아니었던 것이다.[39] 다른 한편 1990년대 전반기만 하더라도, 게다가 카프문학 연구자들에게 이광수는 주된 관심사일 수 없었으며, 백낙청의 경우도 예외는 아니었다. 그런 의미에서 김우창의 이광수론은 백낙청이나 민족문학론과 다른 리얼리티—결국 다른 모더니티—의 모색 속에서 씌어진 것이라 해도 무방하다.

「감각, 이성, 정신」의 서두는 정치경제의 현대성과 분리될 수 없

---

37 위의 글, 235쪽.

37  위의 글, 235쪽.

38  도정일 외, 『사유의 공간』 생각의나무, 2004의 권말 「문헌 연보」를 참조.

39  이광수를 논의한 「한국 현대소설의 형성」(1976)에서조차 한국 리얼리즘의 선편은 그가 아닌 염상섭이라는 것이 김우창의 평가였다.

는 문화적 근대성의 변증법적 과정에 대한 주의로부터 시작한다. 이는 1976년의 좌담회에서 언급된 대로, 문화적 민족주의를 정치경제와 분리해 사고하는 방식에 대한 이의제기, 또한 민족주의와는 다른 차원에서의 근대성론임을 보여준다. 여전히 『무정』을 가리켜 "실패한 작품"[40]이라 평가하면서도 그 안에 포착된 감각적 인간의 출현에 주목한 것은 이 소설이 미적 근대성의 한 기원에 해당하기 때문일 것이다. 따라서 이 글은 김우창 자신이 제기한 질문인 다른 리얼리티에서 다른 모더니티로의 전유이자, 그와 동시에 버먼의 모더니즘을 유럽 문학과 철학에 기대어 미적 근대성으로 재전유한 시도라 할 수 있다. 그것은 앞선 두 번의 계기들이 연쇄적으로 교차하는 가운데 일어난 세 번째 해금 효과이다.[41]

## 4. 90년대 문학연구와 '해금'

1980년대까지 주류를 형성했던 민족문학 담론이 새로운 연대(年代)로 접어들면서 퇴조하기 시작한 데에는 물론 여러 요인이 복잡하

---

40 김우창, 「감각, 이성, 정신」, 권영민 외 공편, 『한국 문학이란 무엇인가』, 민음사, 1995; 『문학과 그 너머: 현대 문학과 사회에 관한 에세이』(김우창 전집 7), 민음사, 2015, 380쪽.

41 이후 한국문학 연구에서 심화된 미적 근대성론에 관해서는 이광호, 「문제는 근대성인가」, 『환멸의 신화』, 민음사, 1995; 황종연, 「근대성을 둘러싼 모험」, 『창작과 비평』, 창비, 1996년 겨울호; 이광호, 「문제는 미적 근대성인가」, 『작가연구』 3, 새미, 1997; 오형엽, 「한국 근대시론의 구조와 계보: 문제 설정과 미적 근대성으로 중심으로」, 『문학동네』 19, 문학동네, 1999년 여름호; 이광호, 「문제는 리얼리즘이 아니다: 미적 근대성과 문학의 정치성」, 『문학수첩』 1, 문학수첩, 2003년 봄호 외 다수의 논문과 평론을 참조.

게 작용했을 것이다.[42] 이를테면, 1990년대 한국문학의 변화와 관련해서도, 현실사회주의의 붕괴보다 6월항쟁이 더 강력한 정신사적 배경으로 작용하고,[43] 또 굵직한 문학사의 발간보다는 오히려 새로운 문학저널의 창간이 더 결정적인 역할을 수행했을 개연성도 높다.[44] 그러므로 내발론의 시효만료, 모더니즘의 재발견, 미적 근대성의 부상 등은 7.19해금 이후 이루어진 일련의 변화들이면서, 그에 못지않게 각각 독자적인 사건들로 해석할 여지도 없지 않다. 하지만 1990년대 중반 이래로 현재까지 축적된 한국문학연구의 주요 성과들을 재고할 때, 이 세 가지 해금효과는 그러한 성과들을 실질적으로 가능케 한 연속적인 계기로서의 의미가 더욱 크다.

우선 1960년대 후반 공론화되어 적어도 1990년대 초반까지 인문학 전반에 걸쳐 담론적 권능을 보유했던 내발론은,[45] 해금 직후 북한/통일문학사 붐을 정점으로 하여 오히려 그 위상이 급격히 쇠락하

---

42　그럼에도 포스트모더니즘의 득세와 현실사회주의의 몰락은 80년대 민족문학의 퇴조를 이해하는 데 중요한 요소임에 분명하다. 90년대 문학을 결산하는 한 좌담회에서도 문화산업과 상품미학의 확산, 역사철학으로 대표되는 거대서사의 위축을 이 시기 문학의 생성조건으로 제시했다. 다만 좌담회 참석자 중 진정석은 이러한 생성조건들을 인정한다 해도 80년대 문학과 90년대 문학을 '단절' 아닌 '연속성'의 관점에서 바라볼 것을 제안했다. 그의 입론은 '해금' 이전과 이후로 변별하여 90년대 문학연구의 지형을 검토하는 이 글의 논의와 관련하여 경청할 만한 지적이 아닐 수 없다. 「좌담: 90년대 문학을 어떻게 볼 것인가」, 『1990년대 문학이란 무엇인가』, 민음사, 1998, 18~24쪽.

43　진정석, 「1990년대와 탈이념시대의 문학」, 『새 민족문학사 강좌』 2, 창비, 2009, 421쪽.

44　이에 대해서는 상허학회 주최의 최근 심포지엄이 주목된다. 「특집: 잡지로 보는 '1990년대'론」, 『상허학보』 53, 상허학회, 2018; 「'90년대라는 역설, 억압의 장치와 문화의 재구성」, 상허학회 정기학술대회, 2018.7.13. 참조.

45　신주백, 「'내재적 발전'의 분화와 '비판적 한국학'」, 서은주 외 편, 『권력과 학술장: 1960년대~1980년대 초반』, 혜안, 2014 참조.

기 시작했으며, 또 다른 의미에서의 근대기점 논의라 할 만한 기원론이 광범위하게 제기되자 마침내 학술장 내부에서 사라져버렸다. 첫 번째 해금효과라는 말로 표현되는, 내발론 중심의 학술장의 붕괴란 그야말로 서서히 진행된 것이다. 그러고 보면 근대기점론은 1990년대 이전에도 수차례 제기된 바 있으며, 특히 1960년대 후반 사학계에서 점화된 '자본주의 맹아' 혹은 '자생적인 근대화' 논의로부터 비로소 『한국문학통사』나 『한국문학사』의 서술이 그 역사적 정당성을 확보했다는 사실은 다시금 주목된다.[46] 유구한 역사적 전통 속에서 면면히 계승된 민족문학이란 무엇보다 그 내재성(immanence)을 통해 확증되어야 한다. 근대를 초극할 힘도 민족의 내부에 이미 깃들어 있는 것이다. 하지만 이제 그 누구도 자신의 연구가 내발론에 뿌리를 두고 있다고 공언할 수 없는 시절이 되었다. 이를테면, 그것은 기원론에 대해 가장 비판적인 입장을 보여준 김흥규의 경우에도 마찬가지이다.

---

46 김건우, 「국학, 국문학, 국사학과 세계사적 보편성」, 서은주 외 편, 앞의 책, 286~287쪽. 이 논문에서 중요하게 언급된 텍스트가 1988년 『한국문학통사』 완간을 기념하여 『창작과비평』에 게재된 김흥규의 서평이라는 점은 흥미롭다. 1980년대 조동일, 내재적 발전론, 김흥규로 이어지는 논의 맥락은 기원론에 대한 김흥규의 최근 비판을 재음미하는 데에 유용하다. 이를테면 조선후기(임란 후 17세기)를 근대 이행기로 재설정하려는 조동일의 시도에 대해 "주체의 시각에서 수립한 국문학사 이해가 더 넓은 보편의 지평으로 개방되도록 한다는 지표"(김건우, 위의 글, 286쪽에서 재인용)라고 논평했던 김흥규는 바로 그 '서구적 보편'을 기원론 비판의 핵심요소로 삼았다. "'근대'는 그것을 버리고 역사를 논하기 어려울 만큼 기본적인 어휘가 되었지만, 그럼에도 불구하고 혹은 그렇기 때문에 더욱더 근대라는 술어와 그것이 동반한 유럽중심적 서사의 해체적 재검토가 긴요하다. 근대에 만들어진 가장 문제적인 구성물은 바로 근대라는 관념 자체다." 김흥규, 「식민주의와 근대의 특권화를 넘어서」, 『근대의 특권화를 넘어서: 식민지 근대성론과 내재적 발전론에 대한 이중비판』, 창비, 2013., 192쪽.

근년의 비판은 근대성의 실마리가 과연 내재적으로 형성되고 있었는가에 집중되었다. 1990년대 중엽 이래의 식민지 근대화론과 식민지 근대성론은 내발론이 조선 후기의 경제적, 사회적, 문화적 변화를 희망적으로 과장했다고 비판하며, 개항기 내지 식민지화 이후에 작용한 외부의 힘이 근대성을 창출하거나 강요했다고 보았다. 근대성의 선악에 대한 인식 차를 접어두고 공통점을 집약하자면 근대의 외래성을 강조하는 '외발론'인 셈이다.

김흥규는 근대성의 원천을 외부에서 발견하고 그 계기와 작용을 단절적으로 이해한다는 점을 들어 기원론 일체를 배격한다. '식민지 근대화론'과 '식민지 근대성론'의 차이를 도외시한 채[47] 이 둘을 외발론, 즉 단층적 근대성론으로 통칭하는 김흥규의 논의에서 사실상 외발론과 내발론 사이의 간극도 무화되어 버린다. 둘 다 서구적 근대를 특권화하고 민족의 전근대를 균질화한다는 점에서는 크게 다르지 않다는 주장이다. 역사적 과거를 균질화하는 것과 과거를 바라보는 연구자의 시각을 균질화하는 것 중 어느 쪽이 더 문제적인지는 여기서 상론할 여유가 없다. 하지만 내발론에 대한 동의 여부와 상관없이,[48] 그의 기원론 비판이야말로 실은 내발론 붕괴의 시작과 끝을 명료하게 반증해주는 셈이다.[49]

---

47    두 입장을 분별하는 데에 유익한 논평으로는 김백영, 「'단층적 근대성론'에 대한 포스트-내발론자의 경종」, 『창작과 비평』 2013년 가을호 참조.

48    내발론과 비판적 거리를 두면서도 이를 답습한 김흥규의 연애론에 대해서는 이철호, 「『무정』의 문학사: 민족주의, 자유주의, 탈민족주의론」, 『한국문학연구』 55, 동국대 한국문학연구소, 2017 참조.

49    김흥규 역시 내발론의 역사적 후퇴와 관련하여 "1990년대 중엽 이래의 10여년간

두 번째 해금효과라 명명된 모더니즘의 재발견은 바로 이와 같이 민족문학사의 기율이 유례없이 약화되는 학술장의 구조변동 속에서 비로소 가능해진 일이었다. 어떤 면에서 해금은 리얼리즘 문학의 풍요로운 유산을 약속하기보다 그 반대 방향으로 진행되기도 했다. 그것은 앞서 언급한 대로 민족문학 또는 리얼리즘 소설에 천착해 온 연구자들의 점진적인 이탈로 구체화되었다. 일례로, 『민족문학사연구』 창간호(1991)와 제2호(1992)만 하더라도 『고향』(김동환), 『황혼』(채호석), 「서화」(이상경) 같은 카프문학의 정전들이 전면에 부각되었으나 곧 『원형의 전설』(서영채), 「소설가 구보 씨의 일일」(채호석), 최명익(진정석) 등 모더니즘 계열 소설에 대한 비평적 관심이 고조되었고, 이는 이선영에 의해 "엄연히 존재하는 모더니즘"이라 표현된 시점과 중첩된다. 그런 이유로 해금 초기 민족문학론 내부에서 제기된 모더니즘의 재발견은, 1996년 무렵의 논쟁을 거쳐 모더니즘 문학에 대한 연구가 어느 정도 축적된 시점에서 다시 이루어진 리얼리즘/모더니즘 논쟁으로 마침내 일단락되기에 이른다.[50] 그리고 이 논쟁의 정점에는 흥미롭게도 백낙청의 배수아론이 있다. 배수아를 "우리 현대문학에 몇 안되는 진성(眞性) 모더니스트"[51]라 고평한 백낙청의 『에세이스트

---

은 내재적 발전론이 급격히 퇴조하여 거의 실종(失踪) 상태에 들어간 국면"으로 이해한다. 김흥규, 「특권적 근대의 서사와 한국문화 연구」, 앞의 책, 198쪽.

50  주요 평론으로는 임규찬, 「리얼리즘과 모더니즘을 둘러싼 세 꼭지점」, 『창작과비평』, 창비, 2001년 겨울호; 윤지관, 「놋쇠하늘에 맞서는 몇 가지 방법」, 『창작과비평』, 창비, 2002년 봄호; 황종연, 「모더니즘에 대한 오해에 맞서서」, 『창작과비평』, 창비, 2002년 여름호; 김명인, 「자명성의 감옥」, 『창작과비평』, 창비, 2002년 가을호; 유희석, 「리얼리즘·모더니즘 논쟁에 관하여」, 『창작과비평』, 창비, 2003년 봄호 외.

51  백낙청, 「'창비적 독법'과 나의 소설읽기」, 『통일시대 한국문학의 보람』, 창비, 2006, 322쪽.

의 책상』독해는 그 자체로 진영 안팎에서 반론을 자아냈고,[52] 김영찬은 그의 비평이 "모더니즘 소설을 읽는 창비의 고유한 독법"[53]을 전형적으로 보여주는 사례라 비판한 바 있다. "단순하게 말하자면 그것은 모더니즘을 리얼리즘 쪽으로 끌어당기는 독법이다."[54] 이러한 관점은 1994년의 심포지엄에서 백낙청을 비롯하여 이선영과 최원식 등이 공유한 '모더니즘을 겸비한 리얼리즘'의 2004년 판본이라 할 만하다. 진영 안팎의 누구도 쉽게 납득시키지 못한 백낙청의 배수아론이야말로 모더니즘 전유에의 오랜 강박을 선명하게 예증해주는 텍스트인 것이다.[55] 이렇듯 광의의 리얼리즘론을 통해 모더니즘 문학을 자기화하려는 『창작과비평』의 노력은 그만큼 달라진 모더니즘 문학의 위상을 반영한다. 그리고 이 논쟁은 리얼리즘/모더니즘 회통의 불가능을 재확인시켜 주었다.

「'리얼리즘'과 '모더니즘'의 회통」에서 최원식은 근대의 바깥을 사유할 수 없다는 점을 들어 '모더니즘'이라는 용어 자체의 형용모순과 이론적 한계를 지적한 바 있다. 그에 따르면, 리얼리즘/모더니즘 회통은 그 통상적 용법을 넘어서는 최량의 '작품' 안에서 진정으로 가능해진다. "다시 말하면 최고의 작품들이 생산되는 그 장소에서는 이미

---

52  백낙청, 「소설가의 책상, 에쎄이스트의 책상」, 『창작과비평』, 2004년 여름호; 김명인, 「민족문학론과 90년대 이후의 한국소설」, 『창작과비평』, 2004년 가을호; 김영찬, 「한국문학의 증상들 혹은 리얼리즘이라는 독법」, 『비평극장의 유령들』, 창비, 2006; 김형중, 「민족문학의 결여, 리얼리즘의 결여」, 『변장한 유토피아』, 랜덤하우스중앙, 2006.

53  김영찬, 위의 글, 27쪽.

54  김영찬, 위와 동일함.

55  좀 더 멀게는 신두원의 배수아론도 그러한 강박과 무관하지 않을 수 없을 것이다. 신두원, 「배수아 소설의 몇 가지 낯설고 불안한 매력」, 앞의 책.

'리얼리즘'과 '모더니즘'이 회통의 경지에 이른 것이다."[56] 그 범례가 통상의 모더니즘을 초월한 이상(李箱)[57]이나 김수영이라는 점도 눈길을 끌지만, 결국 '작품'이 모든 문제의 해답이라는 논평은 한편으로는 문학 본연의 문제의식과 맞닿아 있기에 수긍할 만하면서도, 다른 한편으로는 해석적 봉인이 풀리지 못한, 즉 여전히 '해금되지 않은' 텍스트들이 존재한다는 의미로도 들린다. 이는 해금 이후의 학술장의 변동을 역사화하는 또 하나의 시각일 수 있다. 모더니즘의 재발견과 미적 근대성론의 요동에도 불구하고 진정한 민족문학=리얼리즘의 비의는 아직 익명의 텍스트 어딘가에 봉인되어 있는 셈이다. 이 회통론의 마지막 장이 하필 "1989년의 의미"를 재음미하는 내용으로 귀결되는 것은 이러한 역사적 감각과 무관하지 않아 보인다.[58]

1989년이 아닌 그로부터 십여 년이 경과한 1990년대 후반의 시점에서 다시 돌이켜 보면, '해금'이란 단순히 월납북 작가와 그들 금서의 해방이라기보다 민족주의, 리얼리즘, 역사주의에 대한 담론적 금기의 해체를 의미하는지도 모른다. 이로 인해 1990년대 후반 이후 미적 근대성으로 대표되는, 한국사회에 잠재된 또 다른 모더니티의 탐색

---

56    최원식, 「'리얼리즘'과 '모더니즘'의 회통」, 『문학의 귀환』, 창비, 2001., 58쪽.

57    최원식, 「서울, 東京, New York」, 위의 책.

58    이 글의 마지막 단락: "요컨대 리얼리즘과 모더니즘의 대립은 현재 우리가 직면하고 있는 근대자본주의를 어떻게 살아내는가, 이 문제로 수렴된다. 한국사회에서 근대는 여전히 성취되어야 할 그 무엇이며 동시에 극복되지 않으면 우리의 생활세계 전체가 파국을 면치 못한 그 무엇이기도 하다. 근대의 이중성에 어떻게 직면할 것인가? '리얼리즘'과 '모더니즘'의 회통은 이중과제의 해결을 향해 나아갈 내 미숙한 정신의 일차적 거처다. 이 거처를 바탕으로 낡은 사회주의의 붕괴와 브레이크 없는 자본의 질주를 가로질러 창조적인 우리식 어법을 탐색하는 것이야말로 1989년의 의미를 되새기는 긴 여론의 첫걸음일 것이다." 최원식, 「'리얼리즘'과 '모더니즘'의 회통」, 『문학의 귀환』, 창비, 2001., 58쪽.

이 첨예한 시대적 과제로 제기되었고 '기원론'과 더불어 탈경계의 '문화연구'가 한국문학의 새로운 가능성으로 부상했다.[59] 그런 의미에서 내발론과 기원론, 리얼리즘과 문화연구 사이의 딜레마는 여전히 유효한 '해금'의 유산이라 할 수 있다.

---

59  90년대 이후의 한국문학 연구에 대한 가장 쟁점적인 검토로는 1990년대 이후를 '문학사'가 불가능한 시대로 논평한 박헌호, 「'문학' '史' 없는 시대의 문학연구」, 『역사비평』 75, 역사비평사, 2006년 여름호 참조. 최근 기원론과 문화연구 일반에 관한 자기비판적 논의들이 적지 않다. 그 중 식민지 말기 문학연구와 멜랑콜리 문제를 상론한 차승기, 「멜랑콜리와 타자성」, 『비상시의 문/법』 그린비, 2016은 시사적이다.

# 해금 전후 금서의 사회사

## 1. '금단의 족쇄'가 풀리다.

1988년 7월 19일 문화공보부는 월북 후 북한 고위직을 역임한 5
인(홍명희, 이기영, 한설야, 백인준, 조영출)을 제외한 120여 명의 납·월북
작가의 존재를 복권하고 그들의 작품을 간행 유통할 수 있는 '납·월
북작가 해금' 조처를 발표했다. 이 조처로 남한의 법역 안에서 유통되
거나 읽는 것이 금지되었던 납월북작가들의 작품들을 묶었던 족쇄가
풀렸다.[01] 사실 이 조처는 여러 제한을 둔 부분적 해금이었다. 해금은
납월북 이전에 쓴 작품들에 국한되었으며, 납월북 혹은 재북 문인들
이 북한에서 창작한 작품은 여전히 금지되었다. 또한, 해금 조처 이후

---

01    납월북 작가의 작품 판매 금지 조처는 1957년에 내려진 것이 확인된다. 「월북 작가
      작품 출판 판매 금지 문교부에서 지시」, 『동아일보』 1957.3.3.

에도 출판인은 연이어 구속되었고, 책은 압수되었다. [02]

하지만 이러한 여러 한계에도 불구하고 1988년의 '해금' 조처는 기념비적인 사건이었다. 분단 이후 한국 사회에서 북한은 '공포의 심연'이었다. 해금 조처는 접촉만으로도 간첩이 되었던 북한(지식)에 대한 급격한 관심을 불러일으켰다. 해금 조처를 전후하여 "북한 바람"이 불었다. 1988년의 해금 조처 이후 출판사들은 납월북과 무관한 북한 작가들의 작품도 간행했다. 한 언론보도에 따르면, 『민중의 바다』(원제 『피바다』)1, 2권이 일주일 만에 초판 5천질이 매진되고, 두 달만에 1만 5천질이 팔렸다. 도서출판 오월이 출판한 북한의 역사서 『조선통사』도 인문사회과학 베스트셀러 5위에 올랐고, 대학들에는 북한학과가 설치되기 시작했으며, 정주영, 김우중 등이 방북하는 등 남북 경제교류도 시작되었다. [03] 개방과 규제 사이에서 갈팡질팡하던 권력은 1989년의 문익환, 임수경의 방북을 계기로 다시 북한 책과 지식을 금압하기 시작했지만, 한 번 터진 물줄기를 되돌리기는 어려웠다.

1988년의 납월북작가의 해금 조처는 분리되어 있는 단독적인 사건이라기보다는 1980년대 금서를 재조정해가는 일련의 부분 해금의 한 과정이었다. 당국은 책에 대한 통제를 포기할 생각에서가 아니라 이 체계를 유지하기 위한 완화책으로 이러한 조처를 취한 것이었다.

---

02　한 자료에 따르면, 5·6공화국 통치 기간 동안에 구속된 출판인은 110명, 판금·압수된 서적은 1,300여 종에 약 300만부에 이른다. 보복적인 세무사찰을 받고, 등록이 취소되어 원천적으로 출판의 길이 막혀버린 출판사도 11개 사나 되었다. 또한 서점 주인이 불법 연행된 사례는 전두환 정권 하에서만 48건이고, 16명은 구류, 입건 처분은 6명이었다고 한다. (한국출판문화운동동우회, 『한국출판문화운동사:1970년대 말-1990년대 초』, 2007, 4쪽)

03　「다양화사회(2)-금단족쇄 풀리는 북한 바람」, 『동아일보』 1989. 1. 12.

하지만 당국의 의도와 달리 납월북작가의 해금은 결과적으로 권위주의적 권력이 공고하게 구축해 왔던 '금서' 체계 전반에 균열을 냈다.

이러한 까닭에 1988년의 해금 조처는 군사정권 아래 검열과 통제의 금서 체계 전반의 작동 속에서 이해되어야만 한다.[04] 이 해금 조처를 제대로 이해하기 위해서는 전체적인 금서의 규모와 그것이 순차적으로 어떻게 구성되거나 해금되었는가, 그러한 일련의 과정 중에 이 조처는 어떤 의미를 지닌 것인가 등이 해명되어야만 한다. 이 글에서는 향후 '금서' 논의의 참조가 될 수 있도록 해금 전후 '금서'의 사회문화사에 대해 검토해보고자 한다. 먼저 1988년 해금 조처를 전후하여 북한의 책과 지식이 한국 사회에서 어떤 형태로 존재했는가를

---

04  한국 사회에 큰 변화를 가져온 '해금' 30주년인 2018년을 전후하여 그 의미를 조망하는 여러 연구가 제출된 바 있다. 이들 연구들은 해금의 구체적인 실상과 그것이 초래한 효과 등에 대해 중요한 참조가 된다. 이봉범은 7.19 해금 조처의 냉전문화사적 의미를 검토하며 이 조처가 "민족(중)문학론, 분단문학론, 북한문학연구, 근대문학사 서술 등을 촉진, 확대시킨 가운데 문학연구의 새로운 전환을 추동해낸 변곡점으로서의 의의를 갖는다"고 지적했다. (이봉범, 「냉전과 월북, (납)월북 의제의 문화정치」, 『역사문제연구』 37, 역사문제연구소, 2017, 238쪽) 이철호도 해금 조처가 1990년대 한국문학과 지식장에서 내재적발전론과의 단절, 모더니즘으로의 확장, 미적 근대성에 대한 새로운 인식 등의 효과를 초래했음을 논증하고 있다. (이철호, 「해금 이후 90년대 학술장의 변동-근대성 담론의 전유와 그 궤적」, 『구보학보』 19, 구보학회, 2018.) 해금된 납월북작가의 작품집 출판의 전체상을 재구성한 장문석, 「월북작가의 해금과 작품집 출판」(1), 『구보학회』 19, 구보학회, 2018. 등도 특별히 주목할 연구라고 할 수 있다. 이들 논문 외에도 2018년 8월 17일-18일 양일간 성균관대학교에서 있었던 해금 30주년 기념 학술회의인 〈증오와 냉전 의식의 험로를 넘어 다시 평화 교류의 길로〉에서 해금의 의미와 구체적인 실상을 검토한 10여편의 논문들이 발표되었다. 또한 구보학회에서도 〈해금 30년, 문학장의 변동〉(서울여자대학교, 2018년 4월 21일) 학술회의를 통해 해금의 의미를 검토했다. 이들 연구들의 빼어난 성과에도 불구하고 해금에 대한 최근의 선행연구들이 검열과 통제의 영역을 납월북작가, 나아가 북한(지식)에 제한하고 있는 점을 보완하고자 본 연구가 출발했음을 밝혀둔다.

간단히 짚어 보고, 이어서 1980년대 금서의 전체상을 재구성할 것이다. 이러한 검토를 통해 1980년대 민주화운동과 금서가 맺고 있는 이른바 '책과 혁명'의 관계에 대해서도 지금까지와는 다른 관점에서의 해석을 시험해 볼 것이다.

## 2. 북한 책(지식)의 존재 방식

전체 금서 체계 안에서 북한 책(지식)의 존재 방식과 그 위상에 대해서 간략히 짚어 보자. 여러 자료를 검토해 봤지만, 해금 이전까지의 금서 목록에서 북한 책은 존재하지 않는다.[05] 당국의 승인을 받고 북한 지식을 취급하고 생산했던 고려대 아세아문제연구소 등의 극히 예외적인 경우를 제외하고, 북한에서 생산된 지식이나 책은 따로 금서로 묶을 필요도 없이 그 자체로 금지의 대상이었다. 북한에 관한 지식의 경우에도 그것이 북한 정권에 대한 비판서일지라도 금서로 묶였다. '납월북작가 해금' 조처 한 해 전인 1987년 10월 21일 문공부는 '출판활성화조치'로 선별적 해금을 시행했다. 당시 신문들은 이들 해금 도서 중에서 『북한 김일성 왕조 비사』(林隱), 『백두산 이야기』(공탁호) 등 북한체제에 대한 비판서가 해금된 사실을 크게 보도했다.[06] 앞의 책은 모스크바에 유학 중 망명한 허웅배가 임은(林隱)이라는 필

---

05 　문공부의 대외비 문제도서목록(1983)에서 월북 지식인으로 북한 교육상을 지낸 백남운의 『조선사회경제사』와 전석담 등의 『일제하의 조선사회경제사』를 확인할 수 있다. 그렇지만, 이 책들은 북한에서 출간된 것이 아니다. 백남운의 저작은 식민지 시기에 출간된 책이며, 전석담의 책은 이기수, 김한주 등과의 공저로 1947년 조선금융조합연합회에서 간행된 것이다.

06 　「시류 따른 선별해금 사회과학 분야에 숨통」, 『매일경제』 1987. 10. 21.

명으로 일본 지유샤(自由社)에서 출간한 『北朝鮮王朝成立秘史:金日成正傳』의 한글 번역본이다. 이 책은 과장된 보천보전투와 조국광복회의 실상, 김일성 전설의 공백기인 동북항일연군 교도려(이른바 제88특별여단) 시절 이야기, 해방 전 만주의 동북항일연군 조선공산주의자들의 활약상, 한국전쟁 발발의 진상, 김일성의 정적 숙청 과정, 주체사상의 반공산주의적 성격 등을 중심으로 김일성 우상화를 비판하고 있다. 김일성에 대해 격렬히 비판했지만, 항일 혁명가로서의 김일성의 면모를 부분적으로 인정하고 있었기 때문에 금서로 묶였다.[07]

김일성에 대한 비판서도 금서가 되는 상황에서 북한에서 생산된 책과의 직접적인 접촉은 곧 '간첩됨'을 의미했다. 1970-80년대 간첩 사건들에서 북한 책(지식)과의 접촉이 의미하는 것이 무엇인가를 확인할 수 있다. 1985년 12월 10일 『동아일보』의 「횡설수설」에서는 연세대 사학과 4학년 휴학 중인 이나바 유다카라는 일본인 유학생 간첩을 검거한 사건의 경위가 서술되어 있다. 기사에 따르면, 이나바는 조총련 산하의 어학 서클에서 한국말을 배우다 북한 공작원에 포섭되어 한국의 학원에 침투, 지하망을 구축하라는 지령을 받고 입국하여 국내 학생들을 포섭하고 학원 동향을 수집하여 지도원에게 보고했다. 이 과정에서 그는 북한의 『조선전사』, 『근대조선력사』 등의 북한 역사서를 반입하여 학생들에게 전파했다.[08]

---

07  임은의 『북한 김일성 왕조 비사』의 저자 및 출간에 관해서는 정종현, 「혈연을 넘어선 이상의 형제들:모스크바 8진 형제」, 『특별한 형제들』, 휴머니스트, 2021을 참조할 것.

08  '민청학련' 사건 당시에도 재일조총련과 연결된 일본공산당원 하야까와 요시하루(早川嘉春) 등 일본인 2명이 배후 주동 인물로 거론되고 있다. (「민청학련, 노농정권 수립 기도」, 『조선일보』 1974. 4. 26.)

또 다른 사례를 보자. 『경향신문』 1985년 9월 9일자 「유학생 간첩단 사건 전모」에서는 1980년대 운동권 학생들의 의식화 과정에 작동한 북한의 책과 선전물의 역할을 강조하고 있다. 당국의 발표를 따라가며 이들의 '의식화'[09] 과정을 간추리면 다음과 같다. 양동화, 김성만, 황대권 등은 부유한 가정에서 자라나 대학 재학부터 좌경 의식화 서클을 조직하여 각종 학원 시위를 주도하다가 폭력혁명이론 공부 및 해외운동권과의 연결 목적으로 성적표를 위조하여 미국 웨스턴 일리노이 대학에 유학한다. 1982년 8월부터 이 대학의 도서관 등에서 북한 및 공산주의서적, 『노동신문』을 학습하고 매주 정기적으로 회합하여 사상학습을 한 후 한반도의 불행이 자본주의 체제와 통일을 방해하는 미국의 신식민지 지배에 기인한다고 결론지었다.

이후 이들은 유학생이라는 특권적 계급의식을 극복하기 위해 웨스턴 일리노이 대학을 자퇴한 다음 뉴욕으로 집단 이주하여 콜롬비아 대학 도서관 등지에서 『김일성 주체사상』, 『조선전사』 등과 각국의 혁명 서적 등을 탐독하며 사상무장을 했다고 적고 있다. 이들은 뉴욕의 『해외한민보』 발행인이자 '재미 북괴 공작책'인 서정균을 통해 30여 권의 북한 책자와 <조선의 별> 등 50여 편의 북한 선전 비디오를 통해 의식화되었다. 이후 북한에 입국하여 노동당에 입당한 후, 한국

---

09 냉전 시대 독재 권력은 청년들이 가지고 있었던 현실에 대한 비판적 인식을 '의식화'에 의한 세뇌의 결과로 선전했다. 알다시피 이 말은 파울로 프레이리를 비롯한 남미의 민중교육론자들이 사용하면서 유명해졌다. '의식화'는 무개념의 상태에 머물지 말고 세계와 자신에 대해서 자기의식을 지닌 존재가 되어 지배 이데올로기에 찌든 교사와 부모의 영향에서 벗어나 주체적인 모험에 나선다는 뜻이다. 공안세력과 극우언론은 이러한 말의 원래 뜻을 공산주의적 '세뇌'와 관련시키며 공포의 어휘로 바꾸었다. 사회 현실에 대한 비판적 인식을 지닌 다양한 책들이 '의식화'의 레테르가 붙어 '금서'가 되었다.

에 돌아와 삼민투(三民鬪) 조직 등을 지도하는 '간첩'이 되었다고 설명하고 있다.[10]

위의 두 사례는 공안 당국의 조사 발표를 토대로 간첩 사건에서 북한 책이 한 역할을 간추린 것이다. 이를 통해 북한 지식이 한국 사회에서 유통되는 한 방식을 유추할 수 있다. 일본과 미국 등 북한(지식)과의 접촉이 비교적 자유로웠던 해외를 매개로 하여 금단의 책과 지식이 남한 사회에 들어올 수 있었다. 박정희 시대의 '동백림 사건'은 그 원형이라고 할 수 있을 것이다.

1988년 해금을 전후하여 출간된 북한방문기들은 이러한 상황을 요약적으로 보여준다. 1993년에 간행된 황석영의 『사람이 살고 있었네』 이전에 이미 북한이 뿔 달린 괴물이 아닌 "사람이 살고 있는" 곳이라는 사실을 전하는 북한 방문기들이 출간되었다. 그 대부분은 해외에 살고 있던 재외 한인들이 고향인 북한과 그곳의 가족들을 방문하며 접한 당대 북한의 실상을 전하는 여행기들이다.

『경향신문』 1988년 9월 8일자 기사 「출판계 휩쓰는 북한 붐」은 10개 출판사 8개종의 북한여행기를 소개하고 있다. 1986년에 출간된 양성철·박한식 편저의 『북한기행』, 국가보안법 위반으로 고발된 『분단을 뛰어넘어』(중원문화사), 평양에서 개최된 한반도 관계 전문학자들의 국제과학토론회에 서독대표단으로 참석한 조명훈의 『북녘일기』(산하출판사), 미국 산호세 한인천주교회 고마태오 신부의 『아, 조국과

---

10 이상의 내용은 공안당국의 발표를 그대로 보도한 당시 신문의 서사를 정리한 것일 뿐, 이 사건의 실체적 진실과는 무관한 것임을 밝혀둔다. 이들 중 황대권은 장기수로 감옥에서 수감 중에 키운 야생초 체험담을 서간집으로 꾸려 베스트셀러가 된 『야생초편지』의 저자로 잘 알려져 있다.

민족은 하나인데』, 소설가 심훈의 아들 심재호가 그 어머니와 함께 북의 맏형을 만나고 쓴 『87, 88 북한기행』, 로스앤젤레스의 홍동근 목사의 기행문 『미완의 기행일기』, 그리고 독일작가 루이제 린저의 북한기행기인 『또 하나의 조국』(공동체) 등이다. 모두가 해외 체류 한인들 혹은 외국인의 북한방문기이다.

이들 여행기 중에서 『분단을 뛰어넘어』[11]를 살펴보자. 이 책의 필자들은 미국과 캐나다에서 의사, 종교인, 학자, 기자 등 전문직에 종사하는 해외 교포들이다. 이들은 실향민들로 고향인 북한을 방문하여 부모 형제를 상봉하고, 그곳의 상황과 감회를 전달하고 있다. 1부는 이산가족의 아픔과 만남의 기쁨을 다룬 글, 2부는 북한 사회의 이모저모를 전하는 기행문, 3부는 방문의 체험을 바탕으로 민족의 장래를 모색하는 글들로 구성되었다. 1984년 미국의 '고려연구소'에서 한글로 간행된 후 국내에서도 복사본의 형태로 읽혔다.

북한이 단점도 있지만 그 나름의 장점도 가지고 있는 사람 사는 사회라는 이 책의 여러 구절들은 NL계열의 운동권 학생들에게 북한이 사회주의가 실현된 자주적이고 윤리적인 국가라는 주장의 근거로 발췌 활용되었다. 1987년 연세대 총학생회 교육부장 이병광은 이 책의 복사본을 읽고 총학생회 명의로 "평양시내에는 무장한 경찰이나 파출소 같은 것이 전혀 눈에 띄지 않았다.' '우리는 모두 친형제'라는 구호 아래 '인간평등사회를 건설하고 개인의 이익과 사회의 이익을 일치시키려는 노력이 보였다.' '북한은 자본주의 사회의 실업 빈부격차 상대적 빈곤 불량청소년과 범죄 노임문제 노사문제 성적 및 신

---

11    양은식·김동수외 지음, 『북한방문기(1)-분단을 뛰어넘어』, 도서출판 중원문화, 1988.

분상의 차별 문화적 부패가 없는 나라"라는 문장으로 구성된 대자보를 붙였다. 또한, "'북한은 여성들이 가정일에서 해방돼 사회에 진출할 온갖 조건을 보장하고 있다'며 '평양은 청결하고 아름다운 공원 속의 도시'"라고도 적었다.[12] 공안 당국은 대자보 등을 통해 전파되는 이 책의 내용에 위기감을 느꼈던 것으로 보인다. 1987년에 이 책을 출판 배포하려한 예림기획 대표 정병국, 지평 대표 김영식 등이 구속 기소되었고, 1988년에 이 책을 출판한 한울기획의 김종수 등이 구속되었다. 책은 출판되자마자 시판 금지 되었다.

대표적인 친북 작가였던 루이제 린저의 북한 기행문도 이즈음 출판되었다. 루이제 린저는 1970년대 중반 이후 남북한과 관련한 5권의 책을 썼다. 1975년 한국을 방문한 체험을 바탕으로 비판적인 입장에서 쓴 『고래싸움』(1976), 동백림 사건으로 고초를 겪은 윤이상과의 대담을 엮은 『상처받은 용-한 음악가의 생애와 작업』(1977), 『전쟁유희』(1978), 사회비평일기 『전쟁장난감』(1980), 북한 방문기인 『또 하나의 조국』(1981) 등을 썼다. 한국에 대한 비판적 입장과 북한에 대한 긍정적 인식을 드러낸 그녀의 책들은 남한 사회에는 거의 소개되기 어려웠다. 이 저작들 중에서 『전쟁장난감』과 『또 하나의 조국』이 1988년에 번역 출간되었다.

『전쟁장난감』은 1972년부터 1978년까지 쓴 일기를 모은 사회비평서로, 한국, 칠레, 아르헨티나 등의 정치상황에 대한 비평 등이 담겨있으며, 1970년대 유신체제에 대한 비판과 함석헌, 안병무, 김지하와 만난 기록 등이 실려 있다. 『또 하나의 조국』은 1980년 봄에 3주 동

---

12 「북한찬양 대자보 붙인 연대학생회 간부 수배」, 『동아일보』 1987.11.5.

안 방문한 북한의 인상을 일기 형식으로 쓴 책이다. 특히 이 북한 방문기는 출판되자마자 필화사건에 연루되었다. 이 책을 읽고 교내학보에 독후감을 쓴 부산대의 안상연이 국보법 위반으로 구속되고 『또 하나의 조국』은 판금된다. 당국이 밝힌 안상연의 구속사유는 "북한을 미화 찬양 고무"한 루이제 린저 책의 독후감을 통해 북한 주체사상을 찬양했다는 혐의였다.

이처럼 해금 전후 북한을 사람이 사는 공간으로 소개하며 한국 사회에 새로운 북한상을 제공하는 여행기들이 쏟아졌고, 당국은 이들을 금서로 지정하면서 북한에 대한 지식을 지속적으로 통제하고자 시도했다.


## 3. 1980년대 '금서' 목록의 재구성

1988년 납월북 작가의 해금은 그 상징적 의미가 크지만, 엄밀하게 말하자면 납·월북 작가와 그 작품들에 국한된 해금이었다. 따라서 금서의 전체상을 이해하기 위해서는 전체 금서의 목록과 그 작동 체계를 살펴야만 한다. 이를 위해서는 금서 전반을 관할했던 문화공보부 등 정부 아카이브의 조사가 필수적이지만, 당장은 어려운 일이다. 실제로 가능한 방법은 1980년대 신문 자료, 민주화운동기념사업회의 관련 자료 등을 수합하여 금서 목록의 조각들을 맞추어 가는 것이다. 여기서는 제5공화국 시절 금서들이 부분 해제되는 과정을 따라가며, 해제가 발표된 목록과 미해제된 채 여전히 남아 있는 목록 등을 정리하면서 금서의 전체 목록을 재구성하는 작업을 진행해 보고자 한다.

해금은 어느 한 순간에 이루어진 것이 아니다. 1980년대 군사정권과 시민사회의 힘의 관계 속에서 부분적인 해제와 억압의 강화가 교차 반복되며 금서 목록들은 변천을 겪어왔다. 납월북 작가 해금의 경우만 보더라도 1988년 7·19조처에 이르기까지 대략 3단계의 부분 해금 조치가 있었다. 첫째, 1976년 3월 13일 조치로서 월북 및 재북작가 작품의 문학사적 연구를 순수 학문연구의 차원에서 용인했다. 이 조치로 1977년부터 78년까지 2년 동안 통일원 도서관에 비치된 북한 자료를 토대로 총 7개 분야에 걸쳐 연구 프로젝트가 진행되고 보고서가 제출되었다.[13] 둘째, 1987년 10월 19일 조치로 순수연구 결과물의 상업출판을 허용했다. 이를 통해 정지용 연구, 기타 월북 작가에 관한 연구(論)의 상업적 출판길이 열렸다. 셋째, 1988년 3월 31일 조치로 정지용, 김기림의 작품 자체를 해금한 것이었다. 이러한 과정을 거쳐서 7·19조처가 나올 수 있었다.

이제부터 5공화국 시절 금서 목록 전체에 대한 '해금' 조치들을 순차별로 살펴보자. 1982년 2월에 이념서적 금서조치 해제 조처가 있었다. 이 조처로 '칼 마르크스'의 사상적 배경을 탐색하는 영국의 학술원장 이사야 벌린의 저서 『칼 마르크스, 그의 생애 그의 시대』 번역본이 문공부의 납본필증을 받아 시판되었다. 당시 언론들은 이 조처를 '통행금지해제', '교복자율화'에 이은 제3의 해금으로 평가했다.[14] 마르크스의 저서가 아니라 그에 대한 연구서 출판의 허가에 불과했지만, 당시 저널리즘의 반응을 보면 그것이 주는 상징적 효과는 컸던

---

13  당시 연구 프로젝트의 분야 및 그 담당자는 총론(이은상), 시(구상), 소설(홍기삼), 희곡(신상웅), 평론(김윤식), 아동문학(선우휘), 월북작가론(양태진) 등이었다.

14  「마르크스 생애 연구서적 번역본 35년만에 시판 허용」, 『동아일보』 1982.2.20.

듯하다. 1980년대 초반에는 이 조처 이외의 부분 해금의 기록이 없기 때문에 신문지상에서 금서 목록을 확인하기 어렵다. 대신에 1983년 11월 30일 현재 '문제성 도서목록' 213종을 적시한 문화공보부의 대외비 문서가 남아 있다.

[표 1] 문화공보부 대외비 문서 문제성도서목록(국내)[15]　　'83. 11. 30 현재

| 일련 번호 | 도서명 | 저자 및 역자 | 출판사명 | 발행일 | 비고 |
|---|---|---|---|---|---|
| 1 | 가격과 빈곤 | 조영건 역 | 참한 출판사 | 83.6.15 | |
| 2 | 가난한 자에게 복음을 | 김지명 역 | 대화 | 79.11.20 | 계엄사 |
| 3 | 가노라 삼각산아 | 김동길 | 정우사 | 77.9.7 | 긴급조치 |
| 4 | 갇힌 자유 | 정연희 | 삼익 | 74.12.30 | 긴급조치 |
| 5 | 겨울공화국 | 양성우 | 화다 | 77.8.30 | 긴급조치 |
| 6 | 경제분석입문 | 富塚良三 | 한울 | 82.1.25 | 복사판 |
| 7 | 경제분석입문 | 편집부 역 | 형성사 | 82.12.5 | |
| 8 | 경제사강의 | 웅강양일 | 한울 | 82.11.30 | 복사판 |
| 9 | 경제사입문 | 근등철생 | 한울 | 82.2.15 | 복사판 |
| 10 | 경제성장과 후진국 | 유임수 역 | 학문과 사상사 | 82.10.28 | |
| 11 | 경제학개론 | 안병직 등역 | 풀빛 | 83.4.30 | |
| 12 | 경제학의 기초이론 | 편집부 역 | 백산서당 | 83.6.20 | |
| 13 | 고여있는 시와 움직이는 시 | 조태일 | 전예원 | 81.4.20 | 계엄사 |
| 14 | 고향산천 | 심상운 | 시문학사 | 81.5.15 | |

---

15　이 자료는 민주화운동기념사업회 오픈아카이브에서 검색 가능하다.

| 15 | 공동체의 기초이론 | 대충무웅 | 한울 | 82.2.2 | 복사판 |
|---|---|---|---|---|---|
| 16 | 공동체의 기초이론 | 이영훈 역 | 돌베개 | 82.2.25 | |
| 17 | 국제무역론 | 함건식 | 기린<br>문화사 | 83.5.25 | |
| 18 | 국토 | 조태일 | 창작과<br>비평사 | 75.5.25 | 계엄사 |
| 19 | 그리스도의 봄이 되어 | 박종화 역 | 기독교<br>서회 | 79.11.18 | 계엄사 |
| 20 | 근대과학과 아나키즘<br>상부상조론 | 하기락 역 | 형설<br>출판사 | 82.12.25 | |
| 21 | 근대조선의 변혁사상 | 강재언 | 한울 | 81.11.5 | 복사판 |
| 22 | 근대혁명사론 | 김현일 역 | 풀빛 | 83.7.30 | |
| 23 | 근로자의 벗 | 이태호 | 일월서각 | 82.10.5 | |
| 24 | 길을 묻는 그대에게 | 김동길 | 삼민사 | 78.10.1 | |
| 25 | 나를 찾으시오 | 전미카엘 | 새벽 | 81.12.30 | |
| 26 | 나와 제 3, 4공화국 | 박상진 | 한진<br>출판사 | 82.11.16 | |
| 27 | 내가 걷는 70년대 | 김대중 | 범우사 | 80.3.26 | |
| 28 | 노동의 역사 | 편집부 역 | 광민사 | 80.4.25 | |
| 29 | 노동의 철학 | 편집부 역 | 광민사 | 81.3.10 | |
| 30 | 노동자의 길잡이 | 전미카엘 | 카톨릭<br>출판사 | 77.7.29 | |
| 31 | 농업경제학개론 | 신대섭 역 | 청사 | 83.7.10 | |
| 32 | 농업사회의 구조와 변동 | 김대웅 역 | 백산서당 | 83.1.5 | |
| 33 | 누구는 누구만 못해서<br>못하나 | 이문구 | 시인사 | 80.11.25 | 82.12.2 이<br>후 발행분<br>은 가<br>(계엄사) |
| 34 | 다시하는 강의 | 한완상 외 | 새밭 | 81.6.30 | 계엄사 |

| 35 | 땅의 연가 | 문병란 | 창작과<br>비평사 | 81.5.30 | |
|---|---|---|---|---|---|
| 36 | 대변인 | 박권흠 | 한섬사 | 80.5.17 | 계엄사 |
| 37 | 대설 남 | 김지하 | 창작과<br>비평사 | 82.12.25 | |
| 38 | 대중사회와 인간문제 | 편집부 역 | 풀빛 | 83.1.31 | |
| 39 | 대지의 저주받은 자들 | 박종열 역 | 광민사 | 79.4.10 | |
| 40 | 도이취 이데오로기<br>경제학·철학수고 | 하기락 역 | 형설<br>출판사 | 82.12.25 | |
| 41 | 독립운동사연구 | 박성수 | 창작과<br>비평사 | 80.3.11 | |
| 42 | 독일노동운동사 | 편집부 역 | 광민사 | 81.1.25 | |
| 43 | 동지를 위하여 | 김명식 역 | 형성사 | 83.3.20 | |
| 44 | The Theory of<br>Communism | G.H.<br>Hanopsch | 진흥<br>문화사 | 83.3.25 | 복사판 |
| 45 | 러시아사상사(1617-1967) | 편집부 역 | 종로서적 | 83.3.22 | |
| 46 | 마르크스냐 샤르트르냐 | 박성수 역 | 인간 | 83.5.20 | |
| 47 | 마르크스주의와 예술 | 오병남 외<br>역 | 서광사 | 83.7.31 | |
| 48 | 마르크시즘 수정의 시비 | 정만교 역 | 형설<br>출판사 | 82.12.25 | |
| 49 | 마음의 주름<br>(Wrinkless in the Heart) | 전미카엘 | 새벽 | 83.2.25 | 영문판 |
| 50 | 말씀이 우리와 함께 | 성염 역 | 분도<br>출판사 | 81.8.9 | |
| 51 | 말할 때와 침묵할 때 | 장기천 | 형성사 | 82.10.20 | |
| 52 | 막벌이꾼의 수기 | 채신웅 | 관동<br>출판사 | 79.11.20 | 계엄사 |
| 53 | 명치유신 | 원산무수 | 한울 | 82.10.12 | 복사판 |
| 54 | 모순의 화 | 모택동 | 미상 | 미상 | 원서 |

| 55 | 목소리 | 김경수 | 현대<br>문학사 | 75.4.5 | 긴급조치 |
|---|---|---|---|---|---|
| 56 | 미국속의 한국인들 | 방무성 | 교학사 | 81.2.20 | |
| 57 | 미테랑 | 최현 역 | 범우사 | 82.1.30 | |
| 58 | 민족경제론 | 박현채 | 한길사 | 78.3.25 | 80.3.20 이<br>후 발행분<br>은 가 |
| 59 | 민주복지국가건설의 길 | 박춘배 | 수상계사 | 82.4.16 | |
| 60 | 민주역정의 길 | 정재원 | 물결 | 80.4.2 | 미상 |
| 61 | 민중사회학 | 한완상 | 종로서적 | 82.2.10 | |
| 62 | 민중시대의 문학 | 염무웅 | 창작과<br>비평사 | 79.4.25 | |
| 63 | 밀경작 | 조기탁 | 삼현<br>출판사 | 75.4.5 | 긴급조치 |
| 64 | 박당시존(樸堂詩存) | 미상 | 사림원 | 80.5.20 | 미상 |
| 65 | 반시 | 권지숙 외 | 한겨레 | 79.6.30 | |
| 66 | 발전도상국연구 | 아시아경제<br>연구소 | 한울 | 81.11.5 | 복사판 |
| 67 | 백두산의 이야기 | 공탁호 | 홍릉과학<br>출판사 | 82.8.25 | 안기부 |
| 68 | 봉건제도에서<br>자본주의로의 전환 | 자동식외 역 | 법문사 | 81.4.30 | |
| 69 | 부끄러운 이야기 | 박찬종 | 일월서각 | 83.8.31 | |
| 70 | 북치는 앉은뱅이 | 양성우 | 창작과<br>비평사 | 80.4.21 | 계엄사 |
| 71 | 북한 김일성 왕조 비사 | 편집부 역 | 한국양서 | 82.4.5 | |
| 72 | 분단전후의 현대사 | 편집부 역 | 일월서각 | 83.2.25 | |
| 73 | 불균형시대의 문제의식 | 한완상 | 일월서각 | 80.3.24 | 계엄사 |
| 74 | 4월 혁명 | 권일영 외 | 청사 | 83.5.20 | |

| 75 | 사육제 | 이광복 | 태창문화사(열쇠) | 80.5.14 | 계엄사 |
|---|---|---|---|---|---|
| 76 | 사회과학강의 | 장명국 역 | 석탑 | 82.11.20 | |
| 77 | 사회과학의 근본문제 | 편집부 역 | 백산서당 | 82.7.30 | |
| 78 | 사회사상사개론 | 김수길 역 | 형설출판사 청사 | 83.1.30 83.1.30 | |
| 79 | 사회운동이념사 | 장일조 | 전망사 | 79.10.25 | 계엄사 |
| 80 | 사회정의와 도시 | 최병두 역 | 종로서적 | 83.4.20 | |
| 81 | 새끼를 꼬면서 | 김창완 | 평민사 | 80.6.4 | 계엄사 |
| 82 | 새로운 사회학 | 김동식외 역 | 돌베개 | 79.9.20 | |
| 83 | 새로운 사회학의 이해 | 남춘호 역 | 나남 | 83.9.25 | |
| 84 | 산업선교를 왜 문제시하는가 | 한완상 | 기독교교회협의회 | 78.8.1 | 긴급조치 |
| 85 | 서울로 가는 길 | 송효순 | 형성사 | 82.8.5 | |
| 86 | 세계경제의 구조 | 최민 역 | 기린문화사 | 83.3.15 | |
| 87 | 세계경제입문 | 편집부 역 | 거름 | 83.3.1 | |
| 88 | 세계통일과 한국 | 홍경희 | 조형 | 82.3.20 | |
| 89 | 세상에 열린 신앙 | 장익 역 | 분도출판사 | 77.12.15 | |
| 90 | 소유란 무엇인가 | 박영환 역 | 형설출판사 | 82.12.25 | |
| 91 | 속물시대 | 신석상 | 관동출판사 | 75.1.10 | 계엄사 |
| 92 | 송기준 연설문 | 송기준 | 한얼출판사 | 80.8.25 | 계엄사 |
| 93 | 순이삼촌 | 현기영 | 창작과비평사 | 77.11.15 | 미상 |
| 94 | 시민이 나의 친구다 | 이순기 | 관동출판사 | 80.6.19 | 계엄사 |

| 95 | 시집 "타는 목마름으로" | 김지하 | 창작과 비평사 | 82.6.5 | |
|---|---|---|---|---|---|
| 96 | 시편 명상 | 김정준 | 기독교 서회 | 80.5.10 | 계엄사 |
| 97 | 신과 국가 반 마르크스 | 하기락 역 | 형설 출판사 | 82.12.25 | |
| 98 | 신동엽 전집 | 신동엽 | 창작과 비평사 | 75.6.5 | 계엄사 |
| 99 | 실존과 혁명 | 김영숙 역 | 한울 | 83.7.20 | |
| 100 | 실천론 | 모택동 | 미상 | 미상 | 원서 |
| 101 | 아시아인의 심성과 신학 (상) | 성염 역 | 분도 출판사 | 82.9.30 | |
| 102 | 아시아인의 심성과 신학 (하) | 성염 역 | 분도 출판사 | 82.9.30 | |
| 103 | 아시아의 농촌과 공업화 현실 | 편집부 역 | 백산서당 | 83.3.20 | |
| 104 | 암파 경제학사전 | 도류중인 | 한울 | 81.3.5 | 복사판 |
| 105 | 야간폭격과 새 | 이철범 | 동서 문화사 | 79.9.20 | |
| 106 | 어느 청년노동자의 삶과 죽음 | 전태일 기념관 건립위원회 | 돌베개 | 83.6.20 | |
| 107 | 억압과 자유 | 곽선숙 역 | 일월서각 | 80.7.5 | |
| 108 | A교수엣세이 21장 | 안병욱 | 삼육 출판사 | 74.12.15 | |
| 109 | 여성해방사상의 흐름 | 김희은 역 | 백산서당 | 83.5.30 | |
| 110 | 여성 해방의 논리 | 이형랑 역 | 광민사 | 80.3.7 | |
| 111 | 여성해방의 이론체계 | 신인령 역 | 풀빛 | 83.4.15 | |
| 112 | 역사상 제구성의 과제 | 유방직길 | 한울 | 82.10.12 | 복사판 |
| 113 | 예술과 해방 | 박종렬 역 | 풀빛 | 82.11.25 | |

| 114 | 오늘의 행동신학 | 주재용 역 | 한국기독<br>교협의회 | 82.7.1 | |
|---|---|---|---|---|---|
| 115 | 왜 김영삼이냐 | 이병주 | 신태양사 | 80.5.16 | 계엄사 |
| 116 | 우리의 가을은 끝나지<br>않았다 | 김정길 | 효식<br>우림 | 78.9.30<br>81.5.28 | |
| 117 | 우상과 이성 | 이영희 | 한길사 | 77.10.20 | 80.3.10이<br>후 발행분<br>은 가 |
| 118 | 위대한 거부 | 유효종 역 | 광민사 | 79.4.30 | |
| 119 | 유럽노동운동사 | 신금호 역 | 석탑 | 83.4.5 | |
| 120 | 유배지 | 미상 | 성광<br>문화사 | 80.5.20 | 계엄사 |
| 121 | 유한계급론 | 정수용 역 | 광민사 | 80.4.25 | |
| 122 | 응달에 피는 꽃 | 이철수 | 분도<br>출판사 | 82.7.28 | |
| 123 | 이 상투를 보라 | 김경수 | 선경도서<br>출판사 | 77.4.29 | 긴급조치 |
| 124 | 이성과 혁명 | 김종호 역 | 박영사 | 63.8.25 | 관계기관 |
| 125 | 이 시대에 부는 바람 | 한완상 외 | 태양<br>문화사 | 80.6.10 | 계엄사 |
| 126 | 이조사회 경제사연구 | 이복민 | 미상 | 미상 | |
| 127 | 인간없는 학교 | 강석원 역 | 한마당<br>돌베개 | 79.5.5<br>80.4.4 | 계엄사 |
| 128 | 인간이상향(초판) | 정철 | 신기원사 | 80.11.23 | 계엄사 |
| 129 | 인간회복 | 안림 | 시사엠플<br>로이멘트<br>뉴스센타 | 81.4.20 | |
| 130 | 인동덩굴 | 정을병 | 세광공사 | 80.5.20 | 계엄사 |
| 131 | 일본제국주의 정신사 | 강정중 역 | 한벗 | 82.10.20 | |
| 132 | 일제하의<br>조선경제사회사 | 전석담 | 미상 | 미상 | 관계기관 |

| 133 | 일하는 사람을 위한 경제지식 | 편집부 | 한밭 | 83.2.25 | |
|---|---|---|---|---|---|
| 134 | 임을 위한 행진곡 | 한국기독교 청년협의회 편 | 한국기독 교교회협 의회 | 83.7.30 | |
| 135 | 자본론 | 전석담 역 | 서울 | 미상 | |
| 136 | 자본주의 발전 연구 | 이선근 역 | 광민사 | 80.12.20 | |
| 137 | 자본주의 이행논쟁 | 김대환 역 | 광민사 | 80.9.20 | |
| 138 | 자유와 진보를 위하여 | 박종렬 역 | 풀빛 | 82.8.10 | |
| 139 | 자주고름 입에 물고 옥색치마 휘날리며 | 백기완 | 시인사 | 79.5.10 | |
| 140 | 쟝글 | 채광석 역 | 광민사 | 79.4.30 | |
| 141 | JP와 HR | 이영석 | 원음 출판사 | 83.3.7 | |
| 142 | 전세계 인민해방전선의 전개 | 하기락 역 | 형설 출판사 | 82.12.25 | |
| 143 | 전쟁과 평화의 연구 | 김홍철 | 박영사 | 77.4.10 | |
| 144 | 전환시대의 논리 | 이영희 | 창작과 비평사 | 74.6.5 (79.3.30) | |
| 145 | 정치의 현장 | 박권흠 | 백양 출판사 | 82.12.10 | |
| 146 | 제국주의 시대 | 김기정 역 | 풀빛 | 82.7.15 | |
| 147 | 제3공화국 사람들 | 김영 | 백미사 | 82.2.20 | |
| 148 | 제3세계와 경제구조 | 조용범 역 | 풀빛 | 81.7.25 | |
| 149 | 제3세계와 인권운동 | 안재웅 역 | 풀빛 | 77.7.26 | |
| 150 | 제3세계의 생산양식 | 김홍명 역 | 풀빛 | 82.12.25 | |
| 151 | 조국과 함께 민족과 함께 | 김대중 | 한섬사 | 80.3.18 | 계엄사 |
| 152 | 조선경제사 | 전석담 | 미상 | 81.10.31 | 관계기관 |
| 153 | 조선사회경제사 | 백남운 | 미상 | 미상 | |

| 154 | 죽순밭에서 | 문병란 | 한마당 | 79.4.30 | |
| 155 | 죽으면 산다 | 김재춘 | 사상사 | 75.9.1 | 긴급조치 |
| 156 | 중공교육학 | 김동규 역 | 주류 | 83.5.20 | |
| 157 | 중국근대경제사 연구서설 | 배손근 역 | 인간사 | 83.8.30 | |
| 158 | 중국역사 | 주령령 | 사서원 | 81.4 | 복사판 |
| 159 | 지성과 반지성 | 김병익 | 민음사 | 77.3.25 | |
| 160 | 지역단위 농촌개발에 관한 연구 | 박현채 | 민중사 | 83.6.30 | |
| 161 | 청년과 사회변동 | 이주혁 역 | 대한기독 교서회 | 79.11.29 | 계엄사 |
| 162 | 청산이 소리쳐 부르거든 | 양성우 | 실천 문학사 | 82.2.20 | |
| 163 | 체제와 민중 | 이무영 | 청사 | 80.5.17 | |
| 164 | Classesin Modern | T.B. Bottomore | 서광사 | 81.11.10 | 복사판 |
| 165 | 크리스챤의 정치적 책임 | 강원용 역 | 대한기독 교서회 | 79.11.23 | 계엄사 |
| 166 | 토지조사 사업관계 논문사 | 궁도박사 | 한울 | 82.10.12 | 복사판 |
| 167 | 8억인과의 대화 | 이영희 역 | 창작과 비평사 | 77.8.25 | |
| 168 | 페다고지 | 성찬성 역 | 한국 천주교평 신도회 | 79.9.25 | |
| 169 | 프랑스노동운동사 | 편집부 역 | 광민사 | 80.11.30 | |
| 170 | 프랑스 혁명 | 전풍자 역 | 종로서적 | 81.7.20 | |
| 171 | 피의 꽃잎(상, 하) | 김종철 역 | 창작과 비평사 | 83.9.10 | |
| 172 | 하나님체험 | 전경연 역 | 한국신학 대출판부 | 82.5.10 | |

| 173 | 한국경제와 농업 | 박현채 | 까치 | 83.2.15 | |
|---|---|---|---|---|---|
| 174 | 한국근대문학과 시대정신 | 권영민 | 문예 출판사 | 83.7.20 | |
| 175 | 한국근대소설 비판 | 김윤식 | 일지사 | 81.3.15 | |
| 176 | 한국노동문제의 구조 | 김윤환 외 | 광민사 | 78.11.25 | |
| 177 | 한국노동운동사 (일제하편) | 김윤환 | 청사 | 82.1.1 | |
| 178 | 한국노동운동사 (해방후편) | 김락중 | 청사 | 82.5.20 | |
| 179 | 한국민족주의의 탐구 | 송건호 | 한길사 | 77.9.26 | 79.11.1 이후 발행분은 가 |
| 180 | 한국외교정책의 이상과 현실 | 이호재 | 법문사 | 80.9.30 | 계엄사 |
| 181 | 한국의 경제 | 미상 | 미상 | 미상 | 미상 |
| 182 | 한국의 문제들 | 허요석 | 인간사 | 75.5.20 | 긴급조치 |
| 183 | 한국의 아이(초) | 황명걸 | 창작과 비평사 | 76.12.26 | |
| 184 | 한국자본주의의 원점 | 조용범 | 법문사 | 76.10.15 | |
| 185 | 한국현대문학비평사 | 김윤식 | 서울대 출판부 | 82.11.10 | |
| 186 | 한국현대사의 재조명 | 김정원 외 | 돌베개 | 82.10.25 | |
| 187 | 한국현대시사자료집성 | 엄형섭 | 태학사 | 82.10.29 | |
| 188 | 한글세대론 | 장동성 | 공학사 | 80.5.27 | 계엄사 |
| 189 | 한반도에서의 군과 정치 | 임용순, 이용호 | 청주대 출판부 | 83.4.25 | 영문판 |
| 190 | 한 아이와 두 어른이 만든 이야기 | 임정남 역 | 새벽사 | 79.9.10 | 긴급조치 |
| 191 | 해방신학 | 성염 역 | 분도 출판사 | 77.6.20 | |

| 192 | 해방전후사의 인식 | 송건호 외 | 한길사 | 79.10.15 | 80.2.1 이후 발행분은 가 |
|---|---|---|---|---|---|
| 193 | 혁명과 만남 | 리차트셀 | 미상 | 미상 | 미상 |
| 194 | 혁명의 사회학 | 성찬성 역 | 한마당 | 81.8.1 | |
| 195 | 혁명의 신학 | 박종화 역 | 대한기독교서회 | 82.7.30 | |
| 196 | 혁명의 연구 | 김현일 역 | 풀빛 | 83.6.30 | |
| 197 | 현대금융자본론 | 신경식 역 | 동녘 | 82.11.15 | |
| 198 | 현대사회의 계층 | 문학과사회연구소 | 청하 | 83.1.31 | |
| 199 | 현대사회주의론 | 사회주의자연맹 | 미상 | 미상 | 미상 |
| 200 | 현대조선사회 | 전석담 외 | 미상 | 미상 | 미상 |
| 201 | 현대철학의 제문제 | 김현일 역 | 형성사 | 83.9.5 | |
| 202 | 황토 | 김지하 | 한얼문고사 | 75.3.15 | 안기부 |
| 203 | 후진자본주의의 전개과정 | 대총구웅 | 한울 | 81.11.5 | 복사판 |
| 204 | Human Societes | Gehard Lenksi | 한울 | 82.10.31 | 복사판 |
| 205 | 휴머니즘 | 편집부 역 | 사계절 | 82.11.15 | |
| 206 | 우리들의 봄은 | 김명식 | 일월서각 | 83.10.10 | |
| 207 | 임금이란 무엇인가 | 편집부 편 | 백산서당 | 83.8.20 | |
| 208 | 제국주의와 혁명 | 송우영 역 | 백산서당 | 83.9.20 | |
| 209 | 대학이란 무엇인가 사회란 무엇인가 | 편집부 역 | 백산서당 | 83.10.20 | |
| 210 | 경제학 원론 | 김무홍 역 | 전예원 | 83.10.15 | |
| 211 | 마르크스의 인간관 | 김창호 역 | 동녘 | 83.11.15 | |
| 212 | 노동경제학 | 조용범 편 | 풀빛 | 83.11.30 | |

| 213 | 시민혁명의 역사구조 | 박준식 역 | 청아 | 83.11.15 | |

[표 1]은 1980년대 초반의 금서 현황을 파악할 수 있는 거의 유일한 문서인 듯하다. '별도의 해제 조치가 있을 때까지' '대외비' 취급이 표시되어 있으며, 50부만 복사되어 관계부처의 담당자들이 공유했던 자료로 추정된다. 비고란에 긴급조치, 계엄사, 안기부, 관계부처 미상, 복사판 등을 병기해서 이 금서가 대략 언제 어떤 부서에 의해서 금서로 지정되었는가도 확인할 수 있다. 이 목록을 당시 금서의 전체라고 단정할 수는 없지만, 1983년 당시까지 확인되는 최대 규모의 금서 목록임에는 분명하다. 이 목록을 기준점 삼아 금서 목록이 어떻게 변화하고 증감하는가에 대해서 그 이후의 다양한 목록들과의 비교를 통해 확인해 보자. 먼저 1985년의 압수목록이다.

[표 2] 압수 수색영장 발부된 서적과 유인물(『동아일보』 1985. 5. 9)

| 일련 번호 | 도서명 | 저자 및 역자 | 출판사명 | 비고 |
|---|---|---|---|---|
| 1 | 가격과 빈곤 | E. K. 헌트(조영건) | 참한출판사 | ○ |
| 2 | 개인과 공동체 | 아그네스 헬러(편집부) | 백산서당 | |
| 3 | 개인과 휴머니즘 | C 샤프(김영숙) | 중원 | |
| 4 | 겨울공화국 | 양성우 | 화다 | ○ |
| 5 | 경제사총론 | 편집부 | 일월서각 | |
| 6 | 경제분석입문 | 富塚良三(편집부) | 형성사 | ○ |
| 7 | 경제사 기초지식 | 김호균 | 중원문화사 | |
| 8 | 경제성장과 후진국 | 모리스돕(유임수) | 학문사 | ○ |

| | | | |
|---|---|---|---|
| 9 | 경제학개론 | 고도선재외<br>(안병직, 장시원) | 풀빛 | ○ |
| 10 | 경제학의 기초이론 | 편집부 | 백산서당 | ○ |
| 11 | 경제학원론 | 富塚良三(김무홍) | 전예원 | ○ |
| 12 | 고여있는 시와<br>움직이는 시 | 조태일 | 전예원 | ○ |
| 13 | 고향산천 | 심상운 | 시문학사 | ○ |
| 14 | 공동체놀이 | 연성수 | 동녘 | |
| 15 | 공동체의 기초이론 | 富塚良三(이영훈) | 돌베개 | ○ |
| 16 | 공황론 입문 | 모리스돕외(김성구) | 돌베개 | |
| 17 | 게오르그 루카치 | G.H.R 파킨슨(현준만) | 이삭 | |
| 18 | 게오르그 루카치 | G 리히트하임(김대웅) | 한마당 | |
| 19 | 과학으로서의 경제학 | 置鹽信雄(민병두) | 청사 | |
| 20 | 국민의 자유와 권리 | 강유현 | 애서각 | |
| 21 | 국제무역론 | 함건식 | 기린문화사 | ○ |
| 22 | 그람시와 혁명전략 | 최우길 역 | 녹두 | |
| 23 | 그람시의 마르크스주의와<br>헤게모니론 | 한울 | 권유철 | |
| 24 | 그린북 | 카다피(김성근) | 형성사 | |
| 25 | 그 시대 그 막후 | 이영석 | 원음 | |
| 26 | 근대과학과 아나키즘<br>상호부조론 | 크로포트킨(하기락) | 형설출판사 | ○ |
| 27 | 근대사회관의 해명 | 편집부 역 | 풀빛 | |
| 28 | 근대혁명사론 | 河野健二(김현일) | 풀빛 | ○ |
| 29 | 근로자의 벗 | 이태호 | 일월서각 | ○ |
| 30 | 기자가 본 의정주역<br>80명의 면모 | 윤치순 | 동아춘추사 | |
| 31 | 김대중 옥중서신 | 김대중 | 청사 | |

| 32 | 나를 찾으시오 | 전미카엘(임정남) | 새벽 | ○ |
|---|---|---|---|---|
| 33 | 나와 제 3, 4공화국 | 박상길 | 한진출판사 | ○ |
| 34 | 남북문제의 경제학 | 小野一郎(편집부) | 온누리 | |
| 35 | 남북한 신외교정책 | 김연수 | 대왕사 | |
| 36 | 노래하는 예수 | 한국기독교청년협의회 | 한국기독교 교회협의회 | |
| 37 | 녹서(그린북) | 카다피 | | |
| 38 | 노동운동과 노동조합 | 김석영 | 이삭 | |
| 39 | 농업경제학개론 | 梅川勉(신대섭) | 청사 | ○ |
| 40 | 농업사회의 구조와 변동 | 스타벤하겐(김대웅) | 백산서당 | ○ |
| 41 | 노동경제학 | 조용범 | 풀빛 | ○ |
| 42 | 노동의 역사 | 바레프랑스와(편집부) | 광민사 | |
| 43 | 노동의 철학 | 편집부 | 광민사 | |
| 44 | 노동조합사전(총론) | 김윤환 외 | 형성사 | |
| 45 | 노동조합사전2(노동조합) | 김윤환 외 | 형성사 | |
| 46 | 다시하는 강의 | 한완상 등 | 새밭 | ○ |
| 47 | 단상의 노호 | 이기용 편 | 내외신서 | |
| 48 | 대중사회와 인간문제 | 務台理作외(편집부) | 풀빛 | ○ |
| 49 | 대지의 저주받은 자들 | 프란츠 파농(박종열) | 광민사 | ○ |
| 50 | 대학이란 무엇인가 사회란 무엇인가 | 파리대학편(편집부) | 백산서당 | ○ |
| 51 | 도이취이데오로기 경제학 철학 수고 | 마르크스(하기락) | 형설출판사 | ○ |
| 52 | 독일노동운동사 | 편집부 | 광민사 | ○ |
| 53 | 독점자본 | P 바란(최희선) | 한울 | |
| 54 | 동지를 위하여 | 네스또파즈(김영식) | 형성사 | ○ |
| 55 | 땅의 연가 | 문병란 | 창비사 | |
| 56 | 러시아사상사 | 아이자크 도이처(편집부) | 종로 | ○ |

| 57 | 로자룩셈부르그의<br>사상과 실천 | 파울 프레리히(최민영) | 석탑 | |
|---|---|---|---|---|
| 58 | 로자 룩셈부르그 | 孝橋正一(편집부) | 여래 | |
| 59 | 루카치 | FJ 라다츠 | 중원문화사 | |
| 60 | Wrinkles in the Heart | Micael Branfield M.M | 새벽 | ○ |
| 61 | 마르크스냐 쌰르트르냐 | 아담 샤프(박성수) | 인간 | ○ |
| 62 | 마르크스 수정의 시비 | 카우츠키(정만교) | 형설사 | ○ |
| 63 | 마르크스와 프로이드 | 유성만 | 이삭 | |
| 64 | 마르크스의 인간관 | E 프롬(김창호) | 동녘 | ○ |
| 65 | 마르크스주의와 예술 | 앙리아르용(오병남) | 서광사 | ○ |
| 66 | 마르크스주의의 수정 | 하기락 | 형설사 | |
| 67 | 말씀이 우리와 함께 | 에르네스또 까르대남<br>(성엽) | 분도출판사 | ○ |
| 68 | 말할 때와 침묵할 때 | 장기천 | 형성사 | ○ |
| 69 | 모순과 실천 | 편집부 | 형성사 | |
| 70 | 문장 | 편집부 | 한강 | |
| 71 | 산업사회의 계급과<br>계급갈등 | R 다렌돌프 | 홍성사 | |
| 72 | 문화와 통치 | 유재천외 9인 | 민중사 | |
| 73 | 미국의 세계전략 | 唐澤敬 외 | 한겨레 | |
| 74 | 미국 속의 한국인들 | 방부성 | 교학사 | ○ |
| 75 | 미테랑 | 우메모토 히로시(최현) | 범우사 | ○ |
| 76 | 민족민주민중 선언 | 김삼웅 | 일월서각 | |
| 77 | 민족의 문학,<br>민중의 문학 | 자유실천문인협회 | 이삭 | |
| 78 | 민주복지국가건설의 길 | 박춘배 | 수상계사 | ○ |
| 79 | 민중과 경제 | 한국기독교사회문제<br>연구원편저 | 민중사 | |

| | | | |
|---|---|---|---|
| 80 | 민중과 한국신학 | NCC신학연구회편저 | 한국신학<br>연구소 | |
| 81 | 민중사회학 | 한완상 | 종로서적 | ○ |
| 82 | 민중시대의 문학 | 염무웅 | 창작과비평사 | ○ |
| 83 | 민중연극론 | 아우구스또 보알(민혜숙) | 창비사 | |
| 84 | 민중의 외침 | 페리녹스(이부영) | 분도 | |
| 85 | 민주통일 | 민주통일국민회의 | 형성사 | |
| 86 | 백두산이야기 | 공탁호 | 홍릉과학<br>출판사 | ○ |
| 87 | 변증법이란 무엇인가 | 황세연 역 | 중원 | |
| 88 | 복지사회를 바라보며 | 심의석 | 해동문화사 | |
| 89 | 볼세비즘의 실제와 이론 | 버트란드 럿셀(문정복) | 이문출판사 | |
| 90 | 볼세비키 전통 | RH 맥닐(이병규) | 사계절 | |
| 91 | 봉건제도서 자본주의로<br>전환 | R힐턴 | 법문사 | ○ |
| 92 | 부끄러운 이야기 | 박찬종 | 일월서각 | ○ |
| 93 | 북한 김일성왕조 비사 | 임은 | 한국양서 | ○ |
| 94 | 분단전후의 현대사 | 부르스커밍스외 8명<br>(편집부) | 일월서각 | ○ |
| 95 | 불꽃이여 이 어둠을<br>밝혀라 | 이태호 | 돌베개 | |
| 96 | 브레히트 연구 | 이원양 | 두레 | |
| 97 | 브레이트 평전 | 임양목 | 한밭 | |
| 98 | 비록 박정희 시대 | 이상우 | 중원문화사 | |
| 99 | 비정치적 인간의 정치론 | H 리이드(박정봉) | | |
| 100 | 비화 청와대 | 오천길 | 유신지도<br>문화사 | |
| 101 | 빈곤의 정치 | 테라사 하이터(이유식) | 비봉 | |

| 102 | 사진말 | 시청각종교교육위원회 | 분도 | |
|---|---|---|---|---|
| 103 | 4월혁명 | 권일영 외 | 청사 | ○ |
| 104 | 사회과학강의 | 水田洋외 1명(장명국) | 석탑 | ○ |
| 105 | 사회과학의 근본문제 | 이토미스하르(편집부) | 백산서당 | ○ |
| 106 | 사회의식과 계급구조 | 오소프스키 | 인간 | |
| 107 | 사회사상사개론 | 고도선재 외(김수길) | 청사 | ○ |
| 108 | 사회정의와 도시 | 테이비디하비(최병두) | 종로서적 | ○ |
| 109 | 새로운 사회학의 이해 | 셔만 우드(남춘호) | 나남 | ○ |
| 110 | 서울로 가는 길 | 송효순 | 형성사 | ○ |
| 111 | 서울타령 | 中上健澤(정성호) | 문학예술사 | |
| 112 | 성장의 정치 | 폴 A 바란(김윤자) | | |
| 113 | 세계경제론 | 라진트 사우(김동하) | 지양사 | |
| 114 | 세계경제의 구조 | A G 프랭크(최민) | 기린문화사 | ○ |
| 115 | 세계경제 입문 | 小椋廣勝(편집부) | 거름 | ○ |
| 116 | 세계노동운동약사 | 內海義夫(백원담) | 화다 | |
| 117 | 세계통일과 한국 | 홍경희 | 조형출판사 | ○ |
| 118 | 소련의 전쟁관 평화관 중립관 | PH 버거(이민룡) | 형성사 | |
| 119 | 소유란 무엇인가 | 프루동(박영환) | | ○ |
| 120 | 소외된 인간 | H 포피츠(황태연) | | |
| 121 | 시인과 혁명가 | 버르램 울프(임영일) | 한겨레 | |
| 122 | 시와 아나키즘 | H 리드(정진업) | | |
| 123 | 신과 국가, 반마르크스론 | 바쿠닌(하기락) | | ○ |
| 124 | 신도 마르크스도 없는 시대 | 이영희 | 동광출판사 | |
| 125 | 실존과 혁명 | G 노바크(김영숙) | 한울 | ○ |

| 126 | 실천문학 제4권<br>삶과 노동과 문학 | 고은 등 25명 | 실천문학사 | |
|---|---|---|---|---|
| 127 | 아리랑 | 님웨일즈(조우화) | 동녘 | |
| 128 | 아시아의 농촌과<br>공업화 현실 | 편집부 | 백산서당 | |
| 129 | 아시아인의 심성과 신학 | CS송(성염) | 분도출판사 | ○ |
| 130 | 알기쉬운 역사철학 | 편집부 | | |
| 131 | 어느 청년 노동자의<br>삶과 죽음 | 전태일기념관<br>건립위원회 | 돌베개 | ○ |
| 132 | 어머니 | 막심 고리키(최민영) | 석탑 | |
| 133 | 억압과 자유 | 시몬느 베이유(곽선숙) | 일월서각 | ○ |
| 134 | 여성의 지위 | 줄리엣 미첼(이형랑) | 동녘 | |
| 135 | 여성해방논리 | J 미첼(이형랑) | | ○ |
| 136 | 여성해방 사상의 흐름 | 水田洙技(김희은) | 백산서당 | ○ |
| 137 | 여성해방의 이론체계 | 롤라로덴버그스 트럴엘<br>렌스재거(신임령) | | ○ |
| 138 | 연극과 사회 | 양혜숙 | 현암사 | |
| 139 | 예술과 혁명 | 마르쿠제(박종렬) | 풀빛사 | ○ |
| 140 | 예술이란 무엇인가 | 에른스트 피셔(김성기) | 돌베개 | |
| 141 | 오늘의 행동신학 | 미구에즈브니노(주재용) | 한국기독교<br>교회협의회 | ○ |
| 142 | 5.4운동의 사상사 | 凡山松辛(김정화) | 일월서각 | |
| 143 | 응달에 피는 꽃 | 이철수 | 분도출판사 | ○ |
| 144 | 우리들의 봄은 | 김명식 | 일월서각 | |
| 145 | 우리들1 – 일·생활·현실 | 장하운 외 | 한울 | |
| 146 | 유럽노동운동사 | 볼드강 아센도르트<br>(신금호) | 석탑 | ○ |
| 147 | 유한계급론 | 몸스타인 베블렌(정수용) | 광민사 | ○ |

| 148 | 위대한 거부 | 마르쿠제(유효종) | | ○ |
|---|---|---|---|---|
| 149 | 20세기 농민전쟁 형성사 | 에릭 R 울프(곽은수) | 형성사 | |
| 150 | 인간없는 학교 | 라이머(김식원) | 한마당 | ○ |
| 151 | 인간의 역사 | 조우화 | 동녘 | |
| 152 | 인간회복 | 안림 | | ○ |
| 153 | 1급비밀 | 주치호 | 은광사 | |
| 154 | 인물춘추 | 한국인물문화연구회 | 애원 | |
| 155 | 일본경제사 | 나가하다 게이지(박현채) | 지식산업사 | |
| 156 | 일본민중운동사 (1823-1845) | 유대원 역 | 학민사 | |
| 157 | 일본제국주의정신사 | 쓰루미 슌스케(강정중) | 한벗사 | ○ |
| 158 | 일제하 40년사 | 강재언 | 풀빛사 | |
| 159 | 일하는 사람을 위한 경제지식 | 편집부 역 | 한밭 | ○ |
| 160 | 일하는 사람을 위한 성서연구 | 서남동 외 | 웨슬레 | |
| 161 | 일하는 청년의 세계 | 편집실 | 인간사 | |
| 162 | 임금이란 무엇인가 | 편집부 | 백산서당 | |
| 163 | 임을 위한 행진곡 | 한국기독교청년협의회 | 한국기독교 교회협의회 | ○ |
| 164 | 자본론(제1권 2분책) | 맑스 엥겔스(전석담) | 서울출판사 | ○ |
| 165 | 자본주의와 가족제도 | 엘리자레스에 | 한마당 | |
| 166 | 자본주의 이행 논쟁 | 모리스돕 외(김대환) | 동녘 | ○ |
| 167 | 자유의 길, 노예의 길 | 심의석 | 해동문화사 | |
| 168 | 자유의 문학 실천의 문학 | 자유실천문인협의회 | 이삭 | |
| 169 | 자유와 진보를 위하여 | 마르쿠제(박종렬) | 풀빛사 | ○ |
| 170 | 자주관리제도 | 프랑크 호르바르 | 풀빛사 | |

| 171 | 쟝글 | 싱클레어 | 광민사 | ○ |
|---|---|---|---|---|
| 172 | 전공투-일본학생운동사 | 다까지와고오지 | 백산서당 | |
| 173 | 전세계인민해방전선의 전개 | 막스 브라우(하기락) | 형설출판사 | ○ |
| 174 | 전환기의 자본주의 | 편집부 역 | 중원 | |
| 175 | 정치경제학과 자본주의 | 모리스돕(편집부) | 동녘 | |
| 176 | 정치경제학사전 | 노동과 사랑 동인 | 친구 | |
| 177 | 정치의 현장 | 박권흠 | 백양출판사 | ○ |
| 178 | 제국주의 시대 | H맥도프(김기정) | 풀빛사 | ○ |
| 179 | 제국주의와 민족운동 | 이경용 편역 | 화다 | |
| 180 | 제국주의와 혁명 | 페릭스그린(손우영) | 백산서당 | |
| 181 | 제3세계교육론 | 파울로 프레이리 | 파도 | |
| 182 | 제3세계와 브레이트 | 김성기 | 일과놀이 | |
| 183 | 제3세계와 인권운동 | 린다 H 존슨(안재웅) | 물결 | ○ |
| 184 | 제3세계의 경제구조 | 湯淺进男(조용범) | 풀빛사 | ○ |
| 185 | 제3세계의 경제와 사회2 | 양희왕 | 풀빛 | |
| 186 | 제3세계의 생산양식 | 존 테일러(김홍명) | 풀빛 | ○ |
| 187 | JP와 HR | 이영석 | 원음 | ○ |
| 188 | 조선경제사 | 전석담 | 박문출판 | ○ |
| 189 | 죽음을 부른 권력 | 김교식 | 마당문고사 | |
| 190 | 중공교육학 | 유수기(김동규) | 주류 | ○ |
| 191 | 중국근대경제사연구서설 | 다나까 마사도시 | 인간사 | ○ |
| 192 | 중국의 붉은별 | 에드거 스노(신홍범) | 두레 | |
| 193 | 중국혁명의 해부 | 동경대출판부(윤석인) | 이삭 | |
| 194 | 지식인의 미래와 새로운 계급의 부상 | 엘빈 굴드너(박기채) | 풀빛 | |

| 195 | 지역단위 농촌개발에 관한 연구 | 박현채 | 민중사 | ○ |
|---|---|---|---|---|
| 196 | 진혼가 | 김남주 | 청사 | |
| 197 | 1930년대 민족해방운동 | 편집부 | 거름 | |
| 198 | 철학의 기초이론 | 편집부 | 백산서당 | |
| 199 | 체 게바라 | 안드류 싱클레어(편집부) | 한울림 | |
| 200 | 커뮤니케이션 사회학 | 이정춘 | 범우사 | |
| 201 | 타는 목마름으로 | 김지아 | 창비사 | |
| 202 | π=10.26 회귀 | 스티브 쉐건 | 일월서각 | |
| 203 | 평신도는 누구인가 | 이장식 | 대한기독교 출판사 | |
| 204 | 포우즈미술연구 | 秋保正三 | 신도출판사 | |
| 205 | 프랑스노동운동사 | 편집부 | 광민사 | ○ |
| 206 | 프랑스 혁명 | 소부르(천풍자) | 종로서적 | ○ |
| 207 | 피의꽃잎(상, 하) | 은구기와시옹고(박종철) | 창작과비평사 | ○ |
| 208 | 하나님 체험 | J 몰트만(전경연) | 한신대출판부 | ○ |
| 209 | 한국경제와 농업 | 박현채 | 까치 | ○ |
| 210 | 한국근대문학과 시대정신 | 권영민 | 문예출판사 | ○ |
| 211 | 한국근대소설비판 | 김윤식 | 일지사 | ○ |
| 212 | 한국 노동문제의 인식 | 김윤환 외 | 동녘 | |
| 213 | 한국노동운동사 (해방후편) | 김낙중 | 청사 | ○ |
| 214 | 한국노동운동사 (일제하편) | 김윤환 | 청사 | ○ |
| 215 | 한국독점자본과 재벌 | 조용범 외 | 풀빛 | |
| 216 | 한국으로부터의 통신 | 편집부 역 | 한울림 | |

| 217 | 한반도에서의 군과 정치 | 임용순 이은호 | 청주대학 출판부 | ○ |
|---|---|---|---|---|
| 218 | 恨 신학 문학 미술의 만남 | 서남동 글 이철수 그림 | 분도 | |
| 219 | 한줄기 빛이 되어 복음 내리소서 | 이양우 | 시사엠플 로이멘트 뉴스센터 | |
| 220 | 한국현대문학비평사 | 김윤식 | 서울대출판부 | ○ |
| 221 | 한국현대시의 이해와 감상 | 최원규 외 | 대방출판사 | |
| 222 | 항일농민운동연구 | 滅田喬二(편집부) | 동녘 | |
| 223 | 해방신학의 올바른 이해 | 함세웅 외 | 분도 | |
| 224 | 현대사회 사학의 흐름 | 게오르그 이거스(이경호) | 전예원 | |
| 225 | 현대소외론 | R 버커 A샤프(조희연) | 잠한 | |
| 226 | 현실과 전망(1) | 임정남 | 풀빛 | |
| 227 | 현실에 도전 | Hellmut Haug(정학근외) | 잠한 | |
| 228 | 노동현실과 노동운동 | 임재정 외 | 돌베개 | |
| 229 | 후기자본주의 | 에르네스트 만델(이범구) | 한마당 | |
| 230 | 휴머니즘 | 에리히 프롬(편집부) | 사계절 | ○ |
| 231 | 휴머니즘의 부활 | 에리히 프롬(김남석) | 을지 | |
| 232 | 흑막 정치와 돈 | 오경환 | 박양출판사 | |

\* 인명은 저자(역자)임

\*\* 압수된 유인물 목록은 생략함.

\*\*\* 비고란의 ○은 원래 신문에는 없었지만, 1983년 문공부 대외비 문건과 겹치는 책을 본 필자가
표시한 것임.

[표 2]는 1985년 당국이 압수 수색영장을 발부한 서적 목록을 정
리한 것이다. 신문에는 번호없이 목록만 나열되어 있었는데, 정리하
며 번호를 부여해보니 총 232권이었다. 이 목록을 [표 1]의 문제성도

서목록과 대조해 본 결과 겹치는 목록이 총101권이다. 131권은 새롭게 추가된 금서들이다. 달리 말하면, [표 1]의 112권의 금서들은 별다른 해제 조치 없이 금서 목록에서 사라져 버린 셈이다. 당국은 [표 2]의 목록에 근거하여 출판사 및 서점에서 책들을 압수했다. 이러한 압수에 대해 출판사와 서점 및 시민사회는 거세게 반발했다. 이러한 반발에 직면하자 검찰은 1985년 8월에 압수된 금서들 중 78종의 도서를 '문제없는 도서'로 판정하여 반환했다. 검찰은 압수대상을 "과격혁명이론이나 급진좌경이론 서적에 국한"시키고 "자유민주주의와 자본주의 체제를 적대시하지 않는 내용의 책들"은 되돌려 주는 방침을 정한다. 이 조처로 부분 해금된 책들은 아래와 같다.

[표 3] 이념서적 78종 해금(『동아일보』 1985. 6. 8.)

| 연번 | 책이름 | 출판사 | 저자 |
|---|---|---|---|
| 1 | 겨울공화국 | 화다 | 양성우 |
| 2 | 고여있는 詩와 움직이는 詩 | 전예원 | 조태일 |
| 3 | 고향산천 | 시문학사 | 심상운 |
| 4 | 국민의 자유와 권리 | 애서각 | 강유현 |
| 5 | 그린북 | 형성사 | 카다피 |
| 6 | 그 시대 그 막후 | 원음 | 이영석 |
| 7 | 근로자의 벗 | 일월서각 | 이태호 |
| 8 | 기자가 본 의정주역 80명의 면모 | 동아춘추사 | 윤치순 |
| 9 | 김대중 옥중서신 | 청사 | 김대중 |
| 10 | 나와 제3, 4 공화국 | 한진출판사 | 박상길 |
| 11 | 녹서 | 출판사 없음 | 카다피 |
| 12 | 노동조합사전 총론 | 형성사 | 김윤환 외 |

| | | | |
|---|---|---|---|
| 13 | 노동조합사전 2 | 형성사 | 김윤환 외 |
| 14 | 다시하는 강의 | 새밭 | 한완상 등 |
| 15 | 단상의 노호 | 내외신서 | 이기용 편 |
| 16 | 독일노동운동사 | 광민사 | 광민사편집부 |
| 17 | 러시아 사상사 | 종로 | 아이작크 도이처 |
| 18 | 마르크스주의의 수정 | 형설사 | 하기락 |
| 19 | 말할 때와 침묵할 때 | 형성사 | 장기천 |
| 20 | 문장 | 한강 | 편집부 |
| 21 | 미테랑 | 범우사 | 우메모토 히로시 |
| 22 | 민주 복지 국가 건설의 길 | 수상계사 | 박춘배 |
| 23 | 민중과 한국신학 | 한국신학연구소 | NCC신학연구회편 |
| 24 | 민중사회학 | 종로서적 | 한완상 |
| 25 | 민중시대의 문학 | 창작과비평사 | 염무웅 |
| 26 | 백두산 이야기 | 홍릉과학출판사 | 공탁호 |
| 27 | 볼세비즘의 실제와 이론 | 이문출판사 | 버트란트 러셀 |
| 28 | 볼세비키 전통 | 사계절 | R H 맥닐 |
| 29 | 부끄러운 이야기 | 일월서각 | 박찬종 |
| 30 | 불꽃이여 어둠을 밝혀라 | 돌베개 | 이태호 |
| 31 | 비록 박정희 시대 | 중원문화사 | 이상우 |
| 32 | 비화 청와대 | 유신지도문화사 | 오천길 |
| 33 | 사진말 | 분도 | 시청각종교<br>교육위원회 |
| 34 | 서울로 가는 길 | 형성사 | 송효순 |
| 35 | 소련의 전쟁관 평화관 중립관 | 형성사 | P H 버거 |
| 36 | 시인과 혁명가 | 한겨레 | 버르램 울프 |
| 37 | 시와 아나키즘 | | H 리이드 |
| 38 | 신도 마르크스도 없는 시대 | 동광출판사 | 이영희 |

| 39 | 실천문학 제4권 | 실천문학사 | 고은 등 25명 |
|---|---|---|---|
| 40 | 어머니 | 석탑 | 막심 고리키 |
| 41 | 억압과 자유 | 일월서각 | 시몬느 베이유 |
| 42 | 우리들의 봄은 | 일월서각 | 김명식 |
| 43 | 우리들 1 | 한울 | 장하운 외 |
| 44 | 유럽노동운동사 | 석탑 | 볼프강 아센도르트 |
| 45 | 유한계급론 | 광민사 | 톨스타인 베블렌 |
| 46 | 인간없는 학교 | 광민사 | 라이머 |
| 47 | 인간회복 | 안림 | |
| 48 | 1급 비밀 | 은광사 | 주치호 |
| 49 | 인물춘추 | 애원 | 한국인물문화<br>연구회 |
| 50 | 일본경제사 | 지식산업사 | 나가하다 게이지 |
| 51 | 일본민중운동사 | 한민사 | 윤대원 번역 |
| 52 | 일제하 40년사 | 풀빛사 | 강재언 |
| 53 | 일하는 사람을 위한 경제지식 | 한밭 | |
| 54 | 쟝글 | 광민사 | 싱클레어 |
| 55 | 전세계인민해방전선의 전개 | 형성출판사 | 막스드라우 |
| 56 | 정치의 현장 | 백양출판사 | 박권흠 |
| 57 | 제국주의시대 | 풀빛사 | H 맥도프 |
| 58 | 제3세계와 인권운동 | 물결 | 린다 H 존슨 |
| 59 | JP와 HR | 원음 | 이영석 |
| 60 | 죽음을 부른 권력 | 마당문고사 | 김교식 |
| 61 | 中共교육학 | 주류 | 유수기 |
| 62 | 중국의 붉은 별 | 두레 | 에드가 스노우 |
| 63 | 지역단위 개발에 관한 연구 | 민중사·<br>한국기독교사회<br>문제연구원 | 박현채 |

| 64 | 타는 목마름으로 | 창비사 | 김지하 |
|---|---|---|---|
| 65 | 포우즈미술연구 | 신도출판사 | 秋保正三 |
| 66 | 프랑스노동운동사 | 광민사 | |
| 67 | 프랑스 혁명 | 종로서적 | 소부르 |
| 68 | 한국경제와 농업 | 까치 | 박현채 |
| 69 | 한국 근대문학과 시대정신 | 문예출판사 | 권영민 |
| 70 | 한국 노동문제의 인식 | 동녘 | 김윤환 외 |
| 71 | 한국노동운동사 일제하편 | 청사 | 김윤환 |
| 72 | 한국독점자본과 재벌 | 풀빛 | 조용범 외 |
| 73 | 한의 신학 문학 미술의 만남 | 분도 | 서남동 |
| 74 | 한줄기 빛이 되어 복음내리소서 | 시사 | 엠플로이먼트<br>뉴스센터 |
| 75 | 한국현대문학비평사 | 서울대출판부 | 김윤식 |
| 76 | 현실에의 도전 | 잠한 | 정학근 외 역 |
| 77 | 흑막정치와 돈 | 백양출판사 | 오경환 |
| 78 | 혁명의 사회학 | 한마당 | 프란츠 파농 |

　　월북작가들의 작품들이 다수 실렸던 잡지 『문장』의 영인본과 월북 작가들의 작품을 소개한 김윤식의 『한국근대소설비판』 등 납월북 작가 관련 서적들과 『비록 박정희 시대』, 『JP와 HR』 등 박정희 정권 시절의 비화물들, 김지하와 고은, 양성우의 시집들, 버트란드 러셀, 아이작 도이처 등의 마르크스주의에 대한 비판서적들이 압수목록에서 해제되었다. 하지만 두 해 뒤에 작성된 당국의 '문제성도서목록'은 부분 해금되었던 이들 도서들을 포함하여 이전에 사라졌던 도서 목록들까지 되살린 금서목록이 여전히 운용되고 있었음을 알려 준다.

　　한국출판문화운동협의회가 출간한 『출판탄압백서』에 수록된 이

문서는 1987년 10월 10일 작성되었으며 총 679종의 금서목록을 수록하고 있다. 작성자가 정확히 누구인지 알 수 없고, 또 형식이 다른 여러 종류의 문서들의 종합이지만, 그렇기 때문에 더욱 중요한 문서이다. 시간의 추이에 따라 어떻게 금서 목록들이 추가되어 증가하고 있는가를 알려주기 때문이다. 이제부터 '문제성도서 목록'을 세부적으로 뜯어보도록 하자.

이 문서의 첫 번째 목록 항목은 '1. 문제도서목록(국내)'로 구성되어 있으며 총 223개의 금서들이 제시되어 있다. 그 중 213개는 [표 1] '문화공보부 대외비 문서 문제성도서목록'과 순서와 내용, 비고란의 작성 주체에 이르기까지 모두 동일하다. 즉, 1983년의 문화공보부 금서목록을 그대로 살리고 여기에 10개의 목록을 추가하고 있는 셈이다. 213개의 목록은 [표 1]과 동일하므로 생략하고 추가된 10개 도서만을 옮겨보면 다음과 같다.

[표 4] '문제성도서 목록'(한국출판문화운동협의회 『출판탄압백서』 1987. 10. 10)

| 일련 번호 | 도서명 | 저자 및 역자 | 출판사명 | 발행일 | 비고 |
|---|---|---|---|---|---|
| 214 | 소외된 인간 | 황태연 역 | 이삭 | 83.10.15 | |
| 215 | 로자 룩셈부르크 | 편집부 역 | 여래 | 83.12.5 | |
| 216 | 일본 경제사 | 박현채 역 | 지식 산업사 | 83.10.25 | |
| 217 | 한국미군정사 | 국제신문사 출판부 | 여강 | 83.12.30 | 복사판 |
| 218 | 광주항일학생사건자료 | 조선총독부 경찰국 | 여강 | 83.12.30 | 일어 복사판 |
| 219 | 과학으로서의 경제학 | 민병두 역 | 청사 | 83.11.15 | |

| 220 | 공황론 입문 | 김성구 역 | 돌베개 | 83.11.25 | |
|---|---|---|---|---|---|
| 221 | 카스트로 | 편집부 역 | 예맥 | 83.10.25 | |
| 222 | 휴머니즘의 부활 | 김남석 | 운지 출판사 | 83.10.20 | |
| 223 | 실천문학 제4권- 삶과 노동과 문학 | 편집부 | 실천 문학사 | 83.12.10 | |

이러한 첫 항목이 뜻하는 것은 무엇일까? 다음과 같은 추론이 가능할 듯하다. 217, 218번 서적의 발행일이 1983년 12월 30일이라는 점으로 미루어 볼 때, 앞서 살펴본 [표 1] '문화공보부 대외비 문서 문제성도서목록'이 작성된 이후 위의 10개 항목이 1984년도 초에 추가된 것으로 보인다. 『광주항일학생사건자료』처럼 조선총독부 경찰국이 생산한 일본어 자료의 영인본까지 금서로 묶인 것을 볼 수 있다. 식민지 시기 항일운동의 자료임에도 그 항거의 장소가 광주였다는 데에서 온 과잉조처는 아니었을까. 아무튼 이 목록들이 정부 관련 부처 내부에서 지속적으로 존속하다가 1987년 당국이 서점 압수수색을 실시하면서 참고하기 위해 만든 문서의 첫 번째 목록으로 등재된 것이라 추정할 수 있다.

1983년의 문공부 대외비 문서 뒤에는 <문제도서목록 추가사항>이라는 제목 하에 224번부터 다음 목록들이 추가되어 있다.

## 가. 시판 및 재판중지 종용 문제도서

| 일련 번호 | 도서명 | 저자 및 역자 | 출판사명 | 발행일 | 비고 |
|---|---|---|---|---|---|
| 224 | 민중신학의 탐구 | 서남동 | 한길사 | 83.11.30 | 시판중지 |

| 225 | 현장문학론 | 문병란 | 백양 | 83.12.25 | 재판중지 |
|---|---|---|---|---|---|
| 226 | 남북문제의 경제학 | 편집부 역 | 온누리 | 83.12.15 | 시판중지 |
| 227 | 5.4운동의 사상사 | 김정화 역 | 일월서각 | 83.10.25 | 시판중지 |
| 228 | 세계경제론 | 김동하 역 | 지양사 | 83.12.25 | 시판중지 |
| 229 | 정치경제학과 자본주의 | 편집부 역 | 동녘 | 83.12.15 | 시판중지 |
| 230 | 입문경제학 | 오영진 역 | 거름 | 83.11.6 | 시판중지 |
| 231 | 한국 노동문제의 인식 | 김윤환 외 저 | 동녘 | 83.12.5 | 시판중지 |
| 232 | 자본주의와 가족제도 | 김정화 역 | 한마당 | 83.12.20 | 시판중지 |
| 233 | 그러나 제기랄 줄곧 우리는 | 김종석 | 댓돌 | 84.1.15 | 재판중지 |
| 234 | 세계는 불타고 있는가 | 정성호 역 | 원음 | 84.1.20 | 재판중지 |
| 235 | 1960년대 | 김성한 외 저 | 거름 | 84.1.30 | 재판중지 |
| 236 | 남북한신외교정책 | 김인수 | 대왕사 | 84.1.25 | 시판중지 |
| 237 | 세계노동약사 | 백원담 역 | 아이 | 84.2.15 | |
| 238 | 일본경제사 | 이병천외 역 | 동녘 | 84.2.15 | 재판중지 |
| 239 | 현대소외론 | 조희연 | 들풀마당 | 83.9.30 | 시판금지 |
| 240 | 인도와 식민지적 생산양식 | 양희왕 역 | 한울 | 84.2.15 | 재판금지 |
| 241 | 자본주의란 무엇인가 | 김부리 역 | 한울 | 84.2.15 | 재판금지 |
| 242 | 우리는 오늘 살았다 말하자 | 김창완 | 실천 문학사 | 84.2.25 | 재판금지 |
| 243 | 현실에 도전하는 성서 | 정학근 외 | 분도 | 84.2.25 | 시판금지 |
| 244 | 국부론입문 | 오근엽 역 | 이삭 | 84.2.25 | 재판금지 |
| 245 | 일제40년사 | 강재언 | 풀빛 | 84.3.5 | 시판금지 |
| 246 | 게오르그 루카치 | 현준만 역 | 이삭 | 84.3.20 | 시판금지 |
| 247 | 독점자본 | 최희선 역 | 한울 | 84.3.20 | 시판금지 |
| 248 | 나눔과 섬김의 공동체 | 정호경 | 분도 | 84.3.30 | 재판금지 |

| 249 | 일하는 청년 세계 | 편집부 | 인간 | 84.3.30 | 시판금지 |
|---|---|---|---|---|---|
| 250 | 개인과 공동체 | 편집부 | 백산서당 | 84.3.30 | 시판금지 |
| 251 | 단상의 노호 | 이기용 | 내외신서 | 84.4.5 | 시판금지 |
| 252 | 나와 조국의 진실 | 김영삼 | 일월서각 | 84.4.15 | 재판금지 |
| 253 | 사회문제와 기독교 윤리 | 고재식 | 대한 기독교 | 84.4.25 | 재판금지 |
| 254 | 민족 통일 해방의 논리 | 송건호 | 형성사 | 84.4.25 | 재판금지 |
| 255 | 1970년대 노동현장과 증언 | 한국기독교 협의회 | 풀빛 | 84.4.30 | 재판금지 |
| 256 | 중국혁명의 해부 | 윤석인 역 | 이삭 | 84.5.10 | 시판금지 |
| 257 | 커뮤니케이션 사회학 | 이정춘 | 범우사 | 84.5.13 | 시판금지 |
| 258 | 민주 민중 운동 문학 | 고은 외 | 시인사 | 84.5.25 | 재판금지 |
| 259 | 루카치 | 정혜선 역 | 중원 문화사 | 84.5.10 | 시판금지 |
| 260 | 황색예수전 | 김정환 | 실천 문학사 | 84.5.15 | 재판금지 |
| 261 | 경제사 기초지식 | 김호균 | 중원 문화사 | 84.5.15 | 시판금지 |
| 262 | 브레히트 연구 | 이원영 | 두레 | 84.5.15 | 시판금지 |
| 263 | 철학의 기초 이론 | 편집부 | 백산서당 | 84.5.30 | 시판금지 |
| 264 | 항일 농민운동 연구 | 전전교이 외 | 동녘 | 84.5.30 | 시판금지 |
| 265 | 변증법이란 무엇인가 | 황세연 | 중원문화 | 84.6.15 | 시판금지 |
| 266 | 전환기의 자본주의 | 편집부 역 | 중원문화 | 84.6.15 | 시판금지 |
| 267 | 게오르그 루카치의 사상과 생애 | 김대웅 역 | 한마당 | 84.6.20 | 시판금지 |
| 268 | 제3세계교육론 | 편집부 역 | 파도 | 84.5.28 | 시판금지 |
| 269 | 체게바라 | 편집부 역 | 한울림 | | |
| 270 | 한국농업의 현상구조 | 이우재 | 한울림 | 84.6.20 | 재판금지 |

| 271 | 개인과 휴머니즘 | 김영숙 역 | 중원문화 | 84.6.25 | 시판금지 |
|---|---|---|---|---|---|
| 272 | 자본주의 이행논쟁 | 김대환 역 | 동녘 | 84.6.29 | 시판금지 |
| 273 | 근대사회관의 해명 | 편집부 | 풀빛 | 84.5.20 | 시판금지 |
| 274 | 제국주의와 민족운동 | 이경용 | 화다 출판사 | 84.6.15 | 시판금지 |
| 275 | 한국농업문제의 새로운 인식 | 박현채 외 | 돌베개 | 84.6.27 | 재판금지 |
| 276 | 해방론 | 문학과사회 연구소 | 청하 | 84.5.20 | 시판금지 |
| 277 | 중공의 한일들 | 현웅 | 범양사 | 84.7.20 | 재판금지 |
| 278 | 4월에서 5월로 | 하종오 | 창비사 | 84.7.20 | 재판금지 |
| 279 | 서울타령 | 정성오 역 | 문학 예술사 | 84.7.15 | 시판금지 |
| 280 | 노래하는 예수 | 한국기독교 | 청년 협의회 | 84.7.20 | 시판금지 |
| 281 | 인간의 벽 | 편집부 | 한울림 | 84.7.20 | 재판금지 |
| 282 | 기자가 본 의정 주역 | 편집부 | 동아 춘추사 | 84.8.15 | 시판금지 |
| 283 | (논쟁)전후 자본주의의 재검토 | 박현채 | 학민사 | 84.7.20 | 재판금지 |
| 284 | 과학기술사 | 석동호 | 중원문화 | 84.7.15 | 재판금지 |
| 285 | 현대과학과 인간해방[16] | 조홍섭 | 한길사 | 84.7.16 | 재판금지 |
| 286 | 예술이란 무엇인가 | 김성기 역 | 돌베개 | 84.5.13 | 재판금지 |
| 287 | 해방후 한국학생운동사 | 이재오 | 형성사 | 84.7.30 | 재판금지 |
| 288 | 피카소의 성공과 실패 | 김윤수 역 | 미진사 | 84.7.30 | 재판금지 |
| 289 | 대한의 맥 | 이석만 | 영생 승리사 | 84.8.10 | 재판금지 |

---

16    원제는「현대의 과학기술과 인간해방」이며 조홍섭 편역임.

| 290 | 겨울공화국 | 양성우 | 화다 | 84.8.15 | 시판금지 |
|---|---|---|---|---|---|
| 291 | 인간의 역사 | 조우화 | 동녘 | 84.8.15 | 시판금지 |
| 292 | 역사과학의 기초범주 | 김윤자 역 | 한울 | 84.8.20 | 재판금지 |
| 293 | 변증법이란 무엇인가 | 황세연 | 중원문화 | 84.9.5 | 시판금지 |
| 294 | 민중시대의 문학 | 염무웅 | 창비사 | 84.9.5 | 시판금지 |
| 295 | 일본경제사 | 박현채 | 지식산업사 | 84.9.15 | 시판금지 |
| 296 | 홍수태의 누드 | 주명덕 | 시각 | 84.9.17 | 부분수정시판 |
| 297 | 로자 룩셈부르크의 사상과 실천 | 최민영 역 | 석탑 | 84.10.2 | 시판금지 |
| 298 | 1930년대 민족해방운동 | 편집부 역 | 거름 | 84.7.10 | 시판금지 |
| 299 | 이성의 지위 | 김상희 역 | 동녘 | 84.7.13 | 시판금지 |
| 300 | 마르크스주의의 수정 | 하기락 역 | 형성 | 84.7.19 | 시판금지 |
| 301 | 아리랑 | 조우화 역 | 동녘 | 84.9.22 | 시판금지 |
| 302 | 소련의 전쟁관 | 권인태 역 | 형성사 | 84.8.30 | 시판금지 |
| 303 | 한국독점자본과 재벌 | 조용범 외 | 풀빛 | 84.9.29 | 시판금지 |
| 304 | 빈곤의 정치경제학 | 이유식 역 | 비봉 | 84.3.30 | 시판금지 |
| 305 | 김대중 옥중서신 | 김대중 | 청사 | 84.8.15 | 시판금지 |
| 306 | 노동의 새벽 | 박노해 | 풀빛 | 84.9.25 | 재판금지 |
| 307 | 그람시의 마르크스주의와 헤게모니론 | 권유철 | 한울 | 84.10.15 | 시판금지 |
| 308 | 연극과 사회 | 양혜숙 | 현암사 | 84.10.10 | 시판금지 |
| 309 | 민족민주민중 선언 | 김삼웅 | 일월서각 | 84.10.29 | 시판금지 |
| 310 | 살아있는 민중 | 송효익 | 우현 | 84.11.10 | 시판금지 |
| 311 | 민중과 한국 신학 | 앤씨시 | 한국신학연구소 | 84.11.20 | 82.6.15 발행분은 가 |

| 312 | 그람시와 혁명전략 | 최우길 역 | 녹두 | 84.10.10 | 시판금지 |
|-----|-----------------|---------|------|----------|---------|
| 313 | 브레히트 평전 | 임양묵 | 한밭 | 84.10.30 | 시판금지 |
| 314 | 마르크스와 프로이드 | 유성만 | 이삭 | 84.11.10 | 시판금지 |
| 315 | 제3세계와 브레히트 | 김성기 | 일과놀이 | 84.11.15 | 시판금지 |
| 316 | 일하는 사람들을 위한 성서연구 | 서남동 외 | 웨슬레 | 84.12.15 | 시판금지 |
| 317 | 가다피 | 박찬국 역 | 한울림 | 84.11.20 | 재판금지 |
| 318 | 볼세비키 전통 | 이병규 역 | 사계절 | 84.9.30 | 시판금지 |
| 319 | 다시하는 강의 | 한완상 외 | 새밭 | 84.12.10 | 시판금지 |
| 320 | 8시간 노동을 위하여 | 손점순 | 풀빛 | 84.10.30 | 재판금지 |
| 321 | 제3세계의 경제와 사회(2) | 양희왕 외 | 풀빛 | 84.8.16 | 시판금지 |
| 322 | 지주 관리 제도 | 강신준 역 | 풀빛 | 84.10.30 | 시판금지 |
| 323 | 주변부 사회구성체와 국가 | 정진상 | 한울 | 84.11.20 | 시판금지 |
| 324 | 현실과 전망(1) | 임정남 외 | 풀빛 | 84.11.30 | 시판금지 |
| 325 | 복지사회를 바라보며 | 심의식 | 해동 문화사 | 84.11.30 | 시판금지 |
| 326 | 자유의 길, 노예의 길 | 심의식 | 해동 문화사 | 84.11.30 | 시판금지 |
| 327 | 세계 자본주의론 | 이대근 외 | 까치 | 84.11.2 | 재판금지 |
| 328 | 한국 자본주의론 | 이대근 외 | 까치 | 84.11.25 | 재판금지 |
| 329 | 진혼가(김남주시집) | 김남주 | 청사 | 84.12.10 | 시판금지 |
| 330 | 불꽃이여 이 어둠을 밝혀라 | 이태호 | 돌베개 | 84.12.15 | 시판금지 |
| 331 | π=10.26 회귀 | 김자동 역 | 일월서각 | 84.12.30 | 시판금지 |
| 332 | 박정희 시대 | 이양우 | 중원 | 84.11.25 | 시판금지 |
| 333 | 죽음을 부른 권력 | 김교식 | 마당문고 | 84.12.10 | 시판금지 |
| 334 | 한국으로부터의 통신 | 암파서점편 | 한울림 | 85.1.30 | 시판금지 |

이 목록들 앞에는 '가. 시판 및 재판중지 종용문제도서'라는 소제목이 붙어 있는 점을 눈여겨 볼 필요가 있다. '가' 항목이 있다는 말은 '나' 이하의 항목이 있다는 것을 의미하지만, 이 문건에서는 '가'로 끝나고 있다. 아마도 '나' 이하의 항목이 있던 다른 서류에서 '가. 시판 및 재판중지 종용문제도서' 항목만을 발췌한 것으로 추정된다. 이 목록의 첫 부분인 224-232번은 1983년의 후반에 간행된 도서들이다. 아마도 앞선 문화공보부 대외비 문서에 포함되지 못한 1983년도 후반의 출간물로 보인다. 233번 이후로는 모두 1984년에 간행된 도서들이며 목록의 맨 끝은 1985년 1월 30일에 간행된 『한국으로부터의 통신』이다. 따라서 적어도 1985년 2월 이후에 이 목록이 작성되었음을 알 수 있다. 루카치, 로자 룩셈부르크, 브레히트, 체 게바라 등 마르크스주의와 관련된 이론가, 혁명가들과 자본주의 비판서, 민중론 등이 금지되고 있음을 확인할 수 있다. 이념서 중심의 금지 목록에 296번 『홍수태의 누드』처럼 음란의 코드로 금지시킨 경우가 이채롭지만, 이것은 전체 금서 목록에서 지극히 예외적인 경우이다. 이 목록에 이어서 <시판 및 재판금지 문제도서 목록 추가하달>이라는 제목의 또 다른 범주의 목록이 이어진다.

ㅇ시판 및 재판금지 문제도서 목록 추가하달

| 일련 번호 | 도서명 | 저자 및 역자 | 출판사명 | 발행일 | 비고 |
|---|---|---|---|---|---|
| 335 | 20세기 농민전쟁 | 곽은수 역 | 형성사 | 84.8.30 | 시판금지 |
| 336 | 생존과 자유 | 김은집 | 새벽종 | 84.10.25 | 재판금지 |
| 337 | 자본주의 사회의 교육 | 이규환 외 | 창비사 | 84.11.20 | 재판금지 |

| 338 | 오늘의 중국 대륙 | 유세희 | 한길사 | 84.11.30 | 재판금지 |
|---|---|---|---|---|---|
| 339 | 한국의 시민철학 | 송기숙 외 | 사회발전<br>연구소 | 84.12.20 | 재판금지 |
| 340 | 전진을 위한 만남<br>(마산문화 제3권) | 최명학 외 | 청운 | 84.12.10 | 재판금지 |
| 341 | 시여 무기여 | 고재종 외 | 실천<br>문학사 | 84.12.3 | 재판금지 |
| 342 | 옥중시선집 | 임헌영 | 실천<br>문학사 | 84.12.20 | 재판금지 |
| 343 | 저항시선집 | 편집위원회 | 실천<br>문학사 | 84.12.20 | 재판금지 |
| 344 | 우리들1-일, 생활, 현실 | 장하운 외 | 한울 | 84.12.20 | 시판금지 |
| 345 | 알기쉬운 역사철학 | 편집부 | 한울 | 84.12.30 | 시판금지 |
| 346 | 미국의 세계전략 | 편집부 역 | 한겨레 | 85.1.10 | 시판금지 |
| 347 | 그 시대 그 막후 | 이영석 | 원음<br>출판사 | 85.1.15 | 시판금지 |
| 348 | 비화 청와대 | 오천길 | 유신지도<br>문화사 | 85.1.20 | 시판금지 |
| 349 | 인물춘추 | 한국인물<br>문화연구회 | 예원 | 85.1.23 | 시판금지 |
| 350 | 일본학생운동사 전공투 | 편집부 역 | 백산서당 | 85.1.25 | 시판금지 |
| 351 | 민족의 문학, 민중의 문학 | 자실협 | 이삭 | 85.2.5 | 시판금지 |
| 356[17] | 르뽀문학 | 윤석진 외 | 전예원 | 84.11.22 | 재판금지 |
| 357 | 핵전략의 위기적 고조 | 이영희 | 세계 | 84.11.30 | 재판금지 |
| 358 | 성장의 정치경제학 | 김윤자 역 | 두레 | 84.11 | 시판금지 |
| 359 | 1980년대 세계정세의<br>인식 | 세계기획 | 세계 | 84.12.15 | 재판금지 |
| 360 | 혁명과 중국의 대외정책 | 신일섭 역 | 사계절 | 84.12.25 | 재판금지 |

---

17 원 자료에서는 352-355번 누락됨.

| 361 | 공동체문화 | 백기완 외 | 공동체 | 84.12.25 | 재판금지 |
|---|---|---|---|---|---|
| 362 | 변증법적 문학이론의 전개 | 김영희 외 역 | 창비사 | 84.12.25 | 재판금지 |
| 363 | 빼앗긴 일터 | 장남수 | 창비사 | 84.12.25 | 재판금지 |
| 364 | 일본 민중 운동사 | 윤대원 역 | 학민사 | 84.12.25 | 시판금지 |
| 365 | 노동운동과 노동조합 | 김석영 | 이삭 | 84.12.25 | 시판금지 |
| 366 | 정치경제학 사전 | 노동과사랑 | 친구 | 84.12.31 | 시판금지 |
| 367 | 자연과학과 우리들 | 교양과학 연구회 | 사계절 | 85.1.10 | 재판금지 |
| 368 | 노동현실과 노동운동 (현장 제2집) | 임채정 외 | 돌베개 | 85.1.14 | 시판금지 |
| 369 | 노동조합사전(총론) | 김윤환 외 | 형성사 | 84.12.20 | 시판금지 |
| 370 | 노동조합사전2 | 김윤환 외 | 형성사 | 85.11.10 | 시판금지 |
| 371 | 아직은 슬퍼할 때가 아니다 | 문병란 | 풀빛 | 85.1.20 | 재판금지 |
| 372 | 제3세계 | 편집부 | 두레 | 85.1.20 | 재판금지 |
| 373 | 원초적 반란 | 전철승 역 | 온누리 | 85.1.25 | 재판금지 |
| 374 | 노동조합사전3 (노동조합의 기초활동) | 김윤환 외 | 형성사 | 85.1.30 | 재판금지 |
| 375 | 우리에게 길은 없단 말인가 | 김유 | 사상 | 85.1.30 | 재판금지 |
| 376 | 해방의 정치윤리 | 한국신학 연구소 | 한국신학 연구소 | 85.1.30 | 시판금지 |
| 377 | 민주통일 85. 1월 | 민통국 | 형성사 | 85.2.10 | 시판금지 |
| 378 | 1급비밀 | 주치호 | 은광사 | 85.2.10 | 시판금지 |
| 379 | 공동체놀이 | 연성수 | 동녘 | 85.1.15 | 시판금지 |
| 380 | 민중연극론 | 민해숙 역 | 창비사 | 85.2.10 | 시판금지 |
| 381 | 어머니 | 최민영 역 | 석탑 | 85.2.10 | 시판금지 |
| 382 | 새벽부터 새벽까지 | 장영달 | 풀빛 | 85.2.15 | 재판금지 |

| 383 | 도시빈민연구 | 정동익 | 아침 | 85.2.25 | 재판금지 |
|---|---|---|---|---|---|
| 384 | 시인과 혁명가 | 이강은 역 | 한겨레 | 85.2.20 | 시판금지 |
| 385 | 경제사총론 | 편집부 역 | 일월서각 | 85.2.28 | 시판금지 |
| 386 | 모순과 실천 | 편집부 | 형성사 | 85.2.25 | 시판금지 |
| 387 | 중국의 붉은 별 | 신홍범 역 | 두레 | 85.3.1 | 시판금지 |
| 388 | 자유의 문학 실천의 문학 | 자실협 | 이삭 | 85.3.15 | 시판금지 |
| 389 | 후기 자본주의 | 이범구 역 | 한마당 | 85.3.15 | 시판금지 |
| 390 | 흑막-정치와 돈 | 오경환 | 백양 | 85.3.25 | 시판금지 |
| 391[18] | 해방서시 | 김정환 | 풀빛 | 85.2.15 | 시판금지 |
| 392 | 공동학습 진행법 | 이성덕 | 동녘 | 85.2.15 | 시판금지 |
| 393 | 대밭 | 이광웅 | 풀빛 | 85.2.20 | 시판금지 |
| 394 | 노동조합운동론 | 정인 | 거름 | 85.2.25 | 시판금지 |
| 395 | 자본주의국가와 계급문제 | 남구현 | 한울 | 85.2.28 | 시판금지 |
| 396 | 라틴 아메리카 변혁사 | 서경원 | 백산서당 | 85.3.15 | 시판금지 |
| 397 | 사회주의 문화운동 | 우리기획 | 이삭 | 85.3.15 | 시판금지 |
| 398 | 민중 제2권 | 장을병 외 | 청사 | 85.2.28 | 재판금지 |
| 399 | 아름다운 성과<br>사랑을 위하여 | 편집부 | 백산서당 | 85.3.1 | 재판금지 |
| 400 | 현대정치 경제학입문 | 김수행 | 한울 | 85.2.28 | 재판금지 |
| 401 | 시대정신 2 | 백기완 외 | 일과놀이 | 85.3.20 | 시판금지 |
| 402 | 이야기 경제학 | 김수길 | 청사 | 85.3.20 | 시판금지 |
| 403 | 베트남 공산주의 운동사 | 편집부 역 | 녹두 | 85.2.25 | 시판금지 |
| 404 | 일본 자본주의 발달사 | 이계황 역 | 청아출판사 | 85.4.5 | 시판금지 |
| 405 | 중국여성해방운동 | 김미경 외 역 | 사계절 | 85.3.30 | 시판금지 |

---

18 원 자료에는 399번부터 번호가 부여되어 있지 않은 채 목록만 제시되어 있지만 편의를 위해 번호를 부여함.

| 406 | 모택동주의의 미래 | 편집부 역 | 한울림 | 85.4.30 | 시판금지 |
|---|---|---|---|---|---|
| 407 | 손에 손을 잡고 | 이선영 외 | 풀빛 | 85.3.30 | 재판금지 |
| 408 | 주변부 자본주의론 | 편집부 역 | 돌베개 | 85.3.25 | 재판금지 |
| 409 | 소외된 삶의 뿌리를 찾아서 | 정인 | 거름 | 85.5.20 | 재판금지 |
| 410 | 춘(제1집) | 이태용 외 | 공동체 | 85.4.25 | 재판금지 |
| 411 | 사회구성체 이행론 서설 | 최현편 역 | 사계절 | 84.1.30 | 시판금지 |
| 412 | 레닌이즘 | 현대평론 역 | 청사 | 85.4.20 | 시판금지 |
| 413 | 하늘의 절반 | 김주영 역 | 동녘 | 85.5.30 | 시판금지 |
| 414 | 그때이후 | 박선욱 | 풀빛 | 85.4.20 | 재판금지 |
| 415 | 노동자(제3권) | 영등포도시 산업선교회 | 형성사 | 85.4.30 | 재판금지 |
| 416 | 한국역사속의 기독교 | 한국기독교 교회협의회 | 한국기독 교교회 협의회 | 85.4.30 | 재판금지 |
| 417 | 들어라 양키들아 | 편집부 역 | 녹두 | 85.4.26 | 시판금지 |
| 418 | 제3세계국가자본주의론 | 조용범 역 | 한울 | 85.6.20 | 시판금지 |
| 419 | 5월 | 고광헌 외 | 청사 | 85.4.30 | 시판금지 |
| 420 | 레닌 | 김학노 역 | 녹두 | 85.6.15 | 시판금지 |
| 421 | 말(창간호) | 민언협 | 공동체 | 85.6.15 | 시판금지 |
| 422 | 세계경제세미나 | 강석호 | 거름 | 85.4.30 | 재판금지 |
| 423 | 동일방직노동조합운동사 | 동일방직 복직투쟁 위원회 | 돌베개 | 85.6.30 | 재판금지 |
| 424 | 제3세계여성노동 | 여성평우회 | 창작과 비평사 | 85.5.10 | 재판금지 |
| 425 | 자본주의 형성과 농민층 분해론 | 박현채 역 | 한울 | 85.6.25 | 재판금지 |
| 426 | 현장3, 삶의 터전을 지키기 위하여 | 김강 외 | 돌베개 | 85.5.15 | 재판금지 |

| 427 | 5월의 노래, 5월의 문학 | 자율실천<br>문인협의회 | 이삭 | 85.6.15 | 시판금지 |
|---|---|---|---|---|---|
| 428 | 대우자동차 임금인상<br>투쟁 | 대우<br>조합원 외 | 백산서당 | 85.6.25 | 시판금지 |
| 429 | 베트남전쟁 | 이영희 | 두레 | 85.7.1 | 시판금지 |
| 430 | 일본노동운동사 | 우철민 역 | 동녘 | 85.5.16 | 시판금지 |
| 431 | 소외론 | 최광렬 역 | 한마당 | 85.6.20 | 시판금지 |
| 432 | 들어라 역사의 외침을 | 진인 | 거름 | 85.6.20 | 시판금지 |
| 433 | 동지여 가슴 맞대고 | 정명자 | 풀빛 | 85.6.22 | 시판금지 |
| 434 | 내가 걷는 이길이<br>역사가 된다면 | 고정희 외 | 동녘 | 85.7.15 | 시판금지 |
| 435 | 끝없는 전쟁<br>-베트남 독립운동사 | 조동수 역 | 아리랑 | 85.7.10 | 시판금지 |
| 436 | 들어라 먹물들아 | 이동철 | 동광 | 85.6.30 | 시판금지 |
| 437 | 마르크스 경제사상의<br>형성과정 | 김택인 | 한겨레 | 85.6.25 | 시판금지 |
| 438 | 제3세계와 국제경제질서 | 유인호 역 | 평민서당 | 85.7.20 | 시판금지 |
| 439 | 마르크스냐, 프로이드냐 | 김진묵 역 | 문학<br>세계사 | 85.7.29 | 시판금지 |
| 440 | 변증법이란 무엇인가 | 황세연 편역 | 중원<br>문화사 | 85.8.15 | 시판금지 |
| 441 | 정지용 연구 | 김학동 | 민음사 | 85.7.30 | 시판금지 |
| 442 | 한국 민중 교육론 | 한완상 외 | 학민사 | 85.7.20 | 시판금지 |
| 443 | 죽음을 넘어 시대의<br>어둠을 넘어 | 황석영 | 풀빛 | 85.5.20 | 시판금지 |
| 444 | 한국자본주의와 노동문제 | 박현채 외 | 돌베개 | 85.7.30 | 시판금지 |
| 445 | 세계체제론-신종속이론 | 정진영 역 | 나남 | 85.8.15 | 시판금지 |
| 446 | 일과 놀이-우리네 살림엔<br>수심도 많네 | 박순덕 | 일과놀이 | 85.7.15 | 시판금지 |

| 447 | 현실과 발언-1980년대의 새로운 미술을 위하여 | 원동석 외 | 열화당 | 85.7.25 | 시판금지 |
|---|---|---|---|---|---|
| 448 | 목동아줌마 | 이동철 | 동광 | 85.7.30 | 시판금지 |
| 449 | 민주정치1호 | 편집부 | 일월서각 | 85.7.31 | 시판금지 |
| 450 | 마르크스주의 미학과 정치학 | 김성기 역 | 온누리 | 85.7.8 | 시판금지 |
| 451 | 한국의 민중극 | 채희완 편 | 창비사 | 85.7.25 | 시판금지 |
| 452 | 쿠바혁명의 재해석 | 김현식 역 | 백산서당 | 85.8.25 | 시판금지 |
| 453 | 말(제2호) | 민언협 | 공동체 | 85.8.25 | 시판금지 |
| 454 | 마르크스사상의 이론 구조 | 노승우 역 | 전예원 | 85.8.7 | 시판금지 |
| 455 | 간추린 한국노동운동사 | 편집실 | 인간사 | 85.6.25 | 시판금지 |
| 456 | 중국현대혁명사 | 한선모 역 | 청사 | 85.8.15 | 시판금지 |
| 457 | 민중생활과 민중운동 (민주통일3) | 민민련 | 백산서당 | 85.8.15 | 시판금지 |
| 458 | 한국사입문 | 이현무 역 | 백산서당 | 85.8.20 | 시판금지 |
| 459 | 세계경제론 | 이내영 역 | 백산서당 | 85.8.25 | 시판금지 |
| 460 | 중국현대작가론 | 박재연 역 | 온누리 | 85.8.1 | 시판금지 |
| 461 | 김대중사건 | 김상일 | 기린원 | 85.8.12 | 시판금지 |
| 462 | 민족해방과 교육운동 | 편집부 역 | 백산서당 | 85.8.20 | 시판금지 |
| 463 | 마르크스주의의 리얼리즘 모델 | 편집부 역 | 인간사 | 85.8.20 | 시판금지 |
| 464 | 경제원론 | 이내영 역 | 백산서당 | 85.9.1 | 시판금지 |
| 465 | 민중운동의 인식과 전략 | 양재원 역 | 풀빛 | 85.7.30 | 시판금지 |
| 466 | 중공유학기 | 김동규 외 역 | 녹두 | 85.8.10 | 시판금지 |
| 467 | 임거정(1-9권) | 홍벽초 | 사계절 | 85.8.30 | 시판금지 |
| 468 | 민중시2 | 문병란 외 | 청사 | 85.8.15 | 시판금지 |
| 469 | 저개발 경제론의 구조 | 김영수 역 | 평민사 | 85.9.9 | 시판금지 |

| 470 | 일과 힘1 | 편집부 | 거름 | 85.9.5 | 시판금지 |
|---|---|---|---|---|---|
| 471 | 알기 쉬운 정치사회1-<br>현실을 보는 눈 | 김동주 | 한울 | 85.8.15 | 시판금지 |
| 472 | 김대중 납치사건의<br>전모-4.27과 김대중 | 편집부 | 녹두 | 85.9.25 | 시판금지 |
| 473 | 국민을 살리는<br>마지막 선택 | 김종순 편 | 가교 | 85.9.15 | 수정삭제 |
| 474 | 칼레파 타 칼라 | 이문열 | 나남 | 85.8.1 | 수정삭제 |
| 475 | 조선의 빛(제5시집) | 주상윤 | 민성사 | 85.9.30 | 수정삭제 |
| 476 | 현대마르크스주의의<br>현재와 미래 | 주정훈 역 | 한울 | 85.9.20 | 시판금지 |
| 477 | 놀이책 | 일꾼자료실 | 거름 | 85.9.15 | 시판금지 |
| 478 | 비동맹운동 | 편집부 | 지양사 | 85.9.15 | 시판금지 |
| 479 | 대우자동차파업농성 | 한국기독교<br>산업개발원 | 웨슬레 | 85.9.6 | 시판금지 |
| 480 | 가 | 파금 | 청람 | 85.10.1 | 시판금지 |
| 481 | 마르크스주의와 민족주의 | 전용헌 역 | 박영사 | 85.9.10 | 시판금지 |
| 482 | 국가와 정치이론 | 한기범 외 역 | 한울 | 85.9.10 | 시판금지 |
| 483 | 국가권력과 계급권력 | 박상섭 편 | 한울 | 85.8.30 | 시판금지 |
| 484 | 노동가치론 논쟁 | 이인호 역 | 학민사 | 85.9.5 | 시판금지 |
| 485 | 오적 | 김지하 | 동광 | 85.9.30 | 시판금지 |
| 486 | 가 | 강계철 역 | 세계 | 85.10.20 | 시판금지 |
| 487 | 상흔 | 박재연 역 | 세계 | 85.10.15 | 시판금지 |
| 488 | 광개토왕비연구 | 임동석 역 | 역민사 | 85.9.30 | 수정삭제<br>(북한학자<br>박시형언<br>급부문) |
| 489 | 노동가치론의 역사 | 김재민 역 | 풀빛 | 85.7.30 | 수정삭제<br>(6, 7장) |
| 490 | 해방40년의 재인식1 | 박현채 외 역 | 돌베개 | 85.8.25 | 시판금지 |

| 491 | 대중매체와 의식조작 | 문희영 역 | 일월서각 | 85.9.15 | 시판금지 |
|---|---|---|---|---|---|
| 492 | 문화와 사상 | 소홍렬 | 이대출판사 | 85.9.24 | 수정삭제 (12,17, 22면) |
| 493 | 80년 서울. 봄 | 김대중 외 | 다리 | 85.8.25 | 시판금지 |
| 494 | 6.25와 참외씨 | 이영진 | 청사 | 85.8.30 | 시판금지 |
| 495 | 현대자본주의의 모순 | 강석규 역 | 풀빛 | 85.9.15 | 시판금지 |
| 496 | 살아남은 자의 슬픔 | 김광규 역 | 한마당 | 85.9.25 | 시판금지 |
| 497 | 진보당 | 권대복 | 지양사 | 85.10.15 | 시판금지 |

이 목록도 마찬가지로 보다 앞선 문서인 <가. 시판 및 재판중지 종용 문제도서> 목록에서 누락되었던 1984년 하반기의 도서들을 추가한 후 1985년의 금서목록들을 정리한 것으로 추정된다. 이 목록에는 마르크스주의와 사회주의에 대한 서적들과 함께 일본의 전공투, 일본민중운동사를 비롯하여 베트남, 필리핀, 쿠바 등 제3세계의 사회주의 운동사 관련 서적들이 포함되어 있다. 특히 그 중에서도 중국 혁명과 현실에 대한 서적들이 다수를 차지하고 있다. 1980년대 중반경에 한국의 변혁운동 진영에서 중국혁명에 대한 관심이 증가했다는 것을 알 수 있다. 이 목록 뒤에는 다시 <문제도서목록>이라는 항목으로 또 다른 목록이 추가되고 있다.

○문제도서목록

| 일련번호 | 도서명 | 저자 및 역자 | 출판사명 | 발행일 | 비고 |
|---|---|---|---|---|---|
| 498 | 가 | 강계철 역 | 세계 | 85.10.20 | 시판금지 |
| 499 | 상흔 | 박재연 역 | 세계 | 85.10.15 | 시판금지 |

| 500 | 세계체제론 | 김광식 외 역 | 학민사 | 85.9.20 | 시판금지 |
|---|---|---|---|---|---|
| 501 | 한국민중문학선1-노동시 | 박선욱 | 형성사 | 85.9.30 | 시판금지 |
| 502 | 한국민중문학선2-농민시 | 박선욱 | 형성사 | 85.9.30 | 시판금지 |
| 503 | 김형욱 회고록(1, 2, 3) | 김형욱,<br>박사월 | 아침 | 85.10.15 | 시판금지 |
| 504 | 제자리를 찾는 시 | 김지하 외 | 시인사 | 85.9.10 | 시판금지 |
| 505 | 현대중국여성사 | 이동윤 역 | 정우사 | 85.10.10 | 시판금지 |
| 506 | 창작과비평(85.1, 57호) | 백낙청 외 | 창작과<br>비평사 | 85.10.30 | 시판금지 |
| 507 | 한국노동운동론(1) | 박현채 외 | 미래사 | 85.10.25 | 시판금지 |
| 508 | 해방 3년사 1, 2 | 송남헌 | 까치 | 85.9.20 | 시판금지 |
| 509 | 중국근현대경제사 | 편집부 편역 | 일월서각 | 86.2.25 | 시판금지 |
| 510 | 자본주의란 어떻게<br>움직이는가 | 김인철 | 미래사 | 85.10.5 | 시판금지 |
| 511 | 현장 동료와 함께 | 이혜성 | 동녘 | 85.10.30 | 시판금지 |
| 512 | 문학원론 | 편집부 | 형성사 | 85.10.30 | 시판금지 |
| 513 | 신중산층 교실에서 | 고광현 | 청사 | 85.10.30 | 시판금지 |
| 514 | 김대중 그는 누구인가 | 김상일 | 금문당 | 85.11.20 | 시판금지 |
| 515 | 제3세계와 외채위기 | 정윤형 역 | 창작과<br>비평사 | 85.10.20 | 재판금지 |
| 516 | 해방의 미학 | 이현강 역 | 한울 | 85.9.20 | 시판금지 |
| 517 | 문제는 리얼리즘이다 | 홍승용 역 | 실천<br>문학사 | 85.10.20 | 시판금지 |
| 518 | 가치법칙과 사적유물론 | 강희석 역 | 민음사 | 85.10.30 | 시판금지 |
| 519 | 노동자가 되어 | 이달혁 외 | 형성사 | 85.10.30 | 시판금지 |
| 520 | 해방전후사의 인식 2 | 박현채 외 | 한길사 | 85.10.30 | 시판금지 |
| 521 | 한국자본주의와 국가 | 최장집 편 | 한울 | 85.10.10 | 시판금지 |

| 522 | 고토를 걷다 | 김재준 | 선경도서<br>출판사 | 85.11.10 | 시판금지 |
|---|---|---|---|---|---|
| 523 | 정치경제학기초 | 박희영 역 | 한울 | 85.10.20 | 시판금지 |
| 524 | 아시아전근대사회구성의<br>성격논쟁 | 우대철 역 | 한울 | 85.9.20 | 시판금지 |
| 525 | 자본주의와 국가 | 이선용 외 역 | 돌베개 | 85.11.10 | 시판금지 |
| 526 | 70년대 이후<br>아시아와 한반도 | 강태호 역 | 한겨레 | 85.9.20 | 시판금지 |
| 527 | 민중미술 | 민중미술<br>편집회 | 공동체 | 85.11.15 | 시판금지 |
| 528 | 중국 여성 해방의<br>선구자들 | 임정후 역 | 한울림 | 85.12.5 | 시판금지 |
| 529 | 80년대의 주변정세 | 강석호 | 거름 | 85.12.15 | 시판금지 |
| 530 | 국가 계급 헤게모니 | 임영일 | 풀빛 | 85.11.15 | 시판금지 |
| 531 | 현대세계경제체제론 | 박교인 역 | 청사 | 85.10.30 | 시판금지 |
| 532 | 오늘 우리가 서 있는 자리 | 全眞常<br>교육관 편 | 햇빛<br>출판사 | 85.11.15 | 시판금지 |
| 533 | 아리랑 고개의 교육 | 문동환 | 한국신학<br>연구소 | 85.11.20 | 시판금지 |
| 534 | 이제 때는 왔다 | 백기완 | 풀빛 | 85.11.20 | 시판금지 |
| 535 | 한국현대사 1 | 최장집 | 열음사 | 85.10.5 | 시판금지 |
| 536 | 이 나라 옳은 말들이 | 고은 외 | 지양사 | 85.12.15 | 시판금지 |
| 537 | 노동과 예술<br>-일터의 소리2 | 이현우 외 | 지양사 | 85.12.15 | 시판금지 |
| 538 | 저들에 푸르른<br>솔잎을 보라 | 이정훈 외 | 거름 | 85.11.30 | 시판금지 |
| 539 | 러시아의 밤 | 편집부 역 | 형성사 | 85.12.15 | 시판금지 |
| 540 | KAL기를 격추하라 | 박선경 역 | 일월서각 | 85.11.15 | 시판금지 |
| 541 | 소비에트 국제법 이론 | 이윤영 역 | 대광<br>문화사 | 85.11.30 | 시판금지 |

| 542 | 원내민주정치 | 신한민주당 선전국 | 일월서각 | 85.12.5 | 재판금지 |
|---|---|---|---|---|---|
| 543 | 밤꽃피는 유월에 | 문병란 외 | 지양사 | 85.12.20 | 시판금지 |
| 544 | 다시하는 강의 | 한완상 외 | 새밭 | 84.12.10 | 시판금지 |
| 545 | 국가와 자본 | 조정현 역 | 청사 | 85.11.30 | 시판금지 |
| 546 | 필리핀민중운동사 | 김호철 역 | 동녘 | 85.12.30 | 시판금지 |
| 547 | 밧줄을 타며 | 채광석 | 풀빛 | 85.12.10 | 시판금지 |
| 548 | 비록 박정희 시대 | 이상우 | 중원문화 | 85.12.8 | 재판금지 |
| 549 | 경제체제론 | 조용범 편 | 한울 | 85.11.25 | 시판금지 |
| 550 | 여성 | 편집위원회 | 창작과 비평사 | 85.12.5 | 시판금지 |
| 551 | 우리가 우리에게 | 김태숙 외 | 돌베개 | 85.12.30 | 시판금지 |
| 552 | 한국자본주의와 사회구조 | 최장집 외 | 한울 | 85.11.25 | 시판금지 |
| 553 | 세익스피어에서 고리끼까지 | 이득재 | 사계절 | 85.12.15 | 시판금지 |
| 554 | 러시아 혁명의 기록 | 편집부 역 | 형성사 | 85.12.20 | 시판금지 |
| 555 | 황색예수3 | 김정환 | 실천 문학사 | 86.1.10 | 시판금지 |
| 556 | 현대유물론의 기본과제 | 민해철 역 | 거름 | 85.12.30 | 시판금지 |
| 557 | 인간공자 | 조명준 역 | 한겨레 | 85.11.30 | 시판금지 |
| 558 | 분단시대 판화 시집 | 도종환 외 | 우리 | 85.12.30 | 시판금지 |
| 559 | 세계은행과 독재정권 | 김홍상 외 | 사계절 | 85.12.30 | 시판금지 |
| 560 | 우리들2 | 이경희 외 | 미래사 | 85.12.30 | 시판금지 |
| 561 | 삶과 멋 | 민중예술 위원회 | 공동체 | 85.12.20 | 시판금지 |
| 562 | 교육과 인간 해방 | 심성보 역 | 사계절 | 85.12.20 | 시판금지 |
| 563 | 한일간의 비극 | 황천수 역 | 지평 | 85.12.15 | 시판금지 |
| 564 | 일본 학생운동사 | 김진편 역 | 백산서당 | 86.1.20 | 시판금지 |

| 565 | 한국의 비극 | 최현 역 | 범우사 | 86.1.25 | 시판금지 |
|---|---|---|---|---|---|
| 566 | 아나키즘 | 하기락 역 | 중문<br>출판사 | 85.12.15 | 시판금지 |
| 567 | 그람시와 정치사상 | 김주환 역 | 청사 | 85.12.20 | 시판금지 |
| 568 | 자본주의 역사와 구조 | 김승태 역 | 백산서당 | 85.12.30 | 시판금지 |
| 569 | 마산문화4-희망과 힘 | 김영찬 외 | 청운 | 85.12.31 | 시판금지 |
| 570 | 선봉에 서서 | 서울노동<br>운동연합 | 돌베개 | 86.1.15 | 시판금지 |
| 571 | 한국사회의 계급연구 | 김진균 외 | 한울 | 85.12.25 | 시판금지 |
| 572 | 일본현대사 | 우철민 역 | 동녘 | 86.1.15 | 시판금지 |
| 573 | 제3세계의 관광공해 | 기독교사회<br>문제연구원 | 민중사 | 85.12.6 | 시판금지 |
| 574 | 마르크스와 민족문제 | 배동문 | 한울 | 86.1.5 | 시판금지 |
| 575 | 민족현실과 지역운동 | 이광호 외 | 광주 | 85.12.25 | 시판금지 |
| 576 | 까마귀 우는 산 | 박진관 | 청사 | 86.1.30 | 시판금지 |
| 577 | 역사와 사회4<br>-국가계급사회운동 | 김학노 외 | 한울 | 86.1.10 | 시판금지 |
| 578 | 유신공화국의 몰락 | 이한두 | 매산 | 86.1.30 | 시판금지 |
| 579 | 늙은 노동자의 노래 | 이택주 | 실천<br>문학사 | 86.2.15 | 시판금지 |
| 580 | 사회계급론 | 박현우 역 | 백산서당 | 86.2.20 | 시판금지 |
| 581 | 부산공동체를 위하여 | 구모룡 외 | 동보서적 | 86.1.20 | 시판금지 |
| 582 | 어느 혁명가의 회상 | 박교인 | 한겨레 | 85.12.30 | 시판금지 |
| 583 | 내영혼 대륙에 묻어 | 이승민 역 | 백산서당 | 86.2.20 | 시판금지 |
| 584 | 공동체문화 | 김지하 외 | 공동체 | 86.3.5 | 시판금지 |
| 585 | 무등산 | 문병란 | 청사 | 86.2.25 | 시판금지 |
| 586 | 정풍 1, 2 | 한국정치<br>문제연구소 | 창민사 | 86.2.25 | 시판금지 |

| 587 | 십자가의 꿈 | 박몽구 | 풀빛 | 86.2.22 | 시판금지 |
|---|---|---|---|---|---|
| 588 | 85년 임금인상투쟁 | 편집부 | 풀빛 | 86.2.20 | 시판금지 |
| 589 | 식민지시대 사회운동 | 이반송 외 | 한울림 | 86.3.8 | 시판금지 |
| 590 | 연표 한국현대사 | 김천영 | 한울림 | 86.3.8 | 시판금지 |
| 591 | 강철은 어떻게 단련되었는가?(1,2) | 조영명 역 | 온누리 | 86.2.15 | 시판금지 |
| 592 | 대중경제론 | 김대중 | 청사 | 86.3.30 | 시판금지 |
| 593 | 현대자본주의분석의 기초이론 | 현대평론 역 | 청사 | 86.3.30 | 시판금지 |
| 594 | 한국에 있어서의 국가와 사회 | 연세대 사회과학대학 국가론연구회 | 한울 | 86.3.15 | 시판금지 |
| 595 | 이렇게 시퍼렇게 살아 | 송기원 외 | 한마당 | 86.3.28 | 시판금지 |
| 596 | 금강산대관 | 이인원 | 세종문화원 | 86.2.1 | 시판금지 |
| 597 | 러시아혁명사 | 조영명 역 | 온누리 | 86.3.25 | 시판금지 |
| 598 | 아리랑2 | 편집실 역 | 혁민사 | 86.3.30 | 시판금지 |
| 599 | 유신쿠데타 | 이경재 | 일월서각 | 86.3.31 | 시판금지 |
| 600 | 자본론의 정치적 해석 | 한웅혁 역 | 풀빛 | 86.3.30 | 시판금지 |
| 601 | 교육 노동 운동 | 교육출판 기획실편 | 석탑 | 86.5.15 | 시판금지 |
| 602 | 옥중수고1 | 이상훈 역 | 거름 | 86.3.3 | 시판금지 |
| 603 | 한국경제구조론 | 박현채 | 일월서각 | 86.4.15 | 시판금지 |
| 604 | 사회계급론 서설 | 박노영 외 역 | 미래사 | 86.4.25 | 시판금지 |
| 605 | 빼앗길 수 없는 노래 | 최두석 외 | 시인사 | 86.4.30 | 시판금지 |
| 606 | 눈물꽃 | 고정희 | 실천문학사 | 86.4.15 | 시판금지 |
| 607 | 5월제 | 양성우 | 청사 | 86.5.30 | 시판금지 |
| 608 | 현대중국작가평전 | 박재연 역 | 백산서당 | 86.5.10 | 시판금지 |

| 609 | 한국과 미국 | 문동환 외 | 실천문학사 | 86.7.10 | 시판금지 |
|---|---|---|---|---|---|
| 610 | 한반도의 젊은 시인들 1 | 강영철 외 | 온누리 | 86.6.25 | 시판금지 |
| 611 | 김민기 | 김창남 | 한울 | 86.6.10 | 시판금지 |
| 612 | 현대자본주의와 노동과정 | 고훈석 외 역 | 이성과현실사 | 86.6.5 | 시판금지 |
| 613 | 정치섭리의 대예언:부록편 한반도의 신비와 미래상 | 김영섭 외 | 인천문화사 | 86.7.1 | 시판금지 |
| 614 | 삶의 문학7-이땅의 사람들 | 편집부 | 동녘 | 86.5.20 | 시판금지 |
| 615 | 해방정국 논쟁사1 | 심지연 | 한울 | 86.3.20 | 시판금지 |
| 616 | 사주팔자 | 윤태현 | 행림출판사 | 86.4.15 | 시판금지 |
| 617 | 대학문에 서서 | 류병주 | 거름 | 86.3.25 | 시판금지 |
| 618 | 중국의 땅에 눈이 내리고 | 성민엽 역 | 한마당 | 86.4.20 | 시판금지 |
| 619 | 자야(상, 하) | 김하림 | 한울 | 86.4.20 | 시판금지 |
| 620 | 들판에 불을 놓아 | 유성준 역 | 한울 | 86.4.30 | 시판금지 |
| 621 | 기뻐웃는 불꽃이여 | 박재연 역 | 한겨레 | 86.4.15 | 시판금지 |
| 622 | 정풍3: 누가 역사의 증인인가 | 한국정치문제연구소 | 창민사 | 86.7.26 | 시판금지 |
| 623 | 정풍4: 김형욱의 두얼굴 그 충성과 배신 | 한국정치문제연구소 | 창민사 | 86.7.26 | 시판금지 |
| 624 | 정풍5: 정치1번지 청와대 비서실 | 한국정치문제연구소 | 창민사 | 86.7.26 | 시판금지 |
| 625 | 정풍6: 김종필과 이후락의 떡고물 | 한국정치문제연구소 | 창민사 | 86.7.26 | 시판금지 |
| 626 | 발언집 | 김정환 | 한마당 | 86.8.10 | 시판금지 |
| 627 | 법과 민주화: 현행정치악법연구 | 한국기독교사회문제연구원편 | 민중사 | 86.8.11 | 시판금지 |

| 628 | 호지명 | 편집부 역 | 도서출판 성원 | 86.5.30 | 시판금지 |
|---|---|---|---|---|---|
| 629 | 교육현실과 교사 | 교육출판 기획실편 | 청사 | 86.6.30 | 시판금지 |
| 630 | 고뇌속을 가다(1, 2) | 조영명 역 | 기민사 | 86.7.1 | 시판금지 |
| 631 | 노래운동론 | 김창남 외 | 공동체 | 86.6.20 | 시판금지 |
| 632 | 김형욱 최후의 그 얼굴 | 손충무 | 문학 예술사 | 86.8.20 | 시판금지 |
| 633 | 시대정신(제3권) | 시대정신 기획위원회 | 일과놀이 | 86.5.20 | 시판금지 |
| 634 | 한국경제사입문1 | 박승구 | 백산서당 | 86.5.25 | 시판금지 |
| 635 | 혁명의 건설자들 | 이건복 | 동녘 | 86.5.31 | 시판금지 |
| 636 | 유물론과 변증법 | 양운덕 역 | 백산서당 | 86.6.10 | 시판금지 |
| 637 | 자본주의 국가논쟁 | 주익종 역 | 한울림 | 86.6.10 | 시판금지 |
| 638 | 세계여성사 | 김동희 역 | 백산서당 | 86.7.30 | 시판금지 |
| 639 | 개헌과 민주화운동 | 한국기독교 사회문제 연구원 | 민중사 | 86.8.6 | 시판금지 |
| 640 | 마르크스에서 소비에트 이데올로기로 | 황태연 역 | 중원문화 | 85.8.31 | 시판금지 |

<문제도서목록>이라는 제목 아래 대략적으로 85년 9월 이후 발행된 도서들 중 시판금지된 목록들이 정리되어 있다. <문제도서목록>의 일부는 앞의 <추가하달> 문서와 겹친다. 이를테면, 위 <추가하달> 목록 중 486, 487번과 <문제도서목록> 중 498, 499번은 중국 작가 바진의 소설 등을 번역한 동일한 책이다. 이것은 실수이거나 아니면 이 목록들이 동일한 기관 혹은 사람에 의해 작성된 것이 아닐 수 있다는 것을 보여준다. 그렇지만, <문제도서목록> 역시 앞의 <추가하달> 보

다 뒤에 간행된 도서들의 목록이라는 점에서 시간의 추이에 따라 금서가 추가되는 양상을 보여주고 있다는 점을 확인할 수 있다. <문제도서목록> 뒤에는 다시 <검토도서목록>이라는 제목의 다음 목록이 붙어 있다.

○검토 도서 목록

| 일련번호 | 도서명 | 저자 및 역자 | 출판사명 | 발행일 | 비고 |
|---|---|---|---|---|---|
| 641 | 북한기행 | 양성철 외 | 한울 | 86.3.30 | 시판금지 |
| 642 | 현장학습 근로기준법 | 안돌 | 청사 | 86.8.30 | 시판금지 |
| 643 | 한국전쟁의 기원(상, 하) | 김주환 역 | 청사 | 86.8.30 | 시판금지 |
| 644 | 성남지역의 실태와 노동운동 | 한국기독교 사회문제 연구원편 | 민중사 | 86.7.10 | 시판금지 |
| 645 | 민주통일 그날까지 | 김은집 | 새벽종 | 86.7.31 | 시판금지 |
| 646 | 한국근대민족해방운동사 | 이재화 | 백산서당 | 86.8.15 | 시판금지 |
| 647 | 시인4-시인이여 시여 | 채광석 외 | 시인사 | 86.8.31 | 시판금지 |
| 648 | 페다고지 | 파울로 프레이리(성찬성) | 광주 | 86.3.10 | 시판금지 |
| 649 | 나뭇골 사람들 | 연성수 | 공동체 | 85.11.25 | 시판금지 |
| 650 | 정치경제학 원론 | 편집부 | 녹두 | 86.1.10 | 시판금지 |
| 651 | 1905년 혁명 | S.M슈비르츠 (김남) | 녹두 | 86.1.10 | 시판금지 |
| 652 | 세계철학사 1, 2, 3 | 편집부 | 녹두 | 85.12.30 | 시판금지 |
| 653 | 러시아 노동운동사 | S.P 튜린 (강철훈) | 녹두 | 86.3.15 | 시판금지 |
| 654 | 영화운동론 | 서울 영화집단 | 화다 | 85.12.30 | 시판금지 |

| 655 | 국가와 계급구조 | 에릭 올린라이트 (김왕배 외) | 화다 | 85.9.25 | 시판금지 |
|---|---|---|---|---|---|
| 656 | 볼세비키혁명사 | E.H 카 (이지원) | 화다 | 85.6.30 | 시판금지 |
| 657 | 상황통신 | 시사문제 연구회 | 화다 | 85.10.30 | 시판금지 |
| 658 | 볼세비키의 러시아혁명1 | 황인평 역 | 거름 | 85.11.30 | 시판금지 |
| 659 | 볼세비키의 러시아혁명2 | 황인평 역 | 거름 | 85.12.25 | 시판금지 |
| 660 | 볼세비키의 러시아혁명3 | 황인평 역 | 거름 | 86.2.15 | 시판금지 |
| 661 | 인식의 발전구조 | 藤本進治 (편집부) | 이론과 실천 | 86.5.15 | 시판금지 |
| 662 | 현대국가와 혁명 | 岩田弘外 (현대사연구회) | 이론과 실천 | 86.5.25 | 시판금지 |
| 663 | 마르크스자본론 해설 | 카우츠키 (편집부) | 광주 | 86.6.1 | 시판금지 |
| 664 | 현대 제국주의의 정치경제학 | 편집부 | 미래사 | 86.2.20 | 시판금지 |
| 665 | 현대역사과학 입문 | 小谷汪之 외 (조금안) | 한울 | 86.5.15 | 시판금지 |
| 666 | 여성과 혁명운동 | 마리.M 멀래니(장정순) | 두레 | 86.3.20 | 시판금지 |
| 667 | 강좌철학(제2권) | 윤영만 엮음 | 세계 | 86.2.15 | 시판금지 |
| 668 | 1880년대 러시아 | N.M.나이마크(이동한) | 지양사 | 86.5.25 | 시판금지 |
| 669 | 민족해방운동사 | A.A문제연구소(김태일) | 지양사 | 85.4.10 | 시판금지 |
| 670 | 임금의 기초이론 | 편집부 | 사계절 | 86.4.10 | 시판금지 |
| 671 | 대학의 소리 | 신대아 외 | 공동체 | 86.4.15 | 시판금지 |
| 672 | 한국의 공해지도 | 한국공해문제 연구소 | 일월서각 | 86.5.20 | 시판금지 |

| 673 | 노동자 4호 | 영등포도시<br>산업선교회 | 형성사 | 86.5.20 | 시판금지 |
|---|---|---|---|---|---|
| 674 | 민족문학 86.2 | 자유실천문인<br>협의회 | 청사 | 86.2.23 | 시판금지 |
| 675 | 열린 마을을 위하여 | 하상윤 | 학민사 | 85.8.20 | 시판금지 |
| 676 | 신식민주의론 | 콜린레이스<br>외(편집부) | 한겨레 | 86.7.20 | 시판금지 |
| 677 | 러시아혁명과<br>레닌의 사상 | 和田春樹<br>(이동한) | 지양사 | 86.1.20 | 시판금지 |
| 678 | 그러나 이제는<br>어제의 우리가 아니다 | 김경숙 외<br>125인 | 돌베개 | 86.2.15 | 시판금지 |

<검토도서목록>이라는 제목이 앞의 목록과 어떤 다른 의미로 사용된 것인지는 확인하기 어렵다. 다만, 동일한 형식으로 비고란에 시판금지 표시가 붙어 있다는 점, 또 1986년도에 간행된 도서목록들이라는 점에서 시간의 추이에 따른 금서의 다른 명칭이 아닌가 추정된다. 이 목록에서는 러시아혁명과 운동사, 레닌의 볼세비즘에 대한 다수의 서적들을 확인할 수 있다. 1980년대 중반 이후 변혁운동의 급진화와 관련된 목록이라고 할 수 있다. 1980년대 중반 새롭게 추가된 금서들을 통해 한국 사회의 지식인과 청년세대들의 '자기의식'을 구성하는 지식의 목록에 마르크스주의와 사회주의 혁명사가 등장했음을 확인할 수 있다.

이상으로 다양한 범주의 소제목 하에 정리된 금서는 총 678권이었다.[19] 이러한 방대한 금서목록이 작성된 지 9일여만에 당국은 선별

---

19  목록작성자의 일련번호 착오로 4종이 누락되었으며, 이 누락된 번호를 포함하면 일련번호는 678로 끝난다. 협의회의 판금도서목록 해제에는 679종으로 제시하고 있는데, 숫자를 잘못 헤아린 것으로 보인다.

해금 조처를 내린다. 1987년 10월 19일 당국이 선별 해금 조처한 도서 목록 [표 5]와 여전히 금서로 묶어둔 미해금 도서목록 [표 6]을 다음에 제시했다.

**[표 5] 1987년 선별해금된 목록[20](1987. 10. 19)**

| 일련 번호 | 도서명 | 저자 및 역자 | 비고 |
|---|---|---|---|
| 1 | 전쟁과 평화의 연구 | 김홍철 | |
| 2 | 노동자의 길잡이 | 전미카엘 | |
| 3 | 쟝글 | 싱클레어 | |
| 4 | 위대한 거부 | 마르쿠제 | |
| 5 | 사회운동이념사 | 장일조 | |
| 6 | 새로운 사회학 | C 앤더슨 | |
| 7 | 여성해방의 논리 | J 미첼 | |
| 8 | 유한계급론 | 톨스타인 베블렌 | |
| 9 | 억압과 자유 | 시몬느 베이유 | |
| 10 | 독일노동운동사 | 광민사 | |
| 11 | 봉건제도에서 자본주의로의 전환 | R 힐턴 외 | |
| 12 | 프랑스 혁명 | 소부르 | |
| 13 | 제3세계의 경제구조 | 湯淺进男 | |
| 14 | 혁명의 사회학 | 프란츠 파농 | |
| 15 | 한국노동운동사(해방후) | 김락중 | |
| 16 | 메시아 왕국 | P.R.Ruther | |

---

20 「선별해금에 출판계 불만 판금 서적 4백 31종 해금 내용과 반응」, 『동아일보』 1987. 10. 19.

| 17 | 공동체의 기초이론 | 오즈까 히사오 | |
|----|------------------|--------------|--|
| 18 | 세계통일과 한국 | 홍경희 | |
| 19 | 북한 김일성 왕조 비사 | 임은 | |
| 20 | 하나님 체험 | J. 몰트만 | |
| 21 | 오늘의 행동신학 | 미구에즈 부니노 | |
| 22 | 제국주의 시대 | H. 맥도프 | |
| 23 | 사회과학 근본문제 | 이또미 스하루 | |
| 24 | 자유와 진보를 위하여 | 마르쿠제 | |
| 25 | 백두산 이야기 | 공탁호 | |
| 26 | 일본제국주의 정신사 | 쓰루미 슌스케 | |
| 27 | 경제성장과 후진국 | 모리스돕 | |
| 28 | 현대금융자본론 | 이꾸가와 에이지 | |
| 29 | 휴머니즘 | 에리히 프롬 | |
| 30 | 예술과 혁명 | 마르쿠제 | |
| 31 | 한국현대문학비평사 | 김윤식 | |
| 32 | 제3세계의 생산양식 | 존테일리 | |
| 33 | 근대과학과 아나키즘, 상호부조론 | 크로포트킨 | |
| 34 | 전세계 인민해방전선의 전개 | 막스빗트라우 | |
| 35 | 소유란 무엇인가 | 푸르동 | |
| 36 | 농업사회의 구조와 변동 | 스타벤 하겐 | |
| 37 | 사회사상사개론 | 고도선재 외 | |
| 38 | 현대사회의 계층 | T 보토모어 | |
| 39 | 세계경제입문 | 小椋廣勝 | |
| 40 | 세계경제의 구조 | A G 프랑크 | |
| 41 | 러시아 사상사 | 아이작 도이취 | |
| 42 | 유럽 노동운동사 | 아센도르트 | |

| 43 | 여성해방의 이론체계 | 알렌스 재거 | |
|---|---|---|---|
| 44 | 사회정의와 도시 | 레이비디하비 | |
| 45 | 경제학 개론 | 고도선재 외 | |
| 46 | 마르크스냐 사르트르냐 | 아담샤프 | |
| 47 | 중공교육학 | 유수기 | |
| 48 | 국제무역론 | 함건식 | |
| 49 | 여성해방사상의 흐름 | 김희은 역 | |
| 50 | 가격과 빈곤 | E. K. 헌트 | |
| 51 | 농업경제학 개론 | 梅川勉 | |
| 52 | 실존과 혁명 | G. 노바크 | |
| 53 | 한국근대문학과 시대정신 | 권영민 | |
| 54 | 근대혁명사론 | 河野健一 | |
| 55 | 마르크스주의와 예술 | 앙리 아르봉 | |
| 56 | 중국근대경제사연구서설 | 다나까 마사도시 | |
| 57 | 현대철학의 제문제 | 아담샤프 | |
| 58 | 독점자본 | P 바란 | |
| 59 | 현대소외론 | R 디커 A 샤프 | |
| 60 | 소외된 인간 | H 포피츠 | |
| 61 | 휴머니즘의 부활 | E 프롬 | |
| 62 | 대학이란 무엇인가 사회란 무엇인가 | 빠리대학 | |
| 63 | 5.4운동의 사상사 | 丸山松幸 | |
| 64 | 일본경제사 | 나가히다 게이찌 | |
| 65 | 입문경제학 | 오영진 역 | |
| 66 | 과학으로서의 경제학 | 置鹽信雄 | |
| 67 | 마르크스의 인간관 | E 프롬 | |
| 68 | 시민혁명의 역사구조 | 박준식 역 | |

| 69 | 공황론 입문 | 모리스돕 외 | |
|---|---|---|---|
| 70 | 노동경제학 | 조용범 | |
| 71 | 자본주의와 가족제 | 엘리자레스키 | |
| 72 | 남북문제의 경제학 | 小野一良 | |
| 73 | 세계경제론 | 라진트사우 | |
| 74 | 남북한 신외교정책 | 김연수 | |
| 75 | 사회구성체 이행론서설 | 최현 | |
| 76 | 일제하 40년사 | 강재언 | |
| 77 | 민중의 외침 | 페리녹스 | |
| 78 | 빈곤의 정치경제학 | 하이터 | |
| 79 | 일하는 청년세계 | 인간사 | |
| 80 | 개인과 공동체 | 아그네스 헬러 | |
| 81 | 해방신학의 올바른 이해 | 함세웅 외 | |
| 82 | 커뮤니케이션 사회학 | 이정춘 | |
| 83 | 경제사 기초지식 | 김호균 | |
| 84 | 예술이란 무엇인가 | 에른스트피셔 | |
| 85 | 브레히트 연구 | 이원양 | |
| 86 | 한일간의 비극 | 小室直樹 | |
| 87 | 항일농민운동연구 | 減田喬二 | |
| 88 | 제국주의와 민족운동 | 이경용 | |
| 89 | 전환기의 자본주의 | 중원출판사 역 | |
| 90 | 개인과 휴머니즘 | A. 샤프 | |
| 91 | 여성의 지위 | 줄리엣 미첼 | |
| 92 | 마르크스주의의 수정 | 하기락 | |
| 93 | 인간의 역사 | 조우화 | |
| 94 | 소련 전쟁관 평화관 중립관 | 비거 | |

| 95 | 20세기 농민전쟁 | 에릭 R 울프 | |
|---|---|---|---|
| 96 | 아리랑 | 님 웨일즈 | |
| 97 | 연극과 사회 | 양혜숙 | |
| 98 | 자주 관리제도 | 브랑코 호르바트 | |
| 99 | 브레히트 평전 | 임양묵 | |
| 100 | 제3세계와 브레히트 | 김성기 | |
| 101 | 마르크스와 프로이드 | 유성만 | |
| 102 | 성장의 정치경제학 | P A 바란 | |
| 103 | 일본민중운동사 | 윤대원 역 | |
| 104 | 노동운동과 노동조합 | 김석영 | |
| 105 | 미국의 세계전략 | 唐澤敬 외 | |
| 106 | 해방의 정치윤리 | J M 보니노 | |
| 107 | 민중연극론 | 아우구스또 보알 | |
| 108 | 시인과 혁명가 | 버트램 울프 | |
| 109 | 노동조합운동론 | 정인 | |
| 110 | 자본주의 국가 계급문제 | 남구현 | |
| 111 | 후기자본주의 | 에르네스트만델 | |
| 112 | 사회주의 문화운동 | 우리기획 | |
| 113 | 라틴 아메리카 변혁사 | 서경원 | |
| 114 | 중국여성해방운동 | 김미경 외 역 | |
| 115 | 일본자본주의 발달사 | 이계황 역 | |
| 116 | 모택동주의의 미래 | 한울림 역 | |
| 117 | 일본 노동운동사 | 우철민 | |
| 118 | 하늘의 절반 | 클로디브로이엘 | |
| 119 | 소외론 | 강광열 | |
| 120 | 제3세계 국가자본주의론 | 조용범 | |

| 121 | 마르크스경제사상 형성 | 만델 | |
|---|---|---|---|
| 122 | 간추린 한국노동운동사 | 편집실 | |
| 123 | 베트남전쟁 | 이영희 | |
| 124 | 마르크스주의 미학과 정치학 | 김성기 역 | |
| 125 | 끝없는 전쟁 | 조동수 | |
| 126 | 제3세계와 국제경제질서 | 아민 외 | |
| 127 | 민중운동의 인식과 전략 | 코헨 외 | |
| 128 | 정지용 연구 | 김학동 | |
| 129 | 중국현대작가론 | 박재연 역 | |
| 130 | 중공 유학기 | 堀江義人 외 | |
| 131 | 세계체계론-신종속이론 | 월레스타인 외 | |
| 132 | 중국현대혁명사 | 안선모 역 | |
| 133 | 마르크스주의의 리얼리즘 모델 | 인간사 역 | |
| 134 | 민족해방과 교육운동 | 백산서당 역 | |
| 135 | 경제원론 | 이내영 역 | |
| 136 | 세계경제론 | 이내영 역 | |
| 137 | 국가권력과 계급권력 | 박상섭 | |
| 138 | 노동가치론 논쟁 | 뵘비베르크 외 | |
| 139 | 저개발 경제론의 구조 | 本多健吉 | |
| 140 | 마르크스주의와 민족주의 | H B 데이비스 | |
| 141 | 국가와 정치이론 | 마틴 카노이 | |
| 142 | 비동맹 운동 | 지양사 | |
| 143 | 해방3년사 1, 2 | 송남헌 | |
| 144 | 현대 마르크스주의의 현재와 미래 | H H 홀쯔 | |
| 145 | 아시아 전근대 사회구성의 성격 논쟁 | 中村哲 외 | |
| 146 | 세계체제론 | 월러스타인 외 | |

| | | |
|---|---|---|
| 147 | 살아남은 자의 슬픔 | 브레히트 | |
| 148 | 한국민중문학선1-농민시 묶음 | 박선욱 편 | |
| 149 | 한국민중문학선 2-노동시 묶음 | 박선욱 편 | |
| 150 | 현대중국여성사 | 이동윤 역 | |
| 151 | 진보당 | 권대복 | |
| 152 | 정치경제학 기초 | B 파인 | |
| 153 | 한국노동운동론(1) | 김금수 외 | |
| 154 | 문학원론 | 형성사 | |
| 155 | 현대세계경제체제론 | 木下悦二 외 | |
| 156 | 자본주의와 국가 | 봅제솝 | |
| 157 | 경제체제론 | 조용범 | |
| 158 | 셰익스피어에서 고리끼까지 | 이득재 | |
| 159 | 소비에트국제법 이론 | G I 던킨 | |
| 160 | 인간공자 | 이장지 | |
| 161 | 중국여성해방의 선구자들 | 중국여성사연구회 | |
| 162 | 아나키즘 | 다니엘 게팅 | |
| 163 | 교육과 인간해방 | 조웰 스프링 | |
| 164 | 민족현실과 지역운동 | 이광호 외 | |
| 165 | 필리핀민중운동사 | 콘스탄티노 외 | |
| 166 | 세계은행과 독재정권 | 왈덴벨로우 | |
| 167 | 어느 혁명가의 회상 | 크로포트킨 | |
| 168 | 1905년 혁명 | S M 슈바르츠 | |
| 169 | 선봉에 서서 | 서울노동운동조합 | |
| 170 | 일본현대사 | 후지와라 아키라 | |
| 171 | 일본학생운동사 | 김진 | |
| 172 | 금강산대관 | 어린이 심방병협회 | |

| 173 | 새로운 사회학 이해 | 셔먼우드 | |
|---|---|---|---|
| 174 | 사회계급론 | 프란차스 외 | |
| 175 | 85년 임금인상투쟁 | 풀빛 | |
| 176 | 중국근현대경제사 | 일월서각 | |
| 177 | 공동체문화 3집 | 김지하 외 | |
| 178 | 식민지 시대 사회운동 | 김정명 외 | |
| 179 | 죽음을 부른 권력 | 김교식 | |
| 180 | 해방정국논쟁사 1 | 심지연 | |
| 181 | 세계의 역사(중세편) | 형성사 | |
| 182 | 아리랑고개의 교육 | 문동환 | |
| 183 | 이것이 북한이다 | 임은 | |
| 184 | 삶의 문학7-이땅 사람들 | 동녘 | |
| 185 | 한국경제사입문 1 | 박승구 | |
| 186 | 현대자본주의와 노동과정 | 마르크스 브레이버만 외 | |
| 187 | 자본주의 국가논쟁 | 야페 외 | |
| 188 | 고뇌속을 가다 1, 2 | 톨스토이 | |
| 189 | 남로당사 | 이정수 | |
| 190 | 신식민주의론 | 콜린레이스 외 | |
| 191 | 세계여성사 | 玉城肇 | |
| 192 | 북한기행 | 양성철 외 | |
| 193 | 마르크스에서 소비에트이데올로기로 | I. 페처 | |
| 194 | 동방현대회화 | 최병식 | |
| 195 | 도시지역운동연구 | 카스텔 외 | |
| 196 | 노신소설집 | 노신 | |
| 197 | 여성해방논쟁 | R. Ham Hon | |
| 198 | 최근노동운동기록 | 이태호 | |

| 199 | 노동자·농민·병사소비에트 | 오스카안바일러 | |
|---|---|---|---|
| 200 | 사회사상사 | 水田洋 | |
| 201 | 새로운철학입문 | K 웨딩톤 | |
| 202 | 예술사회학 | V 프리체 | |
| 203 | 항전별곡 | 이정식 외 | |
| 204 | 중국사입문 | 西嶋定生 | |
| 205 | 베트남민족해방운동사 | 유지열 | |
| 206 | 변신 1, 2 | 윌리엄 힐턴 | |
| 207 | 캐터콜비츠와 노신 | 캐터콜비츠 | |
| 208 | 중국현대문학사 | 菊地三郎 | |
| 209 | 제국주의의 제관점 | K E 볼징 외 | |
| 210 | 한국노동자계급론 | 서울대사회대 한국사회발전연구회 | |
| 211 | 해방신학의 이해 | 고재식 | |
| 212 | 프란츠 파농 | 레나테자하르 | |
| 213 | 필리핀 2월 혁명 | 김종채 외 | |
| 214 | 흰돛 | 김파 | |
| 215 | 비교정치학 | 로널드 칠코트 | |
| 216 | 한국공산주의운동사3 | 스칼라피노 외 | |
| 217 | 대통령의 꿈(1, 정상편) | 장사공 | |
| 218 | 국가와 현대자본주의 | 齊藤定雄 | |
| 219 | 모더니즘시 연구 | 원명수 | |
| 220 | 이데올로기와 상부구조 | 윤도현 역 | |
| 221 | 식민지시대사회운동론 연구 | 배성찬 | |
| 222 | 해방신학 | G 구티에레즈 | |
| 223 | 세계자본주의 체제와 주변부 사회구성체 | I 월러슈타인 | |

| 224 | 우리들 1-일, 생활, 현실 | 장하운 외 | |
|---|---|---|---|
| 225 | 과학기술사 | 석동호 | |
| 226 | 사회구성체론 | F 퇴케이 | |
| 227 | 러시아 맑스주의 | 닐하딩 | |
| 228 | 노동운동론 연구 | 堀江正規 | |
| 229 | 파업론 연구 | 堀江正規 | |
| 230 | 사회구성체론과 사회과학 방법론 | 이진경 | |
| 231 | 제3세계의 경제와 사회 2 | 양희왕 | |
| 232 | 교육운동론 | 이은숙 | |
| 233 | 해방공동체 2 | 한국기독교 장로회 청년회전국연합회 | |
| 234 | 내 무거운 책가방 | 문병란 외 | |
| 235 | 늙은 노동자의 노래 | 이택주 | |
| 236 | 새벽을 부르는 목소리 | 문병란 | |
| 237 | 언론과 정치 | 손충무 | |
| 238 | 나의 손발을 묶는다 해도 | 민주화실천 가족운동협의회 | |
| 239 | 노래야 나오너라 | 민요연구회 | |
| 240 | 한민족에게 고함 | 김오진 | |
| 241 | 내가 두고 떠나온 아이들에게 | 김진경 외 | |
| 242 | 서울의 봄 민주선언 | 김삼웅 | |
| 243 | 일편단심 | 손주항 | |
| 244 | 백기는 휘날리는데 | 윤용 | |
| 245 | 1970년대 민주화운동 1, 2, 3 | NCC인권위원회 | |
| 246 | 신동엽전집 | 신동엽 | |
| 247 | 지성과 반지성 | 김병익 | |
| 248 | 길을 묻는 그대에게 | 김동길 | |

| 249 | 우리의 가을은 끝나지 않았다 | 김정길 | |
| 250 | 민중시대의 문학 | 염무웅 | |
| 251 | 죽순밭에서 | 문병란 | |
| 252 | 야간폭격과 새 | 이철범 | |
| 253 | 한 아이와 두 어른이 만든 세상이야기 | 마키엠 부랜스필드 | |
| 254 | 독립운동사연구 | 박성수 | |
| 255 | 인동덩굴 | 정을병 | |
| 256 | 이시대에 부는 바람 | 한완상 외 | |
| 257 | 광주의 넋 박관현 | 임낙평 | |
| 258 | 미국속의 한국인들 | 방우성 | |
| 259 | 땅의 연가 | 문병란 | |
| 260 | 나를 찾으시오 | 전미카엘 | |
| 261 | 민족문학 87.5 | 자유실천문인협회 | |
| 262 | 4월 혁명 | 권일영 외 | |
| 263 | 타는 목마름으로 | 김지하 | |
| 264 | 응달에 피는 꽃 | 이철수 | |
| 265 | 어느 청년노동자의 삶과 죽음 | 전태일 기념관건립위원회 | |
| 266 | 임을 위한 행진곡 | 기독교회협 | |
| 267 | 한국노동문제의 인식 | 김윤환 외 | |
| 268 | 실천문학제 4권-삶의 노동과 문학 | 고은 외 | |
| 269 | 현실에 도전하는 성서 | Haug | |
| 270 | 사진말 | 시청각종교교육위원회 | |
| 271 | 노래하는 예수 | 기독청년협의회 | |
| 272 | 서울타령 | 中上健次 | |
| 273 | 한국현대사의 재조명 | 김동식 외 | |

| 274 | 한국독점자본과 재벌 | 조용범 외 | |
|---|---|---|---|
| 275 | 민족·민주·민중선언 | 김삼웅 | |
| 276 | 살아있는 민중 | 송효익 | |
| 277 | 현실과 전망⑴ | 임정남 | |
| 278 | 자유의 길, 노예의 길 | 심의석 | |
| 279 | 복지사회를 바라보며 | 심의석 | |
| 280 | 산자여 따르라 | 서울대 민주열사 추모 | |
| 281 | 진혼가 | 김남주 | |
| 282 | 일하는 사람을 위한 성서 연구 | 서남동 외 | |
| 283 | 노동조합사전-총론 | 김윤환 외 | |
| 284 | $\pi$=10.26 | 스티브 쉐건 | |
| 285 | 노조 사전-노동조합 | 김윤환 외 | |
| 286 | 공동체놀이 | 연성수 | |
| 287 | 민족의 문학 민중의 문학 | 자유실천문인협의회 | |
| 288 | 민주·통일(창간호) | 민주통일 국민회의 | |
| 289 | 해방서시 | 김정환 | |
| 290 | 공동학습진행법 | 이성덕 | |
| 291 | 대밭 | 이광웅 | |
| 292 | 자유문학, 실천문학 | 자실문협 | |
| 293 | 시대정신2 | 백기완 외 | |
| 294 | 들어라 양키들아 | 라이트밀즈 | |
| 295 | 5월 | 고관현 외 | |
| 296 | 죽음을 넘어 시대의 어둠을 넘어 | 전남사회운동협의회편 | |
| 297 | 나와 제3, 4공화국 | 박상길 | |
| 298 | 5월 노래 5월의 문학 | 자실문협 | |
| 299 | 일과 놀이 우리네 살림엔<br>수심도 많네 | 박순덕 편 | |

| 300 | 동지여 가슴을 맞대고 | 정명자 | |
|-----|------------------|--------|---|
| 301 | 대우자동차 임금인상투쟁 | 대우조합원 | |
| 302 | 들어라 먹물들아 | 이동철 | |
| 303 | 한국민중교육론 | 한완상 외 | |
| 304 | 민족문학5 | 자실문협 | |
| 305 | 내가 걷는 이길이 역사된다면 | 고정희 역 | |
| 306 | 목동 아줌마 | 이동철 | |
| 307 | 민주정치1 | 편집부 | |
| 308 | 한국의 민중극 | 채희완 외 | |
| 309 | 한국자본주의와 노동 | 박현채 외 | |
| 310 | 현실과 발언 | 원동석 외 | |
| 311 | 김대중사건 | 김상일 | |
| 312 | 민주통일3-민주생활과 민중운동 | 민주통일 민중운동연합 | |
| 313 | 말할 때와 침묵할 때 | 장기천 | |
| 314 | 민중시2 | 문병란 외 | |
| 315 | 열린 마음을 위하여 | 하상윤 | |
| 316 | 80년 서울 봄 | 김대중 외 | |
| 317 | 6.25와 참외씨 | 이영진 | |
| 318 | 대우자 파업농성 | 기독교산개원 | |
| 319 | 일과 힘1 | 거름출판사 | |
| 320 | 제자리를 찾는 시 | 김지하 외 | |
| 321 | 놀이책 | 일꾼자료실 | |
| 322 | 김대중 납치사건 | 마이니치 신문 | |
| 323 | 오적 | 김지하 | |
| 324 | 한국현대사1 | 최장집 | |
| 325 | 한국자본주의와 국가 | 최장집 | |

| | | | |
|---|---|---|---|
| 326 | 고향산천 | 심상문 | |
| 327 | 해방전후사의 인식(2) | 박현채 외 | |
| 328 | 신중산층교실에서 | 고광현 | |
| 329 | 상황통신 | 시사문제연구회 | |
| 330 | 노동자가 되어 | 이달혁 외 | |
| 331 | 창작과 비평(85년 1호) | 고은 외 | |
| 332 | 고도를 걷는다 | 김재준 | |
| 333 | KAL기 격추하라 | 드빌리에 | |
| 334 | 힘과 일(시사문고2) | 거름출판사 | |
| 335 | 민중미술 | 민중미술편집회 | |
| 336 | 오늘 우리가 서 있는 자리 | 전진상교육관 | |
| 337 | 김대중 그는 누구인가 | 김상일 | |
| 338 | 이제 때는 왔다 | 백기완 | |
| 339 | 나뭇골 사람들 | 연성수 | |
| 340 | 한국자본주의와 사회구조 | 박현채 | |
| 341 | 여성 | 창작과비평사 | |
| 342 | 황색예수전3(상하) | 김정환 | |
| 343 | 이나라 옳은 말들이 | 고은 외 | |
| 344 | 노동과 예술-일터의 소리 2 | 이현우 외 | |
| 345 | 제3세계의 관광공해 | 론오그라디 | |
| 346 | 밤꽃피는 유월에 | 문병란 외 | |
| 347 | 삶과 멋 | 민중미술위원회 | |
| 348 | 밧줄을 타며 | 채광석 | |
| 349 | 한국사회계급연구(1) | 김진균 외 | |
| 350 | 우리가 우리에게 | 돌베개 | |
| 351 | 분단시대 판화시집 | 도종환 외 | |

| 352 | 뛰는 맥박도 뜨거운 피도 | 이경희 외 | |
|---|---|---|---|
| 353 | 영화운동론 | 서울영화집단 | |
| 354 | 부산, 공동체를 위하여 | 구모룡 외 | |
| 355 | 한국의 비극 | 小室直樹 | |
| 356 | 유신공화국의 몰락 | 이한두 | |
| 357 | 까마귀 우는 산 | 박진관 | |
| 358 | 그러나 이제는 어제의 우리가 아니다 | 김경숙 외 | |
| 359 | 이렇게 시퍼렇게 살아 | 김남주 외 | |
| 360 | 십자가의 꿈 | 박몽구 | |
| 361 | 민족문학(86.2) | 자실문협 | |
| 362 | 무등산 | 문병란 | |
| 363 | 정풍(1, 2, 3, 4, 5, 6) | 정치문제연 | |
| 364 | 대학문에 서서 | 류병주 | |
| 365 | 대중경제론 | 김대중 | |
| 366 | 유신쿠데타 | 이경재 | |
| 367 | 사주팔자 | 윤태현 | |
| 368 | 눈물꽃 | 고정희 | |
| 369 | 5박 6일 | 장형수 | |
| 370 | 한국경제구조론 | 박현채 | |
| 371 | 빼앗길 수 없는 노래 | 최두석 외 | |
| 372 | 아침으로 가는 길 | 유시민 | |
| 373 | 민중사회확 | 한완상 | |
| 374 | 민족문학(86.5) | 자실문협 | |
| 375 | 시대정신3 | 시대정신기획위 | |
| 376 | 한국의 공해지도 | 공해문제연 | |
| 377 | 레디고 | 이효인 외 | |

| 378 | 고독한 증언 | 신상우 | |
|---|---|---|---|
| 379 | 노동현장의 진실 | 이태호 | |
| 380 | 김민기 노래집 | 김창남 | |
| 381 | 5월제 | 양성우 | |
| 382 | 노래운동론 | 김창남 외 | |
| 383 | 한반도의 젊은 시인들 | 강형철 외 | |
| 384 | 교육현실과 교사 | 교육출판기획실 | |
| 385 | 정치섭리의 대예언 | 김영섭 | |
| 386 | 한국과 미국 | 문동환 외 | |
| 387 | 성남지역 실태와 노동운동 | 기독교 사회문연 | |
| 388 | 걸밥 | 임승남 | |
| 389 | 민주통일 그날까지 | 김은집 | |
| 390 | 노동자(4호) | 영등포산업선교 | |
| 391 | 개헌과 민주화운동 | 기독교 사회문제연 | |
| 392 | 발언집 | 김정환 | |
| 393 | 법과 민주화-현행정치악법연구 | 기독교사회문제연구원 | |
| 394 | 민중시인시선집(1) | 문익환 외 | |
| 395 | 김형욱 최후의 그 얼굴 | 손충무 | |
| 396 | 햇살(창간호) | 형성사 | |
| 397 | 현장학습 근로기준법 | 안돌 | |
| 398 | 시인4-시인이어 시여 | 채광석 외 | |
| 399 | 민중시인 시선집(2) | 김광석 외 | |
| 400 | 민주사상(86창간호) | 민주사상연 | |
| 401 | 시여 날아가라 | 고은 | |
| 402 | 현대사의 증언-김대중과 민주광장 | 김종순 | |
| 403 | 광복40년(란정지장편) | 이영신 | |

| 404 | 국민의 웃음소리 | 김영훈 | |
|---|---|---|---|
| 405 | 갇힌 자유인 열린 수인 | 김춘옥 역 | |
| 406 | 우리 언제쯤 참선생 노릇한번 해볼까 | 이오덕 | |
| 407 | 죽음을 살자-문익환선집 | 고은 편역 | |
| 408 | 프레이저보고서 | 서울대한미연 역 | |
| 409 | 공안사건 기록 | 세계편집부 | |
| 410 | 쌍놈열절 | 강준희 | |
| 411 | 오만상 | 오홍선 | |
| 412 | 얼룩진 일기장 | 박상규 | |
| 413 | 전세계 고문 | 정재룡 | |
| 414 | 장씨 일가 | 강남 | |
| 415 | 실천문학(1987) | 신경림 외 | |
| 416 | 한국근대교육사상과 운동 | 윤건차 | |
| 417 | 우리모두 손잡고 | 어린이를 지키는 문학모임 | |
| 418 | 고문과 조작의 기술자들 | 조갑제 | |
| 419 | 혁명은 어디로 갔는가 | 유원식 | |
| 420 | 지역단위농촌개발에 관한 연구 | 기독교사회문제연구원 | |
| 421 | 한-신학, 문학, 미술의 만남 | 서남동 | |
| 422 | 볼세비키 전통 | R H 맥닐 | |
| 423 | 청산이 소리쳐 부르거든 | 양성우 | |
| 424 | 그 시대 그 막후 | 이영석 | |
| 425 | 비화 청와대 | 오천길 | |
| 426 | 1급 비밀 | 주치호 | |
| 427 | 한국노동운동사(일제하) | 김윤환 | |
| 428 | 민중과 한국신학 | NCC신학연 | |
| 429 | 인간없는 학교 | 라이머 | |

| 430 | 중국농민운동사 | J 셰노 | |
| 431 | 붉은 단추 | 김성동 | |

**[표 6] 1987년 미해금 목록(1987.10.19)**

| 일련<br>번호 | 도서명 | 저자 및 역자 | 비고 |
|---|---|---|---|
| | 정치 | | |
| 1 | 대지의 저주받은 자들 | 프란츠 파농 | |
| 2 | 신과 국가 반마르크스 | 바쿠닌 | |
| 3 | 마르크시즘 수정 시비 | 카우츠키 | |
| 4 | 동지를 위하여 | 네스또파즈 | |
| 5 | 제국주의와 혁명 | 페릭스그린 | |
| 6 | 카스트로 | 木森實 | |
| 7 | 로자 룩셈부르크 | 孝橋正一 | |
| 8 | 중국혁명의 해부 | 동경대 출판부 | |
| 9 | 체 게바라 | 앤드류 싱클레어 | |
| 10 | 그람시와 혁명전략 | 사쑨, 무페 외 | |
| 11 | 그람시의 마르크스주의와<br>헤게머니론 | 권유철 | |
| 12 | 정치경제학사전 | 노동과 사랑 동인 | |
| 13 | 베트남공산주의운동사 | 파이크 | |
| 14 | 레닌이즘 | D 레인 | |
| 15 | 레닌 | 루카치 외 | |
| 16 | 마르크스사상의 이론구조 | 피셔 | |
| 17 | 쿠바혁명의 재해석 | 바니아밤비라 | |
| 18 | 군사론 | E. M. Earle | |

| 19 | 국가 계급 헤게모니 | 임영일 | |
|---|---|---|---|
| 20 | 국가와 자본 | 솔피치오트 외 | |
| 21 | 그람시의 정치사상 | 로저시몬 외 | |
| 22 | 러시아혁명의 기록 | 松田道雄 | |
| 23 | 국가 계급 사회운동 | 김학노 외 | |
| 24 | 러시아혁명과 레닌 사상 | 和田春樹 외 | |
| 25 | 정치경제학 원론 | 녹두편집부 | |
| 26 | 러시아혁명사 | 조영명 | |
| 27 | 볼세비키와 러시아혁명 1, 2, 3 | 황인평 | |
| 28 | 내 영혼 대륙에 묻어 | 전소혜(이승민) | |
| 29 | 현대 제국주의 정치경제학 | 미래사 | |
| 30 | 옥중수고1 | 그람시 | |
| 31 | 연표 한국현대사 | 김천영 | |
| 32 | 한국에 있어서의 국가와 사회 | 연세대사회과학대 국가론연구회 | |
| 33 | 러시아 노동운동사 | S. P. 튜린 | |
| 34 | 자본론의 정치적 해석 | 클리버 | |
| 35 | 1880년대 러시아 | 나이마크 | |
| 36 | 현대국가와 혁명 | 岩田弘, 川上忠雄 | |
| 37 | 호지명 | 太田勝洪, 原田三郎 | |
| 38 | 혁명의 건설자들 | 죤 G 걸리 | |
| 39 | 레닌과 농민혁명 | E 킹스턴 만 | |
| 40 | 찢겨진 산하 | 정경모 | |
| 41 | 베트남 혁명연구 | 듀커 외 | |
| 42 | 레닌 1, 2 | 이재화 편 | |
| 43 | 코민테른과 세계혁명 1, 2 | 김성윤 | |
| 44 | 레닌주의의 이론구조 | 피셔 | |

| 45 | 유격전의 원칙과 실제 | 버질네이 모택동 | |
|----|-----------------|---------------|--|
| 46 | 레닌의 회상 | N 그루쓰카야 | |
| 47 | 중국혁명과 毛사상 | 브루노쇼 | |
| 48 | 문화 계급 선전 | 박호진 편 | |
| 49 | 그람쉬의 헤게모니론 | L 그루피 | |
| 50 | 세계노동운동사 1, 2 | 포스터 | |
| 51 | 계급과 혁명 | H 드레이퍼 | |
| 52 | 현대정치와 군사 | 小西誠 | |
| 53 | 20세기 혁명사상 | 벤튜록 편저 | |
| 54 | 대지의 별 | 한수인, 김자동 | |
| 55 | 민주주의 혁명론 | 여현덕 김창진 | |
| 56 | 제국주의론 | 眞本實彦 외 | |
| 57 | 핀란드 역까지 | 에드먼드 윌슨 | |
| 58 | 마르크스 혁명론과 현대 | 右賀英三郎 | |
| 59 | 러시아혁명사 3 | 거름편집부 | |
| 60 | 혁명중의 혁명 | 드브레 | |
| 61 | 한걸음 앞으로 두걸음 뒤로 | 블라다미르 | |
| 62 | 한국으로부터의 통신 | 암파편 | |
| 63 | 알기 쉬운 정치사회 | 김동주 | |
| 64 | 70년대 아시아한반도 | 슈川瑛一 외 | |
| 65 | 저 들에 푸르른 솔잎을 보라 | 이정춘 외 | |
| 66 | 80년대 주변정세 | 강석호 | |
| 67 | 희망과 힘 | 김일산 외 | |
| 68 | 대학의 소리 | 신대아 외 | |
| 69 | 혁명의 연구 | E H 카 | |
| 70 | 로자 룩셈부르그의 사상과 실천 | 파울로 프렐리히 | |

| 71 | 볼세비키 혁명사 | E H 카 | |
|----|----|----|----|
| 72 | 마르크스주의와 민족문제 | 배동문 | |
| 73 | 아리랑2 | 님 웨일즈 | |
| 74 | 한국전쟁의 기원 | 부르스 커밍스 | |
| 75 | 마르크시즘의 미래는 있는가 | 캘리니코스 | |
| 76 | 분단전후의 현대사 | 커밍스 외 | |
| 77 | 한국전쟁과 한미관계 | 커밍스 외 | |
| 78 | 김형욱 회고록 | 김형욱, 박사월 | |

### 경제

| 79 | 경제분석입문 | 富塚良三 | |
|----|----|----|----|
| 80 | 경제학원론 | 富塚良三 | |
| 81 | 경제학의 기초이론 | 백산서당 | |
| 82 | 임금이란 무엇인가 | 백산서당 | |
| 83 | 세계노동운동 약사 | 内海義夫 | |
| 84 | 이야기 경제학 | 김수길 | |
| 85 | 현대자본주의의 모순 | 菊本義治 | |
| 86 | 자본주의 어떻게 움직이나 | 김인철 | |
| 87 | 자본주의 역사와 구조 | 坂本和一 외 | |
| 88 | 현대 자본주의 분석의 기초이론 | 혼마요 이찌로 | |
| 89 | 임금의 기초이론 | 사계절 | |
| 90 | 국가독점자본주의론 | 島恭彦 외 | |
| 91 | 마르크스자본론 해설 | 칼카우츠키 | |
| 92 | 자본론해설 1, 2 | 宮川實 | |
| 93 | 해설자본론 1 | 岡崎榮松 외 | |
| 94 | 사회주의란 무엇인가 | 레오휴버만 | |
| 95 | 한국민중경제사 | 우리경제연구회 | |

| 96 | 정치경제학에세이 | 김현수 | |
|---|---|---|---|
| 97 | 제국주의론 | 김정로 | |
| 98 | 경제원론 | 平田淸明 | |
| 99 | 아시아 농촌과 공업화 현실 | 백산서당 | |
| 100 | 노동의 역사 | 바레프랑소와 | |
| 101 | 도이치 이데올로기 경제학 철학수고 | 마르크스 | |
| 102 | 정치경제학과 자본주의 | MH도브 | |
| 103 | 자본주의 이행논쟁 | 모리스 돕 외 | |
| 104 | 경제사총론 | 일월서각 | |
| 105 | 가치법칙과 사적유물론 | S. 아민 | |
| 106 | 레닌의 농업이론 | 井野隆一 | |
| 107 | 정치경제학(1-4) | 김윤환 편저 | |
| 108 | 자본(I -1, 2, 3) | 마르크스 | |
| 109 | 경제학-철학수고 | 마르크스 | |

### 사회

| 110 | 근대사회관의 해명 | 풀빛 | |
|---|---|---|---|
| 111 | 전공투-일본학생운동사 | 다까지와 고오지 | |
| 112 | 대중운동 세미나 | 거름 | |
| 113 | 클라라체트킨선집 | 필립 S. 포너 | |
| 114 | 사회과학대사전 | 이석태 | |
| 115 | 전학련 연구 | 정대동 역 | |
| 116 | 전진하는 노동자 | 조민우 | |
| 117 | 사회과학 사전 | 사계절 | |
| 118 | 민중의 함성 | 조민우 | |
| 119 | 민중조직론 | 베르니겔프 | |
| 120 | 80년대 한국사회 | 김청석 외 | |

| 121 | 프랑스노동운동사 | 광민사 | |
|---|---|---|---|
| 122 | 해방론 | 마르쿠제 | |
| 123 | 국가와 계급구조 | 라이트 | |
| 124 | 러시아의 밤 | 베라 피그넬 | |
| 125 | 여성과 혁명운동 | 마리 M 멀래니 | |
| 126 | 사회계급론 서설 | C 앤더슨 | |
| 127 | 대중사회와 인간문제 | 풀빛 | |
| 128 | 민족해방운동사 | 日亞阿문제연 | |
| 129 | 현장동료와 함께 | 이혜성 | |

### 종교·철학

| 130 | 세계철학사 1, 2, 3 | 녹두 | |
|---|---|---|---|
| 131 | 강좌철학 1, 2 | 윤영만 | |
| 132 | 변증법적 지평의 확대 | 박승구 | |
| 133 | 인식의 발전구조 | 藤本進治 | |
| 134 | 실천하는 민중의 역사관 | 콘퍼스 | |
| 135 | 일하는 자의 철학 | 사계절 | |
| 136 | 마르크시즘과 철학 | 칼코르쉬 | |
| 137 | 노동자의 철학 1, 2 | 민해철 | |
| 138 | 마르크스주의 철학사전 | 친구사 | |
| 139 | 노동의 철학 | 광민사 | |
| 140 | 철학의 기초이론 | 백산서당 | |
| 141 | 루카치 | F J 라다쯔 | |
| 142 | 게오르그 루카치 | G 리히트하임 | |
| 143 | 게오르그 루카치 | G H R 파킨슨 | |
| 144 | 알기 쉬운 역사철학 | 한울 | |
| 145 | 모순과 실천 | 형성사 | |

| 146 | 현대 유물론의 기본과제 | 森信成 | |
|---|---|---|---|
| 147 | 유물론과 변증법 | 모리스콘포스 | |
| 148 | 모순론 해설 | 松村一人 | |
| 149 | 철학문답 | 김대웅 | |
| 150 | 인식론입문 | 아담 샤프 | |
| 151 | 유물변증법 | 하인츠킴멀레 | |
| 152 | 변증법이란 무엇인가 | 황세연 편역 | |
| 153 | 실천의 철학 | 신재용 | |
| 154 | 사적유물론의 구조와 발전 | 中川弘 외 | |
| 155 | 말씀이 우리와 함께 | 까르데날 | |
| 156 | 토대/상부구조론입문 | 콘스탄티노프 | |

### 역사·교육

| 157 | 세계의 역사(근세 1, 2) | 형성사 | |
|---|---|---|---|
| 158 | 한국민중사 1, 2 | 한국민중사연 | |
| 159 | 해방정국과 민족통일전선 | 서울대한국현대사 연구회 | |
| 160 | 세계현대사 | 우동수 | |
| 161 | 중국민족해방운동과 통일전선의 역사 1, 2 | 김계일 | |
| 162 | 들어라 역사의 외침을 | 정인 | |
| 163 | 한국사입문 | 梶村秀樹 | |
| 164 | 교육노동운동 | 교육출판기획실편 | |
| 165 | 페다고지 | 파울로 프레이리 | |
| 166 | 제3세계교육론 | 파울로 프레이리 | |
| 167 | 현대역사과학입문 | 小谷汪之 | |
| 168 | 세계관의 역사 | 高田求 | |
| 169 | 한국근대민족해방운동사 | 이재화 | |

| 170 | 30년대민족해방운동 | 並木眞人 외 | |
|---|---|---|---|
| 171 | 교육과 정치의식 | 파울로 프레이리 | |
| 172 | 실천교육학 | 파울로 프레이리 | |

### 문학예술

| 173 | 강철은 어떻게 단련되었는가 1, 2 | 오스트로프스키 | |
|---|---|---|---|
| 174 | 녹두서평 1 | 김남주 외 | |
| 175 | 사이공의 흰옷 | 구엔반봉 | |
| 176 | 타오르는 산 | 오마르카베싸 | |
| 177 | 해방의 미학 | 富山妙子 | |
| 178 | 겨레와 어린이 | 이오덕 외 | |
| 179 | 피의 꽃잎 | 은구기와 시옹고 | |
| 180 | 어머니들 | 모에바비처 | |
| 181 | 문제는 리얼리즘이다 | 루카치 외 | |

### 월북작가

| 182 | 임꺽정(9권) | 홍벽초 | |
|---|---|---|---|
| 183 | 맥 | 김남천 | |
| 184 | 정지용시집 | 정지용 | |
| 185 | 기상도 | 김기림 | |
| 186 | 분향 | 이찬 | |
| 187 | 백록담 | 정지용 | |
| 188 | 현해탄 | 임화 | |
| 189 | 오랑캐꽃 | 이용악 | |
| 190 | 낡은집 | 이용악 | |
| 191 | 불 | 안회남 | |
| 192 | 헌사 | 오장환 | |
| 193 | 성벽 | 오장환 | |

| 194 | 분수령 | 이용악 | |
|---|---|---|---|
| 195 | 고향 상·하 | 이기영 | |
| 196 | 대하 | 김남천 | |
| 197 | 천변풍경 | 박태원 | |
| 198 | 탑 | 한설야 | |
| 199 | 화관 | 이태준 | |
| 200 | 금은탑 | 박태원 | |
| 201 | 소설가 구보씨의 일일 | 박태원 | |

### 공산권 작가

| 202 | 어머니 | 막심 고리키 | |
|---|---|---|---|
| 203 | 가 | 파금 | |
| 204 | 상흔 | 노신 외 | |
| 205 | 기뻐웃는 불꽃이여 | 애청 | |
| 206 | 중국땅에 눈이 내리고 | 애청 | |
| 207 | 자야(상, 하) | 모순 | |
| 208 | 들판에 불을 놓아 | 애청 | |
| 209 | 현대중국작가평전 | | |
| 210 | 루어 투어 시앙쯔 | 라오서 | |
| 211 | 짝사랑 | 백화 외 | |
| 212 | 안개계절의 비가 | 현주 | |
| 213 | 남자의 절반은 여자 | 장현량 | |
| 214 | 애정삼부곡(상, 하) | 파금 | |
| 215 | 고련 | 백화 외 | |
| 216 | 형상과 전형 | 장공양 | |
| 217 | 오르그의 사람들 | 이반코즈로프 | |
| 218 | 파금수필집 | 파금 | |

　[표 5]의 선별 해금된 목록 431종과 [표 6]의 미해금된 채 법적 판단에 부쳐진 219종의 목록을 합하면 총 650종으로 [표 4]의 '문제성도서목록' 679종과 거의 일치하고 있다. 다만 [표 6]의 미해금된 목록 중에서 '문학예술', '월북작가', '공산권작가' 등의 항목에 있는 작품들은 [표 4]의 '문제성도서목록'에서는 확인되지 않는다. 1987년의 10월 19일의 선별 해금 조처에서 배제되었던 납월북작가의 작품들 중에서 홍명희, 이기영, 한설야 등의 작품을 제외한 나머지를 해금한 것이 1988년의 7.19 해금 조처였던 셈이다.

　이상의 검토를 통해서, 문화공보부를 비롯한 당국이 공식적인 금서로 지정하고 통제한 목록이 1987년 당시 대략 680여 종 내외임을 확인할 수 있다. 그렇지만, 이것이 당대의 금서 전체라고 단정하는 것은 섣부른 듯하다. 이것은 통제한 측이 압수와 금지를 위해 편의상 마련한 자료의 일부로 그 밖의 목록이 있을 수 있기 때문이다. 문화공보부, 경찰, 검찰, 군대, 안기부 등 검열을 담당한 다양한 부처들 어딘가에 또 다른 목록이 존재할 수 있다.

　금서의 전체상을 구성하기 위해서는 통제한 측뿐만 아니라, 통제를 당한 측의 목소리도 들어볼 필요가 있다. 한국출판문화운동협의회는 1987년 8월 28일부터 30일까지 동숭동 소재 흥사단회관에서 흥사단 서울지부의 후원 아래 판금도서 전시회를 계획했다. 이 전시회는 "정부가 1천여 종에 달하는 책들에 대해 판매금지 조치를 해 온 것이 하등의 법적 근거가 없었음에도 불구하고, 이 민주화 국면에서도 기왕의 판금도서들을 전면 해금하지 않고 선별적으로 해금하려는 데 대한 일종의 항의"[21]로 개최되었다. 첫날 압수영장이 발부되어 압수 수색을 통한 서적의 압수와 전시관계자를 연행 국가보안법으로 구속하여 전시회는 중단되었다. 협의회에서 파악한 판금도서 종수는 1,160종이다.[22] 협의회는 출품하지 않은 출판사의 판금도서까지 포함하면 그 종수가 더 늘어날 것이라고 밝히고 있다. 1987년 민주화운동의 승리가 출판과 도서에 대한 금지를 완화했을 것이라는 통념과 달리 실상은 오히려 반대였다는 것을 알 수 있다. 민주화 이후에도 여전히 출판인들은 구속되었으며, 금서의 체계도 작동하고 있었다.

## 4. 금서 논의의 확장을 위하여: 리영희와 포르노그래피

1980년대 금서 목록에 대한 섬세한 분별과 그 전체적인 경향에 대한 논의가 필요하지만, 그것은 이 글의 범주를 넘어서는 일이다. 여기에서는 목록을 정리하면서 확인한 금서의 한 흐름에 주목하여 금서 논의에 대한 새로운 시각을 모색해 보고자 한다. 여기서 논의해 보고자 하는 1980년대 금서의 한 흐름은 1970년대 박정희 유신 정권의 흑막과 숨겨진 이야기를 다루는 비사(秘史)류들로 이른바 정치 포르노의 성격을 지닌 책들이다.

---

21  「판금도서목록 발간에 즈음하여」, 『판금도서목록』, 한국출판문화운동협의회, 1987. 9. 8.

22  전시회 참가 출판사 36개사 738종, 출판탄압백서에 수록된 [표 4] 〈문제성도서목록〉의 도서 중 출품목록과 겹치지 않는 도서 345종, 한길사 도서 40종, 기타 판금도서 15종, 유신시대부터 여전히 판금상태인 39종 등을 포함한 숫자이다. 판금도서 전체목록(1,160종)은 '민주화운동기념사업회' 홈페이지(http://www.kdemo.or.kr) 중 '민주화운동 아카이브즈'에서 '판금도서목록'을 검색하면 확인할 수 있다.

'금서'라고 하면 떠오르는 것은 정치와 계몽의 이념서적들이다. 그 것들은 늘 비장한 정치적 사건들과 함께 연상되었다. 이를테면, '부림 사건'의 경우를 생각해 보자. 노무현 대통령은 1981년 부림사건 변론을 맡으면서 '운명'의 전환을 맞게 된다. 부림사건은 22명의 청년들이 영장없이 연행되어 장장 57일간 모진 고문 끝에 '정부 전복집단'으로 몰린 1980년대의 전형적인 시국사건이었다. '정부 전복집단'이란 무시무시한 죄명 속 구체적인 활동상을 보면 리영희의 『전환시대의 논리』와 같은 '금서(禁書)'를 읽으며 '의식화' 활동을 벌였다는 게 고작이다. '의식화'의 중요 수단은 '금서' 함께 읽기였다. 부산미문화원 방화사건 등 1980년대의 중요한 시국 사건 판결문은 예외 없이 이들 사건의 피고인들이 "현실 비판 성향이 내포되어 있는 책자를 탐독"하고 서로 대화하며 사회 비판 의식을 심화했다고 적고 있다. 즉, '금서'를 함께 읽고 의식화된 이들이 '정부 전복'을 기도한다는 의식화의 경로를 1980년대 사법 서사를 통해 확인할 수 있다.

사법서사의 회로를 그대로 받아들이자면, 1987년의 민주화는 이러한 '금서' 읽기, 그 중에서도 이념서적 학습의 결과물로 정리된다. 공안검사의 조서와 법원의 판결문들은 마치 볼테르와 루소의 책이 프랑스 혁명을 만들었듯이, 리영희의 저작이 한국의 민주화를 가져왔다고 공증하고 있는 셈이다. 이러한 진술이 정치적 계몽 서적들의 역할을 부정하는 것으로 오해되지 않길 바란다. 실제로 1980년대의 "출판은 운동이고, 독서는 저항"이었다는 점에서 이념적 '금서'의 역할은 분명 중요하다.

그렇지만, 이렇게 이야기하고 나면 더 이상의 금서 논의는 차단되어 버린다. 책과 혁명은 직접적으로 연결되고, 책은 상품이 아니라 혁명의 지도서가 되며, 출판사는 영리를 추구하는 기업이 아니라 저항의식으로 무장한 투철한 운동가들의 결사체가 된다.[23] 1980년대는 순결한 저항의 정신으로 넘실대고, 금서들은 모두 '혁명'이라는 목적론적 소실점으로 수렴된다. 그렇지만 과연 그럴까?

문화사학자 로버트 단턴의 『책과 혁명』은 이와 관련하여 참조할만한 다른 관점을 제시한다. 단턴은 프랑스 혁명이 금서에 의해서 일어났다는 주장이 지니는 투명성에 대해서 회의한다. 그에 따르면, 금서를 혁명의 직접적인 원인으로 사유하는 것은 "결과에서 원인을 찾는" 오류일 수도 있다. 단턴의 연구에 따르면, 여론을 만드는 것은 소책

---

23  1980년대가 '운동으로서의 출판, 저항으로서의 독서'의 시대라는 지적은 타당하다. 그렇지만, 책은 동시에 상품이었다는 당연한 사실이 환기될 필요가 있다. 문화사학자 로버트 단턴은 금서의 상품적 성격을 다음과 같이 설명하고 있다. "금서는 그 체제의 뿌리를 흔들어 정통성을 허물어갔을지 몰라도, 그것을 쓰러뜨릴 목적에서 그렇게 하지는 않았다. 대부분의 금서는 단지 문학시장의 불법적 부분에 대한 수요에 맞추기 위한 것이었다. 그것은 흥밋거리였을 뿐만 아니라 정보에 대한 수요, 사생활만이 아니라 당대의 역사에 대한 호기심, 추상적인 사상의 금지된 열매만이 아니라 새소식에 대한 굶주림이었다."(Darnton, Robert, 주명철 역, 『책과 혁명: 프랑스혁명 이전의 금서와 베스트셀러』, 알마, 2014, 149쪽) 다시 말하지만 프랑스의 상황과 한국의 상황을 그대로 단순 비교할 수는 없다. 그것은 1980년대 한국의 '출판운동'에 대한 모독이기도 하다. 그렇지만, 1980년대의 금서가 권력이 금지하고 알려주지 않는 세계의 "새소식에 대한 굶주림", 즉 시장의 수요와 긴밀하게 연결된 것으로 볼 가능성은 여전히 남아 있다. 출판업자와 서점가의 주인들이 모두 민주화의 소명의식 속에서만 책(금서)을 다루었을까? 계몽주의의 산물이기 이전에 이 책들은 '상품'이었다. 그것을 취급하는 많은 사람들 역시 생활인이었다. 어떤 생활인들은 그것의 상품가치와 가져다줄 이윤에 모험을 걸었을 수도 있다. 이를테면 '금서'를 취급하지 않겠다는 서적 취급인들의 성명서(민주화 아카이브)는 금서를 취급하다 적발되었을 때 오게 되는 금전적, 법률적 피해를 피하려는 시도였다. 이처럼 각각의 행위주체들의 다른 입장들을 검토해보고 시장 속의 상품으로서의 '금서'에 대해서도 들여다 볼 필요가 있다. 이 문제에 대한 입체적인 접근과 조망이 필요해 보인다. 류동민은 80년대 출판사의 젊은피들을 '벤처 비즈니스'라고 명명한 바 있다. (류동민, 『기억의 몽타주』, 한겨레출판, 2013, 25쪽)

자, 신문, 험담(유언비어), 중상비방문 등이다. 정치적 금서들은 단지 여론을 급진화하는 데 기여했을 수 있다.[24]

단턴의 논의에서 무엇보다 흥미로운 것은 계몽적 사상서와 정치적(철학적) 포르노그라피가 오늘의 구분처럼 그렇게 명확하게 나뉘지 않았다는 사실이다. 당시 프랑스에서 '자유와 난봉(음란)'은 명확히 구분되지도 않았으며, 앙샹 레짐의 신성한 권위들을 붕괴시키는 데 함께 기여했다. 물론 한국과 프랑스의 상황이 다르고, 한국의 금서들이 지니는 정치적 계몽성과 이념성은 프랑스에 비해 더욱 현저하다. 또한 프랑스의 사회가 성적 자유와 음란해 보이는 문화에 상대적으로 관대한 반면 한국사회는 표면적으로는 과도하게 금욕적이고 도덕적이다. 한국 사회에서 음란과 계몽의 경계에 있으면서 권위주의 군사 정권을 붕괴시키는데 기여한 책을 떠올리기란 쉽지 않다.

하지만, 이러한 접근이 전혀 불가능한 것만은 아니다. 그 동안 리영희 교수의 저작 등 '고명한' 금서들에만 주목해서 잘 보이지 않았지만, 앞서 정리한 '금서 목록'들 중에는 흥미로운 서적들이 존재한다. 바로 박정희 유신 정권을 '도덕적으로' 비판하고 있는 책들이다. 단턴은 프랑스의 앙샹 레짐을 붕괴시킨 '철학적 포르노그라피'들이 "정치를 '사생활', 특히 왕의 사생활로 축소"[25]시켰다고 지적한다. 루이 16세 시대의 '철학적 포르노그라피'들은 루이 15세 시대의 정치를 음란한 왕의 사생활로 채워진 궁중비화로 사사화했다. 이 책들은 루이 15세 시

---

24 이를테면, 1985년 6월의 압수는 도서가 중심이 아니라 유인물에 대한 압수에 초점이 두어져 있었다. 당국은 대중들에게 파급력이 있는 직접적인 유언비어와 중상비방문, 시국관련 문서 등에 민감하게 반응했다. (윤재걸, 「심층취재-금서」, 『신동아』 1985. 6)

25 Darnton, Robert, 앞의 책, 143쪽.

대를 이야기했지만, 대중들이 접근할 수 없는 루이 16세 시대의 궁중 비화를 연상시키며 앙샹 레짐을 붕괴시키는 데 중요한 역할을 했다.

10·26으로 박정희 유신 정권이 붕괴된 이후 1980년대 언론과 대중의 서사는 그 시절 '궁정동' 안가에서 벌어진 대통령과 권부 실세들이 벌인 젊은 여성들과의 연회나, 유신 시대 최대의 스캔들인 정인숙 사건 등의 이야기를 통해 박정희 시대의 정치를 포르노그라피화했다. 1980년대의 금서들 중에서 『나와 제3, 4공화국』, 『비록 박정희 시대』, 『비화 청와대』, 『JP와 HR』, 『그 시대 그 막후』, 『김형욱 자서전』, 『김형욱 최후의 그 얼굴』, 『흑막정치와 돈』, 『프레이저 보고서』, 『정풍』 1-6 등 유신시대 '궁중비화'를 다루는 책들이 많았다는 사실을 숙고해야만 한다. 이를테면 창미사에서 간행된 『政風』 시리즈는 흥미로운 사례이다. 유신 시대의 막후의 비사들을 풀어내고 있는 『政風』 시리즈의 2권의 부제는 "박정희와 그 여인들"이다. 이 책은 궁정동에서 박정희가 저격당했을 때 동석했던 두 여성이야기로부터, 1970년대를 떠들썩하게 했던 정인숙 사건을 다루고, 박정희의 전(前)부인 김호남, 소문 속에 떠돌던 요정 '옥림'의 마담 전군자와 대구 청수원의 마담 김태남 등 박정희와 관련된 여성들을 통해 유신 정치를 포르노그래피화하고 있다. 이러한 여성 스캔들 및 돈과 거래가 난무하는 흑막정치가 유신 시대를 다룬 비화류들의 중심 내용이다.

당대 전두환 군사정권은 루이 16세가 자신의 아버지 루이 15세 시대를 주제로 한 비방문과 포르노그래피들을 금지했듯이, 동일한 이유 때문에 이들 유신시대 비화류를 금지한 듯하다. 박정희 시대에 저널리스트로서의 역할을 제대로 수행하지 못한 점을 자책하며 "그 시대의 정치적인 혈액은 현실 정치의 맥박으로도 뛰고 있다. 이런 의미에서 그 때의 일을 기록하는 작업은 현실의 한 단면을 살펴보는 일"[26] 이라고 밝히고 있는 이상우의 『비록 박정희 시대』(1) 서문은 이런 저 간의 사정을 압축적으로 보여준다. 이 머리글은 유신 시대를 다룬 일 종의 포르노그래피적 도서들이 금서로 묶여 있었던 사정을 요약한 다. 대중들은 전두환 정권에 박정희 정권 시대의 "정치적인 혈액"이 돌고 있다고 간주했다. 따라서 루이 15세 시기의 왕실의 음모와 음란 을 다룬 비방문들이 자연스럽게 루이 16세의 궁정 역시 그러하리라 는 연상 속에서 앙상 레짐에 균열을 내었듯이, 유신정권의 궁정(동)비 화는 곧바로 전두환 청와대의 비화로 연상될 위험이 있었다. 이러한 측면에서 궁중비화형 정치 포르노들은 계몽적 금서 못지않게, 아니 그보다 더 근원적으로 정권의 정당성을 도덕적으로 붕괴시키는 대중 적 멘탈리티를 구성할 가능성을 지닌 책들이었다. 운동의 이념과 계 몽의 시선에서는 포르노그라피에 불과한 것으로 보였을 이 책들이야 말로 대중의 정치 윤리를 구성하는 중요한 자원으로 기능했을지도 모른다.

---

26   이상우, 「머리말」, 『비록 박정희 시대』(1), 중원문화, 1984.

# 참고문헌

## 1. 기본자료

민주화운동기념사업회 오픈아카이브의 금서 관련 자료.

한국출판문화운동협의회, 『출판탄압백서』, 1987.

## 2. 국내 논문 및 단행본

김삼웅, 『금서:금서의 사상사』, 백산서당, 1987.

류동민, 『기억의 몽타주』, 한겨레출판, 2013.

양은식·김동수외 지음, 『북한방문기(1)-분단을 뛰어넘어』, 도서출판 중원문화, 1988.

이봉범, 「냉전과 월북, (납)월북 의제의 문화정치」, 『역사문제연구』 37, 역사문제연구소, 2017, 229~294쪽.

이상우, 「머리말」, 『비록 박정희 시대』(1), 중원문화, 1984.

이철호, 「해금 이후 90년대 학술장의 변동-근대성 담론의 전유와 그 궤적」, 『구보학보』 19, 구보학회, 2018, 9~37쪽.

장문석, 「월북작가의 해금과 작품집 출판」(1), 『구보학회』 19, 구보학회, 2018, 39~111쪽.

정종현, 「투쟁하는 청춘, 번역된 저항」, 『한국학연구』 36, 인하대 한국학연구소, 2015. 2, 81~124쪽.

정종현, 「혈연을 넘어선 이상의 형제들: 모스크바 8진 형제」, 『특별한 형제들』, 휴머니스트, 2021.

한국출판문화운동동우회, 『한국출판문화운동사: 1970년대 말-1990년대 초』, 2007.

Darnton, Robert, 주명철 역, 『책과 혁명: 프랑스혁명 이전의 금서와 베스트셀러』, 알마, 2014.

# 해금 전후의 역사 인식과
# 탈냉전의 문화사[*]

— ◇ — 허 민 — ◇ —

## 1. 복원의 의미: 해금과 '문학문화'의 재구조화

박완서의 소설 「복원되지 못한 것들을 위하여」(1989)[01]는 한국전쟁 당시 서울 수복 기간 동안 좌익으로 몰려 사형당한 작가의 복원 문제를 다루고 있는 작품이다. 월·납북 문인 작품이 해금되자, '6·29전에는 꿈도 못 꿀 책들이 쏟아져 나와 베스트셀러를 다투던 시기'의 일이었다. 정지용, 김기림, 이태준, 박태원 등, 북으로 간 문인들의 이름이 비로소 복자(伏字)로 결손되지 않은 온전한 이름을 내걸 수 있었고, 월·납북 문인들의 선집과 전집 출판이 붐을 이루었다. 소설가

---

\* 이 글은 허민, 「6월 항쟁과 문학장의 민주화: 해금 전후(사)의 역사 인식과 항쟁 이후의 문학(론)」, 『기억과 전망』 통권41호, 민주화운동기념사업회, 2019. 12로 처음 발표되었고, 이후 허민, 『민주화 이행기 한국소설의 서사구조 재편양상 연구』, 성균관대 국어국문학과 일반대학원 박사학위논문, 2022. 2장에 내용이 일부 변경되어 수록되었으며, 이를 단행본의 형식에 맞게 다시 보완한 것임을 밝혀둔다.

01 박완서, 「복원되지 못한 것들을 위하여」, 『창작과 비평』17, 1989. 6.

인 주인공/화자는 한때의 은사였던 송사묵 선생의 이름이 '현대문학사'에서 '가볍지 않은 비중으로 거론'되고 있다는 사실에 만족·안도해했다. 그에 따르면 송사묵은 해방을 전후한 십여 년 동안 '그닥 재미는 없지만 씹을 맛있는 소설을 꾸준히 발표해온 소설가'였다. 하지만 그러면서도, 송사묵 선생이 월·납북문인 선집에 포함되는 것에는 미묘한 '불편함'을 느낀다. 송사묵 선생은 월북도 납북도 아닌 남한에서 죽은 사형수였기 때문이다.

해방 전후 시기에 활동한 작가의 '진상'은 분명 '월북'이나 '납북'이란 이름으로는 온전히 해명될 수 없기 마련이다. 이는 한편으로는 역사적인 사실과 다소 거리가 있을 수밖에 없기 때문이기도 하지만, 다른 한편으로는 월·납북 문인이라는 규정 자체가 이미 냉전적인 사고에 입각한 호명이기 때문일 것이다. 소설의 주인공이 느낀 미묘한 불편은, 6월 항쟁 이후 정당하게 쟁취한 "해방의 무드" 속에서 "진정한 복원"의 불가능성을 감지한 자의 반응이라 할 수도 있을 것이다. 송사묵 선생의 아들(들)은 아버지의 전집 출판을 위해 주인공에게 그를 향한 편지글을 부탁해온다. 송사묵의 아들 역시 그가 납북된 것으로 기억하고 있었던 것이다. 그렇다면 편지글의 첫 문장은 "북쪽에 계신…"으로 시작해야 하는가? "저승에 계신…"으로 시작해야 하는가? 이 갈림길에서 그녀는 주인공에 대한 역사·전기적인 사실을 온전히 전달해야겠다는 (일종의) 사명을 갖게 된다. 그리하여 이를 증명해줄 증언자들을 찾아 나선다.

그러나 역사적인 사실을 복원해줄 증언을 확보할 수는 없었다. 이는 단순히 사실을 기억하고 있는 자들이 부재해서가 아니었다. 오히려 그것은 의도된 망각이자 오인에 가까웠다. 6·25를 만나 동네 민청에 나간 게 화근이 되어 '감옥살이'를 했던 동창 혜진은 자신의 잊혀진 이력이 불거질까 두려워 대화를 거부했고, '송사묵을 키웠다'고 자부했던 '문공 문교 계통 관직' 출신 백민세옹 역시 그가 납북된 것으로 말하고 있었다. 6월 항쟁 이후에도 남한에서 '북한군의 부역자'이자, '빨갱이'로 규정된 자들의 비참한 운명은 계속되고 있었던 것이다. 주변인의 좌익 전력에 대한 증언은 그와의 '공모'를 진술하는 것과 다를 바 없었다.[02] '빨갱이 가족'의 말로도 마찬가지였다. 그렇기에 증언은 애초에 불가능했고, '빨갱이'와 가까운 자일 수록, 진실은 은폐되는 것이 차라리 나은 것으로 여겨졌다. 이제 남은 방법은 주인공이 직접 가족에게 송사묵의 죽음을 전하는 것뿐이었다.

> "그럼 아버님이 돌아가신 걸 알고 있었다는 얘기군요."
> "그럼요, 그걸 어떻게 잊어버리겠어요."
> "막내 동생 되는 분은 전혀 모르고 있는 것 같던데……."
> "네에, 그거요. 납치당하신 것처럼 말하는 것 말이죠. 그건 우리 식구의 말버릇이죠. 사형이나 옥사보다 얼마나 듣기 좋아요."[03]

---

02  이선미는 박완서의 소설을 통해 1987년 이후를 살아가는 사람들도 다름 아니라 1970년대의 냉전 질서와 반공주의 사회에서 살아남은 자들이라는 사실을 환기하고 있다. 그리하여 반공주의에 통제되어온 가난한 사람들일 수록 더더욱 부정한 권력과 강제된 공모관계에 있을 수밖에 없으며, 이 점이 민주화의 의미를 더 복잡하게 하는 것이라 말한다. 박완서의 1970년대 소설은 1987년 이후에 비로소 드러난 1970년대 서사의 총체를 예비하고 있었다는 것이다. 이와 관련해서는 다음의 논문을 참고할 것.; 이선미, 「박완서 소설의 '공모'의식과 마음의 정치」, 『반교어문연구』37집, 반교어문학회, 2014.

03  박완서, 앞의 작품, 170쪽.

남한에서 사형당한 송사묵은 가족들의 '말버릇' 속에 여전히 살아 있다. 다만 남한이 아니라, 북한이라는 여전히 아득한 '금지된 영역'에서였다. 물론 이 '말버릇' 혹은 '묵계'는 그들이 창안한 것은 아니었다. "언제부턴지 북쪽으로 간 사람들의 문학이 거론되기 시작하면서 아버님도 그 안에 포함되는 것을 보고" 그들 식구는 단지 동조했을 뿐이었다. 주지하듯 6월 항쟁은 직선제를 쟁취했고, 문화적으로도 월·납북 작가 해금을 비롯하여 언론 및 방송의 민주화와 자유화, 사회주의권 국가와의 교류 등을 이루어 내는데 결정적인 계기가 되었다. 하지만 1987년 민주화의 기운 이면에는 여전히 말해지거나 밝혀질 수 없는 것들이 있었다. 그리하여 언급될 수 없고, 잊거나 오인하는 것을 통해서만 지지되는 현실의 논리가 엄존하고 있었다는 것이다. 이때 '현실의 논리'란 반공 이데올로기 및 냉전질서, 분단체제의 모순에서 비롯된 '일상적 삶' 전반을 의미한다. 박완서는 결국 이것을 묻고 있는 것 같다. 민주화 이후, 우리는 과연 얼마나 달라졌는가? 혹은 달라질 수 있는가? 모두의 일상적인 삶, 내면화된 망각과 신체화된 과거로부터 해방의 길은 어떻게 확보될 수 있는 것인가?

　하지만 '증언의 불가능성'이 바로 '복원의 불가능성'을 의미하지는 않을 것이다. 송사묵의 진실을 밝히려는 주인공-화자의 저 의지에 집중해볼 필요가 있다. 그녀는 다만 죽은 송사묵을 위해서도, 살아남은 그의 가족을 위해서도, 온전한 문학사 서술을 위해서만도 행동한 것 같진 않다. 오히려 그녀의 의지는 복원되어야 한다고 간주되는 '역사적인 사실(혹은 진실)' 자체의 성격과 의미를 강하게 심문하고 있는 것 같다. 역사적인 조건과 국면마다 그 성격이 상이하게 변화하는 '사실의 영역' 속에서 복원 가능성의 조건은 어떻게 마련될 수 있을까. 어쩌면 민주화 이후, 그러니까 항쟁 이후의 삶은 복원의 조건들이 탐색되는 과정에서 비로소 변혁적인 전망을 담지할 수 있었던 것 아닐까 한다. 해금의 의미도 여기서부터 찾을 수 있는 것 같다. 해금이라는 사건은 분명 문학사 복원의 계기이면서도 금지되었던 앎과 삶이 다시 생명을 부여받는 전혀 다른 지평의 열림을 의미하는 것이다. 그렇기에 해금으로 대변되는 복원이란, 과거의 것을 회복하는 차원으로 한정되는 문제가 아니었다. 반대로 해금은 '해금된 것'과 '해금되지 못한 것'의 경계를 다시 표시하고, 바로 그러한 경계 위에서 소설의 미래를 모색하거나 상상케 하는 정치적인 계기가 됐던 것이다. 복원은 과거를 회복하고 미래를 겨냥한 '문학장의 민주화'라는 현재를 상징하는 성취였다. 그리하여 해금의 역사적 맥락과 구체적 실상, 그리고 해금 조치가 시행되면서 발생한 여러 사회적·문화적 혼란의 문제가 '항쟁 이후'라는 시간을 살피는 데 상당히 중요한 것이다.

문학계에서 역시 '항쟁 이후'라는 시간의 중층적 성격을 의식적으로 사고하려는 비평적 논의가 제출되고 있었다. '항쟁 이후의 문학(론)'이 그것이다. 그러나 '항쟁 이후의 문학론' 자체가 6월 항쟁으로 쟁취된 '민주화의 바람'이 문학의 영역에서 수행되고 있었기에 비로소 가능한 논의였다. 일종의 '문학장의 민주화'라 칭할만한 변혁의 토대이자 그로부터 비롯된 해방의 정서가 마련되고 있었다는 것이다. 그렇다면 '항쟁 이후'라는 시간 속에서 형성된 '문학문화의 재구조화'란 구체적으로 무엇을 의미하는가? '문학문화의 재구조화'란 우선 제도적인 측면에서의 규제 및 제재 완화를 의미하면서도, 문학에 대한 의식 및 정서, 기대 지평의 변혁과 확장을 의미한다고 할 수 있다. 구체적으로 전자는 검열 폐지 및, 출판 자유화, 표현과 사상의 자유,[04] 문예지 복간 등으로 대표될 수 있다면, 후자는 다소 복잡한 양상들로 나타난다. 이는 한편으론 소설의 형식 및 구성의 변혁으로 나타나면 서도, 다른 한편으론 '재현 가능한 것의 확장'과, '소설 문법의 변혁'과 같은 내용 차원의 내포를 통해 드러난다고 할 수 있을 것이다. 이를 테면, "노동해방문학"과 "민중적 민족문학론" 진영에서 집중 조명한 노동자 문학의 형식적 다양성과 복합성이 소설 형식의 새로운 지평[05] 을 열었다면, '재현 가능한 것의 확장'이나 '소설 문법의 변혁'은 주로 당대 소설의 정치성 문제로 다뤄질 수 있을 것이다.

'문학문화의 재구조화'라는 제도적인 성취는 소설의 형식과 내용적인 차원에서의 해방과 확장의 토대가 되기도 한다. 그런 의미에서 다음 장에서부터는 '문학문화의 재구조화'라는 제도적인 성취를 대표하는 '해금'이 어떠한 역사의식 속에서 쟁취된 것인지를 개괄하고, 바로 그러한 해금이 (일종의) 계기가 되어 촉발된 '항쟁 이후의 문학(론)'과 소설적 주체의 확장에 관한 논의들을 살펴보려 한다. 뒤에 상세히

---

04 헌법 제21조 2항 "언론·출판에 대한 허가나 검열과 집회·결사에 대한 허가는 인정되지 아니한다." 헌법 제22조 1항 "모든 국민은 학문과 예술의 자유를 가진다."

05 장성규의 일련의 논의가 이를 잘 보여준다. 이를테면, 그는 『노동해방문학』은 관습화된 엘리티즘적 문학 개념을 위반하기 위해 지배적 문화양식의 급진적 패러디와 기호의 재배치 전략 등을 활용했으며, 동시에 사노맹이 지니는 조직적 특성을 활용해 하나의 텍스트를 다층적 장에 적합하게 재배치-유통하는 전략을 활용했다는 논의를 한 바 있다. 또한 최근에는 민중적 민중문학론의 생산-유통-향유의 과정을 통해 끊임없이 재구성되는 새로운 텍스트 개념 확장 문제를 다룬 바 있다. 이에 대해서는 다음의 연구들을 참조할 것.; 장성규, 「수행성의 미학을 위한 텍스트 전략-〈노동해방문학〉을 중심으로」, 『한국현대문학연구』44, 한국현대문학회, 2014.12.; 장성규, 「민중적 민족문학론의 전개와 문화예술 주체의 문제: 『문학예술운동』과 『사상문예운동』을 중심으로」, 『상허학보』52, 상허학회, 2018.2.

논하겠지만, 해금은 '항쟁 이후'라는 시간을 역사화할 수 있는 '문학문화 재구조화'의 성과였다. 즉 해금은 금지된 작품과 작가를 복원해준 계기이면서도, 바로 그러한 금서들이 담지하고 있던 문학의 불온한 정치성을 다시 확보해야 한다는 것을 일깨워준 사건이기도 했다는 것이다. 반복컨대 6월 항쟁 이후 소설의 정치성은 해금과 검열 폐지 등과 같은 문학장 쇄신의 제도적인 성과를 토대로 논해질 수 있는 것이었다. 그렇기에 해금의 과정과 더불어, 그로 인해 가능해진 복원의 의미와 그 문화사적 지평을 살필 필요가 있는 것이다. 또한 해금이라는 제도적인 성취가 '항쟁 이후의 문학론'으로 연결되는 지점을 포착하고, 그렇게 가능해진 새로운 문학적 인식이 실제 한국문학사 서술의 구도를 어떻게 바꿀 수 있었는지에 대해 탐색해 보겠다.

## 2. 해금 전후(사)의 역사 인식: '월북 작가'를 호명하는 다기한 주체와 논쟁들

『해방 전후사의 인식』은 1979년 1권이 발간된 이후 1989년까지 10여 년의 시간 동안 한국 현대사 연구의 큰 전환을 가져온 것으로 평가받고 있다. 역사학과 문학, 철학 및 사회학, 정치학, 예술학을 전공한 (당시 기준) 신·중진 연구자 60명이 참여한 이 저작은 식민사관과 냉전적 역사인식 및 분단 의식을 탈피하는데 결정적 공헌을 한 것으로 알려져 있다. 그러면서 특히 '분단지향적 현대사'에서 벗어나 분단과 통일에 대한 올바른 관점과 내용을 전해준 것으로 평가할 수 있을 것이다.[06] 그런데 총 6권의 『해방 전후사의 인식』이 발간되는 과정에서 최초 집필진과 이후 집필진 사이에서 약간의(?) 역사인식의 변화가 보이고 있었다. 정확히는 1~3권과, 4~6권 사이의 변화인데, 이 중 후자의 책들은 1989년에 집중적으로 출간된 것이었다.

> 『해방 전후사의 인식』1, 2, 3을 통해 우리는 일부 지배계급의 역사가 더 이상 정사로서의 권위를 행사할 수 없음을 알게 되었다. 그것은 바로 올바른 민중사관의 확립과정이었다. 그러나 반쪽 민중의 역사 역시 통일민족의 정사로서는 부족한 것이 아닐 수 없다. 우리는 통일민족의 정사에 합당한 연구범위를 확보하여야 하며, 단순히 대항적 시각이 아닌 보다 균형 잡힌 대안적 시각을 견지하여야 한다. 우리는 여기에서 분단과 전쟁, 전쟁과 분단의 8년사를 하나의 역사 위에 놓고 볼 수 있는 시간적 범위를 확보하고 북한지역을 포괄하는 공간적 범위를 확정함으로써 올바른 시·공간적 구분에 입각하고 엄밀한 민족적 시각이 견지되도록 함으로써 통일민족의 정사로서의 내용성을 채워내고자 하였다.[07]

---

06  한겨레에서는 창간 30돌을 맞아 "책으로 본 한국 사회 30년"이라는 특별기획 기사를 선보인 바 있다. 지난 30년 동안 한국의 역동적인 변화를 이끈 책 30권을 학자와 평론가, 작가, 출판인 등 출판·문학계 전문가 30인이 선정하여 발표를 한 것이다. 여기서 『해방 전후사의 인식』은 역사인식의 전환이라는 이유에서 한국사회를 변화시킨 저작으로 가장 많은 전문가들의 선택을 받았다. 총 30명 중 16명이 이 책을 꼽고 있는데, 그 이유로 이 책이 당대 학계만이 아니라 대중차원에서도 상당한 영향을 주었기 때문이라고 답하고 있다. 관련 기사는 다음과 같다. ; 「'책으로 본 한국사회 30년', 추천위원들이 고른 448종 책들」, 『한겨레』, 2018.5.30.

07  최장집 외, 『해방전후사의 인식(4)』, 한길사, 1989.8. 590쪽.

『해방 전후사의 인식』발간 과정에서의 변화는 '해방3년사'에서 '해방8년사'로의 전환이라 말할 수 있을 것이다. 통상 '해방3년사(또는 해방5년사)'와 '한국 전쟁' 두 기간으로 나누어 파악되던 시기가 '해방8년사란 이름으로 통합된 것이다. '해방8년사'는 "해방 정국의 혁명과 반혁명의 갈등이 한국전쟁을 통하여 최종적으로 분단으로 고착되는 분리할 수 없는 하나의 연속된 기간"[08]이라는 역사인식에 기반을 둔 것이다. 이는 해방과 전쟁, 분단을 하나의 역사 위에 놓고 보는 시간적 범위를 확보한 것임과 동시에 북한이라는 금지되었던 지역을 포괄하는 공간적 범위를 확보함으로써 '통일민족의 정사'를 서술하려는 기획이기도 했다. 그런 의미에서 1980년대는 한국 인문사회과학의 역사에 있어 "코페르니쿠스적 전환기"였다고 할 수 있으며, 특히 1980년대 후반은 그 민중적·민족적·통일적 관점이 한층 강화된 것으로 볼 수 있을 것이다.[09] 물론 역사인식의 전환 및 강화의 과정에는 남북 대화의 모색과 북방정책의 시발점이 된 노태우 정권의 7·7선언이 또 다른 배경으로 작동한 면도 있었을 것이다. 그러나 이조차 1987년 민주화의 성과였으며, 학계에서는 이미 이전부터 통일적 관점을 확립하려는 연구가 심화되고 있었다.

---

08  최장집·정해구, 「해방 8년사의 총체적 인식」, 위의 책, 12쪽.

09  박명림은 1980년대 역사인식의 변화를 '코페르니쿠스적 전환'이라 하면서도, 이시기의 한계를 다음과 같이 살피고 있었다. ①부르주아 분류사관의 잔존 및 냉전적-이데올로기적 인식 ②과도한 연역적-관점주의적 접근과 이와 반대되는 실증주의적-행태주의적 방법론 ③ 연구 시기 및 범위의 분절 (해방3년, 한국전쟁의 분절적 인식 및 남한과 북한의 분리 및 전자에의 집중)이 그것이다. 하여 이를 극복하기 위해 민중적-민족적 관점의 확보/ 일국적-통일적-전체적 관점의 확보/ 주체적 조건과 객관적 조건의 균형적인 접근/ 실증적 접근법, 실증적 방법론 요구를 대안으로 제시하고 있다.; 박명림, 「해방, 분단, 한국전쟁의 총체적 인식」, 『해방전후사의 인식(6)』, 한길사, 1989., 9~11쪽.

해금의 배경에도 이런 역사인식의 변동이 선재해 있었다. 주지하듯 해금은 체제경쟁에서의 승리를 확신한 정부의 시혜적인 조치이기만 한 것이 아니었다. 그보다는 당대의 연구자와 출판인, 시민사회의 요구와 건의, 투쟁이 얻어낸 쟁취이기도 했다. 1988년 7월 19일, 월·납북 문인들의 해방 전 문학작품에 대한 해금 조치가 단행된다. 그러나 이 해금 조치는 일시에 이루어진 것이 아니었다. 크게 보면 이전에도 1976년 3·13조치(해방 전, 순수문학으로 생존해 있지 않은 월·재북 문인 연구 허용)와 1987년 10·19조치(월·재북 문인 논의 허용 및 상업 출판 허용)등이 있었다. 즉 해금은 단계적으로 시행된 것이었다.[10] 월북 문인

---

10 이봉범은 1988년 해금에 이르는 과정에서 문학예술분야의 월·납북 문제가 정치권력의 통제 이상으로 내부 대립의 수단으로 변질, 활용되면서 규율기제로 작동한 역사성을 검토하고 있다. 그리하여 해금의 단계마다 작동했던 냉전체제의 거시적 변동과 규율의 양상을 살피고, 월·납북 의제가 내장하고 있는 문화정치의 논리와 양상을 역사적으로 검토한 바 있다.; 이봉범, 「냉전과 월북, (납)월북의제의 문화정치」, 『역사문제연구』37, 역사문제연구소, 2017.
참고로 이봉범의 위의 연구를 제외하면 해금에 대한 연구가 거의 전무하다시피 하다가, 해금30주년이 된 2018년 관련연구가 발표되기도 했다. 이철호는 해금 이후 1990년대 학술장의 변동에 대해 1) 내발론과의 단절 2) 카프문학 연구자들의 시각 전도(모더니즘의 발견) 3) 미적 근대성의 한 기원인 감각적 인간의 출현 포착으로 논한 바 있다. 장문석은 해금을 전후한 시기(1985~1989)의 월북 작가 작품집 출판에 대한 실증적인 연구를 진행했다.; 이철호, 「해금 이후, 90년대 학술장의 변동」, 『구보학보』19, 구보학회, 2018.; 장문석, 「월북작가의 해금과 작품집 출판(1)」, 『구보학보』19, 구보학회, 2018.
여기서는 이들 선행연구의 탁월한 성취를 받아들이면서, 해금이라는 조치의 성격과 그것이 함의하거나 파급하고 있는 문학장의 재편양상에 관하여 '문학문화의 재구조화'라는 맥락 속에서 파악하는 것을 목표로 하고 있는 것임을 밝혀둔다. 이는 이전까지의 연구가 해금이라는 조치의 실제 귀결에 주목한 것과는 달리, 6월 항쟁으로 인해 가능해진 해금이, 그러한 조치의 시행 전후에 어떠한 역사적이면서도 문학사적인 인식의 변혁 속에서 쟁취될 수 있었는지를 파악하려는 작업이라고 할 수 있을 것이다. 그렇기에 이 논문은 해금의 배경 속에서 오히려 해금 자체가 함의할 수 있는 문학적·정치적 지평을 가능한 열어놓고자 하는 시도가 될 수 있을 거라고 기대해본다.

의 작품만이 아니라, 이념도서를 비롯한 금서로 범위를 확장하면, 해금의 과정이 더 세밀히 보인다. 정부는 1982년 2월 맑스 평전인 이사야 벌린의 『칼 마르크스-그의 생애, 그의 시대』(평민사)의 시판을 허용한 바 있으며, 그로부터 두 달 후에는 『소련공산당사』 등 15종이 추가로 출판되었다. 맑스의 『자본론』은 1986년에 공식적으로 번역출판이 허용된다. 물론 이러한 조치들은 표면적으로는 좌익 이데올로기의 부정성을 알리고 교육하기 위한 방책이라고 선전되었으나,[11] 그 이면에는 민주화 운동을 약화시키려는 정치적인 의도가 있었다. 그러다 보니, 해금과 그에 준하는 정책이 단계적으로 전개되는 내내 정부는 금서에 대한 탄압과 제재를 병행하는 모순된 태도를 보이기도 한다. 물론 87년 이전과 이후의 조치는 성격이 다소 달랐지만, 관련 정책의 운용에 있어서의 불화와 모순은 이어지고 있었다. 적지 않은 출판인 및 연구자가 구속되었으며, 금서를 판매한 서점의 주인들도 불법 연행된 사례가 많았다. 또한 1985년 5월에는 서울대 앞 광장서적에서 영장 없이 665권의 도서를 압수한 '이념도서 파동'이 있기도 했다. 그에 대해 출판인들은 "출판문화의 발전을 위한 우리의 견해"라는 이름으로 성명을 발표하고, 출판 탄압에 거세게 저항하기도 한다.[12]

---

11  서울대에서는 1983년 1학기부터 사회주의와 제3세계에 관한 강좌가 개설되기도 한다. 이는 금서 해제를 잇는 사건으로 주목받았는데, 개설 명목은 대학생들의 역사인식의 올바른 확립에 있었다. 즉 '교과서적 반공의식'과 '간헐적 반공체험'에 속에서 자란 분단 상황 속 세대에게 안보와 통일에 대한 적극적인 이해를 도모한다는 것이었다. 물론 이런 조치는 그 애초의 목적을 벗어난 효과를 발휘하기도 했다. ; 한상범, 「대학의 마르크스 비판 교육」, 『동아일보』1983.2.7.

12  이두영, 『현대한국출판사(1945~2010)』, 문예출판사, 2015, 379쪽. ; 참고로 이 책에 따르면 5, 6공화국 통치 기간 동안 구속된 출판인은 110명, 판금 압수된 서적이 1,300여 종에 약 300만부에 이른다고 한다. 또한 서점 주인이 불법연행된 사례는 5공화국에서만 48건이고, 16명은 구류, 입건 처분은 6명이라고 한다. 1986년 5월

1988년 7월의 해금은 세부적으로 보면 대략 네 가지 종류의 작품군을 대상으로 시행되었다. ①월·납북 문인 작품 ②국적 문제나 정치적 이유로 국내에 들어올 수 없었던 해외 동포 문인들의 문제작 ③ 공산권 현대문학의 번역 ④정치(풍자)작품들이 그것이다.[13] 해금은 냉전 논리에 입각한 '사상의 벽'을 허문 것이자, 분단 극복의 주요 성과로 인식되었다. 문학사적으로는 일단 1920~30년대 카프문학의 복원을 의미하는 것[14]이었으며, 해방 전후의 문학을 남·북한 통합의 관점에서 살핌으로써 민족문학사 서술의 기틀을 마련할 수 있는 계기가 된 사건이 되기도 했다. 아울러 북한문학에 대한 이해의 단초를 제공함으로써 통일문학(론)에 관한 논의의 토대가 된 것이기도 했다. 즉 해금은 (앞서 논의한) 식민지 시기부터 해방 전후를 바라보는 역사인식의 전환을 배경으로 하면서도 그를 (문학적인 차원에서) 더 강하게 추동한 정책적인 계기가 된 셈이었다.

해금은 역사인식의 전환을 동반하고 있는 조치였기에 다소 과도기적인 측면이 있기도 했다. 이는 1988년 7월 19일의 조치가 '북 체제 구축에 적극 협력했거나, 현재 현저한 활동을 한다'는 이유로 홍명희, 이기영, 한설야, 조영출, 백인준 5인을 제외했다는 것을 통해서도 알 수 있다. 알려진 대로 이들은 1989년 2월 29일 추가적으로 해금이 된다. 또한 납북/월북/재북에 대한 기준 및 8·15 해방 이전이란 기점도 모호하여, 해금 대상 작가 명단조차 제출되지 않았었다. 이는 음

---

1일부터 1987년 6월 이전까지 전국적으로 68개 서점에 대해 총 126여 회의 불법 압수수색이 실시되었고, 모두 6천여 부의 서적이 압수되었다고 한다.

13 「해금문학의 해」, 『한겨레』, 1988.12.6.

14 「「카프」연구 붐 20年代(연대) 文壇(문단)의 좌익文學(문학) 단체」, 『동아일보』, 1988.4.29.

악·미술계 해금의 경우와도 분명히 구분되는 지점이기도 하다. 이봉범은 해금 기준 및 명단의 불명료성에 대해 ① 월북 작가에 대한 충분한 연구 부재 ② 해금 세부 원칙에 대한 정부 당국 내부의 이견 ③ 행정처분상 금지조치가 없었기에 발생할 수밖에 없는 시행착오로 그 원인을 추측·파악하기도 했다.[15]

하지만 해금의 과도기적이며 불완전적인 성격은 '월북 작가'라는 호명/범주/규정의 역사인식에서 더 구체적인 면모를 보인다. 특히 '월북 작가'라는 명명에는 그러한 규정에 개입한 다양한 주체들 간의 혼선(및 논쟁)이 있었다. 이 혼선이 중요해 보인다. 다시 말해 해금 조치는 한편으로는 문인을 비롯한 문학 연구자들에게 직접적인 영향을 준 학술적인 사건이면서도, 다른 한편으로는 한국문학에 관한 출판 시장의 변동을 야기한 상업적인 사건이기도 했던 것이다. 여기에 남북한 교류라는 정치적 의미도 포개어 있었다. 그러다보니, 해금 조치에서 핵심적인 쟁점이라 할 수 있는 '월북 작가' 규정 문제가 문학계와 출판계, 법조계, 정치계 간의 이견으로 표출되었던 것이다.

주지하다시피 해금 이후 박태원의 『갑오농민전쟁』과 이기영의 『두만강』이 비슷한 시기에 출간된다. 그런데 두 경우 모두, 월북 작가의 유족과 출판계약을 맺은 출판사와 남한 유족의 저작권 상속을 인정하지 않으려는 출판사 간에 법적 시비가 맞붙게 된다. 법원은 헌법 3조에 의거, '대한민국의 영토가 한반도로 되어 있어, 북한 지역도 한반도의 일부이기에, 저작권법의 효력도 북한에 미친다'고 판결함으로써, 유족의 상속을 인정한다. 이 판결은 법학자나 변호사들 사이에서

---

15    이봉범, 앞의 논문, 244쪽.

도 꽤나 이례적으로 비춰진 것 같다. 즉 당시 헌법3조의 영토조항은 대부분 간첩사건 등 공안사건의 재판과 관련하여만 다루어졌는데, 이번에는 재산권 분쟁의 해결 근거로 취급되었다는 것이었다. 또한 북의 작가들은 북한예술동맹에 소속되어, 저작권이 사회구조상 정부나 당에 귀속될 가능성이 높다는 의견도 제기됐다. 그러니까 이 판결은 하나의 '권리 대상-작품'을 놓고 남·북 양쪽의 별개 법률에 의해 지지되는 두 개의 저작권이 존재한다는 것으로 귀결될 수밖에 없다는 것이었다. 더군다나 해당 작품들은 월북 이후 북에서 저술한 작품이기에, 월북 작가의 '미해금 작품'이었다. 그리하여 한 변호사는 판결에 대해 국가보안법 아래서 보면 이적단체의 '이적표현물'을 남한의 저작권법이 보호해준 꼴이 됐다고까지 평을 할 수 있었던 것이다.[16]

월북 작가의 저작권에 대한 법적 판결은 '월북 작가'라는 규정을 둘러싼 당대 여러 주체들의 시차를 상징하는 것 같다. 다시 말해 흔히 '월북 작가'라고 할 때의 '월북'은 '체제 선택의 행위(혹은 이념 지향)'이자 '공간적/지리적 이동'을 동시에 뜻하면서도, 대체로 전자의 규정이 후자의 규정을 잠식했다면, 해금을 전후한 시기 출판에 관한 문제에 있어서는 이 둘의 의미가 서로 어긋나거나 경합하는 국면에 들어

---

16  박성호 변호사, 「월·납북 작가 작품 저작권 시비, '통일지향적 법 개정으로 풀어야'」, 『한겨레』, 1989.9.1.
한편 월북 작가의 저작권을 둘러싼 분쟁은 대한출판문화협회에서 꼽은 1989년 출판계 10대 뉴스에 선정되기도 한다. 이는 해금 자체보다 그를 둘러싼 저작권 분쟁이 출판시장에서 더 중요한 사건으로 인식되었다는 것을 알려주기도 한다. 그 밖에 '판매금지도서에 대한 손배배상청구 소송, 출판사 승소'와, '한국-소련 간 출판교류에 관한 합의'가 선정되어, 금지도서의 민주화와 자율화 및 사회주의권과의 교류 문제가 당대 출판계의 중요한 화두였던 것을 확인할 수 있다.; 「출협선정, 89년 출판계 10대 뉴스」, 『출판문화』290, 대한출판문화협회, 1989.12.

서고 있었다는 것이다. 더군다나 해금 조치와 관련해서는 '월북'과 '납북'의 규정 차이가 상당히 중요한 문제이자 관건이기도 했다. 알려진 대로 정지용과 김기림 등의 유족들은 정말 오랜 시간동안 그가 '월북'이 아니라 '납북'된 것임을 정부당국에 증명해야 했다. '월북'이나 '납북'이란 호명 자체가 냉전적 사고의 소산이기에, 월북 작가 해금은 냉전적 사고에 입각한 탈냉전적 조치였다는 역설적 사태라 할 수 있기도 하다. 동시에 출판 금지에 관한 법률적 조항이 없었던 상황에서 발표된 금지에 대한 역설적 해제이기도 했다.[17] 이는 결과적으로 '월북 작가'라는 규정은 언제나 소급적이면서도 유동적인, 그리하여 확정이 불가능한 '(내부)냉전의 표지'였다는 것을 알려주는 것이었다. 그렇기에 애초부터 해금의 대상이 된 월북 작가의 리스트도 정부와 언론, 출판계와 연구자 간에 의견/생각/추산에 차이가 날 수밖에 없었던 것이다. 이런 사태는 역설적으로 출판시장에서의 전방위적인 월북 작가 작품 선집 및 전집 발간의 활황을 이끈 계기가 되기도 한다. 적지 않은 출판사가 경쟁적으로 관련 도서 출판에 열중케 하는 효과를 낳았고, 그만큼 대중에게도 많이 읽히게 되었다.

이처럼 해금은 정치적이면서도 역사적이고, 문화·상업적이면서

---

17 1988년 9월에는 도서출판 사계절에서 홍명희의 『임꺽정』출판금지 무효 확인을 요구하는 행정심판을 문공부 행정심판위원회에 청구를 한다. 그런데 이에 대해 문공부 장관은 공식 답변에서 '판매 및 출판 금지'는 행정처분이 아니라 출판자제 권유라고 말해 논란이 됐다. 즉 1954년 이래로 납북, 월북 작가 작품에 대해 출판 금지 처분을 한 적이 없었다는 것이었다. 이에 대해 소송대리인 박인제 변호사는 '출판 자제를 권고, 지도한 것이 실제로는 판매 및 출판금지라는 출판 탄압으로 이루어지고 있지 않느냐고 반문하면서 지금까지의 권고가 사실상 공권력 발동에 의한 강압적인 행정조치였다는 것을 분명히 확인한 바 있다.; 「납·월북 작가 작품 출판 금지한 사실 없다」, 『한겨레』, 1988.9.23.

도 법률적·학술적인 전환을 동반한 조치였다. 그렇기에 이는 해금 전후의 냉전 질서 및 정치 지형의 변화를 반영하면서도, 이와는 다소 어긋난 법률적 조치 및 정치 탄압이 이어지기도 했다. 해금을 전후한, 즉 1988년과 1989년은 거시적인 차원에서는 사회적인 분위기가 완전히 뒤바뀌고 있었던 것으로 보이기도 한다. 1988년 4월 총선에서의 여소야대 4당 국면의 창출, 비록 분단올림픽이었으나 사회주의권 국가들의 대대적인 참여를 이끈 9월의 올림픽 개최, 이어 '광주청문회'와 '5공 청문회' 개최로 상징되는 '민주주의의 바람'이 이어지고 있었다. 반면 1989년에 이르면 문익환 목사의 방북을 빌미로 합수부가 부활하여 대대적인 '좌경척결'이 (재)시작되고, 현대중공업 노동쟁의 강제진압으로 대변되는 노동운동에 대한 탄압도 극심해졌다. 이처럼 87년 6월 이후일지라도, 88년과 89년은 상당히 상반된 분위기가 형성되는데, 그 과정에 해금이라는 '민주화의 효과'가 자리하고 있었다. 이는 해금이란 조치가 역사와 문학의 복원을 위한 충분조건이 될 수 없었다는 것을 보여주기도 한다. 즉 일정한 한계가 있었던 것이고, 당대 연구자들도 이 점을 충분히 인지했던 것으로 보인다. 그리하여 해금의 의미를 애써 축소하기보다는 오히려 이 변화의 계기를 실제 문학 지형의 전환이자 새로운 단계의 진입으로써 의미화하려는 담론적-이론적인 실천이 제출되기 시작한다. '항쟁 이후의 문학(론)'이 모색되고 있었던 것이다.


### 3. 항쟁 이후의 문학론

해금에 대한 문단의 직접적이면서도 구체적인 반응은 대체로 이러했다.

> 월북 문인들의 작품이 해금되고 (홍명희, 이기영, 한설야 등
> 의 소설은 뚜렷한 이유 없이 아직도 묶여 있지만) 남한과는 스스로
> 다른 길을 걸을 수밖에 없었던 해외동포 문인들의 작품이 소
> 개되어 이제 분단 이후 절름발이였던 반쪽의 한국 국문학사
> 는 다시 써야만 하게 되었습니다. 이들의 작품이 당당하게
> 민족문학의 유산으로서 편입되는 것과 동시에 우리 교과서
> 와 국문학사에 올라 있는 식민지 시대의 친일문사들과 군사
> 독재체제의 부역문인들의 작품을 어떻게 척결해야 하는가
> 하는 점도 뚜렷이 비교하게 해 줍니다.[18]

해금은 (앞서 짧게 언급한대로) 우선 월북 문인과 해외동포 문인의
복원을 통해 남한 만의 반쪽 문학사를 극복할 수 있는 토대를 마련한
것이며, 한반도 정세 및 분단 현실을 외부로부터 조망하면서 ("남도 북
도 내 조국이다") 통일지향적 정신을 확보케 한 계기가 될 수 있다고 받
아들여졌다. 이는 한편으로는 당대 확립되어 가던 "통일민족의 정사"
에 대한 의식이 남북한 통합 문학사 서술의 과제로 이행된 것이면서,
다른 한편으로는 반민족·반민중의 역사 청산 문제를 던져준 것이기
도 했다. 주로 전자는 북한 문학에 대한 이해를 포괄한 차원에서 진
행됐고, 후자는 '친일파'와 '빨치산'이라는 역사 형상의 재현 문제[19]에

---

18  황석영, 「항쟁 이후의 문학」, 『창작과 비평』16, 창작과 비평사, 1988.12, 60쪽.

19  이혜령은 1987년 민주화운동 전후하여 극적으로 등장하여 요동친 역사 형상인 빨
    치산과 친일파 재현을 통해 한국 근대성 담론의 행방을 그려본바 있다. 이 두 형상
    은 탈식민 냉전 국가로서의 대한민국의 정당성에 관한 심문 속에서 등장한 형상이
    자 자본주의적 경제 주체로서의 근대적 주체의 극단적 한계 형상이기 때문이다. 이

집중된 경향이 있다. 특히 이들 경향은 당대 폭발적으로 심화된 해방 전후사의 탈냉전 역사인식에 바탕한 것임을 짚어둘 필요가 있다. 그리하여 김병익은 작금의 변화에 대해 '남한적 시각의 가치 체계 전반을 수정'하고, "서구적 특히 미국적 관점에 학문적 태도와 사유의 전개 기반을 두어왔던 인식구조의 편향성"을 깨뜨린 것으로 평하기도 한다. 또한 "동지 아니면 적이라는 흑백 논리로써 북한과 공산권을 대해오던 우리의 소박한 관념"을 해체하고, '서구의 부르주아 체제 속의 가치를 상대화한 효과'가 있다고 말했다.[20]

물론 해금 조치가 '(사상성을 포괄한) 폭의 제한성'이 있고, '과거문학, 외국문학, 북한문학에 대해서는 다소간 금압 완화함에도 불구하고, 국내 문인의 예술 표현에 대해서는 탄압(「한라산」의 이산하, 「통일밥」의 주인석)하는 모순을 가진 한계[21]가 있다는 것이 지적되기도 했으나, 그럼에도 당대 문단에서는 대체로 해금의 역사적 의의에 대해서는 나름의 공감과 합의가 있었던 것으로 보인다.

그런데 문제는 해금 조치 역시 6월 항쟁의 효과이자 성과의 일부라는 것이었다. 즉, 1988년의 해금 조치가 비록 단계적이었던 것이라 할지라도, 그것이 전면적으로 수행될 수 있었던 결정적인 배경에는 6월 항쟁이라는 '역사의 진전'이 있었다는 것이다. 민족문학론은 1984~85년에 본격적으로 '민중화'의 길로 접어들었던 것이 사실이었지만, 1987년 6월 항쟁을 전후로 재급진화된 것이었다. 따라서 문단

---

와 관련해서는 다음 논문을 참고할 것.; 이혜령, 「빨치산과 친일파-어떤 역사 형상의 종언과 미래에 대하여」, 『대동문화연구』100, 대동문화연구소, 2017.

20  김병익, 「80년대: 인식 변화의 가능성을 향하여」, 『문학과 사회』 2, 문학과 지성사 1989.11. 304쪽.

21  이강은, 「현단계 문예동향」, 『실천문학』, 실천문학사, 1989.3. 370쪽.

에서는 해금 조치를 전후로 하여 '항쟁 이후의 문학'이라는 역사적이면서도 문학사적인 인식의 틀이 본격 제출되기에 이른다. 즉 해금은 한국 문학사의 어떤 전환을 인식하거나 식별해야 한다는 혹은 문학사의 전환을 예비해야 한다는 과제를 남겨준 중요한 계기가 되었던 것이다. 해금의 가장 중요한 효과이자 의의는 아마 여기 있을 것이다. 해금은 항쟁 이후에 쟁취한 민주화의 바람이 문학적인 차원에서 수용·정착된 거의 최초의 성과였다. 다음은 백낙청의 글이다.

> 6월 항쟁 이후로, 한국문학은 새로운 단계에 들어서고 있다는 것이 필자의 생각이다. 이는 작년 이맘때 『창작과 비평』 복간호에 쓴 「오늘의 민족문학과 민족운동」에서 처음 내놓은 주장인데, 무엇보다도 문학적·운동적 성과를 기준으로 삼은 단계구분이었다. 큰 눈으로 보아 80년 광주의 5월항쟁이 한 시대의 획을 이미 그은 대사건임을 몰라서가 아니라, 그 역사적 의의가 전국적인 범위로 일차적인 열매나마 맺은 것이 87년 6월항쟁이었고 문학의 영역에서는 항쟁 이후에야 본격적인 결실이 나타나고 있다는 판단이었던 것이다. …(중략)… 문제는 항쟁 이후의 실제 성과가 그 이전과 뚜렷이 구별될 만한 수준에 달했느냐는 것이다. 먼저 기억할 점은 문학에서의 단계변화는 이따금씩 어떠한 작품의 출현으로 일거에 성취되는 수도 있으나, 대개는 정치사의 진전보다 더욱 완만하게 이루어진다는 사실이다.[22]

백낙청은 6월 항쟁 이후로 한국문학이 "새 단계"에 들어섰다고 판

---

22    백낙청, 「통일운동과 문학」, 『창작과 비평』 17, 창작과 비평사, 1989. 3. 66~67쪽.

단한다. 이는 6월 항쟁이야말로 광주의 5월 항쟁이 전국적으로 맺은 결실이기에, 우선 그렇다는 것이다. 그러면서 그는 "6·29선언이나 6 공화국 선포 뒤에도 분단체제에 굴복함이 없이 그 민중주도성을 오히려 강화"하여 "이념 서적, 월북·재북 문학, 예술인 작품의 해금" 및 "사회주의권-진보적 서방지식인·문학인과의 교류 확대"와 '정치범 석방'을 '민족문학의 지평'을 넓힌 진전으로 파악하고 있다.[23] 그런데 여기서 주목해야할 점은 '항쟁 이후의 문학적 단계변화'란 '정치사의 진전'보다 '완만한 방식'으로 이루어진다는 다소 신중한 진단에 있다. 이는 단순히 정치사의 전환이 문학의 영역에 사후적으로 반영되는 것이라는 인식의 소산으로 볼 수만은 없어 보인다. 오히려 정치적인 성과와 문학적인 성과의 관계를 사유할 필요를 제기하는 것에 가까울 것이다. 이를 토대로 백낙청은 6월 항쟁을 결정적인 전환으로 보는 관점을 세 가지로 나누어 일별한다. ① 중산층적 시각 ② 민족해방의 입장 ③ 계급적 관점이 그것이다. 그러면서 자신(을 비롯한 창비의 민족문학론 진영)의 입장을 '새 단계'에 맞게 기존의 관점을 '변증법적으로 종합코자 하는 자세'를 견지하는 것으로 천명한다. 이는 구체적으로 '분단체계'에 바탕을 둔 인식의 강조를 의미하는 것이었다. 따라서 '분단체제론'은 당대 민족문학 논쟁의 다른 진영들('민중적 민족문학론', '민주주의 민족문학론'→노동해방문학론)과 교호하면서, 사회구성체 문제 및 변혁노선까지 정리하는 역사인식의 방법으로써 제기된 것으로 봐야 할 것이다.

하지만 '문학(사)의 새 단계'는 구체적인 작품에 근거한 것이어야

---

23　위의 글, 78~79쪽.

했다. 그렇기에 기성 작가의 진전(고은의 『만인보』 4~6권, 황석영의 『무기의 그늘』)을 논하고, 신진의 약진(정도상, 김한수, 홍희담, 김향숙 등)을 살피기도 하지만, 그 문학적 성과에 약간의 의문을 표하고 있기도 하다. 이미 황석영도 (앞서 언급한) 「항쟁 이후의 문학」(1988)에서 젊은 작가들에 대한 아쉬움을 표한 바 있기도 했다. 그러나 백낙청은 '작품의 질'을 음식에 비유하며, 그것이 몸에 이로운지 해로운지는 일률적으로 정할 수 없는 것이라고, 유보적인 입장을 보이기도 한다.

그런데 이러한 유보적 입장, 그러니까 당대 문학에 대한 기성 문인의 '아쉬움'은 다만 작품의 수준에 대한 의심과 회의로만 받아들여서는 안 될 것이라고 생각한다. 오히려 반대로 이는 기성의 관점으로는 포착되지 않는 문학의 새로운 면모가 발견되는 순간으로 볼 수는 없을까? 다시 말해 기성 문인들의 '아쉬움'은 항쟁 이후의 구체적인 작품들 속에서 이전 시대의 문학과는 분명히 다른 어떤 질적 변화가 감지되었다는 일종의 징후로서 관찰될 수는 없는 것인가 하는 것이다.

그런 의미에서 '항쟁 이후의 문학'을 문학사의 '새 단계'를 예비하는 (또 다른) 단계로 파악하는 류의 논의를 살펴야 할 것이다. 가령 홍정선은 항쟁 이후의 문학 변화에 대해 ①금기 체계의 완화에서 오는 표면적 변화 ②경험적 사실에 근거한 변화의 크기 강조 ③정치적·사회적 변화의 반영으로 그 전환의 가능성을 물으면서도, 구체적인 작품들의 한계 및 변화를 감지하려는 분석자의 욕망 투사 등의 이유를 들어 '새 단계'론에 다소 회의적인 입장을 취하고 있다. 그렇기에 "교포소설의 소개나 해금 작가의 소설집 간행 등은 어디까지나 우리 소설의 변화를 촉진할 수 있는 정황이거나 현실이지 그것 자체가 지금 우리 소설의 변화를 말해 줄 수 없다"는 것을 강조하기도 한다. 하지만 이러한 문제 제기는 단순히 항쟁 이후의 문학사의 진전이나 전환을 다만 부정하는 것이 아니었다. 오히려 그럼에도 "6월 항쟁 이후의 소설들은 정치가 사람들의 모든 관심을 휩쓰는 처지에서도 우리들의 삶의 부면에 대해 진지한 모색"(개인의 섬세한 내면에 상응하는 언어체계 구축, 노동자에 대한 낙관적 전망, 역사와 정치에 대한 반성)을 하고 있기에, 1990년대 소설을 예비하는 시기로 규정하고 있는 것이었다.[24]

6월 항쟁 이후의 소설이 다만 정치의 변혁이라는 거대한 역사의 격동을 반영하는데 머무는 것이 아니라, 외려 그러한 격동 속에서도 쉽게 포착되지 못했던 개인의 삶-일상-내면을 재현하고 있다는 저 진단은 매우 상징적이다. 이는 한편으로는 1980년대와 1990년대 소설의 '흔한' 차이가 말해지는 방식의 선례이면서도, 다른 한편으로는 항쟁 이후의 소설이 정치적인 대의와 개인의 일상(과 내면)을 연결짓는 새로운 방식을 보여주고 있었다는 사실을 암시하기 때문이다. 그런 의미에서 정치와 일상, 항쟁과 개인의 관계를 담지하는 역사의 새로운 주체와 그러한 주체가 형성되는 과정을 재현하는 것 역시 '문학문화의 재구조화'의 중요한 성과로 여겨질 수 있었다. 이는 물론 정치적 주체의 분화와 확장이 이루어지고 있다는 역사인식의 중요한 전환을 반영하고 있는 사고이기도 했다.

모든 정황은 80년대 후반에 들어오면서 급격하게 변모된다. 그 변모를 부추긴 상징적인 정치적 사건이 1987년 6월항쟁이었다. 6월항쟁으로 인하여 우리 사회를 뒤덮고 있던 이

---

24    홍정선, 「6월 항쟁 이후의 현실과 소설」, 『문학과 사회』2, 문학과지성사, 1989. 9. 866~877쪽.

념적 금기사항은 상당 부분 해체되며, 그 결과 법률적으로 완전한 사상의 자유는 확보되지 않았지만, 사실상 많은 사람들이 자신의 신념으로써 진보적인 사상을 체득하게 된다. 그리하여 『자본론』이 번역되어 널리 읽혔고, 마르크스 레닌주의가 우리 시대의 가장 우람한 사상적 봉우리로 자리 잡았고, 이른바 <주사파>가 우리 사회의 사상적인 지형도에 폭넓은 영향력을 미쳤으며, 진보적인 학술운동과 공개운동 단체가 속속 생겨났다.[25]

1990년대에 이르면, 6월항쟁으로 이념적 금기가 해체된 사실이 '진보적인 사상'의 대중적 체득을 앞당긴 것으로 평가되기도 한다. '맑스 레닌주의'의 이념적 주도와 '주사파'의 선전, 학술운동 및 공개운동 단체의 촉진 역시 6월 항쟁이 해금이라는 물적 토대를 확보했기에 가능한 것으로 여겨졌다. 하지만 인용한 글의 핵심은 진보 사상 및 단체의 부상에만 초점이 맞춰진 것이 아니었다. 해금으로 대표되는 항쟁 이후 이념적 금기의 해체는 무엇보다 소설을 통해 삶의 주체성을 내세우려는 새로운 세대의 등장을 가능케 한 조건이 됐다는 게 중요했기 때문이다. 6월 항쟁과 해금은 "소설에 별로 관심이 없던 이들도 그들이 겪은 기막힌 일들의 추억을 언어라는 매체를 통해 영원히 기록하기 위하여 소설이라는 장르를 선택"케 했다.[26] 한국의 민주화를 이끈 민중들과 노동자들의 사회진출은 다양한 층위의 글쓰기 주체를 양산하며, 소설로의 진출을 의미하는 것으로 받아들여지기도 했다.

---

25    권성우, 「젊음의 문학, 문학의 젊음」, 『작가세계』 3, 1991. 3, 242쪽.
26    권성우, 앞의 글, 243쪽.

이를테면, 항쟁 직후 제기된 민족문학주체 논쟁이야말로 민족문학의 양적·질적 팽창을 의미하는 지표에 다름 아니었다. 문학적 주체의 확장은 지식인만이 아니라, 이제 노동자로 대표되는 여러 민중들의 손에 펜이 쥐어졌다는 것을 의미하게 된 것이다. 그러나 반대로 항쟁 이후 민족문학 주체들의 다양성 성취는 변혁 운동의 계급적 분화를 뜻하는 것이기도 했다. 민중세력의 분화는 오히려 운동 전반의 역량을 약화시키고 공안정국으로 통칭되는 반동적 폭력의 여지를 마련해 주기도 했던 것이다. 문학적 주체의 팽창과 다양화는 문학 대중화의 가능성과 불가능성 모두를 시험하게 했다. 이는 지식인·문인들의 대중성 확보 혹은 민중 주체의 창작 고양이라는 문제만이 아니라, 더 광범위한 문학소비대중의 의식화를 이뤄내야 한다는 과제와 연결되고 있었다. 그리하여 문학의 생산과 소비과정 자체에 대한 과학적 분석과 이데올로기적 성격에 대한 이해가 진작되어야 했다. 이때 문학의 과제란 무엇인가?

문학의 당면과제는 바로 이 같은 이데올로기 싸움의 국면에서의 효과적인 대응을 모색하는 데 있다. 6월 항쟁 이후 민주화의 실질적 진전이 노동운동에 대한 대대적 탄압에 기반한 파시즘 권력에 의해 저지됨으로써 중간계층의 동요가 눈에 뜨이고 이에 따라 보수야당과 파시즘 권력의 야합이 가시화되면서 사회 분위기의 침체가 지속되어 온 것이 현금의 상황이었다. 문학에서 이러한 사회적 분위기의 변화는 곧바로 친미·친파시즘 세력인 극우적 문인들의 준동을 통해 나타나고, 한편으로는 자유민주주의와 다원론을 빙자한 기회

주의적 경향을 부추기기도 했다.[27]

　항쟁 이후 문학의 과제는 변혁운동의 세력 확장이, 민주진영(혹은 민족문학주체)의 분화 및 분열로 유인되는 과정 속에서 체제를 수호하려는 지배계층으로부터 중간계층을 이념적으로 지켜내는 데 있는 것으로 여겨지고 있었다. 통일운동은 관제적인 북방진출로 가려지고, 반제운동이 확산될수록 친미세력의 대중 선동이 집요해지는 시기에, 항쟁 이후의 문학은 "바로 이 같은 이데올로기 싸움의 국면에서의 효과적인 대응을 모색"하는 문화적인 진지가 돼야 했다. 특히 1990년대는 전노협과 민자당이 같은 날(1990.1.22.) 동시에 출범하면서 민주세력과 체제수호세력의 대립적 구축이라는 상징 속에서 한 시대가 열리고 있는 것으로 파악됐다. "민중 운동의 영도 세력인 노동자 계급과 국내외 독점 자본을 대변하는 파쇼적 지배 권력이 우리 사회의 어쩔 수 없는 두 중심축"이라는 사실을 인정할 수밖에 없는 국면이 전개되고 있었던 것이다. 이런 극단적 대립 사이에서 "노동자 계급은 농민·소시민 계급과의 통일전선을 형성하여 공동의 변혁 과제의 수행으로 진전할 방향성을 제시해야 했으며, 그 전선의 중심에 노동자 계급의 지도성을 관철"해야 했다. 반면 지배권력의 보수대연합은 "안정 속의 개혁이라는 기치 아래 동요하는 중간계층들을 체제 내로 통합시키며, 민중층들을 분열시켜 변혁적 세력에 대해서는 가차없는 탄압을 가하고 그렇지 않은 일반 대중들은 개량화시키려는 새로운 계급지배 정책"을 추진하고 있었다.[28] 이런 상황에서 90년대 문학의

---

27　윤지관, 「80년대 민족·민중문학의 평가와 반성」, 『실천문학』 1990.3., 28쪽.

28　신승엽, 「이념과 현실적 토대의 굳건한 결합으로」, 『문학과사회』 3, 1990.2., 269쪽.

이데올로기 투쟁은 '언론과 출판, 방송, 교육기관과 같은 이데올로기적 국가장치의 민주화'와 긴밀하게 상호작용을 하며 이루어질 수밖에 없는 것으로 받아들여지기도 했다. 항쟁 이후의 문학론은 90년대로 이어지는 민주화 이행기 문학의 성격이 80년대 문학의 정치성을 일상의 제 영역으로 분산시키면서 상대화한 것이 아니라, 반대로 문학이 함의할 수 있는 급진성의 총량을 어떻게든 대중화하려는 전략 속에서 세워지고 있었던 것이다. 90년대 문학은 가장 정치적인 이유로부터 그 성격과 당위성이 규정되면서 새로운 시대의 도래를 알리고 있었다.

이처럼 항쟁 이후의 문학론이 제기되는 맥락 속에는 민족·민중문학 진영의 재편이 한 축에 놓여 있었고, 이는 역사 변혁의 주체에 대한 인식이 분화되는 양상을 보여주기도 하는 것이었다. 반면 보수대연합의 체제수호전략이 독점 자본의 힘을 바탕으로 대중에 대한 포섭력을 강화하고 있다는 위기의식에 대한 저항 가능성으로서 문학의 정치가 다시 구축되어야 한다는 과제를 제출키도 한 것이었다. 한국 문학장의 이와 같은 재편과 분화, 이념적 과제의 강화는 우선 맑스주의를 비롯한 좌파 사상(혹은 지식)의 해방과 북한 및 통일에 대한 역사 인식의 변동이 있었기에 비로소 가능한 변화였다는 것을 다시금 짚어두어야 한다. 그리고 그 변화의 구체적 조건으로 기능한 것이 바로 해금 조치였다. 물론 해금 조치에 대해 6월 항쟁 이후에 모색된 문학사의 전환을 식별케 하는 충분조건이라 평할 수는 없을 것이다. 하지만 해금은 정치와 문학, 운동과 일상, 노동자와 (그 밖의) 시민, 정치적 주체와 비주체 간의 오랜 경계가 해소되고 있던 사회사적인 지평을 제도적으로 담지하고 있는 핵심적인 성취이기도 했다.

그렇기에 해금은 단지 규제 완화의 의미만이 아니라, 운동과 문학이 일상적 차원에서 규합될 수도 있다는 그 가능성을 모색하는 시각의 열림을 뜻하는 사건이 될 수도 있는 것이다. 해금 이후에서야 문학의 역사를 바로 세워야 한다는 문학사 서술의 과제가 본격 수행될 수 있었다는 사실을 상기해 봐도 그렇다. 해금은 한국 문학의 역사 속에서 문학과 정치의 관계를 다시 사유할 수 있는 구체적인 계기로 작동했다. 이는 6월 항쟁 이전까지, 그리하여 해금 이전까지는 공식적인 서술이 불가능했던 한국 문학의 유산들을 복원하는 것이 실제로 가능해졌다는 성취를 의미하기도 하는 것이다. 구체적으로는 정치와 문학을 연결 짓고 있었던 경향소설과 프로문학(노동문학), 즉 사회주의 문학·문학론의 위상을 바로 세우고, 여기에 북한문학까지도 포괄할 수 있는 한국근대문학사 서술이 당도하고 있었다는 것이다. 해금은 당대의 문학사 전환을 식별케 하는 충분조건은 아니었을지라도, 그렇게 전환된 역사 인식을 실제 서술 가능케 했던 물적 조건이 되었던 것이다. 그리하여 다음 절에서는 보다 구체적으로 한국근대문학사 서술과 연구가 탈냉전적 역사 인식의 지평 속으로 놓이는 오랜 과정을 연대기적으로 추적해보려고 한다. 그 과정에서 맑스와 카프, 북한이 문학사에 기입되는 장면과 그것이 함의하고 있는 문화사적 의미가 살펴질 수 있을 것이다.


## 4. 맑스와 카프, 북한의 역사화: 탈냉전 문화사 인식의 지평

김윤식은 일본 도쿄대학 동양문화연구소에서 외국인 연구원 자격으로 부임했던 당시(1970), 루카치의 저술을 손에 들면서 느낀 감격에 대해 다음과 같이 회고한 바 있다.

> (그 책은) 루흐터한트사에서 1961년에 초판 된 제3판(1968년)이었다.… 586쪽의 이 책을 두 말 없이 정가대로 지불하고, 누가 볼세라 한 걸음으로 내 방으로 달려왔음은 새삼 말할 것도 없다. 누가 볼세라, 란 결코 과장이 아니다. 반공을 국시로 하는 나라의 공무원 신분인 내게 있어 앞뒤를 가로막는 것이 이른바 지엄한 반공법이었다. 『자본론』을 비롯 마르크스의 저작이란 금서 중의 금서였다. 가장 학문적인 저서 중의 하나인 『자본론』이 금서로 된 지적 풍토에서 어떤 학문이 가능했던가. 『역사와 계급의식』(1923)이후 공산당에 입당한 루카치인 만큼 그의 문학론이 아무리 대단해도 그림의 떡에 지나지 않았다. 이른바 속수무책이라고나 할까. "여기가 로도스다. 여기서 춤춰라"라고 헤겔이 말했거니와, 반공법 아래의 학문이란 대체 무엇인가. 도대체 학문이란 가능한 것일까. 이런 물음이야말로 식민지사관 극복을 지상목표로 한 나를 포함한 전후세대 연구진을 절망케 한 것이 따로 없었다. 동시에 바로 이 사실이 불타는 열정의 근거이자 진전해 갈 에너지를 얻어 낼 수 있는 근거이기도 했다.[29]

루카치 저술을 손에 들며 누군가 볼 세라 감추어야만 했던 연구자에게 학문이란 대체 무엇이었을까? 『자본론』이 금서였던 지적 풍토 속에서 반공을 국시로 한 나라의 공무원 신분으로 어떤 연구가 가능

---

29    김윤식, 『내가 읽고 만난 일본』, 그린비, 2012., 39~40쪽.

했을까? 주지하다시피 한국에서 루카치의 주요저서들은 1970~80년대 금서로 지정되었기에, 당시를 살아가던 학생들과 연구자들은 해외 원서와 해적판을 통해서만 이 책들에 접근할 수 있었다. 루카치의 저술을 구매한 김윤식을 비롯한 전후세대의 절망은 바로 이러한 시대 상황에서 이해 가능한 것이다. 그것은 이를테면 '가장 학문적인 저서'인 『자본론』을 떳떳이 읽을 수 없었던, 세계의 지적·사상적·이론적 유산의 절반을 포기해야 했던 '불구의 학문'을 하고 있다는 자각에 다름 아니었다. 그렇기에 김윤식의 회고에는 금지된 앎을 대면한 자의 당혹감이 여러 곳에서 토로되고 있다. "도쿄대학 구내 학생 운영 상점에서 북한산 벌꿀을 대면했을 때의 당혹감", "서점마다 넘쳐나는 마르크스주의 책들과 또한 나란히 한 이에 대한 혹독한 비판서들을 대할 때의 당혹감" 등이 그것이다. 그리하여 그의 회고에는 "북한 서적이 판매되는 고려서점엔 감히 들르지도 못했던" 시대의 벽 앞에 바짝 엎드리고만 한국 지식인의 강제된 고백으로 점철되고 있었던 것이다.

한국전쟁 이후, 냉전 체제와 반공 이데올로기는 한국의 학문을 언제나 반쪽짜리로, '결여된 상태'로 현상케 하는 일종의 기율로 작동하고 있었다. 이는 당연히도 역사 서술의 시각과 방법을 제한하고 있었는데, 한국문학사 역시 예외가 아니었다. 이를테면 1956년에 저술된 조연현의 『한국문학사』는 일제 파시즘의 억압 아래에서 탈정치화된 문학규범의 연장이라 할 수 있는 '순수문학론'에 입각하여 쓰여진 것으로, 한국근대문학의 중요한 작가와 작품을 서술 대상에서 아예 제외하거나 아니면 그 실상과 의의를 축소 또는 왜곡하는 방식으로 작성되어 있는 것이었다. 이는 냉전체제가 고착되기 전인 8·15 직후에 나온 백철의 『조선신문학사조사』(1947)보다 오히려 퇴행한 형국이었다. 백철의 문학사는 서구 문예 사조의 '수입사'에 머물러버린 분명한 한계가 있는 저술이었지만, 적어도 1920~1930년대 초반까지 조선문단의 주류라 할 수 있었던 프로문학을 완전히 배제하고 있지는 않았다. 이와 같은 한국문학사의 의도된 망각과 왜곡은 1960년대 조윤제의 문학사 서술에서도 계속 이어지고 있었다.

> 그들의 전략은 두말할 것 없이 우선 기성문단을 파괴하는 것이었다. 그리하여 그들은 개벽지를 발판으로 하여 여기서 부지런히 화살을 쏘아 기성문단에 맹격을 가하고 또 때로는 도전을 감행하여 적어도 무산계급의 현실적 이익을 획득하는 목적이 아닌 일절의 문학적 경향은 이것을 무가치한 감상적 예술지상주의적 문학이라 몰아때리고 계급투쟁적이 아닌 민족주의적인 문학에 대하여는 국수주의니 보수주의니 정신주의니 하는 말로서 아낌없이 매도하여 온통 문단을 위축케 하였다. … (중략) … 프로문학이란 것은 대체로 이러한 경향을 가졌기 때문에 공연히 선동적이고 이론적이 많으며, 또 어디까지나 투쟁적이어서 문단이 시끄러웠으나, 그러나 실제로 작품 활동에 있어서는 보잘것이 없었다.[30]

이처럼 프로문학은 조선 문단을 파괴하는 것을 목적으로 한 선동 문학으로서 부정적인 의미만을 부여받고 있다. 그것도 정치운동과 사상투쟁에만 매몰되어, 실제 작품은 그야말로 '보잘 것이 없는 것'으로 싸잡아서 평가 절하되고 있다. 냉전 질서의 고착과 통치 이데올로

---

30  조윤제, 『한국문학사』, 탐구당, 1968., 546~547쪽.

기로서의 반공주의의 심화는 한국문학사 자체를 '불구의 것'으로 만들고 있었다. 그렇다면 1970년대 김윤식의 문학사 저술은 어떠했을까? 한때 식민 본국이자 (구)제국이었던 일본으로 유학을 떠나 맑스주의 서적과 북한 서점 앞에서 망설이던 그의 역사 인식은 과연 어떠한 문학사를 기술케 했을까?

김윤식과 김현이 함께 쓴 『한국문학사』(1973)는 우선 식민사관의 극복에 초점이 맞추어진 저작이었다. 이 책은 당시 국사학계가 내재적 발전론에 입각하여 제기한 자본주의 맹아론에 힘입어, 역시 그 이전의 아시아적 정체성론에 침윤되어 있었던 한국근대문학사론에 일대 비판을 가하면서 근대문학의 기점을 영·정조 시대로까지 잡고 있는 특성이 있었다.

하지만 이 저작에서조차 타율적으로 서술 대상에 제한을 받고 있었던 것으로 보인다. 물론 그 강제된 위력 앞에서 저자들은 나름의 우회 전략을 제시하고 있기도 했다. 이 우회 전략은 시대와의 타협이기도 했으나, 과거 배제되거나 왜곡되어 있던 좌파 문학의 제한적 복권이라는 측면에서는 평가해줄 필요가 있어 보이기도 한다. 가령 『한국문학사』에서는 1920년대 중반부터 1930년대 중반까지의 프로문학이 독자적인 위상을 확보한 형태로 서술되어 있지는 않다. 그러나 "개인과 사회의 발견"이란 명목 하에, 쉽게 언급되거나 의미화될 수 없던 프로문인이나 작품들이 (제한적이나마) 소환되어 있었다. 예를 들어, 신경향파 작가를 대표하는 최서해가 염상섭과 김동인, 현진건과 나란히 배치되어, 그 특유의 빈곤 묘사와 '붉은색(피)' 이미지의 의미가 논해지고, 이러한 소설의 문법이 "1920년대 프로 작가들의 한 유행 수법"이 되었다는 방식으로 계보화 되고 있다.[31] 또한 카프의 서기장이었던 임화의 문학사적 궤적을 통해, 카프의 역사가 대리 서술되기도 한다. 김윤식은 1920년대 식민지 지식인은 "아(亞)서구적 내지 일본적인 것으로서의 지적 호기심에 무방비 상태로 개방되어 있었다"[32]는 맥락을 전제로 하고, 임화가 다다이즘 등의 전위예술에서 사회주의로 나아간 경위를 추적하는데, 이 과정에서 카프 방향전환의 성격 및 세대교체의 의미, 나프(NAPF)와의 관계와 일제에 의한 카프의 몰락 등이 함께 기술되고 있다. 식민지 조선의 사회주의 문인을 대표하는 임화의 문학사적 궤적을 통해 1920년대 중반에서 1930년대 중반까지 엄존했던 사회주의 문학의 역사와 한계가 아울러 살펴지고 있는 것이다.

결국 『한국문학사』에서는 좌파문학의 복원을 사상적인 수준에서 이뤄내지는 못했으나, 당대 식민지 조선에서 형성되고 있던 근대문학이라는 전체적 맥락 속에서 개인과 사회의 관계에 대한 변증법적 고찰이자 종합으로서 좌파문인들의 작품을 위치케 하고 있다고 평할 수 있을 것이다. 이는 사회주의를 사상이자 이념 자체로서가 아니라, 그러한 이념이 실제 현실에 어떠한 영향을 주었는지를 파악하고자 했던, 다시 말해 사회주의에 대한 일종의 기능적인 접근이기도 하다. 근대적 기능(혹은 기획)으로서의 사회주의는 민족이란 집단적 구심으로 온전히 환원되지는 않으면서도, 나름의 사회적 역할과 의미를 부여받을 수 있기에, 서술 불가했던 좌파 문학의 일부를 복원할 수 있는 우회적 서술 전략이자 방법으로 활용될 수 있었던 것이다.

---

31    김윤식·김현, 『한국문학사』, 민음사, 1973., 261쪽.
32    김윤식·김현, 위의 책, 267쪽.

다른 한편, 김윤식이 김현과 함께 『한국문학사』를 출간하던 때는 그가 『한국 근대 문예 비평사 연구』(1973)를 출간하던 때이기도 하다는 사실을 짚어둘 필요가 있다. 주지하듯 『한국 근대 문예 비평사 연구』는 프로문학운동을 중심으로 한국근대문예비평을 사적으로 기술하고 있는 저작인데, 이는 그 자체로 한국근대문학연구자가 프로문학을 다룰 수 있었던 해금 이전의 최대치를 보여주고 있는 것이었다. 하지만 이 저작의 사적 고찰 대상은 문학작품이 아니라 비평에 한정된 것이었고, 그렇기에 이는 연구목적에 입각하여 제한적으로 허용된 틀 안에서 수행될 수 있는 학술적 성과였다. 문학사는 그야말로 문학의 역사이기에 작품에 내재한 사상과 정서를 포위하고 있는 사관에 근본적으로 입각할 수밖에 없다면, 비평사는 보다 과학적인 인식을 토대로 한다는 다분히 학술적인 명분이 확보 가능한 기술이었다. 이는 김윤식의 문학사관과 연동된 결과이기도 한데, 그에 따르면 "문학사는 역사와는 엄연히 다른 감정적 차원에서 서술"되어야 하며, "문학적 집적물은 반드시 감동과 향유라는 정서적 반응을 요구"하기에 "정서적 차원이 배제된 문학사란 문서 기록이나 고증의 차원으로 떨어져 버린다"는 것이다. 감동과 향유라는 정서적 층위를 함의해야 하는 문학사 서술이, 바로 그러한 문학적 향유의 절반을 포기해야만 했던 시대에, 어떻게 학술과 과학의 이름으로 계보화되거나 역사화될 수 있는지를 보여주는 저작이 『한국 근대 문예 비평사 연구』라 할 수 있을 것이다.[33]

---

33 그런 의미에서 『한국문학사』의 "방법론 비판"에서의 이러한 서술은 더욱 주목할 필요도 있어 보인다. "(정서적 차원이 배제된 문학사) 그것은 박사 학위 취득자의 지적 호기심을 만족시켜 줄 수는 있지만 문학사가의 흥미를 끌 수는 없다."; 김윤식·김현,

김윤식은 『한국 근대 문예 비평사 연구』를 집필하는 과정에서 프로문학에 대한 민족주의의 대타의식을 발견한 것 같다. 프로문학과 민족주의 문학 사이의 대타의식은 주체와 타자의 의식구조로 비평사를 쓸 수 있는 이론적 자원이 되었다.[34] 이는 한편으로는 프로문학의 타자로서(만) 존재 가능했던 민족문학의 내실에 대한 의문에 바탕을 둔 것이면서도,[35] 다른 한편으로는 프로문학의 문학사적 위상을 정립하는 역사 기술이기도 했다. 그럼에도 비슷한 시기 출간한 『한국문학사』에서는 프로문학이 독자적으로 다루어지지 못하고 있다. 그렇기에 분명한 한계가 있는 저술이었고, 이런 한계는 1982년 출간된 『한국현대문학비평사』에서도 마찬가지였다. 이 저작은 월북 작가 이름이 들어 있다는 이유로 판금조치가 내려지기도 했다. 이에 대해 김윤식은 '자신이 연구한 것은 근대 문학이지 재북·월북 작가가 아니었다'는 회고를 하기도 한다. 분명 프로문학은 남과 북이 분단되기 이전 시기의, 그러니까 민족 단위의 문학이 가능했던 시기의 문학이었다. 그렇기에 그가 '재북이나 월북 작가가 아니라 다만 근대문학을 연구했을 뿐이라는 '학자적 태도'에 입각하여 과거를 반추할 수 있었던 것이다. 하지만 분단문학이란 1948년 남·북한 단정 수립 이후의 문학만을 지칭하지 않는다. 이는 단지 실증적인 차원에서 정치적인 분단

앞의 책, 15쪽.

34  장문석, 「『한국 근대 문예 비평사 연구』의 학술적 의의를 묻다」, 『한국현대문학연구』41, 한국현대문학회, 2013., 615~628쪽 참조.

35  하지만 그럼에도 김윤식은 민족문학의 고유한 역사를 탐색하려 했고, 이를 통해 이식문학론과 전통단절론을 이론적으로 극복하려 했다. 이에 대해서는 다음의 논문을 참고할 것.; 최병구, 「한국문학사서술의 경과: 제도와 이념에의 결박과 성찰-현대문학사서술을 중심으로」, 『민족문학사연구』56, 민족문학사연구소, 2014.

을 구획점으로 삼았을 뿐이고, 자료의 해석에 영향을 미치는 분단의 영향까지 생각한다면 적어도 카프시기 역시 분단문학으로 소급될 수 있기 때문이다. 해금 이후 통일문학사 서술의 가능성을 말했던 한 논자는 김윤식의 이와 같은 태도야말로 한국현대문학사 서술에서 카프가 이데올로기적 쟁점으로 남을 수밖에 없음을 보여준다고 지적한 바 있다. 즉 그가 강조했던 '학자적 태도'나 근대문학의 사실로서 존재했던 카프에 대한 '객관적 평가 및 가치 중립적 접근'은 반공에 대한 저항이나 보강이 될 수 없고, 남한이나 북한 체제의 정통성을 보증하겠다는 의지가 들어설 자리가 없음에도, 카프가 거세된 문학사를 '절반의 것'으로 인식하고 있었다는 그러한 사유 자체로부터 민족적 정통성을 회복해야 한다는 과제를 암시적으로 내세우고 있었다는 것이다. "그렇기 때문에 이 결과는 카프를 연구하고 문학사를 서술하는 데 있어서 가시적인 장애물은 제거했지만, 보이지 않는 장애물까지 제거한 것"은 아니게 된다. 그보단 "상당수 연구자들이 이제부터 자발적으로 '한국(조선이 아니라) 현대 문학사'의 민족사적 정통성을 보여주여야 할 보이지 않는 책임을 떠맡은 것이다. 왜냐하면 해금을 주장한 논리 속에는 그럼으로 말미암아 남쪽의 한국 현대 문학 연구가 오히려 더욱 튼튼하게 정통성을 확보할 수 있으며, 문학이라는 부문은 이제 문학과 관계된 사람들이 자율적으로 처리해나가겠다는 보이지 않는 약속"[36]을 해버린 경우가 되기 때문이다. 해금 이후의 카프 연구는 그 자체로 남한 체제의 정통성을 보증해야 한다는 정치적 요구로 환원될 수밖에 없었다는 논지였다. 가치중립적인 학자적 태도라

---

36  홍정선, 「통일문학사와 정통성의 장벽-카프 처리문제를 중심으로」, 『문학과 사회』 3(2), 1990.5., 504쪽.

는 것이 애초부터 자율적으로 확보 가능한 것인가라는 질문은 차치하고, 월북 작가나 카프를 제대로 다룰 수 없었던 문학사가의 고뇌가 해금으로 인해 해소된 것이 아니라, 또 다른 정치적 쟁점으로 회수될 수밖에 없다는 공안정국의 여전한 상황을 보여주는 해석이라 할 수 있을 것이다.

냉전과 분단 극복의 역사인식을 바탕으로 한국근대문학사의 복원을 위한 구체적인 노력은 연구계와 출판계에서 해금 이전부터 이어져 오고 있었다. 권영민은 "한국 근대문학은 혹독한 탄압과 검열에 의해 민족문학으로서의 성장을 방해"받아 온 만큼, "문인들의 분포와 창작활동의 범위가 제대로 밝혀지지 못한 것도 많고, 작품사적인 규모도 명확하게 정리되지 못했다"면서, 이를 극복하기 위해 "근대문학 자료의 정리 보완과 그 보존"을 전문화할 수 있는 "문학박물관"이나 "문학자료관"을 설립할 것을 정부에 요청하기도 했다.[37] 또한 출판계에서도 근대자료를 영인본으로 내는 출판사에 "금기시되어온 좌익계통 활동자료들의 공개가 합법화되어 한국근·현대사를 온전히 복원할 수 있어야 한다"[38]고 주장하기도 했다. 이처럼 한국근대문학사의 온전한 서술과 복원에 관한 문제의식은 이미 이전부터 형성되어

---

37  권영민, 「우리 근대문학의 자료 정리가 시급하다」, 『출판저널』, 1987.8.20., 10쪽.
    주지하듯 국립한국문학관이 오랜 논의와 논쟁, 준비 끝에 건립되고 있다. 국립한
    국문학관은 한국문학관련 자료의 수집, 보존, 복원, 관리, 전시, 연구, 교육, 연수 등
    을 통해 문학 유산의 계승과 문학 활동의 진흥 및 발전을 도모하겠다고 밝히고 있
    다. 한국 근대 문학 자료에 대한 발굴과 정리는 여전히 중요한 과제라 할 수 있을 것
    이다. 현재는 각 대학마다 관련 작업이 분산되어 있고, 생각보다 정보의 공유가 이
    루어지고 있지 않은 것 같다. 국립한국문학관의 역할이 필요하다고 생각한다. 이에
    대한 감시와 주목이 요구된다 할 수 있겠다.
38  엄창호, 「자료의 개방과 정책적 지원이 과제」, 『출판저널』, 1987.8.20., 11쪽.

있었고, 해금은 바로 그러한 시대 의식을 현실 속에 안착시킬 수 있는 제도적인 성취였다.

1990년 4월에는 "민족 문학 연구의 새로운 지평"을 목적으로 민족문학사연구소가 설립되기도 한다. "여러 대학에서 소장 국문학 연구자들의 소모임 형태"로 전개되어 온 "학술공동연구와 그 대중화 작업"을 더 높은 차원으로 결집시키기 위해 창립된 연구소였다. 창립인들은 "지금 우리 사회는 커다란 전환기"를 맞고 있다면서, "연구 과정 및 결과의 사적 소유라는 기존의 연구 풍토를 지양하고, 조직적인 공동연구를 통해 방법론을 모색하고, 긴요한 과제들을 해결하며 그 연구 결과까지 공유하는 새로운 연구방식을 취하겠다"고 선언했다.[39] 냉전과 분단 극복의 역사 인식, 그리고 그를 바탕으로 한 여러 제도적 성취는 진보적인 역사 인식을 바탕으로 한 소장학자들의 문학사 서술로 이어지기도 한다.

> 우리들의 새로운 근대문학사의 필요성을 절감했던 것은 1989년 봄쯤의 일이었다. 이 무렵 민족민주운동의 열기는 여전히 뜨거웠고, 문학부문에서도 다른 부문에 뒤질세라 '민족문학'의 기치 하에 그러한 운동의 열기를 수용하려고 했다. … 그런 점에서 80년대말의 문학연구가 거둔 성과는 결코 적지 않은 것이었다. 그러나 다른 한편으로 과거 민족문학의 전통을 확인하고, 그것의 연속성을 밝혀내는 일만으로는 어쩐지 미흡한 감을 떨쳐 버릴 수 없었다. … 특히 다가올 통일 시대를 생각하면 80년대 말의 연구 성과에 자족할 수만은 없

---

39  「민족문학사연구소를 창립하면서」(민족문학사연구소 홈페이지(www.minmunhak. com), 1990.4.14.

으며, 새로운 단계로의 질적 도약이 필요한 것이 아닌가 하는 생각을 떨쳐 버리기 어려웠다. 그리고 이러한 질적 도약을 위해서는 무엇보다도 80년대 말까지 이루어진 제반 연구 성과들을 총괄적으로 정리하고 체계화함으로써 그 한계와 과제들을 짚어보는 작업이 필요하리라는 것이 우리의 생각이었다.[40]

소장 국문학자들은 1980년대의 진보적 연구 성과를 바탕으로 19세기 말 이후 해방 직전까지의 한국 근대문학의 흐름을 일관되게 서술하여, 이를 통해 분단 극복이라는 민족사적 과제를 해결하려고 했다. 당시 한 저널리즘에서는 이들의 진보적 역사서술을 '젊은 시각'이라는 세대론적 관점에서 호명하며, 신진학자의 새로운 성취로 의미화하기도 했다.[41] 또한 북한 문학사 서술과 관련 연구도 새로운 이행의 시간을 맞이한다. "(80년대 후반) 이전까지는 북한 문학사를 연구하려는 관심과 노력이 냉전 이데올로기와 이로 인해 빚어진 북한 문학사에 대한 정보의 부족으로 말미암아 제대로 결실"을 맺을 수 없었으나, "북한에서 서술된 문학사 책들이 남한에서 출판되면서 가속화될 수 있었다"[42]는 것이었다. 그 성과는 국어국문학회의 『북한의 국어국문학』(지식산업사, 1990)이나 민족문학사연구소의 『북한의 우리 문학사 인식』(창작과 비평, 1991) 등으로 이어졌다. 이처럼 냉전과 분단 극복의 역사 인식을 바탕으로 한 여러 노력들은 학계 내·외부에서 80년대

---

40    김재용·이상경·오성호·하정일, 『한국 근대민족문학사』, 한길사, 1993., 35~36쪽.

41    「'젊은 시각' 한국문학사 나온다」, 『한겨레』 1993. 12. 15.

42    김재용, 『북한 문학의 역사적 이해』, 문학과지성사, 1994., 237쪽.

초반부터 있어 왔고, 그러한 노력들이 해금을 전후한 시기의 제도적 성취들을 달성할 수 있게 했다.

이처럼 해금은 결국 맑스와 카프, 북한이라는 남한 역사의 오랜 타자를 다시 복원할 수 있게 한 결정적인 계기가 된 사건이었다. 해금은 그 전후시기에 형성되고 있던 탈-냉전적 역사 인식을 바탕으로 쟁취된 성과이자, 통일 민족에 대한 상상의 현실적 준거이기도 했다. 그렇기에 해금 이후 (당시의) 소장학자들은 문학사 인식의 세대론을 내세우며, 보다 진보적 입장에서 역사 서술에 적극 나설 수 있게 된 것이었다. 진보와 통일이라는 불가능해 보였던 문학사적 과제가 해금이란 사건 속에서 제도화의 조건을 마련하고 있었던 것이다. 물론 그 조건이란 것이 모두의 기대보다 강고하지 않았다는 사실을 깨닫는 데는 그리 오랜 시간이 필요하지 않았지만 말이다.

지금까지 '해금(1988)'이라는 조치의 성격을 '문학문화의 재구조화'라는 역사적이면서도 문화사적인 맥락 안에서 파악해보았다. '문학문화의 재구조화'란 제도적인 성과이면서도 그를 바탕으로 소설의 형식과 내용의 변혁이 가능하다는 전망 속에서 쟁취되거나 실행될 수 있었던 것이었다. 이를 통해 '항쟁 이후'라는 시간의 중층적 성격과 그 안에서 모색될 수 있었던 한국문학장의 변혁 가능성을 드러낼 수 있을 거라고 생각했다. 그 과정에서 해금을 일종의 필요조건으로 하여 제기될 수 있었던 '항쟁 이후의 문학(론)'을 살피기도 했다. '항쟁 이후의 문학(론)'은 6월 항쟁과 노동자대투쟁이라는 시간을 거치면서 소설에 대한 여러 전망과 기대를 양산했고, 이는 민족·민중문학 진영의 재편과 연동되며, 역사 변혁의 주체에 대한 당대적 인식의 분화를 함축하고 있기도 했다. 또한 항쟁을 전후하여 형성되고 있던 역사 인식이 과거 냉전 논리에 함몰된 반쪽짜리 문학사의 한계를 드러내며, 해금 조치로 인해 가능해진 새로운 탈냉전적 문학사 인식의 지평을 연대기적으로 살펴봤다.

분명 해금은 검열의 문화정치의 가시화, 맑스주의 서적(출판)의 붐, 대학 교양교육의 변동 등을 전후 배경으로 하여 이루어진 조치였다. 또한 해금 전후 시기의 냉전 이데올로기의 해체 및 북한·통일 문제에 대한 역사인식의 전환, 한반도 정치 지형의 변화 등을 반영하고 있는 것이기도 했다. 하지만 그럼에도 국가보안법 체제가 끝나지 않았기에 언제든 책동 가능케 된 보수연합과 공안 통치라는 한계 안에서 작동한 제도의 산물이기도 했다. '월북 문인'이라는 신분과 그들의 문학 역시 결코 짧지 않은 역사적 과정에 대한 이해를 요하는 일일 것이다. 하지만 그들은 해금되고 얼마 지나지 않아 '현실 사회주의의 붕괴'라는 사건을 먼저 마주해야 했다. '문학문화의 재구조화'라는 성취 역시, '문학장의 자유화'의 다른 이름이기도 했다. 검열 체제의 완화와 그로 인해 가능해진 소설의 변혁은 얼마 지나지 않아 전망 상실의 위기에 직면하고 있었다. 그 과정에는 소련의 붕괴와 더불어 변혁과 일상의 괴리가 전면화 된 91년 5월의 좌절이 있기도 했다. 다른 한편으로 대중사회의 등장이 문학 자본주의의 심화와 맞물리며, 시민사회 특유의 저항성이 문학의 대중적 분화에 상응하기 시작하는 초기의 국면이 자리하고 있기도 했다. 그렇기에 이 글에서는 항쟁 이후의 시간이 문학적 주체들에 의해 한국문학을 변화시킨 '역사의 분기'로서 의식적으로 파악되고 있었다는 사실에 입각하여, 그 이행기에 달성된 문학 제도의 변화와 그를 바탕으로 한 문화사 인식의 탈냉전적 변혁과 그 조건을 살펴본 것이었음을 확인하며 마무리한다.

# 월북 영화인 해금 30년의 여정

## 1. 들어가며

1988년 7월 19일, 서울올림픽 개막을 앞두고 월북 작가에 대한 해금이 이루어졌다. 문학 분야에서부터 시작된 월북 작가 해금은 같은 해 10월 27일 음악인 63명, 미술인 41명이 해금되어 해방 전 혹은 월북 전 문학과 음악, 미술작품들에 대한 출판 및 공연, 전시가 공식적으로 허가되었다.[01] 당시 해금자 리스트에는 월북 영화인이라고 구분되어 있는 인물은 따로 존재하지 않았다. 문학 부문에 언급된 김승구, 주영섭, 김태진(범위를 넓혀 김영팔, 윤기정, 임화, 강호, 서광제) 등 해방 전 연극계(주로 극작)에서 활약한 인물 몇 명의 이름을 찾을 수 있을 뿐이었다.

---

01    〈납·월북 문화예술인 복권〉, 《한겨레》, 1988.12.13.

향후 해금대상자를 선정해 발표한다고 했던 영화분야에 대해서는 1988년이 마무리 될 때까지 해금에 대한 특별한 언급이 없었다.[02] 해방 전 창작된 순수문학작품(시, 소설, 희곡, 평론)과 예술작품(미술작품, 작곡, 작사, 연주가)을 중심으로 해금이 논의되다 보니 이 범주 밖에 있었던 영화는 논의 대상에서 배제되었던 것인데 영화인 해금 문제가 흐지부지 된 보다 중요한 이유로는 일제강점기 필름이 남아 있지 않은 상태에서 해금을 선언할 만한 작품이 존재하지 않았기에 자연스럽게 월북 영화인들의 해금 문제는 중요한 문제로 취급되지 않았을 가능성도 있다.

그렇다면 영화분야에 있어서 해금 30년의 의미는 무엇일가? 남아 있는 필름이 없어 해금 여부를 논의할 수 없는 상황에서 영화분야의 해금은 오랫동안 언급하는 것조차 금기시 되었던 월북 영화인들의 이름이 해방된 정도일지도 모른다. 텍스트가 부재한 상황에서 이것을 뛰어넘는 가시적인 성과를 기대하는 것은 불가능한 일이었지만 해금을 전후하여 좌익계통의 영화인들이 주도한 카프시대의 영화운동과 해방기 영화운동에 대한 연구가 본격적으로 시작되었다는 점은 영화분야 해금이 가져온 학술적 성과로 기억해야 할 부분이다.

영화분야에 있어서 1988년의 해금은 망실되어 이제는 존재하지 않는 해금 대상을 서성대며 기다리고 있는 한편의 부조리극과 같은 상황을 보여준다. 막상 영화분야에서 실질적인 해금은 해금 대상이

---

02  1987년 문인협회에서 작성한 명단(〈납·월북 작가 모두 76명, 문인협〉, ≪경향신문≫, 1987.9.7.)과 문화공보부가 국회에 제출한 명단(〈해방 6·25때 납·월북한 문화예술인 모두 43명〉, ≪동아일보≫, 1987.8.12.) 그리고 해금 당시 해금자 리스트를 종합해서 살펴본 결과 영화인으로 분류된 인물은 없다. 이들 명단을 토대로 영화계에서 활동한 인물들을 정리한 것이다.

되는 작품들이 하나 둘 나타났을 때부터 논의할 수 있었지만 해금 대상이 나타났을 때 이미 그것은 해금된 상황이었기에 중요한 논의의 대상에서 멀찍이 물러나 있을 뿐이다. 그러다보니 해금 이후 지금까지 월북 영화인에 대한 연구가 부진할 수밖에 없었던 이유는 금지된 것을 볼 수 있게 되었다는 정치적 의미에 대한 관심이 사라진 상태에서 더 이상 존재할 수 없을 것이라 여겨졌던 필름이 세상에 나타났다는 일종의 '종교적 경험'과 같은 것에 모든 관심이 빨려 들어갔던 탓도 있다. 한국전쟁 이전 영화가 발굴될 때마다 실제 대부분의 연구자이 관심을 가졌던 것은 해금의 정치적 의미 같은 것이 아닌 봉인되었던 일제강점기의 발견에 집중되었다.

이 글은 해금 30년을 돌아보면서 해금이라는 정치적 이벤트가 끝난 후 비로소 해금을 논의할만한 영화들이 발견되었지만 선행연구의 부족과 자료의 불비, 관심의 부족으로 제대로 논의 되지 않았던 월북 영화인들에 대해 주목하고자 한다. 다시 말해 소위 "발굴된 영화"들 속 월북 영화인들을 찾아보고 이들에 대한 주의를 환기하고 관심을 제고하고자 멀리는 해방 직후부터 가까이는 해금 이후의 월북 영화인들에 대한 문제를 다루도록 하겠다.


## 2. 금지되어 사라진 영화들

영화인들이 월북했다는 이유로 필름이 압수되거나 상영이 중지된 경우는 단독정부 수립 직후 상영된 <해연>(1948)이 처음이었다. <해연>은 예술영화사에서 첫 번째로 제작한 영화였다. 예술영화사는 사장 김낙제(金洛濟), 전무 강영구(姜永求), 상무 이청기(李淸基), 제작부장 이철혁(李喆爀), 문예부장 이운용(李雲龍), 연기부장 박학(朴學), 음악부장 정종길(鄭鍾吉), 총무부장 허병오(許炳吾)로 구성되었다.[03] 예술영화사 사장 김낙제는 부산상공회의소 사무국장 출신으로 1949년 경상남도 상공국장을 역임 후,[04] 정계에 투신한 인물로 1957년 설립된 부산의 제일극장의 운영자이기도 했다. 그가 예술영화사에 관계한 것은 1947년 12월 강영구를 중심으로 한 예술영화사 영화제작대가 <해연> 촬영차 부산에 와 이들과 동업을 하게 되면서부터이다.[05]

<해연>은 제작부장 이철혁의 주도로 제작이 이루어졌다. 원작, 각색은 신인 작가 이운용이 맡았다. 연출은 애초 김영화(金永華)가 맡기로 했으나 과도정부의 영화과장 직에 취임하게 되면서 그를 대신하여 <임자없는 나룻배>를 연출한 바 있던 영화감독 이규환(李圭煥)이 바톤을 이어받았다.[06] 연출자가 바뀌는 등 영화제작이 지체되자 원래 출연하기로 이화삼(李化三), 독은기(獨銀麒), 김혁(金赫) 등이 출연자 명단에서 빠졌다.

<해연>은 1948년 1월 13일부터 부산에서 촬영이 시작되었다.[07] 영화는 10월에 완성되어 개봉을 준비했다. 11월 10일 서울의 중앙극장에서 시사회를 열었으며 문교부에서는 이 영화를 우수영화로 인정하여 추천하였다. 당시 문교부장관 안호상(安浩相)은 이 영화가 "교화

03   〈藝術映畵社部署〉, 《藝術映畵(海燕特輯)》, 株式會社藝術映畵社, 1948., 6쪽.

04   〈本道商工局長에 金洛濟氏 就任〉, 《釜山新聞》, 1949.1.12.

05   〈藝術映畵社 海燕을 撮影〉, 《民主衆報》, 1947.12.7.

06   李圭煥, 〈映畵 "海燕" 演出 前記〉, 《藝術映畵(海燕特輯)》, 16쪽.

07   〈"海燕"드디어 撮影開始〉, 《釜山新聞》, 1948.1.13.

원을 취재한 점으로 보아 소년 교육상 뜻 깊은 것이라고 생각하며 예술영화로서 다소의 미비한 점이 있으나 해방 후 우리 영화계의 현실에 미루어 우수한 점이 없지 않음으로 이 영화를 일반에게 추천"[08]한다고 발표했다.

문교부 추천영화가 된 <해연>은 11월 21일 중앙극장에서 본격적으로 상영되기 시작했으며 12월 11일부터는 부산 부민관에서도 상영되기 시작했다. 하지만 부산에서 상영 중 관계 당국에 필름을 압수당하는 사건이 일어나게 된다.[09] 정확한 이유는 밝혀지지 않았으나 해방 후 처음으로 문교부 추천까지 받은 영화가 상영 금지된다면 이 또한 문제일 수밖에 없었다.

<해연>이 부산에서 필름을 압수당한 사건은 영화인들의 월북과 관련하여 생각할 필요가 있다. <해연>을 제작한 예술영화사의 연기부장은 박학이었다. 그는 당시 극단 예술극장을 이끌고 있었다. 그래서인지 이 영화에는 예술극장 출신들이 대거 출연하고 있었다. 예술극장은 해방 후 설립된 좌익연극단체인 조선예술극장과 서울예술극장이 통합한 극단이었다. 예술극장 단원들은 <해연>의 촬영을 끝낸 후 박노아(朴露兒)가 번안한 하우프트만(Gerhart Hauptmann) 원작의 <외로운 사람들>을 이서향(李曙鄕) 연출, 김일영(金一影) 장치로 1948년 7월 서울의 제일극장에서 공연 후 월북했다. 월북한 예술극장 단원 대부분은 북조선 국립영화촬영소에 입소하여 북한 최초의 극영화 <내 고향>에 출연했다.

<해연>의 필름이 압수된 것은 배우들의 월북이 관계당국에 포

---

08  〈映畵 "海燕"을 文教長官이 推薦〉, ≪婦人新報≫, 1948.11.10.

09  〈映畵 「海燕」 釜山서 押收〉, ≪東亞日報≫, 1948.12.24.

착되었던 것이 그 이유가 아닌가 추측된다. 실제 이를 염려해서인지 1948년 12월 11일자 《부산신문》 1면 하단에 실린 <해연> 광고에는 주연배우 이름을 최병현(崔秉顯), 조미령(趙美鈴), 남선림(南善林, 南美林의 오기-의도적 오기일 수 있다)만 기록하여 월북한 배우들을 의도적으로 배제했다. 개봉직전인 1948년 10월 24일 경향신문 1면 하단에 게재한 광고에서는 월북한 김동규(金東圭), 남미림, 박학, 유경애(兪慶愛), 이재현(李載玄), 최군(崔軍) 등이 출연자 명단에 표기되어 있었던 것과는 크게 다르다.

[그림 1] 영화 〈해연〉 광고 《경향신문》, 1948.10.24.

[그림 2] 영화 〈해연〉 광고 《부산신문》, 1948.12.11.

관계당국에 압수된 필름은 곧 되돌려져 부산, 광주 등지에서 상영이 재개되었다. 출연 배우의 월북을 이유로 영화 상영을 금지할만한 제도적 장치가 미비한 상황이었고 부산지역에서 영향력이 큰 김낙제가 제작한 영화였기에 영화 상영이 재개될 수 있었던 것으로 보인다. 그러나 곧 전쟁이 터지면서 더 이상 월북 영화인이 제작에 참여한 영화는 상영될 수 없었다.

영화인의 월,납북을 이유로 영화상영을 금지하는 것은 한국영화계의 큰 손실이었다. 전쟁 직전까지 제작된 대부분의 영화에서 월,납북영화인과 관련되지 않은 영화는 찾아 볼 수 없었다. 심지어 무성영화시대 걸작이라 평가받던 1926년 작 <아리랑>의 경우 1937년에 이미 사망한 나운규(羅雲奎)와 영화계를 떠난 신일선(申一仙)을 제외한 주인규(朱仁奎), 이규설(李圭卨), 김태진(金兌鎭) 등 주요 배우들이 해방이후 북한에서 활동했다. 이중 주인규는 해방 전부터 유명한 노동운동가로 알려져 있었는데 극단 고협(高協)에서 주인규와 함께 생활했던 이해랑(李海浪)은 대선배인 주인규를 조선질소비료회사를 폭파하려 한 무지막지한 인물로 묘사하기도 했다.[10] 그런 주인규가 해방 직후 북한영화의 총책임자로 북조선국립영화촬영소 총장의 자리에 앉아 있었기에 이를 문제 삼아 상영을 금지한다면 일제강점기 영화 중 상영할 수 있는 영화는 한편도 남아 있을 수 없었다.[11]

이렇듯 한국전쟁 이전에 제작된 대부분의 영화에서 월북 영화인들과 관련되어 있었고 이들의 흔적을 쉽게 발견할 수 있었기에 이들 영화의 상영을 금지시키는 것은 의도치 않게도 한국영화사의 연속성을 해치는, 이전의 영화역사와 단절하는 결과를 가져 올 수 있었다. 특히 한국전쟁은 이를 가속시켰는데 전쟁 이후에는 과거 월북 영화인들이 출연하거나 제작에 참여한 영화들이 남한에서 상영될 수 없

---

10  국립문화재연구소 편, 『대담 한국연극이면사』, 도서출판 피아, 2006., 256~257쪽.

11  〈아리랑〉은 1952년 9월 대구 만경관에서 상영되었다는 기록이 남아 있다. (김연갑, 『북한아리랑연구』, 청송, 2002., 146~147쪽.) 전쟁 기간까지 일제 강점기 제작된 영화들이 상영되고 있었던 것이다.

었다. 영화가 상영되기 위해서는 공연법에 의해 상영허가를 맡아야 했지만 월북 영화인과 관련된 영화들은 상영허가를 쉽게 얻을 수 없었고 운이 좋게도 상영허가를 얻었어도 언제든 상영이 취소될 수 있었다. 이에 따라 전쟁 직후까지 남아 있던 많은 수의 필름들은 상영될 수 없는 영화로 묶여 방치되었고 쉽게 망실되었다. 어쩌면 한국전쟁 이후 일제강점기 영화가 대부분 사라지게 된 주된 이유는 전쟁으로 인한 피해도 있었지만 그 영화들이 상영될 수 없는 영화이면서 가지고 있는 것만으로도 북한을 찬양한다고 의심받을 수 있는 위험한 영화라는 점이 크게 작용했을 수 있다.

### 3. 해금이라는 사건

### 3.1. <자유만세>의 발굴과 상영

해금 전 월북 영화인들에 대해서는 반공이데올로기를 강화하기 위한 목적으로 부정적으로 언급되는 것이 대부분이었다. 1986년 이기봉 원안을 각색하여 MBC-TV에서 방영한 <북으로 간 여배우>[12]에서는 월북 영화인인 문예봉과 그의 남편인 극작가 임선규가 주인공으로 등장하여 화려한 생활을 하던 여배우가 공산주의자인 남편을 따라 북한으로 가서 비인간적인 대우를 받으며 고통 받는 삶을 살고 있다는 식의 이야기가 그려졌다. 이 드라마에는 문예봉, 임선규 부부 외에도 박춘명, 김선영 부부와 김연실, 문정복, 최승희와 같은 해방

---

12  MBC에서 제작한 5부작 미니시리즈 <북으로 간 여배우>는 이기봉 원안, 이철향 각색, 김종학 연출로 제작되어 1986년 3월 14일(1부), 15일(2, 3부), 16일(4, 5부)가 방송되었다.

전 유명 배우들의 월북 이후 삶이 비극적으로 그려졌다.

대중매체에 그려진 월북 영화인 이외에 원로 영화인들의 말과 글 속에 월북 영화인들의 월북 전 활동이 묘사되기도 했다. 남아 있는 필름이 없고 자료도 부족한 상황에서 그 시대를 살았던 인물들의 증언은 사료가 미치지 못하는 부분의 공백을 메울 수 있는 중요성을 지니고 있었다. 사료의 부족에 허덕이는 한국영화사 연구 분야에서 안종화, 이필우, 이규환, 윤봉춘, 복혜숙 등 일제강점기에 활동했던 영화인들의 증언이 큰 도움을 주었다.[13] 그러나 이들이 증언은 애초부터 월북 영화인들에 활동 내역을 축소하여 발언하거나 왜곡하여 서술하기 일쑤였다.

1975년 해방 30돌을 맞아 열린 고전 한국영화 상영회를 통해 최인규가 1946년에 연출한 <자유만세>가 발굴되어 세상에 공개되었다.[14] 1974년 영화진흥공사 내에 필름보관소가 만들어져 필름을 보관하기 시작한 이래 수집된 필름 중 가장 오래된 영화였다.

---

13  원로영화인들의 목소리를 담아 그 목소리를 영화사연구의 원재료로 삼은 인물이 이영일이다. 이영일은 1960년대 후반부터 1970년대 중반까지 당시 생존해 있던 원로 영화인들을 인터뷰했는데 그 인터뷰 전문은 『이영일의 한국영화사를 위한 증언록』(전5권)으로 발간되었다.

14  KMDB를 통해 <자유만세>의 타이틀을 확인해 보면 1950년대 후반에 만들어진 "한국영화문화협회"가 현상과 인화를 맡았다고 기록되어 있다. 또한 1946년 중요한 위치에 있지 않았던 배우 김승호의 이름이 타이틀의 첫 번째 자리에 등장한다.

[그림 3] 영화 〈자유만세〉 스틸. 박학과 전창근의 모습. 《영화시대》 속간 1권 3호, 1946.

1946년 개봉 당시 신문광고와 비교해 보았을 때 새로 발굴된 〈자유만세〉는 월북한 배우 독은기와 박학 등이 출연자 명단에서 빠져 있으며 녹음을 새로 하면서 "조선"이라는 단어를 "대한"이나 "한국"과 같은 단어로 바꾸었음을 알 수 있다. 영화를 연출한 최인규의 경우 대표적인 우익영화인이었으며 한국전쟁 중 월북하여 북한에서의 행적도 확인되지 않았기에 납북자로 쉽게 인정받을 수 있었다. 그러기에 최인규의 북한행은 문제되지 않은 반면 해방 직후 좌익단체에서 활동했고 월북 이후 북한에서 배우활동이 확인되는 배우 독은기와 박학의 경우는 〈자유만세〉가 남한 내에서 상영되는데 있어서 가장 큰 골칫거리였다. 추정컨대 불완전하게 남은 필름을 새롭게 재구성하는 과정에서 독은기와 박학과 같은 월북 영화인이나 북한을 연상시키는 요소들은 의도적으로 삭제된 것으로 보이며 이렇게 거의 새로 편집된 영화는 여러 사람들이 참여하여 만들 수밖에 없는 영화제작 과정을 고려했을 때 월북 영화인의 문제를 피해가며 영화를 상영할 수 있는 묘안이었다.

1975년에 발굴되어 상영된 <자유만세>는 1979년 한국영화 탄생 60돌 기념 상영회에서도 상영되었으며 이후 현존하는 가장 오랜 필름으로 중요한 행사 때마다 상영되는 기념비적 영화가 되었다. 물론 독은기나 박학과 같은 월북 영화인에 대한 언급 없이 말이다.

### 3.2. 1988년 월북 작가 예술인 해금

월북문학인들에 대한 "해금"은 출판금지 명단에 있던 사람들의 작품을 출판할 수 있게 허가해주겠다는 의미이다. "해금"을 이야기하기 위해서는 먼저 언제 "금지"가 되었는지를 확인할 필요가 있다. "금지"의 첫 번째 경우로 주로 인용되는 것은 1951년 ≪자유신문≫을 통해 공개된 출판금지 명단이다.[15] 이 명단에는 영화인으로 김태진과 서광제의 이름이 발견된다. 한국전쟁 직전 북한에서 사망한 김태진은 1930년대 중반 이후 영화계를 떠나 극작가로 활동했으며 해방 후 북한에서 희곡 『리순신 장군』(국립조선인민출판사, 1948)을 출판한 바 있었다. 남한 내 출판금지자 명단에 김태진의 이름이 오른 것은 북한에서 출간되어 남한에서도 유통되고 있던 희곡 『리순신 장군』 때문일 터이고 이는 북한에서 발행한 출판물의 남한 내 출판을 금지한다는 측면에서 이해할 수 있다. 월북 직전 ≪독립신보≫의 편집인으로 있던 서광제는 영화평론가로 더 유명한 인물이었다. 한때 영화감독으로 활동하며 군국주의 선전영화인 <군용열차>(1938)를 연출한 바 있던 그는 해방 후 신문인으로 활동했는데 1948년 남북연석회의에 수행기자

---

15 〈월북 작가 저서발금〉, ≪자유신문≫, 1951.10.5.

로 북한을 다녀와서 『북조선 기행』(청년사, 1948.)이라는 선전용 기행문을 발간 후 곧 월북하여 북한에서 활동했다. 김태진과 더불어 A급으로 분류된 서광제는 『북조선 기행』과 같은, 북한 체제를 찬양하는 내용의 책을 발간했기에 출판금지자 명단에 올랐던 것이다. 이들 외에 출판금지자 명단에 다른 영화인의 이름이 발견되지 않는다. 월북 영화인 중 남한에서 유통되고 있던 책을 발간한 적이 있는 인물이 없었기 때문이었다.

사실 영화인은 영화의 제작과 상영문제와 관련되어 있기에 출판문제를 떠나 생각해야 한다. <해연>의 예에서 알 수 있듯이 특정한 규정이 없어도 월북 영화인들이 관여한 영화는 상영 허가를 담당하고 있는 기관과 영화가 상영되는 지역에서 흥행장 단속을 담당하는 경찰의 감시와 처벌 하에서 쉽게 상영금지 될 수 있었다.

1988년 이후 월북 영화인에 대한 언급이 가능해졌으나 해금 당시 상영이 금지될 수밖에 없었던 영화 중 남아 있는 영화가 존재하지 않았기에 풀어 줄 수 있는 영화 역시 찾을 수 없었다.(북한영화의 상영과는 별개의 문제이다.) 필름이 사라진 상황에서 많은 수의 월북 영화인들을 등급으로 나누어 구분하고 이중에서 해금 대상을 정하는 것도 쉬운 일이 아니었다. 그러다 보니 월북 영화인에 대한 논의도 진지하게 이루어지지 못했다. 해방 직후 북한에서 활동하고 있던 영화인 대부분이 월북한 사람들이었으며 이들에 대해서는 해방 전부터 활동하던 유명 감독, 작가, 배우 정도의 이름만 알려져 있을 뿐 북한에서 어떻게 활동했는지 조차 자세히 알려져 있지 않았다. 이러한 상황은 식민지시기 영화사에 대한 연구가 미진한 것과 함께 월북 영화인 해금의 파장이 실질적인 연구로 이어지지 못한 가장 큰 이유였다.

참고로 아래의 명단은 북한에서 활동한 영화인 중 월북 영화인으로 묶을 수 있는 인물들의 북한에서의 활동 내역을 정리한 것이다.

**[표 1] 주요 월북 영화인들의 북한에서 활동**

| 구분 | 이름 | 주요작품 | 비고 |
|---|---|---|---|
| 연출 | 강홍식 | <내고향>(49), <비행기사냥군조>(53), <항쟁의 서곡>(60) 등 | 배우로도 활동 |
| | 민정식 | <용광로>(50), <조국의 아들>(56), <끝나지 않은 전투>(57) 등 | |
| | 박학 | <분계선마을에서>(61), <붉은선동원>(62), <꽃파는처녀>(72) 등 | 배우로도 활동 |
| | 윤용규 | <소년빨치산>(51), <향토를 지키는 사람들>(52), <빨치산의 처녀>(54), <춘향전>(58) 등 | |
| | 윤재영 | <바다는 부른다>(56), <청춘>(57), <우리사위 우리며느리>(58) | |
| | 정준채 | <사도성의 이야기>(56), <산매>(57), 황해의 노래>(60) 등 | |
| | 전동민 | <정찰병>(53), <아름다운 노래>(54), <행복의 길>(57) 등 | |
| | 주영섭 | <수리봉>(58), <꼬마 선장>(58), <금강산의 처녀>(59), <6남매>(60) 등 | |
| 시나리오 | 김승구 | <내고향>(49), <빨치산의 처녀>(54), <춘향전>(58) 등 | |
| | 김영근 | <용광로>(50) | |
| | 서만일 | <승냥이>(56) | |
| | 윤두헌 | <소년빨치산>(51), <향토를 지키는 사람들>(53), <백두산이 보인다>(56) | |
| | 주동인 | <행복의 길>(56), <산매>(57) 등 | |
| | 추민 | <위험한 순간>(58), <길은 하나이다>(58) | |

| | 한상운 | <비행기 사냥군조>(53), <정찰병>(53), <바다는 부른다>(56), <어떻게 떨어져 살 수 있으랴>(57) | |
|---|---|---|---|
| 배<br>우 | 김동규 | <내고향>(49), <향토를 지키는 사람들>(52), <다시는 그렇게 살 수 없다>, | |
| | 김선영 | <승냥이>(56), <흥부전>(63), <양반전>(64), <최학신의일가>(66) 등 | |
| | 김세영 | <소년빨치산>(51), <흥부전>(63), <우리집 문제>(71), <공중무대>(72) 등 | |
| | 김연실 | <정찰병>(53), <승냥이>(56), <처녀리발사>(70), <아름다운 거리>(70) 등 | |
| | 남승민 | <소년빨치산>(51), <땅>(59), <애국자>(59) 등 | |
| | 독은기 | <소년빨치산>(51), <향토를 지키는 사람들>(52) 등 | |
| | 문예봉 | <내고향>(49), <용광로>(50), <소년빨치산>(51), <빨치산의 처녀>(54) 등 | |
| | 문정복 | <내고향>(49), <한 해병에 관한 이야기>(70), <전사의 어머니>(79), <검사는 말한다>(80) 등 | |
| | 심영 | <내고향>(49), <용광로>(50), <향토를 지키는 사람들>(52) 등 | |
| | 유경애 | <내고향>(49), <향토를 지키는 사람들>(52) 등 | |
| | 이규설 | <잊지마라 파주를>(57) 등 | |
| | 주인규 | <청춘>(57), <잊지마라 파주를>(57) 등 | 초대 북조 선영화촬 영소 총장 |
| | 최운봉 | <향토를 지키는 사람들>(52), <신혼부부>(55), <갈매기호 청년들>(61) 등 | |
| | 황철 | <형제>(57), <춘향전>(58) 등 | 최초의 인민배우, 교육문화 성 부상 |

## 4. 발굴된 영화와 월북 영화인

### 4.1. 일본에서 들여온 일제말기 영화들

1989년 일본에 일제강점기 조선영화 필름이 보관되어 있다는 소식이 전해짐에 따라 한국영상자료원에서는 일본과의 교섭을 통해 그곳에 보관되어 있던 일제 말기 필름들을 제공받게 된다. 이전까지 한국영화사에서 가장 오래된 영화는 1946년 제작된 <자유만세>였다. <자유만세>보다 이른 시기에 제작된 영화, 특히 일제강점기 영화를 보충함으로써 한국영화사의 공백으로 남아 있는 일제강점기 영화사를 일부나마 메울 수 있게 된 것은 한국영화사 연구에 있어 큰 수확이었다.

1990년 일본에서 들여온 영화는 <젊은 모습>, <사랑과 맹세>, <망루의 결사대> 총 3편이었다. 이들 영화는 모두 1940년대 초반 영화였는데 <젊은 모습>은 1943년 조선영화제작주식회사에서 제작했고 <사랑과 맹세>는 조선영화제작주식회사의 후신이라 할 수 있는 조선영화사에서 1945년 만든 영화였다. <망루의 결사대>는 이 영화보다 조금 이른 시기에 제작되었는데 일본 도호(東寶)영화사가 조선의 고려영화사와 함께 만들어 1942년에 개봉한 작품이었다.

[표 2] 1990년 발굴된 일제말기 영화

| 제작년도 | 제목 | 연출 | 제작에 참여한 주요 월납북영화인 |
|---|---|---|---|
| 1943 | 젊은 모습 | 도요타 시로 | 황철, 문예봉, 독은기, 최운봉 |
| 1945 | 사랑과 맹세 | 최인규 | 최인규, 독은기 |
| 1942 | 망루의 결사대 | 이마이 타다시 | 최인규, 강홍식, 심영, 주인규 |

이들 세 편의 영화들은 관람할 수 있는 한국영화의 시기를 조금 앞당기는 중요한 발견이었으며 주요한 월북 영화인들인 황철, 문예봉, 독은기, 최운봉, 강홍식, 심영, 주인규 등의 모습을 확인할 수 있는 영화이기도 했다. 그러나 이 영화들은 일제의 침략전쟁에 호응하여 만든 소위 친일영화로 월북 영화인들을 이야기하기에 앞서 한국영화의 범주 안에 넣어 이를 기념하며 상영하기에는 민감할 수밖에 없었다. 영화가 발굴되어 들어온 1990년 당시에는 이 영화의 제작에 참여했던 한형모 감독을 비롯해 김신재, 김일해, 전택이 등 원로 영화배우들이 생존해 있었기에 친일 부역행위로 비판 받을 수 있는 영화의 일반 공개는 자칫 민감한 문제를 건드리는 결과를 가져올 수 있었다. 결국 이 영화들은 바로 공개되지 못하고 수장고 안에 잠들어 있다가 2년이 지난 1992년에 들어서야 일반에 공개될 수 있었다.

이렇듯 월북 작가, 예술인들의 해금으로 이들에 대한 관심이 큰 상황에서 일제강점기 영화가 발굴되었음에도 불구하고 이 영화에 참여한 인물들의 월북문제보다는 친일문제가 더 큰 문제로 떠올랐다는 점은 시사하는 바가 컸다. 이 세 편의 영화가 발굴되었을 당시 월북 영화인에 대한 관심 거의 없었음은 이 영화에 출연한 유명 배우들의 면면이 전혀 언급되지 않았다는 점을 통해 쉽게 이해할 수 있다. 도요타 시로가 연출한 <젊은 모습>에는 황철, 문예봉이 출연하였으며 최인규가 연출한 <사랑과 맹세>에는 독은기, 이마이 타다시가 연출한 <망루의 결사대>에는 주인규, 강홍식이 출연했다. 이들은 일제강점기 최고의 배우로 손꼽히던 인물들로 월북 후 북한에서 중요하게 활약한 인물들이었다. 그럼에도 이 영화는 일제의 강요로 만들어진 영화이며 <젊은 모습>의 경우 연출자가 일본인 감독 도요타 시로

이기에 이 영화는 한국영화가 아니라는 식의 빈약하고 근거 없는 주장으로 변명하기 급급했다. 일제강점기 영화가 대거 발굴될 때까지 이 영화들은 <자유만세>처럼 쉽게 볼 수 있는 영화가 아니었다.

### 4.2. <마음의 고향>의 발견

1992년 10월, 파리에서 1949년 제작된 <마음의 고향>의 필름이 발견되었다. 영화제작에 참여한 주요 인물들이 한국전쟁 때 월북하여 이후 이 영화를 상영할 수 없었음에도 불구하고 제작자 이강수는 프랑스로 이민을 가면서도 이 영화가 공개될 순간을 기다리며 필름을 소중히 지켰다. 1988년 월북예술가들의 해금이 있고 월북 영화인에 대한 관심이 높아짐에 따라 이강수는 비로소 이 필름을 공개하였다.[16]

<마음의 고향>은 월북 작가인 함세덕의 희곡 <동승>을 영화로 만든 것으로 연출은 윤용규가 맡았다. 당시 영화의 발굴을 알리는 신문기사에는 영화감독 윤용규의 이름보다는 원작자인 월북 작가 함세덕과 이 영화의 주인공인 최은희의 이름이 더 많이 언급되었다. 함세덕에 대한 관심의 일부를 연출을 맡은 윤용규를 비롯해 김선영, 남승민, 최운봉 등 월북 영화인에 줄 법도 했지만 이들에 대한 언급은 거의 없었다.[17]

1993년 이 영화가 한국에서 공개되었을 때 그 만듦새의 탄탄함

---

16   〈40년대 한국영화 파리서 발견〉, 《동아일보》, 1992.10.4.

17   일제말기 영화가 발굴되기 전까지 이 시기 대표적인 남자배우인 남승민, 최운봉 등에 관한 관심도 없었을 뿐더러 이들이 전쟁 기간 월북했는지 조차 영화연구자들은 알지 못했다.

으로 많은 사람들의 찬사를 받았고 비로소 윤용규의 이름도 중요하게 언급되기 시작한다. 이 영화를 연출한 윤용규는 한국전쟁 당시 월북하여 <소년빨치산>(1951), <향토를 지키는 사람들>(1952), <빨치산의 처녀>(1954), <신혼부부>(1955), <어랑천>(1957), <춘향전>(1958) 등을 연출하는 등 1950년대 북한의 대표적인 영화감독으로 활약했다. 또한 동승 역으로 나오는 유민이라는 아역배우도 주목받았는데 그는 월북영화배우인 유현과 유경애의 자식이었다. 이외에도 이 영화에는 북한에서 활약한 인물들이 다수 확인되는데 배우 김선영, 남승민, 최운봉 등도 전쟁 중 월북하여 북한에서 활약했으며 타이틀에 사용된 그림과 글씨는 1948년 월북 후 북한의 최고인민회의 대의원에 선출된 미술가 리여성의 솜씨였다.

이렇듯 이 영화가 오랫동안 공개되지 못하고 잠잘 수밖에 없었던 이유가 바로 이 영화가 월북 영화인들의 손으로 만들어졌단 사실 때문이었다. 그럼에도 불구하고 영화가 발굴되었을 때 이 영화를 만든 월북 영화인에 대한 관심은 많지 않았다.[18] 이는 오랫동안 월북 영화인에 대한 변변한 연구가 없었고 이에 따라 자료축적도 되어 있지 않다보니 중요한 작품이 발굴되어도 그것을 제대로 평가하기 힘들었기에 그렇다. 북한에서 윤용규의 활동에 대해 주목하여 제대로 된 연구물이 축적되어 있었다면 월북영화감독인 윤용규의 데뷔작품인 <마음의 고향>이 프랑스에서 발굴되었을 때 원작자인 함세덕과 주인공 역을 맡은 배우 최은희의 이름보다는 윤용규의 이름이 더 많이 언급되었을 것이다.

---

18  1950년대 북한영화를 설명하는데 중요한 인물인 윤용규에 관한 논문이 한편도 없다는 것은 이러한 연구자들의 무관심을 대변하고 있다.

## 4.3. 해방 전 영화들의 대거 발굴

중국과의 수교 이후 교류가 활발해지면서 한국영상자료원에서는 중국에 소장되어 있을지 모를 일제강점기 한국영화 발굴 작업에 본격적으로 착수하게 된다. 특히 영화사 연구자이자 북한영화 전문가인 이효인이 2003년 한국영상자료원장으로 취임하면서 중국과 러시아 등지의 아카이브를 통해 일제강점기 영화들의 수장 여부를 확인했고 이 과정에서 다수의 일제강점기 영화가 발견된 것이다.

[표 3] 한국영상자료원이 수집한 주요 일제강점기 영화들

| 구분 | 영화제목 | 제작년도 | 영화제작에 참여한 월납북영화인들 |
|---|---|---|---|
| 2004 | 군용열차 | 1938 | 서광제(연출), 양세웅(촬영), 문예봉, 독은기, 김한(배우) |
| | 어화 | 1938 | 안철영(연출), 박학, 나웅(배우) |
| | 집없는 천사 | 1941 | 최인규(연출), 임화(각색), 강홍식, 문예봉, 김한, 유현(배우) |
| | 지원병 | 1941 | 최승일(제작), 박승희(시나리오), 이명우(촬영), 문예봉, 최운봉(배우), 윤상열(미술) |
| 2005 | 미몽 | 1936 | 이명우(촬영), 문예봉, 김한, 최운봉, 나웅(배우) |
| | 반도의 봄 | 1941 | 양세웅(촬영), 김한(배우), 윤상열(미술) |
| | 조선해협 | 1943 | 박기채(연출), 이명우(촬영), 민정식(조연출), 남승민, 독은기, 김한, 최운봉, 문예봉, 김선초, 박영신(배우), 윤상열(미술) |
| 2006 | 병정님 | 1944 | 방한준(연출), 이명우(촬영), 남승민, 독은기, 최운봉, 김한(배우) |
| 2007 | 청춘의 십자로 | 1934 | 이명우(촬영), 김연실(배우) |
| 2009 | 그대와 나 | 1941 | 김영길, 심영, 문예봉(배우) |

| 2014 | 수업료 | 1940 | 최인규(연출), 방한준(연출), 이명우(촬영), 김한, 문예봉, 독은기, 최운봉(배우) |
|------|--------|------|----------------------------------------------------------------------------|

이효인 체제 하의 한국영상자료원에서 2004년부터 2년 동안 무려 8편의 새로운 영화를 발굴해 내고 그 이후 몇 편의 영화들을 더 발굴됨으로써 2000년대 중반 이후 영화사 연구 분야는 일약 일제강점기 영화연구의 붐을 가져왔다. 연구자들이 가장 먼저 주목한 것은 일제 말기 영화들이 지닌 친일문제였다. 특히 발굴된 영화가 처음 상영되었던 2005년은 해방 60년을 기념하는 해였고, 민족문제연구소의 『친일인명사전』 발간 사업 등과 맞물려 친일영화 연구가 일제말기 영화연구의 큰 흐름을 형성했다. 그 외에도 영화가 표현하고 있는 식민지 조선의 근대성이라는 주제 역시 연구자들의 큰 관심을 끌었다. 특히 1936년 작 <미몽>의 발굴은 대표적인 월북배우 문예봉을 재발견 하는 계기였다. 박현희의 『문예봉과 김신재』(선인문화사, 2008)라는 단행본을 비롯하여 몇 편의 논문이 이때 발표되었다. 하지만 문예봉 이외에 월북 영화인에 대한 관심은 별반 없었다.[19]

이렇듯 일제강점기 영화가 대거 발굴되면서 이들 영화 속에서 월북 영화인들을 발견했지만 이들에 대한 관심으로 확장되지는 못했다. 이는 월북 영화인들이 활동한 1950~60년대 북한영화의 연구가 이루어지지 않았기에 이들 월북 영화인들을 발견하더라도 월북 이후 북한에서의 활동을 찾아 월북이라는 정치적 행위의 의미와 영화인으로써 영화 활동의 내역을 확인하려는 작업이 이루어지 못했기에 그렇다.

---

19  대체로 남한에서 문예봉에 관한 연구는 식민지시기 조선에서 '선전영화의 꽃'으로 소환되어 언급될 뿐 북한의 인민배우로서 문예봉은 중요하게 언급도지 않는다.

## 5. 나오며

월북 영화인에 관한 문제는 1948년 제작되어 상영된 <해연>에서 부터 시작되었다. 영화의 제작에는 많은 수의 영화인들이 참여하기에 북한으로 올라간 영화인이 문제되어 상영할 수 없다면 <자유만세>가 그러했듯이 편집을 통해 문제되는 영화인을 영화 속에서 삭제하는 식 의 조치가 이루어졌던 것이다. 그럼에도 불구하고 해금 당시 월북 영 화인들이 제작에 참여한 영화가 거의 남아 있지 않았기에 월북 영화 인 해금은 문학이나 미술, 음악에 비해 큰 문제로 부각되지 않았다.

월북자들에 대한 해금이 이루어지고 영화분야도 월북 영화인들의 영화운동이 주목받기도 했지만 카프를 중심으로 한 영화운동을 훑는 것 외에 북한영화를 관람할 수 없는 한계로 인해 월북 영화인에 대한 관심은 크게 확장될 수 없었다.

유독 다른 분야에 비해 월북 영화인에 대한 연구가 부재한 이유 를 1. 영화사연구자의 부족, 2. 일제강점기 영화자료 부족, 3. 북한영 화에 대한 무관심 등을 이유로 꼽을 수 있다. 이를 증명하듯 월북 영 화인이 출연한 영화가 발견되어도 연구자들의 경우 그들에게 관심을 주지 않고 있는 것이 현실이다. 2015년 한국영상자료원에서 이규환 감독의 <해연>을 발굴하여 공개했지만 어느 누구도 이 영화를 월북 영화인과 엮어서 이야기 하지 않았다. <해연>의 배우들이 북한 최초 의 극영화 <내고향>에 그대로 출연하고 있음에도 말이다.

지금껏 월북 영화인에 대한 문제는 미끄러지듯 친일문제로 전환 되기 일쑤였다. 1940년대 전후반 친일과 월북이라는 두 가지 문제가 복합적으로 연결되어 있는 상황이다 보니 도덕적 잣대가 보다 명쾌 하면서 논란의 여지가 큰 친일문제가 부각되었던 것이다. 여기에 해방 직후의 복잡한 정치적 상황과 북한이라는 배제되어 버린 존재에 대한 무관심 그리고 자료의 부족과 연구의 제약 등의 이유로 해방 전후의 영화사 연구는 친일의 문제에서 벗어나 월북이나 북한영화로 쉽게 옮겨가지 못했다.

그렇다면 월북 영화인에 대한 논의는 언제 시작될 수 있을 것인가? 한국영화에서 월북 영화인에 관한 문제는 북한영화연구와 관련되어 있으며 아직 뚜껑을 열지 않은 상태이다. 최민수가 자신의 외할아버지가 유명한 가수이자 영화배우, 영화감독인 강홍식이라는 사실을 뒤늦게 알게 되었다고 고백했듯이 오랫동안 월북문제는 들추면 안 되는 문제였다. 그러다보니 잘못된 정보가 유통되고 그 잘못된 정보를 이용하여 이익을 취하려는 사람들이 많았다. 최근까지도 최민수의 명성을 이용하여 강홍식이 1960년대 후반에 숙청되어 요덕수용소에서 사망했다는 사실만 강조함으로써 북한체제의 비인간성을 강화하는 장치로 활용했던 것이다.[20] 마찬가지로 문정복의 아들 양택조의 경우도 남한의 대중매체에서 문정복은 자식을 버리고 북으로 간 매정한 어머니라는 다소 감정적인 내용만 강조될 뿐 가족이 남북으로 흩어지게 된 정황 등은 크게 고려되지 않는다. 북한영화에 대한 무관심으로 인해 한국영화연구는 여전히 냉전적 상황에 남겨져 있다.

북한영화에 대한 연구가 제대로 이루어지지 않은 상황에서 발생한 악의적인 선전은 남북관계의 복원과 남북이 하나 되는 민족사 서술이 시작될 때 비로소 해결될 문제이다. 또한 월북 영화인 혹은 월남영화인에 대한 구분 없이 영화인이라는 이름으로 이들을 제대로

---

20   강홍식의 아들 강효선이 70년대 초반에 이미 복권되어 2000년대 초반까지 피바다 가극단 총장직을 역임했다는 사실은 우리 매체에서는 중요하게 언급되지 않고 있다.

바라볼 때 남북 분단체제의 희생양이 되어버린, 배제된 자들이 부활할 수 있으며 이들의 활동이 오롯이 복원될 수 있을 것이다. 이때야말로 진정한 의미의 한반도영화사(코리아영화사)가 서술될 수 있을 것이다.

제2부

# 해금의 문학사,
# 작가론

# 해금 조치 30년,
# 근대문학사는 복원되었는가*

———————◇ 유임하 ◇———————

## 1. 서론: 검열과 금지, 문학사 공백의 연원

1948년 9월, 제1공화국이 출범한 직후 중학교 2학년 2학기를 맞은 1935년생 평론가의 글에는 역사적 증언에 값하는 인상적인 장면 하나가 등장한다.

> 개학되고 한 달쯤 되어서이다. 부임해 온 지 얼마 안 되는 국어 과목의 최 선생이 다음날 국어 시간에 교과서와 함께 먹과 붓 그리고 벼루를 준비해 오라고 일렀다. 우리는 그대로 하였다. 국어 시간이 되자 최 선생이 먹칠을 해서 지워야 할 글의 제목과 책장의 숫자를 칠판에 적었다. 우리는 시키는 대로 진한 먹물로 자기 교과서의 지워야 할 곳에 먹칠을

———————

\*   이 글은 지난 2018년 8월 17~18일 성균관대에서 열린 '재·월북 작가 작가 예술인 해금(1988) 30주년 기념학술대회' 「증오와 냉전 의식의 험로를 넘어 다시 평화 교류의 길로」 기조강연 원고를 단행본 취지에 맞게 전면 수정한 것임.

했다. 혹 먹물이 흐릿해서 활자가 보이는 경우엔 교사가 주의를 주어 다시 칠하도록 일렀다. 한참 그러고 있는데 정복 차림의 경관 한 명이 들어와서 교실을 한 바퀴 둘러보고 나갔다. 먹칠이 끝난 뒤에 시간이 남았지만 수업은 없었다. 누구누구의 글을 먹칠했는지는 기억나지 않지만 꽤 되었다고 생각한다. 다만 정지용의 「고향」과 「춘설」을 지웠다는 것만은 분명하게 기억하고 있다. 당시 정지용은 내게 있어 시인 중의 시인이자 우리말의 스승이었고 그의 작품을 지운다는 것이 너무나 애석하고 부당하다 생각되었기 때문이다. 「고향」과 「춘설」은 지용 시편 중에서도 좋아하는 편이어서 뒷날 『시란 무엇인가』에서 전문 혹은 부분 인용을 한 적이 있다. 심층적으로는 이때의 먹칠 경험의 반작용 때문이 아닌가 생각하는 편이다.[01]

인용에서 확인되는 것은 1948년 10월 어느 날, 국어교사는 전날 국어시간에 학생들에게 교과서와 붓 벼루 먹을 지참하도록 지시한 점과, 다음날 국어시간에 교과서에다 준비해간 붓으로 칠판에 적은 좌파문인들의 작품목록을 대조하며 교과서 속 작품을 하나둘 붓으로 지워나가는 장면이다. '먹칠하는' 학생과, 이를 지켜보는 교사, 잠시 교실 분위기를 살펴보고 나가는 정복차림 경관에 이르기까지, 교실 안 풍경은 조숙한 문학 취향을 가진 중학생 독자에게 자신의 애호작을 망각의 영역으로 축출하도록 강제하며 깊은 내상을 남긴 사건이기도 하다.

'교과서에 먹칠하기'는 남한 전역에서 동시에 시행된, 학교교육에

---

01    유종호, 『나의 해방전후(1940~1949)』, 민음사, 2004., 264~265쪽.

서는 좌파문인들의 작품을 더이상 가르치지 않기로 한 결정에 따른 임시조치였다.[02] 교과서를 제외한 보통 출판물에서는 좌파 문인의 글에 대한 심한 검열이 없었으나 6.25 이후 일반출판물의 경우도 좌파나 월북 작가 문인의 이름은 적는 것조차 금기가 되었다(같은 책, 265쪽). 6.25는 냉전의식을 고착화하며 레드콤플렉스를 작동시키는 결정적인 분기점이었던 셈이다. 이 시기의 신문은 연일 보도연맹 가입과 함께 전향과 남로당 탈당을 선언하는 지식인들이 속출했다는 보도로 가득했다.[03] 정지용도 그 중 한 명이었다. 회고담에서처럼(267쪽) '조선' '동무' '인민' 같은 어휘들은 일상에서 폭력적인 조치만큼이나 빠르게 사라졌다. 회고록의 저자는 훗날 자신이 저술한 『시란 무엇인가』(민음사, 1995)에서 정지용의 시를 다시 인용했음을 밝히고 있다.

'먹칠하기'에서 인용까지 이 비어 있는 기나긴 시간대는 폭력적인 이데올로기 규율장치가 특정문인들의 작품을 금기시하고 배제함으로써 문학사의 영역마저 봉인해버린 기간이었다. '국어' 교과서에 수록된 월북 작가, 납북, 재북 문인들의 작품을 배제, 축출하는 조치는 교과서라는 텍스트의 '정전[canon]'의 지위를 박탈하는 것으로 끝나지 않는다. 교과서에 반영한 근대국가의 법적 이념적 가치를 재규정하며 경찰이 직접 입회하여 교육기관과 사회적 유통을 금기로 삼은 '먹칠하기'라는 전대미문의 조치는 교육 받는 세대에게 특정문인들의 작품 향유 기회를 근본적으로 박탈하고 문화 유통경로에서 삭제해버린 매우 전율스러운 사태였던 것이다.

---

02    유종호, 같은 책, 265~268쪽.

03    조은정, 「해방 이후(1945~1950) '전향'과 '냉전' 국민의 형성-'전향성명서'와 문화인의 전향을 중심으로」, 성균관대 박사논문, 2018.

해금 조치와 함께, 문학사 기술에서 '좌파문인'이라 명명된 월북 작가, 납북, 재북 문인들을 배제함으로써 스스로 불구성을 면치 못한 국면이 백일하에 드러난 것도 엄연한 현실이었다. 이전까지 정전의 지위를 누린 문학사를 밀어낸 학문세대는 70년대 후반-80년대 학번들이었다. 90년대 이후 등장한 대부분의 문학사는 해금 조치 이후 족출한 운동으로서의 문학, 정치로서의 문학, 사상으로서의 문학, 문화로서의 문학 개념들을 지향하며 문학사 복원의 흐름을 만들어 나갔다. 그때까지 문학사의 정전은 1955년 6월부터 12월까지 『현대문학』에 연재한 원고에 바탕을 둔 조연현의 『한국현대문학사』(인간사, 1961), 백철의 『조선신문학사조사』(상권, 수선사, 1947; 하권 백양당, 1949)와 『신문학사조사』(신구문화사, 1980), 김현·김윤식의 『한국문학사』(민음사, 1973) 등이었다.

해금 조치는 '좌파'문인들로 봉인된 문학의 역사와 저장고를 열어젖히며 이들 문학사의 정전을 거부하며 전혀 다른 차원으로 인도하는 효과를 낳았다. 그 차원은 친일 여부의 문제만이 아니었다. 해금 조치는 반공주의에 기초한 청문협 중심의 문학사적 관점을 일순간 무화시켰고, 해방 이전 문학의 역사가 가진 수많은 지류와 계보들의 탐색을 가능하게 했으며, 해방 이후 문학의 역사를 남북으로 분화된 지점을 넘어 근대문학의 분화된 전개상으로 조감할 인식과 경로를 만들어냈다. 해금 조치가 낳은 가장 뚜렷한 문학사적 의의는 프로문학의 계보를 축소하며 과잉기술된 순수문학파 중심의 권력화된 문단사 또는 문학사 기술의 허위를 가늠하게 만들었다는 점이다. 그런 점에서 해금 조치는 문학사의 영원한 명제인 '그 시대에 걸맞는 인식과 체계와 내용으로 다시 쓰여져야 한다'는 학술적 의제를 정신사적 차원으로 확장시킨 계기였고, '좌파'로 규정된 문인들의 배제를 통해 구축한 반공순수 일색의 문단사 또는 문학제도의 실체에 눈뜨게 만든 기폭제였으며, 사상의 내부냉전이 심각하게 왜곡시킨 문학사에 대한 비판적 문학연구의 전환점이었다.

이 글은 이런 문제의식을 바탕으로 삼아 '해금 조치 이후 30년 동안 과연 근대문학사는 제대로 복원되었는가'라는 문제를 짚어보려 한다. 이 과정에서 해금의 사회문화적 배경과 복원의 경로를 조감해보고 그 해금 조치의 의의는 과연 무엇인지, '좌파' 문인들이 공백 처리된 문학사의 윤곽은 어떠했는지, 향후 문학의 복원은 어떤 방향에서 어떤 진척을 보였는가를 논의해 보기로 한다.


## 2. '월북 문인'과 문학사의 공백

'월북'은 사전적 의미로 '(3.8선 또는 휴전선을 넘어) 북쪽으로 넘어감'이라는 뜻이다. 이러한 의미 규정은 월남의 자발성과는 달리 "강제로 납북당한 이들이 대부분일 것이라는 막연한 이데올로기적 우월성"에 기초한 '월북자=배신자·민족반역자', '월북자=빨갱이'라는 등식을 만들어낸다.[04] 나아가, '월북'이라는 말은 미군정하에서 용인된 '빨갱이 사냥'의 정치적 사상적 탄압의 결과 다양한 동기에서 월북을 감행한 이들과 납북자까지도 부정적인 이미지로 덧칠해 놓는다. 그 결과, '납남자(拉南者)'는 없고 월남자는 모두 '자발적으로 자유를 찾아 내려온

---

04    이신철, 「월북과 납북」, 『역사용어 바로쓰기』, 역사비평사, 2006., 222~230쪽, 이
       신철, 『북한 민족주의운동 연구』, 역사비평사, 2007 참조.

반공투사'라는 통념이 만들어진다.

'해금 조치'에서 보듯 그 인명록에는 정지용, 김기림과 같은 납북문인 외에, 한설야·김사량·백석 같은 재북문인들까지 망라돼 있다. 인명록이 뜻하는 바는 이들 해방공간의 지식인들이 가진 개별적 특수성보다 반공주의에 입각하여 사상과 체제선택의 잣대로 피북과 재북, 월북의 동기들을 삭제하고 문단과 여러 활동 조직 내 헤게모니 투쟁 문제 등을 단순화시켜 뭉뚱그려 놓았다는 점이다.

월북 문인에서 북한이 고향인 재북 문인을 목록에서 아예 제외시켜야 한다는 주장은 그런 측면에서 설득력이 있다. 이신철의 주장에 근거하면,[05] '월북자'는 '해방 이후부터 현재까지 이남 출신으로서 자발적인 동기에 따라 이북지역으로 거주지와 활동무대를 옮긴 사람' 정도로 규정하는 게 온당하다. 또한 '납북'은 전쟁 중 자신의 의사와 상관없이 북한에 강제 납치되었거나 납북 억류된 사람들을 지칭하지만 그 진위를 가려내기가 쉽지 않다는 점에서 논란의 소지가 다분하다. 월북과 납북이라는 명명 자체가 '해방공간'에서 자발적이든 비자발적이든 간에 다른 공간, 다른 체제를 선택할 개연성과 함께 강제이주를 당하는 혁명적인 비정상성에 기초해 있다고 보아야 한다.[06]

권영민에 따르면, '월남 월북 납북 문인'들은 대략 '백여 명'에 이른다.[07] 이해를 돕기 위해 명단을 정리해 보면 다음과 같다.[08]

---

05   이신철, 같은 글, 같은 책, 225~230쪽.

06   김윤식·권영민 대담, 「한국 근대문학과 이데올로기」, 권영민 편, 『월북 작가 문인연구』, 문학사상사, 1989, 361쪽.

07   이상의 내용은 권영민, 「월북 작가 문인을 어떻게 볼 것인가」, 권영민 편, 위의 책, 17~19쪽.

08   월남, 재남, 월북 작가, 재북 작가명단은 권영민, 『납·월북 작가 문인인명사전』(문예

1) 월남작가(22명): 구상 김규동 김동명 박남수 양명문(이상은 시), 김광식 김성한 박연희 선우휘 송병수 안수길 오상원 이범선 이호철 임옥인 장용학 전광용 정비석 최태웅 황순원(이상은 소설), 오영진(극)/ 이철범(평론)

2) 재남작가(46명): 김수영 김광섭 김춘수 김해강 노천명 박두진 박목월 박봉우 박인환 박화목 박희진 서정주 신석정 신석초 유치환 조병화 조지훈 한무학(이상은 시), 강신재 김래성 김동리 김말봉 김송 남정현 박경리 박영준 박종화 서기원 손소희 염상섭 오영수 오유권 유주현 이봉구 장덕조 전영택 정한숙 최인욱 최일남 한말숙 한무숙 천승세(이상은 소설), 유치진(극), 곽종원 조연현 최일수(이상은 평론)

3) 월북 작가(45명): 김광현 김상훈 박세영 박아지 설정식 오장환 이용악 이병철 임학수 임화 조영출 조운(이상은 시), 김남천 김만선 김소엽 김영철 김학철 박노갑 박승극 박찬모 박태원 안회남 엄흥섭 이근영 이태준 지하련 현덕 홍구 홍명희(이상은 소설), 김태진 박영호 송영 신고송 이서향 함세덕 정률 윤복진 김종산 김성림(이상은 극), 안막 윤규섭 한효 김동석 서인식(평론)

4) 재북 작가(24명): 김람인(김익부) 김북원 김우철 김조규 민병균 박팔양 백석 안룡만 이원우 이찬(이상은 시), 유항림 이기영 이북명 천세봉 최명익 한설야 황건 김사량(이상은 소설)/ 남궁만(극)/ 김명수 안함광 엄호석 한식(평론)

5) 납북작가(13명): 김기림 김동환 정인보 정지용 김억 박

---

중앙, 1987) 및 이선영, 『한국문학의 사회학』(태학사, 1993)을 참조해서 작성했음.

영배(이상은 시), 이광수 홍구범 김종산 이석훈 공중인

김성림(이상은 소설), 김진섭(수필)

문인들의 월북은 모두 세 차례에 걸쳐 이루어졌다.[09] 1차 월북은
이기영·한설야 등이 1945년 12월 조선문학건설본부와 조선프롤레
타리아문학동맹이 조선문학가동맹으로 통합되는 과정에서 주도권을
잃게 되자 월북한 경우였다. 1차 월북을 감행한 문인들은 북한에 거
주하던 남궁만과 한재덕, 한식, 김우철, 김북원, 최명익, 최인준 등과
함께 문단조직을 결성하고 뒤따라 월북한 송영, 이동규, 윤기정, 안
막, 박세영 등과 합류하기에 이른다. 이들이 훗날 북한의 문단을 주도
하는 세력으로 발돋움한다.

2차 월북은 1947년부터 1948년 단독정부 수립기 사이에 있었다.
미군정의 좌익단체 탄압이 심화되자 조선문학가동맹의 중심이었던
이태준, 임화, 김남천, 이원조 등이 월북하였다. 서울에 남은 조선문학
가동맹의 일부 문인들은 조선문학가동맹을 해체하고 전향을 선언하
며 보도연맹에 가담했다(1948.10-12). 그러나 얼마 지나지 않아 6.26전
쟁이 발발했고, 보도연맹에 가입했던 김기림, 정지용, 박태원, 설정식,
이용악, 정인택, 송원순, 임서하, 이근영 등이 월북을 결행하거나 인민
군에 의해 북으로 끌려갔다. 이것이 납북을 포함한 3차 월북이었다.

월북 문인의 존재는 앞서 유종호의 기억에서처럼 전쟁 후에는 교
과서에서 배제되는 수준을 넘어 거명조차 힘든 금기의 영역으로 진
입하면서 '문학사의 미아'로 전락했다. 납월북 문인들의 경우 월북은
물론, 납북마저도 '정치 사상적 규제'와 '사상적 불온성' 범주에 포함

---

09  권영민, 앞의 글, 같은 곳 참조.

되면서 작품에 대한 평가 자체가 유보되었고 문학사에서 배제되거나 복자(伏字) 처리된 채 겨우 연명할 수 있었다.[10] 임경순의 지적처럼,[11] 납월북 문인들의 분류와 강제 봉인은 검열장치가 폭력적으로 작동한 제도적 결과였다. 이 봉인조치는 미군정기 문단권력의 청원방식에서 시작하여 해금 조치가 단행되는 1988년까지 40년이나 존속했다.

70년대 후반까지만 해도 월북, 납북, 재북 문인들과 북한문학을 이해하는 통로는 차단되어 있었다. 이들 문인과 북한문학에 대한 인식 또한 월남 문인들의 반공 체험수기 수준을 벗어나지 못했다. 이들에 대한 정보 자체가 제한된 탓도 있지만 정보에 접근하는 통로가 닫혀 있었기 때문이다.[12] 월북, 재북 문인에 대한 연구가 개방된 것은 1976년 월북 작가 연구에 대한 해금 조치(3.13) 이후였다. 이전까지는 월남민 출신의 반공체험수기나 증언에 의존해야 하는 상황이었다. 이때까지는 '월북 작가 문인'들에 대한 본격적인 연구나 북한문학에 대한 논의 자체가 어려운 실정이었던 셈이다.

해금 조치 이전, 월북 문인이나 북한문학에 관해서는 다음과 같은 문헌 사례가 대표적이다.

오영진, 『소군정하의 북한-또하나의 증언』, 중앙문화사, 1952.

---

10  권영민, 같은 책, 20쪽.

11  임경순, 「새로운 금기의 형성과 계층화된 검열기구로서의 문단」, 정근식 외 편, 『검열의 제국-문화의 통제와 재생산』, 푸른역사, 2016.

12  1988년 이후 연구자들의 북한자료 열람과 대출이 가능해진 통일부 북한자료센터는 광화문우체국 건물에 있어서 접근성이 높았으나 이명박 정부 출범 이후 통일부 축소와 함께 센터를 국립중앙도서관 5층으로 옮겼다.

현　　수, 『적치 6년의 북한문단』, 국민사상지도원, 1952.

김윤동, 「한설야 보고를 중심한 붉은 북한문단의 명멸상-
제3차 전당대회 전야의 암투상」, 『신태양』, 1956. 7.

한재덕, 「북한문학계의 실정-한국문학가협회 창립 10주년
기념축전에서의 강연초고」, 『현대문학』, 1959. 8.

최태응, 「북한문단 10여년사」, 『신사조』, 1962. 8-10.

최태응, 「월북 작가문화인의 비극」, 『사상계』, 1962. 12-
1963. 6.

최태응, 「북한문단」, 한국문인협회 편, 『해방문학 20년』,
정음사, 1971.

이철주, 『북의 예술인』, 계몽사, 1966.

　이들 문건에서 발견되는 공통된 특징 하나는 '월북 문인들의 좌절
과 비극'이며, 그 다음 특징으로는 김일성 찬양 일색인 재북문인들과
북한문단에 대한 악마화이다. '소련 군정'의 부도덕함과 좌익정권 수
립에 대한 원조, 재북문인들이 좌익문인들에게서 배제되는 현실과
함께, 월북한 문인들이 가세하면서 조직된 이북의 문학단체 결성과
정이 비판적으로 기술되고, 문학인들에게 당 문학으로서의 임무 수
행을 독려하는 악역의 주인공이 누구인지를 기술하는 태도가 일관된
흐름을 형성한다. 그 중에서도 북한 문단조직의 주도권 경쟁을 둘러
싼 암투를 부각시킨 경우가 대부분이다. 김윤동의 글과 한재덕의 글
은 초기 북한문학계의 실상을 일화 중심으로 알리고자 의도했다. 언
론인으로 「김일성장군약전」을 집필했던 한재덕은 전쟁중 월남하여
전향한 뒤 북한문학계의 실상을 반공의 시선으로 고발했다. 오영진
과 현수(박남수), 최태응 등은 전쟁 발발을 전후로 월남하여, 개인의

창작이 허용되지 않는 북한문단의 현실을 반공 냉전의 시각에서 비판적으로 기술한 경우이다. 현수(박남수)의 『적치 6년의 북한문단』과 최태응의 글이 대표적인 사례에 해당한다. 이철주의 책 또한 현수(박남수)의 수기 얼개에다 일화 중심으로 월북 작가 문인들의 삶과 작품들을 소개하고 있다.

북한 문단 초기에 월북한 이태준의 일화를 담고 있는 최태응의 글은 풍문의 한계를 잘 드러낸다. 그는 자신의 등단 3회 추천자였던 이태준에 대한 각별한 애정을 보이며 그의 월북 동기를 옛친구 홍보식을 구명하기 위해 단행한 것이라 주장하고 있다(『해방문학20년』, 81쪽). 다른 글에서 최태응은 이태준 가족의 구명을 위해 직접 구출작전을 펼쳤으나 뜻을 이루지 못했다고 쓰고 있다.[13] 수기가 가진 증언으로서의 진위나 적정성을 십분 인정한다 해도 서술의 관점은 월북 작가 문인 대부분을 악마화한 북한문학의 풍토에 적응하지 못하고 정치적 희생양으로 전락하고 말았다는 기술 수준에 머물러 있는 점도 특징적이다.

오영진의 『소군정하의 북한-하나의 증언』은 반공우익인사의 시각에서 쓰여진 대표적인 월남수기집이다. 이 수기집은 해방 직후부터 월남을 결행하는 기간 동안 북한사회의 정치적 동향을 자신의 위치(오영진은 조만식의 개인 비서였다-필자 주)에서 비교적 객관적으로 담아낸 경우이다.[14] 그 대척점에는 북한 초기문단의 형성과정을 신랄하고

---

13  최태응, 「나의 기자시절」, 『신문과방송』, 1977 참조.

14  오영진의 『소군정하의 북한』이 가진 기록주의적 특성에 대해서는 이봉범, 「냉전과 월남지식인, 냉전문화기획자 오영진: 한국전쟁 전후 오영진의 문화활동」, 『민족문학사연구』61, 민족문학사학회·민족문학사연구소, 2016., 230~236쪽 참조.

냉소적으로 서술한 현수(박남수)의 『적치 6년의 북한문단』이 있다. 현수는 좌익 일색으로 재편된 북한문단에 대해 해방 이후부터 월남하기 전까지를 '적치 6년 동안의 재앙'이라 표현했다.[15] 이처럼, 월북 작가, 재북문인들이나 북한문단과 관련된 글 대부분이 냉전적 반공주의의 관점에 근거하여 서술하고 있어서 사실 여부를 떠나 북한의 초기문학상을 충실하게 설명해주지는 못한다.


## 3. '해금 조치' 전후 현실과 '복사기 네트워크'의 등장

1988년은 서울에서 하계올림픽이 개최되는 해였다. '88서울올림픽(1988.9.17-10.2)'은 "한강의 기적으로 일구어낸 발전상을 자랑하는 국위선양의 장", "세계적으로는 냉전 종식의 밑거름이 된 역사적 올림픽"이었다. 소련을 비롯한 동유럽국가, 미국을 비롯한 서구권 국가들이 참여했고, IOC에서는 한국의 민주화를 수용하는 계기였다고 명시하고 있다.[16] 88서울올림픽은 "세계는 서울로, 서울은 세계로"라는 슬로건을 내걸었는데 한국사회를 세계에 알리는 기회가 되었다. 1980년 모스크바 하계올림픽 이래 1984년 로스앤젤레스 하계올림픽이 소련의 주도하에 동구권 국가들과 북한 쿠바 등 14개국이 보이콧하며 반쪽 행사로 전락한 마당에, 12년 만에 IOC 회원국 중 대부분인 159

---

15  유임하, 「정체성의 우화: 반공 증언수기집과 냉전의 기억」, 김진기 외, 『한국문학과 반공주의의 근대적 동학1』, 한울아카데미, 2008., 173~174쪽 참조.

16  "DEMOCRACY EMBRACED: Awarding the Summer Games to South Korea provided the impetus for the country to embrace democracy." https://www.olympic.org/seoul-1988.

개국이 참가한 역대 최대 규모였다. 이념 분쟁과 인종차별의 갈등과 불화를 해소한 대회 개최라는 평가에 걸맞게 민주화와 탈이데올로기 정책을 국내외에 과시할 필요성도 있었다. 이런 맥락에서 '88해금 조치'는 사회주의권 국가와 북한을 의식하면서도 '87년체제' 등장에 따른 정치적 민주화의 자신감을 반영한 조치였다.

그러나 문학연구와 문학사라는 관점에서 보면, '해금 조치'는 정부 수립 이래 점진적으로 제도가 시행되어 왔다고 보는 편이 온당해 보인다. '월북 문인에 대한 전면적인 해금 조치'의 연원을 찾아올라가 보면, 1976년 3.13조치에서 기원적 면모를 확인해볼 수 있고, 이 기원을 거쳐 1987년의 10.19조치와 1988년 7.19조치로 이어지는 일련의 흐름이 발견되기 때문이다.

김윤식의 회고에 따르면, 1976년 국토통일원에서 국회에 제출한 첫 해금 조치는 해방 이전, 순수문학, 생존하지 않은 월북 작가, 재북 문인에 한정해서 순수 학문적 논의만 허용하는 세부기준이었다.[17] 그 세부기준이란 1)해당 문인의 거론 대상 작품이 '월북 작가 이전', '사상성 없는' 것으로 근대 문학사의 성과에 기여한 바가 뚜렷한 작품에 대한 연구를 허용하는 것, 2)문학사 연구에 국한하되 그 내용이 반공법과 국가 보안법 등에 저촉되지 않는 작품에 한한다는 것 등이었다.[18] 반공법과 국가보안법을 의식한 모호하고 불투명하며 협소한 세부기준이야말로 월북 작가와 재북 작가에 대한, 작품에서 작가를 거쳐 문학사 연구로 이어지는 문학사 복원을 위한 문학연구의 출발점이자

17  김윤식·권영민 대담, 「한국 근대문학과 이데올로기」, 권영민 편, 『월북 작가 문인연구』, 문학사상사, 1989., 358쪽.

18  김윤식, 같은 책, 139~144쪽 참조.

해금 조치의 작은 기원이었던 셈이다.

월북 작가 및 재북 작가에 대한 연구의 세부기준이 마련되면서 1977년부터 1978년까지 2년 동안 통일원 도서관에 비치된 북한 자료를 중심으로 7개 분야에 걸친 연구 프로젝트가 진행되었다. 연구는 총론(이은상), 시(구상), 소설(홍기삼), 희곡(신상웅), 평론(김윤식), 아동문학(선우휘), 월북 작가론(양태진) 등 7개 분과로 나누어 진행되었고 그 성과를 마무리하는 보고서 발표회가 비공개로 열렸다.[19] 이 프로젝트는 "대한민국 건국 이래 월북 작가 또는 재북 작가를 거론하는 일이 터부로 취급되기 시작한" 이래, 정책당국에서 연구의 원칙과 세부 기준을 마련하고자 처음 진행한 작업이었다. 연구보고서는 "국토통일원이 국회에 제출한 자료"로서 "민족사적 정통성의 확립에 기여할 수 있는 범위 내에서 무방하다는 원칙"을 마련하기 위한 기초조사의 성

---

19  당시 제출된 보고서는 다음과 같다.
국토통일원 자료관리국, 「'북한문학'의 실태」, 평화통일연구소, 『통일정책』4-2, 1978.7.
이은상, 「'문학 부재'의 북한」, 평화통일연구소, 『통일정책』4-2, 1978.7.
구  상, 「북한의 시-그 변질화 과정에 대한 소고」, 평화통일연구소, 『통일정책』4-2, 1978.7.
홍기삼, 「북한의 소설-소설 형태와 소설 이전」, 평화통일연구소, 『통일정책』4-2, 1978.7.
김윤식, 「북한의 평론-북한문화예술정책에 대한 비판」, 평화통일연구소, 『통일정책』4-2, 1978.7.
선우휘, 「북한의 아동문학-북한아동의 정서와 의식형성」, 평화통일연구소, 『통일정책』4-2, 1978.7.
신상웅, 「북한의 희곡」, 평화통일연구소, 『통일정책』4-2, 1978.7.
양태진, 「월북작가론-김일성에 대한 '글심부름꾼'의 허상」, 평화통일연구소, 『통일정책』4-2, 1978.7.
이에 관한 회고는 김윤식, 『북한문학사론』, 한샘, 1988(새미, 1996)과 그의 『한국 현대 현실주의 문학연구』, 문학과지성사, 1990., 473~477쪽.

격이 강했다.[20] 월북 작가 및 재북 작가 연구의 세부기준은 이런 과정을 거쳐 얻은 첫 번째 결실이었다.

월북 작가 및 재북 작가에 대한 연구 원칙과 세부기준이 마련되자 근대문학 분야에서 월북 작가와 재북 작가에 대한 논의를 통해 연구의 외연이 넓혀지면서 근대문학의 성과를 폭넓게 수렴하는 기반이 조성되었다. 뿐만 아니라 북한문학을 이해하는 경로도 조성되었다. 1976년 3월 13일 시행된 행정조치는 이질화되어가는 북한문학을 논의대상으로 삼는 법적 근거가 되기도 했다. 이 프로젝트는 "최초로 북한문학을 거론했다는 점, 또한 『김일성저작집』 속의 문예 관계 이론을 읽고 주체사상에 기초한 문예관의 겉모습이나마 엿보았다는 점"[21]에서도 적지 않은 의의가 있다. 이미 1976년 전후로 북한문학 연구를 위한 공감대와 제도적 장치는 어느 정도 마련되어 있었던 셈이다. 1987년 10월 19일 정부의 해금 조치는 정지용과 백석, 이용악, 이기영, 한설야, 임화, 김남천, 이태준, 박태원 등 프로문학과 모더니즘 문학에 대한 활발한 논의를 격발했을 뿐만 아니라, '북한 바로알기 운동'과 연계되며 '북한문학연구'라는 새로운 지평을 열어놓았다.

한편 '해금 조치'의 배경에서 간과해서는 안될 대목이 있는데, 그것은 문화사적 맥락이다. 임태훈의 비평 「복사기 네트워크」와 1980년대」는 해금 조치만이 아니라 '1978년 이후 학원 소요의 양상과 폭이 크게 달라진 전자복사기 문화의 영향'에 주목한 글이다. 이 글은 도서 판매 금지 정책을 무력화시킨 미디어 환경의 변화를 분석하기 위해

---

20    김윤식, 「북한문학연구사」, 『북한문학사론』, 새미, 1996., 139~144쪽.
21    김윤식, 위의 책, 159쪽.

1980년대 복사기문화에 주목했다.[22]

1980년대 복사기는 "온갖 정치 유인물의 증식과 공유"에 유효적절한 수단이었다. 복사기는 1960년대 초반 도입되어 1970년대 중반까지도 국가기관의 전유물이었다. 1960년대 복사기 한대 가격이 집 한 채에 이를 만큼 고가였다. 이러한 점을 감안하면, 1962년 2월 서울시가 호적사무에 도입한 것을 시발점으로 하여, 5.16쿠데타 이후 박정희 정권이 군 행정시스템을 국가 행정업무 전반에 도입하는 과정은 획기적이었다. 전국 시도군면과 경찰 지서에 이르기까지 한글타자기를 대량 보급한 이후 순차적으로 복사기를 공적 회로망에 배치하기 시작했기 때문이다. 복사기는 1970년대까지만 해도 대중적 접근성이나 편의성과는 별개의 도구였다. 이 과정에서 복사기는 방대한 국민 감시와 통제에 필요한 데이터베이스 구축에 기여했다(임태훈, 137~138쪽).

80년대에 이르면 복사기는 '당대의 초고속 대량인쇄를 가능하게 했던 옵셋 인쇄, 마스터 인쇄와 역할을 분담하며 인쇄 기술의 일상화에 기여했다.' 80년대의 복사기는 불온 유인물과 금서, 오래된 도서들을 유통하는 적합한 미디어환경을 제공했다. 복사기는 마르크시즘을 비롯해 북한 도서, 판매금지된 도서, 사회과학 분야 불온도서 등을 빠르게 유통시키는 역할을 담당했다. 80년대 초반 대학가에 산재한 크고 작은 복사가게는 "문학뿐만 아니라 80년대 정치유인물의 증식과 공유"의 거점이었다. 복사가게는 불온도서로 지정된 김지하의 시집, 신동엽, 김남주, 박노해, 황석영의 광주 르포 등을 조악한 복사물로 접할 수 있게 했고 "인쇄기술을 대중의 일상적 행동 능력의 범주

---

22 이하 내용은 임태훈, 「'복사기의 네트워크'와 1980년대」, 『실천문학』, 2012 봄호, 134~156쪽 참조.

로 확장시키는 데"(135쪽) 크게 기여했다.

1981년부터 시행된 '졸업정원제' 시행으로 두 배 가까이 늘어난 대학 정원 때문에 대학가 상권이 활기를 띠었다. 그 수혜업종이 복사가게와 오락실이었다. 비싼 원서를 저렴한 복사본으로 구하는 분위기 속에 불법복제와 지하출판이 만연했고 출판계에서조차 해적판 번역물과 복사본을 유통시키는 상황이었다. 그 안에는 '금서'로 지목된 월북 작가, 납북 문인들의 작품도 당연히 포함돼 있었다.

> "금지된 책에 대한 열망과 관심은 정부의 검열과 규제 강도가 높아질수록 더 뜨거워졌다. 그 수요와 공급의 접점이 복사기와 마스터 인쇄, 해적 출판을 통해 해소될 수 있었다. 금서의 출처는 도서관 깊숙이 웅크려 있던 식민지기 카프문학 뿐 아니라 영미권과 일본, 그리고 소련과 북한에 이르기까지 다양했다."(임태훈, 142쪽)

'복사기'는 시민들을 유린하며 정권을 출범시킨 전두환 군사독재에 대한 저항의 미디어였고 대학생들에게는 '지(知)의 유통망'이었다. 1979년 이란 팔레비 왕정을 무너뜨린 것은 파리에서 밀반입된 카세트와 회교사원이나 비밀장소에서 반정부 문건들을 대량 복사한 제록스였다. 80년 광주의 비극을 전파하는 데에도 카세트와 비디오테이프, 복사기가 매우 유용했다. 80년대 대학가에서는 불온 유인물과 금서를 유통시키는 데에는 복사기가 각별하고도 결정적인 역할을 했다(143쪽). '복사기의 네트워크'가 미디어 활용을 통해 금기를 해체하는 게릴라전의 도구였다면 그 무대는 대학가에 산재한 복사가게들과 인문·사회과학 전문서점이었다. 이곳은 유인물 복사와 금서, 불온서적으로 규정된 '지하출판물 유통의 거점이자 시국토론의 사랑방'(151쪽)이었다.

2018년 현재, 건국대 앞 인서점 한곳만 명맥을 유지하고 있지만, 80년대 초반 각 대학 정문과 후문에는 예외없이 인문·사회과학 전문서점이 있었다. 한때 운동권 인사였던 이해찬이 경영한 서울대 정문앞 '광장서점'이나 '그날이 오면', 신촌 연세대 앞 '오늘의 책', 고려대 앞 '동방서점'과 '장백서원', 광화문과 성대 본점을 둔 논장서점, 동국대 앞 녹두서점 등등, 이들 서점 주위에는 예외없이 복사가게가 밤늦도록 성업 중이었다.

1983년 파리 신문 선정 해적출판 세계 1위국가로 한국이 선정될 만큼(152쪽), 정부의 반복되는 해금과 판금조치에도 서구 마르크시즘 철학서 사상서, 북한 도서들이 대학가에 널리, 지속적이고, 은밀하게 유통되면서 검열과 통제장치는 무력화되어 갔다. 80년대 중반 잠깐 등장했던 워드프로세서를 거쳐 1986년부터 개인용 컴퓨터가 보급되고 컴퓨터 통신으로 확장된 미디어 환경에다, 90년 전후에 등장하여 급속히 보급된 휴대폰이 가세하면서 '복사기 네트워크'는 퇴조했다(153~154쪽). 대학가 주변의 사회문화적 조건과 복사기 네트워크를 감안해 보면, 해금 조치는 직접적으로는 87년체제의 등장과 함께한다. 하지만, '금기와 금지의 시대'를 마감하게 만든 그 불가피한 배경에는 '복사기의 네트워크'라는 미디어 환경이 있었다.

복사기는 해금 이전부터 다양한 자료들을 영인본의 형태로 접촉할 수 있게 했다는 점에서 그 어떤 인쇄기기보다도 위력적이었다. 이십여 년을 넘게 국문학 전문출판인이 된 이들은 해금 전후에는 자료 중개인이자 기획자, 영업사원이었다. 이들은 수소문 끝에 도서 소장가를 직접 찾아가 서가에 먼지 앉은 도서와 잡지들을 수집하고 복사했다. 복사지를 46배판 조판용 편집용지에다 오려붙인 다음, 밤새 인쇄소에서 영인한 자료집과 복제한 잡지를 국문학과의 학부생들과, 대학원 석·박사과정생들에게 저렴한 가격으로 보급했다. 이들은 복사기 네트워크를 상업적으로 활용한 문화게릴라의 일원이었다.

해금 직전인 1987년 6월항쟁과 6.29선언을 전후로 한 시기에 대학원 진학을 준비했던 필자는 1988년부터 석사과정을 이수하며 해금 조치 의 시혜를 실질적으로 누린 세대의 한사람이다. 당시 캠퍼스 근처에 지금은 사라진 두 곳에 인문사회과학 전문서점이 있었는데, 그곳에는 속속 번역된 마르크시즘 관련서와 소련 관련서, 루카치, 아도르노, 발터 벤야민 등 프랑크푸르트학파의 저작들과 함께, 그간 접해본 적이 없던 복사 제본된 읽을거리들로 넘쳐났다. 특히, 대학원에서는 1920-30년대 문학에 대한 연구 과제를 수행하며 해금문인들의 시집과 소설집, 비평서의 영인본을 대면할 수 있었다. 해금의 풍문이 떠돌기 시작하면서 금서 항목에 있었던 시인과 작가들의 작품집이 1985년부터 86년 사이에 처음 유통되기 시작했다. 그 중에는 인문사, 학예사 등, 식민지 시기에 문고판으로 간행되었던 시집, 소설집이 '자료총서'라는 이름으로 처음 영인본으로 유통되었고, 87년 해금 조치와 함께 더욱 빠르게 영인본 자료집 형태로 보급되기 시작했다.

해금 전후로 유통되었던 '영인본 자료집'은 크게 도서 모음집과, 신문잡지 중 문학관련 연재물들을 시기별로 편집한 자료총서 형태로 대별된다. 자료집은 시기별로는 근대 초기로부터 해방기를 걸쳐 있으며, 공간적으로는 남북을 가로질렀고 일본과 재일코리안들의 저작들에 걸쳐 있었다. 신문, 잡지, 시집과 소설집, 역사학 정치학 경제학신학 분야에 이르는 좌파인사들의 저작물 등, 분야와 분량, 종류를 가리지 않았다.

문학 분야에만 한정해서 보아도 방대한 범위와 종류는 놀라울 정도였다. 근대 초기의 유학생 잡지와 학회지와 『개화기소설전집』, 『대한매일신보』 『개화기교과서총서』(전10권) 등을 기획 영인한 아세아문화사, 『현대근대단편소설대계』(35권)·『한국근대장편소설대계』(30권)와 함께 활판으로 편집 인쇄한 『카프비평자료총서』(전5권)·『한국문학비평자료집-이북편』(전8권) 등을 영인 출간한 태학사, 영인본 『한국현대소설이론자료집』(41권)·『한국현대시이론자료집』(46권)을 간행한 한국학진흥원('국학자료원'의 전신), 영인본인 『해방기문예비평자료집』(전10권)의 계명문화사, 잡지 『조광』 『학지광』 『개벽』 『조선지광』 『신동아 학예면』 등을 영인본으로 간행한, 수많은 영인본 사업자들이 훗날 국문학 전문 출판사로 기반을 다지기 시작한 것도 해금을 전후로 한 시기였다. 해금을 전후해서 유통된 많은 금서 중에는 북한의 『조선문학전집』 일부와 『조선통사』와 같은 역사서도 있었다. 언급한 영인 전문 출판사 중 한곳에서는 1992년, 주체문예이론서, 문예론서인 『종자와 그 형상』, '불멸의력사총서' 중 하나인 안동춘의 『1950년 여름』, 『조선단편선』 등을 모아 '북한현대문학총서'(21책)라는 이름으로 영인본을 은밀히 유통시키기도 했다.

이렇게, '복사기 네트워크'는 영업사원이기도 했던 영인업자들이 자료 소장자였던 근대서지학자와 국문학 관련 교수가 의기투합하여 '금서'라는 낙인 속에 도서관의 깊숙한 서가에서 먼지 속에 잊혀진 월북 작가, 납북 문인들의 작품들을 연구자들과 대중 앞에 내놓기 위해 헌신했다. 해금 조치는 87년 체제 등장과 복사기 문화가 접점을 이루는 선언이었고, 자료 소장자들과 영인본 업자들이 복사기 네트워크를 형성하며 힘을 모았고, 근대문학 연구의 폭과 깊이를 확장, 심화시킨 모멘텀이었다.

## 4. 해금 이후 근대문학사 복원 행로

'해금 조치'의 기원을 밝혀줄 김윤식의 흥미로운 칼럼 하나가 있다.[23] 『대학신문』(1978. 9.10)에 게재된 「한국근대문학사와 월북 작가 문제」가 그것이다. 이 글에는 '최근 정부의 규제완화조치와 관련해서'라는 부제가 달려 있다. 이 글은 해금 30년을 맞이한 지금의 시점에서도 음미해볼 가치가 충분하다. 유신체제의 끝자락에서 초헌법적인 반공 국시정책의 정부 시행조치를 좀 더 전향적으로 이끌려는 문학사가의 절실함을 짐작해볼 수 있기 때문이다.

글의 핵심은 월북 작가 문인에 대한 규제를 완화해야 하는 당위성을 밝힌 점과, 규제를 철폐해야 할 정신사적 근거를 마련한 점에 있다. 글의 서두는 해금의 당위성과 규제 범위에 관한 언급에서부터 시작된다. 완곡하지만 김윤식의 문제제기는 규제 완화가 아니라 철폐가 본심에 가까웠다. 규제 철폐가 마땅하다는 주장을 펴려면 그에 합당한 근거인 필요조건과 충분조건을 동시에 제시해야 한다.

당시 정부가 정한 월북 작가 문인 규제 완화의 기준과 범위는 1)해당작가의 월북 작가 이전, 2)사상성 없는 작품, 3)근대문학사에 기여한 바 현저한 작품에만 한정되었다. 이러한 기준에 대해 김윤식은

---

23   칼럼은 김윤식, 『북한문학사론』(새미, 1996)에 수록되어 있다. 이하 면수만 기재함.

기준의 모호함을 파고든다. 기준의 모호함을 강조하기 위해 동원한 논리는 '왜 월북 작가 문인의 작품이 연구되어야 하는가'라는 문제제기였다. 이 문제는 "대한민국이 소위 민족의 정통성을 확보하고 있다는 전제"(260쪽)에서 출발하여 '월북 작가 문인'들의 문학적 가치를 '월북 작가 이전'에 국한시키더라도 '해방공간의 문학적 가능성'을 찾아야 한다는 입장을 피력하며 '해방공간의 문학사'도 공백으로 남겨서는 안 된다'는 논리로 확장되고 있다.

　나아가 그는, '사상성'을 문학사의 외연을 확장시키는 디딤돌 삼아 프로문학을 민족문학과 함께 일제에 저항한 문학운동으로 규정하면서 '사상성'을 부각시켰다(265쪽). '사상성'이라는 관점에서 보면, 1930년대 중반 정지용과 이태준과 박태원, 김기림 등의 '월북 작가'가 동인 활동을 벌였던 '구인회'의 순수문학 표방조차 제국 일본의 파시즘화에 따른 프로문학의 탄압 속에 시도된 급진적인 지적 저항이 아닐 수 없다. 그는 박태원의 「천변풍경」에 내장된 탈이념적이고 월등한 묘사력조차 강력한 문학적 방법론이자 문학적 사상성이라고 주장하며, '고현학'이라는 문학적 방법론을 배제한다면 30년대 문학사는 왜소해질 뿐이라고 덧붙였다(266~267쪽). 게다가 김남천의 『대하』(1939)와 소설론 「소설의 운명」이 거둔 높은 성취, 최명익의 「심문」이 재현한 불안의식, 오장환의 시에 담긴 시대현실의 형상화 또한 사상성의 맥락에서 보아야 한다고 첨언했다. 상허 이태준의 격조 있는 문체와 그의 단편이 성취한 예술적 경지, 정지용과 김기림의 시와 이들의 시론이 거둔 성과, 백석과 오장환과 이용악 같은 '월북 작가 문인'의 시적 성과들은 서정주 김광균 등과 함께 논의되어야 마땅하다는 점을 지적하고 있다. 민족과 계급, 리얼리즘과 모더니즘을 걸쳐 있는 이들의 문학적 성과는 문학사의 의제이며, 나아가 친일문학의 점검으로 이어져야 한다는 것이 그가 펼친 주장의 요체였다(269~271쪽). 글의 말미에서 그는 이 같은 문학사적 의제들이 정당성을 확보하려면 정책의 강요나 금제가 아닌, 오직 주체의 적극적인 노력으로만 확보할 수 있다고 언급했다(272쪽).

김윤식의 문학사 연구의 논리가 지금 보면 합당하고 당연한 것으로 여겨질지 모른다. 하지만 그의 발언은 반공의 서슬 퍼런 현실에서 발화된 것이다. 이는 목숨을 건 주장이었음을 간과해서는 안 된다. 김윤식은, 사회적 열기나 정념과는 별개로 문학사 연구에 필수적인 개별 작품연구와 작가연구를 거쳐 문학사적 평가에 이르는 경로에 필요한 근거로 전문성을 내걸며 사상적 정신사적 가치를 증빙해야 한다는 논지를 펼쳤다. 훗날 정호웅은 정부의 해금 조치를 가리켜, "레드콤플렉스에 캄캄하게 갇혀 있었던 한국 사회가 그 콤플렉스로부터 벗어날 수 있는 사상적 자기치유력을 어느 정도 확보했음을 스스로 확인하는 것"이라고 언급하였다. 그는 또한 해금 조치가 "북한과 맞서 정치 사회 경제 문화 등 모든 부면에서 북한을 감당할 수 있고 넘어설 수 있다는 자신감의 표현"이라고 평가하며 "우리 사회 내부에 깊숙이 자리 잡고 있던 북한에 대한 적대의 벽에 균열을 냄으로써 남북한 사이 소통의 길을 여는 거대한 역사적 의미"를 지니고 있다고 보았다. 해금 조치에 대한 정호웅의 평가는 김윤식의 논지를 상세하게 주석한 것이라고 보아도 무방하다.[24]

이렇듯, '해금 조치'는 단순히 망각과 금제의 빗장을 푸는 것이 아

---

24 「해금과 한국 현대소설 연구-작은 기억들을 엮어」, 『2018년 제26회 구보학회 정기학술대회-해금 30년, 문학장의 변동』, 구보학회, 2018., 16쪽.

니라 사유를 구속해온 족쇄 자체를 버리는 일이었다. 뿐만 아니라, 해금 조치는 사회 성원의 내면에까지 구조화되었던 이데올로기의 억압과 자기검열의 작동을 주체적으로 극복할 수 있도록 해준 계기였다. 해금 조치는 그간 논의마저 차단되었던 자료의 봉인을 뜯어내고 텍스트 분석에 치중한 미국 신비평에 기댄 연구방법을 벗어나게 만들었다. '해금'은 이데올로기적 금압에서 벗어나 작품이 생산된 시대현실과 조건, 작품생산과 유통 경로를 재구하는 사회문화사적 지평을 열어놓았다. 해금 초기, 해방공간에 대한 문학연구, 카프문학운동 연구, 북한알기운동의 연장선에서 북한문학 연구는 그야말로 폭발적이었다. 이러한 붐에는 새로운 자료 발굴에 따른 문학연구의 새로운 지평 개방이 기폭제가 되었던 것이 사실이다. 그러나 30년이 지난 지금의 시점에서 보면 초기의 뜨거운 관심과 해금문인의 열풍은 신기루에 지나지 않았음을 절감하게 된다.

해금 10년이 지난 시점인 1998년, 한 출판전문 잡지에서는 해금 조치 이후 「달아오르기 무섭게 식어버린 해금문인 복원열기」라는 제하의 글을 게재했다. 이 글에서는 해금문인들이 문학사에서 실질적으로 복권된 것이 아니라는 견해를 펼치고 있어서 인상적이다.[25] 기사에 따르면, 해금 직후 3년간 출판량이 90년대 9년간의 출판량을 압도했다. 하지만, 필자는 사회과학출판사들이 앞을 다투며 기획한 전집류와 총서들이 미완으로 기획을 중도에 포기하는 경우가 발생하는 점에 주목한다. 여러 출판사에서 기획한 전집류가 대중적 관심과 반향을 불러일으키지 못한 채 미완의 사태를 낳았다는 지적과 함께 시

---

25    최성일, 「식어버린 해금문인 복원 열기」, 『출판저널』, 1998.7.20., 5쪽.

장의 선택을 받지 못했던 것이다.

　세계사의 '한국근대민족문학선집'(미완), 동광사의 '동광민족문학전집'(13권 발간), 풀빛출판사의 『이기영선집』(전 13권)과 함께 의욕적으로 발간했던 '한국근현대 민족문학총서'(미완), 을유문화사의 '북으로 간 작가선집'(전10권, 1998), 서음출판사의 '월북 작가대표문학'(24권, 1989) 등에서 보듯, 기획은 했으나 반향을 불러일으키지 못하면서 상당수의 전집이 미완으로 끝났다. 해금문인의 전집 경우도 사정은 비슷했다. 『백석시전집(1987)·『이용악시전집』(1988)·『오장환전집』(1989)(이상 창비), 『김기림전집』(심설당, 1988), 『정지용전집』(민음사, 1988), 『이태준전집』(1988)·『박노갑전집』(1989)·『박태원전집』(1989)(이상 깊은샘), 『조운문학전집』(남풍, 1990; 소명출판, 2018), 『함세덕문학전집』(지식산업사, 1996), 『박영희전집』(영남대출판부, 1997), 『백석전집』(실천문학사, 1997; 서정시학, 2017-2013), 『홍기문 조선문화론선집』(1997)·『김태준 조선문학사론선집』(1997)(이상은 현대실학사), 『안함광전집』(박이정, 1998) 등이 간행되었으나 시장의 선택을 받지 못했다. 이 글에서는 이들 기획된 문학전집이나 선집이 권장도서나 우수학술도서, 청소년 권장도서로 선정되지 못하면서 여전히 대중적으로 유통되지 못한 상황임을 지적하고 있다. '극소수 문인'을 제외하고는 "이들(해금문인-인용자)에 대한 실질적인 사면·복권은 여전히 이뤄지지 않고 있는 현실"(『출판저널』, 1998. 7.20, 5쪽)이라는 것이다.

　이는 달리 보아 1987체제가 가진 한계이기도 했다. 정치의 민주화는 쟁취했을지언정 재벌의 정경유착은 개선되지 않았다. 그런 와중에 동구와 소비에트 연방 해체라는 국가사회주의의 몰락에 따른 세계냉전체제 붕괴를 경험하며 신자유주의를 받아들이면서 1997년에는 한국사회가 미증유의 IMF사태를 맞게 되었다.[26] 해금 조치에 따른 문화적 붐이 사라진 것은 세계정치경제 질서의 급격한 변화 속에서는 당연한 결과일지 모른다.

한 연구자는 90년대 이후 근대문학계의 행로를 다음과 같이 언급한 바 있다.

> "90년대 이후 근대문학계의 행로를 되새기는 것은 새삼스러울 뿐만 아니라 지난한 일이기도 하다. 현실 사회주의의 몰락으로 대변되는 세계사적 변화는 한국의 근대 혹은 근대성 자체에 대한 성찰을 촉발했고, 때마침 방문한 다양한 '포스트담론'에 힘입어 연구자들은 새로운 길을 찾기 위한 고투를 계속해 왔다. 성찰은 근본적인 것이었다. 우리는 어디로부터 비롯됐는가, 현재 우리의 정신과 현실을 구성하고 있는 것은 자명한 것인가? 근대문학계는 기원을 묻고, 근대를 해체했으며, 문학을 신전에서 끌어내렸다. 이 시기는 문학의 영향력이 급락하면서 '문학의 위기'가 회자되던 시절이었다. 자본주의의 전지구화 속에서 '인문학의 위기'가 현실화되던 시기였다. 그러나 역설적이게도 근대문학계의 연구는 폭발적으로 융성했고 자발적으로 학제간의 벽을 넘어섰다. 90년대 후반부터 본격화된 문화사 연구와 매체론, 제도사적 연구와 탈식민주의, 그리고 젠더 연구 등은 연구의 대상과 방법의 선택에 있어 하나의 '지적 해방구'를 가능케 했으며, 참조해야 할 자료를 거의 무한대로 확장함으로써 문학의 '인간학'으로서의 존재양식을 학문적으로 현실화시켰다. 문학은 위기

---

26    김종엽 편, 『87체제론』, 창비, 2009.

였으나 문학연구는 융성했다."

(박헌호, 「문학' '사' 없는 시대의 문학연구」,

『역사비평』 2006 봄호, 96쪽)

　　인용된 글에서는 문학의 영향력을 상실한 90년대에 역설적으로 풍성해진 문학연구의 성과에 대한 곤혹스러움이 묻어난다. 그러나 인용에서는 그간 봉인된 채 말할 수 없었던 서발턴들, 곧 월북 문인과 납북 문인과 재북 문인, 월남 문인과 친일 문인, 더 나아가 재일디아스포라 작가에 이르는 연구가 이전과는 본질적으로 다른 독법을 요구하기 시작했다는 사실을 추론할 수 있게 해준다.

　　'월북 문인'이라는 문학사의 서발턴들이 문학사적 복원에 이르렀을지도 모르지만, 그 연구의 지향이나 방법론 자체는 이전과는 현저히 달라졌기 때문이다. 예컨대, 정지용과 김기림, 백석과 이용악, 임화와 김남천, 이태준, 이기영 등에 대한 많은 성과들이 전기적 관점이나 작품에 대한 실증적 검토를 시도했지만, 다른 한편으로 문학사의 서발턴으로 남아 있었던 다양한 배경을 추적하는 사례들이 낯설지 않게 되었다. 이는 서발턴이 지닌 존재론적 구조 자체가 식민지경험에 기반을 두고 있거나 분단체제로 이어져 있기 때문이라는 인식에서 연유한다.

　　'해금' 이후 문학연구는 다양한 의미층위를 가진 복합적이고 중층적인 함의들에 대한 분석을 통해 기존의 텍스트 독해방식과는 질적으로 다르고 차원을 달리하는 연구방법론을 구사하도록 만들었다. 주체와 개인, 젠더, 계급, 민족, 국가 등을 키워드로 삼는 '문학이론적 글쓰기'로 유사한 경향을 띠는 것도 이 때문이다. 가령, 텍스트의 생산에서부터 텍스트 안에 기입되는 주체의 분열적인 정체성을 해명하는 일은 식민에서 탈식민으로 이행하는 과정에서, 남북이 둘로 나뉘어 분립하는 체제가 되어버린 상황에서, 월북 작가/월남의 공간 선택과 함께 대면하는 반공주의/반동주의의 억압을 주목할 때 생성되는 의제이다. 정체성의 분열을 해명하려는 탈식민주의적 해체주의적 비교문학적 작업들은 '해금 조치' 이전까지는 상상조차 어려웠다.

해금 조치는 그간 월북 작가 문인들을 문학사에서 부재처리한 배경을 탐색하는 것을 넘어 한국문학의 근대적 기원과 근대성을 세계체제의 차원에서 조망하도록 만드는 기폭제 역할을 했다. 또한 해금 조치는 '문학'과 연계된 다양한 의제들을 발굴하도록 만들었다. '문학'의 근본개념으로부터 리얼리즘과 모더니즘의 양식적 미학적 문제, 해방공간의 국가건설과 직결된 문학/문학인의 과제와 역할 문제, 창작과 유통과정에 관여하는 반공주의의 연관문제, 친일문학, 근대성과 근대문학의 기원 문제, 프로문학, 해방공간의 문학운동론과 문학조직과 이념, 1930년대 문학의 성과, 북한문학사의 기술, 북한 초기문학의 성립과 전개, 북한 문화정전, 통일문학사의 가능성 등등이 해금 조치 이후 거둔 주요한 성과들이다. 그럼에도 불구하고 해금 조치 이후 한국문학 연구자들의 행로는, 근대성 문제, 해방공간, 프로문학, 모더니즘, 북한문학 등등의 의제에 대해 30년 전 김윤식이 제기했던 문제의식에서 크게 벗어나지 못한 형편이다.


## 5. 결어: 해금 문인들의 문학사적 복원을 위하여

해금 조치 30년을 맞은 지금, 2007년까지 고조되었던 북한학과 북한문학에 대한 이해, 통일문학에 대한 통합적 시각이 그 어느 때보다 절실하게 다가온다. 북한문학과 통일문학에 대한 논의는 지난 9년 동안의 암흑 속에 급격히 퇴조했다. 역설적이지만 해금 조치의 거품이 사회전망의 부재와 함께 불과 10년도 되지 않아 가라앉으면서 90년대 이후 국문학계 전반에는 근대성 재검토, 월북 작가 문인과 재북문인, 북한문학, 통일문학사 관련 학문적 의제를 차분히 그리고 지속적으로 심화시켜나가는 경향도 발견된다.

그 성과로는 다음과 같은 사례가 있다. 그 중에서도 이태준 연구자들이 결성한 상허학회(1992)가 하나의 모범적 사례로 꼽을 만하다. 『이태준전집』의 완간(18권 중 17권 간행, 깊은샘, 1988-2001; 이태준문학전집, 전6권, 소명출판, 2013)과 민족문학사연구소의 『임화문학예술전집』(소명출판, 2009), 『조영출전집』(소명출판, 2013) 등이 주목되는 성과이다. 식민지 시기의 검열 문제를 학제간 의제로 삼아 근대문학의 시대현실과 조건을 탐색한 사례(검열연구회, 『식민지 검열, 제도·텍스트·실천』, 소명출판, 2011; 동국대 한국문학연구소 편, 『식민지시기 검열과 한국문학』, 동국대출판부, 2010; 한만수, 『허용된 불온』, 소명출판, 2015; 정근식 외 공편, 『검열의 제국-문화의 통제와 재생산』, 푸른역사, 2016; 문한별, 『검열, 실종된 작품과 문학사의 복원』, 고려대 민족문화연구원, 2017; 한기형, 『식민지 문역』, 성균관대출판부, 2019; 김영애 외, 『개작과 검열의 사회문화사』 전2권, 박문사, 2022 등), '반공주의와의 연관'을 다룬 『한국문학과 반공주의의 근대적 동학』(1,2, 한울아카데미, 2009, 2009) 외에 상허학회 편, 『반공주의와 한국문학』, 2005; 유임하, 『반공주의와 한국문학』(글누림, 2020), 북한의 '불멸의 력사총서'를 해제 및 연구(『총서 '불멸의 력사' 해제집』, 『총서 '불멸의 력사' 용어사전』『북한의 문화정전, 총서 '불멸의 력사'를 읽는다』, 소명출판, 2009),

『북한의 시학연구』(전6권, 소명출판, 2013), 『한(조선)반도 개념의 분단사』(전8권, 사회평론아카데미, 2018-2021) 등이 거론될 만하다.

지난 30년을 되돌아보면, 2008년 이명박 정부 출범에서부터 2017년 5월 문재인 정부 출범 직전까지 전쟁발발의 공포를 야기하며 퇴행을 거듭했던 남북관계는 최악의 상태였다. 그러나 2018년 남북정상회담 이후 기사회생했다. 이 극적인 전환은 2006년 10월말 금강산에서 남북한의 작가들이 한 자리에 모여 6.15회담의 성과를 지속 확대하는 공동선언문을 발표했던 때를 떠올려주기에 충분하다. 남북 문인들의 합의는 분단 60년만에 남북한을 아우르는 문학단체 결성과 기관지 발간이라는 성과를 가져왔다. 지난 9년 동안 정지돼 있던 민족 공생을 위한 남북 문학사 복원 작업과 남북 통합의 문학적 행보는 다시 시작되어야 한다(80년대 후반 북한문학 열풍이 사라진 뒤 축적된 성과로는 다음 사례들을 꼽을 수 있다. 김윤식, 『북한문학사론』, 한샘, 1988(새미, 1996); 김윤식, 『한국 현대현실주의소설연구』, 문학과지성사, 1990; 김재용, 『북한문학의 역사적 이해』, 문학과지성사, 1994; 신형기, 『북한소설의 이해』, 실천문학사, 1996; 이명재 편, 『북한문학의 이념과 실재』, 국학자료원, 1998; 이명재 편, 『북한문학사전』, 국학자료원, 1995; 김재용, 『분단구조와 북한문학』, 소명출판, 2000; 신형기·오성호, 『북한문학사』, 신구문화사, 2001; 동국대 한국문학연구소 편, 『북한의 문학과 문예이론』, 동국대출판부, 2003; 김종회 편, 『북한문학의 이해』 1-3, 청동거울, 1999-2004; 박태상, 『북한문학의 현상』, 깊은샘, 1999; 박태상, 『북한문학의 동향』, 깊은샘, 2002; 전영선, 『북한의 문학예술 - 운영체계와 문예이론』, 역락, 2002; 선우상열, 『광복후 북한현대문학 연구』, 역락, 2002; 김중하, 『북한문학연구의 현황과 과제』, 국학자료원, 2005; 이화여대 통일학연구원 편, 『북한문학의 지형도』, 이대출판부, 2008; 남북한문학예술연구회 편, 『북한문학예술의 지형도』2-7권, 역락, 2012-2020); 임옥규, 『북한역사소설의 재인식』, 역락, 2008; 남원진, 『북조선문학론』, 경진, 2011; 김성수, 『미디어로 다시보는 북한문학 『조선문학』(1946-2019)의 문학 문화사연구』, 역락, 2020; 오창은, 『친애하는, 인민들의 문학생활』, 서해문집, 2020; 오태호, 『문학으로 읽는 북한』, 국학자료원, 2020; 오태호, 『한반도의 평화문학을 상상하다』, 살림터, 2022 등).

이런 가운데서도 '해금 조치'의 현재성은 여전히 유효하다고 판단된다. 남북에서 월북 문인의 존재는 분단체제 속에서, 그리고 남과 북의 문학사에서 방치하고 배제한 경계인, 주변인이자 분단체제를 어떻게 극복할 것인가의 단서가 되기 때문이다. 우리는 다시 '근대성과 한국 근대문학은 무엇인가', '우리에게 북한 문학이란 무엇인가?' '북한문학의 연구는 왜 필요한가?'라는 해묵은 질문을 꺼내들고 월북 문인의 문학사적 위상을 숙고하지 않으면 안 된다. 통념에 기대어 보면, 남북한은 서로 분리된 민족적 자아로서 상이한 이념과 체제를 수립한 채 오랜 기간 반목해온 이질동형의 근대적 쌍생아였다. 해금 이후 북한문학 연구는 다소 위축되긴 했지만, 근대 초기의 기획이 식민지 시기와 해방을 거쳐 마땅히 남북의 문학으로 분화된 배경과 실재를 상호 비교하는 작업을 지속해온 점만큼은 분명해 보인다.

해방과 함께 국가 수립의 과정에서 남북으로 분화된 현실정치의 장은 북한문학을 남한문학과는 전혀 다른 존재방식과 속성을 갖도록 만들었다. 북한문학에 접근하는 방식을 두고 국문학계에서는 아직까지도 근대문학의 분화라는 관점에서 다루어야 할 것인지 아니면 독자적인 체제 안에서 나름의 전통을 수립해온 문학으로 인정할 것인지를 합의조차 못한 상태이다. 하지만, 남한의 관점에서는 적어도 북한문학을 '역사적 실재'로 바라보는 관점과 '근대문학의 분화'라는 맥락에서 독자적인 문학적 전통을 구축해온 것으로 보는 관점이 우세하다. 후자가 근대문학으로서 북한문학을 바라보는 연속성에 바탕을 둔 것이라면(근대문학의 관점에서 북한문학을 보는 경우란 북한문학 전공자가 아닌 대부분 여기에 해당한다. 대표적으로는 김윤식의 『북한문학사론』(한샘, 1988) 『한국 현대현실주의소설연구』(문학과지성사, 1990), 김재용의 『북한문학의 역사적 이해』(1994) 『분단구조와 북한문학』(2000), 신형기의 『민족이야기를 넘어서』, 삼인, 2003 등), 전자는 독립적인 실체로 간주한다는 점에서 확연히 구별된다(독자적인 문학의 실체로 접근한 경우는 신형기·오성호의 『북한문학사』, 평민사, 2000). 그러나 이 두 관점 외에도 남북한 문학사의 통합적인 관점도 있다(통합적인 관점에서 남북한 문학을 기술하는 문학사를 표방한 사례는 다음과 같다. 최동호 편, 『남북한 현대문학사』, 나남출판, 1995; 김병민 외 3인 공저, 『조선-한국당대문학사』, 연길, 연변대학출판사, 2000; 김성수, 『통일의 문학, 비평의 논리』, 책세상, 2001).

이처럼 다양한 관점들은 '우리에게 북한문학은 무엇인가'에 대한 해답찾기가 쉽지 않다는 것을 의미한다. 문제 해결의 단서는 근대문학의 전통만이 아니라 근대사상과 국가수립문제를 둘러싼 근대 기획 전체를 통합적으로 통찰하는 문제에서 구해야 한다. 남북한문학을 근대 기획과 연관시킬 때 남북한 문학에 접근하는 경로는 서구사상의 이입, 식민지배에 대한 저항 방식, 해방과 냉전체제의 성립, 두 체제의 분화에 따른 문학의 전개와 길항, 남북한 문학의 통합을 위한 접점 모색 등을 학문적 의제로 삼게 될 것이다. 거시적 시야와 미시적 논의의 조화를 위해서는 월북 작가와 납북과 월남, 해외디아스포라에 이르는 문인들의 문학사적 복원도 필요하다. 민족의 역사적 경험과 시대현실이 변화 속에서 이들의 문학을 새롭게 해석하고 재배치하는 작업을 멈추지 말아야 한다.

　해금된 문인들의 문학사적 복원이라는 문제성은 분단체제의 완고함 때문에 여전히 유효하다. 이들의 문학사적 복원은 인식의 장애물을 하나둘 허물고 있지만 지난 30년에 걸친 남북 사회구성체의 변화에 걸맞게 새로운 의미지평을 열어야 할 과제가 아닐 수 없다. 남북 문학사가 공히 민족을 상상하면서도 태생적인 분단국가로서의 한계를 지닌 채 국민국가의 억압기제를 구조화하고 있는 현실에서 자유롭지 못하다는 것은 '해금 조치'의 문제적 가치가 여전히 유효하다는 사실을 말해준다.

# 월북 문인 해금의 이면
## – 리스트의 정치와 저작권 문제를 중심으로

$\diamond$ 김미지 $\diamond$

## 1. 들어가며 : 끝나지 않은 20세기

1988년 7·7 선언('남북대화 모색과 북방정책 추진')이 나온 뒤 그리고 '동·서 화합의 대제전'이라는 9월 17일 서울올림픽을 앞둔 어느 날, 정부의 공식적인 '납·월북 문인 해금' 조치가 세상에 나왔다. 1988년 7월 19일 '월북 문인의 해방 이전 작품을 일반에도 공개하고 출판을 허용한다'는 문공부장관의 발표가 일간 신문지들에 대서특필 된 것이다. 그러나 이는 갑작스럽거나 전격적으로 이루어진 일은 아니었다. '곧 (월북 작가들에 대한) 해금 조치가 있을 것이라는 소문이 널리 퍼져 있어서'[01] 그 소문이 곧 사실이 되리라는 것을 그 무렵에는 문화예술계의 많은 이들이 믿고 있었기 때문이다. 물론 그러한 소문 또는 믿음이 가능했던 것은 1980년대 내내 아니 그 이전부터 공안 권력이 행

---

01    정호웅, 「해금과 한국 현대소설 연구 – 작은 기억들을 엮어」, 구보학회 제26회 정기 학술대회 기조강연, 2018.4.21. (학술대회 자료집, 16쪽)

해 온 '금서'와 '검열'의 정치에 맞서 온 오랜 '해금 투쟁'의 역사가 있었고 또 무엇보다 '1987'이라는 새 시대의 전기가 앞서 있었던 덕분이었다. 남북관계의 해빙과 세계 냉전체제의 균열이 1980년대 후반을 특징짓는 시대적인 흐름이었던 것도 그 뒷배경이 되었다. 이렇게 해서 1970년대부터 정치권과 문화·출판계에서 끊임없이 제기했던[02] 납·월북 작가 해금의 문제는 더 이상 '검토 중'이라거나 '결정 유보'라는 답변 대신에 비로소 '공식적인' 해답을 얻게 된 셈이다.

물론 '금지'를 둘러싼 갈등과 불협화음이 이로써 한꺼번에 해소된 것은 아니었다. 북한 체제에 적극적으로 기여·복무한 다섯 명 문인 (이기영, 한설야, 홍명희, 조영출, 백인준)의 이름만은 기어이 묶어두고 말겠다는, 월북 이전의 '순수문학' 작품만을 해금의 대상으로 삼는다는 단서 조항이 붙어 있었기 때문이다. 특히나 이미 웬만한 월북 작가의 작품집이 시중에 30여 종이나 나와 있어[03] 이에 대한 '사후 추인'에 가까웠다는 점에서 이는 정부 주도의 빅 이벤트라는 성격이 짙었다. 그럼에도 불구하고 문학계는 '문학사의 새 전기', '반쪽짜리 문학사의 복원 계기'라는 환영의 메시지로 이에 응답했다. 월북 문인 백여 명의

---

명단이 신문 지면을 빼곡히 채운 것은 그 자체로 하나의 사건임이 분명했고, 또 이를 계기로 연구와 출판 양면에서 사전 검열을 배제한 '전면 해금'으로 나아갈 수 있는 첫발을 뗀 것이었기 때문이다. 이제 권위주의 독재정권의 공안 정치 아래서 단속과 압수를 무릅쓰고 사회과학서적 등의 '문제작'들을 꾸준히 출간하며 당국과 숨바꼭질 또는 힘겨루기를 벌여왔던 출판계에서는 '마음 놓고' 월북 작가들의 작품을 출간할 수 있게 되었다. 월북자는 차치하고 납북자만이라도 특별히 선처해 줄 것을 요청해 왔던[04] 문학계 역시 한국문학사의 문제작들을 없는 존재인 양 괄호 안에 넣거나 삭제, 복자 처리해 왔던 불구의 문학사를 극복할 수 있게 된 것이다. 이는 표면적으로 보면 한국전쟁 이후 우리 사회에 늘 존재했던 오랜 '불화'의 한 가닥이 해소되는 장면처럼 보인다. 그러나 해금 이후 한 세대를 지나 그것의 역사성을 문화정치의 관점에서 다시 점검해 보는 지금, 이렇게 다시 질문해 보게 된다. 정말 그것으로 '불화'는 깔끔하게 소멸된 것일까?[05]

앞에서도 언급했듯이 1988년의 '월북 문인 해금'의 배경으로 흔히 거론되는 것은 '87년 체제'가 열어젖힌 시대적 분위기와 세계적인 냉

---

04  대표적으로 정지용 시인의 아들 정구관 씨는 1983년부터 거의 매년 정부에 부친의 작품을 해금해 줄 것을 요청하는 '탄원서'를 제출했으며 같은 해 문협에서는 '납북 작가대책위원회'를 만들기도 했다.

05  이 글에서 사용하는 '불화'라는 용어는 일차적으로는 사전적 정의와 같이 갈등, 반목, 분쟁을 뜻하지만 자크 랑시에르가 제기했던 또 다른 불화의 문제, 즉 대상에 대한 대립하거나 상충되는 견해들 사이에 빚어지는 충돌이 아니라 같은 기표(예컨대 이것은 '흰색'이다, '민주주의'이다)를 사용하면서도 서로 이해되지 못하는 상태를 지칭하는 것이기도 하다. 랑시에르는 이 불화가 그 단어를 발화하는 주체들의 자격 및 그들 사이의 관계를 갈등의 쟁점으로 지니고 있다는 점에서 서로에 대한 무지 및 오해와는 무관하다고 말한다. 이에 대해서는 자크 랑시에르, 진태원 역, 『불화』, 길, 2015 참조.

전의 해빙(데탕트), 그리고 문학계와 문화·출판계의 오랜 '해금 투쟁'이다. 즉 1987~88년으로 이어지는 한국사(세계사)의 급박한 흐름을 염두에 두지 않고 이를 이해하기란 쉽지 않은 일이며 이는 이 사태를 이해하는 기본적인 전제라 할 수 있다. 이러한 견지에서 1950년대부터 1980년대까지 냉전체제의 변동에 따라 월북 문인 '해금'과 관련한 우리 사회 정치 사회 문화의 국면들이 어떻게 변화해 왔는지를 세밀하게 서술한 연구로 이봉범의 「냉전과 월북, (납)월북 의제의 문화정치」(『역사문제연구』 37, 2017)가 있다.[06] 말하자면 1988년의 그날에 이르기까지 그동안 우리 사회에서 어떤 일들이 벌어졌던 것인지, 그 전사또는 이면사에 대한 서술인 셈이다.

제목에서도 밝히고 있듯이 이 글 또한 1988년 이루어진 이러한 '해금'이라는 사건의 '이면(裏面)'을 다루기 위한 목적으로 쓰였다. '이면사'가 아니라 '이면'이라 한 것은 일련의 사태들에 대한 통시적 거시적인 조망이 아닌, 부분적이고 특징적인 대목들에 주목하겠다는 뜻이다. 즉 '해금'이라는 사건과 관련한 논쟁적인 몇 개의 장면들을 중심으로 이 문제를 들여다보고자 하는 것이다. 여기서 어떤 사태의 '이면'을 들여다본다는 것은 숨겨진 진실이나 드러나지 않은 징후를 파헤친다는 목적과는 거리가 있다. 그보다는 "가능한 것들의 체계들 사이의 결합과 가능성의 조건들을 수평적 분배들의 견지에서"[07] 살피는것을 지향한다.

---

06  이봉범은 이 글에서 월북 문인 해금이 국가보안법의 폐지 없이, 사상적 정치적 복권 없이 이루어졌다는 점에서 아직도 냉전 프레임에 갇혀 있다고 지적한다.

07  자크 랑시에르, 오윤성 역, 『감성의 분할』, 도서출판b, 2008, 66~67쪽 참조. 수직적 위계나 지배적 위치를 전제하지 않는 지형도를 그리고 가능성의 조건들을 탐색하는 것은 진리에 대한 독단론을 피하기 위함이다.

역사학자 에릭 홉스봄은 "1917년 러시아 혁명의 영향에 의해 형성된 세계는 1980년대 말에 산산조각 났다"[08]라고 말했다. 우리의 경우 이 말은 절반은 맞고 절반은 틀리며 21세기도 20년이 훌쩍 지난 지금까지도 그 20세기 역사는 끝나지 않고 있다. 홉스봄은 지난 세기를 '단기 20세기'로 표현했지만 우리에게는 분단, 전쟁, 국가보안법의 체제가 현재진행형이기에 여전히 끝나지 않은 '장기 20세기'이기도 한 셈이다. 동구권과 소련의 붕괴로 끝난 한 세기의 조각난 파편들이 1980년대 말, 해금 무렵의 그 시기에 분명 영향을 미쳤고 균열을 냈음은 분명하다. 그러나 1917년 체제, 냉전 체제의 끝자락을 세계와 공유했던 1980년대 말, 산산조각 나지도 끝나지도 않은 채 파열과 봉합을 반복한 우리의 1980년대 말은 어떻게 다시 쓰일 수 있을까. 이 물음에 접근하기 위해서는 1980년대, 세계사적 시간으로 주목받는 그 시대에 이곳에서 벌어진 일들의 세계사적 상호 관계와 연관성을 입체적으로 들여다보아야 할 것이다. 그러한 과제로 나아가기에 앞서, 이 글은 우선 해방에서 분단, 한국전쟁과 냉전으로 이어져 온 시간 속에서 1988년의 저 선언적인 사건을 솟아나게 한 조건들의 지형도를 그리는 데 필요한 조각들과 파편들을 모아보고자 한다.

이 글에서 지향하는 또 하나의 방향은 우리 사회에서 20세기 내내 그리고 지금도, 볼 수 있는 것과 없는 것, 말할 수 있는 것과 없는 것을 분할하고 배제해 온 강력한 치안[09]의 논리와 그에 균열을 가져온

---

08 에릭 홉스봄, 이용우 역, 『극단의 시대: 20세기 역사』, 까치, 1997, 17쪽.

09 여기서의 '치안'이란 공권력이나 법체계를 의미하기도 하지만, 랑시에르의 'police' 개념을 빌려 '행위 양식들과 존재 양식들 및 말하기 양식들을 규정하고 그들 사이의 분할을 정의하는 과정들'이라는 의미도 포함한다.

'정치적 주체화의 행위'들을 다시금 되돌아보는 것이다. 해방 이후 반 공이데올로기를 국시로 하여 독재 권력이 자행했던 무시무시한 '공 안' 정치는 최소한의 민주주의가 숨 쉴 틈마저도 틀어막고자 했다. 그 런데 문제는 '공안'이 끝난 뒤에도 '치안'은 계속된다는 점이다. 이 '치 안' 시스템은 우리의 눈과 귀 그리고 입을 조종하는 '감각의 분할' 시 스템을 갱신하며 지속하기 때문이다. 공안 정치가 공공연한 폭력과 분할, 배제를 통치의 기반으로 한다면, 합의를 기반으로 삼은 민주주 의에서는 이러한 분할의 흔적을 지워나가는 동일화 전략을 취함으로 써 오히려 배제를 수행한다.[10] 월북 문인의 해금 문제는 1988년 7월 을 계기로 공안의 칼날을 벗어나 민주주의적 '합의'와 '허용'의 영역으 로 편입되었다. 이 글을 통해 그 이전뿐만 아니라 이후에 파생된 새 로운 분할의 정치가 남긴 문제들에 대해서도 함께 고찰할 수 있는 기 회가 되기를 기대한다.


## 2. 납·월북 문인 '금지'를 둘러싼 미스터리 – (블랙)리스트의 비밀

　　1987년 9월 깊은샘 출판사에서 출간하여 정부에 납본한 『정지용 선집-시와 산문』이 1988년 1월 납본필증을 교부받으면서 시인 정지

---

10　랑시에르에 따르면 합의 민주주의 이전의 치안의 질서에서는 이러한 분할이 존재 한다는 사실을 공공연히 드러내고, 그것을 통치의 기초로 삼는 반면, 합의 민주주 의에서는 끊임없이 이러한 분할의 흔적을 지우고, 정치 공동체 내의 모든 사람을 동일한 인간, 동일한 권리의 주체이자, 동등한 시장의 성원으로 만들려고 한다. 따 라서 이 시스템에서조차 몫을 얻지 못하는 타자들은 비가시적이고 주체화될 수 없 는 선 너머에 있는 사회의 장 바깥으로 밀려나게 되는 것이다. (자크 랑시에르, 『불화』, 앞의 책, 230~31쪽 참조.)

용이 공식적으로 납·월북 작가 해금 1호가 되었음은 잘 알려져 있다. 당국이 납본필증을 교부했다는 것은 출간과 시판을 공식 허용했다는 것이지만 그것으로 끝은 아니다. 필증을 교부받더라도 사법적인 심사에 넘겨지거나 시판 금지를 종용당할 우려는 여전히 남아 있기 때문이다.[11] 그런데 정지용 선집의 경우는 필증 교부와 함께 '사범 심사 대상에서 제외한다'는 확인을 받음으로써 비로소 완전한 자유를 얻게 되었다. 납·월북 시기도 확실하지 않고 행적이나 생사도 제대로 확인되지 않았던 대부분의 납·월북 작가들에 비할 때 정지용의 경우는 조금 다른 측면이 있다. 어쩌면 해금 1호가 된 데에는 이 점이 고려되었을 가능성도 있는데, 바로 80년대 초부터 시인의 아들 정구관 씨가 끈질기게 '해금'을 요청해 왔다는 사실이다. 한국전쟁 이후 월북이라는 말을 입에 올리는 것조차 금기였던 시절에 유독 정지용의 '해금' 요청이 가능했던 이유는 단순하다. '아버지는 월북이 아닌 납북이 확실하며, 월북이라는 딱지는 오명(汚名)'이기 때문이다.

1985년 신문지상에 실린 정지용 아들의 인터뷰에는 10년 동안 아버지의 '명예회복'을 위해 싸워 온 아들의 분투기가 고스란히 담겨 있다.[12] 아들은 1983년에 아버지의 해금을 요구하는 탄원서를 제출했으나 답을 얻지 못하자 1985년에 군당국에 납북인지 월북인지 사실 여

---

11  금서가 되는 경로는 크게 1) 납본을 했으나 납본필증을 받지 못한 경우 2) 필증을 받았으나 후에 '문제도서'로 지목된 경우, 3) 필증이 나오지 않을 것을 예상하고 납본을 거부한 경우 세 가지로 나뉘며, 이들 책들에 대해 당국은 시판 중지를 종용하는데, 그것이 안될 때는 출판사·서점 압수수색, 시판하지 않겠다는 각서 강요, 광고 기회 봉쇄, 출판금고지원 대상 제외, 세무사찰 등의 제약을 가했다.(「選別解禁에 출판계 불만 販禁서적 4百31종 解禁, 내용과 반응」, 『동아일보』, 1987.10.19.)

12  「"아버지 정지용은 납북되었다"—외아들 구관씨 '작품 해금' 탄원과 그간의 사연」, 『동아일보』, 1985.6.25.

[그림 1] 『동아일보』, 1985. 6. 25

부를 가려달라는 심사를 의뢰한다. 결국 아들은 "귀하의 부친께서는 북괴군에 납치되어 서대문형무소에 수감되었다가 평양감옥으로 납북되어 수감중 폭격에 의해 사망한 것으로 추정된다"는 답변을 얻었고, 이 자료를 근거로 다시금 해금을 청원한 것이다.

한국전쟁이 발발한 지 35년이 되는 해 6월 25일에 실린 이 기사에서 그는 '해마다 이맘때면' 좋은 소식(정지용 작품의 해금)이 들릴까 마음을 졸인다고 했다. 그러나 이 뒤로도 2년이 훨씬 지나서야 그것도 유족(아들)과 정식 출판계약을 맺은 한 출판사(깊은샘)의 납본 신청에 부응하여 그 바람이 이루어졌으니, 그간의 노력은 의미가 있었던 것인지 그렇지 않은 것인지 모호해진다. 북한으로 간(어떤 경로가 됐든) 인물의 혈육으로서 남한에 살고 있는, 즉 연좌제의 해당자가 되었던 시인의 아들은 서슬 퍼런 반공 공안 정치의 체제 안에서 납북과 월북을 철저하게 구별해내는 것만이 해답이 될 수 있다고 믿었던 듯하다. 인터뷰에서 보이듯이 그는 "아버지는 빨갱이가 싫다고 입버릇처럼 되뇌셨다"는 주장 내지 호소로 반공주의의 철옹성을 비집고 '오명'을 벗고자 했던 것이다. 그러나 결국 해금이 다가온 1988년의 시점쯤에는 납북이냐 월북이냐 하는 그러한 구별은 큰 의미가 없어지고 말았으므로(각 신문들은 좀 더 파급력이 큰 '월북 작가'라는 범주에 초점을 맞춰 보도했으나 문공부의 발표는 싸잡아서 '납·월북 문인'이었다) 결과적으로는 그 구별의 전략은 전혀 효력을 발하지 못했다고도 볼 수 있다. 사실상 납북작가 정지용과 김기림의 작품이 다른 납·월북 작가들에 비해 단 몇 달 먼저 풀리게 된 것은 정부 당국이 오랫동안 보여 왔던 내부 규율의 행태 즉 '선별적, 단계적 해금'이라는 원칙을 따른 데 지나지 않았다고 볼 여지가 크다.

그런데 여기에는 의문점이 있다. 아들은 줄곧 아버지 작품의 '해금'을 탄원했다고 하는데, 정지용은 정확히 언제 어떻게 '금지' 당했던 것일까. 금지되었다는 것이 풀린다는 '해금'을 이야기하기에 앞서 그 '금지'라는 것에 대해서 좀 더 들여다볼 필요가 생긴다. 먼저 1951년, 유엔군과 중공군이 접전을 벌이고 있던 시기 공보처에서 '월북 작가 작품 판매 및 문필 활동 금지 방침'을 하달하면서 월북 작가를 A급(사변 전 월북자), B급(사변 이후 월북자), C급(사변 중 납치, 행불자로 내용 검토 중)으로 나눈 것이 발단이 된다.[13] 이중 A급과 B급에 대해서 이미 간행된 작품은 발매금지, 차후 문필활동 금지 대상이라는 딱지가 붙게 된 것이다. 그런데 이보다 앞서 한국전쟁 발발 이전 1949년 10월 1일 다음과 같은 문교부의 발표가 있었다. 『조선일보』에 이름도 무시무시

---

13 「공보당국, 월북 작가 작품 판매 및 문필 활동 금지 방침 하달」, 『자료대한민국사』 23권, 1951.10.5

A급 林和, 金南天, 安懷南, 朴贊模, 玄德, 李源朝, 李泰俊, 朴世永, 李秉珪, 金史良, 李北鳴, 許俊, 韓雪野, 李箕永, 李燦, 安含光, 韓曉, 洪命熹, 洪起文, 趙碧岩, 吳章煥, 池河連, 吳基永, 朴八陽, 徐光齊, 朴芽枝, 宋影, 林仙圭, 咸世德, 申鼓頌, 金兒鎭, 金順南, 李晃相, 朴英鎬, 李善熙, 崔明翊, 閔丙均, 金朝奎 (38명)

B급 洪九, 李庸岳, 李秉哲, 薛貞植, 朴泰遠, 文哲民, 裵皓, 任西河, 金東錫, 金二植, 朴啓明, 朴尙進, 安基永, 鄭玄雄, 金晩烱, 朴文遠, 李範俊, 李建雨, 鄭鍾吉, 金永錫, 姜亨求, 朴魯甲, 金沼葉, 鄭鍾汝 (24명)

C급 鄭芝鎔, 蔡廷根, 朴露兒, 金燦承, 鄭人澤, 金哲洙, 崔永秀, 金起林, 金弘俊, 金基昶, 朴來賢, 鄭廣鉉 (12명)

한 「서적에도 숙청령」이라는 헤드라인으로 등장한 기사의 내용은 다음과 같다.

[그림 2] 『조선일보』, 1949. 10. 1

문교부에서는 건전한 국가이념과 철저한 민족정신의 투철을 기하고 특히 학도들에 대한 정신 교육에 유감이 없도록 하기 위하여 관계 기관과의 협의 하에서 국가 이념과 민족정신에 위반되는 저작자의 저작물, 괴흥행물의 간행, 발매, 연출, 수출입 등을 일절 금지하기로 방침을 결정하고 우선 지난 15일 각 중등학교에 장관 명의로 공문을 발하여 중등 교과서 중에서 삭제할 저작자와 저작물의 내용을 지시하여 실시하게 하였는데 동 공문에 지적된 '글'과 작자명은 다음과 같다.[14]

'국가 이념과 민족정신에 위반'되는 저작자의 작품들이므로 즉

<hr />

14  「서적에도 숙청령」, 『조선일보』, 1949.10.1.

시 교과서에서 삭제되어야 한다고 명시된 이 리스트에는, 박아지, 박노갑, 김동석, 박팔양, 조운, 정지용, 김남천, 김기림, 박태원, 현덕, 안회남, 이용악, 정인섭, 오장환, 신석정, 김용준 등 월북 문인들의 이름이 올라 있다. 그리고 월북은 하지 않았지만 해방공간에서의 좌익 편향적 발언과 행위로 인해('조선문학가동맹' 가담 등과 같은) 반역적 기조가 농후하다고 판단된 신석정의 작품(「초춘음初春吟」)도 포함되어 있었다. 당시 중등 교과서에 작품이 열 편 가까이나 실려 있던 정지용의 경우[15]는 그 덕분에 이 리스트에서 가장 많이 거론된 이름이 되었다. 이는 해방 이후 숙청, 퇴출, 금지 대상에 대한 명시와 낙인 즉 '블랙리스트 공화국'의 시발점이었다고 할 수 있을 것이다.

알려져 있다시피 휴전 이후 1953년 12월 공보처에서 조연현의 『현대한국작가론』을 판매금지 처분하는 일이 발생한다. "월북한 공산주의 작가를 '한국작가'의 범주에 넣어 간행물을 발행한 것은 부당"하다는 이유에서였다. 월북한 작가들을 왜 다루었으며 또 어떻게 평가했는가 하는 점은 아무 상관이 없었고, 단지 배제되고 삭제되어야 할 그들의 이름이 포함되어 있다는 점 자체가 문제였던 것이다. 이와 동시에 "월북반역작가 작품 단속에 관한 건'을 강력히 시행하라는 명령이 떨어졌다. 누가 '월북반역작가'인지에 대한 설명은 따로 없었지만, 51년 발표했던 위 A, B, C 세 그룹을 지칭한 것이었다. 그리고 1957년에 다시금 "월북한 좌익계 작가들의 저서가 출판업자들의 부주의로 출판 혹은 판매될 우려가 있"으므로 '엄중한 단속'과 주의를 촉구하는 문교부의 지시가 떨어진다. 이렇게 잊을만하면 반공주의 국가 국

---

15    기사에 거론된 작품은 「고향」, 「옛글 새로운 정」, 「소곡」, 「시와 발표」, 「꾀꼬리와 국화」, 「노인과 꽃」, 「선천」, 「별똥 떨어진곳」, 「더 좋은데 가서」 등의 시와 산문들이다.

민들의 '부주의'에 대한 경각심을 환기하기 위하여 그들의 엉성한 리스트가 떠돌았고,[16] 이와 더불어 월북한 작가들의 북한에서의 숙청 소식이 속속 전해졌다. 공산 체제에서 자유를 빼앗긴 채 굶주리며 살고있는 그들의 '죽음의 생활'을 적극적으로 전하는 언론 보도와 함께 체제 선전에 그들의 이름이 이용된 것이다.[17]

그런데 분단 이후 1988년 7월 19일에 이르기까지, 정확하게는 1987년 가을부터 권영민 교수가 『문예중앙』에 「납월북 문인인명사전」을 연재하기 전까지 소위 '반역 작가'라고 칭해진 월북 작가의 온전한 (?) 리스트가 제시된 적은 한 번도 없었다. 권영민 교수의 조사로 알려진 납·월북 문인의 명단에는 1백18명이 이름을 올렸으나, 1983년 부터 자체 조사위원회를 꾸렸다는 한국문인협회(문협)가 조사한 것은 76명에 불과했고,[18] 더 아이러니한 것은 1987년 문공부가 국회에 제출한 납북 월북 작가의 수는 고작 43명이었다는 점이다.[19] 즉 정부 측에서 1951년 만들었던 월북자 블랙리스트 64명보다도 줄어든 숫자

---

16  예컨대 1957년 문교부 지시와 함께 『경향신문』에 실린 월북 작가의 명단에는 박태원의 동생인 월북 미술가 박문원의 이름은 들어있는 데 반해 실수이겠지만 박태원의 이름은 누락되어 있다. (『越北作家作品 등 敎科書使用 않도록』, 『경향신문』, 1957.3.2.)

17  북한으로 올라간 문인들과 인사들의 소식은 심심찮게 지면에 등장한다. 「무너저가는 붉은文壇」, 『경향신문』, 1955.11.19. 「創作(창작) 못하는文人」, 『동아일보』, 1959.7.30. 「"그것쓰면불려갑니다" --월북 작가 동향 보고」, 『동아일보』, 1961.10.14. 「塗裝(도장)과 抹殺(말살)의 23年 오늘의北傀文化」, 『동아일보』, 1968.8.15.

18  「拉·越北작가 모두76명」 文人協」, 『경향신문』, 1987.09.07. 이는 문공부에서 제시한 42명에 34명을 추가하여 발표한 것이다. 문협은 1983년 '납북작가대책위'를 구성했다가 1987년 대세가 월북 작가 해금 쪽으로 기울자 이를 해체하고 다시 '납·월북 작가 해금 선정위원회'라는 것을 만든 바 있다.

19  「拉·越北文人 모두 43명」, 『경향신문』, 1987.8.13.

인 것이다. 심지어 정지용과 김기림이 월북이 아닌 납북이라는 주장
으로 떠들썩했던 것이 80년대 초부터였는데도 이 명단에서 정지용,
김기림은 납북자가 아닌 월북자로 명시되어 있다. 이는 정치 사회 문
화 각계에서 끊임없이 해금을 요청해 왔음에도 단속과 금지 그리고
해금의 주체로서 항상 칼을 쥐고 휘둘렀던 정부에서, 1951년 이후 단
한 차례도 납·월북 문인과 관련한 내용을 정확히 파악한 적이 없었음
을 방증한다. 물론 이는 정부 당국의 태생적 무지와 함께 또 한편으
로는 의도된 무지로 인한 것이었을 터이다. 리스트의 실질적인 내용
보다는 리스트의 존재 자체가 공포정치를 유지하고 검열을 내면화하
게 만드는 파놉티콘의 하나였을 것이기 때문이다.

[그림 3] 시판중인 월북 작가 작품집 현황(문공부 제공 자료, 『동아일보』, 1988. 7. 20.)

    사실 1988년 7월 19일 정한모 문공부장관의 해금 발표 당시에도
정부에서는 정확한 리스트나 숫자를 공개한 적이 없다. 『경향신문』

지면에 실린 리스트는 신문사 자체조사(96명)에 의한 것이었고, 『동아일보』에 실린 자료는 문공부가 제공한 '현재 시판 중인 월북 작가의 작품집' 현황표였다.[20] 해금 발표 다음날인 7월 20일자 『조선일보』에 권영민 교수의 조사 내용이 상세하게 소개되었는데, 이는 해금문인 명단이 아니라 1차, 2차, 3차 시기별 월북자와 북한에서의 활동 정도에 따른 분류를 보여주는(이기영, 한설야 등도 포함된) 월·재북 작가 현황 파악 보고서에 가까웠다. 이런 견지에서 보자면 해금에서 제외된 '이기영, 한설야, 홍명희, 조영출, 백인준' 다섯 명의 이름만을 선명하게 부각한 정부 당국의 7·19 조치는 자신들이 무엇을 어떻게 금지해 왔고 무엇을 풀어야 하는지에 대한 물음을 여전히 미궁 안에 가둔 채, '우리는 여전히 무엇인가를 금지한다'는 치안의 논리를 재확인시킨 사건이기도 했던 것이다. 이미 월북 작가 작품집, 이기영의 『고향』, 한설야의 『탑』 등이 버젓이 시중에 나와 있는 상황에서 정부는 1989년 2월 구색맞춤 식 '추가 해금'을 발표하는 것으로 사태를 미봉한다.[21]

공공연한 금지는 명목상 사라졌다. 그러나 '배제의 형태들을 규정하고 몫들과 역할들의 분할을 규정하는, 말로 표현할 수 있는 것과 없는 것 사이의 경계들을 정립하는, 존재/행동/제작/소통 양식들을 규정하는'[22] 좌표 체계로서의 치안 질서는 사라지지 않는다. 합의민주주의, 형식 민주주의의 승리 이후 오히려 민주주의의 절차와 기능에

---

20  즉 문공부가 파악한 자료는 현재 월북 작가의 작품으로 시판중인 작품이 시집 19종, 소설 15종, 산문집 1종, 평론집 5종이라는 내용이었다.(『文公部가 밝힌 拉越北주요 문인과 작품』, 『동아일보』, 1988.7.20.)

21  「越北작가 5명 출판 추가解禁」, 『경향신문』, 1989.2.20.

22  자크 랑시에르, 앞의 책, 128~9쪽 참조.

대한 무관심이 팽배해졌다는 역설[23]은 이 경우에도 해당한다. 정부의 '해금' 조치로 인하여 적어도 월북 작가 문제에 있어서만큼은 최대한의 '불화'는 소멸한 듯이 들리고 보이고 말해지게 되었기 때문이다.

하지만 그것이 끝이 아니었음을 우리는 곧 목격하게 된다. 갈등을 피하고 '바람직한 최저의 몫'을 획득하는 것으로서의 합의민주주의만으로는 결국 여전히 그 치안 질서의 타자들—몫을 얻지 못하며 평등을 누리지 못하는 '몫 없는 자들'의 목소리가 억압되는 사태를 막을 수 없을 것이기 때문이다.[24] 그래서 납북/월북, 공산주의자/반공주의자, A급/B급/C급, 북한 체제에 대한 기여도 등에 따라 패를 가르는 정체성의 정치,[25] 금지의 리스트에 용인(해금)의 리스트를 맞세우고 최소의 리스트를 최다의 리스트로 교체하는 숫자의 정치만으로는 해결할 수 없는 문제들이 여전히 남게 된다. 합의와 분할된(배당받은) 몫의 영역 안으로 들어온 월북 작가의 이슈는 이제 새로운 국면을 맞이하게 되는데 바로 사법적 분쟁(소송)이 그것이다.

---

23 자크 랑시에르, 앞의 책, 229~230쪽 참조.

24 랑시에르가 제안한 '민주주의'는 정부(제도) 형식도, 이념이나 사회적 삶의 방식과 같은 어떤 존재 상태도 아닌, 불일치의 다양한 형태들을 이행하는 논쟁 행위이다. 이를 통해서만이 '누구나'의 평등이 가능해지기 때문이다. 이를 위해서는 감각 질서 내부의 균열을 창조하는 불화와 불일치마저도 용인되어야 한다. (양창렬, 「자크 랑시에르 - 제도도 이념도 아닌 민주주의론」, 『진보평론』 68, 진보평론사, 2016년 여름호 참조.)

25 치안논리가 고착시키고 타자가 부과하는 정체성이란 단어들과 사물들 사이에 정립된 관계와 위계 안의 문제이다. 주체화, 즉 치안의 질서를 교란하고 불일치의 다양한 형태들을 이행하는 것은 어떤 권력이나 법적 권리를 취득하는 것과는 거리가 멀다. 따라서 랑시에르는 정체성의 정치에서 주체성의 정치로 나아갈 것으로 제안한다. (자크 랑시에르, 『불화』, 앞의 책, 257면; 자크 랑시에르, 양창렬 역, 「'문학성'에서 '문학의 정치'까지(자크 랑시에르 인터뷰)」, 『문학과 사회』, 2009년 봄, 457~8쪽 참조.)

## 3. '불온'의 문제에서 '저작권'의 문제로 - 사법 체계로 들어온 해금

유신시대부터 문공부가 출판물을 관리해 온 '제도적인' 방식은 사전납본필증 교부(행정지도)였다(87년 6월 민주화 이후 납본 후 즉시교부로 변경). 물론 금지와 검열의 실질적인 내용을 구성했던 것은 납본필증 제도 너머에서 '비공식적으로' 이루어진 기습 단속, 압수, 시판 금지 종용 등의 행위들이었다. 남한의 주민들이 '반공'이 국시임을 잊을세라 국가보안법 저촉을 이유로 출판사 등록 취소, 출판사 대표 구속 등의 일들이 심심찮게 자행되고 신학기가 되면 대학가 압수수색을 통해 수백 종의 '불온서적' 딱지를 붙였다 떼는 일들이 반복되어 온 것은 유신 이래 독재 사회에서 치안(공안)의 논리가 작동해 온 매우 원초적인 방식을 보여준다. 그런데 이제 1988년의 해금은 출판물 관리와 관련한 완전히 새로운 물음에 직면하게 된다. 월북 작가들의 저작 출판을 제한하지 않는다는 공식 선언으로 적어도 이들에 대한 '금지' 행위들(법적 근거도 없었던)은 사라지게 되었다. 대신 해금 이전에 출간되거나 해금에 맞춰 서둘러 출간된 소위 '해적판' 또는 '음성출판'의 문제, 저작권과 출판권의 문제가 대두된 것이다.

위에 언급한 1985년 정지용 아들의 인터뷰에서도 이 문제는 드러난 적이 있다. "매년 학계의 연구논문 자료로 정지용의 작품이 음성 출판되거나 작가 이름은 빼놓고 시만 버젓이 한국의 명시 선집에 이용되는 현실이 가슴 아팠다"는 아들의 고백이 해금의 당위성을 호소하는 데 한몫을 했던 것이다. 이 경우 해금이라는 말은 '저작권자(유족)의 동의(계약)하에 정식 출간되는 것'을 의미하기도 한다. 독재정권의 반복되는 압수 단속은 지하 출판을 출현시켰고, 저작권 개념이 희박했던 당시 출판 관행으로 복제판, 영인판이 횡행했던 것도 사실이었다. 에드가 스노의 『중국의 붉은 별』이 1987년 9월 431종의 이념 도서 해금(판매금지 해제)과 함께 풀려나자 해적판이 쏟아져 나와 정가 5천 3백 원의 5분의 1도 안 되는 1000원에 가판에서 무섭게 팔렸다는 이야기도 있다.[26] 그러면 월북 작가 작품의 경우 무엇이 해적판이고 해적판이 아닌가. 대한민국의 사법 질서 안으로 들어온 월북 작가의 작품집 출판을 둘러싸고 흥미로운 싸움이 벌어졌으니 바로 『임꺽정』 재판'이 그것이다.

1988년 9월, 그러니까 해금 발표가 나온 지 두 달이 지난 시점에 홍명희의 『임꺽정』을 둘러싼 세 건의 소송이 제기된다. 1985년 8월 말 『임꺽정』 전 9권을 출간했다가 한 달여 만에 지형 9개와 책 1백질을 압수당했던 도서출판 사계절에서 제기한 1) 정부에 '지형 및 책 반환'을 청구하는 민사소송, 2) 문공부 장관을 상대로 '출판 금지 처분 무효확인'을 요청한 행정심판, 3) 역시 문공부 장관을 상대로 서울고법에 제기한 '출판금지 처분 무효확인' 청구 소송이 그것이다. 출판 역사상 처음 있는 일이라는 언론의 보도와 함께 이 문제는 그간 정부가 행해 온 금지, 검열, 탄압의 실상을 드러내고 숨바꼭질처럼 출판-압수가 반복되어 온 민과 관의 줄다리기에 한 결절점이 될 것으로 기대되었다. 1985년에 금지되고 압수되었던 『임꺽정』이 1988년의 해금 정국에서 과연 어떤 몫을 배당받을 수 있을 것인가. 홍명희가 아무리 미해금 작가라 해도 이미 같은 범주로 묶여 있던 이기영, 한설야의 작품이 버젓이 출간되어 시판되고 있던 터였다.

1985년의 『임꺽정』 출간은 사실 대단한 모험이었다고밖에 할 수 없는데, 대부분의 월북 작가 작품집이 1987~88년 민주화 이후 해금

---

26  「解禁가요 販禁도서 '해적판' 급증」, 『동아일보』, 1987.9.23.

의 전망이 팽배했던 시기에 '해금이 안 되더라도 밀어붙인다'는 공감대 속에서 이루어진 면이 있다면, 『임꺽정』의 경우는 상당히 도전적인 시도에 해당되기 때문이다. 더구나 이 책의 발간 직전인 1985년 5월에는 이념 도서에 대한 압수 선풍이 불어 마구잡이식 단속이 이루어지면서, 김윤식 교수의 『한국현대문학비평사』가 '월북 작가의 작품 및 평론을 수록했다'는 이유로 압수당하기도 했던 것이다(한 달여 뒤에 3백 13종의 압수 서적 가운데 이 책을 포함한 78종을 '선별'하여 해금했다). 형식적 민주주의조차도 존재하지 않았던 시절에 공안 권력에 과감하게 도전장을 내밀었던 이 사건은 치안의 체계와 공동체의 감각의 나눔(분할) 체계에 어떤 흔적을 남겼을까.

소송에서 출판사 측은 자신들에게 행해진 압수와 금지가 '출판의 자유를 제한하는 공권력의 발동'이라고 명시했다. 정부를 상대로 행정심판과 손해배상을 청구한 것은 그 때문이었다. 그런데 이러한 출판사의 문제 제기에 문공부 측에서는 '납·월북 작가의 작품을 출판 금지한 적이 없다'는 답변으로 응수하는 해괴한 일이 벌어졌다. 1950년대 한국전쟁기에 '월북 반역작가 작품 강력 단속'으로 시작된 조치는 단지 출판을 자제하도록 지도하는 권고의 형식일 뿐 '행정 처분'에 해당하지 않으므로 소송 자체가 성립되지 않는다는 것이다. 그런데 이 말을 뒤집어 보면 그동안 숱하게 이루어진 당국의 압수(수색)와 판매금지 종용 등이 부당하고 법적인 근거가 없는 불법적인 일이었음을 시인한 데 지나지 않았다. 출판사 측은 결국 민사소송에서는 부당한 압수가 인정돼 승소했지만(1989년, 문공부의 배상 판결), 행정심판의 경우는 청구가 기각된다. '출판사가 월북 작가 작품에 대한 저작권을 갖고 있지 않으므로 심판 청구의 자격이 없다'는 이유에서였다.

흥미로운 것은 이 소송에서 '홍명희가 해금에서 제외된 작가이기 때문'이 아니고 '출판사에 청구 권한(저작권, 출판권)이 없다'는 논리가 작동했다는 점이다. 1953년 이래 월북 작가들의 출판을 사실상 용인하지 않았던 정부의 처사가 불법적인 것임을 확인하기 위해 제기한 소송에서 결국 대법원은 "원고(출판사-인용자)는 위 작품들(납·월북 작가들의 작품일반-인용자)의 출판 및 판매금지처분의 부존재 확인을 구할 법률상 지위에 있는 자라고 할 수 없고, 헌법상 국민에게 부여된 출판의 자유로부터도 확인을 구할 법률상의 지위가 부여된다고 볼 수 없다"고 판시했다.[27] 홍명희와 같이 남쪽에 저작권자가 없는 경우를 두고 당국에서 '저작권' 문제를 끄집어낸 것은 논점 흐리기일 뿐만 아니라, 당시에 새롭게 부상한 법적 이슈를 이 문제에 끌어들여 정부의 책임을 회피하는 우회로로 삼았음을 보여준다.

사실 저작권 문제는 이미 1980년대 중반부터 우리 사회와 출판계의 뜨거운 감자였다. 1984년에 문공부가 27년 만에 저작권법 개정안을 내놓고 86년에 법안이 성립된 것은 표면적으로는 '창작자의 권리보호'가 명분이었지만, 저작권에 관한 국제표준을 따르라는 집요한 무역 압박(특히 미국의)의 결과였다. 즉 1987년은 개정 저작권법이 발효되고 한국이 세계저작권조약(UCC)에 가입한 해이기도 했던 것이다.[28] 이제 월북 작가 작품의 출간 여부는 치안 당국의 납본필증을 얻

---

27  대법원 1990.9.28. 선고 89누6396 판결 [출판금지처분무효확인].

28  외국작품의 무단 번역 출간, 소프트웨어의 무단 유통 등이 본격적인 이슈로 떠오른 1980년대부터 미국과 유럽의 서방 국가들은 한국에 대해 세계저작권조약에 가입하라는 요청(압력)을 지속적으로 해 왔다. 1987년 개정된 우리나라 저작권법에서 저작권을 사후 30년에서 50년으로 연장하고 저작인접권, 외국 저작물에 대한 상호주의 등을 채택한 것은 저작권 문제가 국가 간 무역 갈등의 양상으로 나아갔기

느냐 하는 문제에서 유족의 허락을 얻느냐, 저작권자가 누구에게 있느냐의 문제로 전환된다.

이런 흐름을 민감하게 포착했던 손발 빠른 출판사들은 해금 전후 일찌감치 남한에 유족이 있는 작가들의 작품집을 내기 위해 계약을 체결했고, 이것은 곧 저작권 소송으로 이어지게 된다. 잘 알려져 있다시피 1988~89년 계속된 박태원의 『갑오농민전쟁』, 이기영의 『두만강』 관련 저작권 분쟁에서 법원은 모두 유족의 손을 들어주었다. 그렇기에 이제는 '월북 작가'라는 하나의 몸체를 분할하고 분배하는 새로운 체계가 필요해질 수밖에 없고, 이에 새로운 분류 기준은 저작자의 생존 여부(생존/사망/생사불명), 사망 시기(저작권의 유효기간 책정), 유족의 존재 여부와 거주지(남한/북한)가 된다.[29] 한 출판사가 해금 직후 1988년 11월 김동리, 이어령, 김윤식, 권영민을 편집위원으로 하여 월북 작가 60여 명의 8백여 작품을 모은 열여덟 권의 『한국해금문학전집』(삼성출판사)을 낼 때, '수록 작가의 직계 존·비속을 찾고 있다'며 '이들이 나타나면 작품의 저작권료 형식으로 사례를 하겠다'고 밝힌 것은 분쟁을 예방하기 위한 매우 기민한 처사이긴 했다. 그런데 이는 그만큼 월북 작가의 저작권 문제가 실상 명확하게 또 순조롭게 정리될 성질의 것이 아니라는 점을 그대로 노출한 사례이기도 하다.

사법 시스템 안으로 이 문제가 들어온 이상 저작권의 문제는 피할 수 없는 것이긴 했으나 다퉈볼 여지는 없지 않았다. 여전히 분단국가

때문이다. 한편 우리나라가 또 다른 국제 저작권 조약인 베른협약에 가입한 것은 1996년의 일이다.

29 해금 직후 이러한 기준에 따라 월북 작가의 명단을 재분류한 내용은 김상호, 『북한 저작물의 권리보호에 관한 연구』, 저작권심의조정위원회, 1990.12 부록에 자세히 기재되어 있다.

였고, 저작권 당사자의 상당수가 북한에 있었으며, 저작권자가 생존해 있다 하더라도 북한에 저작권이 작동할 것 같지도 않았기 때문이다. 그래서 사법적 견지에서 보면 '무단으로' 『임꺽정』과 『두만강』을 출간한[30] 출판사 사계절의 대표(김영종)는 거듭된 소송(사법적 계쟁)에 직면하여 '초유의' 행위를 감행한다. 즉 북한 측을 향해 저작권을 양도해 달라는 공식 기자회견을 열었던 것이다.

> 도서출판 사계절의 김영종(35)씨는 지난달 31일 기자회견을 갖고, 월북 작가 벽초 홍명희가 지은 『임꺽정』의 저작권을 사계절 쪽에 양도해 달라고 북한에 공식 제의했다.
>
> 김영종씨는 '홍명희가 지은 『임꺽정』의 저작권 양도에 관한 대북제의'에서 "85년 8월 분단극복을 위한 남북교류의 필요성을 절감하며 『임꺽정』을 펴냈으나 출판금지 처분 및 책과 지형이 압수당한 채 오늘에 이르고 있다"고 밝히고 "분단고착에 따른 이러한 비극이 다시는 일어나지 않도록 남과 북의 문화교류를 정상화·활성화시키기 위한 법적·제도적 장치가 마련되어야 하며, 그 방안의 하나로 북한에 『임꺽정』의 저작권 양도를 제의한다"고 말했다.
>
> 북한에 『임꺽정』의 저작권 양도를 제의하는 문서는 "국토통일원과 대한적십자사의 협조를 얻어 전달할 방침"이라고 김영종씨는 밝히며 북한의 『로동신문』에도 게재해 줄 것을 요청했다.[31]

---

30 실제로 이 출판사는 1989년 초 이기영의 『두만강』을 출간했다가 남한의 유족들로부터 '저작권침해금지가처분' 피소를 당하게 되고 패소하게 된다. 이기영의 유족이 풀빛 출판사와 정식 저작권 계약을 체결했기 때문이다.

31 「북한에 '임꺽정' 저작권 양도 제의」, 『한겨레신문』, 1989.2.1.

[그림 4] 『한겨레신문』, 1989. 2. 1.

　1989년 1월 31일 도서출판 사계절의 대표가 발표한 '홍명희가 지은 『임꺽정』의 저작권 양도에 관한 대북 제의'는 그저 그 시대와 불협화음을 빚었던 또는 어처구니없는 하나의 해프닝에 불과한 것일까.

　1982년 광주에서 설립된 출판사 사계절의 대표 김영종은 77년 전남대 학생 시절 유신반대 시위로 구속되고 재적을 당한 이력이 있다. 85년 『임꺽정』을 출간할 때도 '구속을 각오했다'고 회고할 정도로 이 출판사는 『임꺽정』건 말고도 사회과학서적 출간을 이유로 80년대 내내, 심지어 90년대 들어서까지 곤욕을 치렀다.[32] 그의 이력에서 보듯이 이 출판사와 대표는 오랜 독재 권력과 내내 불화해 왔고 이 기자회견 역시 그 일환으로 볼 수도 있다. 하지만 이 사건의 핵심은 따로 있었다. 이 기자회견은 월북 작가 '해금'을 계기로 '불온'의 문제가 급격하게 '저작권(소유권) 문제'로 전환된 상황을 매우 극적으로 보여주고 있다는 점에서 상징적이며 의미심장하다.

---

32　김영종 대표는 '이적표현물 배포' 즉 국보법 위반으로 87년, 91년 등 여러 차례 구속되기도 했다.

물론 이 이벤트의 결말은 극적인 반전을 가져오지는 못했다. 북한에서는 아무 답이 없었고(그 제의가 전달되었는지조차 확인이 되지 않고), 사계절 출판사는 빼앗긴 『임꺽정』 지형반환을 위한 민사소송을 제외하고는 『임꺽정』, 『두만강』 관련 소송에서 줄줄이 기각당하거나 패소했다. 그리고 1991년에 『임꺽정』 재판(再版)을 출간하면서 '판권 본사 소유' 직인을 찍어 '아무 일도 없었던 양' 본격 판매를 시작했다(그밖에 몇몇 출판사에서 저작권 확인 없이 『임꺽정』 전집(동광출판사), 축약본(일월서각, 예림당), 만화 『임꺽정』 등을 출간했다). 이 문제가 '완전히' 평화롭게 마무리된 것은 2006년의 일이다. 2000년대 들어 남북경협이 활발해지고 북한이 세계저작권 조약인 베른협약에 가입(2003), 저작권사무국을 설치(2005)한 뒤에 홍명희의 유족 홍석중이 평양에서 (남한에서의) 『임꺽정』 저작권 무단 사용을 항의하는 기자회견을 열고 나서, 최초로 남과 북이 저작권료를 합의하는 사례를 만들었다.[33] 말하자면 남한에서 최초로 『임꺽정』이 출간된 지 20년 만에 출판사와 북측 유족 간의 '출판권 설정 계약'(2006년)이 맺어진 것은 '북한마저도' 세계 자본주의 무역 통상 시스템 안으로 들어오면서 이루어진 일이었던 것이다.

사계절이라는 한 출판사와 그 대표가(다른 사회과학 출판사들도 그러하지만) 1980년대 내내 공안 권력을 상대로 벌인 일들은, '용납되지 않는 것들'을 낙인찍고 이에 폭력을 휘두르는 치안에 맞서 그 '용납되

---

33 북한에도 저작권 개념이 없지는 않았지만 법적으로 지적저작권 제도를 본격 도입한 것은 1998년 헌법 개정 때의 일이며, 국제표준에 맞는 국내 저작권법을 2001년에 개정하고 2003년에 베른협약에 가입했다. 물론 『임꺽정』의 저작권 합의 이전에도 1990년대부터 북한 저작물(『리조실록』, 『개성이야기』 등)의 남한 내 출판계약이 이루어지기 시작했다. (최경수, 『북한 저작권법 및 남북 간 저작권 분야 교류·협력에 관한 연구』, 한국저작권위원회, 2015.12 참조.)

지 않는 것들'을 맞세우는 일이었다. 다른 말로 하면 이는 치안 질서에 균열을 내는 주체화의 행위였다. 이는 단지 폭력적인 지배 권력에 대한 저항, (합의) 민주주의에 대한 요구라는 말만으로 온전히 설명될 수 없는데, 그 주체화의 행위(불일치의 과정)는 강력한 치안 체제로 하여금 '보고, 듣고 말할 수 있는 것과 없는 것(the sensible)'의 분할과 규정의 체계를 재배치하도록 거듭 유도해 냈기 때문이다. 서적들은 숱하게 압수되고 단속되고 금지되었지만 그러한 금지와 해금의 줄다리기 과정에서 금지와 해금의 리스트는 계속 갱신되어야 했다. 이렇게 해서 몫 없는 자들의 '몫 없음'은 계속해서 선언되었고, 이는 곧 치안 질서를 어지럽히는 '불일치' 그것이었다.[34]

민주화, '해금'의 선언 이후, 공공연한 분할과 경계 설정을 통해 통치를 행했던 치안의 질서는 합의민주주의로 대체되었고 따라서 불화(갈등)는 소멸된 듯이 보였다. 이제 정치 공동체 내의 모든 구성원의 갈등은 (주로 경제적) '이해관계'의 갈등으로 수렴된다. '해금'이라는 이슈가 치안의 문제로부터 소유권의 문제로, 정치의 문제로부터 소송(사법)의 문제로 치환된 것이 그 단적인 예일 것이다. 그러나 『임꺽정』 소송을 비롯한 '해금'의 사법적 계쟁들은 또 다른 '불화' 즉 월북 작가, 저작권, 민주주의, 출판의 자유…와 같은 말들에 대한 서로 다른 이해(理解)들의 상충과 갈등의 현장들을 드러냈다. 민주주의 이후 우리는 모두 '민주주의'를 말하지만 여전히 불화는 끝나지 않았으며 모두가 언론 출판의 자유를 누리는 듯하지만 역시 그 '자유'라는 말에도 불화

---

34  랑시에르를 따르자면 "자신들을 셈하지 않는 이들로 셈하는 선언 자체 속에서만 존재하는" 이름의 기입이 곧 평등을 현시하는 작업이기 때문이다. (자크 랑시에르, 『불화』, 앞의 책, 76면 참조.)

는 존재한다. 불화는 완전히 소멸될 수 있는 것이 아니며 제거된다고 해서 문제가 끝나는 것도 아니다. 이런 점에서 볼 때 어쩌면 '해금' 이전과 이후 그 이면에서 벌어진 이러한 일들이야말로 제도 안의 정치와 제도 바깥의 정치 양자 사이의 상호 견인 관계[35]를 암시하는 사건이었는지도 모른다. 1980년대 말의 '해금'이 민주주의와 관련된다면 그것은 치안(공안)의 파괴를 통해 '불화'를 소멸시켰기 때문이 아니라, (합의, 사법)민주주의 안에서 새로운 '불화'의 현장을 드러냈기 때문일 것이다. 1980년대 후반이라는 시대가 열어 놓은 '정치적 가능성'이란 공안의 정치를 끝내고 제도적 절차적 민주주의로 나아가게 되었다는 점뿐만 아니라 합의민주주의 그 이후를 고민하는 데에도 여전히 시사점을 준다는 점에 있지 않을까.

## 4. '문학사의 새 전기'를 넘어

1988년 7월 19일의 '해금'은 사실 전격적이거나 충격적인 사건은 아니었다. 이미 1960년대부터 계속되어 온 군부독재와 공포정치와의 싸움이 1980년대 후반에 이르러 새로운 전기를 마련하고 격동의 시대를 열게 되면서 한국 사회 전반의 금지, 단속, 관리, 검열에도 변화가 오기 시작한다. 물론 '불온서적' 또는 '이적표현물'이라는 딱지를

---

35 제도 바깥의 정치는 흔히 권력, 사법 체제 등 제도 내 정치에 대항하는 저항, 봉기로 이해되는데, 발리바르는 오히려 이 둘의 관계를 배타적인 것으로 보기보다는 변증법적 관계로 보고자 한다. 즉 정치란 단지 '바깥'에서 이루어질 수 있는 것도 아니며, '제도'로 국한될 수 있는 것도 아니라는 것이다. (진태원, 「정치적 주체화란 무엇인가? 푸코, 랑시에르, 발리바르」, 『진보평론』 63, 2015 참조.)

붙이는 일이 완전히 사라진 것은 아니었으나 적어도 오랫동안 금지의 영역으로 밀려나 있었던 것들이 공식적으로 풀려나거나 법적 허용의 범주 안으로 들어오기 시작했다. 그 대표적인 것이 바로 월북한 문인 또는 예술인들의 작품들이다. 전면 해금이라는 이름이 붙었으나 결코 그 '전면'에 해당하는 실체 또한 확실하지 않았고 배제와 금지의 논리 역시 계속해서 작동했다. 북한 정권에 기여를 했던 이들을 제외한다는 원칙, 해방 이전의 작품에만 국한시킨다는 원칙 등 조건부 해금이었기 때문이다.

이 글은 1988년 해금이라는 공식적인 조치가 이루어지기까지 또 그 조치 이후에 벌어진 일들을 정체성-주체성의 투쟁, 사법적 투쟁이라는 차원에서 살펴본 것이다. 월북 문인이라는 낙인은 월북자들의 구체적인 행적, 생사, 규모에 대한 무지에도 불구하고 오랫동안 침묵을 강요했던 공포의 제도적 장치였다. 따라서 침묵을 깨고 자신의 몫을 찾기 위한 필사적인 노력은 '월북'이 아님을 인정받는 일 하나뿐이었다. 정지용의 경우가 이를 잘 보여주는데, '월북'이 아니라 '납북'이라는 인정이 떨어졌음에도 불구하고, 사실상 그 침묵은 깨지지 않았다. 월북이든 납북이든 해금이 가능했던 것은 해금투쟁, 출판문화운동, 세계사적 해빙 무드, 1987년의 민주화 등이 조성한 분위기 덕분이었다. 따라서 월북자는 제외하고 납북자만이라도 선별해서 해금해 달라는 요청은 공안 정치의 공공연한 폭력성 앞에서 정체성의 정치 (납북과 월북을 철저히 구별하는)가 전혀 효력을 발휘하지 못했음을 드러낸 것이다.

한편 해금 이후 불법의 테두리를 벗어난 월북 문인들의 작품들은 또 다른 제도 내적 이슈를 낳게 되는데 이는 곧 저작권 문제였다.

80년대 출판·문화운동의 연장선상에서 해금 작품들을 속속 출판하는 것은 어찌 보면 자연스러웠으나, 남한의 유족들이 저작권을 주장하고 나섰고 또 법적으로 인정받게 된 새로운 추세 앞에서 사법적 분쟁은 피할 수 없었던 것이다. 당대 대한민국의 사법 체계는 남한 유족들의 재산 행사권을 확고하게 보증했고, 이는 북한과의 저작권 문제, 월북 작가들의 생존 여부, 북측 유족의 존재 여부 등 새로운 이슈를 낳게 된다. 결국 해금 문제가 사법적 계쟁의 차원으로 들어오면서 지난 시절 검열과 금서의 시대에 맞서 게릴라식 출판 투쟁을 벌여왔던 이들 가운데는 합법적인 출판물이 된 월북 작가 작품을 출판하는 데 실패하거나 소송에서 패배하는 경우도 생겨났다. 그러나 이 실패는 사법적 계쟁의 한계와 불일치를 드러내며 새로운 불화의 장, 정치적 주체화의 가능성을 열어 보였다. '해금'이라는 사건은 '문학사의 새 전기'이기도 했지만 공안 정치 이후의 치안, 민주화 이후의 민주주의, 불화의 소멸 이후의 민주주의를 사고하는 데 있어 하나의 시금석이 될 수 있을 것이다.

# 월북 작가의 해금과 작품집 출판*
## - 1985-1989년 시기를 중심으로

───────◇ 장문석 ◇───────

## 1. 서-1988년 7월 19일에 관한 두 가지 질문

　　평양방송에 의하면 민주주의를 부정하고 월북한 임화, 이원조, 설정식 등의 열성적인 공산주의자들이 박헌영과 함께 사형되었고 그 외의 월북문화인 전부가 반동문화인의 규정을 받았다고 보도되었다. 이러한 공산진영 내부의 숙청사건은 결코 새삼스러운 사실이 아니나, 이번에 처형 숙청된 이러한 괴뢰 문화인들이 남한에서 북한 괴뢰집단을 지지하는 투쟁적인 열성분자들이었음을 생각할 때, 새로운 놀라움과 함께 공산주의 사회 자체의 내부붕괴를 더욱 절실히 인정하지 않을 수 없다. 또한 이는 공산주의 체제가 얼마나 철저하

---

＊　이 글은 2018년 상반기 구보학회 제26회 정기학술대회 〈해금 30년, 문학장의 변동〉(서울여자대학교, 2018.4.21.)에서 발표한 원고를 바탕으로 작성되었다. 부족한 글을 꼼꼼히 살펴주신 허민 선생님(성균관대)께 감사의 인사를 올린다. 또한 논문을 위한 자료를 수집하고 당대 상황을 청취하는 과정에서 김재용 선생님(원광대)과 이익성 선생님(충북대)께 많은 도움을 받았다. 깊이 감사드린다.

게 '휴우매니즘'에 반역하고 있는가를 보여주는 또 하나의 좋은 증거이다. <u>우리 민주진영의 문화세력은 이 기회에 우리의 단결과 조직을 가일층 강화함으로써 우리의 승리를 촉진시키지 않으면 안 될 것이다.</u>[01]

1953년 한국전쟁 휴전 직후, '우리 민주진영의 문화세력'과 그 입장을 같이 한 한국의 한 신문 기사는 평양방송의 전언에 겹쳐, 냉전의 적대적 수사를 활용하여 임화와 이원조, 설정식의 숙청 소식을 전하였다. '월북'을 '민주주의의 부정'으로 단호하게 규정하는 위 기사는 1948년 이후 냉전과 열전의 얽힘 속에서 사상의 선택을 지리적 공간의 선택과 동일시하고 '월북'을 적대시하였던 한국의 역사적 상황을 맥락으로 하고 있었다. 이에 앞서 1949년 11월 6일 서울시 경찰국의 '좌익계열 문화인'의 등급 분류가 있었고, 1951년 10월 대한민국 공보부는 전전(戰前) 월북 문인 38명(A급), 전후 월북 문인 24명(B급), 납치 및 행불문인 13명(C급) 등 75명의 명단을 공개하고 그 중 A급과 B급 문인을 제재의 대상으로 삼았다.[02]

---

01  「괴뢰문화진붕괴」, 『동아일보』, 1953.8.14.

02  이봉범, 「냉전과 월북, (남) 월북 의제의 문화정치」, 『역사문제연구』 37, 역사문제연구소, 2017, 251~256쪽 참조. 이봉범의 연구에 따르면, '월북'이 금서의 중요한 기준이 된 것은 1948년 남북 분단 이후였다. 사상의 선택은 지리적 공간의 선택으로 가시화되면서 월북 작가 및 한국 내 지하운동에 참여한 작가들의 단행본 출판은 금지되었고, 그들의 출판물을 간행하였던 아문각, 백양당 등 출판사 또한 제재의 대상이 되었다. 이후 국민보도연맹 발족으로 대표되는 '전향'의 시공간에서 '월북'을 기준으로 금지조치는 보다 본격화한다. 1949년 11월 6일 서울시 경찰국은 월북 여부를 기준으로 출판물에 대한 판매금지를 실시하는데, 이 때 좌익 계열 문화인은 3개의 등급으로 분류되었다. 특히 월북 작가와 해방 후 북한에 거주한 작가들은 1급으로 분류되어 서적이 모두 압수되었고, 한국에 체재하는 작가는 좌익의 정도에 따라 2급과 3급으로 분류하여 전향을 강요하였으며 전향을 하지 않을 경우 작품의 간행,

또한 위의 신문기사는 월북 작가의 숙청 소식에 놀라면서도 이를 공산주의가 인류에 대한 반역이라는 '좋은 증거'로서 제시하고 있다. '우리 민주진영의 단결'과 '승리'를 목적으로 하는 기사의 재귀적인 발화는, 때로는 국가권력 보다 더욱 과격하고 조직적으로 '월북' 문학자에 대한 적대를 강화하면서 한국에 제도적으로 안착하여 헤게모니를 취하고자 하였던 우익 문화단체의 목소리와도 겹쳐진다.[03] 이후 한국에서는 월북 작가의 작품 출판 뿐 아니라, 그들에 대한 논의 또한 공식적으로 금지된다. 이 과정에서 월북 작가란 균질적인 집단이 아니며, 일제하 카프에서 활동했거나 그 연장선에서 활동해온 작가들과 그 밖의 월북 작가가 공존한다는 사실[04] 또한 함께 망각된다.

다만 비공식적 경로를 통해 월북 작가의 단행본은 유통되었으며 대학생들은 그것을 읽을 수 있었다. 1950년대 서울대학교 문리과대학의 '신진회'가 만든 200여 권 독서목록에는 해방 후에 번역 간행된 『자본론』을 비롯하여 김기림의 『시론』(백양당, 1946)이나 이태준의 『문장강화』(박문서관, 1948) 등이 포함되어 있었다. 이는 당시 헌책방을 통해 구할 수 있었던 책들이었다.[05]

1960년 4.19혁명 이후 김수영은 월북한 동료 문학자 김병욱을 수신자로 설정한 한 편의 글에서 "4·19 때에 나는 하늘과 땅 사이에서

---

창작, 게재를 금지하였다. 1951년 공보부의 조치는 국가장치가 월북의 시기를 기준으로 월북 작가의 명단을 최초로 공개한 사례였다. A급, B급, C급 작가의 명단은 「월북 작가 저서발금」(『자유신문』, 1951.10.5.) 및 이봉범, 앞의 글, 225쪽, 주석 40에서 확인할 수 있다. 『자유신문』 자료는 박재영 선생님의 후의로 검토하였다.

03  위의 글, 256~258쪽.

04  이선영, 『한국문학의 사회학』, 태학사, 1993., 205쪽.

05  오제연, 「1960~1971년 대학 학생운동 연구」, 서울대 박사논문, 2014., 64쪽.

'통일'을 느꼈소."라고 담담히 고백하면서, "우리는 좀 더 좋은 시를 쓰기 위해서도 통일이 되어야겠소."라고 썼다.[06] 김수영의 고백으로부터 10년 후 데탕트 국면에서 남북적십자회담의 소식이 나날이 전해지던 1970년대 초반, 월남 작가 최인훈은 월북 작가 박태원의 「소설가의 구보씨의 일일」로부터 표제와 주인공 이름을 빌려와 『소설가 구보씨의 일일』을 썼다. 현실의 최인훈을 떠올리게 하는 소설 속 구보씨는 샤갈과 이중섭의 전람회를 관람한 후, 10여 년 전 김수영과 마찬가지로 '참다운 기쁨과 평화'의 문명을 향수하기 위해서는 '통일'이 필요하다는 통찰을 제시하였다.[07] 또한 구보씨는 비평가 김공론을 찾아가 월북 작가 해금에 대해 논의하기도 하였다.

> 「월북 작가들 작품 말이야.」 (김공론의 발언 - 인용자)
>
> 「응.」 (구보씨의 발언 - 인용자)
>
> 「이번 기회에 어떻게 안 될까?」
>
> 「해방 전 작품 말이겠지?」
>
> 「물론이지, 해방 전에야 같은 문단에서 살면서 쓴 작품이구, 지금 읽어봐도 특별히 이데올로기 냄새가 나는 것도 아닌 작품을 묶어놓을 필요가 뭔가?」
>
> 「그야.」
>
> 구보씨는 육포를 한 조각 찢어 먹으면서 대답했다.
>
> 「그야. 늘 하는 소린데. 글쎄 어떨까?」
>
> 「그래서 출판사에 한번 노력이나 해보라고 권했지.」

---

06  김수영, 「저 하늘 열릴 때 - 김병욱 형에게」(1960.), 『김수영 전집』 2, 민음사, 2003., 162~163쪽.

07  최인훈, 「갈대의 사계 4」, 『월간중앙』, 1971.11., 452~453쪽.

「출판사에서 어떻게 한단 말인가?」

「관계 당국에 문의를 한다든가 해서 구체적인 행동을 할 수 있지 않겠나?」

「좋은 생각이군, 아무튼 밑져야 본전이니 해봄직은 하지.」

글 쓰는 사람들이 모이면 가끔 나오는 얘기였다. 그러나 구보씨는 일이 수월하리라고는 여겨지지 않았다.

「하긴, 별것 아닌데.」

「응?」

「글세, 그 작품들 말이야, 지금 여기서 읽는대야 크게 어긋날 것도 없는 작품들인데 말이야.」

「작품 때문이 아니라 물론 쓴 사람 때문이지.」

「그러니 복잡하지.」

「이번 남북 적십자 회담 같은 데 비하면야 복잡할 것 뭐 있나?」

「그렇군」

「될 만한 일부터 골라서 약간씩이라도 숨통을 여는 게 옳지.」

「혹시 적십자 회담 같은 데 성과가 좋으면 다른 문제들도 실마리가 풀릴지 모르지.」

「글세.」

이번에는 김공론 씨가 입을 다물었다.[08]

남북적십자회담의 가능성이 가늠되던 1972년 최인훈은 비평가 김윤식을 모델로 한 비평가 김공론과 구보씨 두 사람의 대화를 통해서 월북 작가의 '해방 전 작품'의 출판가능성을 조심스럽게 탐색하였

---

08    최인훈, 「갈대의 사계 7」, 『월간중앙』, 1972.2., 431~432쪽.

다. 월북 작가로 명명하고 터부시하지만 해방 전 그들의 작품은 "지금 여기서 읽는대야 크게 어긋날 것도 없는 작품들"이라는 것이 소설 속 두 사람의 공통된 판단이었다. "될 만한 일부터 골라서 약간씩이라도 숨통을 여는 게 옳"다고 주장하는 김공론이 보다 적극적이라는 논조의 차이는 있지만, 구보씨와 김공론 모두 월북 작가가 쓴 작품의 해금에 동의하였으며, 월북 작가의 작품을 포함한 문학전집의 출간은 "문학사를 새롭게 볼 수 있는 계기"가 되리라 기대하였다.[09]

하지만 7.4남북공동선언 이후 유신 체제가 선포되고 한국 사회가 더욱 경직되면서 월북 작가의 작품집 출판은 이루어지지 못한다. 다만, 현해탄을 건너 일본인의 한국근대문학 연구모임인 '조선문학의 회(朝鮮文学の会)'는 1970년부터 한국근대소설을 번역하였고, 그 성과를 도쿄에서 두 권 분량의 『現代朝鮮文学選』(創土社, 1973~1974)으로 출판하였다. 이 책의 2권에는 이태준, 박태원, 김학철, 안회남, 이근영, 박영준, 김동리, 황순원, 김성한, 박연희, 윤세중, 채만식, 이기영, 김남천 등 월북 작가와 월남작가를 망라하여 해방공간의 작품을 수록하였는데, '조선문학의 회'를 창립하였던 오무라 마스오(大村益夫)는 2권의 편집을 두고 "무의식적으로 해방공간에서 '통일'을 모색하는 느낌이 있었다."라고 회고하였다.[10]

---

09    최인훈, 「갈대의 사계 5」, 『월간중앙』, 1971.12., 459쪽.

10    김수영, 최인훈, 오무라 마스오의 문학적 실천과 '통일'의 상상에 관해서는 다음 선행 연구에 근거하되 이 글의 맥락에 따라 약술하였다. 장문석, 「밤의 침묵과 자유의 타수 - 김수영의 해방공간과 임화의 4.19」, 『반교어문연구』 44, 반교어문학회, 2016, 351~353쪽; 장문석, 「통일을 기다리는 나날들 - 7·4 남북공동성명 직전의 최인훈과 『소설가 구보씨의 일일』」, 『통일과평화』 9(1), 서울대 통일평화연구원, 2017, 297~301쪽; 장문석, 「1960~1970년대 일본의 한국문학 연구와 '조선문학의 회(朝鮮文学の会)』, 『한국학연구』 40, 인하대 한국학연구소, 2016, 195~196쪽.

한국에서 월북 작가에 대한 해금은, 당대 문학자와 연구자들이 체감하기에 '점진적으로' 진행되었다. 1976년 통일원이 국회에 제출한 3.13조치는 문학사 연구를 위해 월북 문학자에 대한 학문적 논의를 허용하되 그 대상을 (1) 해방 전의 (2) 순수문학으로 (3) 지금은 생존하지 않은 월북·재북 문인에 한정하였다.[11] 이후 1987년 10.19조치는 월북·재북 문인에 대한 논의를 전면적으로 허용하며 상업 출판 또한 허용하였다. 몇 해를 묵혀두었던 김학동의 『정지용 연구』가 뒤늦게 출간된 것은 그 결과였다.[12] 그 이후 1988년 3.31조치는 정지용과 김기림의 작품을 해금하였고, 같은 해 7·19조치는 5명의 작가(홍명희, 이기영, 한설야, 조영출, 백인준)를 제외한 월·재북 문인을 전면 해금하였다.[13] 월북문학자 '대부분'의 해금을 알리는 당시의 한 기사를 인용하면 다음과 같다.

---

11  하지만 이 조치가 있었지만, 김윤식의 『한국현대소설비판』(일지사, 1981)은 설정식론을 수록했다는 이유로 납본필증이 나오지 않았으며 출판사 담당자는 관계부처로 호출되어 각서를 썼다. 『한국현대문학비평사』(서울대출판부, 1982) 역시 월북 작가를 포함했기 때문에 판금조치를 받았다. 또한 1982년 조판을 마치고 지형까지 제작한 원고는 2년을 묵힌 후에야 『한국근대문학사상사』(한길사, 1984)으로 간행되었다. 김윤식, 「「이광수」에서 「임화」까지」, 『김윤식평론문학선』, 문학사상사, 1991, 467~480쪽; 김윤식·권영민, 「한국 근대문학과 이데올로기」(대담), 권영민 편, 『월북 문인연구』, 문학사상사, 1989, 357쪽. 또한 1982년 6월 정지용의 유족 대표 정구관과 조경희, 백철, 송지영, 이병도, 김동리, 모윤숙 등 원로문인과 학계는 정지용 저작의 복간허가를 위한 진정서를 '관계요로'에 제출하였다. (김학동, 「정지용의 연보」, 『정지용 연구』, 민음사, 1987., 277쪽.)

12  판권면에는 1987년 10월 20일 인쇄, 1987년 11월 5일 발행으로 기록되어 있다. 하지만 「책머리에」의 말미에는 1984년 4월로 서명되었으며, 추가 주석을 통해 저자는 이 책이 1982년에 쓴 것임을 밝혔다.

13  김윤식·권영민, 앞의 글, 358쪽. "점진적"으로라는 체감적 회고를 비롯하여 이 문단의 서술은 김윤식의 발언에서 가져왔다.

월북 작가 백20여명 해금

문공부, 홍명희 이기영 한설야 등 5명 제외

정부는 19일 ㉠ 월북 작가의 해방 전 문학작품을 해금, 박
태원, 이태준, 현덕, 안회남, 이용악, 백석, 임화, 오장환, 김남
천, 박노갑, 설정식, 최명익, 박팔양 등 월북 작가 1백20 여명
의 작품 출판 제한을 풀었다.

정한모 문공부 장관은 이날 기자회견을 통해 지난 4월 정
지용, 김기림의 작품을 해금한 데 이어 월북 작가 대부분의
작품 출판을 허용한다고 밝히고 그러나 북한의 공산체제 구
축에 적극 협력했거나 현저히 활동 중인 홍명희(최고인민회의
대의원·68년 사망), 이기영(조선문학예술총동맹부위원장), 백인준
(조선문학예술총동맹 위원장) 등 5명은 이번 조치에서 제외, 계
속 제한된다고 밝혔다.

정부는 이번 조치는 분단 상황 극복과 남북 문화 교류 추
진을 앞두고 민족문학 정통성 확보를 위해 월북 작가의 해방
전 작품 출판 제한을 풀어야 한다는 학계 및 문화계의 건의를
수용한 것이다.

그러나 문공부 관계자가 이번 조치가 월북 작가들의 정
치사상적 복권을 의미하는 것은 아니라고 밝히고 ㉡ 계속 작
품 출판이 제한되는 5명의 작품 중 이미 출판돼 시판되고 있
는 「임꺽정」(홍명희), 「탑」(한설야), 「고향」(이기영) 등에 대해서
는 출판사에 더 이상 내지 않도록 자제를 요청하고 필요할 경
우 사법 심사를 의뢰할 수도 있을 것이라고 말했다.[14]

---

14  「월북 작가 백20여 명 해금」, 「동아일보」, 1988. 7. 19.

위의 기사는 "월북 작가 대부분의 작품 출판을 허용"했다고 포괄적으로 밝히고 있는데, 당시 다른 신문에서는 조금 더 상세하게 이 조치가 "노태우 대통령의 7.7특별선언"의 "후속조치"임을 강조하면서, 7월 19일 오전 문화공보부 장관 정한모가 "문학사의 단절 극복과 문학적 유산 계승에 따른 민족문학의 정통성 확보를 위해 임화, 이태준, 박태원, 현덕, 안회남, 이용악, 백석, 오장환, 김남천, 박노갑, 설정식, 최명익, 박팔양 등을 포함, 월북작자들의 8.15해방 이전 문학작품을 공식적으로 출판허용한다"라고 밝다고 전하였다.[15]

이 기사에 대해서는 두 가지 질문을 떠올릴 수 있다. 첫 번째는 위 기사에 등장하는 120명이라는 수치(㉠)와 관련하여, 1988년 7월 19일의 조치를 통해서 어떤 성격의, 누가, 얼마나 해금되었는가라는 질문이다. 1987년 8월 12일 문화공보부가 국회에 제출한 (납)월북 작가의 명단은 납북예술인 5명과 월북 작가 37명을 포함하여 42명이었으며, 한국문인협회의 '납북작가대책위원회'를 계승한 '납북·월북 작가작품 해금선정위원회'는 76명의 (납)월북 작가명단은 문화공보부에 제출하였다.[16] 다른 한 편, 1987년 11월 권영민이 작성한 자료를 참조하면, 당대 연구자들이 작가의 '월북'을 3차에 걸친 것으로 파악하고 있었음을 확인할 수 있다. 1945년 12월에서 1946년 2월에 있었던 1차 월북, 1946년 중반 이후 2차 월북, 그리고 한국전쟁 중의 3차 월북이 그것이었다.

---

15 「월북 작가 해방전 작품 해금」, 『경향신문』, 1988.7.19.

16 이봉범, 앞의 글, 233쪽.

|  | 제1차 월북 문인 | 제2차 월북 문인 | 제3차 월북 문인 | 납북 |
|---|---|---|---|---|
| 월북 시기 | 1945.12.13. (조선문학동맹 결성)~1946.2.8. (조선문학자대회) 직후 | 1946.9.(철도파업) 이후 박헌영에 대한 수배령 및 공산당 불법화 이후. 1947년 4월 제2차 전국 문학자대회 개최 실패 후 대거 월북. | 1950년 6.25 전쟁 중 북괴군과 함께 서울에 온 이태준, 안회남, 오장환을 따라감 | |
| 월북 이유 | 사회주의 문예 운동의 이념적 정통성 주장, 조선문학가동맹 조직에서의 소외, 38선 공고화 후 북의 문예운동 정비 요청 | 미군정 당국에 의한 공산당 탄압, 남로당 주력 인사의 월북으로 인한 정치 사회적 지위의 불안 | | |
| 성향 | 사회주의 문예운동의 강경분자 (카프에 비해 소그룹) 북한문단의 주도권 장악 | 사회주의 문예운동의 운건론자 (카프 해소파 1930년대 모더니스트) 6.25 이후 대거 숙청 | | |
| 문인명 | 이기영, 한설야, 안 막, 최명익, 안함광, 이동규, 한 식, 최인준, 김우철, 안용만, 이원우, 김북후, 송 영, 박세영, 윤기정, 신고송, 이북명, 이 찬, 김조규, 유항림, 박영호, 김사량, 이갑기 등 | 이태준, 김남천, 임 화, 이원조, 안회남, 지하련, 오장환, 김동석, 임학수, 조 운, 김영석, 박찬모, 함세덕, 엄흥섭, 윤세중, 지봉문, 김상민, 윤규섭 등 | 박태원, 이병철, 이용악, 설정식, 김상훈, 정인택, 채정근, 임서하, 송완순, 이시우, 양설한, 현 덕, (유진오, 이 흡) 등 | 이광수, 박영희, 김동환, 정지용, 김기림, 김진섭, 홍구범, 김 억, 김성림, 김을윤, 정인보 등[17] |

17  권영민, 「해방직후의 문단과 월북 문인」 자료 7-10, 한국문화연구소, 제30회 학술발표대회, 1987.11.25. 김승환·신범순 편, 『해방공간의 문학 - 시1』, 돌베개, 1988,

문화공보부의 42명과 한국문인협회의 76명의 중간 정도인 60여 명의 이름을 거명한 위의 목록은 '등'이라는 표현으로 인해 정확성보다는 전체 규모의 불확실성이 두드러진다. 이듬해인 1988년 7월 19일의 한 신문은 별도의 박스 기사를 통해 신문기자가 확인한 '해금된 월북 작가' 96명의 명단을 싣기도 하였다.

| | | | | | | | |
|---|---|---|---|---|---|---|---|
| ▲ 소설가 | 권 환 | 김남천 | 김만선 | 김북원 | 김사량 | 김소엽 | 김영석 |
| | 김영팔 | 김우철 | 박노갑 | 박승극 | 박찬모 | 박태원 | 설정식 |
| | 송 영 | 안동수 | 안회남 | 엄흥섭 | 유항림 | 윤기정 | 이근영 |
| | 이동규 | 이북명 | 이석훈 | 이선희 | 이태준 | 정인택 | 조벽암 |
| | 조중곤 | 주영섭 | 지하련 | 최명익 | 최승일 | 최인준 | 허 준 |
| | 현 덕 | 홍 구 | 홍구범 | | | | |
| ▲ 시인·비평가 | 김상민 | 김상훈 | 김성림 | 김을윤 | 김조규 | 민병균 | 박석정 |
| | 박세영 | 박아지 | 박팔양 | 백 석 | 여상현 | 이병철 | 이시우 |
| | 이용악 | 이종산 | 이 찬 | 이 흡 | 임병철 | 임학수 | 조남령 |
| | 조 운 | 조허림 | 김동석 | 김두용 | 김병규 | 김영건 | 김오성 |
| | 김태준 | 민병휘 | 박영호 | 손서하[18] | 박치후 | 배 호 | 서인식 |
| | 신남철 | 안 막 | 안함광 | 윤규섭 | 이갑기 | 이북만 | 이원조 |
| | 임 화 | 채정근 | 한 식 | 한 효 | 홍기문 | 강승한 | 김승구 |
| | 김태진 | 송완순 | 신고송 | 윤복진 | 윤세중 | 이명선 | 임원호 |
| | 정열모 | 현경준 | (본사 | 확인 | 96명)[19] | | |

---

381~382쪽에서 재인용하였으며, 권영민의 자료를 표로 정리하여 제시하였다.

18　임서하를 잘못 옮긴 것으로 보인다.

19　「해금된 월북 작가 명단」, 『경향신문』, 1988.7.19.

보다 많은 자료에 대한 검토가 필요하겠지만, 대략적으로 1987년 정책의 결정 과정에서 해금이 논의된 월북 작가의 수는 60~70여 명이며, 1988년 실제로 해금된 월북 작가의 명단은 90~120명이라 할 수 있다. 다만, 7월 19일 신문에서 정부의 언급을 인용하여 언급한 '120명'이라는 수치와 7월 19일 경향신문 기자가 그 명단을 확인한 '96명'이라는 수치 사이에는 이름을 확인되지 않은 작가 20여 명이 존재한다. 또한 1987년 권영민의 명단에 올랐던 유진오(俞鎭五), 이원우, 김북후, 지봉문, 안용만 등은 신문 기사의 96명에 포함되지 않았으며, 반대로 96명의 명단에는 권영민의 목록이 근거한 기준으로는 설명이 곤란한 김태준, 권환, 서인식 등의 이름 또한 포함되어 있다. 1945년 이후 남로당 및 빨치산 활동으로 한국전쟁 이전에 한국에서 처형되었던 문학자(유진오, 김태준), 행방이 알려져 있지 않지만 식민지 시기에 사회주의 문학 활동을 했던 문학자(권환, 서인식) 등도 '월북 작가'로서 함께 해금되었다. 이러한 맥락에서 월북 문인 해금 조치를 통해 해금된 문학자는 어떤 성격의 문학자들이었으며, 그들은 구체적으로 누구였고, 몇 명이었는지 확인하는 작업이 필요하다.[20]

---

20  해금 조치의 결정과정과 관련 법규, 그리고 그 과정에서 논의되는 구체적인 명단 확인은 별고를 통해 보완하고자 한다. 현재 국가기록원에서는 월북 작가 해금과 관련된 당대 정부 문서가 일부 확인이 된다. 실무회의 과정으로는 기록물철 〈월. 재북 작가 해금관련철(1)〉(일반문서, 생산기관: 문화공보부, 관리번호: DA0350834, 생산연도: 1988)에 정리된 「월북 및 재북작가 작품 해금 관련 실무회의」, 「월북 작가 작품 출판 허용 관련 실무회의」 등이 있다. 또한 해금 발표와 관련해서는 기록물철 〈정한모 문화공보부 장관 월북 작가작품 출판 허용 발표〉(시청각기록물, 생산기관: 문화공보부, 관리번호: DET0057256, 생산연도: 1988)에 묶인 「정한모 문화공보부 장관 월북 작가작품 출판 허용 발표」(1)-(5)가 그것이다. 두 기록물철은 성남 서울기록관에 보관되어 있다. 또한 논문의 최종교정 단계에서 권영민, 「납・월북 문인 인명사전」(『문예중앙』, 1987. 가을-겨울)의 존재를 알게 되었다. 이를 포함한 고찰은 추후 과제로 남긴다.

앞서 기사가 제시하는 두 번째 문제는 해금 이전에도 월북 작가의 작품이 출판되고 있었다는 사실이다(ⓒ). 특히 정한모는 1988년 7월 19일 해금 조치에서 제외된 작가 5명의 작품인 「임꺽정」(홍명희), 「탑」(한설야), 「고향」(이기영) 등이 이미 시중에 출판되어 있다는 것을 언급하여, 그 유통에 대한 자제를 요청하고 있다. 그의 언급은 해금 조치 이후에야 비로소 월북 작가의 작품이 출판된 것이 아니며, 해금의 시간에 어긋나 선행한 출판물 또한 존재했다는 점을 환기한다. 또한 '정부'의 정책적 조치만으로 설명할 수 없는 해금의 다른 주체들 - 출판사, 비평가/연구자, 독자들의 존재와 그들이 근거하였던 비공식 출판물, 영인본 등의 존재를 환기한다. 이 글에서는 특히 두 번째 질문에 유의하여, 해금을 전후하여 간행된 월북 작가들의 작품 출판상황을 살펴보고자 한다.[21] 이때 당대의 출판 상황과 각 출판물의 특징을 보다 섬세하게 살피기 위해서, 시기별로 출판물을 살펴보고자 한다. 2장에서는 7·19조치 이전의 단행본 및 전집 출판, 3장에서는 7·19조치 전후의 영인본 출판, 4장에서는 7·19조치 이후의 단행본 및 전집 출판을 살펴보고자 한다.

## 2. 7·19조치 이전의 단행본 및 전집 출판

7·19조치로부터 한 달 전인 1988년 6월 초순, 한국문인협회가 주

---

21  해금 전후 월북 작가의 출판 상황을 정리한 선행 연구로는 布袋敏博, 「朝鮮近代文學研究の現状と課題 - 韓国での論議を中心に」, 『世界の日本研究 2002 - 日本統治下の朝鮮: 研究の現状と課題』, 国際日本文化研究センター, 2002, 145~148頁 참조. 당대 출판물의 주요 목록을 정리하는 데는 이 논문의 도움을 크게 받았으며, 이 논문은 야나가와 요스케(柳川陽介) 선생님(도쿄외대)의 소개로 확인할 수 있었다.

최한 세미나에서는 납월북 작가의 작품 해금이 논의되었다.[22] 그 자리에서 비평가 김윤식은 같은 해 3.31조치 이후 후속 해금에 대한 정부 발표가 없는 것에 아쉬움을 표하면서, 몇몇 작가에 대한 선별적 해금보다는 "시기적으로 8.15이전 작품은 모두 푸는 것이 바람직하다."라고 주장하였다. 당시 언론에는 몇몇 작가의 추가해금을 검토한다는 보도가 간헐적으로 이어졌다.[23] 김윤식은 대한민국 성립 이전에 발표된 작품을 두고 '순수' 여부를 따지는 것은 큰 의미가 없으며, 북한에서의 활동을 판단하는 것 또한 당장에는 쉽지 않다고 언급하였다. 임헌영은 "궁극적으로는 한국어로 쓰여진 모든 작품을 읽을 수 있어야 하"지만, 그것이 무리라면 "일단 8.15 이전 작품은 모두 개방돼야 한다"라고 주장하였다. 그는 "일제 식민지 통치는 지구상에서 가장 엄격한 반공 이념을 내세웠던 만큼 당시 까다로운 검열을 거쳐 발표된 작품들이야 말로 지금 내놓았을 때, 이념적 선전도구로 이용되기에는 너무 낡고 약하게 느껴질 정도"이며, "식민지 치하를 고발하고 민족주의 의식을 고취한 그(월북 작가-인용자)의 반일(反日) 문학작품마저 금기시되는 것은 독자들에게 환상적 가치의 상승작용"을 초래할 뿐임을 주장하였다.

　한 가지 흥미로운 것은 세미나를 보도하는 기자의 관점인데, 그는 해금의 '문학적 이유' 외에 '실제적 이유'를 들고 있다. 그것은 다름이 아니라, "현재 서점가에서 홍명희의 「임꺽정」을 비롯, 이기영, 최명익,

---

22　이 단락의 한국문인협회 주최 세미나에 대한 진술은 「문학 2차해금 "해방전 작품 모두 풀어야"」, 『동아일보』, 1988.6.22.

23　"문공부가 백석, 현덕, 안회남, 허준, 이태준 등 5명의 추가해금을 검토하고 있다." 「'월북 문인' 38년만에 햇빛 - 시 97·산문 10편 수록 이용악 시전집 출간」, 『한겨레』, 1988.6.21.

박태원, 김남천, 허준, 현덕, 박노갑, 안회남, 한설야 등 소설가와 오장환, 백석, 임화, 설정식, 조벽암, 권환 등 시인의 작품집 등 20여 종이 넘는 책들이 버젓이 단행본으로 출간, 독자를 만나고 있"는 상황이 "해금의 당위성을 주장하는 토대"가 된다는 주장이었다.

『동아일보』, 1988.6.22., 8면.
(출처: 네이버 뉴스라이브러리)

당일 『동아일보』 편집부는 월북 작가의 작품이 '일제검열'을 거쳐 '이념적으로 낡은 것'이라는 임헌영의 주장과 '서점가엔 벌써 20여 종'이 나와 '버젓이 독자와 만나'고 있다는 사실을 큰 활자로 배치하였고, 이미 출간되어 있던 월북 작가의 작품집을 모아서 그 사진을 제시하였다. 사진에는 『김기림 선집』(깊은샘, 1988), 『정지용 - 시와 산문』(깊은샘, 1988) 등 3.31조치로 해금된 작품집 외에 안회남, 이기영, 임화, 한설야, 김남천, 이용악 등 아직 해금되지 않은 작가들의 작품집이 함께 포착되어 있다. 기사의 내용에 따른다면, 전면적 해금 이전 1988년 중반에 이미 독자들은 서점에서 몇 종류의 월북 작가 작품집을 만날 수 있었다. 현재 확인한 1988년 7·19조치 이전 간행된 월북 작가 작품집은 다음과 같다.

| | 저자명 | 총서명 | 제목 | 출판사 | 간행일자 | 비고 | 출판 유형 |
|---|---|---|---|---|---|---|---|
| 1 | 홍벽초 | 임꺽정 전집 1 | 임꺽정 봉단편 | 사계절 | 1985.08.30. | | ① '대하 역사 소 설' 재출 간 |
| 2 | 홍벽초 | 임꺽정 전집 2 | 임꺽정 피장편 | 사계절 | 1985.08.30. | | |
| 3 | 홍벽초 | 임꺽정 전집 3 | 임꺽정 양반편 | 사계절 | 1985.08.30. | | |
| 4 | 홍벽초 | 임꺽정 전집 4 | 임꺽정 의형제편 1 | 사계절 | 1985.08.30. | | |
| 5 | 홍벽초 | 임꺽정 전집 5 | 임꺽정 의형제편 2 | 사계절 | 1985.08.30. | | |
| 6 | 홍벽초 | 임꺽정 전집 6 | 임꺽정 의형제편 3 | 사계절 | 1985.08.30. | | |
| 7 | 홍벽초 | 임꺽정 전집 7 | 임꺽정 화적편 1 | 사계절 | 1985.08.30. | | |
| 8 | 홍벽초 | 임꺽정 전집 8 | 임꺽정 화적편 2 | 사계절 | 1985.08.30. | | |
| 9 | 홍벽초 | 임꺽정 전집 9 | 임꺽정 화적편 3 | 사계절 | 1985.08.30. | | |
| 10 | 백 석 | 기민근대 시선1 | 사슴 | 기민사 | (미확인)[24] | | ② 단행 본의 재 출간 |

---

24  (미확인)이라 표시한 것은 도서관 목록이나 뒷날개 광고 등을 통해 도서의 존재는
    확인하였으나, 실제 검토하지 못한 것이다.

| 11 | 오장환 | 기민근대<br>시선2 | 성벽 | 기민사 | 1987.09.30. | | |
|---|---|---|---|---|---|---|---|
| 12 | 오장환 | 기민근대<br>시선3 | 헌사 | 기민사 | 1987.09.30. | | |
| 13 | 임 화 | 기민근대<br>시선4 | 현해탄 | 기민사 | 1986.09.30. | | |
| 14 | 이용악 | 기민근대<br>시선5 | 오랑캐꽃 | 기민사 | 1986.09.30. | | |
| 15 | 이용악 | 기민근대<br>시선6 | 낡은집 | 기민사 | 1987.09.30. | | |
| 16 | 이용악 | 기민근대<br>시선7 | 분수령 | 기민사 | (미확인) | | |
| 17 | 정지용 | 기민근대<br>시선8 | 정지용<br>시집 | 기민사 | 1986.09.30. | | |
| 18 | 정지용 | 기민근대<br>시선9 | 백록담 | 기민사 | 1987.09.30. | | ② 단행<br>본의 재<br>출간 |
| 19 | 김기림 | 기민근대<br>시선10 | 기상도 | 기민사 | 1986.09.30. | | |
| 20 | 김기림 | 기민근대<br>시선11 | 태양의<br>풍속 | 기민사 | (미확인) | | |
| 21 | 이 찬 | 기민근대<br>시선12 | 분향 | 기민사 | 1986.09.30. | | |
| 22 | 김남천 | 기민근대<br>소설선1 | 대하 | 기민사 | 1987.02.15. | | |
| 23 | 박태원 | 기민근대<br>소설선2 | 천변풍경 | 기민사 | 1987.02.15. | | |
| 24 | 이기영 | 기민근대<br>소설선3 | 고향(상) | 기민사 | 1987.02.15. | | |
| 25 | 이기영 | 기민근대<br>소설선4 | 고향(하) | 기민사 | 1987.02.15. | | |
| 26 | 한설야 | 기민근대<br>소설선5 | 탑 | 기민사 | 1987.02.15. | | |

| 27 | 이태준 | 기민근대소설선6 | 화관 | 기민사 | 1987.02.15. | | |
|---|---|---|---|---|---|---|---|
| 28 | 안회남 | 기민근대소설선7 | 불 | 기민사 | 1986.09.30. | | |
| 29 | 박태원 | 기민근대소설선9 | 금은탑 | 기민사 | 1987.02.15. | | |
| 30 | 김남천 | 슬기소설선 1 | 대하 | 슬기 | 1987.08.15. | | |
| 31 | 박태원 | 슬기소설선 2 | 천변풍경 | 슬기 | 1987.08.15. | | |
| 32 | 이기영 | 슬기소설선 3 | 고향(상) | 슬기 | 1987.08.30. | | |
| 33 | 이기영 | 슬기소설선 4 | 고향(하) | 슬기 | 1987.08.30. | | |
| 34 | 한설야 | 슬기소설선 5 | 탑 | 슬기 | 1987.08.15. | | ② 단행본의 재출간 |
| 35 | 이태준 | 슬기소설선 6 | 화관 | 슬기 | (미확인) | | |
| 36 | 안회남 | 슬기소설선 7 | 불 | 슬기 | 1987.08.30. | | |
| 37 | 김남천 | 슬기소설선 8 | 맥 | 슬기 | 1987.08.15. | | |
| 38 | 박태원 | 슬기소설선 9 | 금은탑 | 슬기 | 1987.08.15. | | |
| 39 | 박태원 | 슬기소설선 10 | 소설가 구보씨의 일일 | 슬기 | 1987.08.15. | | |
| 40 | 이기영 | 슬기소설선 11 | 어머니 | 슬기 | (미확인) | | |
| 41 | 조명희 | 슬기소설선 12 | 낙동강 | 슬기 | 1987.09.30. | | |

| | | | | | | |
|---|---|---|---|---|---|---|
| 42 | | 일본프로<br>문학과<br>한국문학 | 연구사 | 1987.04.15. | 임규찬 편 | ① 비교<br>문학 및<br>문예이<br>론 |
| 43 | 백 석 | 백석 시전<br>집-부.산문 | 창작사 | 1987.11.11. | 이동순 편 | ③ 작가<br>전집 |
| 44 | | 해방 3년의<br>소설문학 | 세계 | 1987.11.25. | 김희민 편 | ④ 주제<br>선집 |
| 45 | 김기림 | 김기림<br>선집 | 깊은샘 | 1988.(미확인) | | |
| 46 | 정지용 | 정지용-<br>시와 산문 | 깊은샘 | 1988.01.<br>(미확인)**25** | | |
| 47 | 정지용 | 정지용<br>전집 1 | 시 | 민음사 | 1988.01.20.**26** | |
| 48 | 김기림 | 김기림<br>전집 1 | 시 | 심설당 | 1988.01.30. | 김세환,<br>김학동 편 |
| 49 | 김기림 | 김기림<br>전집 2 | 시론 | 심설당 | 1988.01.30. | 김세환,<br>김학동 편 |
| 50 | 정지용 | 정지용<br>전집 2 | 산문 | 민음사 | 1988.02.10. | |
| 51 | | 월북 작가<br>대표<br>희곡선 | 예문 | 1988.02. | 양승국 편 | ④ 주제<br>선집 |
| 1988년 3.31조치 - 정지용, 김기림의 작품 출간 허용 | | | | | | |
| 52 | 김기림 | 김기림<br>전집 3 | 문학론 | 심설당 | 1988.04.05. | 김세환,<br>김학동 편 | ③ 작가<br>전집 |

---

25  1988년 1월 중순에 문공부가 납본필증을 교부하였다. 발간 후 보름만에 재판에 들어갔다. 「정지용 김기림 문학세계 출판 활기」, 『동아일보』, 1988.2.5.

26  판권면에 따르면 1988년 1월 20일 인쇄 1월 30일 발행. 저자는 정지용, 저작권자는 정구관, 편집은 김학동, 발행인은 박맹호, 발행처는 민음사이다.

| 53 | 김기림 | 김기림<br>전집 4 | 문장론 | 심설당 | 1988.04.05. | 김세환,<br>김학동 편 | |
| 54 | 이태준 | 이태준<br>전집 1 | 단편 | 깊은샘 | 1988.04.20. | | |
| 55 | 이태준 | 이태준<br>전집 2 | 단편·<br>희곡 | 깊은샘 | 1988.05.01. | | ③ 작가<br>전집 |
| 56 | 이태준 | 이태준<br>전집 3 | 중·단편 | 깊은샘 | 1988.05.01. | | |
| 57 | 김기림 | 김기림<br>전집 5 | 소설·<br>희곡·<br>수필 | 심설당 | 1988.06.25. | 김세환,<br>김학동 편 | |
| 58 | | 카프대표<br>소설선 1 | | 사계절 | 1988.06.30. | 김성수 편 | ④ 주제<br>선집 |
| 59 | | 카프대표<br>소설선 2 | | 사계절 | 1988.06.30. | 김성수 편 | |
| 1988년 7·19조치 - 월북 작가 해금 | | | | | | | |
| 60 | 김기림 | 김기림<br>전집 6 | 문명비평<br>외 | 심설당 | 1988.07.20. | 김세환,<br>김학동 편 | ③ 작가<br>전집 |

위의 표에서 볼 수 있듯, 7·19조치 이전에 간행된 월북 작가의 작품집은 60여 권에 달한다. 7·19조치 이전에 간행된 월북 작가의 작품집은 그 성격에 따라 다음과 같이 분류해볼 수 있다. ① '대하역사소설'의 재출간, ② 한국전쟁 이전 출간 단행본의 재출간, ③ 유족·연구자·편집자에 의한 작가 전집 출판, ④ 비평가 및 연구자가 편집한 주제 선집, 그리고 ㉠ 비교문학 및 문예이론 선집[27] 등이 그것이다.

월북 작가의 작품 중 가장 먼저 간행된 것은 ① '대하역사소설' 『임꺽정』의 재출간이었다. 1985년 8월 30일 사계절출판사는 홍명희의

---

27  임규찬이 편집한 『일본프로문학과 한국문학』(연구사, 1987)는 한국프로문학을 일본문학과의 비교문학적 관점에서 이해하고자, 일본프로문예비평사의 주요 비평을 편역한 것이다. 이에 대해서는 4장에서 함께 논의하도록 하겠다.

『임꺽정』전 9권을 일시에 간행하였다. 『임꺽정』이 출판된 것은 남북 정부 수립 즈음인 1948년 을유문화사에서 전6권을 간행한 이후 30여 년만이었다. 다만 1985년 사계절출판사의 『임꺽정』은 앞표지와 뒤표지에 일절 표사나 광고문구, 서문이나 해설, 연보 등 곁다리텍스트(paratext)를 붙이지 않았으며, 본문만 제시하여 최소한으로 편집하였다. 작가의 이름은 홍명희가 아니라 그의 호를 활용하여 '홍벽초'로 하였으며, 판권면의 펴낸이 역시 사장 김영종이 아니라 김마리아로 표시하였다.

작가의 호를 앞세우고 본문만으로 출판되었으나, 사계절출판사의 『임꺽정』은 이전에 출판되었던 작품집을 그대로 복원한 것은 아니었다. 홍명희가 실제 출판에 관여하였던 1939~1940년 조선일보사의 『임꺽정』전4권과 1948년 을유문화사의 『임꺽정』전6권은 '의형제편'과 '화적편'으로만 구성되어 있는데, 사계절출판사는 홍명희가 단행본으로 출판하지 않았던 '봉단편', '피장편', '양반편'을 각 1권으로 편집하여 1-3권에 배치하였고, '의형제편'을 4-6권, '양반편'을 7-9권으로 편집하였다. 4-6권과 7-9권은 이미 출판되었던 을유문화사 간행 전6권을 판본으로 한 것이며, 1-3권은 '한국학연구소'에서 소장한 『조선일보』의 스크랩 복사본을 판본으로 하여 정리한 것이었다.[28] 홍명희가 이미 단행본으로 출간한 부분에 더해, 연재만 되었을 뿐 단행본으로 간행되지 않은 부분을 모두 정리하여 출판한 것은 남북한을 통틀어 처음이었다. 임형택은 이 출판을 두고 "당시 우리 남한 사회에 내

---

28  정해렴, 「교정후기」, 홍명희, 『임꺽정』(2판) 10, 사계절, 1991, 163쪽. '한국학연구소'는 중앙대학교 한국학연구소로 추정된다.

려진 삼엄한 금기를 깨뜨린 것"이었다고 평하였는데,[29] 한국의 맥락에서 본다면 1985년의 『임꺽정』 출판은 1948년 을유문화사의 출판 이후 다소 돌출적으로 출판된 것으로 보이기도 한다. 하지만 북한의 경우까지 시야에 둔다면 다른 이해도 가능하다. 홍명희는 1950년대 북한에서 『임꺽정』(평양 국립출판사, 1954-1955) 전6권을 간행한 바 있는데, 1982-1985년 손자 홍석중이 소설을 수정하여 『임꺽정』(평양 문예출판사) 전4권을 간행하였다.[30] 그렇다면 1985년은 남과 북에서 동시에 『임꺽정』이 다시금 출판된 특기할 시간이었다.

이어서 천안에 본사를 둔 '기민사'는 1986년 9월부터, 춘천에 본사를 둔 출판사 '슬기'는 1987년 8월부터 한국전쟁 이전에 월북 작가들이 출간했던 단행본을 다시 출간하였다. 두 출판사는 본사의 위치가 다르지만 기간행된 작품집의 재출간이라는 동일한 출판 기획을 실천하였다.[31] 이미 출판된 작품집은 당대에 독자들의 호응이 있었기에 출판되었을 가능성이 높으며, 작가가 이미 선별하고 수정 및 가필했다는 점에서는 정본(定本)이라고 할 수도 있다. 즉 한국전쟁 이전에 출판된 단행본은 완성도와 대중성의 측면에서 대표작이라 볼 수 있으며, 동시에 단행본 형태이기 때문에 자료의 수득 또한 용이했을 것

---

29 임형택, 「벽초 홍명희와 임꺽정」(해제), 홍명희, 『임꺽정』(2판) 10, 사계절, 1991., 160~161쪽.

30 홍석중은 자신이 『임꺽정』을 수정하여 4권으로 편집하였고, '봉단편', '피장편', '양반편'을 제외하게 된 이유를 밝혔다. 식민지 조선과 한국, 그리고 북한에서 『임꺽정』의 출판 경과에 관해서는 강영주, 「『임꺽정』의 연재와 출판」(1995), 『통일시대의 고전 『임꺽정』 연구』, 사계절, 2015 참조.

31 슬기의 작품집 간행에 관여하였던 연구자 이익성은 실제 편집 작업은 춘천이 아니라 서울의 사무소에서 진행하였다고 증언하였다. 2018년 6월 12일 이익성 교수와 필자의 면담.

이라 추측할 수 있다.

두 출판사가 재출간한 일부 작품집은 중복이 되지만, 전체적으로는 두 출판사의 출판기획은 상보적이었다.[32] 나아가 두 출판사의 간행물은 디자인 또한 유사하다. 두 출판사의 재출간 단행본은 활용이 가능한 경우, 식민지시기와 해방공간에 간행되었던 단행본의 표지를 편집하여 사용하였다. 또한 앞 날개에는 재출간에 사용한 저본의 서지를 밝혔으며, 작품집 초판의 표지 이미지를 실었다.

『낡은 집』표지
(소장처: 서울대학교
중앙도서관)

『낡은 집』앞날개
(소장처: 서울대학교
중앙도서관)

『소설가 구보씨의
일일』표지
(소장처: 원광대학교
중앙도서관)

『맥』표지
(소장처: 서울대학교
중앙도서관)

기민사와 슬기에서 활용한 저본은 1930년대 중후반 식민지 시기와 1940년대 해방공간에서 간행된 작품집이었다. 해방공간에서 간행된 작품집에는 식민지 시기에 간행된 작품집을 재출간한 것과 해방 후에 창작된 작품을 새롭게 모은 것 두 가지 경우가 모두 존재하

---

32  슬기의 뒷날개 광고에서 시집으로는 이용악(간행), 백석(간행), 정지용(간행), 조벽
    암(근간), 김기림(근간)이 제시되어 있으며, 기민사의 출판목록에서 소설선의 목록
    은 슬기의 기출간 소설목록과 거의 겹친다. 슬기의 시집은 확인하지 못하였으며,
    김남천의 『대하』나 박태원의 『금은탑』 등은 두 출판사 모두에서 간행되었다.

였다. 또한 기민사와 슬기사의 단행본은 모두 식민지에서 해방공간에 이르는 시기 당대 평론을 권말에 수록하였고, 작가연보를 수록하였다. 다만 이때 작가 연보는 2-3줄을 넘지 못하였다. 이는 당대 작가에 대해 충분한 연구가 진행되지 못한 상태였기 때문이었다.

| 제목 | 판본 | 평론 |
|---|---|---|
| 『정지용시집』 | 1935년 시문학사 | 「바라든 지용시집」 (이양하) |
| 『고향』(상) | 1936년 10월 한성도서주식회사 | |
| 『고향』(하) | 1936년 10월 한성도서주식회사 | 「『고향』론」(민병휘), 「『고향』의 평판에 대하여」 (민촌생) |
| 『낡은 집』 | 1938년 삼문사 | 「『낡은 집』평」(안함광) |
| 『현해탄』 | 1938년 2월 동광당서점 | 「시와 행동」(김동석) |
| 『분향』 | 1938년 7월 20일 한성도서 | 「『분향』을 읽다」(윤곤강) |
| 『소설가 구보씨의 일일』 | 1938년 12월 7일 문장사 | 「구보씨의 일일」(안회남), 「작가 박태원론」(안회남) |
| 『천변풍경』 | 1938년 12월 30일 박문서관 | 「『천변풍경』을 읽고」(박종화), 「『천변풍경』평」(임화) |
| 『헌사』 | 1939년 7월 20일 남만서방 | 「시집『헌사』를 읽고」 (민태규), 「오장환 시집 『헌사』」(김광균) |
| 『탑』 | 1940년 매일신보 연재 | |
| 『백록담』 | (밝히지 않음) | 「시를 위한 시」(김동석) |
| 『대하』 | 1947년 1월 1일 백양당 (1939년 1월 5일 인문사) | 「작품의 제작과정」/ 「나의 창작노트」(김남천) |
| 『성벽』 | 1947년 1월 10일 아문각 (1937년 풍림사) | 「『성벽』을 읽고」(김기림) |

| | | |
|---|---|---|
| 『불』 | 1947년 2월 20일 을유문화사 + 농민의 비애(『문학』) | 「부계의 작가-안회남론」(김동석), 「비약하는 작가-속 안회남론」(김동석) |
| 『오랑캐꽃』 | 1947년 4월 20일 아문각 | 「용악과 용악의 예술에 대하여」(이수향) |
| 『맥』 | 1947년 11월 27일 을유문화사 | |
| 『기상도』 | 1948년 9월 산호장 재판(500부 한정, 초판은 1936년 7월 창문사, 자비 출판) | 「현대 시의 생리와 성격」(최재서) |
| 『금은탑』 | 1949년 7월 25일 한성도서 주식회사 초판 | |

  기민사와 슬기에서 재출간한 월북 작가는 이기영, 한설야, 박태원, 김남천, 이태준, 조명희, 정지용, 임화, 백석, 김기림, 이찬 등이었다. 이들은 대부분 식민지 시기에 활발히 문학 활동을 하다가 해방에서 한국전쟁 사이에 월북한 이들로, '월북 작가'의 대표적인 작가들이다. 이 점에서 1988년 7·19조치 이전에도 '월북 작가'의 대표적인 작품들은 비공식적으로 독자들과 만날 수 있었다. 비공식적이라고 명명한 이유는 이들 두 출판사의 책은 납본필증을 받지 않은 채, 판권면에도 '비매품'이라 표기하고 일부 서점을 통해 유통되었기 때문이다.[33]

  다만 이전에 간행된 작품집을 다시 출간한 것은 편의성의 측면에서는 강점도 있었지만, 문제도 있었다. 두 출판사에서 간행한 작품집은 모두 이전에 간행되었던 작품집을 재출간한 것이었으며,[34] 해설

---

33  2018년 6월 12일 이익성 교수와 필자의 면담.

34  다만 안회남의 『불』의 경우에는 출판사 편집자가 「농민의 비애」를 추가로 편집하였다.

또한 작가 자신의 비평이나 당대의 평론으로 대신하고 있다. 독자는 충분한 정보 없이 각 작가를 이미 출간된 작품집 단위로 접하고 이해하게 된다. 『소설가 구보씨의 일일』과 『천변풍경』이 출판되어 대표작이 소개된 박태원의 경우도 있지만, 한두 권의 단행본만으로는 그 특징을 충분히 이해할 수 없는 작가 또한 존재한다. 김남천의 해방 후 단편집 『맥』에는 1930년대 후반에 창작한 농촌 배경 소설 4편과 「경영」「맥」 연작이 실려 있다.[35] 이 소설집은 김남천의 두 번째 창작집으로 첫 번째 창작집 『소년행』에 실리지 않은 소설을 모은 것인 동시에, 세 번째 창작집 『삼일운동』까지를 함께 둘 때, 그의 창작을 전반적으로 살필 수 있다. 하지만 슬기에서는 가족사연대기 소설 『대하』만을 출간하였을 뿐이며, 『맥』과 『대하』만으로는 1930년대 후반 김남천 문학의 특성을 충분히 이해하기 어렵다. 또한 박태원의 경우도 그의 다양한 작품 중 『금은탑』이 도드라지게 출간될 가능성에 대해서는 이견이 있을 수 있다.

기민사와 슬기의 월북 작가 단행본 출판에는 연구자들이 직간접으로 개입하였다. 기민사의 단행본 출판과정에는 당시 이태준 문학을 대상으로 한 「상허 단편소설 연구」(서울대학교 석사논문, 1987)로 석사학위를 취득하였던 연구자 이익성이 관여하였으며,[36] 슬기문학선은 역사문제연구소 문학사연구회와의 관련 속에서 김철수, 김종호, 김형근, 조영명, 진이정, 김휴, 황혜경 등이 실무에 참여하였다.[37] 다

---

35  『맥』에는 다음 작품이 수록되어 있다. 「생일 전 날」, 「오디」, 「노고지리 우지진다」, 「그림」, 「경영」, 「맥」.

36  2018년 6월 12일 이익성 교수와 필자의 면담.

37  「슬기문학선을 내며」, 김남천, 『맥』, 슬기, 1987, [면수 없음].

만 앞서 보았듯, 두 출판사의 작품집은 분단 이전 작품집을 재출간한 것이기 때문에, 적극적으로 편집에 개입한 것은 아니었다.

이어서 ③1980년대 중반 유족·연구자·편집자가 작가 전집을 편찬하기 시작하였다. 『백석 시 전집 - 부. 산문』(창작사)는 연구자 이동순이, 『김기림 전집』(심설당)은 김기림의 유족인 김세환과 연구자 김학동이 편집을 하였고, 『정지용 전집』(민음사)은 연구자 김학동이, 그리고 『이태준 전집』(깊은샘)은 출판사에서 편집을 담당하였다. 이중 일부 전집은 1980년대 초반에 기획된 것이었다. 『정지용 전집』은 1982년에 김학동이 이미 전집 원고를 수습하고 출판사에서 지형까지 만들어놓았으나 정부는 출간 허락을 얻지 못한 상황이었다. 출판사는 1987년 10월 '출판 자율화'를 기하여 다시금 납본신청을 하였으나 반려되었다. 이후 1988년 2월 15일에 이르러서야 『정지용 전집』과 『김기림 전집』의 납본필증이 발급되었다.[38]

김학동은 『정지용 전집』을 편집하면서 연구서 『정지용 연구』 또한 탈고하였다. 서문이 쓰인 날짜는 1984년 4월이다. 그러나 이 역시 간행되지 못하였고 1987년 10.19조치 이후인 1987년 11월 5일에서야 간행되었다.[39] 연구서 집필과 동시에 편집되었다는 점에서 볼 때, 『정지용 전집』은 실증적 연구에 기반하여 편집되었다는 것을 확인할 수 있다. 연구자와 편집자는 유족과 면담하여 사실관계를 확인하고 작품 연보를 작성하고 작가의 문학적 활동 전체를 포괄하는 실증적 기반을 마련한다. 실증적 연구의 결과 작성한 연보에 근거하여 낱낱의 작품을 수습하고 갈래(김기림, 이태준, 백석)나 시기(백석, 정지용)에 따라

---

38  「김기림 작품도 해금」, 『동아일보』, 1988.2.15.

39  「곡절 5년만에 햇빛-「정지용 연구」」, 『동아일보』, 1987.11.24.

배치하여 간행하였다. 이때 편집자의 판단에 따라 작가가 생전에 편집하여 간행한 단행본의 틀을 유지하기도 하고(김기림), 단행본의 틀을 허물고 재분류하기도 한다(백석, 정지용). 편집자의 편집을 통해 시기 혹은 양식에 따라 진화하는 작가의 문학을 입체적으로 파악할 수 있도록 한다.

　동시에 ④당대의 젊은 비평가·연구자들은 특정한 주제의 선집을 편집하여 출판하기도 하였다. 이 시기에 출간된 대부분의 작품집은 작가가 생전에 편집한 작품집을 재간행하거나 작가의 전체 글을 수습한 전집이었다는 점에서 작가를 앞세운 것이었다. 하지만 동시에 비평가나 전문연구자가 주제 및 대상에 따라 '작품'을 선별하여 선집을 출판하기도 하였다. 비평가가 편집한 주제 선집으로 대표적인 책은 김희민이 편집한 『해방 3년의 소설문학』(세계, 1987.11.25.)이다.

| 제1부 일제하 민족해방운동 | 「균열」 | 김학철 | 『신문학』, 1946.04. |
| | 「밤에 잡은 부로」 | 김학철 | 『신천지』, 1946.06. |
| 제2부<br>민족해방과 일제잔재의 청산 | 「맹순사」 | 채만식 | 『백민』, 1945.12.19. |
| | 「쫓겨온 사나이」 | 엄흥섭 | 『신천지』, 1946.08. |
| 제3부 토지문제 해결에 대하여 | 「논 이야기」 | 채만식 | 『해방문학선집』, 1946.04. |
| | 「농민의 비애」 | 안회남 | 『문학』, 1948.04. |
| | 「농토」 | 이태준 | 『농토』, 1947.06. |
| 제4부 자주적인 민주국가 건설 | 「혈맥」 | 김영수 | 『대조』, 1946.06. |
| | 「해방전후」 | 이태준 | 『문학』, 1946.07. |

| | 「발전」 | 엄흥섭 | 『문학비평』, 1947.06. |
|---|---|---|---|
| 제4부 자주적인 민주국가 건설 | 「전차운전수」 | 김영석 | 『신천지』, 1946.08. |
| | 「폭풍」 | 김영석 | 『문학』, 1946.07. |
| | 「새벽」 | 전홍준 | 『문학』, 1948.04. |
| | 「도정」 | 지하련 | 『문학』, 1946.07. |
| 제5부 외세와 분단의 문제 | 「양과자갑」 | 염상섭 | 『해방문학선집』, 1949.03. |
| | 「탁류 속을 가는 박교수」 | 이근영 | 『신천지』, 1948.06. |
| | 「미스터 방」 | 채만식 | 『대조』, 1946.06. |
| 〈해설〉 | 「해방 3년의 소설문학」 | 김희민 | |

각 작품 말미에 서지가 부기되어 있듯, 편자는 직접 해방공간의 잡지를 열람하여 각 작품을 선별하고 입력하였다. 이 점에서 이 선집은 이미 간행된 작품집을 재간행하거나 이미 편집된 신문 스크랩북을 활용하였던 출판기획과는 다른 방식으로 편집되었다. 선별과 편집의 기준은 주제였다. 김희민은 중견작가(채만식, 엄흥섭, 안회남, 이태준, 이근영)와 신세대작가(김영석, 전홍준, 지하련, 김학철)의 세대적 차이를 염두에 두고, '낡은 것과 새로운 것의 대립'(일제 잔재 청산과 민족국가 건설), '개인의 내면과 사회·경제적 차원' 등의 주제를 제시하면서 해방공간의 작품을 선별하고 그 작품을 배치하였다. 이를 통해 편자는 이 선집을 통해 기존의 해방공간 개념 및 해방 이후 문학사를 비판적으로 이해하고, 해방 후 3년을 사회가 새롭게 자리잡아 가는 역동적

인 시기로 재구성하고자 하였다.[40]

편자 김희민은 비평가이자 연구자 김재용인데, 김희민이라는 가명을 사용한 것은 아직 공식적으로 월북 작가들이 해금되지 않은 상황에서, 출판 후 여러 문제가 일어날 수 있다는 염려 때문이었다. 특히 그가 염려했던 것은 이태준의 월북 후 첫 소설이자 북한의 토지개혁을 다룬 『농토』를 선집에 수록한다는 사실이었다. 그는 문제가 될 것을 대비하여, 익명의 편자가 우편으로 출판의뢰를 한 것으로 출판사와 이야기를 해두었다고 회고하였다.[41] 이 점에서 이 선집은 언론 기사에서 이야기되는 '월북 작가'의 '해방이전 작품'이라는 기준을 초과하고 있다고 볼 수 있다. 동시에 출간 이후에는 이 책은 문제가 되지 않았다는 사실은 1987년 6월 항쟁 이후 변화하는 사회적 분위기에 근거하여 '월북 작가'의 '월북 이후 작품' 또한 수용될 여지가 충분했음을 보여준다. 이 이 점에서 '월북 작가'의 '해방 이전 작품'이라는 해금의 기준은 결과적으로 그 기준을 초과할 가능성이 높은 유연한 것이었음을 확인할 수 있다.

이듬해 1988년에는 연구자에 의해서 장르별 월북 작가 작품 선집이 간행된다. 양승국의 『월북 작가대표희곡선』과 김성수의 『카프대표소설선』 1-2권이 그것이다. 두 선집은 각각 '월북'과 '카프'를 표제로 내세우고 있다. 『카프대표소설선』은 당시까지 제출된 월북 작가의 작품집은 뚜렷한 선정 기준이 없이, "비교적 구하기 쉬운 단행본 위주로

---

40  김희민, 「해방 3년의 소설문학」, 김희민 편, 『해방 3년의 소설문학』, 세계, 1987., 434~444쪽.

41  2018년 4월 12일 김재용 교수와 필자의 면담. '희민'이란 '민'주주의를 '희'구한다는 뜻이다. 판권면의 '엮은이' 소개에는 "1958년 경남출생, 연세대학교 문과대학 졸업, 현재 문학비평가로 활동중"이라고 적혀 있다.

간행"되었음을 비판한다. 편자는 당대 일부 겹치기도하는 "월북 문인가 프로문학가" 모두가 복원될 때, 분단이데올로기에 의해 가려진 "문학사의 전모"가 드러날 수 있다고 주장하였으나, 그가 보다 주목한 대상은 조직으로서 카프, 작가로서 프로작가, 그리고 미학적 기준으로서 리얼리즘이었다. 편자는 "1920-1930년대 리얼리즘소설의 전반적 흐름을 알 수 있는 프로작가의 중요한 작품을 모"아, 1920-1930년대 민족문학의 총체상을 복원하고자 한다.[42]

『카프소설선』1

| 「책을 엮으면서」, 「일러두기」 | |
|---|---|
| 「식민지시대 카프작가의 소설」(김성수) | |
| 김기진 | 「작가소개」, 「작품. 붉은쥐」(『개벽』, 1924.11) + 「작품해제」 |
| 박영희 | 「작가소개」, 「작품1. 전투」(『개벽』, 1925.01) + 「작품해제」, 「작품2. 사냥개」(『개벽』, 1925.04 + 「작품해제」), 「작품3. 지옥순례」(『조선지광』, 1926.11; 『소설·평론집』(민중서원, 1930) + 「작품해제」 |
| 최서해 | 「작가소개」, 「작품1. 탈출기」(『조선문단』, 1925.03) + 「작품해제」, 「작품2. 박돌의 죽음」(『조선문단』, 1925.05) + 「작품해제」, 「작품3. 기아와 살육」(『조선문단』, 1925.06) + 「작품해제」, 「작품4. 홍염」(『조선문단』, 1927.01) + 「작품해제」 |
| 이익상 | 「작가소개」, 「작품. 바다」(『생장』, 1925.03) + 「작품해제」 |
| 주요섭 | 「작가소개」, 「작품1. 인력거꾼」(『개벽』, 1925.04) + 「작품해제」, 「작품2. 개밥」(『동광』, 1927.01) + 「작품해제」 |
| 이기영 | 「작가소개」, 「작품1. 민촌」(『조선지광』, 1925.12) + 「작품해제」, 「작품2. 쥐이야기」(『문예운동』, 1926.01) + 「작품해제」, 「작품3. 민며느리」(『조선지광』, 1927.06) + 「작품해제」, 「작품4. 원보」(『조선지광』, 1928.05) + 「작품해제」 |

---

42 김성수, 「책을 엮으면서」, 김성수 편, 『카프대표소설선』1, 사계절, 1988, [면수 없음]. 이 책의 편집 방향에 대한 서술은 「책을 엮으면서」 이곳저곳에서 가져왔다.

| 조명희 | 「작가소개」, 「작품1. 낙동강」(『조선지광』, 1927.07) + 「작품해제」, 「작품2. 아들의 마음」(『조선지광』, 1928.09) + 「작품해제」 |
|---|---|
| 한설야 | 「작가소개」, 「작품1. 과도기」(『조선지광』, 1929.04) + 「작품해제」, 「작품2. 씨름」(『조선지광』, 1929.08) + 「작품해제」 |

참고문헌

작가별 작품목록

## 『카프소설선』2

「책을 엮으면서」, 「일러두기」

「제2차 방향전환기 카프의 문학」(김성수)

| 송영 | 「작가소개」, 「작품1. 교대시간」(『조선지광』, 1930.03 및 06) + 「작품해제」, 「작품2. 노인부」(『조선지광』, 1931.01·02(합병)) + 「작품해제」 |
|---|---|
| 윤기정 | 「작가소개」, 「작품. 양회굴뚝」(『조선지광』, 1930.06) + 「작품해제」 |
| 이기영 | 「작가소개」, 「작품1. 홍수」(『조선일보』, 1930.08.21.-09.03; 안준식 편, 『농민소설집』(별나라사, 1933) + 「작품해제」, 「작품2. 서화」(『조선일보』, 1933.05.30.-07.01; 『서화』(동광당서점, 1937)) + 「작품해제」 |
| 김남천 | 「작가소개」, 「작품1. 공장신문」(『조선일보』, 1931.07.05) + 「작품해제」, 「작품2. 공우회」(『조선지광』, 1932.01·02(합병)) + 「작품해제」, 「작품3. 물!」(『대중』, 1933.06) + 「작품해제」 |
| 권환 | 「작가소개」, 「작품. 목화와 콩」(『조선일보』, 1931.07.16.-24; 안준식 편, 「농민소설집』(별나라사, 1933) + 「작품해제」 |
| 이북명 | 「작가소개」, 「작품1. 암모니아 탱크」(『비판』, 1932.09) + 「작품해제」, 「작품2. 민보의 생활표」(『신동아』, 1935.09) + 「작품해제」, 「작품3. 답싸리」(『조선문학』, 1937.01) + 「작품해제」 |
| 백신애 | 「작가소개」, 「작품. 꺼래이」(『신여성』, 1933.01.-02) + 「작품해제」 |
| 박승극 | 「작가소개」, 「작품1. 재출발」(『비판』, 1931.7·8(합병)) + 「작품해제」, 「작품2. 풍진」(『신인문학』, 1938.04. 및 06) + 「작품해제」 |
| 강경애 | 「작가소개」, 「작품. 원고료 이백원」(『신가정』, 1935.02) + 「작품해제」 |

참고문헌

작가별 작품목록

편자는 직접 1차 자료를 검토하고 그것에서 작품을 선별하여 "식민지 시대 프로문학운동을 주도했던 카프(KAPF) 작가들의 중·단편 소설집"을 편집한다. 편자의 「책을 엮으며」에 따르면, 이 책은 프로문학운동과 한국근대문예비평사의 맥락을 염두에 둔 동시에, 『카프작가 7인집』을 비롯하여, 카프 작가 자신들의 선정을 존중하였다. 즉 식민지 시기의 당대성과 사후적으로 구성되는 문학사적 의미를 동시에 고려하여 소설을 편집한 셈이다. 제1권은 카프 결성(1925.8.23), 소설건축론, 내용·형식 논쟁, 목적의식론과 제1차 방향전환, 대중화 논쟁 등을 배경으로 한 1924년에서 1929년까지의 신경향파 소설을 수록하였고, 제2권에서는 제2차 방향전환, 제1차 검거, 창작방법론(사회주의리얼리즘) 논쟁, 제2차 검거, 해산을 배경으로 1930년에서 1937년 초까지의 소설을 수록하였다. 이를 통해 편자는 권두 해설을 통해 카프작가의 경향소설을 중심으로 "식민지 시대 소설사를 민족해방운동과 계급운동의 문학적 응전으로 파악"하는 문학사적 시각을 요청하며, 미학적으로는 "작품 분석의 결과 문학적 형상과 정치의식의 관계를 상보적으로 볼 수 있"다는 결론을 제시하였다.[43]

『카프대표소설선』이 '카프'라는 대상을 중심에 두었다면, 『월북 작가대표희곡선』은 '월북'에 중심을 두었다. 편자 양승국은 "종래 '토월회' '극예술연구회'의 활동에만 집중되어온 한국 근대 희곡사의 완전한 면모를 파악할 수 있는 계기"를 마련하는 것을 목적으로 『월북 작가대표희곡선』을 편집한다.[44] 특히 그는 "프로레타리아 연극운동 내

---

43   김성수, 「식민지시대 카프작가의 소설」, 『카프대표소설선』 1, 사계절, 1988, 27쪽; 김성수, 「제2차 방향전환기 카프의 문학」, 『카프대표소설선』 2, 사계절, 1988, 39쪽.

44   양승국, 「편자 서문」, 『월북 작가 대표희곡선』, 예문, 1988, 5쪽 및 10쪽. 이하 『월북

지 그들의 희곡작품에 대해서는 그동안 여러 가지 이유로 인하여 제대로 연구가 이루어지지 못하였"으며 "이제 프로문학 전반에 대해 관심이 재차 고조되고 있는 현시점에서 반쪽의 문학사가 아닌 통일된 문학사의 완성을 위하여서는 희곡문학도 역시 그 관심 대상을 그동안의 경계선 저 너머까지 확장시켜야만 하는 필연성"이 있음을 강조한다.

| ▲ 편자서문 | |
|---|---|
| 김영팔 | 「싸움」(『개벽』, 1926.03), 「부음」(『문예시대』, 1927.01), 「대학생」(『조선문예』, 1929.05), 「세식구」(『조선지광』, 1930.01) |
| | 작품해제 |
| 송영 | 「호신술」(『시대공론』, 1931.09, 1932.01), 「신임이사장」(『형상』, 1934.03), 「황금산」(『조선문학』, 1936.11), 「윤씨일가」(『문장』, 1939.08) |
| | 작품해제 |
| 이서향 | 「어머니」(『조광』, 1936.01), 「다리목」(『조광』, 1938.09) |
| | 작품해제 |
| 함세덕 | 「산허구리」(『조선문학』, 1936.09), 「동승」(新研座 공연, 1939), 「낙화암」(『조광』, 1940.01-04), 「서글픈 재능」(『문장』, 1940.11) |
| | 작품해제 |
| ▲ 월북 작가연보와 작품목록 | |

편자는 직접 1차 자료를 확인하고, 한국근대희곡사의 전개과정과 특징에 대한 시각을 견지하고 월북 작가의 작품을 선별하여 선집을 편집하였다. 이 책의 편자 서문은 '프롤레타리아 연극'과 '프로작가'에 중점을 두고 서술되어 있다. 편자는 소설이나 시와 비교할 때 희곡은

---

작가 대표희곡선』의 편자 서문에 대한 서술은 이 글의 5~10쪽 이곳저곳에서 가져왔다.

"상대적으로 빈약한 양적 질적 수준을 보여주는데, 이는 당대의 연극 수준과 밀접한 관련이 있"다고 보았다. 당시 "검열"로 인해 발표작 자체가 적으며 1막극 위주의 작품이 대부분이라는 점, 또한 희곡을 교화적 수단으로 생각한 것을 그 이유였다. 그는 조명희, 김운정부터 보이기 시작한 경향성은 "김영팔에 이르러 구체화된 계급의식"이 나타난다고 보았고, 송영은 "유일한 1930년대의 대표적인 프로 극작가"로서 "거의 유일하게 노동자 계급을 취급한 노동극"을 남겼고 "해방 이후에도 당대 제1의 좌익 극작가"라고 평가하였다. 권환, 김두용, 박아지, 이기영, 한설야, 한태천 등 해방 이전에 희곡을 남긴 다른 작가의 이름을 서문에 적으면서도, 특히 두 사람의 작품을 선별한 것은 그 때문이었다.

동시에 편자는 '월북'작가를 '프로'문학의 범위로 한정하지 않는데, 특히 이는 희곡이라는 양식의 특징과 한국근대희곡사의 특징과 관련하여 제시한다. 편자는 김영팔, 송명 등 프로극작가가 쓴 희곡의 공통점으로 (1)계급투쟁을 부르짖으면서도 멜로드라마의 구조를 지니고 있으며, (2)등장하는 인물은 그 기능 면에서 서사적 경향을 농후하게 지니고 있음을 지적한다. 특히 (2)는 작가의 작위적인 설정에 따른 등장인물의 개입으로 극 전체의 미적 통일성이 깨어지는 결과를 초래하게 된다. 또한 "무대 상연을 전제로 하는 희곡 문학은 모든 사건이 눈 앞에서 생생히 전개되고, 잠재적인 관객의 상상 속에서 직접 인물들이 충돌하므로 다른 장르에 비해서 보다 직접적인 충격을 독자(관객)에게 주게 된다." 그 결과 식민지 시기 연극과 희곡이 특히 심한 검열의 대상이 되었으며, 뚜렷한 현실인식을 보여주거나 계급투쟁을 전면화하는 작품의 제작은 불가능하였다. 하지만 카프 해소 이후

1930년 중후반 희곡사는 "아이러니의 상황"을 보여준다. 작가들은 이전과 달리 가정에 국한된 작품을 창작하거나 통속적 소재를 취급하는데 이는 현실 인식의 미흡을 보여주는 사례이면서도, 뛰어난 극작술을 보여준다. 편자는 이를 두고 "극이 지니고 있는 자체의 속성"가 가져온 아이러니라고 평가하는데, 「황금산」을 비롯한 송영희 후기 작품과 이서향의 작품이 이 책에 수록된 이유는 바로 이 때문이다. 또한 해방 전에는 프로연극과 무관했지만 "고른 수준의 뛰어난 극작술"을 가지고 "서정적 낭만성"을 보여준 함세덕의 작품 또한 전격적으로 수록하였다. 이러한 편자의 시각은 그의 학술 연구와도 걸음을 같이한 것이었다.[45]

이상의 세 편의 선집은 모두 비평가·연구자가 특정한 주제를 앞세워서 편집한 선집이라는 점에서, 단행본의 재발간하는 것보다 적극적인 출판기획이었다. 특히 비평가·연구자들은 1차 자료를 직접 검토하였으며, 자신의 시각에 따라 선집을 편집하였다. 동시에 각 선집에 차이가 존재하였는데, 작품(김희민)을 중심으로 둘 수도 있고, 작가(김성수, 양승국)를 중심으로 둘 수도 있었다. 또한 시기적으로 볼 때, '해금'작가의 시기는 카프시기(김성수, 양승국), 카프 해산 이후(양승

---

45  『월북 작가 대표희곡선』의 출간과 거의 같은 시기에, 편자가 제출한 학위논문은 편자 서문의 시각을 보다 이론적으로 제시한다. 극의 본질을 '현재화된 인생 표현'으로 이해할 수 있지만, 극 장르의 전통을 확보하지 못한 상태에서 서구의 근대극을 수용한 한국희곡사는 서사성을 강하게 가지고 있었다. 그는 서사성을 극복하고 양식에 대한 명징한 이해와 극작술에 근거한 희곡창작은 유치진과 함세덕에 의해 가능했다고 보았다. 특히 함세덕의 「산허구리」는 "모든 사건 진행이 전진적 모티프에 의해 미래지향의 현재 속에서 구체화"하면서 기대와 좌절, 인간과 자연의 갈등을 드러낸다는 점에서 이전까지 한국희곡의 한계를 넘어선 "30년대의 대표작"이라고 평가하였다. 양승국, 「1930년대 희곡에 나타난 등장인물의 기능」, 서울대 석사논문, 1988., 123~126쪽.

국), 해방공간(김희민) 등 세 단계의 문학사적 단계가 존재함이 드러났고, 프로작가(김성수), 월북 작가(양승국), 중견작가/신세대작가(김희민) 등 문학사와 작가를 바라보는 다양한 시각이 '해금'으로 인해 가능함을 확인하였다. 또한 선집을 편집하는 과정에서 시대와 주제(김희민), 운동사와 비평사(김성수), 양식과 문학사(양승국)의 관련성 또한 논점으로 제시될 수 있음이 드러난다. 이는 '월북 작가'라는 개념이 분화하면서, 문학사 이해가 보다 심화될 수 있다는 가능성을 예시한다.

### 3. 7·19조치 전후의 영인본 출판

7·19조치를 전후하여 월북 작가 작품을 수록한 영인본 또한 다수 간행되었다. 대표적인 영인본은 다음과 같다.

| 총서명 | 편자 | 권수 | 출판연도 |
|---|---|---|---|
| 『한국근대단편소설대계』 | 이주형·권영민·정호웅 편 | 전 35권 | 1988.05.25. |
| 『한국현대시사자료집성 –시집편』 | 윤여탁 편 | 전 33책 (24-46권) | 1988.08.30. |
| 『납월북 시인총서』 | | 전 11권 | 1988.09.10. |
| 『한국근대장편소설대계』 | 이주형·권영민·정호웅 편 | 전 20권 | 1988.11.25. |
| 『1930년대 한국문예비평자료집』 | 서경석 외편 | 전 18권[46] | 1989.10.30. |

---

46   판권면에는 '20책'으로 적혀 있지만, 서울대 중앙도서관에 소장된 『1930년대 한국 문예비평자료집』(계명문화사, 1989)는 18권이 소장되어 있다. 1991년 동명의 자료 집이 1-20권은 한일문화사(한일문화사 편집부 편)에서 21-25권은 보고사(보고사 편집

이 외에도 『원본신문연재소설전집』(깊은샘자료실 편, 전 5권, 깊은샘, 1987), 『한국근대희곡작품집』(양승국 편, 전 10권, 아세아문화사, 1989), 『한국근대연극영화비평자료집』(양승국 편, 전 17권, 태동, 1989) 등이 7.19 조치를 전부하여 간행되었다. 여기에서는 소설 영인본인 『한국근대단편소설대계』 및 『한국근대장편소설대계』, 시 영인본인 『한국현대시사자료집성 - 시집편』과 『납월북 시인총서』, 그리고 비평 자료집인 『1930년대 한국문예비평자료집』을 통해 7.19조치를 전후하여 출판된 영인본의 특징을 살펴보도록 하겠다.

7.19조치 직전 당시 출판계에서는 조만간 해금이 있으리라는 소문이 퍼져 있었는데, 태학사 사장 지현구 사장와 연구자 권영민, 정호웅은 많은 단행본을 소장하고 있었던 연구자 이주형을 찾아가서 영인본 출판을 준비하였다.[47] 그 결과 7.19조치 직전에 월북 작가의 단편소설을 묶은 『한국근대단편소설대계』이 간행되었고, 7.19조치 직후에 장편소설을 엮은 『한국근대장편소설대계』가 간행되었다. 『한국근대단편소설대계』와 『한국근대장편소설대계』의 구성을 이어서 제시하면 다음과 같다.

**『한국근대단편소설대계』의 구성**

| | | |
|---|---|---|
| 1 | | 『조선단편문학선집』 |
| | | 『농민소설집』 |

부 편)에서 다시 간행된다.

47    정호웅, 「해금과 한국현대소설 연구 - 작은 기억들을 엮어」, 2018년 상반기 구보학회 제26회 정기학술대회 〈해금 30년, 문학장의 변동〉, 서울여자대학교, 2018.4.21.

| 1 | | 『파경』 |
|---|---|---|
| 2 | 강경애 | 『여류단편걸작집』(강경애·장덕조·이선희·박화성·최정희·노천명·백신애, 조광사, 1940, 재판) + 최초 발표본 |
| 3 | 김남천 | 『소년행』(학예사, 1939)<br>『삼일운동』(아문각, 1947)<br>『맥』(을유문화사, 1947) |
| 4 | 김남천 | 최초 발표본 |
| | 김만선 | 최초 발표본 |
| 5 | 김사량 | 최초 발표본 |
| | 김소엽 | 『갈매기』(평문사, 1944) + 최초 발표본 |
| 6 | 김영석 | 『이춘풍전』(조선금융조합연합회, 1947) + 최초 발표본 |
| | 김영팔 | 최초 발표본 |
| | 민병휘 | 『인삼』(평문사, 1943) |
| | 박승극 | 최초 발표본 |
| 7 | 박노갑 | 최초 발표본 |
| 8 | 박태원 | 『소설가 구보씨의 일일』(문장사, 1938)<br>『박태원 단편집』(학예사, 1939)<br>『성탄제』(을유문화사, 1948) |
| 9 | 박태원 | 최초 발표본 |
| 10 | 송영 | 최초 발표본 |
| 11 | 박영희 | 최초 발표본 |
| | 석인해 | 최초 발표본 |
| | 안동수 | 최초 발표본 |
| 12 | 안회남 | 『안회남 단편집』(학예사, 1939)<br>『전원』(고려문화사, [출판연도불명])<br>『불』(을유문화사, [출판연도불명]) |
| 13 | 안회남 | 최초 발표본 |
| 14 | 엄흥섭 | 『길』(한성도서주식회사, 판권면 누락)<br>『정열기』(한성도서, 1950)<br>『흘러간 마을』(백수사, 1948) |

| 15 | 엄흥섭 | 최초 발표본 |
|----|------|-----------|
| 16 | 유항림 | 최초 발표본 |
| | 윤기정 | 최초 발표본 |
| | 윤세중 | 최초 발표본 |
| 17 | 이근영 | 『고향사람들』(영창서관, 1943) + 최초 발표본 |
| 18 | 이기영 | 『민촌』(건설출판사, 1946, 재판)<br>『서화』(동광당서점, 1937)<br>『이기영 단편집』(학예사, 1939) |
| 19 | 이기영 | 최초 발표본 |
| 20 | 이기영 | 최초 발표본 |
| | 이북명 | 최초 발표본 |
| 21 | 이동규 | 『낙랑공주』(명문당, 1945) + 최초 발표본 |
| 22 | 이석훈 | 『황혼의 노래』(조선출판사, 1947) + 최초 발표본 |
| 23 | 이선희 | 최초 발표본 |
| | 이적효 | 최초 발표본 |
| | 임서하 | 『감정의 풍속』(동방문화사, 1948) + 최초 발표본 |
| 24 | 이태준 | 『가마귀』([판권면누락])<br>『이태준 단편집』(학예사, 1941)<br>『돌다리』(박문서관, 1943) |
| 25 | 이태준 | 『달밤』(한성도서주식회사, 1935) + 최초 발표본 |
| 26 | 정인택 | 최초 발표본 |
| | 조명희 | 『낙동강』(건설출판사, [판권면 누락]) + 최초 발표본 |
| 27 | 조벽암 | 최초 발표본 |
| | 지하련 | 최초 발표본 |
| | 최명익 | 『장삼이사』(을유문화사, 1947) + 최초 발표본 |
| 28 | 최승일 | 최초 발표본 |
| | 최인준 | 최초 발표본 |
| | 한인택 | 최초 발표본 |

| 29 | 한설야 | 『한설야 단편집』(박문서관, 1941)<br>『이녕』(건설출판사, 1946)<br>최초 발표본 |
|---|---|---|
| 30 | 함대훈 | 『폭풍전야』(세창서관, 1949)<br>『청춘보』(경향출판사, 1947) |
| 31 | 함대훈 | 최초 발표본 |
| 32 | 함대훈 | 『북풍의 정열』(조선출판사, 1943) |
| | 허준 | 『잔등』(을유문화사, 1946) + 최초 발표본 |
| 33 | 현경준 | 최초 발표본 |
| 34 | 현덕 | 『남생이』(판권면누락)<br>『집을 나간 소년』(아문각, 1946)<br>최초 발표본 |
| 35 | 홍구 | 『유성』(아문각, 1948) + 연재본 |
| | 홍구범 | 최초 발표본 |
| | 황건 | 최초 발표본 |

## 『한국근대장편소설대계』의 구성

| 1 | 김남천 | 『대하』(백양당, 1947)<br>『사랑의 수족관』(연재본) |
|---|---|---|
| 2 | 김남천 | 『낭비』(연재본) |
| | 김사량 | 『태백산맥』(연재본)<br>『낙조』(연재본) |
| 2 | 박노갑 | 『사십년』(연재본) |
| 3 | 박태원 | 『천변풍경』(박문출판사, 1947)<br>『홍길동전』(금융조합연합회, 1949) |
| 4 | 박태원 | 『여인성장』(영창서관, 1949) |
| 5 | 박태원 | 『금은탑』(한성도서주식회사, 1949)<br>『수호전』(연재본) |
| 6 | 엄흥섭 | 『행복』(영창서관, 1941) |

| | | |
|---|---|---|
| 7 | 엄흥섭 | 『봉화』(성문당서점, 1943) |
| 8 | 엄흥섭 | 『인생사막』(단행본, [판권면 누락]) |
| | 이근영 | 『제3노예』(아문각, 1949) |
| 9 | 이기영 | 『생활의 윤리』(성문당, 1944, 재판)<br>『광산촌』(성문당, [판권면 누락]) |
| 10 | 이기영 | 『고향』(상)(한성도서주식회사, 1939, 6판)<br>『고향』(하)(한성도서주식회사, 1937, 1판) |
| 11 | 이기영 | 『신개지』(삼문사, 1938) |
| 12 | 이기영 | 『봄』(대동출판사, 1942) |
| 13 | 이기영 | 『동천홍』(조선출판사, 1943)<br>『어머니』(연재본) |
| 14 | 이기영 | 『대지의 아들』(연재본)<br>『인간수업』(문우출판사, 1948) |
| 15 | 이태준 | 『청춘무성』(연재본 + 단행본 [판권면누락]) |
| 16 | 이태준 | 『농토』(삼성문화사, 1948)<br>『화관』(삼문사전집간행부, 1938) |
| 17 | 이태준 | 『제2의 운명』(한성도서주식회사, 1949, 재판)<br>『사상의 월야』(연재본) |
| 18 | 이태준 | 『불멸의 함성』(연재본)<br>『성모』(연재본) |
| 19 | 이태준 | 『구원의 여인』(태양사, 1937)<br>『신혼일기』(광문서림, [판권면누락]) |
| 20 | 이태준 | 『황진이』(동광당서점, 1946) |
| 20 | 장혁주 | 『삼곡선』(한성도서주식회사, 1937) |
| 21 | 한설야 | 『탑』(매일신보사출판부, 1942) |
| 22 | 한설야 | 『초야』(박문서관, 1941) |
| 23 | 한설야 | 『황혼』(영창서관, 1940) |
| 24 | 한인택 | 『질풍시대』(한성도서주식회사, 1949) |
| | 한설야 | 『청춘기』(연재본) |

| 25 | 함대훈 | 『순정해협』(한성도서주식회사, 1937) |
| | 현경준 | 『마음의 금선』(홍문서관, 1944, 재판) |
| 26 | 이태준 | 『왕자호동』(남창서관, 1943) |

『한국근대단편소설대계』와 『한국근대장편소설대계』는 7.19조치에서 제외되었던 소설가 이기영, 한설야를 포함하여, 이태준, 박태원, 김남천, 엄흥섭, 함대훈, 김사량, 허준, 유항림, 현경준 등 대표적인 '월북 작가'들의 작품을 두루 포괄하고 있다. 앞서 기민사와 슬기의 단행본 재출간은 월북 작가의 대표적인 작품집만을 대상으로 했는데, 이들 영인본에서는 당시까지 알려진 작가의 작품을 거의 대부분 수록하고 있다. 가령 슬기에서 박태원의 작품은 단편집 『소설가 구보씨의 일일』, 장편소설 『천변풍경』, 『금은탑』만이 출간되었는데, 영인본은 작품집 『박태원 단편집』, 『성탄제』뿐 아니라, 장편소설 『홍길동전』, 『여인성장』, 『수호전』 등을 포함하고 있다. 두 편의 영인본은 작가의 이름 별로 편집되어 있는데, 단행본으로 출간된 작품은 단행본을 수록하는 방식으로 영인하였고, 단행본에 수록되지 않은 작품의 경우 신문, 잡지 등 최초 발표본을 시기순으로 영인하여 실었다. 이를 위해서는 작가별 작품 서지가 미리 준비되어야 할 것인데, 이 점에서 영인본의 편집 과정에 출판사의 역할 뿐 아니라, 연구자들의 정보 구축 및 자료 수집의 역할이 필요했음을 확인할 수 있다.[48]

다만 자료 수득의 어려움으로 인해서 일부 작품은 실리지 못하였다. 가령 ③에서 박태원의 경우 『임진조국전쟁』을 비롯한 북한의 작품은 실리지 않았다. 또한 중복게재를 피하고 직접 복사를 해야하는

48　단행본을 구하지 못했거나 단행본에 수록되지 않은 소설은 연구자 서경석, 류보선,

집약적 노동이 필요했기에 단행본에 실린 작품의 경우는 최초 발표본이나 연재본을 별도로 싣지 않았다. 또한 하나의 작품이나 작품집이 여러 차례 간행된 경우, 수득한 자료를 영인한 것으로 보인다. 김남천의 경우 단행본 『소년행』, 『맥』, 『삼일운동』이 『한국근대단편소설대계』 3권에 실렸으며, 이 세 단행본에 수록되지 않은 작품들이 4권에 실린다. 그리고 『한국근대장편소설대계』 1권에는 김남천의 『대하』와 『사랑의 수족관』이 실린다. 이때 『대하』는 해방 전 단행본(인문사, 1939)이 아니라 해방 후 판본(백양당, 1947)[49]을 영인하였고, 『사랑의 수족관』은 단행본(인문사, 1940)이 아니라, 신문연재본이 수록되어 있다. 두 경우 모두 해방 전 단행본을 구하지 못한 것으로 추측된다. 또한 영인 과정에서 일부 작품의 경우 글자를 알아보기 힘든 화질로 복사가 되기도 하였다. 이러한 아쉬움은 이후 텍스트 비평이라는 과제를 연구자와 독자들에게 남겼다. 가령, 김남천은 해방전에 창작한 「녹성당」(『문장』, 1939.3)을 해방 후 단행본(『삼일운동』, 아문각, 1947)에 수록하면서 주요한 서사적 장치를 손질하였는데,[50] 『한국근대단편소설대계』를 통해서는 『삼일운동』에 실린 「녹성당」만을 읽게 된다. 텍스트 비

---

채호석, 김종욱, 박진숙, 김외곤 등이 수집 정리하였다. 정호웅, 앞의 글 참조.

49  『한국근대장편소설대계』 1권에 실린 김남천의 『대하』에는 "HARVARD-YENCHING LIBRARY / HARVARD UNIVERSITY / 2 DIVINITY AVENUE / KBE / JUN 10 1968 / K5973.5 / 8141.2" 라는 표시가 있다. 하버드-옌칭 도서관 소장본의 사본을 저본으로 하였음을 알 수 있다.

50  해방 전 「녹성당」과 해방 후 「녹성당」의 차이에 관한 텍스트비평과 의미론적 해석은 이경림, 「마르크시즘의 틈과 연대하는 전향자의 표상 - 김남천의 「녹성당」론」, 『민족문학사연구』 48, 민족문학사학회, 2012, 120~128쪽; 박형진, 「과학, 모랄, 문학-1930년대 중반 김남천 문학에서의 '침묵'의 문제」, 『상허학보』 48, 상허학회, 2012, 195~200쪽 참조.

평에 대한 과제를 남겼으나, 『한국근대장편소설대계』와 『한국근대단편소설대계』는 '월북 작가'의 작품을 전체적으로 파악한 데 큰 도움을 주게 된다. 이어서 '월북시인'들의 작품이 수록된 영인본을 살펴보도록 하겠다. 『한국현대시사자료집성 - 시집편』 24-46권[51]과 『납월북시인총서』 전 11권이 그것이다.

### 『한국현대시사자료집성 - 시집편』의 구성

| | |
|---|---|
| 24 | 『노방초』(강홍운, 초원사, 1941.02.15) 『자화상』(권환, 조선출판사, 1943.08.15), 『윤리』(권환, 성문당서점, 1944.12.25), 『동결』(권환, 건설출판사, 1946.08.20), 『새로운 도시와 시민들의 합창』(저작대표 김경린, 도시문화사, 1949.04.05), 『전위시인집』([판권면누락]), 『기상도』(김기림, 창문사, 1936.07.08), 『태양의 풍속』(김기림, 학예사, 1939.09.25) |
| 25 | 『바다와 나비』(김기림, 신문화연구소, 1946.04.20), 『새노래』(김기림, 아문각, 1948.04.15), 『청시』(김달진, 청색지사, 1940.09.28), 『파초』(김동명, 신성각, 1938.02.03), 『삼인선』(김동명, 문성사, 1947.09.20), 『길』(김동석, 서울, [출판연도불명]) |
| 26 | 『조선명작선집』(김동환 편, 삼천리사, [출판연도불명]), 『옥문이 열리던 날』(상민, 신학사, 1948.09.10), 『초적』(김상옥, 수향서헌, 1947.4.15), 『이단의 시』(김상옥, 청석장, 1949.06.15), 『백로』(김상옥, 구고산방, 1949.03.30), 『가족』(김상훈, 백우사, 1948.10.30), 『대열』(김상훈, 백우서림, 1947.05.28) |
| 27 | 『봄의 노래』(김억, 매문사, 1925.09.28), 『안서시집』(김억, 한성도서주식회사, 1929.04.01), 『향연』(김용호, [출판사불명]. 1941.06.20), 『해마다 피는 꽃』(김용호, 시문학사, 1948.06.25), 『영랑시선』(김윤식, 중앙문화협회, 1949.10.25) |
| 28 | 『재만조선인시집』(편집자 김조규, 예문당, 강덕9[1942].10.10), 『구름과 장미』(김춘수, 행문사, 1948.09.01), 『석송 김형원 시집』(김형원, 삼희사, 1979.02.15), 『처녀의 화환』(노자영, 청조사, 1937.04.10, 재판) |

---

51   권수는 24~46권(전23권)인 것은 동명의 자료집이 1~23권이 1982~1983년에 출판되었기 때문이다.

| 29 | 『백공작』(노춘성, 미모사서점, 1938.05.02), 『현대시인전집』 제2권(노천명, 동지사, 1949.03.10), 『현대시집』 제1권(노천명 · 김영랑, 정음사, 1950.03.19), 『낭만』 제1집(편집겸저작자 민태규, 낭만사, 1936.11.09), 『바다의 합창』(박거영, 시문학사, 1949.11.25) |
|---|---|
| 30 | 『여정』(박노춘, [출판사불명], 1940.12.28), 『해』(박두진, 청만사, 1949.05.15), 『현대시집』 제3권(박두진 · 박목월 · 조지훈 · 서정주, 정음사, 1950.03.20), 『소백산』(박문서, [판권면 누락]), 『산제비』(박세영, 별나라출판부, 1946.02.01, 재판) |
| 31 | 『햇불-해방기념시집』(저자대표 박세영, 우리문학사, 1948.04.20), 『박승걸 시집』([판권면누락]), 『심화』(박아지, 우리문학사, 1946.03.14), 『여수시초』(박팔양, 박문서관, 1940.03.30), 『사슴』(백석, [출판사누락], 1936.1.20) |
| 32 | 『상화와 고월』(백기만 편, 청구출판사, 1954.08.10, 재판), 『현대조선명시선』(서정주 저, 온문사, 1950.02.15), 『작고시인선』(서정주 편, 정음사, 1955.08.03) |
| 33 | 『종』(설정식, 백양당, 1947.04.01), 『포도』(설정식, 정음사, 1948.01.15), 『제신의 분노』(설정식, [판권면없음]), 『개폐교』(설창수, [판권면없음]) |
| 34 | 『시조시학』(안자산, 교문사, 1949.04.15), 칠면조(여상훈, 정음사, 1947.09.20), 성벽(오장환, 아문각, 1947.01.10), 『헌사』(오장환, 남만서방, 1939.07.20), 『나 사는 곳』(오장환, 헌문사, 1947.06.05), 『창』(조운, 정음사, 1948.01.30), 『병든 서울』(오장환, 정음사, 1946.07) |
| 35 | 『청령일기』(유치환, 수선사, 1949.05.15), 『현대시집』 제2권(유치환 · 장만영 · 김광균 · 신석정, 정음사, 1950.03.10), 『하늘과 바람과 별과 시』(윤동주, 정음사, 1955.02.15), 『무화과』(윤영춘, 숭문사, 1948.08.28, 재판) |
| 36 | 『수필과 시가』(이광수, 영창서관, 1939.10.15), 『네동무』(오덕 · 심인섭 · 정철 · 이동주, [판권면누락]), 『이상선집』(이상, 백양당, 1949.3.31), 『여로』(엄태섭, 삼문사, 1939.12.25.), 『잔몽』(이상필, 삼문사 1937.09.05), 『방랑기』(이설주, 계몽사서점, 1948.09.15), 『수난의 장』(이설주, 문성당, 1956.07.25) |
| 37 | 『분수령』(이용악, [판권면누락]), 『낡은 집』(이용악, 삼문사, 1938.11.10), 『오랑캐꽃』(이용악, [판권면누락]), 『현대시인전집 제1권 – 이용악집』(이용악, 동지사, 1949.01.25), 『옛터에 다시오니』(이원희, [판권면누락]), 『대망』(이찬, 중앙신서관, 1937.11.30), 『분향』(이찬, 한성도서주식회사, 1938.07.20) |
| 38 | 『망양』(이찬, 박문서관, 1940.06.15), 『현대서정시선』(이하윤 선, 박문서관, 1939.02.20), 『이해문시집』(이해문, 시인춘추사, 1938.01.10), 『박꽃』(이희승, 일조각, 1961.05.20) |

| 39 | 『석류』(임학수, 한성도서주식회사, 1944.01.15) 『팔도풍물시집』(임학수, 백민문화사, [재판-판권지누락]), 『후조』(임학수, 한성도서주식회사, 1939.01.25), 『전선시집』(임학수, 인문사, 1939.09.15), 『필부의 노래』(임학수, 고려문화사, 1948.07.10) 『현해탄』(임화, 동광당서점, 1938.02.29) |
|---|---|
| 40 | 『찬가』(임화, 백양당, 1947.02.10), 『회상시집』(임화, 건설출판사, [판권면누락]), 『화병』(임춘길, [출판사불명], 1941.05.30), 『축제』(장만영, 인문사, 1939.11.30), 『유년송』(장만영, [판권면누락]), 『어느 지역』(장영창, 태양당, 1948.06.20), 『혈염곡』(정독보, [판권면누락]) 『정지용시집』(정지용, 시문학사, 1935.10.27) |
| 41 | 『백록담』(정지용, 동명출판사, 1950.03.15, 삼판), 『지용시선』(정지용, 을유문화사, [출판연도누락]), 『풍장』(정진업, 시문학사, 1948.08.31), 『모밀꽃』(정호승, 조선문학사, 1939.09.30), 『머들령』(정훈, 학림사, 1949.03.05) 『아름다운 강산』(정태진 편, 신흥국어연구회, 1946.12) |
| 42 | 『봄잔듸밭 위에서』(조명희, 춘추각, 1924.06.15), 『버리고 싶은 유산』(조병화, 산호장, 1949.07.01), 『3·1 기념시집』(조선문학가동맹시부 편, 건설출판사, 1946.03.01), 『연간 조선시집 – 1946년판』(조선문학가동맹 시부운영위원회 편, 아문각, 1947.03.20), 『카프시인집-1931년판』(조선푸로레타리아예술동맹 문학부 편, 집단사, [판권면누락]), 『조운시인집』(조운, 조선사, 1947.05.05) |
| 43 | 『조선시인선집』(편집겸발행인 조태연, 조선통신중학관, 1926.10.13), 『잠자리』(창맹인, 육생사, 1949.10.09), 『경부털도의 노래』(최남선, 신문관, 1908.05.10, 삼판), 『형상7인시집』 제1집([판권면누락]), 『서정시집』(피천득, 상오출판사, 1947.01.20), 『봉사꽃』(주요한, 세창서원, 1930.10.20) |
| 44 | 『방아찧는 처녀』(한죽송, 한성도서주식회사, 1939.04.20), 『앵무새』(함윤수, [출판사불명], 1939.06.09), 『은화식물지』(함윤수, 장학사, 1940.12.26), 『무명초』(허이복, 치성서원, 1937.12.25), 『박꽃』(허이복, 중앙인서관, 1939.05.25), 『청년시인백인집』(편집겸발행인 황석우, 조선시단사, 1929.04.03) |
| 45 | 『지열』(조벽암, 아문각, 1948.07.25), 『추풍령』(김철수, 산호장, 1949.01.15), 『조선문학전집』(저작자 임학수, 한성도서주식회사, 1949.04.20), 『표정』(이범혁, 국학연구회, 1949.06.01), 『게시판』(윤복구, 중앙문화협회, 1949.12.31), 『요람』(김용득, [출판사누락], 1946.10.15) |
| 46 | 『고란초』(김도성, 문영사, 1948.10.30), 『우수의 황제』(김수돈, 대한문화사, 1953.02.10), 『악의 노래』(박거영, 국제신보출판국, 1951.09.15, 재판), 『미륵』(이설주, 인간사, 1957.10.25), 『쌍룡고지』(장호강, [출판사누락], 1954.05.20), 『항전의 조국』(장호강, 인간사, 1955.12.15), 『시산을 넘고 혈해를 건너』(조영암, 정음사, 1951.03.30), 『조선미』([판권면누락]) |

## 『납월북시인총서』의 구성

| | |
|---|---|
| 납월북시인<br>총서 1 | 『기상도』(김기림, 창문사, 1936.07.08), 『사슴』(백석, [출판사불명], 1936.01.20), 『분수령』(이용악, 삼문사, 1937.05.30), 『석류』(임학수, 한성도서주식회사, 1937.08.10), 『대망』(이찬, 중앙인서관, 1937.11.30), 『현해탄』(임화, [판권면누락]) |
| 납월북시인<br>총서 2 | 『바다의 묘망』(이해문, 한성도서주식회사, 1938.01.10), 『분향』(이찬, 한성도서주식회사, 1938.07.20), 『향수』(조벽암, 이문당서점, 1938.03.01) |
| 납월북시인<br>총서 3 | 『낡은 집』(이용악, 산문사, 1938.11.10), 『산제비』(박세영, 한성도서주식회사, 1938.05.23), 『현대조선시인선집』(임화, 학예사, 1939.01.25), 『헌사』(오장환, 남만서방, 1939.07.20), 『태양의 풍속』(김기림, 학예사, 1939.09.06) |
| 납월북시인<br>총서 4 | 『신찬시인집』(김기림, 시학사, 1939), 『정지용시집』(정지용, 시문학사, [연도미기재]), 『여수시초』(박팔양, 박문서관, 1940.03.30) |
| 납월북시인<br>총서 5 | 『백록담』(정지용, 문장사, 1941.09.15), 『남창집』(이강수, 조선인쇄주식회사, 1938.03.20), 『설백집』(김종한, 박문서관, 1938.07.20), 『자화상』(권환, 조선출판사, 1938.08.15), 『윤리』(권환, 성문당서점, 1944.12.25), 『바다와 나비』(김기림, 신문화연구소, 1946.04.20) |
| 납월북시인<br>총서 6 | 『에-세닌시집』(오장환, 동향사, 1946.05.28), 『병든 서울』(오장환, 정음사 1946.07), 『동결』(권환, 건설출판사, 1946.08.20), 『길』(김동석, [출판사불명], 1946), 『심화』(박아지, 우리문학사, 1946.03.14), 『지용시선』(정지용, 을유문화사, [연도미상]), 『요람』(김용득, 고려문화사, 1946.10.15) |
| 납월북시인<br>총서 7 | 『성벽』(오장환, 아문각, 1947.01.10), 『찬가』(임화, 백양당, 1947.02.10), 『연간조선시집』(조선문학가동맹, 아문각, 1947.03.20), 『종』(설정식, 백양당, 1947.04.01), 『오랑캐꽃』(이용악, 아문각, 1947.04.20) |
| 납월북시인<br>총서 8 | 『회상시집』(임화, 건설출판사, 1947.04.05), 『조운시조집』(조운, 고려문화사, 1947.05.05), 『나 사는 곳』(오장환, 헌문사, 1947.06.05), 『칠면조』(여상훈, 정음사, 1947.09.20), 『포도』(설정식, 정음사, 1948.01.15), 『팔도풍물시집』(임학수, 백민문화사, 1948,04,05) |
| 납월북시인<br>총서 9 | 『새노래』(김기림, 아문각, 1948.04.15), 『필부의 노래』(임학수, 고려문화사, 1948.07.10), 『지열』(조벽암, 아문각, 1948.07.25), 『초생달』(임학수, 문조사, 1948.07.05) 『옥문이 열리든 날』(상민, 신학사, 1948.09.10) |

| 납월북시인<br>총서 10 | 『기상도』(김기림, 산호장, 1948.09.20), 『가족』(김상훈, 백우사, 1948.<br>10.30), 『제신의 분노』(설정식, 신학사, 1948.11.18), 『추풍령』(김철수,<br>산호장, 1949.01.15), 『현대시인전집 제1권 이용악집』(이용악, 동지사,<br>1949.01.25) |
|---|---|
| 납월북시인<br>총서 11 | 『흑인시집』(김종욱 역편, 민교사, 1949.01.10), 『현대조선문학전집』<br>(임학수, 한성도서, 1949.04.20), 『표정』(이범혁, 국학연구회, 1949.06.01),<br>『게시판』(윤복구, 중앙문화협회출판국, 1949.12.31) |

월북시인의 작품을 영인한 『한국현대시사자료집성 - 시집편』과 『납월북시인총서』를 통해서 7.19조치를 전후하여 등장한 월북시인의 면모를 살펴볼 수 있다. 시인 김기림, 임학수, 설정식, 오장환, 이찬, 조벽암, 권환, 이용악, 박세영, 박아지 등이 그들이다. 앞서 보았듯 소설 영인본은 '작가'의 이름을 중심으로 책을 편집하고 단행본과 단행본 미수록 작품을 함께 영인하였다. 하지만 시 영인본은 시집에 실리지 않은 작품은 싣지 않았으며, 월북 시인의 인명 가나다 순에 따라 '시집' 단위로 영인을 하였다. 『한국현대시사자료집성 - 시집편』은 월북 작가 뿐 아니라, 해방 후 한국에서 활동한 시인들까지 포괄하여 영인하였고, 『납월북시인총서』는 월북시인에 한정하여 영인하였다는 차이는 있으나, 이들은 시집을 단위로 했다는 점에서 공통적이다. 월북시인의 시집은 대개 식민지 시기에 간행된 것과 해방공간에서 간행된 것을 수록하였다. 대개 식민지 또한 소설 영인본과 마찬가지로, 여러 번 간행된 시집의 경우 하나의 판본만 수록하였다. 『정지용 시집』, 『기상도』, 『팔도풍물시집』 등이 그 예이다.[52] 이들 영인본이 월북시인의 면모를 복원하고 이후 연구와 출판에 적극적으로 활용된 것은 말

---

52  두 번 간행된 시집의 경우, 둘 중 무엇을 싣는가에 특별한 기준이 있는 것 같지는 않다. 『정지용 시집』은 1935년 시문학사본이 영인되었고, 『팔도풍물시집』과 『기상도』는 해방 이후 판본이 영인되었다. 수득의 용이성과 관련되는 것으로 추정된다.

할 나위 없다. 두 영인본은 모두 해방공간까지를 대상으로 하고 있으며, 북한의 시집은 포함하지 않고 있다. 당대 사회적 맥락을 보다 면밀히 고찰하여야겠지만, 이 점은 월북 작가 해금의 임계가 '북한' 직전이었음을 보여준다. 특히 『한국현대시사자료집성 - 시집편』은 해금된 월북시인의 시집과 1950년대 이후 한국의 시집이 함께 영인되어 있는 형태로 출판되었기 때문에, 식민지 시기와 해방 이후 한국을 포괄하되 북한은 제외한 '한국(시)문학사'의 (무)의식을 보여주고 있다.

월북 작가들의 비평을 영인한 것은 『1930년대 한국문예비평자료집』이 있다. 이 자료집의 내용은 다음과 같다.

| 권 | 수록시기 | 수록비평 소재 매체명 |
|---|---|---|
| 1 | 1929.12.~ 1930.09. | 『대조』, 『대중공론』, 『별건곤』, 『신민』, 『신생』, 『신흥』, 『조선시단』, 『조선일보』, 『조선지광』, 『중앙일보』, 『철필』, 『학생』, 『학지광』 |
| 2 | 1930.10.~ 1931.11. | 『동광』, 『문예월간』, 『불교』, 『비판』, 『삼천리』, 『신민』, 『신생』, 『신흥』, 『이러타』, 『일광』, 『조선일보』, 『조선지광』, 『조선중앙일보』, 『철필』, 『청구학총』, 『청년』, 『학생』, 『혜성』 |
| 3 | 1931.12.~ 1932.09. | 『농민』, 『동광』, 『동방평론』, 『문예월간』, 『불교』, 『비판』, 『삼천리』, 『시대공론』, 『신여성』, 『신흥』, 『신흥영화』, 『연희』, 『제1선』, 『중앙일보』, 『혜성』 |
| 4 | 1932.10.~ 1933.06. | 『농민』, 『동광』, 『동성』, 『비판』, 『사상월보』, 『삼천리』, 『신계단』, 『신동아』, 『신여성』, 『신흥』, 『여명』, 『제1선』, 『조선일보』, 『조선중앙일보』, 『카톨릭청년』 |
| 5 | 1933.07.~ 1934.01. | 『농민』, 『동광총서』, 『문학』, 『삼천리』, 『신가정』, 『신동아』, 『여명』, 『조선문학』, 『조선일보』, 『조선중앙일보』, 『중앙』, 『카톨릭청년』, 『학등』 |
| 6 | 1934.02.~ 1934.09. | 『문학』, 『신가정』, 『신동아』, 『우리들』, 『조선시단』, 『조선일보』, 『조선중앙일보』, 『중앙』, 『카톨릭청년』, 『학등』, 『형상』 |

| 7 | 1934.10.~ 1935.03. | 『개벽』, 『삼사문학』, 『삼천리』, 『시원』, 『신가정』, 『신동아』, 『신인문학』, 『신조선』, 『예술』, 『조선문단』, 『조선일보』, 『조선중앙일보』, 『중앙』, 『진단학보』, 『청년조선』, 『학등』 |
|---|---|---|
| 8 | 1935.04.~ | 『사해공론』, 『삼천리』, 『시원』, 『신가정』, 『신동아』, 『신인문학』, 『예술』, 『조선문단』, 『조선일보』, 『조선중앙일보』, 『중앙』, 『학등』, 『한글』 |
| 9 | 1935.09.~ 1935.12. | 『비판』, 『사해공론』, 『삼천리』, 『신가정』, 『신동아』, 『신인문학』, 『신조선』, 『조선일보』, 『조선중앙일보』, 『학등』, 『한글』 |
| 10 | 1936.01.~ 1936.04. | 『비판』, 『삼천리』, 『신가정』, 『신동아』, 『신인문학』, 『신조선』, 『조광』, 『조선문단』, 『조선일보』, 『조선중앙일보』, 『중앙』, 『학등』 |
| 11 | 1936.05.~ 1936.12. | 『비판』, 『사해공론』, 『삼천리』, 『신가정』, 『신동아』, 『신인문학』, 『조광』, 『조선일보』, 『조선중앙일보』, 『중앙』, 『카톨릭청년』 |
| 12 | 1937.01.~ 1937.05. | 『단층』, 『백광』, 『비판』, 『사해공론』, 『사회공론』, 『삼천리』, 『신흥』, 『조광』, 『조선문학』, 『조선일보』, 『풍림』, 『한글』 |
| 13 | 1937.06.~ 1938.06. | 『문화월보』, 『단층』, 『백광』, 『비판』, 『삼천리문학』, 『시인춘추』, 『여성』, 『자오선』, 『조광』, 『조선문학』, 『조선일보』, 『청색지』 |
| 14 | 1938.07.~ 1939.02. | 『맥(貘)』, 『문장』, 『박문』, 『비판』, 『사해공론』, 『삼천리』, 『여성』, 『조광』, 『조선문학』, 『조선일보』, 『청색지』 |
| 15 | 1939.03.~ 1939.09. | 『문장』, 『박문』, 『비판』, 『삼천리』, 『시학』, 『여성』, 『작품』, 『조광』, 『조선문학』, 『조선일보』, 『진단학보』, 『청색지』, 『한글』 |
| 16 | 1939.10.~ 1940.01. | 『문장』, 『박문』, 『비판』, 『시학』, 『신세기』, 『영화연극』, 『인문평론』, 『조광』, 『조선일보』, 『진단학보』, 『청색지』, 『태양』 |
| 17 | 1940.02.~ 1940.09. | 『문장』, 『문학평론』, 『박문』, 『시건설』, 『인문평론』, 『조광』, 『조선일보』 |
| 18 | 1940.10.~ 1941.04. | 『문장』, 『박문』, 『삼천리』, 『인문평론』, 『조광』 [부록] 『문예운동』(2호), 『예술운동』(창간호) |

식민지 시기에 간행된 단행본 비평집이 그 수가 많지 않고, 그 일부는 영인본이 이미 제작된 바 있기 때문에,[53] 『1930년대 한국문예비평자료집』은 1930년대 신문 잡지의 1차 자료를 확인하고, 연재된 비평을 단위로 영인하였다. 이때 월북비평가 뿐 아니라, 최재서를 비롯한 1930년대에 발표된 비평을 포함하였고 있다. 이 영인본은 1929년 무렵에 시작하는 데 이 시기는 프로문학운동이 활발했던 때이며, 『철필』, 『조선지광』, 『이러타』, 『신계단』, 『비판』 등 사회주의 계열의 잡지들과 그곳에 실린 비평들이 영인대상에 포함되었다. 이 영인본은 이후 카프 해산 이후 1930년대 중후반 한국근대문학의 '문예부흥' 시기를 거쳐 한글 매체의 폐간에 이르기까지를 다루고 있다. 이 영인본은 해금된 월북비평가들의 비평을 수록하는 동시에, 그들과 대화적 관계를 형성하였던 많은 다른 비평가들의 비평을 함께 수록하여서 1930년대라는 시대의 비평사를 구성할 가능성을 열어준다.

많은 비평가의 비평 1차자료를 수록한 이 영인본은 비평가의 고유명보다는 '시대'에 중점을 두고 있다. 비평사에서 월북비평가의 '해금'이란, 그동안 가시화되지 못했던 비평가 개인의 복원이라는 1차적 의미에서 나아가, 비로소 1930년대 한국근대문예비평사를 구성하는 가능성을 열었다는 것을 이 영인본은 보여준다. 해금을 전후하여, 특히 카프, 임화, 김남천, 김기림, 안함광 등이 비평사 연구가 활발히 진행되면서 1930년대 비평사가 그 얼개를 비로소 드러낼 수 있었다.

---

53  예컨대, 1977년 형륜문화사는 임화의 『문학의 논리』(학예사, 1940)와 최재서의 『문학과지성』(인문사, 1938) 등을 영인한다.

## 4. 7·19조치 이후의 단행본 및 전집 출판

7·19조치 이후에는 본격적으로 월북 작가 작품집이 간행된다. 해금 이후에 간행된 월북 작가 작품집은 앞서 해금 이전에 4가지 출판 유형 중 ① '대하역사소설' 재출간, ③ 유족·연구자·편집자에 의한 작가 전집 편찬, ④ 비평가·연구자가 편집한 주제 선집은 그 유형이 유지되면서 기획의 규모가 보다 확장된다. ② 한국전쟁 이전 출간 단행본의 재출간 또한 단지 단행본의 재출간을 넘어서서 ⑤ 월북 작가 전집 기획 및 간행이라는 보다 확장적인 형태로 제시된다.

| 전집(단행본) 제목 | 출판사 | 출판일자 | 책임편집 | 기획/출간(권) | 출판유형 |
|---|---|---|---|---|---|
| 해방공간의 문학 | 돌베개 | 1988.08.20.-1988.12.20. | 김승환, 신범순 | 7 / 4 | ④ 주제 선집 |
| 북으로 간 작가 선집 | 을유문화사 | 1988.09.05.-1988.10.10. | | 10 | ⑤ 월북 작가 전집 |
| 재북·월북·해금시인 99선-너 어디 있느냐 | 나남 | 1988.10.15. | 김윤식 | 1 | ④ 주제 선집 |
| 한국근현대민족문학총서 | 풀빛 | 1988.11.15.-1992.01.10. | 임헌영, 김재용, 신승엽, 김철 | 21 / 16 | ③ 작가 전집 |
| 한국해금 문학전집 | 삼성출판사 | 1988.11.20. | 김동리, 이어령, 김윤식, 권영민 | 18 | ⑤ 월북 작가 전집 |
| 소설의 본질과 역사 | 예문 | 1988.12.30. | 신승엽 (옮김) | 1 | ㉠ 비교문학 및 문예이론 |

| | | | | | |
|---|---|---|---|---|---|
| 월북 작가대표 문학-납북, 월북, 재북작가 50 인선 | 서음 출판사 | 1989.01.15. | 이광희 | 24 | ⑤ 월북 작가 전집 |
| 오장환 전집 | 창작과 비평사 | 1989.01.15. | 최두석 | 2 | ③ 작가 전집 |
| 재북·월북·해금수필 61선-애수의 미(美), 퇴폐의 미(美) | 나남 | 1989.02.15. | 김윤식 | 1 | ④ 주제 선집 |
| 대하역사소설 『두만강』 | 사계절 | 1989.03.01. | | 8 | ① '대하역사 소설' 재출간 |
| 카프비평의 이해 | 풀빛 | 1989.05.10. | 김재용 | 1 | ④ 주제 선집 |
| 문학의 논리 | 서음 | 1989.06.28. | | 1 | ② 작품집 재간 |
| 조선소설사 | 예문 | 1989.09. | | 1 | ㉠ 비교문학 및 문예이론 |

7·19조치 이후 시기에 가장 두드러지는 현상은 ⑤ 확장된 형태의 거질의 '월북 작가 전집'이 다수 간행된다는 사실이다. 거질의 '월북 작가 전집' 중 대표적인 것은 『북으로 간 작가 선집』(을유문화사, 1988.8. 20.-12.20), 『한국해금문학전집』(삼성출판사, 1988.11.20), 『월북 작가대표 문학-납북, 월북, 재북작가 50인선』(서음출판사, 1989.1.15)이다.

『한국해금문학전집』은 전 18권의 분량으로 일괄 출판된 월북 작가전집이다. 7·19조치 이전의 단행본 출판이 개별적으로 진행된 것이었다면, 이 전집은 소설 14권, 시 2권, 희곡 1권, 비평 2권 등 문학의 갈래별로 각각 체제를 갖추어서 여러 월북 작가들이 남긴 다양한 갈래의 문학을 함께 제시하고 있다. 전집에 수록된 소설가는 이태준(전 2권), 박태원(전 2권), 김남천, 안회남, 엄흥섭, 이북명·송영, 김소엽·박노갑·정인택, 이선희·현경준·이근영, 최인준·홍구·이동규, 최명익·유항림·허준, 김사량·현덕·석인해, 임서하·김만선·지하련이 있으며, 시인으로는 권환·김기림·김상민·김상훈·박세영·박팔양·백석·설정식·여상훈, 정지용·이용악·이찬·임학수·임화·정지용·조벽암·조운, 그리고 극작가 김영팔·박아지·송영·이서향·함세덕, 비평가 김기림·김남천·김동석·김오성·서인식·신남철·안함광·이원조·임화 등의 작품이 수록되었다. '해금'된 다수의 월북 작가를 갈래별로 망라한 것이 전집의 가장 중요한 특징이라고 할 수 있다.

소설의 경우 이 전집은 7·19조치 이전의 출판물과 달리, 단행본을 그대로 재간행한 것이 아니라, 각 작가별로 장편과 단편을 도틀어 편집자가 선별한 것을 확인할 수 있다. 시 또한 이전의 출판물은 이미 출간된 시집을 그대로 재간행한 것이라면, 이 전집에서는 시를 선별하여 수록하였다. 저본이 된 서지를 모두 세세하게 밝히고 있지는 않지만, 각 권에 실려 있는 '일러두기'를 통해 "해당 작품의 초판본이나 처음 게재된 신문, 잡지를 원고로 사용함을 원칙으로 하였다."라고 명시하고 있다. 『한국해금문학전집』은 편집자가 각 작품의 원발표 지면이나 최초 단행본, 혹은 그 복사본(영인본)을 확인하고 여러 작품 중 편자의 시각으로 작품을 선별하였음을 알 수 있다. 이 점에서 『한국해금문학전집』은 직전에 간행된 『한국근대단편소설대계』와 시집 영인본, 그리고 직후에 간행되는 『한국근대장편소설대계』를 활용한 상태에서 출판된 것으로 조심스레 추정할 수 있다. 『한국해금문학전집』에 수록된 작가와 작품은 거의 대부분 영인본에서도 확인할 수 있는

작가와 작품이기 때문이다.[54]

이어서 간행된 『월북 작가대표문학 - 납북, 월북, 재북작가 50인 선』(서음출판사, 1989.1.15.)은 앞서 『한국해금문학전집』 보다 더욱 확장된 기획이며, 부제에서도 '50인'을 언급하였고 실제 24권이 간행되어 가장 거질의 분량을 보여준다. 이 전집은 소설집 13권, 시집 8권, 희곡선집 1권, 비평집 2권으로 구성되어 있다. 소설은 이태준, 이북명·최인준, 정인택·유항림·배호, 임서하·현덕, 이선희·김사량, 지하련·이근영, 엄흥섭, 허준·박영희, 김소엽·송영, 안회남, 김남천, 최명익·현경준, 조벽암·조명희의 작품이, 시집은 설정식·박세영, 이용악·조운·여상현, 이찬·박팔양·안막·박아지, 김동석·권환·이병철·김상훈, 백석·오장환·김조규, 김억·이흡, 조명희·임화, 임학수·유진오의 작품이 각 권으로 편집되어 있다. 희곡은 함세덕, 송영, 조명희, 이태준, 임학수의 희곡이 한 권으로 묶였고, 비평으로는 김동석의 비평집이 1권, 이원조, 김오성, 안함광, 한식, 임화의 비평을 또 1권으로 묶었다. 앞서 『한국해금문학전집』과 비교한다면, 시집의 비중이 늘었으며 이에 따라 더 많은 시가 편집되었다. 또한 배호, 안막, 이병철, 김조규, 김억, 이흡, 한식 등 이전에 소개되지 않은 작가의 작품이 소개되기도 하였다.

하지만 이 전집에는 출판 윤리의 문제가 있는데, 앞서 슬기와 기민사에서 간행된 김남천, 안회남, 조명희, 오장환, 임화, 이용악 등의

---

54  김남천 편은 『한국근대장편소설대계』 1권의 『대하』와 『한국근대단편소설대계』 3권에 영인된 단행본의 소설이 편집되었고, 박태원 편은 『한국근대장편소설대계』 8권의 『여인성장』과 『한국근대단편소설대계』 8권에 영인된 단행본의 소설이 편집되었다. 다만, 실제 편집 및 출판과정에서 두 종의 영인본을 활용하였는지는 확인하지 못하였다.

작품집이 그대로 이 전집에 수록되어 있다. 이 전집의 일부는 슬기와 기민사 간행 단행본과 수록작품이 일치하며, 권말에 실린 당대 평론도 그대로 옮겨와서 '○○○의 작품세계'라는 새로운 제목을 붙여 해설을 대신하였다. 또한 백석의 『사슴』은 식민지 시기에 백석이 간행한 판본이 아니라, 1987년 이동순이 재편집한 순서 그대로 옮겨온 것을 확인할 수 있다. 연보는 앞서 『한국해금문학전집』과 상당히 유사하다. 편집상의 실수 또한 다수 발견할 수 있다. 둘 이상의 작가가 한 권으로 편집된 책에서, 그 책의 제일 앞에 첫 번째 작가의 작품집 단행본이 실릴 경우, 그 작품집 단행본의 서문을 마치 그 책의 서문인 것처럼 편집한 실수를 자주 확인할 수 있다. 『월북 작가대표문학 - 납북, 월북, 재북작가 50인선』은 이에 앞서 1980년대에 간행된 월북 작가의 단행본을 분별없이 다시 조판하여 간행했다는 점에서 출판윤리에 문제가 있으며, 편집상의 실수가 많으며 제책 또한 다소 조악하다. 또한 김동석의 비평집을 1권으로 편찬한 것에서 볼 수 있듯, 구할 수 있는 자료를 우선하여 그대로 제시하는 것은 앞서 7·19조치 이전 단행본 재출간과 유사하다. 이 점에서 이 선집은 해금을 기하여 급하게 제작한 문제가 적지 않은 전집이라 할 수 있다.

『북으로 간 작가 선집』은 10권으로 출판되었기에 앞서 두 전집보다는 그 분량이 적지만 을유문화사에서 출판했다는 점에서 흥미로운 출판 사례이다. 그것은 을유문화사에서는 해방 이후 월북 작가들의 작품을 직접 간행한 경험이 있기 때문이다.

| 총서명 | 작가 | 제목 | 기본 저본 |
|---|---|---|---|
| 북으로 간 작가 선집 1 | 김남천 창작집 | 맥 | 『맥』 (을유문화사, 1947) |

| 북으로 간 작가 선집 2 | 안회남 창작집 | 불 | 『불』 (을유문화사, 1947) |
|---|---|---|---|
| 북으로 간 작가 선집 3 | 이태준 장편소설 | 제2의 운명 | 『제2의 운명』 (한성도서, 1948) |
| 북으로 간 작가 선집 4 | 이태준 창작집 | 복덕방 | 『복덕방』 을유문화사, 1947) |
| 북으로 간 작가 선집 5 | 박태원 창작집 | 성탄제 | 『성탄제』 (을유문화사, 1948) |
| 북으로 간 작가 선집 6 | 엄흥섭 장편소설 | 인생사막 | 『인생사막』 (학우사, 1949) |
| 북으로 간 작가 선집 7 | 박노갑 창작집 | 남풍 | [밝히지 않음] |
| 북으로 간 작가 선집 8 | 최명익 창작집 / 정인택 창작집 | 장삼이사 / 미로 | 『장삼이사』 (을유문화사, 1947) / [밝히지 않음] |
| 북으로 간 작가 선집 9 | 현덕 창작집 / 송영 창작집 | 남생이 / 선동자 | 『남생이』 (아문각, 1947) |
| 북으로 간 작가 선집 10 | 허준 창작집 / 이석훈 창작집 | 잔등 / 황혼의 노래 | 『잔등』 (을유문화사, 1946) / 『황혼의 노래』 (한성도서, 1936·1947) |

　을유문화사는 『북으로 간 작가 선집』의 절반 가량인 김남천, 안회남 이태준, 박태원, 최명익, 허준 등의 작품집을 그들이 해방공간 을유문화사에서 출간했던 작품집과 같은 제목으로 간행하였다. 그리고 그 사정을 간행사 「'북으로 간 작가 선집'을 펴내면서」에 기록해두었다.

　　월북 또는 납북 문인들의 작품에 대한 전면 해금은 문학
　　사적으로 큰 뜻을 가지고 있다. 〔…〕 특히 6.25 전 이태준의
　　장편 『사상의 월야』, 단편집 『복덕방』을 비롯하여, 정지용의
　　『지용시선』, 허준의 창작집 『잔등』, 안회남의 창작집 『불』, 최

명익의 창작집 『장삼이사』, 김남천의 창작집 『맥』, 박태원의 창작집 『성탄제』와 『이순신 장군』, 홍명희의 장편 『임꺽정전』, 김기림의 『시의 이해』, 김용준의 『근원수필』과 『조선미술사대요』 등 수많은 월북 또는 납북 문인들의 작품과 저술을 간행한 바 있는 본사로서는 남다른 감회가 아닐 수 없다. 이에 본사에서는 암울한 서고의 한 구석에서 이들 옛 책들을 가려 내어 이를 '북으로 간 작가 선집'이라는 이름으로 다시 펴냄으로써, 한때 본사 편집실을 분주히 드나들었던 잊혀진 작가들과의 옛 정을 되살리고, 실종되었던 문학사의 공백을 이어주는 디딤돌이 되게 하고자 한다.[55]

『북으로 간 작가 선집』은 월북 작가들이 해방공간 을유문화사에서 간행한 작품집을 기본으로 하고 이름을 유지하였다. 그리고 그 작가의 다른 작품(집)을 함께 편집하거나[56] 두 작가를 한 권으로 편집하여 간행하였다. 한 가지 이 기획의 특징으로는, 출판사의 시각과 해설자의 시각 사이의 어긋남을 볼 수 있다. 출판사는 전집의 뒷날개와 뒷표지를 통해서 카프, 혁명, 역사, 현실, 이념, 최하층, 사랑, 인간 본질, 시대 등의 열쇳말을 강조한다면, 중견연구자들이 맡은 해설에서는 출판사가 제시한 주요어는 그들의 초점에서 벗어나 있다.[57]

---

55  을유문화사, 「북으로 간 작가 선집'을 펴내면서」, 김남천, 『김남천 창작집 - 맥』, 을유문화사, 1988, [면수 없음].

56  『북으로 간 작가 선집 1』은 『김남천 작품집 - 맥』으로 수록작품은 「소년행」, 「제퇴선」, 「요지경」, 「생일 전 날」, 「녹성당」, 「이리」, 「길 위에서」, 「노고지리 우지진다」, 「경영」, 「어머니 삼제」, 「그림」, 「맥」, 「오디」 등이다. 이 작품집은 『맥』(을유문화사, 1946)을 기본으로 하고 그의 『소년행』(학예사, 1939)와 『삼일운동』(아문각, 1947)에서 추린 작품을 함께 묶은 것이다.

57  이재선, 「궁핍한 시대의 삶의 양상」; 정현기, 「8.15 체험과 문제적 개인성」; 김우종,

7.19조치 이후에 출판된 ③ 작가 전집으로는 앞서 창작사의 『이용악 시전집』의 뒤를 이어서 같은 출판사에서 최두석이 편집한 『오장환 전집』이 간행되었다. 또한 7·19조치 이전에 간행이 시작되었던 『이태준 전집』(깊은샘, 1988) 또한 계속 간행되었다. 『이태준 전집 5-제2의 운명』(1988.8.15), 『이태준 전집 4-구원의 여상, 신혼일기』(1988.8.21), 『이태준 전집 7-성모』(1988.9.1), 『이태준 전집 8-불멸의 함성(상)』(1988.9.20), 『이태준 전집 6-사상의 월야, 법은 그렇지만』(1988.10.30) 등이 그것이다. 같은 시기 서음출판사에서는 1988년 8월 10일부터 『이태준 문학전집』전 18권을 간행하였다.

7·19조치 이후 ④ 비평가가 편집한 주제 선집 역시 여럿 간행되었다. 한국문학 연구자이기도 했던 비평가들은 문학사적 시각에 근거하여 '해금'에 접근하였다. 김윤식은 『재북·월북·해금시인 99선-너 어디 있느냐』(나남, 1988)를 편집하면서, '해금' 조치에 대한 "적극적인 수용"이 필요하다고 주장하였다. 이때 적극적인 수용이란 두 가지 의미인데, 우선은 "해금된 문인에 관한 정확하고 풍부한 자료를 발굴 정리하여 체계화하는 일", 곧 문학사적 작업이면서, 다른 한편으로는 "오늘날의 시각에서 해석하는 일", 곧 비평적 작업이기도 하였다. 문학사적 작업은 필요한 일이었지만, 보다 많은 자료 발굴 및 서지작업이 필요했기 시간을 두고 정리해야할 일이었다. 그는 1937년 이해문의 비평 「중견시인론」(『시인춘추』 2, 1937)을 살피면서 그 글에 언급된

「사회악의 고발과 농촌 계명의 인간형」; 김우종, 「사랑과 죽음과 행복을 말한 작가」; 윤병로, 「감각적 표현의 기교주의 문학」; 장백일, 「사막에서 캐는 인간애」; 이재선, 「재난의 상상력」; 조남현, 「패배의 삶, 그 다양성」; 임헌영, 「현덕과 송영, 혹은 서정과 이념」; 오양호, 「허준과 이석훈의 문학세계」.

113명의 시인 중 그 행보를 어느 정도 파악한 시인이 적다는 사실을 확인하는 방식으로, 이를 추후의 과제로 미루어 둔다. 대신 그는 비평적 작업을 제안하는데, 이것은 한국시의 근대성에 대한 그의 관심에 닿아있다.

지금까지 우리가 살펴온 것은 우리 시의 근대적 성격과 시의 내적 형식에 관한 것이었다. 근대적 성격을 문제삼을 때 카프 시인들의 시에 대한 인식을 크게 부각하지 않을 수 없게 됨은 당연한 일이다. 일제 강점기에 있어 이에 대한 시적 응전은 자본주의의 대외적 형태인 제국주의적 성격으로 말미암아 이중적인 성격을 띠지 않을 수 없었는데, 노동자 자신의 해방을 위해서는 우선 그가 속한 민족의 해방이 요청되었던 까닭이다. 그러한 일이 얼마나 자각적으로 시의 형식을 규정하였느냐를 따지는 것은 그 다음의 과제일 터이다. 〔…〕 임화가 말하는 근대란 자본주의와의 관련 뿐만 아니라 일본이라는 구체적 현실적 과제였으니, 제도적 장치로서의 이식문화에 관한 그의 편향성은 간단히 부정될 성질이 아니다. 현해탄이란 그 자체가 낭만적 과제이자 초월적인 것으로 비쳤는데, 이 모순을 시가 속에 그대로 보여주고 있는 것은 인상적이라 할 만하다. 한편, 언어의 세련성과 한국적인 삶의 소멸되어감을 최대한도 확인한 백석의 시적 운용방식이 돋보이는 것은 한국인의 원초적인 고향 개념의 환기에서 말미암았는데, 언어를 표현의 수단으로 삼지 않고, 언어 자체를 주체속으로 흡수시킨 특출한 사례라 할 것이다. 그러나 이에 못지 않게 우리가 관심을 갖는 곳은 이용악으로 대표되는 유랑민으로서의 시적 운용 방식이다. 백석에서도 이 점이 문제되긴 하지만 일제 강점기에 있어 우리 민족의 삶의 방식은 지식인의 소시민화 쪽 못지 않게 큰 흐름과 감동을 던져주는 것이라 할 만하다. 북쪽 곧 만주·중국에는 열려진 공간에 백석·이용악 등의 시가 닿아 있다면 남쪽 곧 일본과의 관련은 안용만의 시에서 잘 드러난다. 특히 안용만의 작품은 유랑민으로서의 한국 노동자의 과제를 동시에 안고 있어 주목되는 현상이라 할 것이다.[58]

김윤식은 매천 황현, 김소월, 한용운, 이육사, 윤동주 등을 "근대시의 중심"으로 두는 경우가 많으나, 사실 그것들은 "초근대적이거나 민족적인 것일 수는 있어도 근대적인 것과는 상당한 거리가 있"다도 평가한다. 그가 판단하기에 한국 시의 근대성은 해금된 시인들을 통해 해명되어야할 과제였다. 그는 임화의 시에서는 제도로서의 근대성의 문제를 , 백석의 시에서는 언어를 통한 주체 형성을, 이용악의 시에서는 '만주·중국'을 중심으로 한 유랑민으로서 민족사의 시적 변용 방식을, 안용만의 시에서는 일본을 중심으로 한 유랑민으로서 한국노동자의 과제에 대한 시적 형상이라는 문제를 도출한다. 나아가 해방공간에서 카프 시인이 아니었던 시인들이 조선문학가동맹에 가담했던 상황을 두고 '해방공간의 정신사'라는 과제를 남기며 그 한 형태로서 설정식의 혁명적 로맨티시즘을 예시한다. 이처럼 김윤식은 '한국시의 근대성'이라는 비평적 관심에 근거하여 해금 시인 19명의 시 99편을 편집하였다.

---

58    김윤식, 「해금시 99편 선집을 펴내면서」(서문), 『재북·월북·해금시인 99선 - 너 어디 있느냐』, 나남, 1988., 10~11쪽.

| | |
|---|---|
| 임화 | 네 거리의 순이, 우리 옵바와 화로, 제비, 양말 속의 편지, 우산 받은 <요꼬하마>의 부두, 어머니, 통곡, 해협의 로맨티시즘, 밤 갑판 위, 현해탄, 바다의 찬가, 한 잔 포도주를 |
| 권환 | 정지한 기계, 소년공의 노래, 타락, 머리를 땅까지 숙일 때까지, 가랴거든 가라라, 그대, 우리를 가난한 집 여자라고, 청대콩, 접동새, 유언장 |
| 김창술 | 오월의 훈기, 가신 뒤 |
| 안용만 | 강동의 품, 저녁의 지구, 꽃 수놓던 요람 |
| 박세영 | 누나, 산제비, 향수 |
| 박아지 | 가을밤, 심화 |
| 조운 | 무꽃, 도라지 꽃, 설청, 독거, 망명아들, 황진이, 덥고 긴 날, 금만경들 |
| 백석 | 여우난 곬족, 고야, 주막, 개, 외가집, 모닥불, 국수, 가즈랑집, 남신의주 유동 박시봉방 |
| 박팔양 | 윤전기와 사층집, 밤차, 실제, 길손, 여름밤 하늘 우에, 병상 |
| 조벽암 | 가사, 석연, 향수, 안동다료, 메뚜기, 황성의 가을, 초조, 황혼 |
| 임학수 | 순간, 황혼, 손가락, 조선의 소녀, 호수 |
| 이찬 | Tea Room Elise, 분향, 북만주로 가는 월이 |
| 김조규 | NOSTALGIA, 귀향자, 연길역 가는 길 |
| 이흡 | 고향, 마냥 서 있는 밤이 있다 |
| 여상현 | 공작, 영산강 |
| 이용악 | 오랑캐꽃, 낡은 집, 전라도 가시내, 두메 산골, 하늘만 곱구나, 나라에 슬픔 있을 때, 월계는 피어 |
| 오장환 | The Last Train. 병든 서울, 어둠 밤의 노래 |
| 조남령 | 창, 남행, 골목 |
| 설정식 | 종, 지도자들이여, 해바라기 쓴 술을 비저놓고, 잡초, 태양 없는 땅, 제신의 분노, 만주국 |

이후 김윤식은 해금작가의 수필을 편집하여 『재북·월북·해금수

필 61선-애수의 미(美), 퇴폐의 미(美)』(나남, 1989)를 간행하였다. 이 편집 역시 앞서 시선집과 마찬가지로 한국문학의 근대성에 대한 관심에 근거하는데, 김윤식은 카프-리얼리즘과 구인회-모더니즘이라는 구도를 염두에 두면서, 한국문학의 근대성이라는 측면에서 해금작가의 수필을 정리하였다.

| 임화 | ≪천변풍경≫평, 경성연선, 기계미, 조어비의, 수필론 |
|---|---|
| 이태준 | 설중방란기, 고완, 작품애, 벽, 밤, 가을꽃, 여명, 역사, 누구를 위해 쓸 것인가, 명제 기타, 소설가, 소설의 맛, 국어에 대하여, 만주기행 |
| 김남천 | 부덕이, 독서, 현대여성미, 살인자각, 양덕온천의 회상, 무전여행, 대리석 |
| 김용준 | 안경, 시와 화, 매화, 김 니콜라이, 승가사의 두 고적, 기도강의, 털보 |
| 배호 | 빠진 이, 담배, 셋째 딸, 구두이 천문학, 동경의 고도 |
| 이원조 | 등하, 실총어, ≪문학의 논리≫에 대하여 |
| 안회남 | 전발, 이발과 괵수, 선고유사 |
| 정인택 | 꿈, 공수방관기, ≪유미에≫론, D.W. 그리피드 |
| 임학수 | 북지○○○의 일야, ≪봄≫을 읽고 |
| 오장환 | 애독취미, 여정 |
| 이찬 | 봉고우 |
| 이북명 | 정열의 재생 |
| 송영 | 아동, 다섯 해 동안의 조각편지 |
| 현동염 | 철창에 슬픈 기억 |
| 최명익 | 금주난 |
| 김사량 | 북경왕래 |
| 신남철 | 편지 |
| 서인식 | 애수와 퇴폐의 미 |

18명의 작가들의 수필 60편을 편집하면서 김윤식의 관심은 '명문'과 '산문' 사이에서 '수필이란 무엇인가'를 향해 있었다. 서문을 마무리하면서 김윤식은 문학사적 과제 두 가지와 편집의 의도를 밝혀둔다.

> 　　제 결론만 제시코자 합니다. 곧 그것은 두 개의 물음으로 제출됩니다. 하나는 이들 명문 제작자들이 해방공간에 닥쳐서는 한결같이 좌경(저는 이를 좌우합작노선이라 부릅니다만)에로 치달았다는 점인데, 그 이유는 과연 무엇일까 라는 점. 다른 하나는 이들 명문 제작자들의 두목 격인 가람이 초대 국어과 편수관이었다는 점. 문교부 국정교과서의 저 엄청난 교육작용력을 머리 속에 두지 않고도 명문이 무엇이라고 말할 수 있을 것인가 라는 점. / 제가 이 두 물음에의 해답을 명쾌히 할 수 있다면 얼마나 좋겠습니까. 그렇기는 하나, 다음과 같은 것에 대해서는 조금 말해볼 수 잇습니다. 곧 명문이란 없다는 점. 설사 그런 것이 있더라도 대수로운 것일 수 없다는 점입니다. 이 사실을 임화의 <수필론>과 서인식의 <애수와 퇴폐의 미>가 조금 말해놓고 있지 않습니까. [……]되지도 않을 자기 감정을 질펀하게 노출시켜 남을 감동시키고자 덤비거나 대단치 않은 스스로의 주제를 돌보지 않고 흡사 무슨 도사(道士)의 표정을 짓는 짓 따위에서 벗어나, 자기 분석을 겨냥하는 일이 그것이지요. 자기성찰과 자기도취의 형식이 얼마나 다른 것인가를 알아보기 위해서도 수필이라는 이름의 산문형식이 필요하다고 저는 믿습니다.[59]

---

59　김윤식, 「수필·명문·산문」(서문), 『재북·월북·해금수필 61선 - 애수의 미(美), 퇴폐의 미(美)』, 나남, 1989., 14쪽.

임화의 「수필론」은 "현대적 의미의 사상(개인에 있어선 교양)과 취미의 조화가 생기기 전엔 우리 조선에서 좋은 수필은 읽기 어려우리라는 게 나의 수필론의 마감이 아닌가 한다."로 갈무리 되며, 서인식의 「애수와 퇴폐의 미」는 "현대의 지성과 현실의 모순이, 현대의 <사실>이 정신의 자유로운 비상을 용인하지 않는 데서 유래하는 것이라면 문제는 단순치 않다. 시대의 새로운 전환이 오기 전에는 이 땅에서 애수와 퇴폐의 범람을 해소할 수 없을 것이다. 시대의 새로운 전환이 있지 않는 한 현대의 저면을 흐르고 있는 페시미즘은 고갈할 리 없을 것이다."라고 맺는다. 김윤식은 자기도취에 근거한 '명문'보다는 자기분석 및 성찰의 형식으로서 '산문'의 가능성을 검토하는데, 이는 한국문학의 근대성에 대한 그의 관심과 닿게 된다. 그리고 그 관심은 해금작가의 '해방공간'이라는 문학사적 질문으로 갈무리되며, 이후 1990년대 김윤식의 '해방공간'의 문학사 연구로 이어진다.

선집 『해방공간의 문학』은 원래 시 2권, 소설 3권, 비평 2권으로 기획되었지만 실제로는 시 2권과 소설 2권만 간행되었다. 이 선집은 주제를 중심으로 작품을 편집하였으며, 특히 월북 작가 뿐 아니라 조지훈, 노천명, 박인환 등의 작품을 함께 수록되었다. 또한 연구자인 편자들은 서문을 대신한 해제 뿐 아니라 권말 논문을 수록하여,[60] 선집에 수록한 작품의 독해 방법을 독자들에게 제시하였다. 『해방공간의 문학-시2』에 수록된 시인을 제시하면 다음과 같다.

<hr>

60  신범순, 「해방공간의 문학 - 시2'를 읽기 위하여」(서문), 김승환·신범순 편, 『해방공간의 문학- 시2』, 돌베개, 1988 및 신범순, 「해방공간의 진보적 시운동에 대하여」(해설), 같은 책 참조.

| 1부 슬픔 역사의 밤은 새다 | 김기림, 정지용, 이헌구, 홍명희, 조영출, 김광균, 윤곤강, 김용호, 이흡, 김광섭, 정국록, 이경희, 조지훈, 박문서, 임병철, 이주홍, 김상용, 노천명, 송완순, 이찬, 박석정, 임학수, 상민, 김상훈, 임선경 |
|---|---|
| 2부 불길 | 강승한, 민병균, 백인준, 안함광, 이원우, 이정구, 김상오, 김순석, 김우철, 한명천, 김북원, 안막 |
| 3부 행렬 | 안형준, 박찬일, 조영출, 오장환, 설정식, 상민, 임학수, 한진식, 조남령, 이수형, 최석두, 정진업, 이좌경, 정봉구, 임병하, 유정, 김철수, 김상훈, 윤석범, 조허림, 유종대, 유진오, 장영창 |
| 4부 상여를 보내며 | 김기림, 조남령, 김광균, 김수향, 김상훈, 신석정, 김상원, 김광균, 임병철, 김기림, 김용호, 장영창 |
| 5부 여직공 | 조남령, 유종대, 이수형, 이선을, 상민, 김상훈, 상민, 김철수, 박훈산, 설정식, 임학수, 정진업, 윤곤강, 박문서, 송돈식, 이정수, 청암, 김현일, 김기림 |
| 6부 움직이는 네 초상화 | 김기림, 신석정, 설정식, 김용호, 김철수, 조허림, 이성범, 설정식, 박인환, 양운한, 임호원, 장영창, 장서언, 조인행, 이상로, 장성열, 박거영, 김병욱 |

앞서 비평가·연구자들이 직접 편집한 선집과 마찬가지로, 이 선집 또한 기 출간 단행본의 형태에 머물지 않고 당대의 신문과 잡지에 실린 시를 확인하고 수록하였다. 또한 앞서 김희민이 편집한 주제 선집과 마찬가지로, 이 선집은 '월북 작가'보다는 월북 작가의 '작품'에 초점을 맞추었다. 하지만 '작품'에 초점을 맞춘 결과, 역설적으로 이 선집은 정국록, 이경희, 박문서, 이좌경, 임병서, 조허림, 조안행, 박거영 등 다른 선집이나 목록에서 발견하기 어려운 '월북 작가'를 다수 발굴할 수 있었다. 그 결과 이 선집은 공식적인 정부 기록이나 대표적인 '월북 작가'의 명단에 머물지 않고, 해방 직후 잡지와 단행본 1차자료로부터 '월북 작가'를 다수 발굴하고 복원할 수 있었다.

출판사 풀빛에서 간행한 '한국근현대민족문학총서'(이하 '총서')는

7.19조치 이전 ③ 작가 전집의 확장이라 할 수 있다. 이 총서는 처음에는 『조명희 선집』 1권, 『이기영 선집』 6권, 『한설야 선집』 5권, 『임화 전집』 5권, 『김남천 선집』 4권 등 21권으로 기획되었다. 당시 풀빛의 편집자는 김명인이었으며, 임헌영(조명희), 김재용(이기영), 신승엽(임화), 김철(한설야) 등이 작가별로 책임편집을 맡았다. 이 '총서'는 해금 이전에 기획이 되었는데, 『임화 전집』의 편자인 신승엽은 7.19조치의 의미를 진단한다.

전집 1권의 편집작업이 마무리되어가는 도중에, 이른바 '월북 문인'들의 작품에 대한 해금 소식이 들려왔다. 지난 7월 19일에 이루어진 이번 해금 조치는 그 발표 문면을 볼 때, 상당히 대대적인 조치라고 할 만한 것이었다. 그러나 그 발표 문면의 대대적임에 현혹되기에 앞서 우리는 다시 냉정히 몇 가지 사실을 재고해 보아야 한다. / 먼저, 이번 조치 역시 그간 문학계에서 줄기차게 요구해온 전면 해금에는 현저히 미치지 못하는 한계에 머물고 말았다는 것이다. 이번 해금에서 제외된 홍명희, 이기영, 한설야 등이 그 문학사적 중요성에 비추어볼 때 결코 유보되어서는 안 될 존재라는 것은 이미 여러 분들에 의해 지적되고 있거니와, 더욱이 8·15 해방 이후의 '월북 문인'들의 활동을 계속 묶어두어서는 결코 그들의 온전한 이해 및 평가가 불가능하다는 사실도 부정될 수 없다. 다음으로 우리는 이번 해금 이전에, 제 나라의 소중한 문학유산을 40년 동안이나 유폐시켜 일반인의 접근을 금지시켰던 조치가 가져온 해악에 대해서 따져보지 않으면 안 된다. 그 조치로 우리의 문학상서 진보적 전통은 말살되고 온갖 매국적인 문학 유산과 외래적인 부패가 시민문화의 잔재만 남아 그것이 마치 우리의 유일한 문학적 전통인양 오인되어 오지 않았던가. 그리하여 우리의 문학사는 말할 수 없이 황폐화되어 우리 문학의 올곧은 발전을 저해시켜왔다. 그러나 그 가운데서도 유폐된 우리의 진보적 문학 전통을 오늘에 되살리려 한 노력들이 끊이지 않았으니, 이번의 해금 조치는 바로 그 노력의 압력에 못 이긴 정권의 미봉책에 불과한 것이다. 요컨대 올바른 문학사 복원의 주체가 되어야 하고 또 실제로 되고 있는 것은 정부의 알량한 '해금'조치가 아니라는 사실을 분명히 해두자. 우리는 이 땅 정권의 '해금'이나 '출판 허용' 따위의 궁색한 조치에 기대거나 구애됨 없이, 그간 은폐되어온 우리의 진보적 문학 유산을 오늘에 되살려 올바로 계승 극복하기 위한 노력을 계속해야 한다. 그것은 단지 문학사에 대한 복고적 관심에서가 아니라, 우리 문학 유산의 올바른 계승 극복을 통하여 현재의 변혁운동의 일부분으로서의 문학운동전선을 강화하기를 원하는 이 땅 민중의 요구에 부응하기 위해서이다.[61]

신승엽의 시각은 '해금'을 정부에 의한 조치로 한정하여 이해할 것이 아니라, 현재적 의미에서 '변혁운동'에 기여하는 '문학의 진보적 전통'의 복원을 요청하는 운동가 및 민중의 요구로서 이해할 것을 요청한다. 그의 입장은 정부가 아니라 민중 혹은 변혁운동에 참여하는 이들을 주체로 이해하고 있으며, 단지 복원이나 복권이 아니라 유산의 계승과 극복, 즉 현재적 의미에 관심을 가지고 있다. 이러한 입장의 연장선에서 그는 텍스트의 현재화와 엄밀한 고증작업을 요청하였다.

---

61 신승엽 편, 「편자 서문」, 『임화전집 1 - 시/현해탄』 풀빛, 1988., 9~10쪽.

그가 보기에 해금을 전후하여 출간되는 월북 작가의 작품집은 엄밀한 고증을 거치지 못한 채 "무분별하고 졸속하게 출판"되고 있었다. 그는 엄밀한 텍스트 비평을 요청하였으며, 맞춤법과 띄어쓰기에 대한 신중을 요청하였다.[62]

이 전집은 연구자가 책임 편집한 작가 전(선)집으로서, 신뢰할 만한 작가 및 작품 연보를 갖춘 상태에서 편집을 진행하였고, 각 작품집의 저본을 명기하였다. 또한 권말에는 연구자의 해설을 붙였다.[63] 이 점에서 '총서'는 연구자들이 개입하여 신뢰할만한 작품 판본과 정보를 제공하는 정본(定本) 전집을 추구한 출판 기획이었다. 또한 『이기영 선집』은 유족(이기영의 손자)와의 협의 속에서 출판되었다.

아울러 텍스트 비평을 강조한 이 '총서'의 저본은 『한국근대장편소설대계』와 겹치지 않는다.[64] 편집자와 출판사가 국내외에서 별도로

---

62  신승엽은 시집이나 평론집은 하나의 단위로서 유의미하기 때문에 작가가 단행본으로 출판한 것은 단행본을 저본으로 삼되 원발표문과 대교하였다. 다만 공동 앤솔로지나 작품연감은 원발표문을 기준으로 삼아 재수록본과 대교하였다. 또한 맞춤법과 띄어쓰기의 경우, 옛 표기를 그대로 살리는 무책임한 태도와 현재의 맞춤법을 기계적으로 적용하여 텍스트의 훼손을 초래하는 태도 모두와 거리를 두고, 일정한 기준에 따라 텍스트의 현재화를 시도하고 '일러두기'로 그 기준을 밝혔다. (위의 글, 11쪽.)

63  『낙동강』- 임헌영, 「조명희론」; 『고향』- 김재용, 「일제하 농촌의 황폐화와 농민의 주체적 각성」; 『인간수업』- 권일경, 「동키호테'적 지식인상에 드러난 주체정립의 문제」; 『신개지』- 이상경, 「식민지 친일지주의 소설적 형상화」; 『봄』- 오성호, 「닫힌 시대의 소설 - 이기영의 『봄』에 대하여」; 『땅』- 이상경, 「토지개혁이라는 역사적 전변에 나타난 인간 변모의 형상화」; 『두만강』- 김재용, 「역사의 주체인 민중의 생활과 투쟁의 서사시적 형상화」; 『현해탄』- 신승엽, 「해제」; 『황혼』- 김철, 「황혼과 여명 - 한설야의 『황혼』에 대하여」; 『청춘기』- 나병철, 「부정적 현실세태와 긍정적 주인공의 등장」.

64  가령 한설야의 『황혼기』가 『한국근대장편소설대계』에는 연재본으로 수록되어 있는데, '총서'는 조선작가동맹출판사 1957년판을 사용하였다.

입수한 판본을 이용하였으며,[65] 이 점에서 월북 작가의 작품은 복수의 경로를 통한 판본의 획득에 근거하여 다수의 판본으로 복원이 되기 시작하였으며, 다양한 판본을 비교 검토할 수 있는 가능성 또한 열린다. 하지만 1988년 처음의 기획 중 일부만 실제로 실현이 되었으며, 기획이 중간에 변경되어 총서 번호대가 겹치기도 하였다.

| 총서명 | 전(선)집명 | 제목 | 출간일자 | 책임편집 |
|---|---|---|---|---|
| 한국근현대민족문학총서 1 | 『조명희선집』 | 낙동강 | 1988.11.15. | 임헌영 |
| 한국근현대민족문학총서 2 | 『이기영선집』 1 | 고향 | 1989.03.20. | 김재용 |
| 한국근현대민족문학총서 3 | 『이기영선집』 2 | 인간수업 | 1989.07.20. | 김재용 |
| 한국근현대민족문학총서 4 | 『이기영선집』 3 | 신개지 | 1989.04.10. | 김재용 |
| 한국근현대민족문학총서 5 | 『이기영선집』 4 | 봄 | 1989.06.10. | 김재용 |
| 한국근현대민족문학총서 6 | 『이기영선집』 5 | 땅 | 1992.01.10. | 김재용 |
| 한국근현대민족문학총서 7 | 『이기영선집』 6 | 땅 | 1992.01.10. | 김재용 |
| 한국근현대민족문학총서 8 | 『이기영선집』 7 | 두만강 제1부 | 1989.03.05. | 김재용 |
| 한국근현대민족문학총서 9 | 『이기영선집』 8 | 두만강 제2부 상 | 1989.03.05. | 김재용 |

---

65  『두만강』의 경우 책임편집을 맡은 김재용이 연변에서 작품을 복사해왔는데 복사상태가 좋지 않았다. 출판사 사장 나병식이 미국에서 다른 판본을 구해 와서 조판할 수 있었다고 한다. 2018년 4월 12일 김재용 교수와 필자의 면담.

| | | | | |
|---|---|---|---|---|
| 한국근현대민족문학<br>총서 10 | 『이기영선집』 9 | 두만강<br>제2부 하 | 1989.03.05. | 김재용 |
| 한국근현대민족문학<br>총서 11 | 『이기영선집』 10 | 두만강<br>제3부 상 | 1989.03.05. | 김재용 |
| 한국근현대민족문학<br>총서 12 | 『이기영선집』 11 | 두만강<br>제3부 하 | 1989.03.05. | 김재용 |
| 한국근현대민족문학<br>총서 14 | 『이기영선집』 13 | 문학론 | 1992.01.10. | 김재용 |
| 한국근현대민족문화<br>총서 13 | 『임화 전집』 1 | 현해탄 | 1988.12.25. | 신승엽 |
| 한국근현대민족문학<br>총서 20 | 『한설야 선집』 1 | 황혼 | 1989.04.15. | 김철 |
| 한국근현대민족문학<br>총서 21 | 『한설야 선집』 2 | 청춘기 | 1989.08.10. | 김철 |

　한 가지 지적할 것은 『두만강』의 존재이다. 1988년의 선집 최초 기획 상태에서는 이기영의 『두만강』이 포함되지 않았다. 하지만 이후 1989년 두만강은 5권 분량으로 『두만강』이 포함되는데, 이는 기획의 수립 이후 사후적인 자료 발굴의 결과로 이해할 수 있다. 당시 뒤표지에는 "금세기 한반도의 최고 최대작가 이기영이 7년여에 걸쳐 완성한 대하장편소설 두만강! 노벨문학상 후보에 올랐던 자랑스런 민족해방투쟁의 대서사시 『두만강』"이라고 광고를 하였다.

　풀빛에서 『두만강』이 간행되기 직전, 『임꺽정』을 간행했던 사계절 출판사에서도 ① '대하역사소설' 『두만강』을 재출간하였다(전 8권, 1989.3.1). 사계절 출판사에서는 이 작품에 대하여 뒤표지에 "북한문학의 최대걸작으로 손꼽히는 사회주의 리얼리즘의 최고봉!! (1960년 인민상 계관작품)"라고 적었다. 당시 『두만강』이 대하소설임에도 불구하고, 두 군데 출판사에서 출판되었고 당대에 상당한 독자들의 반향

이 있었으며 판매도 상당하였다.[66]

『두만강』이 출판되기 직전인 1989년 2월 중순에는 그 전해 7·19 조치에서 제외되었던 5명의 작가가 추가로 해금되었다.[67] 하지만 『두만강』의 출판은 단지 5명의 추가 해금을 의미하는 것에서 나아가, '월북 작가'의 '해금 이전 작품'이라는 정부와 언론의 명시적 규정을 넘어서, '월북 작가'의 '월북 이후 작품'의 출판이 상당히 진행되어 있었다는 사실을 여실히 보여준다. '해금 이전 작품'이라는 기준은 사회적 동의를 위한 최소한의 기준이자, 동시에 그 자체를 초과하고 탈구축하고 분화할 가능성을 그 자신에 포함한 기준이었으며, 실제로 '해금'은 그 과정으로 진행되었다.

이전까지는 소설, 시, 희곡 등 작품의 재발간이 중심이었다면, 이 시기부터는 월북 작가들의 비평 또한 정리되었다. 임화의 『문학의 논리』(학예사, 1940)는 서음출판사에서 1989년에 재간행하였으며, 김재용은 카프 문학자들 내부의 '방향전환논쟁', '대중화논쟁', '농민문학논쟁', '동반자문학논쟁', '사회주의리얼리즘논쟁'을 선별하여 『카프비평의 이해』(풀빛, 1989)를 편집하였다. 이는 논쟁을 중심으로 카프작가들의 비평을 정리하여 "문학운동의 역사적 기초"를 복원하는 동시에, "민족민주운동의 진전과 더불어 한층 더 활기를 띠게 된 민족문학운동"의 "새로운 단계로 진입"을 위해 필요한 문예이론을 구성하고자 하는 목적에서였다.[68] 비평사적 관심에서 한 걸음 더 나아가 이 시기에는 ㉠ 비교문학 및 문예이론의 모색을 위한 선집이 일부 간행되었

---

66    2018년 4월 12일 김재용 교수와 필자의 면담.

67    「월북 작가 5명 출판 추가 해금」, 『경향신문』, 1989.2.20.

68    김재용, 「엮은이의 말」, 김재용 편, 『카프비평의 이해』, 풀빛, 1989, [면수 없음].

다. 7.19조치 이전에는 임규찬이 편집한 『일본 프로문학과 한국문학』(연구사, 1987)이 간행되었으며, 7.19조치 이후에는 소련콤아카데미 문학부가 편집한 『소설의 본질과 역사』(예문, 1988)을 신승엽이 번역하였고, 김태준의 『조선소설사』(예문, 1989)가 복간되었다. 임규찬의 편역서는 한국프로문학비평을 일본프로문학비평과의 비교문학적 시각에서 고찰할 수 있도록 편집한 책이다. 특히 일본프로문학운동사와 한국프로문학운동사를 단계별로 비교하여 제시한 후, 해당 부분과 관련된 일본프로문학비평을 자료로서 번역하고 소개하였다.[69] 또한 신승엽이 번역한 『소설의 본질과 역사』는 1930년대 후반 한국의 비평가

---

69  임규찬 편, 『일본 프로문학가 한국문학』(연구사, 1987)의 목차.

| 제1장 자연발생적 프로문학 | [자료편] |
|---|---|
| 1. 일본의 자연발생적 프로문학<br>　(1) 민중예술운동<br>　(2) 노동문학론<br>　(3) 『씨뿌리는 사람(種蒔く人)』시대<br><br>2. 한국의 자연발생적 프로문학<br>　(1) 민중예술론<br>　(2) 김기진과 박영희의 초기 활동 | 1. 「민중예술의 의의」(加藤一夫)<br>2. 「민중예술의 기교」(大杉榮)<br>3. 「선언 Ⅰ」(有島武郎)<br>4. 「문예운동과 노동운동」(平林初之輔) |
| 제2장 프로문학운동의 조직적 발전기 | [자료편] |
| 1. 일본프로문학운동의 조직적 발전기<br>　(1) 『문예전선』단계<br>　(2) 조직의 변천과 NAPF의 결성<br><br>2. 한국프로문학운동의 조직적 발전기<br>　(1) KAPF의 성립과 제1차 방향전환론<br>　(2) '제3전선파'의 등장과 이론투쟁 | 1. 「외재비평론」(青野秀吉)<br>2. 「목적의식론」(青野秀吉)<br>3. 「조직에 나타난 '노농예술가연맹'의 본질」(中野重治)<br>4. 「대립의 근거」(佐佐木孝丸)<br>5. 「전위예술가동맹 성명」(전위예술가동맹)<br>6. 「'일본좌익문예가총연합' 결성하다」(藏原惟人) |

들이 리얼리즘론가 소설론을 집필하는 데 참조하였던 소련콤아카데미 문학부의 문예백과전서의 일부를 번역한 것이다. 특히 그는 루카치의 집필본의 경우 일부 독일어본과 대교하였으나, "당대성의 의미를 존중하여" 일역본 『短篇·長篇小說』(淸和書店, 1937)과 『小說の本質—

| | |
|---|---|
| 제3장 프로문학운동의 성숙기<br><br>　1. 일본프로문학운동의 성숙기<br>　　(1) 리얼리즘 논의-프롤레타리아 리얼리즘 단계<br>　　(2) 예술대중화 논의<br>　　(3) 조직개편과 볼셰비키화<br><br>　2. 한국프로문학운동의 성숙기<br>　　(1) 예술대중화 논의<br>　　(2) 리얼리즘 논의<br>　　(3) 제2차 방향전환론과 볼셰비키화 | [자료편]<br><br>1. 「무산계급 예술운동의 신단계」(藏原惟人)<br>2. 「프롤레타리아 리얼리즘으로의 길」(藏原惟人)<br>3. 「예술운동에 있어서 좌익청산주의」(藏原惟人)<br>4. 「프롤레타리아예술의 내용과 형식」(藏原惟人)<br>5. 「예술대중화에 관한 결의」(일본프롤레타리아작가동맹중앙위원회) |
| 제4장 탄압기의 프로문학운동의 투쟁과 해체<br><br>　1. 탄압기의 일본프로문학운동의 투쟁과 해체<br>　　(1) 조직의 확장과 조직문제<br>　　(2) 창작방법론 논의<br><br>　2. 탄압기의 한국프로문학운동의 투쟁과 해체<br>　　(1) KAPF의 활동부진과 그 타개를 위한 노력<br>　　(2) 재일조선인 프롤레타리아 문예활동<br>　　(3) 창작방법론 논의 | [자료편]<br><br>1. 「예술이론에서의 레닌주의를 위한 투쟁」(藏原惟人)<br>2. 「프롤레타리아 예술운동의 조직문제」(藏原惟人)<br>3. 「예술적 방법에 대한 감상」(藏原惟人)<br>4. 「프롤레타리아트와 문화의 문제」(藏原惟人)<br>5. 「일본 프롤레타리아 문학운동의 방향전환을 위해」(鹿地亘)<br>6. 「사회주의적 리얼리즘 비판」(神山茂夫)<br>7. 「사회주의적 리얼리즘의 문제」(中野重治) |
| 제5장 결론 | |

ロマンの理論』(淸和書店, 1936)을 번역저본으로 삼았다.[70] 일본의 비평사와 소련의 문학이론을 번역소개한 이 책들은 당시에 '해금'되었던 월북 작가 중 특히 카프 작가의 창작과 비평을 비교문학 및 문학이론의 측면에서 이해할 수 있는 가능성을 열어주고 있다. 또한 그 역시 해금된 문학연구자 김태준의 『조선소설사』(청진서관, 1933)는 해방 이전 학술사를 새롭게 이해하고, 이에 근거하여 비평사 및 문학사를 이해할 자료로서 기능하였다. 이 점에서 7.19조치 이후, '해금'된 한국문학사는 소설사, 시사, 희곡사, 비평사에 한정되는 것이 아니라, 비교문학사적 가능성과 학술사와 평행한 관계 속에서 제시되었다.

## 5. 결 - '해금'의 역사적 탈구축

이 글은 월북 작가의 작품집 출판 상황을 실증적으로 검토함으로써, '해금'을 정책의 차원이 아니라, 출판사, 비평가, 연구자의 생산과 독자들의 수요의 차원에서 다시 이해할 가능성을 탐색하고자 하

---

70  신승엽, 「역사서문」, 소련콤아카데미 문학부 편, 『소설의 본질과 역사』, 예문, 1988, 4~5쪽. 이 책의 목차는 아래와 같다.

| I. 소설의 역사와 이론 |
| --- |
| 제1장 「단편소설」(유노비치) |
| 제2장 「장편소설」(포스페로프) |
| 제3장 「부르조아 서사시로서의 장편소설」(루카치) |
| II. 이론의 정립을 위한 토론 |
| 「토론을 위한 보고연설」(루카치) |
| 「보고연설을 둘러싼 토론」 |
| 「결어」(루카치) |

였다.[71] '해금'의 과정은 납본필증 없는 비공식 출판물로부터 납본 필증을 발급받은 공식 출판물로 나아가는 과정이었다. 그리고 '월북 작가'의 해금은 작품에 대한 관심이자 작가에 대한 복원 요청이었다. '월북 작가'의 해금은 고유명에 근거한 금지가 해제되는 과정이었다 는 점에서 '문학'적인 현상이기도 하였다.[72]

그렇다면 '해금'된 작가들은 누구인가? 1988년 7.19조치 직후 비평가이자 연구자 김재용은 한 월간지에 7.19조치로 이들이 누구인지 네 유형으로 적어두었다.

> 첫째는 일제 강점기 카프의 일원으로 맹렬하게 항일 민족문학을 건설하려고 노력했던 사람들로 8·15 직후 문학가 동맹에 참가했다가 월북한 유형이다. 우리가 잘 알고 있는 임화·한설야·김남천·이기영, 박세영·이북명 등이 여기에 포함된다. 이 유형에 속하는 작가로는 이외에도 안막·이동 규·이찬·김두용·민병휘·이갑기·안함광·한효·송영·윤기 정·엄흥섭·박승극·홍구·박팔양·박아지·신고송·송완순· 한식·이북만 등이 있다. 이중 한설야와 이기영은 이번 해금 에서 제외되었다.

---

71  다만, 독자의 수요는 충분히 자료를 모으지 못하였는데, 일례로서 비교적 이른 시 기의 해금 작품집인 『정지용 전집』(민음사, 1988)의 경우, 쇄를 거듭하면서 증보하였 다. 『정지용 전집』1권은 1988년 1월 20일에 간행된 이후, 1988년 7월 30일 수정 증보판이, 1990년 3월 15일 수정증보3판이, 1990년 7월 15일 수정증보4판이 간 행되었다. 또한 『정지용 전집』2권 또한 1988년 6월 10일에 증보판을 간행하였다.

72  작가의 고유명과 작품의 고유명이 금지된 것은 문학, 음악, 미술의 출판 및 연구의 경우에 해당하였으며, 역사 연구와는 갈라지는 지점이다. (이 점에 대해서는 홍종욱 선 생님(서울대)의 가르침을 받았다.) 역사, 문학, 예술 등 다양한 영역에서의 '해금'의 차이에 대해서는 추후 고찰하고자 한다.

두 번째 유형은 일제 강점기 카프의 문학운동 이념에 동조하지 못하였기에 9인회를 비롯한 다른 문학집단에서 활동하고 8·15 직후 문학가동맹에 참가했다가 월북한 작가군이다. 이에 속하는 문인으로는 소설가에 안회남·이태준·박태원 등이 있고 시인에는 정지용·김기림·조벽암 등이 있다. 이 중에서 김기림과 정지용은 올해 초에 이미 해금되었다.

셋째 유형은 카프가 해체된 1935년 이후에 작품 발표를 시작했기 때문에 개인적으로만 작품활동을 벌이다 40년을 전후해 붓대를 끊었다가 8·15 직후 다시 활동을 재개한 사람들이다. 이들은 8·15직후 새롭게 등장한 신인들과 더불어 가장 활발한 문학활동을 벌인 문인들이다. 여기에 속하는 작가로는 이근영·현덕·김영석·윤세중·지하련·허준이 있고 시인으로는 오장환·이용악·여상훈 등이다.

넷째 유형으로는 8·15직후 새롭게 등장하여 문학가동맹에 참가, 맹활약하다가 월북한 작가군이 있다. 소설가로는 박찬모·김만선·김학철·전홍준 등이고 시인으로는 유진오·김상훈·김상민·이병철·박산운·김광현·설정식 등이다. 비평가로 8·15직후에 맹활약을 했던 김동석도 이 유형에 속한다.[73]

한 가지 흥미로운 점은 그가 '만주' 지역의 문학자와 '항일 근거지'의 문학 역시 "8·15 이후에는 갈래갈래 찢어져 버렸다"고 논평하면서 "해금은 북한에서 활동하고 있는 작가들에게만 해당되는 것은 아

73    김재용, 「해금작가들과 민족문학사」, 『월간중앙』, 1988.9., 250~251쪽.

니다"라고 언급하고 있다는 점이다.[74] 월북은 전쟁, 해방, 분단의 사건 속에서 동아시아를 권역으로 수행된 여러 주체의 일련의 실천과 이동의 한 과정으로 존재하였다.[75] 하지만 '해금'은 '월북', 즉 해방공간 남에서 북으로 간 이들만의 것이 아닐 수도 있었다.

하지만 실제로 한국문학 연구자 혹은 독자의 관심은 앞서 김재용이 언급한 네 가지 유형이 포함하여 해방공간 북으로 넘어간 이들이라는 범위를 넘지 않았다. 또한 그 관심이 '북한 작가'로 진화하는 경우는 그다지 많지 않았으며, '동북' 지역 혹은 '항일 근거지'의 문학은 간헐적으로는 소개가 되지만, 충분히 읽히지는 못하였다. 이 점에서 '해금'으로 복귀한 작가는 누구인가라는 질문 옆에 '해금'으로도 돌아오지 않은(못한) 작가는 누구인가라는 질문 또한 던져봄직하다. 군소작가, 북한작가, 중국 '동북' 지역의 작가는 여전히 '해금'의 임계에 놓여 있는지도 모른다. 동시에 그 임계는 한반도를 넘어서 동아시아라는 공간에 대한 사유 속에서 의미화 될 수 있을 것이다.

---

74  위의 글, 259쪽.

75  필자는 해방공간의 문화적 실천과 이동을 한반도 안 '조선민족'의 것으로 한정하지 않고, 식민지와 냉전이라는 국제질서와 전쟁과 종전, 그리고 전쟁 후라는 상황 속에서 러시아, '만주', 중화인민공화국, 북조선, 남한, 타이완, 일본 등 동아시아의 통국가성, 주체의 이동성 및 젠더 수행성, 그리고 문식성(文識性)의 계급성 및 '앎'의 민주주의라는 문제틀로 재해석할 필요가 있다고 생각한다. 이에 대한 시사는 김윤진의 「해방기 엄흥섭의 언어인식과 공동체의 구상」, 『민족문학사연구』 60, 민족문학사학회, 2016에서 받았다.

# 벽초 홍명희의『임꺽정』연구의 역사성과 현재성 고찰

## – 남북한의 문학적 인식 차이를 중심으로

오태호

## 1. 들어가며

이 글은 '분단 이전(1928~1950)의 동시대적 평가, 북한 문학에서의 연구, 남한 문학에서의 연구' 등으로 분류하여 홍명희의『임꺽정』연구사를 검토하고자 한다. 남한에서는 1988년의 공식적인 해금 이전에도 문학사가들과 개인 연구자들에 의해 파편적으로 연구가 진행되었으며, 해금 이후에는 젊은 연구자들을 중심으로『임꺽정』에 대한 다각적인 연구가 진행된 바 있다. 그 거개를 검토함으로써『임꺽정』연구가 지닌 남북한 역사소설에 대한 인식 차이와 함께 남북한 문학연구의 공통텍스트로서의 문학사적 지위를 복원할 필요성을 재확인하고자 한다. 분단 이후 남한에서 발표된 박경리의『토지』, 김주영의『객주』, 황석영의『장길산』, 조정래의『태백산맥』등뿐만 아니라 북한에서 쓰여진 박태원의 『갑오농민전쟁』, 이기영의 『두만강』, 홍석중의 『높새바람』 등에 이르기까지 남북에서 출간된 대하소설의 원류에 해당하는 역사소설로서 그 소설사적 기원이 지닌 분명한 의미를 재점검하는 것은 분단 체제의 극복과 통일시대의 복원이라는 희원을 달성하는 데에 초석을 놓는 작업에 해당하기 때문이다.

## 2. 분단 이전(1928~1950) 동시대의 평가 양상 - '조선 정조'에 기반한 '기념비적 대하역사소설의 효시(嚆矢)'

### 1) 출간(1938) 이전

주지하다시피 벽초의 『임꺽정』은 일제 강점기에 좌우 합작의 항일 단체인 '신간회의 결성(1927)' 이후 '조선의 정조'를 실현하기 위해 쓰여졌다는 점에서 그 의도가 분명한 작품이다. 즉 민족주의와 사회주의 계열이 결합되어 조선의 독립과 정치경제적 해방을 모토로 내건 신간회의 조직 강령에서 드러나듯 일제 강점기의 혹독한 현실을 '강점된 조선의 전사(前史)'인 16세기 조선의 현실에 녹여낸 알레고리적 역사소설에 해당하는 것이다. 작가 역시 1928년부터 1938년에 이르기까지 10여 년에 걸쳐 신문연재를 진행하면서 "조선 정조에 일관된 작품"을 쓰는 것이 『임꺽정전』에 임하는 자신의 목표였다고 진술한다. 홍명희는 전 시대와 동시대 문학이 중국문학과 서양문학의 지대한 영향을 받았다는 비판적 인식 하에 작품을 서사화한 것이다. 이를테면 이광수나 임화 같은 대표적 문인의 문학론이나 근대문학에 대한 인식을 비판하면서 연재의 방향을 설정한 셈이다. 그리고 이후의 많은 연구와 평가 들이 이 '조선 정조'의 의미와 의도를 구체적이고 실질적으로 다양한 각도에서 분석하고 규명하는 작업으로 진행되고 있다.

> (소설을 처음 쓰기 시작할 때에 한 가지 결심한 것)그것은 조선
> 문학이라 하면 예전 것은 거지반 지나문학의 영향을 많이 받
> 아서 사건이나 담기어진 정조(情調)들이 우리와 유리된 점이
> 많았고, 그리고 최근의 문학은 또 구미문학의 영향을 많이 받
> 아서 양취(洋臭)가 있는 터인데 『임꺽정』만은 사건이나 인물
> 이나 묘사로나 정조로나 모두 남에게서는 옷 한 벌 빌려 입지
> 않고 순조선 거로 만들려고 하였습니다. '조선 정조(朝鮮 情調)
> 에 일관된 작품' 이것이 나의 목표였습니다.[01]

인용문에서 벽초는 '기존의 조선문학'에 대한 우려를 표명한다. 첫
째로 과거의 문학은 중국문학의 영향을 받아 '사건과 정조'에 치중하
여 우리의 정서와 유리된 점이 있다는 것이고, 둘째로 최근 문학은 구
미문학의 영향을 받아 '서양의 냄새'가 배어 있다는 진단이다. 따라서
중국문학과 서양문학의 외피를 벗고, '사건과 인물, 묘사와 정조' 등에
서 "조선 정조에 일관된 작품"으로 창작하고 싶은 욕심을 목표로 우
선시하는 것이다. 결국 『임꺽정』에 대해 고전소설적인 관점이나 서구
적 근대소설의 관점에서 접근했을 경우 작가의 의도를 간과한 채 일
면적이거나 왜곡된 평가가 진행될 수 있는 것이다. 이러한 까닭으로
벽초는 『임꺽정』의 창작을 "그게 소설이 아니라 강담(講談)식으로 시
작했던 것"[02]임을 강조한다.

---

01   홍명희, 「『임꺽정전』을 쓰면서-장편소설과 작자심경」, 『삼천리』 제5권 9호, 1933.9.
02   홍명희·모윤숙 문답록, 「이조문학 기타」, 『삼천리문학』 창간호, 1938.1.

그러나 이러한 '강담'에 대한 강조점은 염상섭과 이선희에게 '근대적 소설'이 아니라 '전근대적 강담류'에 불과하다는 평가절하의 인상을 갖게 한다. 즉 염상섭[03]은 '문예의 초보적 민중화'라는 점에서 강담의 의의를 긍정적으로 평가하지만, 소설과 강담을 뒤섞어서는 안된다고 주장하면서 '강담식 소설'의 예로 홍명희의 『임꺽정』을 거론한다. 이선희[04] 역시 『임꺽정』을 강담이지 소설은 아니라면서 줄거리만 찾아 엮어가는 작품을 소설로 거론할 수 없다고 비판한다.

하지만 1937년 『조선일보』에 게재된 『임꺽정』의 연재와 이 기대의 반향에는 각계 인사의 긍정적 시각이 수록되어 있다. '광고'의 특수성을 감안할 때 주례사 비평에 가까운 표사일 수밖에 없다는 점이 있긴 하지만, 그럼에도 불구하고 『임꺽정』이 지닌 특장들이 대거 강조되고 있다. 먼저 한용운[05]은 '벽초의 손에 재현되어 지하에서 웃을 임꺽정'이라면서 새로이 발굴된 역사적 실존인물의 가치에 대한 기대를 표명하고 있으며, 이기영[06]은 "『임꺽정』이야말로 시대적 요구에서 가장 적합한 작자를 만났다"면서 벽초의 "해박한 학식과 풍부한 어휘와 아울러 건전한 사상으로 능란히 묘파"되어 "빈약한 조선문학의 현재"에 "획기적 대수확"이 되었다고 기대를 표명한다. 박영희[07]는 "조선 초유의 대작"이자 "동양 초유의 대작"이 될 것이라면서, 조선문학의 위축과 혼란 가운데에서 구상과 언어와 작자의 생활 관조 등의 측면에서

---

03   염상섭, 「강담의 완성과 문단적 의의」, 『조선지광』, 1929.1., 116~117쪽.

04   이선희, 「여류작가좌담회」, 『삼천리』, 1936.2., 219쪽.

05   한용운, 「벽초의 손에 재현되어 지하에서 웃을 임꺽정」, 『조선일보』, 1937.12.8.

06   이기영, 「조선문학의 전통과 역사적 대작품」, 『조선일보』, 1937.12.8.

07   박영희, 「동양 최초의 대작이며 우리의 생활사전」, 『조선일보』, 1937.12.8.

기대를 표명한다. 이극로[08]는 "훌륭한 맨 조선말의 어휘가 많은 것"과 "구상이 전체적 연락이 있으면서도 편편이 독립한 딴 책을 읽는 느낌"을 주는 점을 어학적 견지에서 재미라고 평가한다.

일방적 상찬의 광고와 달리 실질적으로 진행된 『임꺽정』에 대한 논리적 접근은 임화의 '세태소설론'[09]에서 출발한다. 임화는 이 글에서 『임꺽정』의 매력이 "그 시대의 여러 가지 인물들과 생활상의 만화경과 같은 전개에 있다"고 언급하고 "조밀하고 세련된 세부묘사가 활동사진 필름처럼 전개하는 세속생활의 재현이 우리를 즐겁게 하는 것"이라면서 "세부 묘사, 전형적 성격의 결여, 그 필연의 결과로서 플롯의 미약" 등의 측면에서 『임꺽정』이 세태소설과 본질적으로 일치된다고 평가한다. 그리고 현대의 세태소설이 모자이크적인 데 비해 『임꺽정』은 파노라마적인 미감을 제공한다고 분석하면서 세태소설의 성행이 일제 말기 "무력의 시대의 한 특색"이라고 지적한다.

반면에 이원조[10]는 춘원과 벽초가 대척적인 양극단이라면서 춘원이 "철저한 이상주의자라면" 벽초는 "철저한 사실주의자"라고 단언한다. 그리고 "이상주의의 소설이 시간적이요 주관적인 데 비해서 사실주의 소설이 공간적이요 객관적"이라면서 『수호지』나 『삼국지』처럼 동양소설의 구성과 유사하지만, 묘사는 자연주의적 수법에 충실하다고 평가한다. 그 근거로 서구의 소설은 성격 중심이지만, 동양 소설은 사건 중심이라는 차이를 보인다고 설명한다.

이러한 반향과 평가 들은 전근대적 강담과 세태소설적 측면의 한

---

08   이극로, 「어학적으로 본 『임꺽정』은 조선어 鑛區의 노다지」, 『조선일보』, 1937.12.8.

09   임화, 「세태소설론」, 『동아일보』, 1938.4.1~6.

10   이원조, 「『임꺽정』에 관한 소고찰」, 『조광』 4권 8호, 1938.8.

계를 적시한 것 이외에는 대체로 모두 『임꺽정』이 받은 당대적 평가 뿐만 아니라 문학사적 의의를 맹아적으로 보여준다. 즉 실존인물의 역사적 복원, 박식한 어휘와 건전한 사상의 묘파, 조선과 동양 초유의 대작, 조선말의 활용과 구상의 탁월성, 서사적 플롯이 지닌 부분의 독 자성과 부분과 전체의 연결성 등이 고평되고 있는 것이다.

### 2) 출간(1939) 이후 한국전쟁 발발(1950) 이전

1939년 『임꺽정』이 출간되기 시작하면서 게재된 출판 광고에서도 당대적 찬사를 확인할 수 있다. 즉 '약동하는 조선어의 대수해(大樹海)' 라는 큰 제목 하에 '천재(天才) 조선의 위대한 거보(巨步)! 전 독서층을 풍미하는 대호세(大豪勢)!'라면서 "역사소설의 태양인 동시에 대중소 설의 최고봉"이라는 상찬 속에 광고가 게재된다.[11] 이기영은 '조선문 학의 대유산'이라면서 "조선문단의 획시적 대수확", 이효석은 "한 시 대의 생활의 세밀한 기록이요 민속적 재료의 집대성이요 조선어휘의 일대 어해(語海)를 이룬 점에서도 족히 조선문학의 한 큰 전적(典籍)", 박영희는 '미증유의 대걸작'이라면서 "구상의 광대함과 어휘의 풍부 함과 문장의 유려함이 전무한 대작이니 조선문학의 보고", 김상용은 '조선어의 풍부한 보고', 이광수는 '조선어와 생명을 같이할 천하의 대 기서(大奇書)', 한설야는 '천권의 어학서를 능가'한다면서 "역사소설의 백미요 또 우리 문단의 최대의 수확", 김윤경은 '흥미와 실익의 역사 소설', 김동환은 '이 시대의 대걸작', 정인섭은 '웅대한 규모'라면서 '세 련된 필치'와 "조선 현대문학 중의 거탑", 박종화는 '왕양(汪洋)한 바다

---

11　광고, 『조선일보』, 1939.12.31.

같은 어휘'라는 제목으로 어휘와 묘사와 "구상이 혼연히 조선적인 때문"이라면서 "근세 조선의 큰 자랑"이라고 축하한다.

특히 대표적인 논의에 해당하는 김남천[12]의 경우 '조선문학의 대수해'라는 상찬의 제목 속에 『임꺽정』의 출판이 역사소설의 특징인 과거와 현재의 상호적 대화로서 "거대한 유산의 정리"이자 "금후의 문학의 굳건한 토대"이자 "답대"임을 강조한다.

> 모모하는 대가들처럼 표면에 드러나지 않고 숨어서 30년 문학사의 첫 페이지에 공헌한 분은 벽초 홍명희씨다. 그것을 아는 이는 적다. 그리고 그것을 기록에 올릴 문학사도 드물는지 알 수 없다. 그러나 그의 웅편(雄篇)은 씨(氏)의 50년을 일관하는 고고한 절개와 함께 우리 문학사상의 일만이천 봉이다. 사실주의문학이 가지는 정밀한 세부 묘사의 수법은 씨에 있어 처음이고 그리고 마지막이 되어도 무방할 것이다. 작은 논두렁길을 걷던 조선문학은 비로소 대수해(大樹海)를 경험하였다. 일방 『임꺽정』은 역사문학의 진품이 어떠한 것인지를 우리 속류 역사소설들 앞에 제시하였다. 『임꺽정』의 출판은 거대한 유산의 정리인 동시에 금후의 문학의 굳건한 토대요 답대(踏臺)이다.

김남천은 근대문학 30년의 문학사 첫 페이지에 공헌할 정도로 벽초의 노력을 높이 평가하면서, 벽초의 삶과 문학적 노력을 함께 주목한다. 특히 "정밀한 세부 묘사"의 탁월성을 핵심으로 꼽으면서 "역사문학의 진품"이 사실주의 역사소설로서의 『임꺽정』에 해당함을 강조

---

12    김남천, 「조선문학의 대수해」, 『조선일보』, 1939.12.31.

한다.[13] 『임꺽정』의 문학사적 기여를 사실주의 문학의 알파요 오메가라고 평가하는 김남천의 인식은 『임꺽정』의 문학사적 가치를 계보학적 의의로 자리매김하는 당대적 평가에 해당한다.

남북에서 각각 분단 정부가 수립된 이후인 1949년 1월호 『학풍』에는 박태원[14]의 광고문이 게재되어 『임꺽정』의 진면목이 드러나고 있다. 즉 "언어의 전당"이자 "인간성의 화주"이며, "설화문학의 절정"을 수놓은 작품이 『임꺽정』이며, 이미 '고전의 반열'에 오른 "거장의 거작"임을 강조하고 있는 것이다.

> 言語의 殿堂! 人間性의 火柱! 說話文學의 絶頂
> 巨匠의 巨作
> 벽초 선생의 『임꺽정』은 이제는 이미 고전이다. 이는 실로 일대의 거장이 그 심혈을 기울이어 비로소 이루어진 대작이다. 앞으로는 모르겠다. 그러나 아직까지는 『임꺽정』과 그 빛을 다툴 작품은 어느 역량 있는 작가의 손으로도 제작되지 않았다. 꺽정이, 이봉학이, 박유복이, 배돌석이, 황천왕동이, 곽오주, 길막봉이의 이른바 7형제패를 위시하여 여기에는 무수한 등장인물이 있거니와 그 인물의 하나하나가 모두 살아

---

13  이 내용은 몇 군데 달라진 표현(조선문학을 조선어학으로, 정리를 거본으로, 토대를 천대로)을 제외하고 2003년에 발표된 정진혁의 평론 원고 「홍명희와 장편력사소설 『림꺽정』에 그대로 실려 있다. (정진혁, 「홍명희와 장편력사소설 『림꺽정』, 『조선문학』, 2003.8. 71쪽.) 다만 한설야의 광고 원고가 실명이 밝혀진 것과는 다르게 '종파주의 작가'인 김남천의 글이라 실명이 드러나 있지 않은 점이 특징이다. 여전히 임화, 김남천, 이태준에 대한 북한의 평가는 1952년의 '종파주의적 시각'의 한계에 멈춰 있는 것이다.

14  박태원, 「언어의 전당! 인간성의 화주! 설화문학의 절정」, 『학풍』 광고문, 1949.1.

약동한다. 서림이는 서림이로 살았고 노밤이는 노밤이로 살았고 심지어 이름 없는 포교나 사령 따위도 다들 거장의 영묘한 붓 끝에 생명을 얻어서 또 저들은 저들대로 놀아난다. 나는 구태어 이 거장의 거작인 소이연(所以然)을 이곳에서 일일이 조목대어 말하지 않겠다. 전편에 횡일(橫溢)하는 그 시대 그 제도에 대한 울발(鬱勃)한 반역정신만으로도 이 작품은 조선문학사상에 좀처럼은 흔들리지 않는 지위를 주장할 것이다. 거듭 말하거니와 『임꺽정』은 이미 고전이다.

아직도 이 世紀的 大文學에 접하지 않았다면 實로 遺憾이다!


인용문에서 드러나듯 박태원은 1940년대에 이미 『임꺽정』의 '고전'으로서의 특질과 '대작'으로서의 핵심을 파악하고 있다. 특히 등장인물들의 생동감과 함께 '시대와 제도에 대한 반역정신'이 문학사적 지위로서의 '고전'의 평가를 가능하게 한다고 주목한다. 박태원의 경우 '생동하는 인물'과 '주제의식으로서의 저항정신'이 『임꺽정』의 핵심 정조임을 주목하고 있는 것이다.

일제 강점기로부터 해방기에 이르는 벽초의 『임꺽정』에 대한 평가는 풍부한 어휘와 탁월한 묘사력, 구상의 새로움과 대중적 공감력, 리얼리즘과 저항정신 등에서 '문학사적 사건'으로서의 상찬이 주류를 이루고 있다. 물론 영웅소설적 인식의 서사적 한계나 전근대적 강담류 소설이라는 평가절하, 플롯이 미약한 세태소설로서의 기능에 대한 비판적 평가가 없지는 않지만, 1920년대 후반부터 10여 년에 걸쳐 조선시대의 정조를 문학사에 되살려놓은 기여를 '기념비적 서사'로 찬탄하고 있는 것이 주류라고 판단된다.

결과적으로 벽초의 『임꺽정』은 문학 외적으로는 일제 강점기에 '신간회'를 토대로 펼쳐진 좌우 합작 노력의 일환 속에 작가 스스로 '조선 정조의 구현'이라는 문학적 저항을 표방하면서 시작되었으며, 문학 내적으로는 '조선 시대의 걸물 임꺽정'을 호출하여 그 일당의 인물을 매개로 조선 왕조시대의 상류층에서 하층민에 이르기까지 다양한 인물 군상을 조선 정조에 기반한 언어와 풍속으로 재구하여 적재적소에 형상화함으로써 '민중적 역사소설의 효시'이자 전민족적 저항 담론을 내면화한 '리얼리즘적 민족문학의 전범'으로 평가되면서 분단 시대를 극복하고 통일시대를 지향할 남북한 문학사의 미적 토대의 원형이자 자산에 해당하는 작품이다.

### 3. 북한 문학에서의 『임꺽정』 연구 변화 양상 – 진보적 작품에서 '현대성'의 소설로

북한 문학에서의 『임꺽정』 연구는 평양 문예출판사본(1982~1985) 이전과 이후가 일차적으로 구분된다. 왜냐하면 1980년 제6차 당대회에서 김정일이 김일성의 후계자로 공식화된 이후 문예 정책의 기획자이자 입안자로 공식 등장하기 때문이다. 하지만 본질적으로는 김정일의 『주체문학론』(1992) 이전과 이후가 분명하게 다르게 평가된다. 기본적인 평가는 1967년 유일주체사상체계확립 이래로 주체문예이론을 강조하면서 수령형상문학을 위시한 '당문학적 입장'의 측면에서 비슷한 입장을 견지하고 있지만, 김정일이 지시한 '현대성'의 기준에서 1990년대 이전과 이후는 명확하게 구분되는 것이다.

## 1) 비카프 작가의 진보적 작품-『조선문학통사』(1959)와 『조선문학 개관』(1986)의 경우

먼저 『조선문학통사』(1959)에서는 세 가지 특징이 드러난다. 첫째 당시의 "진보적 작품"은 맞지만, "카프 작가"가 아니며 "프롤레타리아 적 입장의 작품"이 아니라는 관점을 전면에 배치한 점이다. 둘째 봉 건통치계급의 전형적 특성을 폭로하면서 일제 강점의 사회제도를 증 오하고 반대하기 위해 인민을 교양하였다는 점이다. 셋째로 특권계 급과 천민과의 투쟁을 중심으로 "평면적 의분성과 영웅성과 희생정 신"을 주목한다는 점이다.

> 홍명희는 이 시기의 장편 <림꺽정>을 썼다. 홍명희는 <카 프>작가가 아니었으며 이 작품, 장편 <림꺽정> 그 자체도 결 코 프로레타리아적 립장에서의 작품은 아니다. 그러나 이 작 품은 그 시기에 있어 조선 인민의 리해 관계를 일정하게 대변 해주는 진보적 작품이었는바, 그것은 이 작품이 림꺽정을 중 심으로 하는 일련의 인물형상을 통하여 봉건 통치계급의 전 형적 특성을 폭로하면서 그러한 류의 사회-일제통치하의 사 회제도를 증오하며 반대하도록 인민을 교양하였기 때문이다. (중략) 이 작품에 있어 림꺽정이를 중심으로 그리여지는 투쟁 의 력사적 의의는 자연발생적인 것이기는 하였으나 반봉건적 인 계급성을 가진다는 거기에 있다. 이 작품은 림꺽정의 반란 을 정당하게도 당시 사회의 특권계급과 <천민>과의 투쟁으 로 보았다. 그러므로 해서 이 소설은 우리들로 하여금 당시의 량반 통치계급에 대한 인민들의 깊은 증오를 느끼게 하는 동 시에 다른 한편에 있어서는 림꺽정이와 같은 인물이 나타낸

평면적 의분성과 영웅성과 희생정신을 인식케 한다.[15]

인용문에서 드러나듯 카프작가가 아니라는 언술로의 시작은 1967년 주체사상이 공식화되기 이전 1950년대까지는 북한의 문학사적 인식이 '수령형상문학'이 아니라 카프와 프롤레타리아계급이 지닌 문학사적 전통의 입장에 주안점을 두고 있음이 드러난다. 그리하여 결과적으로 "림꺽정의 반란"이 "반봉건적인 계급성"을 드러내면서, 당시의 지배계급에 대한 '인민들의 증오'를 불러일으킴과 동시에 평범한 의분과 영웅주의적 희생정신을 배태하고 있음이 주목되고 있는 것이다.

『조선문학통사』의 시각은 '진보적 텍스트'로서의 특징이 거론되면서 지배계급의 행악을 폭로하며 인민을 교양하는 대목이 강조된다. 특히 림꺽정을 비롯한 하층민들이 '반란'의 주인공임이 강조되며, 사회 제도와의 적대적 위치에 대한 인식을 주목하고, 특권계급에 반대하는 인민적 투쟁을 강조하면서 사실주의적 광경의 제시가 특징으로 평가된다.

『조선문학통사』의 인식은 『조선문학개관』(1986)에 이르면 조금 달라진다. 즉 첫째 임꺽정 개인이 아니라 "림꺽정무장대"와 "림꺽정폭동군"이라는 표현이 드러나면서 인민들의 생활상과 풍속, 조선어의 풍부한 재현을 강조하고 있다는 점이다. 둘째 <의형제편>과 <화적편>만을 대상으로 언급하고 있는 점이 주목된다. 셋째로는 당시 진보적 역사소설의 창작의 배경을 '부르죠아반동작가들'의 '민족허무주의와 반동적인 역사소설'이 다수 창작되고 있는 것에 대한 비판의식에서

---

15   사회과학원 문학연구소, 『조선문학통사(현대문학편)』, 사회과학출판사, 1959(인동, 1988)., 153~155쪽.

창작되었음을 주목한다.

> 장편력사소설 <림꺽정>은 16세기중엽 황해도일대를 중심으로 활동한 림꺽정폭동군의 활동을 취급한 작품이다. 이 소설은 1928년부터 1939년까지 10여년간에 걸쳐 <조선일보>에 련재되였으며 1940년에 4개권으로 출판되였다. / 소설은 크게 <의형제편>과 <화적편>의 두 부분으로 이루어져 있다. / (중략) / 소설에는 림꺽정무장대의 활동이 광활한 무대우에서 폭넓게 펼쳐져있을뿐아니라 당시의 사회상과 인민들의 생활세태와 풍속, 도덕, 인정세태가 다면적으로 생동하게 재현되고 조선말의 방대한 어휘와 풍부한 표현들이 원숙하고 능란하게 구사되여 있다. 따라서 소설은 당시의 사회력사적현실과 인민들의 생활을 리해하는데 도움을 줄뿐아니라 우리 말과 민속 연구의 자료로서도 가치가 있다.[16]

『조선문학개관』은 '개관'의 특성상 인용문에서 드러나듯 간략한 소평가가 주를 이룬다. 인용문에서 주목되는 대목은 "생활세태와 풍속, 도덕, 인정세태가 다면적으로 생동하게 재현"된 측면과 함께 어휘와 표현, 민속 연구로서의 가치를 언급한 대목이다. 그리고 저항적 역사소설로서의 주제의식뿐만 아니라 문학예술적 가치와 사료사적 가치 등 다양한 특징을 언급하고 있다는 점이 주목을 요한다.

물론 '진보적 작가들'이 "과거생활을 통하여 이 시기의 요구에 해답을 주려는 지향밑에 지나간 력사적 현실을 내용으로 한 작품들을 창작"했다면서 '현재의 전사'로서의 『임꺽정』이 지닌 역사소설의 특성

---

16  박종원·류만, 『조선문학개관 Ⅱ』, 사회과학출판사, 1986(인동, 1988)., 66~67쪽.

이 강조된다. 춘원과 동인, 월탄 같은 부르주아 소설가들의 왕조 중심 낭만주의적 역사소설과는 달리 사회 역사적 현실과 당대의 인민생활상의 적절한 형상화가 문학사적 고평의 대상이 된다.

### 2) 김정일의 '현대성' 강조-『조선문학사9』(1995)와 『문학대사전』(1999)의 경우

1990년대 이후 북한문학사의 가늠자는 김정일의 『주체문학론』(1992)이다. 1970년대 이후 '주체사실주의'가 '사회주의적 사실주의'를 대체했다고 주장하는 『주체문학론』의 입장은 이후 16권짜리 『조선문학사』의 출판에도 영향을 미치며 '유산과 전통의 확대'를 강조하게 된다. 이때 '주체문학론'의 입장에서 쓰여진 문학사인 『조선문학사9』(1995)의 경우 세 가지 점에서 기존의 평가와 다른 특징을 보인다. 첫째 김정일의 지적인 "현대성이 강한 작품"이라는 평가를 전면에 배치한 점이다. 둘째로는 "의리가 없는 인간으로서의 서림의 형상"을 교훈적이라고 표현하고 있다는 점이다. 셋째로는 단점으로 "일부 고담적의의가 없는 장면들이 묘사되여있는 것"을 제한성이라고 비판하고 있다는 점이다.

> (전략) 위대한 령도자 김정일동지께서는 다음과 같이 지적하시였다.
> "장편력사소설 <림꺽정>은 현대성이 강한 작품이라고 볼수 있습니다. / 장편력사소설 <림꺽정>에서 좋은 점은 인민대중의 생활과 투쟁으로 이야기를 엮고 그것을 매우 생동하고 진실하게 형상하고있는 것입니다." (중략)

이런 면에서 작품에서 의리가 없는 인간으로서의 서림의 형상은 교훈적이다. 그는 림꺽정폭동군의 모사로 있다가 중도에 관군에 체포되어 투항변절함으로써 서림이와 같이 의리가 없는 인간은 결코 투쟁대오에서 생사운명을 같이할수 없다는 것을 심각한 교훈으로 말해주고 있다. (중략) 그러나 소설에 일부 고담적의의가 없는 장면들이 묘사되여있는 것은 제한성으로 된다.[17]

인용문에서 드러나듯 『임꺽정』을 "반봉건투쟁을 취급한 대표적인 력사소설"로 요약하는 『조선문학사』의 평가에 척도를 제공하는 것은 김정일의 "현대성이 강한 작품"이라는 '지적'이다. 그리고 "인민대중의 생활과 투쟁"이라는 이야기 구성, "생동하고 진실"한 형상력 등이 장점으로 거론된다. 현대적인 주제의식을 비롯하여 구성과 묘사에서의 탁월성 등이 '주체문예이론의 교사'인 김정일이 강조한 『임꺽정』의 핵심적 특징인 것이다.

이와 함께 기존의 평가와 다른 점은 의형제들의 운명적 공통성을 강조하면서 애국심과 정의감뿐만 아니라 '의리적 결합'을 강조하고 있는 대목이다. 반면에 "의리가 없는 인간으로서의 서림의 형상"은 반면교사로서의 교훈이 강조되는 인물로 평가된다. 더불어 작품의 한계로서 "고담적 의의"를 확보할 수 없는 장면들의 묘사가 구체적 근거 없이 지적되고 있다.

---

17  류만, 「제2편 1930년대중엽-1940년대 전반기 문학 / 제2장 무산대중의 불행한 운명과 항거정신에 대한 형상, 력사주제의 작품창작 / 제4절 력사주제의 작품과 풍자소설 / 1. 력사주제의 소설창작과 홍명희의 장편력사소설 〈림꺽정〉」, 『조선문학사 9』, 과학백과사전종합출판사, 1995., 240~242쪽.

이 연장선 상에서 문학사 기록이 아닌 『문학대사전』(1999)의 경우에도 기존의 인식과 다른 점이 드러난다. 즉 크게 세 가지 특징이 제시되는데, 첫째 '림꺽정폭동군'이 '림꺽정농민폭동군'으로 명기된다는 점이다. 둘째 "의리가 없는 인간"으로 명명되었던 서림의 형상이 "이색분자, 우연분자"로 재명명된다는 점이다. 셋째 "일제의 가혹한 검열제도와 작가의 세계관상 미숙성으로 하여 주인공이 기생을 찾아다니다던가 여러명의 안해를 둔 것" 등 작품의 단점이 구체적으로 명기된다는 점이다.

> (전략) 소설은 서림의 형상을 통하여 대오안에 이색분자, 우연분자가 끼여들게 되면 엄중한 후과를 가져온다는 교훈을 천명하였다. (중략) 그러나 당시 일제의 가혹한 검열제도와 작가의 세계관상 미숙성으로 하여 주인공이 기생을 찾아다니다던가 여러명의 안해를 둔것이라던가 또한 농민무장대의 활동을 많은 경우 착취계급의 재물이나 빼앗는 정도의 투쟁으로밖에 보여주지 못한 것 등 일련의 부족점이 있다. (중략) 그후 1940년에 4권의 단행본으로 1954년에 6권의 단행본으로 출판되었다. 우리 당의 보살핌속에서 소설은 1982~1985년에 4권으로 다시 출판되었다.[18]

남북의 연구에서 공통적으로 지적되는 부분이 '농민의 형상력 부족'이라는 점에서 인용문에서 강조되는 '농민무장대 활동의 한계'에 대한 비판적 평가는 '과도한 지적'이라고 판단된다. 그리고 "의리가

---

18   사회과학원, 『문학대사전2』 사회과학출판사(주체89(2000)), 1999. 12., 188~189쪽.

없는 인간" 서림의 형상에 대해 '반면교사로서의 교훈'에서 나아가 '이 색분자와 우연분자'로 재명명하는 것은 김일성 사후(1994) 유훈통치 기간이 끝난 뒤에 지도자를 중심으로 당과 인민의 삼위일체적 신뢰 관계를 강조하기 위한 수사로 짐작된다. 즉 '김일성주의'를 강제하며 김정일을 위시로 주체문학의 수령형상문학적 특성을 강조하기 위한 레토릭으로 추정된다.

그리고 작품의 단점으로 임꺽정의 기생이나 여성 편력 등과 함께 농민무장대의 활동이 주로 착취계급의 재물을 빼앗는 투쟁으로 드러난 점 등을 일련의 부족점이라고 구체적으로 비판하는 대목은 기존 평가에 없던 새로운 내용이라는 점에서 주목된다. 즉 임꺽정의 무장 투쟁이 명확한 사상이나 목표에 의해 제기된 것이 아니라 즉흥적이고 전근대적인 방식으로 진행된 한계를 지적하고 있는 것이다. 끝으로 인용문에 드러나듯 1980년대 초중반 재출간의 배경을 '당의 보살핌'으로 강조함으로써 김정일의 문예활동 지도와 함께 '당성'을 전면에 내세우는 북한 특유의 당문학적 지도를 부기한 대목이 이채를 띤다. 결과적으로 1980년대 이래로 북한문학의 실질적 지도 주체가 '김정일+노동당'임을 암시적으로 보여주는 부분이다.


### 3) 수령(김일성+김정일)의 '말씀' 중시 - 2000년대 이후의 평가

2000년대 이후 『임꺽정』과 관련된 논문은 정진혁과 한중모의 평론 두 편을 확인할 수 있다. 이 글들은 『주체문학론』(1992) 이후의 문학사적 인식을 공유하면서도 기존 인식의 인상비평적인 대목에 대해 구체적으로 보충하고 진일보된 설명을 하고 있다는 점에서 주목을 요한다.

먼저 정진혁의 논문[19]은 네 가지 특징을 보여준다. 첫째 홍명희의 일대기로 시작하는 등 강영주의 논문을 참조한 점이 드러난다. 둘째 1939년 12월 31일 자 『조선일보』에 실린 광고 중 한설야와 김남천의 원고를 인용하면서 한설야의 실명은 밝히지만 김남천의 실명은 숨기고 있다. 셋째 『조선문학사』(1995)에 명시된 김정일의 지적과 함께 홍석중의 개작 여부, 「봉단편」, 「피장편」, 「량반편」을 소개하고 있는 대목이 새로이 드러난다. 넷째로 사회주의 사상의 부재를 임꺽정의 투쟁 실패와 연결짓는 무리한 관점이 제기된다.

> 위대한 령도자 김정일동지께서는 과거에도 림꺽정과 같은 사람들이 통치배들을 반대하여 싸웠지만 이것은 참다운 애국주의가 못되며 오직 항일혁명투쟁시기에 와서야 참다운 애국주의가 창시되었다고 가르치시였다. / 새로운 지도사상-사회주의사상을 접할수 없었던 림꺽정의 갈 길은 명백하며 림꺽정이 벌린 싸움은 단지 조금이라도 제 한몸이라도 고통을 면해보려는 소극적인 몸부림에 지나지 않았다. / 하여 림꺽정의 투쟁은 자연히 실패로 끝나고 만다. (중략) 작품은 력사기록에서는 찾아볼수 없는 등장인물들인 리봉학, 박유복, 배돌석, 홍천왕동, 곽오주, 길막봉 등의 의형제들의 신분을 선택하면서도 당시에 절대다수를 차지하고 있었던 농민 출신이 단 한사람도 없었던 것은 작가가 농민의 계급적성격을 깊이 파악하지 못하고 있었다고 보아도 과언이 아닐것이

---

19   정진혁, (자료)「홍명희와 장편력사소설 『림꺽정』」, 『조선문학』, 주체92(2003). 8., 70~73쪽.

라고 생각한다.[20]

인용문에서 드러나듯 정진혁의 논문은 '임꺽정의 실패'를 새로운 지도사상으로서의 사회주의 사상을 접할 수 없었던 한계로 파악한다. 김정일에 의하면 20세기 초중반의 항일혁명투쟁시기에 와서야 비로소 "참다운 애국주의가 창시"되었는데, 그 사회주의 사상을 대면하지 못했기 때문에 16세기의 임꺽정의 투쟁이 실패했다는 억견인 셈이다. 이것은 사후적 사상의 선험적 체화 여부가 투쟁의 승패를 구분짓는 결과로 이어진다는 오류적 판단을 보여준다. 물론 이어진 평가에서 농민 출신의 부재와 작가의 세계관의 한계, 비과학적 측면 등에 대한 비판적 견해는 기존의 북한문학 논의와 다른 시각을 보여준다는 점에서 주목을 요한다.

가장 최근에 발표된 한중모의 2006년 평론[21]은 네 가지 점에서 주목을 요한다. 첫째로 김일성을 우러르며 1948년 4월 평양에서 개최된 <남북조선 정당, 사회단체 대표작련석회의>에 참석한 '정치인 홍명희'를 먼저 언급한 뒤 작품 『임꺽정』을 언급하고 있다는 점이다. 둘째로 『조선문학사』(1995)에 기재된 '김정일의 지적'이 30여 년 전인 1962년 9월의 '말씀'으로 소급되면서 역사의 신화화가 사후적으로 진행된다는 점이다. 셋째로 '현대성'의 개념을 구체적으로 기술하고 있다는 점이다. 넷째로 다양한 인물과 사건, 평산싸움 장면들을 구체적으로 거론하면서 작품에 대해 기존의 일면적 평가가 아니라 다면적

---

20  정진혁, 위의 글, 72~73쪽.

21  한중모, 「다부작 장편력사소설 『림꺽정』과 주인공들의 형상」, 『조선문학』, 주체 95(2006), 4., 65~70쪽.

이고 입체적인 분석과 평가를 진행하고 있다는 점이다.

> 비범한 사상리론적예지와 예술적천품을 지니신 위대한
> 령도자 김정일동지께서는 일찍이 김일성종합대학에서 혁명
> 활동을 벌리서던 주체51(1962)년 9월 어느날 장편력사소설
> 『림꺽정』에 대한 옳은 인식을 가지는데서 제기되는 사상미학
> 적문제들에 명철한 해명을 주시면서 장편력사소설 『림꺽정』
> 에서 좋은 점은 인민대중의 생활과 투쟁으로 이야기를 엮고
> 그것을 매우 생동하고 진실하게 형상하고 있는 것이라고 말
> 씀하시였다. (중략)
>
> 현대성은 진보적이며 사실주의적인 문학작품의 본질적
> 특성의 하나이다. 현대성을 구현하는것은 력사주제의 문학
> 작품에서 더욱 중요한 문제로 나선다. 지난날의 사회현실이
> 나 력사적 사실을 형상화하면서 생활자료를 현대적요구에
> 비추어 선택하고 분석평가하며 예술적으로 일반화하는 것이
> 아니라 (중략) 복고주의를 류포시키는 해독적인 작용을 할수
> 있다.[22]

한중모의 평론은 김일성과 김정일의 일화를 앞세운다는 점에서
주체문학의 특성을 보여준다. 특히 '김정일 시대'에 쓰여진 원고라는
점에서 인용문 첫 단락은 '수령형상문학'의 특징인 '신화화된 전설'로
각색된 '김정일에 대한 사후적 찬사'에 해당하기에 비판적으로 해석
될 대목이다. 한중모에 의하면 '현대성'이란 "지난날의 사회현실이나
력사적 사실을 형상화하면서 생활자료를 현대적요구에 비추어 선택

---

22    한중모, 앞의 글, 65~70쪽.

하고 분석 평가하며 예술적으로 일반화하는 것"에 해당한다. 즉 과거의 유산과 생활자료를 현대적 요구에 걸맞게 적절히 취사선택함으로써 사료를 제대로 재가공하여 현재적 재형상화와 함께 대중적인 예술적 일반화를 달성하는 것이 '현대성의 요체'인 것이다.

한중모의 글 마지막에는 "오늘 우리 공화국에서는 민족문화유산을 계승발전시킬데 대한 당의 주체적인 문예정책에 의하여 다부작장편력사소설 『림꺽정』이 원전 그대로 출판되어 많은 사람들에게 읽히우고있을뿐아니라"라고 명기되어 있다. 이러한 원전 출판 여부와 대중적 독자의 확보 등의 사실 관계는 『임꺽정』의 '서막'에 해당하는 「봉단편」, 「피장편」, 「양반편」 등 3권의 출판 여부와 함께 추후 구체적 확인이 필요해 보인다. 그래야 남북한 원전 확정의 유사성과 차이를 구체적으로 분석할 수 있기 때문이다.

2000년대에 발표된 정진혁과 한중모의 평론은 『임꺽정』에 대한 피상적인 문학사적 평가를 넘어 구체적이고 세부적으로 저자와 텍스트에 대해 분석과 해석, 종합적 평가를 수행하고 있다는 점에서 주목을 요한다. 즉 북한문학에서는 문학 외적으로 수령(김일성+김정일)의 지도나 말씀이 강조되며 당문학적 지침과 함께 사회주의 사상의 부재가 세계관적 한계로 지적되고 있으며, 농민 전형의 부재나 인물 형상화의 미비 등 문학 내적 한계가 부가적으로 기술되는 방식을 취하면서 역사소설의 문학적 현재성은 적절한 사료의 재가공을 통해 달성해야 할 예술적 일반화를 위한 '현대성의 요구'임이 주목된다. 이렇듯 두 평론가의 2000년대 글은 남북한의 문학적 평가의 인식차를 드러냄으로써 남북한 문학의 이질적 기준과 해석의 차이를 확인함과 동시에 역설적으로 그 이질성을 통해 문학사적 인식의 접점을 발견할 가능성을 보여준다는 점에서 소중한 대목이다.

## 4. 남한 문학에서의 『임꺽정』 연구 변화 양상 – 민중적 리얼리즘의 성취, 민족문학의 보고(寶庫)

### 1) 2000년대 이전

문학사적 연구를 제외하고 1988년 월북 작가 해금 이전에 『임꺽정』에 대한 개인적 연구는 김윤식, 신재성, 강영주, 홍성암 등의 연구를 확인할 수 있다. 먼저 김윤식[23]은 『임꺽정』을 권력층에 대한 서민층의 저항의식을 치밀한 풍속묘사와 결합시킨 '의식형 역사소설'로 분류하고, 신재성[24]은 『임꺽정』을 작가의 주관을 거세한 채 객관세계에 함몰한 '풍속의 재구' 유형으로 분류하며, 강영주[25]는 상하층의 풍속과 언어로 총체적인 형상화에 성공했다면서 루카치의 역사소설론에 근거하여 저항적 계층의식을 충분히 표출하지 못한 작품으로 파악하며, 홍성암[26]은 '근대 역사소설의 유형'을 검토하면서 『임꺽정』을 민중적 계급주의 역사소설로 규정한다. 일제 강점에 대한 저항 담론과 조선적 풍속에 기반한 알레고리적 서사로서 '민중적 리얼리즘'을 성취한 '민족문학의 보고'이자 '역사소설의 전범'으로 호명되고 있는 것이다.

특히 남한 문학에서 『임꺽정』에 관한 연구는 강영주의 연구를 대

---

23  김윤식, 「우리 역사소설의 4가지 유형」, 『소설문학』, 1985.6.

24  신재성, 「1920~30년대 한국 역사소설 연구」, 서울대학교 석사학위논문, 1986.

25  강영주, 「한국근대역사소설연구」, 서울대학교 박사논문, 1986.

26  홍성암, 「한국근대역사소설연구」, 한양대학교 박사논문, 1988.

표적으로 들 수 있다. 강영주에 의하면 역사소설 『임꺽정』은 '야사의 소설화, 민중성과 리얼리즘의 성취, 난숙한 세부 묘사와 닫힌 전망'을 지닌 대표적인 역사소설에 해당한다.[27] 뿐만 아니라 홍명희의 사상적 지향이 '선비정신의 소유자'로서 '투철한 반봉건 의식'과 '진보적 민족주의 노선'을 지향하고 있으며, '속류 좌익 문학관'에 대한 비판과 '순수문학'에 대한 부정적 견해 속에서 일관되게 리얼리즘 문학을 주장하면서 계몽문학의 중요성을 역설하였다고 분석한다.[28] 이외에도 저자는 『임꺽정』에서 '주체적인 여성상과 남녀평등사상'이 제시되지만 여성의 타자화된 모습 역시 드러난다고 비판[29]하고, 『임꺽정』을 조선학운동의 문학적 성과로 파악[30]하면서, 비교문학적 차원에서 쿠프린의 장편소설 『결투』와 구성 형식의 유사성을 추적[31]하고, 연암문학과 비교하면서 '민족문학적 개성, 양반 비판과 민중성, 리얼리즘과 해학성'을 유사성으로 규명[32]하며, 해방 이후 '남한 최고의 역사소설(최원식)'로 호명되는 황석영의 『장길산』과 비교하면서 '역사적 진실성의 추

---

27  강영주, 「홍명희와 역사소설 『임꺽정』」, (『한국근대역사소설연구』, 서울대 박사논문, 1986. 12), 『(통일시대의 고전) 『임꺽정』 연구』, 사계절, 2015.

28  강영주, 「홍명희의 사상과 『임꺽정』의 민족문학적 가치」, 「벽초 홍명희론」, 『동서문학』 28권 4호, 1998년 겨울호. (위의 책, 164~183쪽.)

29  강영주, 「여성주의 시각에서 본 『임꺽정』」, 「여성주의의 시각에서 본 홍명희의 『임꺽정』」, 『여성문학연구』 16호, 한국여성문학학회, 2006. 12. (위의 책, 186~217쪽.)

30  강영주, 「조선학운동의 문학적 성과, 『임꺽정』」, 「벽초 홍명희의 생애와 학문적 활동」, 『근대 동아시아 지식인의 삶과 학문』, 성균관대 BK21 동아시아융합사업단 편, 성균관대출판부, 2009. (위의 책, 249~284쪽.)

31  강영주, 「홍명희의 『임꺽정』과 쿠프린의 『결투』」, 『진단학보』 92, 2001. 12. (위의 책, 289~306쪽.)

32  강영주, 「『임꺽정』과 연암 문학의 비교 고찰」, 『대동문화연구』 65, 성균관대 대동문화연구원, 2009.3. (위의 책, 311~337쪽.)

구와 민중성의 구현'이 『임꺽정』과의 유사성임을 분석한다.[33] 이와 함께 저자는 자료집 『벽초 홍명희 『임꺽정』의 재조명』(1988)과 『벽초 홍명희와 『임꺽정』의 연구자료』(1996)가 북한 학계에도 유입되어 영향을 미친 것 같다고 추정한다.[34]

1990년대에 주목할 만한 『임꺽정』 연구로는 이남호, 백문임, 공임순, 임정연 등의 논의를 들 수 있다. 먼저 이남호[35]는 봉건과 반봉건, 민중의식과 사대부의식, 전근대적 이야기 요소와 근대소설적 요소들이 혼효되어 있다고 파악하면서 양가적 특성을 주목한다. 백문임[36]은 사료를 활용한 선택과 배열의 원리를 추적하면서 '강담사의 사료해석 태도와 형상화의 작동 원리'를 통해 작가의식을 규명하고 있다. 공임순[37]은 공적 서술자의 서술태도가 유교적 윤리의식에 의거해 있음을 주목하면서 사대부의 가치항목들로 긍정적·부정적 인물을 가르

---

33   강영주, 「홍명희의 『임꺽정』과 황석영의 『장길산』」, 「역사소설 『임꺽정』과 『장길산』」, 『상명여자대학교 논문집』 27집, 상명여대, 1991. 2. (위의 책, 341~361쪽.)

34   강영주는 후일담으로 정진혁의 논문과 『벽초 홍명희』(2011, 평양출판사)를 열람했더니 본인의 연구서들을 참조한 흔적이 역력했다고 기술한다. 뿐만 아니라 벽초의 손자인 소설가 홍석중이 벽초에 관한 자신의 연구서들을 두루 읽어 잘 알고 있었고, 일가족을 대표하여 자신에게 각별한 감사를 표하였기 때문이라고 기술한다. 특히 첫 자료집이 북한에 전해져 말년의 홍기문(벽초의 아들)이 감격해 마지않았다는 이야기를 홍석중에게 직접 들었다고 기록한다. (강영주, 『(통일시대의 고전) 『임꺽정』 연구』, 사계절, 2015., 9~10쪽.) 이렇게 보면 벽초와 『임꺽정』을 매개로 남북의 문학적 교류는 분단 시대의 와중에도 이미 암묵적으로 체제의 경계를 넘어 진행되고 있었던 셈이다.

35   이남호, 「벽초의 〈임거정〉 연구」, 『동서문학』 188호, 1990. 3.

36   백문임, 「홍명희의 〈임꺽정〉 연구 - 구성방식을 중심으로」, 연세대 석사학위논문, 1993.

37   공임순, 「홍명희의 〈임꺽정〉 연구 - 유교이념의 형상화를 중심으로」, 서강대 석사학위논문, 1994.

고 청석골패의 성격이 덕성 결핍에 의한 예정된 패배라는 결론에 도달한다. 임정연[38]은 골드만의 발생론적 구조주의를 활용하여 문학사회학적 관점에서 홍명희의 작가의식 형성과정과 작품에 구현된 작가의식의 양상을 해명하고 있다.

이외에도 민족의식(채길순),[39] 인물 유형(손숙희,[40] 이창구),[41] 문체의 특성(강민혜),[42] 신문소설(이중신),[43] 서술 원리(장사흠,[44] 차혜영),[45] 문학관(채진홍),[46] 계급주의론(홍성암),[47] 서사 분석(강현조)[48] 등의 다양한 관점에서 구체적인 분석과 평가가 진행되었으며, 이러한 논문들의 문제

---

38   임정연, 「홍명희의 『임꺽정』 연구-작가와 작품의 세계관을 중심으로」, 이화여대 석사학위논문, 1998.

39   채길순, 「홍명희의 "임꺽정" 연구: 민족 의식과 정서를 중심으로」, 청주대학교 석사논문, 1991.

40   손숙희, 「벽초 홍명희의 『임꺽정』 연구-인물유형을 중심으로」, 동덕여대 석사논문, 1993.

41   이창구, 「홍명희 『임꺽정』 인물 연구」, 목원대학교 석사논문, 1992.

42   강민혜, 「벽초 홍명의의 『임꺽정』 연구-문체특성을 중심으로」, 고려대학교 석사논문, 1990.

43   이중신, 「홍명희의 『임꺽정』 연구- 신문소설로서의 특성과 문체」, 한양대학교 석사논문, 1999.

44   장사흠, 「홍명희의 『임꺽정』 연구- 서술원리를 중심으로」, 강릉대학교 석사논문, 1995.

45   차혜영, 「『임꺽정』의 인물과 서술방식연구」, 한양대학교 석사논문, 1992.

46   채진홍, 「홍명희의 문학관과 반 문명관 연구」, 『국어국문학』 121집, 국어국문학회, 1998.5., 279~303쪽.

47   홍성암, 「계급주의적 역사소설의 효시-『임꺽정』: 홍명희론」, 『한민족문화연구』 4집, 한민족문화연구학회, 1999. 6., 204~225쪽.

48   강현조, 「홍명희의 『임꺽정』 연구: 서사분석을 중심으로」, 연세대학교 석사논문, 1999.

의식들을 종횡으로 종합한 박사논문으로 한창엽,[49] 이동희[50] 등의 결과물을 주목할 수 있다. 이렇듯 1990년대 연구들은 『임꺽정』 텍스트의 문학적 특징과 더불어 고전 담론과 일제 강점기의 상관성, 작가적 의도 등을 함께 결합하여 문학사적 의의를 기술하는 방식에 초점을 맞추어 진행되었다.

### 2) 2000년대 이후

2000년대 이후 연구는 『임꺽정』 자체 연구뿐만 아니라 다른 텍스트와의 비교 연구로 논의가 확산되면서 연구가 축적되고 있다. 이를테면 만화 『임꺽정』과의 비교 연구(장하경),[51] 리얼리즘론(최윤구),[52] 『갑오농민전쟁』과의 담론 비교분석(송명희 등),[53] 강담의 민중성(장수익),[54] 모계인물 모티프(김은경),[55] 민중언어와 주체성(김정숙·송기섭),[56] 민족

---

49   한창엽, 「홍명희의 『임꺽정』 연구」, 한양대학교 박사논문, 1994.

50   이동희, 「벽초 홍명희의 『임꺽정』 연구」, 조선대학교 박사논문, 1996.

51   장하경, 「소설 『임꺽정』과 만화 『임꺽정』의 비교 연구 - 이야기 방식을 중심으로」, 숙명여대 석사논문, 2001.

52   최윤구, 「홍명희의 『임꺽정』 연구 - 엥겔스의 '리얼리즘의 승리'를 중심으로」, 국민대학교 석사논문, 2001.

53   송명희·박순혁·김재윤·안숙원, 「역사소설 『임꺽정』과 『갑오농민전쟁』의 담론양식과 언어분석」, 『우리말연구』 11집, 2001.12., 143~200쪽.

54   장수익, 「강담 양식으로 담은 민중적 시각 - 홍명희의 『임꺽정』론」, 『한남어문학』 26집, 한남어문학회, 2002.2., 213~237쪽.

55   김은경, 「'母系人物 모티프'를 통한 洪命憙의 『林巨正』 다시 읽기 - 抵抗談論的 性格 고찰 및 歷史小說로서의 위상 재조명」, 『어문연구』 32집, 한국어문교육연구회, 2004.3., 325~351쪽.

56   김정숙·송기섭, 「홍명희와 『임꺽정』: 민중적 언어 공동체와 주체적 근대의 모색」, 『한국문학이론과 비평』 33집, 한국문학이론과비평학회, 2006.12., 339~360쪽.

적 알레고리와 텍스트 중심주의(김승환),[57] 구술 양상(김희진),[58] 『임꺽정』에 대한 메타 연구(송수연)[59] 등의 학술논문이 제출되고 있으며, 이외에도 박사논문으로 서사 구조를 구체적으로 분석한 손숙희[60] 등의 결과물이 주목된다. 이렇듯 『임꺽정』 연구가 다른 텍스트와의 비교, 만화콘텐츠, 모계 인물 양상, 구술성 등의 연구들을 거쳐 다매체 활용 방안으로까지 연결되어 현재적 텍스트로 재활용될 수 있는 '정전으로서의 대하역사소설'임을 보여준다.

특히 가장 최근에 제출된 이은경[61]의 석사학위논문은 '탈식민성 담론'을 활용하여 연구를 진행하고 있다는 점에서 주목을 요한다. "작가의 창작의도인 '조선정조의 구현'이 작품 이해에 매우 중요한 단서임을 전제"한 뒤 '문체와 인물, 공간'의 차원에서 '탈식민성 담론'을 전용하여 벽초의 『임꺽정』을 연구함으로써, 다양한 연구방법론을 활용하여 벽초의 문학 연구가 지닌 현재성과 지속적 연구 필요성을 동시에 보여준다. 물론 서구의 '노마드 이론'에 지나치게 의존한 나머지 견강부회적 억견이 논문 곳곳에서 도출되고 있는 점은 아쉬운 대목이다.

---

57   김승환, 「홍명희의 창작방법으로서의 민족적 알레고리」, 『한국현대문학연구』 27집, 한국현대문학회, 2009.4., 145~167쪽. / 김승환, 「텍스트 『임꺽정』 안과 밖의 작가 홍명희」, 『한국현대문학연구』 35집, 한국현대문학회, 2011.12., 169~193쪽.

58   김희진, 「홍명희 『임꺽정』에 나타난 구술적 양상 연구」, 『한민족문화연구』 48집, 한민족문화연구학회, 2014.12., 35~59쪽.

59   송수연, 「홍명희, 〈임꺽정〉 연구의 수용양상 고찰: 대학원 석사학위논문을 대상으로」, 청주대학교 석사논문, 2011.

60   손숙희, 「『임꺽정』의 서사구조 연구」, 동덕여대 박사논문, 2001.

61   이은경, 「홍명희의 『임거정』 연구: 탈식민성을 중심으로」, 전북대 석사논문, 2018.

정착이 아닌 정주할 곳을 떠도는 유목민들처럼 『임꺽정』의 호방한 인물들의 주유는 탈주선을 찾는 유목민들의 기상을 환기하게 한다. 북방 유목민의 후예이기도 한 우리민족 안에 내재된 유목민다운 역동성과 호방한 기상을 일깨우고 있는 것이다. 그리하여 그 당시 파괴되어 가는 과정에 있었던 대동적 공동체의 공간을 청석골이라는 구체적 장소에 마련한다. 한반도 전역을 주유하고 답사한 인물들의 유랑민적 행로는 청석골로 모여든다. 청석골은 임꺽정과 의형제들이 친밀한 형제적 우애와 예술적 공감을 나누는 감정이입적 공간이자 상생의 공간이다. 이를 통해 청석골은 운명공동체적 장소애를 탐색하는 과정으로 해석된다. 그리고 이 공간은 대동적 공동체를 넘어 운명 공동체로 변화되어 간다. 이러한 운명 공동체로의 변화는 이 작품의 비극성을 암시하는 것이기도 하지만, 그만큼 탈주선을 타고 탈영토화의 욕망을 강화시켜 나가고, 나아가 백두산으로 상징되는 재영토화의 욕망을 더욱 증폭시키는 동력으로 작용하기도 한다.[62]

결론의 한 대목인 인용문에서 보이듯 '유목적 운명 공동체'를 강조하면서 연구자는 탈영토화 전략과 재영토화의 욕망 등을 통해 탈식민성 담론을 전유함으로써 '민족 정체성'에 대한 새로운 인식의 가능성을 보여준다. 연구자는 '언어의 다양성 확보와 서사전통의 계승, 강인한 생명력과 호협의 기상, 재영토화의 기획'으로 본론을 구성하면서 『임꺽정』의 창작의도인 '조선 정조의 구현'이 프란츠 파농이 주창한 '정신의 탈식민화'라는 담론의 실천으로 볼 수 있다면서, 한민족의

---

62    이은경, 위의 논문, 78쪽.

정체성 회복을 위한 작가적 노력이 "식민주의의 저항담론이며 실천운동"이라고 파악한다.

'탈식민성' 담론 자체는 1990년대 이후 포스트모더니즘의 유입 이래로 다양하게 변주되어 온 '포스트 담론' 중 '제국과 식민의 관계'를 천착하는 탈식민주의적 연구방법론에 해당한다. 벽초의 『임꺽정』을 분석하면서 '식민지 저항 담론'의 다양한 전유를 활용한 '작가 의식의 탈식민적 기획'을 주목한 예는 좋은 연구의 착상에 해당된다. 이렇듯 벽초의 『임꺽정』은 텍스트 내부의 시대 배경인 16세기를 넘어 20세기 전반의 식민지 시대를 관통하면서 20세기 후반 이래로 현재에 이르기까지 산출된 다양한 탈근대적 방법론이나 텍스트들과의 비교 연구, 다매체 활용 방안 연구 등을 통해 새로이 재조명, 재해석될 수 있는 유의미한 다면적 텍스트에 해당하는 것이다.

## 5. 결론

이 글은 월북 작가 해금 30년을 기념하여 벽초 홍명희의 『임꺽정』 연구의 역사성과 현재성을 재조명하였다. '통일시대의 고전'으로 명명되는 홍명희의 『임꺽정』은 일제 강점기의 당대적 호평과 함께 분단 이후 남북한 모두에서 지속적으로 논구되는 텍스트일 뿐만 아니라 남한에서는 최근 들어 만화콘텐츠나 비교 텍스트 연구, 풍속의 문제와 '저항사상으로서의 애국주의', 탈식민성 담론에까지 이르며 연구가 확산되고 있다. 벽초의 『임꺽정』은 남과 북에서 모두 일제 강점기 역사소설의 전범으로 통칭되고 있다는 점에서 소중한 텍스트에 해당한다. 특히 2018년 현재 한반도 비핵화를 둘러싸고 진척되고 있는 평화 체제 구축 과정에서 4.27 남북 정상회담과 6.12 북미 정상회담, 9.19 평양 남북정상회담 등은 분단 체제 극복의 가능성을 현실화시키고 있다. 이러한 시점에서 해금 30년을 기념하여 진행되는 『임꺽정』 연구는 남북 화해와 평화 체제를 구축하는 데에 문학적 초석을 놓을 수 있으리라고 판단된다.

분단 이전(1928~1950)의 동시대적 평가에서는 강담류 소설이나 세태소설에 머물렀다는 비판적 평가보다는 어휘와 묘사, 구성과 대중성, 리얼리즘적 창작방법 등에서 호평을 받고 있었음을 확인할 수 있었다. 분단 이후 북한 문학에서의 『임꺽정』 연구는 '반봉건 계급투쟁'을 보여주는 진보적 작품이라는 고정된 평가의 큰 틀에서 벗어나지 못하고 있지만, 김정일의 『주체문학론』(1992) 이후에는 김정일의 지적을 통해 '현대성이 강한 작품'으로 평가가 변모하였음을 분석하였다. 반면에 남한 문학에서는 강영주의 대표적이고 지속적인 연구를 비롯하여, 만화 콘텐츠와 모계 인물, 탈식민성 담론 등 다양한 연구자들이 새로운 방법론을 활용하여 다각적인 분석과 해석, 평가를 진행하고 있음을 확인하였다. 결과적으로 벽초의 『임꺽정』은 1920~30년대 낭만주의적 역사소설들과 다르게 민중적 전망을 내포한 사실주의적 역사소설의 효시로서, 일제 강점의 식민지 현실을 극복하려는 '신간회의 저항담론'을 문학적 실천으로 형상화하기 위해 '조선 정조'를 모토로 16세기 조선시대의 상류층과 하층민을 두루 아우르는 인물군을 형상화함으로써 조선적 언어와 풍속의 묘사, 서사적 재미를 제공한 '민중적 민족문학의 기념비적 텍스트'로 평가할 수 있다.

지금까지 살펴본 벽초의 『임꺽정』 연구는, '주체문학론'을 필두로 수령과 당 중심의 문학적 평가를 독점하는 북한문학 특유의 획일적 인식과, 개별 연구자의 다양한 시각과 관점을 아우르며 다양한 연구 방법론의 적용 속에 백가쟁명의 연구 다양성이 드러나는 남한 문학의 풍토가 극명하게 대비되어 드러난다. 이렇게 남북한 역사소설에 대한 인식 차이를 보여주면서도 '민족문학의 보고'이자 '통일시대의 고전'으로 회자되는 『임꺽정』 자체가 남북 공통의 문학적 자산에 해당하는 원천 텍스트임을 확인할 수 있게 한다. 그리고 그러한 인식론적 차이의 이질성이 '민족 정체성의 본질과 현상'을 재구하거나 해체하는 데에 서사적 토대가 될 수 있다는 점에서 『임꺽정』 연구는 남과 북 모두에서 지속적으로 다양하게 전개될 필요가 있다고 판단된다. '고전'은 과거에 머물러 있는 텍스트가 아니라 끊임없이 현재와 호흡하는 현재진행형 텍스트이기 때문이다. 따라서 『임꺽정』 연구는 남북한 문학의 공통텍스트로서의 문학사적 지위를 감당하며 지속적으로 재해석, 재평가되어야 할 '민족적 재부'로서의 토대 구축에 기여할 수 있으리라 판단된다.

# 월경(越境)의 트라우마와 38선의 알레고리

## - 이용악과 러시아, 그리고 38선

## 1. 북방의 시인, 이용악

1930년대 후반부터 해방기까지 '스타 시인'이었던 이용악(李庸岳, 1914.11.23.~1971.2.15.)은 월북 이후 남쪽에서 금기의 시인이 되었다. 이용악은 1988년 해금 조치와 함께 남한문학장에서 새롭게 발견되고 주목받았다. 윤영천은 이용악이 해금된 그해 1988년 『이용악 시전집』[01]를 발간했다. 이후 이용악은 한국 리얼리즘론의 대표적인 시적 텍스트로 주목되어 많은 연구가 축적되었고, 이용악 연구는 계속되

---

*    이 논문은 「이용악과 러시아 연해주, 그리고 국경의 감각」(『대동문화연구』 제104집, 2018.12)을 단행본 취지에 맞게 수정 보완한 것이다.

01   윤영천은 『이용악 시전집』(창작과비평사, 1988.6)을 상재한 이후 새롭게 발굴된 자료와 최근의 연구까지 망라하여 『이용악 시전집』(문학과지성사, 2018.1)을 증보 출간했다.

제2부 해금의 문학사, 작가론  |  521

고 있다. 이현승은 이용악에 대한 연구사를 연구하기에 이르렀다.[02]

윤영천이 쓴 「민족시의 전진과 좌절」(『이용악 시전집』)은 남한에서 수행한 최초의 본격적인 이용악론이었다. 이 글은, '식민지의 수탈과 억압'으로 '고향 땅에서 내몰려 유랑하는 유이민의 비극적 삶'을 형상한 것이 이용악 시의 본령이라고 보았다. '유랑하는 민족 현실', '북방의식', '고향의 발견', '민중 주체의 발화 양식' 등으로 주제화하였다. 이는 윤영천의 직전 작업 『한국의 유민시』(실천문학사, 1987)의 연장 속에서 산출된 것이었다. 윤영천은 이용악 연구에 중요한 방향성을 제시하였다. 이후 이용악 시는 일제의 억압과 수탈에 의해 유랑하는 민족의 수난 서사를 형상화한 민족시의 전형으로 연구되었다. 특히 '순수서정시' 중심의 남한 시문학사적 정통성을 전복하는 리얼리즘 시인으로 이용악을 내세워 인정투쟁을 벌이게 되었다. 특히 '순수서정성' 시학에 맞서 이용악은 리얼리즘의 방법으로서 '서사지향성'을 탐색한 시인이자 텍스트로서 해석되었다.

이용악의 첫 시집 『분수령』(동경, 삼문사, 1937.5)에 수록된 첫 번째 시가 「북쪽」이다.

> 북쪽은 고향
> 그 북쪽은 여인이 팔려간 나라
> 머언 산맥에 바람이 얼어붙을 때
> 다시 풀릴 때
> 시름 많은 북쪽 하늘에

---

02    이용악 연구사를 정리 분석한 이현승, 「이용악 시 연구의 제문제와 극복 방안」, 『한국문학이론과비평』 62, 한국문학이론과 비평학회, 2014.3. 을 참고할 수 있다.

마음은 눈 감을 줄 모르다[03]

고향은 북쪽, '북쪽 고향의 북쪽'은 "여인이 팔려간 나라"라는 인상적인 공간 표상을 문학사에 좌표처럼 찍어 놓았다. 이용악은 함경북도 경성(鏡城)에서 북방으로 이주하는 사람들을 보면서 자랐다. 성장해서는 자신이 직접 북간도를 오가기도 했으며 이를 시로 써냈다.

함북 경성 출신, 이용악의 죽마고우 이수형(李琇馨)은 이용악의 시적 주제를 "못 견디게 어쩔 수 없는, 유맹(流氓)에의 애수"라고 집약하여 설명했다.

> 지금도 내 머리 속에서 빙빙 돌고 있는 「북쪽」, 「풀버레 소리 가득 차 있었다.」, 「낡은 집」, 「두만강 너 우리의 강아」 등 거긴 불행히 억울히 그와 그들의 들어박힌 지층, 오직 그들만이 지닌 때(垢) 내음새와 같은 것, 방랑에서 오는 허황한 것, 유맹(流氓)에의 애수, 이러한 못 견디게 어쩔 수 없는 것이 아부노-말한 수법으로 소박한 타이프로 노현(露現)되었던 것인가 한다. [04]

「전라도 가시내」는 북간도 술막에서 불안과 외로움에 울음을 터트리는 '팔려온 여인'의 사연을 담고 있으며, 「낡은 집」은 이웃 친구네가 고향에 살지 못하고 북쪽으로 떠나가야만 했던 사정을 전면화했다. 「제비 같은 소녀야」에서 북쪽은 "호인(胡人)의 말몰이 고함/ 높낮어 지

---

03   이용악, 「북쪽」, 『분수령』, 삼문사, 1937., 10~11쪽.

04   이수형, 「용악과 용악의 예술에 대하여」, 『이용악집』, 동지사, 1949., 161~162쪽.
　　　현대어로 표기함.

나는 말물이 고함-/ 뼈자린 채쭉 소리/ 젖가슴을 감어 치는가// (중략)
깊어가는 대륙의 밤-"⁰⁵으로 표현하여, '민족 동포'의 순결이 유린당하
는 땅으로 그려진다.

　이러한 근거로 이용악은 "일제 식민지 비극적인 역사의식을 바탕
으로 극심해진 일제말의 수탈과 이로 인해 전국적으로 일어난 유이
민 문제에 주목하고 특히 유이민이 가장 대규모로 일어나고 그들의
비참한 삶의 현장이었던 북방을 깊이 있게 천착한 시인"⁰⁶으로 규정
되었으며, 그의 시 의식은 '북방의식'으로 명명되었다. 대부분의 이용
악 연구는, 일제의 수탈로 유랑하는 민족의 수난 서사를 시인의 자기
체험과 가족사를 통해 전형적으로 표현함으로써 민족문학적 성취를
획득했다고 결론 맺었다. 일찍이 최재서도, 이용악의 시에 대해 "만주
표랑민의 서사시에 말할 수 없는 기대와 매력을 느낀다."⁰⁷고 평한 바
있다. 최재서는 이용악이 당시 유행하던 왕도낙토, 개척 서사나 자기
확장 등, '만주 판타지'에 포획되지 않고 치열한 역사의식과 현실의식
을 바탕으로 '만주 표랑민'을 표현했다는 점에 주목한 것이었다.

　이상의 연구 경향에 기본적으로 동의하면서, 본 논문은 이용악의
시에 나타난 '우라지오' 등의 러시아 연해주가 민족 유랑과 수난의 장
소인 '북방'의 일부분으로 논의되는 것에 문제를 제기하고자 한다. 이
용악의 시적 장소인 '우라지오' 등 연해주가 '만주 표랑민 서사시'에 포
함되어 일괄적으로 처리되었다. 연해주는 독자적 로컬리티의 성격

05　이용악, 『분수령』, 동경, 삼문사, 1937; 곽효환·이경수·이현승 편, 『이용악 전집』,
　　소명출판, 2015, 455쪽. 이하 이 책을 인용할 때는 『전집』으로 표기한다.

06　곽효환, 「이용악의 북방시편과 북방의식」, 『어문학』 88집, 한국어문학회, 2005.,
　　299쪽.

07　최재서, 「시와 도덕과 생활」(1937), 『문학과 지성』, 인문사, 1938., 205쪽.

을 부여받지 못하고, '북방'이라는 동일 권역으로 명명되고 의미화되었다.[08] 이에 대하여 이 글은 이용악의 시에서 연해주 러시아가, 만주와 같지 않은, 또 다른 장소성을 갖는다는 점을 특화시켜서 논하고자 한다.[09] 연해주 체험과 기억, 심상은 이용악 시세계에서 특별한 것이었다. 러시아 연해주가 한국과 변방을 공유한 지역으로, 역사 속에서 긴밀한 관계를 축적해 왔음에도 한국문학사에서 고유한 장소성을 부여받은 적이 없다는 점을 아쉽게 생각하며 이 글을 작성하였다. 특히 이용악의 '월경(越境)' 체험 및 국경의식, 연해주 횡단 경험 및 기억이 해방기에서 분단 극복의 동력이자 시적 매개가 되었음을 밝히게 될 것이다.

---

08  이용악을 북방 혹은 관북의 로컬리티 속에서 논한 선행 연구는 이명찬, 「1930년대 후반 한국시의 고향의식 연구」, 서울대학교 박사학위논문, 1999; 강연호, 「이용악 시의 공간 연구」, 『현대문학이론연구』 23집, 현대문학이론학회, 2004; 곽효환, 「한국 근대시의 북방의식 연구」, 고려대학교 박사학위논문, 2007; 이경희, 「이용악 시 연구-북방정서 모티브를 중심으로」, 인하대학교 박사학위논문, 2007; 이길연, 「이용악 시에 나타나는 북방정서와 디아스포라 공간의식」, 국제어문학회 학술대회 자료집, 2008; 이경수, 「이용악 시에 나타난 '길'의 표상과 '고향-조선'이라는 심상지리」, 『우리문학연구』 27집, 우리문학회, 2009; 이근화, 「한국 현대시에 나타난 '북방'과 낭만적 서정성」, 민족어문학회, 2010; 심재휘, 「이용악 시와 공간 상상력」, 『현대문학이론연구』 53집, 현대문학이론학회, 2013; 정우택, 「전시체제기 이용악 시의 위치(position)」, 『한국시학연구』 41집, 한국시학회, 2014; 박민규, 「일제 말기 이용악 시의 자기 파탄과 지양된 어둠」, 『한국근대문학연구』 34호, 2016; 송지선, 「이용악 시의 변방지역에 나타난 공간의 이동성 연구」, 『우리말글』 75집, 우리말글학회, 2017 등을 참조할 수 있다.

09  이용악 시에서 만주 체험과 연해주 체험이 변별성이 있음을 피력한 논문은 한아진의 경우가 있다. 그녀는 이용악의 시에서 간도 지역은 유이민의 비극적 삶이 드러나는 공간으로, 연해주 지역은 어린 시절의 추억이 있는 원초적 공간으로 분절되어 표상된다고 분석하였다. 한아진, 「이용악 시의 서사성과 장소 체험」, 동국대학교 석사학위논문, 2014., 168~174쪽.

## 2. 삶의 터전으로서 '아라사' 연해주

이용악과 그의 가족들에게 연해주 러시아는 생계를 꾸려가는 현장이자 삶의 터전이었다. "아버지도 어머니도/ 젊어서는 한창 땐/ 우라지오[10]로 다니는 밀수꾼"[11]이라는 구절에서 나타나듯이, 그의 부모는 함경북도 경성(鏡城)에서 러시아 우라지오(블라디보스톡)-니코리스크(우수리스크) 등지를 오가며 장사(밀수업)하는 것이 주업이었다. 그의 아버지는 이 장삿길 노선에서 생을 마쳤다.

　　　　노령을 다니면서까지
　　　　애써 자래운 아들과 딸에게
　　　　한 마디 남겨두는 말도 없었고
　　　　아무울만[12]의 파선도
　　　　설룽한 니코리스크[13]의 밤도 완전히 잊으셨다
　　　　목침을 반듯이 벤 채

　　　　다시 뜨시잖는 두 눈에

---

10　블라디보스토크(Владивосток)는 일본어로 '우라지오스토쿠(ウラジオストク)', 줄여서 '우라지오(浦塩)'라고 불렸다. 중국어로는 '海参威'라고 불렸다.

11　이용악, 「우리의 거리」, 『이용악집』, 동지사, 1949; 『전집』, 533쪽.

12　아무르만: 블라디보스토크 서편을 에워싼 바다. 한인마을인 개척리와 신한촌은 아무르만을 끼고 형성되었다.

13　니코리스크는 우수리스크. 1864년에 처음 형성된 도시로 첫 명칭이 니콜리스크(Никольск)였다가 1926년에 명칭이 '니콜스크우수리스크'(Никольск-Уссурийский)로 바뀌었다. 우수리 강변의 니콜리스크라는 뜻이다. 1935년에 혁명가 보로실로프(Ворошилов)를 기념하여 개명되었다가 1957년에 다시 우수리스크라고 이름이 바뀌었다. 소왕령(蘇王嶺), 소왕영(蘇王營), 송왕령(松王嶺), 니시(尼市), 쌍성(雙城) 등으로도 불렸다. (성균관대 사학과 임경석 교수 조언)

피지 못한 꿈의 꽃봉오리가 깔앉고"

　　　　　　　　　　—「풀벌렛소리 가득 차 있었다」[14] 부분


이용악의 생은 노령을 오가며 장사를 했던 부모의 노고에 의해 지탱되고, 그 견문과 경험으로 생성되었다. 아버지의 죽음을 "아무을만의 파선도/ 설룽한 니코리스크의 밤도 완전히 잊"는 것으로 감각하는 방식이 특이하다. 이용악에게 아버지의 세계는 관북 경성에서 블라디보스토크 등 연해주 일대를 아우르는 풍경 그 자체였고, 그 풍경에서 사라지는 것이 곧 신체의 소멸을 의미했다. 그만큼 이들의 신체와 생활과 감각은 노령 연해주와 밀착되어 있었다.

이용악 집안이 러시아와 관계를 맺은 것은 훨씬 일찍부터 시작된 것이었다.


　　　그[이용악-인용자]의 할아버지는 금을 얻기 위해 일찍부
　　　터 몸소 소달구지에 소금을 싣고 러시아 영토를 넘나들었으
　　　며, 이러한 생활은 아버지대에도 계속되었다.[15]


　　　외할머니 큰아버지랑 계신 아라사를 못 잊어
　　　술을 기울이면 노 외로운 아버지였다.[16]


---

14　이용악, 『분수령』, 동경; 삼문사, 1937; 『전집』, 436쪽.

15　이용악의 고향 후배 유정(柳呈) 시인과 윤영천의 대담(윤영천, 「민족시의 전진과 좌절」,
　　『이용악시전집』, 창작과비평사, 1988., 196쪽). "프리아무르주(연해주)에 이주한 한인들
　　이 종사한 노동 분야 중 많은 숫자가 광산노동에 종사하였다. (중략) 러시아 노동계
　　에서 한인의 숫자가 제일 많고, 돈벌이가 비교적 많은 편이었다."(이상근, 『한인 노령
　　이주사 연구』, 1996, 탐구당., 176쪽)

16　이용악, 「푸른 한나절」, 『여성』, 1940.8; 『전집』, 737쪽.

1800년대 후반부터 이용악의 할아버지는 소달구지에 소금을 싣고 러시아를 넘나들며 장사도 하고 금전꾼도 했다. 그러한 연유로 하여 그의 친가와 외가는 아예 러시아에 이주해서 터를 잡았다. 그의 할아버지는 연해주를 다니며 러시아의 경제 규모나 노동 시장, 교통망, 인프라 등에 안목이 트였다. 할아버지는 손수 깔아놓은 판로와 인맥, 수완 등을 바탕으로 큰아들(용악의 큰집)을 러시아로 이주시켰던 것 같다. 이용악의 외할머니와 외갓집도 연해주에 자리 잡고 있었다. 이용악의 집안에서 관북 경성과 블라디보스토크, 우수리스크, 연해주는 생업의 터전이자 활동 영역이었으며, 일가친척들이 흩어져 사는 곳이었다.

> 눈보라에 숨어 국경을 넘나들 때
> 어머니의 등곬에 파묻힌 나는
> 모든 가난한 사람들의 젖먹이와 다름없이
> 얼마나 성가스런 짐짝이었을까
>
> ―「우리의 거리」[17] 부분

어린 이용악은 밀수꾼 부모의 등에 업혀 아슬아슬하게 국경을 몰래 넘어 블라디보스토크며 러시아 벌판을 다녔다. 숨막히는 긴장의 순간인 월경 체험은 강렬한 인상을 넘어 트라우마가 되었고, 이는 이

---

17 이용악, 「우리의 거리」, 『이용악집』, 동지사, 1949; 『전집』, 533쪽. 어릴 적 동무였던 이수형도 같은 기억을 전하고 있다. "우리[이용악과 이수형-인용자]는 방랑하는 아비 어미의 등곬에서 시달리며 국경 넘어 우라지오 바다며 아라사 벌판을 달리는 이즈보즈의 마차에 트로이카에 흔들리어서 갔던 일이며……"(이수형, 「용악과 용악의 예술에 대하여」, 『이용악집』, 동지사, 1949., 160쪽.)

용악 기억과 감각의 근저에 남았다가 시에 투영되곤 했다.

> 어머니가 [러시아에서-인용자] 돌아오시는 날엔 새벽부
> 터 누나랑 소술기[소수레-인용자]를 타고 배 닿는 청진으로
> 가던 일이라든지. 오실 때마다 으레히 갖다 주시던 흘레발(로
> 시아빵)을 그때 아래웃집에 살던 신동철(시쓰는) 군과 나눠먹
> 으면서 좋다고 뛰어다니던 일이라든지 모두 그리웁습니다.[18]

성장기에 이용악 형제 및 이 지역 아이들은 부모나 일가친척이 가
져다주는 러시아 빵과 과자를 먹고, 러시아산 물건을 가지고 놀며, 러
시아 풍문(風聞) 속에서 성장했다. 이들의 장소 감각과 기억, 상상력
은 그렇게 생성되었다.

어머니는 어린 누이가 잠 못 이루고 칭얼대는 밤이면, 아이들을
누여놓고 러시아말(마우재말)을 섞어가며 러시아에 대한 이야기를 정
답게 들려주었다.

> 철없는 누이 고수머릴랑 어루만지며
> 우라지오의 이야길 캐고 싶던 밤이면
> 울어머닌
> 서투른 마우재말도 들려주셨지
> 졸음졸음 귀 밝히는 누이 잠들 때꺼정[19]

---

18 「관북, 만주출신작가의 '향토문화'를 말하는 좌담회」, 『삼천리』, 1940.9; 『전집』,
934쪽.

19 이용악, 「우라지오 가까운 항구에서」, 『낡은집』, 동경; 삼문사, 1938; 『전집』, 483~
484쪽.

이용악은 어릴 때부터 러시아말을 듣고, 블라디보스토크의 사정과 소문, 그곳에 사는 일가친척들의 근황, 러시아의 풍속과 풍물을 보고 들으며 성장했다. 그는 고향의 가장 압축적이고 서정적인 인상을 아버지가 소금 싣고 장사 다니던 마차의 방울 소리에 담았다. 그의 고향은 아버지의 장삿길, 소금가마니 기울렁거리며 돌아오는 마차의 말방울소리에 집약된다.

소곰토리 지웃거리며 돌아 오는가
열두 고개 타박 타박 당나귀는 돌아 오는가
방울소리 방울소리 말방울소리 방울소리

—「두메산곬—4」[20] 전문

아버지의 마차 말방울소리는 아득한 '아라사'를 다녀오는 흥분된 소리처럼 들렸던 것이다. 아버지의 마차 말방울소리는 미지의 세계를 한 가득 싣고 오는 설렘이기도 했다. 한 좌담회에서 "고향에 계실 때에 가지신 여러 가지 감미로운 회상"을 물었더니 이용악은 "어릴 때 어머니에게 업혀서 우라지오나 허바리깨[21] 같은 델 다닌 일이 있는

---

20    이용악,「두메산곬-4」,『시학』, 1940.10,『전집』, 111쪽.

21    '허바리깨'를 하바롭스크로 추정한다. 'ㅎㅂㄹㄲ'라는 음가가 들어가는 한국어 지명을 달리 찾을 수가 없다. '롭스크'라는 러시아 지명을 한국식으로 '깔래'라고 부른 용례가 있다. 아무르강 하구의 니콜라예프스크를 한국 사람들이 '미깔래', 혹은 '니항(尼港)'이라고 불렀다. '깔래' 혹은 '리깨'는 '롭스크'를 가리키는 함경도식 표기법으로 판단된다.
      1909년 5월 현재 블라디보스토크에서 하바롭스크로 가는 기차는 하루에 한번 오후 9시 31분에 출발하고, 하바롭스크에서 오는 우편 및 객차는 오후 8시 31분에 도착했다. (『대동공보』39호, 1909.5.23.) (성균관대 사학과 임경석 교수 조언)

데"[22]라고 대답했다. 이처럼 그는 어릴 때부터 장사하는 부모를 따라서 '허바리깨'까지 갔다. 이용악 가족의 활동영역은 하바롭스크, 연해주의 끝, 시베리아까지 걸쳐 있었다. 실제로 이용악의 시나 기억에 등장하는 러시아 지명은 '우라지오'(블라디보스토크), '아무을만'(아무르만), '니코리스크'(우스리스크), '허바리깨', '쁘그라니-츠나야' 등이다. 이것을 지도로 표시하면 그 영역이 무척 광활하다. 이 광활한 영역이 이용악의 감각과 심상에 장착되었고 또 시로 표현되기도 했던 것이다.

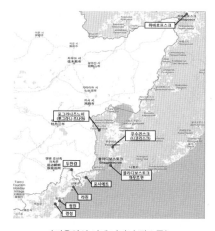

〈이용악의 시에 나타난 장소들〉

이용악은 조선에 사는 자신의 사정이 답답하고 심상(心傷)한 날엔 우라지오를 떠올린다. 우라지오는 자유와 탈주의 출구처럼 상상되었다. 우라지오는 "무지개처럼 어질"고 "귀성스럽"던 어린 시절을 기억하는 장소이면서, '지금 여기'의 암담하고 척박한 한계에서 비상하여

---

22 「관북, 만주출신작가의 '향토문화'를 말하는 좌담회」, 『삼천리』, 1940.9; 『전집』, 934쪽.

고양된 영혼이 닿고 싶은 곳이다.


삽살개 짖는 소리
눈포래에 얼어붙는 섣달그믐
밤이
얄궂은 손을 하도 곱게 흔들길래
술을 마시어 불타는 소원이 이 부두로 왔다


걸어온 길가에 찔레 한 송이 없었대도
나의 아롱범은
자옥자옥을 뉘우칠 줄 모른다
어깨에 쌓여도 하얀 눈이 무겁지 않고나


철없는 누이 고수머릴랑 어루만지며
우라지오의 이야길 캐고 싶던 밤이면
울어머닌
서투른 마우재말[23]도 들려주셨지
졸음졸음 귀 밝히는 누이 잠들 때꺼정
등불이 깜박 저절로 눈 감을 때꺼정


다시 내게로 헤여드는
어머니의 입김이 무지개처럼 어질다
나는 그 모도를 살틀히 담았으니
어린 기억의 새야 귀성스럽다

---

23    마우재말=러시아말. 중국어 毛子(máozi)에서 유래된 함경도 및 동북 방언. 마우재
      [毛子]=털복숭이, 곧 러시아 사람을 일컫는 말.

거사리지 말고 마음의 은줄에 작은 날개를 털라

드나드는 배 하나 없는 지금
부두에 호젓 선 나는 멧비둘기 아니건만
날고 싶어 날고 싶어
머리에 어슴푸레 그리어진 그곳
우라지오의 바다는 얼음이 두텁다

등대와 나와
서로 속삭일 수 없는 생각에 잠기고
밤은 얄팍한 꿈을 끝없이 꾀인다
가도 오도 못할 우라지오
　　　　　　—「우라지오 가까운 항구에서」[24] 전문


　시인은 눈보라 치는 "섣달그믐/ 밤"[25]에 술을 마시고 우라지오를
향한 "불타는 소원"에 이끌려 부두로 갔다.[26] 이 시에서 우라지오는
"내게로 헤어드는/ 어머니의 입김", "머리에 어슴푸레 그리어진 그곳",
"가도오도 못할" 곳으로 표현된다. 하지만 이 시를 쓰던 1938년에 우

---

24　이용악,「우라지오 가까운 항구에서」,『낡은집』, 동경; 삼문사, 1938;『전집』, 483~
　　484쪽.

25　이용악이 일본 유학 중 설날을 맞아 고향에 왔다 쓴 시로 보인다. '섣달그믐'은 양
　　력 1938년 1월 30일(일요일)이다. 이용악(1914년생)이 성인이 될 즈음, 러시아가
　　집단농장체제를 완성함으로써(1933년) 외국인의 출입은 어려워졌다. 러시아로의
　　행로가 막힌 이후, 이용악은 관북의 항구 주변을 배회하며 러시아를 느끼려 했다.

26　「항구」라는 시도 라진 부두에서 우라지오를 회상하고 있다. "여러해 지난 오늘 마
　　음은 항구로 돌아간다/ 부두로 돌아간다 그날의 라진(羅津) 이여"(이용악,「항구」, 이용
　　악,『분수령』, 동경; 삼문사, 1937;『전집』 459쪽). 블라디보스토크를 왕래하는 배의 항로
　　는 청진-나진-포시에트-블라디보스토크였다.

라지오와 교통은 두절되고 왕래는 끊겼다. 시인은 간절한 그리움을 담아서 "날고 싶어 날고 싶어", "끝없는 꿈을 꾸게 하는", "가도오도 못할 우라지오"라고 노래하였다. 이처럼 우라지오는 이용악에게 어머니를 연상케 하는 장소이자, 그리운 기억과 상상력, 정체성을 생성하는 중요한 장소이자 상징이었다.[27]

이용악 기억에 '아버지'의 세계는 '아라사'였다. 외할머니와 큰아버지, 그의 일가친척도 '아라사'에 속해 있었다.

> 양털모자 눌러쓰고 돌아가신 게 마지막 길
> 검은 기선은 다시 실어주지 않았다
> 외할머니 큰아버지랑 계신 아라사를 못 잊어
> 술을 기울이면 노 외로운 아버지였다
>
> 영영 돌아가신 아버지의 외롬이
> 가슴에 옴츠리고 떠나지 않는 것은 나의 슬픔
> … (중략) …
>
> 거세인 파도 물머리마다 물머리 뒤에
> 아라사도 아버지도 보일 듯이 숨어 나를 부른다
> 울구퍼도 우지 못한 여러 해를 갈매기야

---

27  흥미로운 것은, 해방 후 1957년 북한에서 다시 발표한 「우라지오 가까운 항구에서」는 우라지오를 향한 시인의 지향을 더욱 분명하게 표현하고 있다. 바뀐 구절을 표시하면 "날고 싶어 날고 싶어/ 머리에 어슴프레 그려진 그곳/ 우라지오의 바다 이역의 항구로" "눈보라는 소리쳐 소리쳐 부르는데/ 갈 길 없는 우라지오/ 갈 길 없는 우라지오"(리용악, 「우라지오 가까운 항구에서」, 『리용악시선집』, 평양, 조선작가동맹출판사, 1957., 51쪽)이다. 1938년 발표 당시에는, 우라지오를 향한 시인의 열망이 검열 때문에 충분하게 발화되기 어려웠는지도 모른다.

이 바다에 자유롭자

— 「푸른 한나절」[28] 부분

이용악의 정체성과 시적 인프라에서 러시아는 뺄 수 없는 필수 상수였다. 시인은 "아라사를 못 잊어/ 술을 기울이며 노 외로운 아버지"를 자기 안에다 키워서 시적 주체로 내세우기도 했다. 이용악의 아버지 이석준(李錫俊)은 관북 경성과 러시아 사이 장삿길을 평생 왕래하다 그 길 위에서 죽었다.[29] 아버지의 삶과 외로움과 죽음은 "떠나지 않는 나의 슬픔"으로 남아 유전되었다. 아버지의 유혼(幽魂)은 계속 아라사로 향하는 기선을 타고자 한다. 바다나 항구에 오면 "아라사도 아버지도 보일 듯이 숨어 나를 부른다." '나'에게 아버지와 아라사는 동일한 기호이다. '나'의 몸과 감각이 아버지의 유혼이 되어 아라사를 향해 달려간다. "이 바다에서 자유롭자"는 언술은, "날고 싶어 날고 싶어/ 머리에 어슴푸레 그리어진 그곳"(「우라지오 가까운 항구에서」), 아라사를 둘러싼 심상체계 속으로 탈주하고 싶은 소망을 표현하고 있다. 그 속엔 평생을 아라사 밀수꾼으로 살다 간 아버지도 살아 있다. 또 1933년 전후로 왕래가 두절된, 이산된 러시아에 사는 고려인 일가친척들도 그 속에 살고 있다. 러시아 심상체계는 지금 여기의 부자유하고 신산한 처지를 돌파하는 시적 근력이 되기도 했다.

이용악은 슬라브 여성을 연정의 대상으로 품기도 했다. 시 「벨로

---

28  이용악, 「푸른 한나절」, 『여성』, 1940.8; 『전집』, 737쪽.

29  함경북도 국경 근처, 경성(鏡城)에 살던 사람들의 가족사엔 위의 사실이 보편적인 사연이다. 이용악과 같은 경성군 경성면 수성동 출신으로, 국경지역 소금 밀수업을 사건화한 『국경의 밤』의 시인 김동환(1901년생)의 아버지도 아라사로 가서 행방불명되어 귀환하지 않은 것으로 알려져 있다.

## 우니카에게」는

슬라브의 딸아
벨로우니카

우리 잠깐 자랑과 부끄러움을 잊어버리고

달빛 따라 가벼운 구름처럼
일곱 개의 바다를 건너가리

고향선 월계랑 붉게두 피나 보다
내사 아무렇게 불러두 즐거운 이름[30]

이라고 사랑을 고백한다. "내사 아무렇게 불러도 즐거운 이름", '슬라브의 딸' 벨로우니카와 시적 화자는 "자랑과 부끄러움을 잊어버리고" 달빛 따라 일곱 개의 바다를 건너가는 환상적인 공간에서 '우리'가 된다. 이용악은 "아리샤니 뻴로우니카니 하는 우리와 딴 풍속을 사는 사람들의 이롬이 그저 내 귀에 오래 고왔"[31]다고 고백하기도 했다. 이국적인 '슬라브' '벨로우니카'가 이용악에겐 "아무렇게나 불러도" 되는 일상적이고 친숙한 세계였다.

　　이용악에게 아라사와 우라지오는 '조선의 지금, 이곳'으로부터 탈

---

30　이용악, 「슬라브의 딸과-근작시초5」, 『매일신보』, 1941.8.1.; 『전집』, 562쪽. 이 시는 당초 「슬라브의 딸과」로 발표되었다가 시집 출간할 때 「벨로우니카에게」로 제목을 바꿔 수록했다.

31　이용악, 「지도를 펴놓고」, 『대동아』 14-3, 1942.3; 『전집』, 851쪽.

주과 해방을 생성하는 장소였다고 할 수 있다. 일본 제국주의 통치체제 권역 밖, 러시아를 체험하고 상상하고 호명하였던 이용악은 자유와 해방에 대한 남다른 열망과 좌절감을 동시에 키워갔던 것으로 보인다. 이것은 그가 일본 제국의 통치 시스템에 포획되지 않는 사유와 감각을 생성할 수 있었던 한 배경이 될 수 있었다.[32]

### 3. 모던과 탈주의 러시아

이용악이 수없이 되뇌인 '우라지오', 블라디보스토크는 동양 굴지의 국제도시이며 극동지방 번화한 상공업지였다. 모스크바를 통과해 파리까지 통하는 시베리아 대철도의 기점이고, 미국, 일본, 아시아, 세계로 통하는 해상교통 중심의 자유항이었다. 극동조선소를 비롯해 수많은 공장, 상업기관, 국영기관, 산업조합의 발달은 놀랄만했다. 학교, 관공서, 역사, 호텔, 백화점, 오페라 극장, 영화관 등 화려하고 거대한 현대식 건물은 유럽을 방불케 했다. 국립극동대학과 박물관, 관현악단, 오페라와 발레 공연, 미술관 등은 근대적인 학문과 예술장이기도 했다.[33]

---

32  이와 관련해서는 정우택, 「전시체제기 이용악 시의 위치(position)」, 『한국시학연구』 41집, 한국시학회, 2014 참조. 이용악이 만주를 당대에 유행하던 신생, 갱생, 개척의 서사에서 바라보지 않고 냉철한 생활의 문법에 입각할 수 있었던 이유를, 같은 맥락으로 설명할 수 있다. 그는 일찍이 "만주에서 인쇄되는 시엔 고약스런 냄음새"가 붙어다니는 데 그것은 "지나친 과장과 감상을 일삼는" 일이라고 지적한 바 있다. (이용악, 「감상에의 결별-『만주시인집』을 읽고」, 『춘추』, 1943.3; 『전집』, 852쪽.)

33  1934년 『삼천리』는 '블라디보스토크의 전모'를 스케치한 기사를 냈다. "이[블라디보스토크-인용자] 거리에는 극동지방 유일의 상공업지로 워-드카 獸魚肉의 鑵詰을 제조하는 국영공장, 오캔-제분공장, 石鹼, 피혁, 삐니야糖 等의 다수한 公私제조

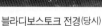

블라디보스토크 전경(당시)

블라디보스토크 驛舍

블라디보스토크 시내

공장이 있다. 상업기관도 완비하여 국영기관, 산업조합의 발달은 놀날 만하다. 인구도 시가의 美도 점점 더 증가하여 가고 있다.", "한복판 길은 레-닌스까야街, 주요한 관아, 학교, 상점, 려관, 극장, 영화관 등 큼직큼직한 건물이 모다 여기에 모여 있다.", "최고 교육기관으로 국립극동대학, 국립지리학협회부속의 박물관, 「에게리세르드」 부두는 西伯利亞 대철도의 기점, 자유항을 설하여 無稅輸入을 許하고 있음도 이 항구 번영책의 하나이며, 국영 극동조선소도 있다.", "해삼위(블라디보스토크)는 동양에 있어서의 屈指하는 국제도시 중 하나이다. 더구나 亞米利加[아메리카]나 기타 각지와 해상교통이 열려졌다. 제 외국의 선박이 빈번히 와서 정박한다."(「군항 '해삼위'의 전모, 赤露 극동함대 근거지」, 『삼천리』 6-11호, 1934.11.1, 70~73쪽 참조)

블라디보스토크 한인 거주지-개척리

한인은 일찍이 1864년 포시에트 지역에 2천 명이 거주하기 시작해 블라디보스토크의 개발과 함께 급격하게 늘어났다. 1893년엔 블라디보스토크에 한인 집단 거주지 '개척리'가 생겼고 시 당국은 공식지명으로 '까레이스까야 거리'라고 명명했다. 1927년 현재 블라디보스토크 거주 한인은 전체 인구의 25%(러시아인 35%, 우크라이나인 26%)를 차지하였다.[34] 많은 한인이 러시아 국적을 취득하고 세계 제1차대전에 참전하여 유럽 전선까지 다녀오기도 했다. 러시아 거주 한인 사회는 유럽까지를 자기들의 활동 반경이자 심상 권역으로 삼았다.

조선인의 극동 노령 이주는 (중략) 1900년에는 3만 명을 헤아렸다. 1917년 러시아혁명의 혼란기, 국경 감시가 완화된 틈을 타서 다수의 조선인이 월경 입국하여 1923년 12만 명을 헤아리고, 극동 적화(赤化)의 조선인 우대정책으로 급속히 늘

---

34　장은영, 「러시아 블라디보스토크의 한인 이주 과정과 거주 특성」, 서울대학교 석사학위논문, 2004., 30쪽.

어 20만 명에 달하게 되었다. 블라디보스토크에서 간행되는 『선봉』 1931년 3월호에 의하면 극동 재주 조선인은 194,249 명이다. 1933년 소련측 발표에 의하면 블라디보스토크에 조선인 17,400명이 거주하고 있다.[35]

소설가 현경준은 1927년 경에 러시아를 향해 떠나면서, "미지의 나라, 동경의 나라를 찾아간다는 일종의 모험적 쾌감과 흥분에 용기를 얻었"으며, "해삼위로! 동경(憧憬)의 해삼위로!"라고 외쳤다. 블라디보스토크 항이 보이자 "해삼위! 우라지오스톡! 아! 나는 끝내 오고야 말았구나. 하늘의 별보다도 더 수없이 반짝이는 항구의 불빛들, 소란스러운 기적소리들!", "아스팔트의 포도를 감개무량한 맘으로 바라보았다. 건물들, 가도를 질주하는 자동차, 전차"라고 감격하여 부르짖었다.[36] 러시아는 젊은 세대들이 간절히 그리워하며 가고 싶어 했던 동경의 땅이었다. 흥성스런 모더니티와 신문물, 신사상, 첨단의 나라, 러시아는 젊은이들의 로망이었다.

> (이용악의 시에는-인용자) 불행히 억울히 그와 그들의 들어 박힌 지층, …(중략)… 방랑에서 오는 허황한 것, 유맹(流氓)에의 애수, 이러한 못 견디게 어쩔 수 없는 것이 아부노-말한 수

---

35  鍾閣學人, 「西伯利亞의 조선인 거취, 조선인의 극동 이민의 연혁」, 『삼천리』12-3, 1940. 3. 1, 226~227쪽 정리 요약.

36  현경준, 「서백리아(西伯利亞) 방랑기」, 『신인문학』, 1935, 3~4. ; 연변대학교조선문학연구소 편, 『중국조선민족문학대계 9-현경준』, 보고사, 2006, 723~733쪽. 이 글은 이용악의 블라디보스토크 심상과 영향 관계가 있을 것으로 주목을 요한다. 현경준의 글이 발표된 『신인문학』에는 이용악의 등단 시 「패배자의 소원」(『신인문학』 1935.3), 시 「애소·유언」(『신인문학』 1935.4)도 함께 게재되었다.

법으로 소박한 타이프로 노현(露現)되었던 것인가 한다.[37]

　　이용악의 고향 친구이자 시인인 이수형은 국경 지역 북방 청년들의 심성구조는 "허황한 귀결을 알면서도, 못 견디게 어쩔 수 없는, 방랑, 유맹", 불행하고도 억울한 "그리움과 애수"를 특성으로 한다고 설파했다.

　　보헤미안 캐릭터였던, 이용악의 형, 이억(李億)은 연해주와 만주 일대를 "방랑, 유맹"에 "못 견디게 얽매여" 돌아다니다가 아편에 중독되어 객사했다. 이 사실을 이용악은 원망하지 않고 사무쳐했다. 형 이억에 대한 인상은 「패배자의 소원」, 「바람 속에서」 등에 나타나 있고, 「검은 구름이 모여든다」에는 "아편에 부어온 애비"를 가졌던 "조카의 무덤에서"라는 부제가 달려 있다.

　　　　몰아치는 바람을 안고 어디루 가면
　　　　눈길을 밟아 어디루 향하면
　　　　당신을 뵈올 수 있습니까


　　　　… (중략) …


　　　　아편에 부은 당신은 얼음장에 볼을 붙이고
　　　　얼음장과 똑같이 식어갈 때
　　　　기어 기어서 일어서고저 땅을 허비어도
　　　　당신을 싸고 영원한 어둠이 내려앉을 때

---

37　　이수형, 「용악과 용악의 예술에 대하여」, 『이용악집』, 동지사, 1949., 161~162쪽.

그곳 뽀구라니-츠나야의 밤이

꺼지는 나그네의 두 눈에

소리 없이 갈앉혀준 것은 무엇이었습니까


당신이 더듬어 간

벌판과 고개와 골짝을 당신의

모두가 들어있다는 조그마한 궤짝만 돌아올 때

당신의 상여 비인 상여가

바닷가로 바닷가로 바삐 걸어갈 때


당신은 어머니의 사랑하는 아들이었을 뿐입니까


타다 남은 나무뿌리도 돌멩이도

내게로 굴러옵니다

없어진 듯한 빛깔 속에서 당신과 나는

울면서 다시 만나지 않으렵니까


멀리서래두 손을 저어주십시오

— 「바람 속에서」[38] 부분


"—나와 함께 어머니의 아들이던 당신, 뽀구라니-츠나야[39]의 길바
닥에 엎디여 기리 돌아가신 나의 형이여—"라는 부제를 달고 있는 시

---

38  이용악, 「바람 속에서」, 『삼천리』, 1940.6; 『전집』, 327~328쪽.

39  정식으로는 '포그라니츠느이'(Пограничный). 포그라니츠나야는 하얼빈과 우수리
스크를 잇는 중동철도(북만주를 횡단하는 러시아 소유의 철도. 하얼빈이 그 중심도시임. 하
얼빈은 중동철도 건설 당시 러시아인이 설립한 도시)의 동쪽 끝에 위치한 러시아-중국 국
경도시. 블라디보스토크에서는 205km 떨어져 있다.

「바람 속에서」는, 러시아와 하얼빈 등지를 방황하다가 객사한 형을 안타깝게 그리워하는 내용이다. "허황한 귀결을 알면서도, 못 견디게 어쩔 수 없는, 방랑, 유맹", 불행하고도 억울한 "그리움과 애수"에 생을 맡긴 보헤미안 스타일의 형, 바람처럼 살다 간 이억을 원망하지 않고, 그리워하고 있다.

시 「검은 구름이 모여든다」[40]는 형의 러시아 방랑과 아편 중독, 폐인화로 인해 형수는 집을 나가 항구에서 몸을 파는지 노동을 하고, 결국 조카 "숙"도 "슬픔을 깨닫기도 전에 흙으로 갔다."는 불행한 가족사를 기록하고 있다.

당시 조선의 청년들에게 러시아는, 이용악의 시에 나타난 것처럼 밀수, 긴장된 국경, "흥분", 열망, "용기", "모험적 쾌감", 그리고 감탄사를 동반하여 표상되는 "미지의 나라, 동경의 나라"였다. 이런 "모험"을 실행케 하는 데는 식민지 조선 청년들의 실업과도 관련이 있었다. 그렇다고 러시아에서 일자리를 쉽게 구할 수 있는 것도 아니었다. 현경준의 방랑기에서 블라디보스토크 신한촌에 사는 고려인 소녀 장혜라는 "일자리요? 자리가 그렇게 쉽게 있습니까? 동무도 대강 짐작하시겠지만 지금 노서아는 혁명이 지난 지 얼마 안 되어 실업자가 전 인구의 절반 이상이나 되는 형편이랍니다. 여간하여 가지고는 직업을 얻지 못합니다."[41]라고 말한다. 특히 도시에서 일자리를 구하기는 쉽지 않았다. 무작정 러시아에 온 사람들은 증명서나 거주권이 없었기 때문에 일자리 얻기가 더욱 어려웠다. 1917년 하바롭스크에 거주하는 한인이 종사했던 업종을 보면 잡역 인부가 제일 많고 제재공·벌

---

40  이용악, 「검은 구름이 모혀든다」, 『낡은집』, 동경:삼문사, 1938; 『전집』, 58~59쪽.

41  현경준, 앞의 책, 735쪽.

목공, 대여업자, 권련제조공, 상인 등의 순이다.[42] 권련제조공은 아편과도 관련이 있다. 뽀구라니-츠나야 인근 하얼빈 조선인 중 아편밀매 관련자가 많았던[43] 이유 중 하나는 지식층[高等遊民]의 실업문제가 중요한 요인이었다.

> 방대한 조선 내 고등유민은 끊임없이 만주 진출의 기회를 기민하게 모색하고 있는 관계상, 만주의 지식 선인(鮮人)은 나날이 증가하는 추세이다. … (중략) … 실업의 구렁텅이에 빠지게 되어 배고픔과 추위 앞에서 이상이나 체면 따위는 돌아볼 겨를도 없이 다음과 같은 부정업에 손을 대거나 자포자기 상태에서 불온사상으로 치닫는 자가 끊이지 않는 상태이다.[44]

이러한 현상이 '뽀구라니-츠나야'와 중동철도로 직통하는 하얼빈의 사정이었다. 한 예로, 함북 길주 태생의 이상산(李尙山)은 18세인 1926년경 블라디보스토크로 이주하였다. 블라디보스토크는 "거리를 질주하는 번쩍번쩍 빛나는 자동차, 마차, 그리고 기운차게 거닐고 있는 이국 사람들"로 하여 "환희와 모험심"을 갖게 하였다. "해삼위[블라디보스토크-인용자]에는 조선사람이 많이 살았다. 그곳의 조선사람

42  이상근, 『한인 노령이주사 연구』, 탐구당, 1996., 189쪽.

43  김정명 편, 『조선통치사료』 10, 1967, 272쪽의 「북만주 조선인의 직업별 분포」(1922년)를 보면 총호수 2313호 중 107호가, 총인구수 9218명 중 549명이 '아편매매'를 직업으로 하는 것으로 보고되었다. (임성모, 「하얼빈의 조선인 사회」, 김경일 외, 『동아시아의 민족이산과 도시』, 역사비평사, 2004., 286쪽)

44  權泰山, 『重大危機에 直面せる在滿朝鮮人問題に關して日本官民に愬ふ』, 滿鮮硏究社, 1933, 31~32쪽: 임성모, 「하얼빈의 조선인 사회」, 김경일 외, 『동아시아의 민족이산과 도시』, 역사비평사, 2004, 288쪽에서 재인용.

들은 대부분 아편을 밀매하여", "유복한 생활을 하는 사람이 수월찮이 있었다." 그래서 그들도 아편장사를 시작하였다고 한다.[45]


## 4. 국경 감각과 38선 돌파

관북 경성(鏡城) 지역과 노령 연해주를 오가며 장사하는 사람들에게 국경[46]은 배타적인 단절과 검색의 경계였다. 특히 밀수꾼들에게 국경은 목숨 걸고 숨어 다녀야 하는 공포의 장소였다.

> 국제 철교를 넘나드는 무장열차가
> 너의 흐름을 타고 하늘을 깰 듯 고동이 높을 때
> 언덕에 자리 잡은 포대(砲臺)가 호령을 내려
> 너의 흐름에 선지피를 흘릴 때
> 너의 초조에
> 너의 공포에
> 너는 부질없는 전율밖에
> 가져본 다른 동작이 없고
> 너의 꿈은 꿈을 이어 흐른다
>
> …(중략)…

---

45 강성구(상해특파원), 「상해 이역에 전개된 국제 삼각애의 혈제(血祭)-이상산 양의 비련의 진상」, 『개벽』 1934. 12., 69쪽.

46 국경은 주권국가의 공간적 관할권이 배타적으로 미치는 범위로서 국가나 영토나 공해를 가르는 실제적이고 가상적인 경계선이다. (박선영, 「국민국가, 경계, 민족: 근대 중국의 국경의식을 통해 본 국민국가 형성과 과제」, 『동양사학연구』 81, 2003., 120쪽.)

너를 건너

키 넘는 풀 속을 들쥐처럼 기어

색다른 국경을 넘고저 숨어 다니는 무리

맥 풀린 백성의 사투리의 향려(鄕閭)를 아는가

더욱 돌아오는 실망을

묘표(墓標)를 걸머진 듯한 이 실망을 아느냐


강안에 무수한 해골이 뒹굴러도

해마다 계절마다 더해도

오즉 너의 꿈만 아름다운 듯 고집하는

강아

천치의 강아

—「천치의 강아」[47] 부분


　　강인 줄만 아는 바보 같은 두만강의 실상은 국경이다. 두만강은 물이 흐르는 단순한 강이 아니라, "砲臺(포대)가 호령을 내려/ 너의 흐름에 선지피"를 뿌리는 법적·군사적·제도적 국경이 되었다. 국경은 사선(死線)이며 "무수한 해골이 뒹구"는 무덤("墓標")이었다. 죽음을 담보로 "들쥐"처럼 눈보라 야밤을 틈타 몰래 월경하는 "맥 풀린 백성" 속에 이용악도 있었다.

　　눈보라에 숨어 국경을 넘나들 때/ 어머니의 등곬에 파묻힌 나는/ 모든 가난한 사람들의 젖먹이와 다름없이/ 얼마나

---

47　이용악,「천치의 강아」,『분수령』, 동경, 삼문사, 1937;『전집』, 449쪽.

성가스런 짐짝이었을까"[48]

국경을 넘기 위해 그의 부모는 어둠과 "눈보라에 숨고", "어머니의 등곱에 파묻힌 나는" 죽은 체를 해야 했다. 밀수꾼은 국경에서 매일 죽고 매일 다시 살아나는 체험을 반복해야 했다. 이용악과 그의 가족들은 국경을 넘나들며 "초조", "공포", "전율"을 몸에 새겨야 했다. 여행객이나 주권자에게 국경은 이국적 풍물에 대한 설렘과 새로운 만남에 대한 기대, 그리움 등을 불러일으키지만, 비국민(非國民) 또는 국가 체제를 초과하는 사상이나 물품을 소지한 사람들에게 국경은 검열과 검색, 체포와 몰수의 위험을 통과해야 하는 검문소였다. 국경은 관습적 경제권, 생활권을 분할하였으며, 국경을 넘어서는 일상적 매매행위는 '비공식적이고 불법적인' 행위, '밀수'라고 낙인찍히게 되었다.

밀수꾼의 자식으로 국경을 넘나들었던 이용악에게 국경은 특별한 감각이자 사상이었으며, 트라우마이기도 했다. '국경'이란 제목의 시를 쓰기도 했다.

> 새하얀 눈송이를 낳은 뒤 하늘은 은어(銀魚)의 향수처럼 푸르다 얼어 죽은 山톡기처럼 지붕 지붕은 말이 없고 모진 바람이 굴뚝을 싸고 돈다 강 건너 소문이 그 사람보다도 기대려지는 오늘 폭탄을 품은 젊은 사상이 피에로의 비가에 숨어 와서 유령처럼 나타날 것 같고 눈 우에 크다아란 발자국을 또렷이 남겨줄 것 같다 오늘
>
> —「국경」[49] 전문

48  이용악, 「우리의 거리」, 『이용악집』, 동지사, 1949; 『전집』 533쪽.
49  이용악, 「국경」, 『분수령』, 동경, 삼문사, 1937., 28~29쪽.

불온성이 폭발 직전의 임계점에 달한 긴장감, 초조, 공포, 전율 그리고 어떤 기다림과 설렘까지 동반하고 있는 것이 국경의 감각이다. 이용악 시에는 국경, 경계와 관련된 기호들이 빈번하게 등장한다. 첫 시집의 제목 『분수령』을 비롯하여 「령」, 「국경」, 「북쪽」, 「풀버레 소리 가득 차 있었다」, 「천치의 강아」, 「제비 같은 소녀야」, 「항구」, 「쌍두마차」 등의 시들이 그러하다. 국경 앞에서 "너는 초조에/ 너는 공포에/ 너는 부질없는 전율밖에/ 가져본 다른 동작이 없"(「천치의 강아」)[50]는 짐승에 불과했다고 독백한다.

이러한 국경 감각은 이용악의 시에서 국경을 돌파하고 해체하는 역동적 상상력으로 확장 심화되었다.

> 나는 나의 조국을 모른다
> 내게는 정계비(定界碑) 세운 영토란 것이 없다
> —그것을 소원하지 않는다
>
> 나의 조국은 내가 태어난 시간이고
> 나의 영토는 나의 쌍두마차가 굴러갈
> 그 구원한 시간이다
>
> 나의 쌍두마차가 지나는
> 우거진 풀 속에서
> 나는 푸른 진리의 놀라운 진화를 본다
> 산협을 굽어보면서 꼬불꼬불 넘는 령에서

---

50   이용악, 「천치의 강아」, 『분수령』, 동경: 삼문사, 1937; 『전집』, 448쪽.

줄줄이 뻗은 숨쉬는 사상을 만난다

　　　　　　　　　　　　　　　　　—「쌍두마차」[51] 부분

　　이 시는 주권국가의 공간적 관할권을 배타적으로 팽창·관철하며
인간의 자유로운 교류와 이동, 사상을 검열하고 통제·억압하는 근대
국가와 국경 체제를 돌파하는 상상력을 보여준다. 그것은 노령 연해
주를 '들쥐'처럼 넘나들던 밀수꾼 자식의 감각에 의해 촉발된 균열이
다. 밀수는 반역과 모험을 수반한다.[52] 화자는 "나는 나의 조국을 모
른다"고 말할 뿐 아니라 "그것을 소원하지 않는다"고 선언한다. 그가
"푸르른 진리의 놀라운 진화"이며 "줄줄이 뻗은 숨쉬는 사상"으로 명
명한 것은, 조국도 국가도 국경도 따로 없는 세상이다. 그것은 국민/
비국민의 배타적 경계를 돌파하여 차별과 검색 없이 자유롭게 왕래
·이동하며 생활할 수 있는 세상이다. 또한 이 시의 시적 주체는 근대
주체의 근거를 국민국가의 국경과 영토 개념으로부터 '시간'의 축으
로 전환시키고 있다. "나의 조국은 내가 태어난 시간"이라는 언술 속
에는 누구에게나 평등하게 공유되는 시간 개념과, 미래로 열려 있는
진화와 진보의 시간 개념이 통합되어 있다. "쌍두마차가 굴러간/ 구
원한 시간"으로서 미래의 시간에 유토피아를 상정하고 '지금 이곳'의
모순을 뛰어넘는 "숨쉬는 사상"을 전파하고 있다. "산협을 굽어보면
서 꼬불꼬불 넘는 령에서/ 줄줄이 뻗은" 관북과 러시아 벌판을 잇는
심상지리적 감각이 국민국가의 국경 개념을 무화시키는 "숨쉬는 사

---

51　이용악, 「쌍두마차」, 『분수령』, 동경: 삼문사, 1937; 『전집』, 461쪽.

52　사이먼 하비, 김후 옮김, 『밀수 이야기-역사를 바꾼 은밀한 무역』, 예문아카이브,
　　2016., 24~26쪽 참조.

상"을 잉태하였다.

> 열기를 토하면서
> 나의 쌍두마차가 적도선을 돌파할 때
> 거기엔 억센 심장의 위엄이 있고
> 계절풍과 싸우면서 동토대를 지나
> 북극으로 다시 남극으로 돌진할 때
> 거기선 확확 타오르는 삶의 힘을 발견한다
>
> 나는 항상 나를 모험한다
> 그러나 나는 나의 천성을 슬퍼도 하지 않고
> 기약 없는 여로를
> 의심하지도 않는다
>
> 명일의 새로운 지구(地區)가 나를 부르고
> 더욱 나는 그것을 믿길래
> 나의 쌍두마차는 쉴 새 없이 굴러간다
> 날마다 새로운 여정을 탐구한다
>
> ─「쌍두마차」[53] 부분

'쌍두마차'는 '트로이카'와 함께 러시아 표상이다. '쌍두마차'는 주권국가의 공간적 관할권이 배타적으로 관철되는 국경이나 정계비를 인정하지 않고 "돌파"하고 "돌진"하는 동력의 이미지다. "억센 심장의 위엄"은 "기약 없는 여로"일지라도 "의심하지 않"을 수 있는 권위이며,

---

53  이용악, 「쌍두마차」, 『분수령』, 동경; 삼문사, 1937; 『전집』, 461~462쪽.

그 "모험"의 에너지는 "쉴새 없이 굴러가는" "쌍두마차"라는 매개에 의해 지탱된다. "쌍두마차"는 "계절풍과 싸우면서 동토대를 지나/ 북극으로 다시 남극으로 돌진할 때/ 거기선 확확 타오르는 삶의 힘을 발견한다." "쌍두마차"의 질주 이미지는 이용악의 신체에 장착된 엔진이자 로망이었다.

해방 이후, 국경을 넘나들며 러시아 벌판을 돌파하던 신체를 환기하고 호명하여 "폐허에서 새로이 부르짖는" 새나라 건설의 위업과 의지를 재구성하였다. 이것이 이용악의 시적 감각이자 사유였다.

> 아버지도 어머니도
> 젊어서 한창 땐
> 우라지오로 다니는 밀수꾼
>
> 눈보라에 숨어 국경을 넘나들 때
> 어머니의 등곬에 파묻힌 나는
> 모든 가난한 사람들의 젖먹이와 다름없이
> 얼마나 성가스런 짐짝이었을까
>
> 오늘도 행길을 동무들의 행렬이 지나는데
> 뒤이어 뒤를 이어 물결치는
> 어깨와 어깨에 빛 빛 찬란한데
>
> 여러 해 만에 서울로 떠나가는 이 아들이
> 길에서 요기할 호박떡을 빚으며
> 어머니는 얼어붙은 우라지오의 바다를

채찍 쳐 달리는 이즈보즈[54]의 마차며 트로이카며
좋은 하늘 못 보고
타향서 돌아가신 아버지의 이야길 하시고

피로 물든 우리의 거리가
폐허에서 새로이 부르짖는
우라아
우라아 xxxx"

—「우리의 거리」[55] 전문

해방되자 이용악은 곧바로 서울로 왔다. 이 시는 해방 직후인
1945년에 쓴 시다. "우리의 거리"는 해방된 조국의 표상이다. 해방 이
후 새롭게 태어나는 주체는 '부모의 등에 업힌 채 눈보라를 뚫고 국경
을 넘어 러시아를 다니던 밀수꾼의 아들'로서 신원증명을 한다. "오늘
도"라는 시어가 연속성을 부여한다. 러시아를 오가며 생을 이어온 가
계(家系)의 내력과 기억을 소환하여 해방기 행렬의 추진력을 삼았다.
해방된 조국에서 이용악이라는 시적 주체는 "눈보라에 숨어 국경을
넘나들던" "행길"에서 잉태된 것으로 표명했다.
"얼어붙은 우라지오의 바다를 / 채찍 쳐 달리는 이즈보즈의 마차
며 트로이카", 이 거침없는 질주와 억센 생명력의 이미지를 이제는 해
방을 튼실하게 구축하는 동력으로 삼겠다는 다짐을 전하고 있다. 해

---

54  이즈보즈(извоз): 제정 러시아 시기에 사용하던 옛 단어. 마차로 화물을 운송하는
    행위. 사전에는 '수송, 운반, 마차운송, 마차운송업' 등으로 번역되어 있다.
55  이용악, 「우리의 거리」, 『이용악집』, 동지사, 1949; 『전집』 533쪽. 트로이카(тройка)
    는 러시아 특유의 교통기관으로서 세 필의 말이 끄는 마차에 두 사람 내지 세 사람
    이 탈 수 있다. 삼두마차.

방된 "우리의 거리"에서 동무들과 어깨를 걸고 행진하는 행렬에도 국경을 가로질러 흘렀던 "물결" 이미지가 지나고 있는 것을 볼 수 있다.

"피로 물든 우리의 거리가/ 폐허에서 새로이 부르짖는/ 우라아/ 우라아 ××××". 거리를 행진하며 새나라 건설을 갈구하는 구호와 만세 소리는 "우라아! 우라아!! ××××"이다. '우라아(ypa)'는 소련군대가 적진으로 돌격할 때 외치며 기선을 제압하고 용기를 내었던 함성이다. 이 러시아의 구호와 풍경, 감각을 통해 해방의 감격과 새나라 건설의 의지를 표현한다.

이용악의 시에는 월경(越境)과 돌진, 돌파의 동학이 강렬하게 작동하고 있다. 서울로 향하는 길목에서 이용악은 38도선이라는 또 다른 국경에 마주쳤다.[56]

> 누가 우리의 가슴에 함부로 금을 그어 강물이
> 검푸른 강물이 굽이쳐 흐르느냐
> 모두들 국경이라고 부르는 삼십팔도에 날은
> 저물어 구름이 모여
>
> 물리치면 산 산 흩어졌다도
> 몇 번이고 다시 뭉쳐선

---

56  미국과 소련은 한반도에 진주하자마자 38선을 불가침의 경계선처럼 강화하기 시작했다. 미군 사령관 하지는 1945년 9월 23일 38선 이북으로부터 모든 민간인 및 군인의 출입을 방지하기 위해 38선을 따라 도로차단벽을 설치하라고 지시했다. 10월 중순까지 약 20개의 도로차단벽을 설치했다. 소련 역시 18~20개의 도로차단벽을 설치하고 38선을 따라 경비초소를 세우고 통행을 엄격히 금지했다. 철도 교통은 완전히 중단되었으며, 남으로 향하는 짐을 실은 모든 교통수단은 제지되었다. (정병준, 「미소의 38선 정책과 남북 갈등의 기원」, 한국역사연구회 현대사분과 편, 『역사학의 시선으로 읽는 한국전쟁』, 휴머니스트, 2010., 48쪽.)

고향으로 통하는 단 하나의 길


 (중략)


―야폰스키[57]가 아니요 우리는
거린채[58]요 거리인채


그러나 또다시 화약이 튀어
제마다의 귀뿌리를 총알이 스쳐
또다시 흩어지는 피난민들의 행렬


나는 지금
표도 팔지 않는 낡은 정거장과
꼼민탄트와 인민위원회와
새로 생긴 주막들이 모아 앉은
죄그마한 거리 가까운 언덕길에서
시장기에 흐려가는 하늘을 우러러
바삐 와야 할 밤을 기대려


모두들 국경이라고 부르는 삼십팔도에
어둠이 내리면 강물에 들어서자
정강이로 허리로 배꼽으로 모가지로
마구 헤치고 나아가자
우리의 가슴에 함부로 금을 그어

---

57    야폰스키(Japonskii): 일본사람이란 러시아어.

58    거린채(Koreanche): 고려놈. 한국인을 비속하게 부르는 러시아말.

굽이쳐 흐르는 강물을 헤치자

—「38도에서」[59] 부분

이 시는 첫 연과 마지막 연에서 "모두들 국경이라고 부르는 삼십 팔도"라는 구절을 반복하며, 38도선이 국경으로 고착되는 해방 후의 현실을 폭로·비판하고 있다. 시에서 38도선을 '강물', '검푸른 강물'로 표현한 대목은 조선과 만주, 러시아의 국경이었던 두만강("천치의 강")을 알레고리화한 것이다. "화약이 튀어/ 제마다의 귀뿌리를 총알이 스쳐"가는 죽음의 위험 속에서 38도선을 넘나드는 피난민들의 행렬은, 이용악이 어린 시절 국경에서 체험했던 공포와 불안, 치욕, 죽음의 기억을 환기시킨다.("국제 철교를 넘나드는 무장열차가/ 너의 흐름을 타고 하늘을 깰 듯 고동이 높을 때/ 언덕에 자리 잡은 포대(砲臺)가 호령을 내려/ 너의 흐름에 선지피를 흘릴 때", 「천치의 강아」(1937) 부분) 그는 새로 만들어지는 국경 38도에 저항하여, "우리의 가슴에 함부로 금을" 긋고 있는 강물에 뛰어들어 "정강이로 허리로 배꼽으로 모가지로" 그 강물을 "마구 헤치고 나아가자"고 촉구했다. 이것은 그의 부모 세대가 수없이 행했던 월경 체험을 모티브로 삼아 이 세대가 다시 분단의 위기를 환기하고 38선을 해체할 것을 다짐한 것이다.

이용악은 식민지 시대에 체득했던 국경의 감각과 돌파의 열망을, 해방 이후 38도선 해체의 의지로 이어갔다. 그에게 국경의 감각은 식민지 시대 폭력적으로 국권을 침탈한 제국의 팽창주의적 영토 확장과 국민 혹은 신민체제를 전복시키는 상상력이었다. 가족사와 어린 시절의 체험을 통해 국경에서 겪어야 했던 공포와 치욕의 트라우마

---

59  이용악, 「38도에서」, 『신조선보』, 1945.12.12. ; 『전집』, 335~336쪽.

는, 그것에 대한 반역이자 모험으로서 국경을 돌파하고 해체시키는 상상력으로 전환되었다. 이러한 상상력은 '제국 신민'에서 탈주하여 연해주 벌판을 지나 유럽까지 달려가는 새로운 주체, 자유로운 몸의 확장을 상상했던 표상이었다. 해방 이후 외부세력에 의해 만들어진 국경, 38도선 앞에서 이용악의 시는 다시 한 번 온몸을 던져 국경을 돌파하고 해체하는 의지를 불러일으키게 작동했다.

## 5. 맺음말

이용악은 해방기에 진보적 문학운동에 앞장섰다. 1946년 2월 조선문학가동맹에 가입하고 1946년 10월 인민항쟁을 적극화하는 시를 창작했다. 1947년엔 문화단체총연맹의 문화공작대를 이끌고 강원지역을 순회하였으며 8월엔 남로당에 입당했다. 단독정부 수립 후 지하활동을 하다가 검거되어 10년형을 선고받고 복역 중 6.25때 월북했다.[60]

해방 이전 이용악의 러시아 전유는, 이효석 등이 하얼빈을 이국적 판타지로 표상한 것과 같지 않았고, 사회주의적 유토피아로 전유하

---

60  조선문학가동맹은 "국토를 양단하야 외제 식민지로 다시금 팔아 넘길려는 최악의 역사적 순간", 문화예술인은 "조국의 위기를 지양하고 통일 조선을 전취하는" "구국투쟁"에 나서야 한다고 강조하였다. (조선문학가동맹 중앙집행위원회 서기국 편, 「문화의 위기」, 『문학』 7, 1948.4., 7∼9쪽) 이용악은 남한 단독정부 수립을 반대하고 통일정부수립 방안을 토의할 〈문화인 108명 연서 남북회담 지지성명〉(1948.4.14.)에 서명하였고, 5.10 남한단독선거가 치러진 후 8.15 남한단독정부수립을 막고 통일정부를 주장하는 긴박한 성명서 〈330인 문화언론인 성명서〉(1948.7.26.)에도 서명했다. (이봉범, 「단정 수립 후 전향의 문화사적 연구」, 『대동문화연구』 64, 성균관대 대동문화연구원, 2008., 232∼233쪽 참조)

지도 않았다. 그는 오직 철저한 '생활의 논리와 감각'으로 세계를 파악했다. "생활을 생활대로 생활에서 우러나는 말로 노래한" "생활의 시인"으로서 이용악은 "굴강(屈强)한 정신"과 체험에서 우러나온 시를 썼다.[61]

이용악에게 연해주 러시아는 가족의 생활과 생계의 일터였으며, 일가친척이 퍼져 살았던 터전이었다. 연해주 러시아는 일본이나 조선과 다른 모더니티와 문화와 풍경, 문물, 지형, 네트워크를 가지고 있던 곳이었다. 광활한 연해주로 통하는 강과 벌판과 고개를 넘고 달리는 사람들의 생활력과, 혹한의 추위와 눈보라를 뚫고 달리는 의지와, 국경을 돌파하는 모험 등은 이용악 가계의 일상이자 자부였다. 러시아 연해주를 매개로 그의 가족과 일가친척은 삶을 영위했던 시절이 있었고, 이 체험은 이용악에게 상상력과 사유, 감각의 자산이 되었다.

이용악은 단독정부 수립을 반대하고 조국의 자주적 민주재건을 통한 남북 통일정부 수립을 위해 헌신적으로 활동했다. 끝내 1948년 8월 남한의 단독 정부가 수립 되고 검거 열풍 속에 많은 동지들이 운동을 청산하거나 전향하거나 월북해버렸을 때도, 이용악은 현장에 남아 사상을 지키며 목숨을 건 지하활동을 펼쳤다. 이런 실천력과 운동성은 처참하고 참담하게 겪었던 국경의 트라우마와도 관련이 있다. 동족을 분열하는 분단과 냉전 체제를 우리 내부에 설치할 수 없다는 위기의식을 누구보다 절박하고 현실적으로 감각할 수 있었던 것은 바로 국경을 넘나들며 겪었던 이용악 가계의 내력과도 연관된 것이었다. '계절풍과 싸우면서 동토대를 지나 돌진할 때 확확 타오르

---

61    최재서, 「시와 도덕과 생활」, 『조선일보』, 1937. 9. 15~19; 『문학과 지성』, 인문사, 1938., 196~205쪽.

는 삶의 힘', 연해주 벌판을 달리던 체험과 기억은 분단된 조국의 '3.8선-국경'을 돌파하며 해체하려는 원동력이 되었다.

러시아 연해주를 배경이나 제재로 한 이용악의 시는 이후 분단 극복의 심상이자 냉전체제를 돌파하여 평화 연대의 시대를 열어 밝히는 문학적 동력이자 자산이 되고 있다.

# 한설야의 제3세계 인식

## – 1950년대 중·후반의 기행문을 중심으로

### 1. 들어가기: 각성된 아세아·아프리카 그리고 북한

한설야는 한결같이 사회주의를 지향했던 만큼 분단 상황에서 주저 없이 북한을 선택했고, '조선작가동맹 위원장', '조선 문학 예술 총동맹 중앙 위원회의 위원장' 등을 역임하며 북한의 초기 문단을 주도했다. 그는 또한 북한을 선택한 순간부터 숙청되기 직전까지 대표적인 이데올로그로서 문학예술 분야뿐만 아니라 정치, 행정(교육), 외교(평화대회) 분야에서도 중직을 겸하며 쉬지 않고 활약했다. 이 글은 이 가운데 그동안 한설야 연구에서 충분히 다루어지지 않았던 그의 평화대회 관련 활동에 주목해보고자 하며, 그의 이러한 대외활동은 그가 남긴 아시아, 아프리카 기행문에 잘 담겨 있으므로 이 기행문들을 주요 텍스트로 삼을 것이다.

그가 활약했던 분야 가운데 외교 즉 평화대회 관련한 활동들은 그 동안 한설야 연구에서 충분히 다루어지지 않았는데, 이는 그의 소설 이나 평론 등과 달리 기행문(소련기행 제외)들이 연구대상으로 주목받 지 못했기 때문이다. 특히 그가 해방 후에 남긴 수필들은 식민지 시 기에 남긴 수필에 비해 정론적 성격이 강해 더욱 그럴 수밖에 없었을 것이다. 기행문의 경우 『레뽀르따쥬-쏘련려행기』(1947)는 북한의 다 른 소련 여행기들과 함께 연구[01]되었으나 그 외 아시아, 아프리카 여 행기는 거의 논외의 대상이었다. 그나마 최근 한설야의 평화운동에 관한 연구[02]가 시작되면서 1949년 평화옹호세계대회와 관련 글들도 주목받고 있다. 그러나 1950년대 중후반에 발표된 아세아·아프리카 대회 관련 기행문들은 한설야가 해당 지역을 방문하면서 구축해간 그의 제3세계 인식을 담아내고 있는 만큼 한설야 연구에서 중요한 텍 스트이며, 아직 본격적으로 연구된 적이 없으므로 이 글은 해당 기행 문들을 면밀하게 고찰하는 작업을 우선하고자 한다.

한설야는 1949년 파리에서 열린 '평화옹호세계대회'를 시작으로 숙청[03]되기 1년 전인 1961년까지 매년 세계평화리사회 회의 및 평화 관련 세계대회에 북한 대표로 참석했다. 그에게는 '조선작가동맹 위 원장'이라는 대표 직함 외에도 대외활동과 관련하여 '세계평화리사회

---

01    임유경, 「미(美) 국립문서보관소 소장 소련기행 해제」, 『상허학보』 26, 상허학회, 2009.
      임유경, 「나의 젊은 조국-1940년대 한설야의 "부권의식"과 "청년/지도자 서사"」, 『현대문학의 연구』 44, 한국문학연구학회, 2011.

02    구갑우, 「북한 소설가 한설야의 '평화'의 마음(1), 1949년」, 『현대북한연구』 18권 3 호, 북한대학원대학교, 2015.

03    숙청을 어떻게 정의하느냐에 따라 그 시기가 달라지겠지만, 이 글은 숙청 시기를 그의 글과 이름이 모든 공식 매체에서 사라진 1962년 9월로 본다.

이사(및 뷰로 성원)', '조선 평화옹호전국민족위원회 위원장', '조선 아세아 아프리카 단결위원회 위원장', '조선-인도 문화 협회 초대 위원장' 등의 직함들이 있었다. 공식적인 국제대회의 북한 대표를 전담했다고 할 수 있다.[04]

이 글이 주목하고 있는 1950년대 중후반은 아세아 아프리카 제3세계 신생 독립국들을 중심으로 비동맹운동이 일어난 시기이다. 일명 '반둥회의'라고 알려진 1955년 '아세아·아프리카회의'가 이 비동맹운동의 실질적인 계기였다. 이 신생 독립국들은 2차 세계대전 이후 새롭게 대두된 미국의 세계지배전략을 '신제국주의'라고 지적하며, 이에 제동을 걸고자 했다.[05] 이에 미국은 반둥회의에 위협을 느꼈고, 회의에 부정적일 수밖에 없었다. 반면, 소련은 축전까지 보내며 반둥회의를 적극적으로 지지했다. 남한과 북한은 모두 반둥회의에 초대받지 못했으며 두 나라는 이 회의에 대해 각기 미국과 소련의 입장을 따랐다. 이때 북한은 회의에 직접 참석할 수 없었음에도 『로동신문』에 연일 관련 기사들을 보도하며 반둥회의에 대한 관심을 내비쳤다. 한편, 반둥회의보다 보름 정도 앞서 인도 뉴델리에서는 '아세아 제국회의'가 열렸다. 이 회의는 반둥회의에 가려 크게 주목받지 못하고 있

---

04  용어에 대한 언급이 필요할 것 같다. 이 글이 분석대상으로 삼은 1차 자료 기행문들이 모두 1950년대 북한에서 나온 자료들이기 때문에 '아시아'는 '아세아'로, '이집트'는 '애급', '기니'는 '기니아'로 되어 있다. 이 글에서 1차 자료의 비중이 적지 않으므로 본문에서의 표기와 인용문에서의 표기를 통일하는 것이 좋겠다고 판단했다. 그래서 다소 어색할 수는 있으나 본문에서도 1950년대 북한식 표기를 따랐다. 같은 이유로 본론에 국한하여 '북한'을 '(북)조선', '남한'을 '남조선'으로 표기했다. 그러나 인용이 필요 없는 서론과 결론에서는 '북한'과 '남한'이라는 한국 기준의 일반적인 표기를 사용하기로 한다.

05  곽형덕, 「아시아·아프리카 작가회의와 일본 -제국주의와 내셔널리즘의 교차 지대-」, 『일본학보』 110, 한국일본학회, 2017., 54쪽.

으나 초기 비동맹운동을 아시아가 주도한 사실의 의미를 살피기 위해 간과해서는 안 되는 중요한 사건이며,[06] 2년 뒤에 개최된 '아세아·아프리카 인민연대회의'의 기원이기도 하다.[07]

반둥회의와 아세아 제국회의를 기반으로 하여 이후에 아세아 아프리카의 연대를 위한 여러 회의가 열렸는데, 이 글에서 다룰 회의들을 시간순으로 열거하면 다음과 같다.[08]

> 아세아 작가대회
>  : 1956.12.23.~28. 인도 뉴델리
> 아세아 아프리카 단결회의
>  : 1957.12.26.~1958.1.1. 이집트 카이로
> 아세아 아프리카 작가회의
>  : 1958.10.07.~13. 우즈베크 가맹공화국 타슈켄트
> 제2차 아세아 아프리카 인민단결회의
>  : 1960.04.11.~15. 기니공화국 코나크리

이 대회들은 각각 연결되고 확장된 형태로 볼 수 있는데, 먼저, '아세아 작가대회'가 아프리카 진영까지 확대되어 2년 뒤 '아세아 아프리

---

06  백원담, 「아시아에서 1960-70년대 비동맹/제3세계운동과 민족·민중 개념의 창신」, 『중국현대문학』 49, 한국중국현대문학학회, 2009., 135쪽.

07  한설야도 이 회의에 참석했으나 어떤 이유에서인지 관련 글을 남기지는 않았다.

08  이 명칭들은 당시 북한에서 사용된 용어들이며, 대회(회의)의 명칭들은 논문마다 약간씩의 차이가 있어 영문 명칭을 병기해둔다. 아세아 작가대회(the Asian Writer's Conference), 아세아 아프리카 단결 회의(the Afro-Asian People's Solidarity Conference, Cairo), 아세아 아프리카 작가대회(the Afro-Asian Writer's Conference), 제2회 아세아 아프리카 인민 단결회의(the 2nd Afro-Asian People's Solidarity Conference).

카 작가회의'로 이어진다. 'Afro-Asian Writer's Association' 일명 'AA 작가회의'로 불리는 이 회의는 1981년부터는 라틴아메리카 작가들이 참가하기 시작하여 AALA작가회의로 확대되었다. '아세아 아프리카 단결회의'는 1955년 4월 인도 뉴델리에서 열린 '아세아 제국회의'를 기원으로 하여 개최되었고, 아세아 아프리카 비동맹운동의 정점으로 평가되기도 한다.[09] 그리고 이 회의는 3년 뒤 '제2차 아세아 아프리카 인민단결회의'로 이어졌다.

한설야는 이 대회들에 모두 북한 대표로 참석을 했고, 관련하여 기행문 등의 글을 남겼다. 이 글에서 살펴볼 그의 기행문 「적도 우에서」, 「나일강반에서」, 「(오체크르) 아세아, 아프리카 작가 회의와 관련하여」, 「흑아프리카 기행」 모두 앞선 대회들의 결과물이다.[10] 그가 비록 개인이 아닌 북한 대표 자격으로 대회에 참석했다고는 하나 기행

---

09  백원담, 앞의 글, 158쪽.

10  「나일강반에서」와 「흑아프리카 기행」을 제외하면 모두 『한설야 선집14』(조선작가동맹출판사, 1960.)에 재수록 되었지만, 글에 따라 재수록 과정에서 수정된 부분들이 적지 않았다. 이 글이 살펴보려는 한설야의 제3세계 인식과 연대의식에서 그 변화 양상이 중요하기 때문에 각각의 글들이 처음 발표되었던 판본을 분석대상으로 삼았다. 이 글에서 다룰 기행문들의 서지사항은 다음과 같다.

「적도 우에서」, 『조선문학』 루계118, 1957.6.
「나일강반에서 -애급 기행-」, 『(종합기행문집) 나일강반에서』, 조선 작가 동맹 출판사, 1958.
「애급의 예술」, 『문학신문』 루계63, 1958.2.13.
「(애급 기행) 이 사람들을 보라! -팔레스티나 피난민 수용소에서-」, 『조선문학』 루계128, 1958.4.
「애급의 전승기념일」, 『청년문학』 루계24, 1958.4.
「애급의 어린이들」, 『아동문학』, 1958.4.
「(오체르크) 아세아, 아프리카 작가 회의와 관련하여」, 『조선문학』 루계137, 1959.1.
「흑아프리카 기행(1)~(4) -제2차 아세아, 아프리카 인민 단결 회의와 관련하여-」, 『문학신문』 루계240~243, 1960.5. 20.~31.

문은 수필인 만큼 그의 기행문에는 한설야 개인의 생각이나 인상, 시선 등이 비교적 잘 담겨 있다. 이 가운데 이 글은 한설야의 제3세계 인식에 주목하고자 한다.

## 2. 인도를 향한 양가적 시선: 「적도 우에서」(1957)

한설야는 1955년 4월 '아세아 제국회의(亞細亞 諸國會議)'에 참석하기 위해 인도를 처음 방문하였다. 그는 이후에도 인도를 몇 번 더 방문했지만, 인도 관련 기행문은 「적도 우에서」 하나만 남겼다. 「적도 우에서」는 한설야가 1956년 12월에 열린 '아세아 작가대회'에 북한 대표로 참석하기 위해 인도 뉴델리를 방문하고 남긴 기행문으로 아세아 작가대회 행사 자체에 대한 기록보다는 두 나라 사이에 별도로 진행된 '인도 조선 문화 협회' 결성 및 인도 작가 및 예술가와의 만남에 관한 내용이 주를 이룬다.

당시 인도에 대한 북한의 공식적인 입장은 한설야가 아세아 작가대회에 참석하기 위해 인도를 방문했을 때 델리비행장에서 한 그의 연설에 잘 드러난다.

> 델리는 찬연한 아세아 고대 문화의 근원지 가운데 하나인 인도에서도 가장 유서 깊은 문화의 중심지이며 오늘에 와서는 복잡한 세계 정세 가운데서 공정한 자기 립장을 고수하는 수도의 하나로 되고 있습니다.
> 이와 같이 문화의 전통을 지니고 신생 아세아의 모습을 상징하는 델리에서 아세아 작가 대회가 소집된다는 것은 실

로 의의 깊은 일이 아닐 수 없습니다. …(중략)…[11]

　'고대문명의 발상지' 중 하나인 인도는 1950년대 중반 당시 '복잡
한 세계정세 속에서 공정한 자기 입장' 즉 비동맹 중립노선을 고수하
고 있었다. 이에 '(뉴)델리'는 각종 평화 관련 국제대회의 무대이자 '문
화의 전통을 지니고 신생 아세아의 모습을 상징하는' 도시가 되었다.
이것은 당시 인도에 대한 북한의 보편적인 인식으로, 이러한 인도에
대한 공식적이고 긍정적인 시각은 인도와의 연대를 위한 교류의 토
대가 되었다. 한설야는 '조선 인도 문화 협회 창립 대회'에서 대표로
보고하면서 북한과 인도와의 교류를 한반도에 불교가 전파된 시기까
지 거슬러 올라가며 두 나라가 역사적으로 오래전부터 연을 맺어 왔
음을 역설한 바 있다.[12]
　그러나 실제로 경험한 인도는 이국적이고 낯설었는데, 특히 인도
의 거리와 그곳의 걸인들이 그랬다. 「적도 우에서」는 조-인 문화협회
창립을 기념하기 위한 목적으로 쓴 글인 만큼 전반적으로 인도에 대
한 긍정적인 시선을 담아내고 있지만, 인도 현지의 이러한 상황에 대
한 불편함까지 감추지는 못했다.

　　뉴 델리의 상점 거리는 새해 맞이로 아름답게 단장되여
　　가고 있었다. 길'가에 누더기를 쓰고 자는 사람과 려관 앞길
　　에서 춤추며 행금을 켜다가 누가 얼씬 보기만 하면 본값을 내

---

11　「아세아 작가대회…(제2신) 조선 대표단 델리에 도착」, 『문학신문』 4, 1956.12.27.,
　　3면.

12　「조선 인도 문화 협회 창립 대회에서 한 한 설야 동지의 보고(요지)」, 『문학신문』
　　1956.05.16., 2면.

라는 듯이 돈을 비는 어린이들, 생쥐보다도 더 적게 먹는
다는 해골과 같은 사람들은 결코 줄지 않으나 그 반면에 벌써
화려한 설빔을 비다듬어 늘인 젊은 녀인들은 날마다 늘어 거
리를 활기띠우고 있었다.[13]

　　이 나라 인민의 많은 부분이 완전히 문화에서 제외되고
길'바닥과 잔디 우에서 자고 깨며 생활이라는 것보다 생존 그
것이 시시각각으로 위협 당하고 있는 현상으로 볼 때 량심을
가진 사람들은 그 어느 나라 사람들보다 몇 갑절 더한 인내성
과 순결성과 겸손성을 가지고 그 버림받은 사람들의 손을 잡
아 주고 끌어 주지 않으면 안될 것이다.[14]

　한설야는 특정 국가 또는 지역의 인민들을 평가할 때 '근면성'을
중요한 기준으로 삼곤 했다. 그러니 그런 그의 눈에 일하지 않고 길
에서 구걸로 생을 이어가는 사람들이 곱게 보일 리 없었을 것이다.
그나마 이 글에서는 저자가 글의 목적을 고려하여 인도 현지에 대한
불편함을 이 정도로 지나가듯 언급하고 말았지만, 다른 글에서 '인
도'라는 구체적인 지명만 밝히지 않은 채 노골적으로 비판하기도 했
다.[15] 그의 인도 인민에 대한 이러한 시선은 이후 아세아(한·중·일 제

---

13　한설야, 「적도 우에서」, 『조선문학』 루계118, 1957.6., 9쪽.

14　위의 글, 15쪽.

15　'아세아의 락후한 지방인 열대 또는 아열대 지방에 가면 거지가 욱신거리고 빛다른
　　사람만 보면 손을 내밀며 무엇이든지 달라고 애걸하는 것을 나는 보았다. 길을 물
　　어도 길 물은 값을 달라고 하고 사진을 찍어도 얼굴 빌린 값을 달라고 한다.
　　한 번 나는 열대 어느 지방 산간 지대를 구경하는 때에 강물에서 목욕하는 코끼리
　　를 사진찍은 일이 있는데 그때 어느사이엔지 강 건너에서 코끼리 임자가 천방지축
　　물을 차고 건너와서 돈을 내라고 하여 하는 수 없이 값을 치러 준 일이 있다.

외) 지역이나 아프리카 지역의 인민들을 평가하는 기준이 된다.

또한, 한설야는 '력사와 인류는 전진하는 것이며 전진해야 하는 것'이라고 생각했으며, 이에 기반하여 다른 나라나 민족들도 이 발전 선상에서 북조선과의 상대적인 위치를 점해두는 식으로 파악하고 평가했다. 그의 이러한 생각은 그가 아세아 작가대회에서 조선 대표로서 했던 보고 안에도 그대로 드러나 있다.

> 작가들은 남의 나라를 방문함으로써 그 나라 민족문화에 익숙하여질 것이며 그 나라 인민들의 생각을 리해하게 될 것이며 구체적으로는 기행문, 인상기 등을 써서 선전함으로써 떨어진 민족이 앞선 민족을 따라잡게 하는 문화 교류 사업에 기여하게 될 것이다.[16]

인용문은 한설야가 아세아 작가들의 상호 각국 방문을 독려하고 제안하는 부분으로, 민족이나 문화에 대한 그의 관점을 직접적으로 드러내고 있다. 즉, 모든 민족이나 그 민족의 문화는 발전 정도에 따른 일직선상에 놓여 있어서 '앞선 민족'이 있고 '(뒤)떨어진 민족'이 있는 것이다. 그의 이러한 관점은 각 나라와 민족들에 대한 그의 태도로 직결되고, 그 양상이 이 글에서 살펴보고 있는 기행문들에 잘 드러

---

또 도시들에서도 역시 그럴 뿐 아니라 주민의 적지 않은 부분이 하는 일 없이 거리 길'바닥에서 자고 깨며 배고프면 거랭이질하고 피곤하면 풀밭이나 사원이나 공원 같은 데 자빠져 낮잠을 자군 한다.'
(한설야, 「(기행) 애급의 전승 기념일 -영웅 도시 포트사이드에서-」, 『청년문학』 루계24, 1958.4, 18쪽.)

16   한설야, 「현대 조선 문학의 어제와 오늘 - 아세아 작가 대회에서 진술한 조선 작가 대표의 보고-」, 『조선문학』 루계113, 1957.1., 174쪽.

나 있다. 그가 「적도 우에서」를 작성할 당시 그는 인도를 아직 이 발
전선상의 어디 즈음에 위치시켜야 할지 파악 중이었기 때문에 그 평
가도 유보할 수밖에 없었다. 그래서 이 기행문에도 '인도'라는 나라
자체에 대한 평가보다 그곳에서 만난 인도 지식인들(실명 그대로 밝힘)
에 대한 인상들을 주로 담았을 것이다.

　다만, 북조선의 작가·예술가들에 대한 사회적 대우와 그 처우가
인도의 그것보다 훨씬 앞서 있다고 확신했으며, 이는 비단 인도뿐 아
니라 아세아·아프리카 전역 어디와 비교해도 다르지 않다고 보았다.
당시 인도를 비롯한 대다수의 아세아·아프리카의 작가·예술가들은
창작활동은 말할 것도 없이 기본적인 생활조차 어려웠다. 인도 작가
들이 중요한 행사임에도 재정상의 문제로 교외의 학교를 빌리고, 팸
플릿에는 상점 광고를 실어야 했던 것처럼 아세아·아프리카 각국의
작가·예술가들의 사정은 열악했다. 이 문제가 아세아 작가들이 모인
첫 번째 자리인 이번 회의의 주요 안건이었다는 사실만으로도 그 심
각성을 충분히 짐작할 수 있다. 반면, 북조선의 작가·예술가들은 상
당한 대우를 받고 있었다. 한설야가 회의에서 공식 발표 중에 밝힌
관련 내용을 요약하면 다음과 같다. 북조선의 작가·예술가들은 우선
사회적으로 공식적인 존경과 인정을 받고, 이에 합당한 경제적인 지
원도 받는다. 작품의 판권이 작가 개인에게 있으며 이러한 작가의 권
리는 국가로부터 법적인 보호를 받는다. 국가는 작가들의 휴식과 정
양을 시기적으로 조직해주고, 아플 때는 무료로 치료해준다. 작가동
맹은 자체의 막대한 펀드도 가지고 있다. 북조선 작가·예술가들이
누린 공적 처우는 아세아·아프리카의 작가·예술가의 보편적인 처지
와 비교했을 때 상당한 수준이었음을 알 수 있으며, 한설야는 이 자리

에서 자신이 북조선의 작가라는 사실에 충분한 자부심을 느꼈을 것이다. 그중에서도 최고의 자리에 있었으므로 그는 더욱 당당하게 아세아 작가들을 위한 공동 투쟁을 주장할 수 있었다.[17]

한설야가 '아세아 작가대회'에서 중점을 둔 것은 '반식민주의'였다. 그에게 이 대회가 중요했던 이유는 아세아 국가들이 서방 제국주의 국가들의 지배에서 벗어난 신생독립국이 되어 모이는 첫 번째 자리였기 때문이다. 또한, 무엇보다 이 신생독립국들이 다시 식민지로 전락하는 일을 방지하기 위해 서로 간의 연대를 모색하고자 마련한 자리였기 때문이었다.[18] 그러나 실제 진행된 대회의 방향은 그가 기대했던 것과 달랐다. 본 대회의 현장을 담은 기행문은 남아 있지 않으나, 귀국 후 진행된 보고회에서 서만일이 보고한 내용을 보면 나라 간에 적잖은 충돌이 있었던 것으로 짐작된다.

> 또한 이 대회에서 그대로 지나쳐 버릴 수 없는 중요한 현장의 하나를 말한다면 그것은 정치적 리상과 문학적 지향을 달리하는 적지 아니한 작가들이 회의가 개막될 때에 고집하여 양보하지 않던 자기들의 편협한 견해와 불합리한 론조를 토론 과정에서 차츰 버리고 우리나라와 쏘련, 중국, 북부월남 등 민주주의적 립장에 선 국가들의 견해와 론조를 접수하고 따르게 되었다는 것이다.[19]

17 한설야, 「현대 조선 문학의 어제와 오늘 - 아세아 작가 대회에서 진술한 조선 작가 대표의 보고-」, 『조선문학』, 1957.1., 152~176쪽.

18 위의 글 참조.

19 「공고화되는 아세아 문화의 유대」, 『문학신문』 루계10, 1957.02.07., 1면.

인용된 부분을 보면, 서만일은 의미 있는 성과를 거두었다는 측면에서 보고했으나 당시 팽팽했을 분위기를 충분히 짐작할 수 있다. 비록 아세아 국가들은 제국주의의 식민지배에서 벗어난 신생독립국이라는 공통분모 위에 반식민주의·반제국주의 연대라는 공동의 목적을 가지고 모였지만, 서로 다른 체제와 역사·문화 등으로 서로 낯선 나라 사이의 연대는 결코 쉬운 일이 아니었을 것이다.

대회의 분위기도 영향을 미쳤겠지만, 한설야는 그가 이 대회에 참석하면서 방점을 찍었던 지점과 실제 대회에서 진행되고 결정된 사항들이 어긋났기에 이 대회에 적잖이 실망했을 것이다. 이는 아세아 작가대회가 지닌 의미와 의의를 고려했을 때, 그가 이 회의에 대한 인상기를 남기지 않은 이유일지도 모른다. 그가 조선 대표로서 보고했던 내용을 보면 그는 '반식민주의 연대와 투쟁'을 최우선으로 두고 있었음을 알 수 있는데, 반면 아세아 작가대회에서는 반식민주의는 잠시 괄호 처진 채 예술가·작가들 간의 실질적인 연대 방안들이 모색되었다. 한설야는 본 대회에서 아세아 작가대회 서기국에 '평화를 위한 아세아 작가 문학상' 제도를 만들 것을 제안했는데, 이것은 반드시 '식민주의를 반대하고 아세아의 항구적인 평화를 공고히 하는 인도주의적 작품을 쓰는 데 작가들의 창작 의욕을 더욱 더 왕성하게 할 것'이라고 확신했다. 그가 분명하게 '반식민주의'를 지향하고 있었음을 알 수 있다.


## 3. '형제', '영웅', '선생': 「(애급 기행) 나일강반에서」 외 몇 편

애급의 수도 카이로에서 열린 '아세아 아프리카 단결 회의(1957.12.

26.~1958.1.1.)'에는 약 50개국의 대표단이 모였는데,[20] 반둥회의의 공식 참가국이 29개 나라였던 것과 비교하면 상당히 큰 규모였음을 알수 있다. 당시 애급은 제3세계의 중심 국가였다. 애급 또한 반둥회의에 참석했는데, 여기에는 인도의 지속적인 초청이 있었다. 애급은 아프리카에서 가장 강력한 독립국이자 아랍의 맹주로 아랍 연맹을 이끌고 있었고, 반둥회의의 29개 참가국 중 11개국이 무슬림 국가였으며 8개국이 아랍 연맹 소속이었으며, 아랍 연맹의 사무총장 또한 애급사람이었다. 어쩌면 제1회 아세아-아프리카 단결 회의가 카이로에서 열리는 것은 당연한 수순이었을 것이다.[21]

한설야는 인도기행 때와 달리 애급을 방문한 후에는 귀국 직후부터 연달아 몇 편의 기행문을 다양한 지면을 통해 발표했다. 관련 기행문들을 발표된 시간순으로 나열하면 다음과 같다. 「애급의 예술」(『문학신문』), 「나일강반에서」(단행본), 「이 사람들을 보라!」(『조선문학』), 「애급의 전승기념일」(『청년문학』), 「애급의 어린이들」(『아동문학』). 이 가운데 「나일강반에서」가 애급기행 기간 전반을 다루고 있다면 나머지 글들은 그곳에서 경험했던 특정 행사들을 중심으로 작성되었다.

한설야를 포함한 아세아 대표들은 애급을 향하는 상공에서부터 설레는 기분을 감추지 못했다. 이들이 나일강으로 상징되는 애급을 마주했을 때 감격스러웠던 이유는 두 가지였다. 하나는 그곳이 인류문명의 발상지이기 때문인데, 게다가 교통 등의 여러 사정을 고려하

---

20  조선, 쏘련, 중국, 인도네시아, 소말리랜드, 카메룬 등 37개국의 대표단+옵써버(세계 평화 리사회 부위원장 제임스 엔디고트, 유고슬라비야, 영국, 이태리, 독일 민주주의 공화국, 웽그리야 대표들 등).

21  김동환, 「1955-1962 기간의 중국 대외정책에 관한 연구」, 『국제지역연구』 13권 3호, 국제지역학회, 2009.12., 879쪽.

면 그동안 매체를 통해서만 접했을 고대 애급의 유적들을 직접 볼 수 있다는 기쁨과 감격도 적지 않았을 것이다. 한설야의 경우만 봐도 룩소르 지역의 유적 등을 돌아보며 고대 애급 인민들의 지혜와 예술성에 감탄을 금치 못했다. 다른 하나는 당시 애급이 아세아·아프리카의 특별한 관심과 지지를 받는 국가였기 때문이었다. 월남과 북조선에 이어 애급은 제국주의 국가들과 투쟁 중이었고, 아세아·아프리카 국가들은 이에 대해 반제국주의·반식민주의적 입장에서 특별한 지지를 보내고 있었다. 그런데 본 대회가 열리기 1년 전 드디어 애급이 제국주의 세력들을 물리치고 다시 그 땅의 온전한 주인이 되었고, 한설야를 포함한 아세아 대표들이 애급에 도착한 날이 바로 그 '전승기념이 1주년' 전날이었으니 이들이 들뜨는 마음을 가라앉히기는 쉽지 않았을 것이다. 수에즈 운하의 운영권을 두고 영국과 프랑스, 이스라엘이 애급을 공격했던 일명 2차 중동전쟁에서 영국-프랑스 연합군이 수에즈 운하 북단인 포트사이드에서 최종 철수한 날이 1956년 12월 23일로 당시 애급에서는 이날을 전승기념일로 크게 기념하기로 했으며, 아세아측 대표들은 그 전날인 22일 저녁에 이곳에 도착했다. 애급의 승리에는 사실 영-프 연합군과 이스라엘에 대한 소련의 절대적 위협이라는 요소가 있었기 때문에 애급 인민들이 소련을 위시한 아세아 대표들을 격렬하게 환영한 것은 당연한 일이었다. 이날의 격렬함에 대해 한설야는 '인간 정열의 파도가 이처럼 거세찬 것을 나는 생래 처음으로 경험하였다', '우리는 차라리 무서운 시련 속에 빠진 것 같았다'고 기록하고 있다.[22]

---

22  한설야, 「(기행) 애급의 전승 기념일 - 영웅 도시 포트사이드에서-」, 『청년문학』 루계 24, 1958.4., 16쪽.

이들은 숙소 '세미라미쓰 호텔'에 도착해서 다시 한 번 엄청난 환영인파에 둘러싸이게 되고, 조선 대표들은 이곳에서 이들이 조선을 환영하는 이유를 듣게 된다.

> 어떤 사람은 '코레아'라는 말에 놀래며 오래 그리던 사람을 만났구나 하듯이 감격에 넘친 소리로
> "당신들은 우리의 선생이요, 우리도 당신들을 본받아 제국주의와 싸워 이겼소. 우리를 형제라고 불러 줄 수 있소?"
> 하고 굳게 손을 잡는 것이다.
> 아닌게아니라 우리도 애급 인민이 영, 불 제국주의의 침공을 물리친 이 한 사실에서 그 누구보다 더 간절히 그들에게 육친적인 정이 끌리였다. …(중략)…
> 그들은 나쎄르 대통령의 위임에 의하여 우리를 방문하였다고 말하고 특히 미제를 비롯한 제국주의 련합을 물리친 조선 사람과 그 대표에게 뜨거운 인사를 드린다고 하였다.[23]

인용문에서 알 수 있듯 애급의 대표들과 인민들이 조선 대표들을 이토록 반가워하는 것은 '조선 전쟁'에서 미제를 비롯한 제국주의 연합을 물리쳤기 때문이다. 그래서 애급의 인민들은 조선 대표들에게 형제의 정을 느끼며 그들을 선생으로 칭하고, 조선 대표들 역시 영불 제국주의의 침공을 물리친 애급 인민들에게 육친의 정을 느낀다. 그리고 이것은 비단 애급에 국한된 것이 아니라 국제사회에서 조선이 주목받고 인정받고 있다는 의미로도 볼 수 있었다.

---

23   위의 글, 17쪽. (북한의 원문에서는 대화체에 " " 대신 ≪ ≫를 사용)

내가 해방 초기에 처음으로 민주주의 국가들을 방문하고 불란서에 갔을 때에는 만나는 거의 전부의 사람들이 'KOREA'라는 다섯 글'자 외에는 조선에 대해서 아는 것이 없었다.

그러나 오늘은 어떤가. 아프리카 사막과 산간에서 나온 빛다른 사람들도 조선이라면 미 제국주의를 이긴 영웅의 나라라고, 또한 자기들의 선생이라고 부르고 있다.

전쟁 3년 간에 발휘한 조선 사람의 애국주의와 군중적 영웅주의는 세계 어느 밀림, 어느 사막, 어느 섬에까지도 전파되여 간 것이다.

이름은 결코 허투루 얻어지는 것이 아니라는 옛사람의 말이 옳다.[24]

그가 고백하고 있듯이 1949년 파리에서 열린 평화옹호세계대회에 참석했을 때만 해도 그곳에서 조선은 미지의 나라였다. 아이러니하게도 조선이 국제사회에 그 이름을 알리게 된 것은 '조선 전쟁' 때문이었다. 엄연히 휴전협정을 맺으며 전쟁의 막을 내렸지만, 사회주의 진영을 중심으로 한 국제사회에서는 조선이 승리한 것으로 정리되었다. 그리고 어느 순간 조선은 영웅의 나라가 된다. 물론 영웅의 나라로서의 조선은 '북조선'을 의미한다. 그런데 이때 한반도로 그 영역을 넓히면 미 제국주의와의 투쟁은 진행형이 되고, 이 사실은 제국주의와의 투쟁 중인 국가들과의 연대에서 중요한 이유가 되어 조선이 국제사회에서 목소리를 낼 수 있는 근거가 되었다. 실제로 '아세아 아프

---

24  한설야, 「(애급 기행) 이 사람들을 보라! -팔레스티나 피난민 수용소에서-」, 『조선문학』 루계128, 1958.04., 83쪽.

리카 단결 회의'에서 한설야는 조선 대표로서 「조선의 평화적 통일을 위한 아세아 아프리카 인민들의 공동 투쟁을 호소」라는 제목으로 연설했으며, 이에 회의에서 채택된 ≪제국주의에 관한 결의문≫을 통해 전폭적인 지지를 받았다.[25]

한편, 조선에 대한 달라진 국제사회의 여론을 글이나 방송 등의 매체를 통해 접하는 것과 실제 현장에서 각국의 대표와 인민들의 반응으로 체감하는 것은 엄연히 다른 일이다. 조선 대표(단장)로 대부분의 국제대회에 참석했던 한설야는 국제현장에서 매년 그 변화를 체감했을 것이다. 한설야가 조선 대표로 인도를 비롯한 아세아 지역을 방문하던 시기는 북조선 국내적으로는 전후복구 3개년 계획을 초과 달성하고 그 여세를 몰아 '5개년 인민경제발전계획단계'로 진입하던 시기로 나라 전체가 변화하고 성장하는 속도를 눈으로 확인할 수 있었다. 이렇게 빠른 전후복구는 미제를 이겼다는 것과 함께 조선을 '영웅 조선'으로 '선생'으로 만들어주는 또 하나의 근거가 되었다. 그리고 한설야를 포함한 조선 대표들은 이곳에서 그들에게 감격적인 상징적 장면을 마주하게 된다.

> 아세아, 아프리카 단결 회의의 개회식이 거행된 카이로 대학도 나일강에서 멀지 않은 곳에 있으며 대회장인 국회 의사당도 나일강 가까운 곳에 있고 대회 준비 위원회 사무실은 바로 나일강반에 있다.
> 그런 중에도 감격적인 것은 나일강상인 바로 우리 려관

---

25  한설야, 「아세아 아프리카 단결 회의에 참가하였던 우리 나라 대표단의 귀환 보고 회에서 한 한 설야 동지의 보고(요지)」, 『로동신문』, 1958.02.04., 3면.

앞 긴 다리 란간 우에 우리의 오각별 국기가 휘날리는 것을
려관 베란다에서 발견한 그 순간이였다.

우리는 소년단 학생들처럼 기뻐 소리를 지르고 사진을
찍노라고 야단법석을 쳤다.

줄느런이 늘어 선 아세아, 아프리카 나라들의 국기들과
함께 조선 국기가 부드러운 물결을 그리며 펄럭거리고 있는
것이다.[26]

이들의 반응이 단순히 낯선 타국에서 생각지도 못한 순간에 조국
의 국기를 만난 반가움과 기쁨일 수 있지만, 그 순간이 '감격적'이었
던 것, 환갑을 바라보는 나이에 '소년단 학생들처럼' 야단법석을 친 것
은 '줄느런이 늘어 선 아세아, 아프리카 나라들의 국기들과 함께 조선
국기'가 나란히 펄럭이는 것을 보았기 때문이다. 해방 직후, 한설야는
당시의 조선을 세계의 '후진 국가와 후진 민족들'과 같은 반열에 놓여
있다고 평가했다.[27] 쓰리지만 객관적인 진단이었을 것이다. 국제무대
에 참석하는 것만으로도 큰 의미가 있다고 조선의 위상을 스스로 낮
게 평가했던 때가 있었는데, 이제 당당하게 국제사회의 일원으로 그
무대의 중심에 서 있게 되었으니 반가움과 기쁨을 넘어 벅찬 감격을
느끼지 않을 수 있었을까.

별도의 언급은 없었으나 늘어선 국기 사이에는 소련의 국기도 있
었을 것이다. 아세아, 아프리카 단결 회의에 소련은 스폰서 국가로서
대표단을 파견하였고, 주최국인 애급에도 정치·경제·외교적으로 매

26    한설야, 「나일강반에서」, 9쪽.
27    임유경, 「나의 젊은 조국 -1940년대 한설야의 '부권의식'과 '청년/지도자 서사'-」,
      『현대문학의 연구』 44, 2011., 230쪽.

우 중요한 국가였기 때문이다.[28] 국제대회마다 각국 대표들이 소련의 비행기를 이용할 수밖에 없었던 사실이나 애급에서 영-프 연합군을 몰아내는 데에도 소련의 입김이 강력했던 것만 보아도 비단 애급뿐만 아니라 여타 제3세계 국가들에도 소련의 영향력은 강력했다. 적어도 1960년대 초반까지는 아세아 아프리카 중심의 반제·반식민주의 흐름에서 소련은 절대적인 존재가 되어갔다. 아세아 아프리카 단결 회의에서도 소련은 '다시 한 번 아세아, 아프리카 인민들의 민족적 독립에 대한 절대적 지지를 표명하면서 어떠한 부대 조건도 없이 후진 국가들에게 모든 원조를 제공하겠다'고 공표하였고, 전체 회의 참가자의 감격 어린 열렬한 환영을 받았다.[29] 그런 소련의 국기와 나란히 조선의 국기가 세계 50여 개 국기와 함께 펄럭이고 있던 것이다.

한설야는 실질적인 연대의 방법으로 특별히 문화 교류에 주목했는데, 그가 생각한 바람직한 문화교류는 '다만 사회주의 체계 인민들 간에서만 행해질 것이 아니고 널리 평화를 사랑하고 인류 문화를 사랑하는 모든 인민들 사이에서 광범히 진행'되는 것이었다. 그렇지만 이 문화교류는 기본적으로 '인류와 인민을 위한 문화라는 관점에서의 사회주의 진영이 그 지도성을 상실하지 않아야 한다고 보았다. 그는 이 '지도성'의 필요를 애급에서 절실히 느끼게 되었는데, 다름 아닌 현대 애급의 예술에 대해서였다. 그리고 그는 이제 조선 대표이자 아세아 대표로서 애급을 '선생'의 시선으로 바라보기에 이른다.

아세아 측 대표들은 단결 회의 기간 중 무용 공연에 초청되었는

---

28    김동환, 앞의 글, 888쪽.
29    한설야, 「아세아 아프리카 단결 회의에 참가하였던 우리 나라 대표단의 귀환 보고 회에서 한 한 설야 동지의 보고(요지)」, 『로동신문』, 1958.02.04., 3면.

데, 그중 여성 무용가의 전통무용공연이 문제였다. 그날의 대표 무대였을 이 공연을 보고 한설야는 상당한 불편함을 드러내며 해당 공연의 춤을 '캬바레 무용'으로 정의했는데, 그에게 '캬바레 무용'은 미제의 산물로 곧 지양해야 하는 것이었다.

> 거의 라체 무용에 가까운데 그것은 또 잠시 론외로 하다 하더라도 몸 하체의 추저분한 과장된 동작은 우리로서는 정시할 수 없는 아니말리즘의 표현이었다. 두 말할 것 없이 우리는 애급이 제국주의를 반대하여 싸워 이겼으며 오늘도 싸우고 있으며 또 반제 반식민주의의 감정이 어느 나라보다 농후하며 광범한 지역의 아랍 국가 인민들의 단결과 련대의 중심으로 되어 있음을 안다.
> 그러나 무용을 통해서 이데올로기적 면을 보는 때 우리의 기대는 만족을 느낄 수 없다.[30]

그런데 그에게 이토록 불편했던 춤이 당시 애급 사회에서는 아무렇지 않게 받아들여지고 있었고, 그에게는 이 사실이 춤보다 더 충격적이었다. 한설야는 1년 전 모스크바에서 열린 '세계 청년 학생 축전'에 애급이 이 춤으로 참가했던 일을 떠올리며 그날도 심사원들 사이에서 적잖은 물의가 일었다고 회상했다. 그나마 그때는 이후 일부 애급 사람들을 통해 그 춤이 애급 무용이 아니라는 확인을 받아 안심했는데, 그 '캬바레 무용'을 애급 현지에서 그것도 공식적인 초청 자리에서 다시 보게 된 것이다. 또한, 그는 애급에 있는 동안 연극 한 편과

---

30    한설야, 「애급의 예술」, 『문학신문』, 루계63, 1958.02.13., 2면.

영화 한 편도 봤는데 그 소감 역시 크게 다르지 않았다.

내용에 있어서나 연기에 있어서나 또는 아주 사상적으로 프라이마리한 것임은 두 말할 것이 없다.

그러나 여기서 우리는 역시 인민적인 소박성을 볼 수 있었고 따라서 이것은 발전할 수 있으리라는 기대도 가졌다.

작품의 사상도 애급 인민의 계급적 각성에 의하여 점차 높아질 것이라고 생각되였다.

그러니만치 그 저도성에 대하여 결코 락망하려고 하지 않았다.

그 다음 또 하나의 영화를 보았다.

이것은 나쎄르 대좌(현재는 대통령)의 쿠데타에서 취재한 것인데 얼른 눈에 뜨이는 것은 전투를 유람식으로 과장한 그것이다.

그러나 이것도 참을 수 있는 난'점이라고 생각되였다.

그보다 여기서 제일 눈에 걸리는 것은 불건전한 동물적인 에로티시즘의 로출이 이 영화의 많은 스페스를 차지하고 있는 그것이다.

물론 그렇다고 련애를 부정하려는 것은 아니다. 련애를 어떻게 그렸는가 하는 데에 문제가 있는 것이다.

인간의 고상한 정신과 배치되는 유희적이며 야성적인 에로티시즘을 해방된 애급 인민에게 주는 것은 결국 문화적으로 아메리카니즘으로 가게 하는 길이 아닐가 하는 것이 나의 로파심이였다.[31]

31  위의 글.

인용문을 보면 한설야는 타국의 예술을 보며 그에 대한 감상을 말하는 것이 아니라, 그 예술의 발전 가능성을 발견하면서 한편으로는 자칫 '아메리카니즘'으로 치우칠까 염려하고 있는데, 타국 예술의 미래에 대해 고민하고 있다는 사실이 흥미롭다. 그의 이러한 소감은 어린아이를 바라보는 어른의 시선을 닮았는데, 이것은 그가 애급의 인민들을 근거 없이 '순진'하게 보는 시선과도 연결되어 있을 것이다. 그는 아이러니하게도 스스로 애급에 대한 지식이 없음을 재차 강조하는 한편 그곳에서 본 며칠의 인상을 토대로 애급 예술의 발전 가능성을 논하는 데에는 거침이 없다. 그는 애급 예술이 발전 가능성을 지니고 있다고 확신하는데, 이에 대한 근거로 애급 인민들의 근면성과 애급의 고대유적(유물)을 제시한다. 애급 인민들의 근면성은 순전히 한설야의 주관적인 판단에 기인한 것으로, 그가 애급 인민들의 근면성을 경험했기 때문이라기보다 그들을 긍정적으로 보고자 했던 그의 선입견의 결과라고 볼 수 있다. 그렇지만 한설야가 애급의 고대유적과 유물들을 보며 그 안에서 애급 인민들의 예술적 재능을 발견하고자 했던 점은 흥미롭다. 그는 이 고대유적과 유물들이 비록 인민의 자발적인 의지로 만들어진 것은 아닐지라도 인민이 없이 왕은 존재할 수 없으며 또한 어쨌든 그 유적과 유물을 만든 장본인이 인민들이라는 점에 주목했다. 따라서 그 인민들의 후손인 현대 애급의 인민들에게도 우수한 예술이 있을 수밖에 없다는 것이 그의 논리였다.

> 애급 인민은 역시 우리와 같이 새 력사를 스스로 창조하는
> 새 력사의 주인공이라는 것을 력사는 말해 주고 있는 것이다.
> 우리는 이들에게 반드시 자기들의 인민적 예술이 있으리
> 라는 것을 믿는다.

다만 오랜 기간에 걸쳐 식민주의자들의 강압 아래에서 자기의 창조물의 대중화와 발전의 기회를 제약 받아 온 반면에 침략자, 강압자의 아편으로서의 예술이 오랫동안 군중적인 집회장을 지배한 결과로 오늘에 보는 것 같은 기형적인 것들이 남아 있음을 우리가 보게 되는 것이다. …

그러나 우리는 지배자에게서 해방되어 자기의 력사와 자기의 생활을 창조하는 길에 들어 선 애급 인민들에게 자기의 인민적인 예술을 창조할 가능성이 부여되면서 있다는 것을 의심할 수 없는 것이다.[32]

한설야는 식민주의자들에게 억압당하는 동안 위축되고 왜곡되었던 애급의 민족문화가 건강하게 회복되기 위한 방안으로 조선과의 문화교류를 제시했다. 심지어 그는 이것을 애급 인민들이 바라고 있다고 보았는데, 왜냐하면 애급 인민들이 조선에 대해 미제와 싸워 이긴 나라라고 말하며 나아가 조선이 애급 안에 있는 적들을 완전히 물러가게 해줄 거라고 말했기 때문이다. 이에 그는 애급 인민들이 조선 인민들을 신뢰하고 있다고 믿었고, 따라서 조선과의 문화교류도 원하고 있다고 보았다. 또한 한설야는 애급 인민들도 스스로 '제국주의자들과 그들의 부패한 문화와 싸워야 하며 그것을 이기고 자기들의 전통적인 훌륭한 민족 예술, 문화를 창조해야 한다는 것을 깨닫고 있'는 만큼 '조선과의 문화 교류의 필요를 느끼고 있'다고 보았다. 그가 조선의 문화가 애급의 문화보다 선진하다고 보며 이에 대해 자부심을 느낌을 알 수 있는 대목이다. 나아가 그는 문화 교류에 좀 더 적

---

32  위의 글.

극적이고 주동적이어야 함을 역설하면서 그 구체적인 방법을 예시로 들기도 했다.[33]

이렇게 애급에서의 한설야는 인도에서와 달리 작가로서의 개인의 자의식보다 '영웅 조선'의 대표이자 아세아 대표로서의 자의식이 앞선다. 인도에 대해서는 어떠한 판단도 섣불리 내리지 않으며 조심스러운 태도를 보였던 것과 달리 애급에 대해서는 거침없이 평가하고 문제점을 지적하며 심지어 해결책까지 제시하는 것이다. 이제 그는 어린아이에 대한 어른의 시선, 학생을 지도하는 선생의 시선으로 애급을 바라보며 선진한 조선예술로 그들을 이끌어주어야 한다는 책임감마저 느낀다. 그리고 이러한 자의식은 조금 더 나아간다.

> 자동차를 타고 나일강반을 달릴 때 부근 마을들에서 우리 외국 사람들의 얼굴을 보려고 달려 오는 어린이들의 얼굴, 호기심에 빨갛게 질린 얼굴에 신기하고 반가운 기쁨을 실은 천진란만한 웃음,—이것을 천사라는 옛말로 불렀대야 누가 잘못이라고 할 것인가.
>
> 어쨌든 인간 사회에서의 가장 아름다운 것을 나는 이 어린이들의 얼굴에서 발견하였다.
>
> 그러나 이 어린이들의 과거는 어떠했을까.
>
> 나는 여기서 과거의 조선의 어린이들을 회상하였다. 일본 군대들이 어떤 촌락에 나타났을 때 어린애들은 울고 달아났다.

---

33 '가령 조선의 예술가들이 애급 인민들의 민족 무용을 배우고 그런 기초 우에서 그것을 발전한 사회주의 사실주의적 방법론에 립각하여 보다 나은 것으로 개편 또는 수정해서 애급 사람들에게 보인다면 반드시 이것은 좋은 자극과 교훈으로 될 것이다.' (위의 글)

그러나 一九四五년 八월에 처음으로 쏘련 군대가 들어 왔을 때 누가 시킨 것도 아닌데 조선의 어린이들은 무섭도 없이 그들의 따발총도 만져 보고 비행기를 구경하려고 천방지축 달려드는 광경을 나는 보았고 또 지금도 그 기억은 기쁨과 함께 내 머리 속에 살아 있다.

오늘의 애급의 어린이들이 미지의 조선 손님을 보려고 저렇듯 숨이 차서 붉은 얼굴에 웃음꽃을 피워 가지고 달려 오는 심정을 나는 잘 알 수 있었다.[34]

그는 급기야 애급 아이들을 매개로 자신을 포함한 대표단과 과거 '해방군'으로 환영받았던 소련군대를 동일시하기에 이른다. 그리고 이러한 자의식은 이후 좀 더 확장되고 견고해진다.

## 4. 사회주의의 파수꾼이 되리라
: 「(오체르크) 아세아, 아프리카 작가 회의와 관련하여」(1959.1),
「흑아프리카 기행」(1960.5)[35]

아세아-아프리카 단결회의를 정점으로 이후 세계 냉전 질서가 변하면서 아세아·아프리카 세력 내부에서도 분화가 일어났다. 인도는

---

34   한설야, 「나일강반에서」, 13쪽.

35   '아세아, 아프리카 제국 작가회의(1958.10.07.~13.)'는 소련의 우즈베크 가맹 공화국의 수도 따슈껜트에서 열렸다. 소련의 아세아 지역 가맹 공화국들을 비롯하여 아세아, 아프리카의 40개국의 작가들 약 200명이 참가했다. 본 회의는 1956년 '아세아 작가대회'를 연장하는 행사라고 할 수 있다. '제2차 아세아 아프리카 인민 단결회의(1960.4.11.~15.)'는 기니아의 수도 코나크리에서 열렸으며 약 30여 개국 대표들 300여 명이 참석했다.

중국과 소원해지는 대신 미국과의 관계를 회복하였고, 중국과 소련 사이에도 불협화음이 불거지기 시작했다.[36] 그 사이에서 북조선 역시 그 방향을 모색해야 했을 것이다. 이렇게 아세아·아프리카를 중심으로 한 반제국주의·반식민주의 운동은 회를 거듭할수록 그 열기가 식어갔고, 내부 논의의 결도 단순해져 갔다. 이러한 경향은 한설야의 기행문에도 잘 드러나 있는데, 이에 대해서는 그의 두 편의 기행문 「아세아, 아프리카 작가 회의와 관련하여(이하 작가 회의)」와 「흑아프리카 기행」을 묶어서 논의를 진행하고자 한다. 이 두 편의 기행문은 각각 순서대로 '아세아 아프리카 제국(諸國) 작가회의(1958)'와 '제2차 아세아 아프리카 인민 단결회의(1960)'의 결과물이다.

「작가 회의」에 이르면 '아세아·아프리카'는 공동의 이념 아래 연대해야 하는 나라'들'이 아닌 '다른 목소리'를 허용할 수 없는 하나의 견고한 공동체로 인식된다. 이제 '우파' 또는 '다른 목소리'는 '해충'으로 명명되어 구제(驅除)의 대상이 되고, 그 구제 사업의 주체는 하늘에 제3인공위성을 띄워 더욱 절대적 상징이 된 소련이었다. 이 글에서 한설야는 '오늘의 특징'을 다음과 같이 정리한다.

> 10월 혁명 다음날 레닌이 평화 선언을 천하에 성명한 이래 쏘련이 만난을 뚫으며 열어 놓은 새 세계, 사회주의의 꽃 동산에는 오래지 않아 공산주의의 열매가 맺힐 것이며 이를 따르는 평화와 민주의 강대한 대렬들이 지구상에 자기들의 생활권을 확대하면서 역시 공산주의에로 일로매진하여 가고

---

36    홍종욱, 「1950년대 북한의 반둥회의와 비동맹운동 인식 - 잡지 『국제생활』 기사를 중심으로」, 『동북아역사논총』 61, 동북아역사재단, 2018., 394쪽.

있는 것이 바로 오늘의 특징이다.[37]

　작가 회의에 가는 날 한설야는 저명한 세계적 평화 투사이자 작가인 '찌호노브(소련)'와의 점심식사 자리에서 찌호노브에게 '재미난 이야기'를 듣게 되는데, 이것은 실상 찌호노브가 한설야에게 주는 '가르침'이었다. 내용을 요약하면 다음과 같다. 몇 해 전 정원에 사과나무 몇 그루를 심었는데 도통 열매가 안 열려서 나무들에 '내가 너희에게 빨리 열매를 맺으라는 과업을 주지 않았기 때문에 그동안 열매가 없었던 것 같다. 이제 과업을 내릴 테니 열매를 속히 맺어라.'라고 일장 연설을 했다. 그런데 문득, 문제는 바로 나무가 열매를 맺도록 어떠한 조치도 취해주지 않았던 자신에게 있었음을 깨닫게 되었고, 이후 필요한 조치를 취해주니 열매가 열렸다. 맞장구를 치며 이야기를 잘 듣던 한설야는 찌호노브가 진짜 하고자 하는 이야기의 속뜻까지 정리해서 대답했다.

　　"알 만하오. 이를테면 우리들의 사업도 그렇단 말이지요.
　　례를 들면 평화 사업도 말이지요. 씨 뿌려서 돋아 나게 하고
　　가꾸고 키우고 또 그러는 데 필요한 모든 일들을 해야 한단
　　말이지요. 쏘련 평화 옹호 위원회 위원장인 당신의 평화에
　　대한 사고 방법에 하나의 이의도 없소."
　　"아니, 작가도 꼭 마찬가지지요."
　　… (중략) …
　　"아니, 우리는 문화 사업과 평화 사업에 좀 더 거름을 주

---

37　한설야, 「(오체르크) 아세아, 아프리카 작가 회의와 관련하여」, 『조선문학』 루계137,
　　1959.01., 44쪽.

어야겠소. 해충도 구제하고… 제국주의 앞잡이들이 더러 나무 뿌리를 살근살근 긁는단 말이요. 어쨌든 우리들은 많이 심어도 놓고 키우기도 많이 했는데 인제 열매가 무너지도록 달리게 하는 일이 중요하단 말이요."

찌호노브의 우스개는 우화 같기도 하나 진실이었다. 작가들의 역할을 더 높이고 더 서로 친선과 단결을 강화하며 련대성을 더 긴밀히 하는 일이 중요한 것은 더 말할 필요가 없는 일이다.

만세나 구호만 부르지 말고 평화와 제 인민간의 친선과 문화 협조 및 교류를 위해 실질적인 사업을 하자는 말이다.[38]

그런데 찌호노브가 이 이야기를 한 데에는 그만한 이유가 있었다. 그를 비롯한 소련의 다른 작가들은 '아세아, 아프리카 작가 회의'에 그들과 입장이 다른 자본주의 국가 대표들이 참석할 것을 알고 있던 것이다. 그리고 찌호노브의 의도대로 '조선 대표들은 쏘련 대표들의 조언으로 해서 더욱 경각성을 높이게' 되었다. 이것은 '평화의 진군에 더욱 높이 호응하는 동시에 해충에 대한 경각성과 전투성을 또한 더욱 높이'는 것이기도 했다.

인도 대표단의 한 사람이 회의의 의정에 수정을 요청한 것이 문제가 되었다. 그의 요구는 첫째 의정 문구 중에서 ≪식민주의를 반대하며 자유와 세계 평화≫라는 구절을 ≪외국의 지배로부터의 자유≫라고 고치자는 것이었다. 이에 한설야는 만약 찌호노브의 이야기를 듣지 못했다면 이 요구에 별다른 의문을 갖지 못한 채 수용했을 텐데,

---

38   위의 글, 45쪽.

그의 의도에 넘어가지 않아 다행이라며 안도한다. 이후 5장부터 8장까지 총 4장에 걸쳐 작가 회의를 회상하는데 여기에서도 핵심은 그 인도 대표가 지속적으로 다른 의견들을 내서 회의를 방해했다는 것이다. 그럼에도 부족한 듯이 그는 8장 끝에 다시 한 번 찌호노브 이야기를 상기시켜 둔다.

> 생각하면 가소로운 일이나 여기서 우리는 또 한 번 더 찌호노브 동지가 말한 ≪해충≫에 대해서 생각했고 그의 말이 산 교훈이였다는 것을 느꼈다.
> 무성한 과수를 기르며 거기 아름다운 열매가 달리게 하기 위해서는 여러 가지 조치가 필요하다.
> 그런데 그중에서 해충을 구제하는 일이 더욱 필요한 것이다.
> 이번의 작가 회의도 비록 한둘의 '해충'이지만 제때에 구제하는 사업에 성공했고 이로부터 출발했기 때문에 철두철미 식민주의를 반대하며 친선과 평화를 위한 공통된 의사의 통일로써 회의를 결속지을 수 있었다.
> 이 성과는 바로 찌호노브 동지의 정원에 있는 과수나무에 열매가 달린 것과도 같은 것이다.[39]

이 글은 실제 작가 회의보다는 '해충'으로 규정된 '다른 목소리'들을 제거하는 작업이 얼마나 중요한지 강조하는 데에 주력하고 있다. 이러한 구제 작업의 필요성과 당위성을 강조하기 위해 작가는 글의 내용 배치까지 고려했던 것 같다. 이 작업의 긍정적인 결과들을 앞에

---

39 위의 글, 53쪽.

배치하여 먼저 보여준 뒤에 찌호노브의 이야기를 들려주는 것이다. 긍정적인 결과로서 제시된 것은 '조선'과 '중국'이다. 구제 작업이 끝난 이상적인 공간으로서의 조선과 중국은 각각 일본인 작가와 조선인 작가(한설야)의 눈을 통해 제시되며, 공통적으로 이 두 나라의 현실은 '대교향악', '대합창'으로 비유되고 있다. 한설야의 눈에 비친 '신생 중국'은 이전의 '기형적인 형상들'이 모두 지워진 '다정한 얼굴'을 하고 있다.

> 우리는 중국에서도 놀라운 대교향악, 대합창을 들었다. 그것은 여러 가지 형태에서 잡을 수 있었다.
> 거리에서도 려관에서도 상점에서도 잡을 수 있었다. 알고 모르는 사람과 사람의 친선의 감정보다 더 아름다운 음악이 어디 있을가. 만나는 사람마다, 그리고 어깨를 비비고 지나가는 사람까지도 어찌 그리 다정한 얼굴들인가. 제국주의 강도들과 자본가, 토호, 렬신으로 해서 흐려졌던 옛날 중국의 공기며 사람의 얼굴의 기형적인 형상들은 오늘의 신생 중국에서는 아무데서도 찾아 볼 수 없다.[40]

중국의 이러한 다정한 얼굴은 얼마 전에 있었던 구제 작업의 결과였다. '우파에 대한 광범하고 철저한 사상 투쟁'이 있었는데 그 투쟁에 '오늘의 새 사회의 아름다운 풍경과 륜리와 미학을 이렇게 더욱 빛나게 빚어 낸 것'이었다. 그는 이어서 조선에서의 성공사례로 '당의 빛나는 투쟁들'을 언급하는데, 1956년 '8월 반종파 투쟁'과 그해의 12

---

40  위의 글, 42쪽.

월 전원회의의 뒤를 이어 전개된 제1차 5개년 계획에서의 약진이다. 그에 의하면 이 약진은 '당의 신호에 따라 일체의 반혁명 사상을 배격하며 동시에 보수주의와 신비주의와 소극성에 대한 무자비한 투쟁을 전개하는 가운데서 더욱 고조된 로력 투쟁에서 이루어진 것'이다.

> 력사적인 이 약진은 다름아닌 기적을 낳는 창조의 행정이며 조국의 력사를 세계사의 전면에 올려 세우는 영광의 도표임을 생각할 때 조선 사람으로 태여난 영예와 아울러 아직 조그마한 하나의 작가에 지나지 않는 나이지만 진실로 새 세계의 지축을 어깨에 메고 나가는 자랑찬 환희를 느끼지 않을 수 없었다.[41]

'자랑찬 환희'는 '영예로운 임무'로 이어지는데, 다름 아닌 아직 미제의 압제 아래 있는 한반도 남반부를 '새 시대의 대합창 속에 전진하고 있'는 북반부와 같은 행복으로 이끄는 '통일 사업'이다. 또한 이것은 조선 남반부에 국한되지 않고 '모든 피압박 인민들을 광명과 행복에로 고무하는 거룩한 사업'으로 확장된다.

이러한 조선의 현실은 일본인 작가에게 '평화를 위해, 통일을 위해, 사회주의 건설을 위해, 새 문화의 창조와 새 력사의 개화를 위해' 전 인민이 함께 부르는 '대합창' '대교향악'으로 들렸다. 그는 이것이 비단 조선 사람의 지향일 뿐만 아니라 전 인류의 지향이며 일본 사람의 지향이라고 보았다.

---

41    위의 글, 43쪽.

사실 나는 벌써 조선서는 기본적으로 이런 해충들을 구제한 기초 우에서 우렁차게 대합창과 대교향악을 울리고 있는 것을 들었다. 또 조선을 통해서 조선과 련결되어 있는 쏘련을 고수로 하는 세계적 대합창과 대교향악을 또한 듣고 생각하기도 하였다.

이 소리는 식민주의와 침략과 전쟁을 용허하지 않는다. 무기보다 강하며 아름답다.

이 소리는 진실로 모든 세계 사람을 삶과 밝음과 진보에로 이끄는 고귀한 정신을 내포하고 있다.

그 소리는 인류들이 손잡고 춤출 수 있는 평화와 자유와 창조 세계의 도래를 촉진하는 강력하고 고상한 지향성을 가지고 있는 것이다.[42]

소련의 지휘에 따라 연주되는 세계적 대교향악을 그는 '조선을 통해서' 듣는다. 그리고 이 음악은 '모든 세계 사람'을 이끈다. 일본인 작가의 입을 빌어 이야기하고 있지만, 소련이 고수(鼓手)가 되어 연주하는 대합창과 대교향악은 조선이라는 '통로'를 통해 세계로 퍼져간다는 논리였다. 쏘련 평화옹호위원회 위원장인 찌호노브에게서 조선 평화옹호위원회 위원장인 한설야가 우화적인 이야기를 통해 '산 교훈'을 받는 것처럼 말이다.

이제 조선에서의 문화 혁명은 국내를 넘어 국제적 운동의 한 고리가 되는데, 이것은 소련을 중심으로 하는 사회주의 진영의 문화가 국제문화 혁명의 지배적 세력이 되면서 그 범위와 영향력이 확대되고 있기 때문이다. 이에 조선 문화 혁명의 궁극적 목적은 '세계의 완전한

---

42  위의 글, 41쪽.

변혁'이 되고, 이 목적을 달성하기 위해서는 사업에서의 '순결성'이 요구되는 것이다. 완전한 구제 작업이 끝난 이상적인 조선에는 여전히 어둠 속에 있는 세계의 인민들을 이끌어 줄 사명이 주어진다.

> 오늘 세계에는, 특히 아세아, 아프리카 지역에는 아직도 식민지 반식민지 또는 이른바 보호령이니 위임 통치령이니 하는 억압 속에 뒤떨어져 있는 나라들이 적지 않다.
> 또 비록 민족 독립은 달성되였다 하나 그 나라의 새 지배자가 외래 침략자의 억압을 물려 받아 가지고 자기 나라 인민에게 그것을 강요하는 그런 나라도 있다.
> 우리는 이들 인민을 밝은 데로 이끌어 줄 의무가 있다. … (중략) …
> 제국주의자들의 퇴폐적인 노래와 부화한 라체 딴스를 얽매 당하고 있는 나라 인민들 앞에 우리들의 건전하고 아름다운 사회주의 예술 문화를 주는 일은 다음 세계를 담당한 우리들의 자각적인 임무가 아니면 아니 된다. … (중략) …
> 이 나라 인민들이 우리의 예술을 보는 일도 중요하지만 그보다 그들이 우리의 예술을 봄으로써 자기들의 민족 예술의 전통을 찾고 새로운 민족적이며 인민적인 예술을 스스로 만들어 내게 하는 그 일이 더 의의 있는 것이다.[43]

성공적인 전후복구와 중공업 중심 국가로의 전변은 도움을 받는 국가에서 도움을 줄 수 있는 국가로의 변화가 된다. 이제 다음 세계까지 사명감을 갖는 단계에 이르렀다. 동시에 다른 나라의 인민들에

---

43  위의 글, 57쪽.

게 좋은 예술을 보여주는 데 그치지 않고 그들이 스스로 자신들의 전통 예술을 찾기까지, 그들만의 인민적인 예술을 스스로 만들어 낼 수 있기까지 이끌어줄 수 있는 수준에 이른 것이다. 이러한 자신감을 가지고 이제 흑아프리카로 간다.

「흑아프리카 기행」은 총 4회 연재되었고 그 분량도 그리 짧은 편은 아니지만, 대부분은 식민지 시기의 기니아 상황 및 현재 기니아(오늘날 '기니')에 대한 일반적인 설명이고, 그 외에 북조선과 기니아의 관계, 자본주의의 폐해, 이 지역에 대한 소련과 미국의 원조 등에 대해 짧게 언급되어 있다.

한설야가 기니아를 찾았을 때는 이미 조선과 기니아가 수교를 맺은 지 2년이 지난 후였다. 1958년 10월 2일 기니아가 독립을 선포했을 때, 많은 자본주의 국가들에서는 그 독립을 인정하지 않았던 반면, 북조선에서는 그들의 독립을 인정해주었고, 김일성 수상은 서한까지 보냈다. 그리고 이때 양국은 수교를 맺었다. 덕분에 한설야를 비롯한 조선 대표들은 국회의장의 저택을 조선 대표들만을 위한 숙소로 제공받을 만큼 특별대우를 받았다. 그런데 한설야는 그들의 배려 이유를 다르게 이해한다. 미제에 대항하여 싸워 이긴 '선생'에 대한 예우라고 받아들인 것이다.

> 우리들이 정원에 들어 선 몇 아름씩 되는 일대 식물과 가지가지 화초들을 구경하고 있는데 국회 의장이 왔다.
> 키가 후리후리한 젊은 사람인데 특히 훌륭해 보이는 눈과 지성적인 얼굴이 인상적이었다. 우리는 그의 말에서 비로소 조선 대표단에 대한 이 나라 정부의 특별한 배려를 알게 되었다.

"조선 인민은 기니아 인민의 선생입니다. 우리는 미제를 반대하여 영웅적으로 싸워 이긴 조선 사람들을 존경합니다."

얼른 보아도 아주 육중한 사람인데 그러나 그러니만치 그의 말은 무게 있게 들렸다.[44]

한편, 기니아에서 '조선'은 하나의 개별 국가로 인식되었던 반면, 한설야에게 '기니아'는 하나의 독립국가라기보다 '아프리카'였다. 이는 비단 한설야의 입장만은 아니었을 것이다.

> 지금 나는 바로 흑아프리카의 검은 형제들의 나라로 가는 것이다. 나는 나를 반겨 맞아 줄 검은 친구들을 생각할 때마다 미소를 금할 수 없었다.
>
> 모르면 몰라도 아프리카의 모든 인민들이 아프리카의 주인으로 될 때, 온세계 사람들은 지배와 피지배의 체계 우에서 형성되였던 추악한 과거를 완전히 청산하고 자유롭고 평등하고 친선적이며 과학과 문명과 진보만을 위하여 새 세계를 건설하는 길에 들어 설 것이다.[45]

그에게 '기니아'는 '흑아프리카의 검은 형제들의 나라'였고, 그들이 자신을 반겨줄 것을 미리 확신하며 흡족해했다. 그의 이러한 태도는 앞서 인도, 애급, 심지어 타슈켄트를 방문했을 때에도 볼 수 없었다. 또한, 그는 아프리카를 마지막으로 해방시켜야 할 곳이라 인식하고

---

44   한설야, 「흑아프리카 기행 -제2차 아세아, 아프리카 인민 단결 회의와 관련하여-(1)」, 『문학신문』루계140, 1960.05.20., 4면.

45   위의 글.

있었다.

기니아에서 조선의 역할은 분명했다. 당시 기니아 또한 소련이 엄청난 액수의 차관을 받고 있었고, 이를 기반으로 사회주의 국가 또는 중립국가들과의 통상을 확대하는 중이었는데, 한편으로 미국 역시 막대한 원조를 점차 늘려가는 중이었다.

> 즉 이것은 미제가 저의 졸개들인 서구라파 제국주의 국가들과 대체하여 아프리카의 상전으로 될 날을 예견하고 하는 계획이며 그러니만치 오늘의 미제의 딸라 식민주의는 가장 위험한 침략의 독수이며 철쇄인 것이다.
> 그러므로 미제의 이 본질을 이 지역 인민들에게 똑똑히 까밝혀 주는 것이 매우 필요하고 긴급한 일이다.
> 그런데 이 점에 있어서 조선 대표는 누구보다 좋은 선생으로 될 수 있다.
> 우리는 우리의 실지 경험을 통해서 이 나라 사람들에게 미제의 야만성과, 강도성과, 살인마의 본질을 폭로하는 일을 의식적으로 하였다. 언제나 그런 것처럼 우리 대표들의 사업은 회의장 연단에만 있은 것이 아니고 회의장과 연단 밖에서 더 많이 진행되지 않으면 안 되었다.[46]

한설야는 아프리카는 주로 서구라파 제국주의 국가들의 침략을 받아 왔기 때문에 미 제국주의의 본질을 잘 모를 수 있으므로 이에 대해 가장 잘 알고 있는 조선이 알려주어야 한다고 생각했다. 그리

---

46　한설야, 「흑아프리카 기행 - 제2차 아세아, 아프리카 인민 단결 회의와 관련하여 (4)」, 『문학신문』루계143, 1960.05.31., 4면.

고 그의 사명감은 '평화를 위하여 살며 일하며 싸우는 사람들'로서 자본주의와 제국주의를 완전히 몰아내서 온전한 사회주의·공산주의가 들어설 수 있도록 '터닦이'를 하겠다는 데까지 이른다.[47]

### 5. 나가며

지금까지 1950년대 중후반에 발표된 한설야의 아세아·아프리카 관련 기행문들을 중심으로 그의 제3세계 인식이 어떻게 형성되고 변화되었는지 살펴보았다. 여기에는 그가 역사와 인류를 진화론적으로 바라보는 사고방식이 적극적으로 개입되어 있으며, 이것은 그가 제3세계를 위계적으로 인식했고, 연대의식 또한 그에 따라 왜곡되었음을 알 수 있었다.

먼저, 「적도 우에서」에는 이 글이 '조선 인도 문화 협회' 결성을 기념하기 위해 쓰인 글이기도 했지만 그보다 비동맹노선의 중심인 인도를 아직 어디에 위치시킬지 판단되지 않았기 때문에 그 나라에 대해서든 작가들에 대해서든 평가가 유보되어 있다. 그러나 「나일강반에서」를 비롯한 애급기행문들에는 주저 없이 평가하고, 문제점에 대해서는 해결책을 제시해야 하는 책임감마저 느낀다. 이글에서는 애급기행문을 통해 한설야와 조선 대표들이 당시 국제사회에서의 북한의 실제 위상을 확인하고 실감한 지점에 주목했다. 그가 회상하듯 1940년대 후반까지만 해도 국제무대에서 '조선'은 'KOREA'라는 문자 이상도 이하도 아니었다. 그런데 6.25 전쟁을 겪고 난 뒤 아이러니

---

47 한설야, 「흑아프리카 기행(1)」, 4면.

하게도 '조선'은 특히 제3세계를 중심으로 한 반식민주의·반제국주의 진영에서는 국제사회의 스타가 되었다. 또한, 그 영역을 한반도 전체로 넓히면 미 제국주의와의 투쟁은 여전히 진행형이었고, 북조선은 미제의 압제에 신음하는 남조선을 구하고자 당당히 미제에 맞서며 국제사회에 평화통일을 호소하는 '정의의 사도'가 되었다. 달라진 북조선의 위상을 한설야와 북조선 대표들은 애급에 도착해서부터 떠나올 때까지 실감하고 또 실감했다. 그러면서 점차 애급 사람들이 말하는 '형제'를 넘어 '어른'이자 '선생'으로서의 시선으로 그들을 보고 평가하게 되었다. 그리고 이제 다음 해에 열린 '아세아 아프리카 제국 작가회의'에서부터는 '아세아'와 '아프리카'가 괄호쳐지고, 그들을 지도해야 할 자발적 사명감을 지닌 국가들의 목소리만 남게 된다. 이 영역에서 소련은 높이 떠 있는 인공위성만큼이나 그 지위가 견고해지고, 조선은 그 소련의 지휘에 따라 대교향악을 연주함으로써 아직 암흑 속에 있는 국가와 그 인민들을 어떻게 지도할 것인가를 고민하기에 이른다.

이러한 한설야의 인식변화를 단순히 국제사회의 주역이 되기를 욕망하는 것으로만 보아서는 안 될 것이다. 이는 앞에서 언급했던 그의 역사관에서 기인한 것으로, 그는 '력사와 인류는 전진하는 것이며 전진해야 하는 것'이라고 생각한 만큼 이에 따라 모든 국가와 민족들을 일직선상에서 발전 정도에 따라 선진 또는 후진한 상태로 보았다. 그의 이러한 생각은 꽤 오래전부터 시작된 것으로 1946년에 발표한 「국제 문화의 교류에 대하여」에서도 유사한 인식을 엿볼 수 있다.

좀 더 구체적으로 말하면 아프리카에서 별안간 쉑스피어

나 영국의 시가 나올 수 없는 것이요, 남양 군도에서 유고나 뿌슈낀이나 또 로씨야나 불란서의 산문 문학이 돌연적 우연적으로 나올 수 없는 것이다.

또 조금 더 가까이 우리 자신에 돌아 와 보아도 리치와 경우는 마찬가지다. 지금 우리들의 욕망이나 주관은 당장 똘쓰또이나 고리끼를 낳고 싶지만 조선의 이제까지의 문학 예술의 일반적 수준을 비약하여 이런 요행이 별안간 생겨질 수 없는 것이다.[48]

위의 글은 북조선의 문화발전을 위해 적극적인 국제문화교류를 해야 한다는 것을 강조하며, 이때 교류를 해야 하는 문화는 선진국의 선진문화로 당연히 '쏘련문화'를 의미했다.

이 글이 연구대상으로 삼은 글들이 작성되고 발표된 1956~1960년은 아직 똘쓰또이나 고리끼를 낳고 싶지만 그럴 수 없음을 고백하던 시기로부터 약 10년이 지난 때이다. 특히 1956년은 북조선이 1차 전후복구에 대대적인 성공을 이루고, 조선로동당 제3차 대회와 제2차 조선작가회의를 성대히 치러낸 해였다. 이후 1960년까지는 천리마 운동과 함께 북조선은 놀라운 사회변화를 이루어냈고, 이 과정에서 1958년 말에는 급기야 사회주의적 개조의 완결 및 공산주의 사회로의 진입을 예고하기에 이르렀다. 즉, 한설야가 인도와 애급, 타슈켄트, 흑아프리카 등을 방문할 당시 북조선 내부의 자신감은 최고조에 달해 있었다. 여기에 당시 북조선 문화예술에 대한 한설야의 자부심이 함께 작용하여 그의 인식 속에서 국제사회에서의 북조선의 위상

---

48  한설야, 「국제 문화의 교류에 대하여」, 『문화전선』 2, 1946년 2호, 33쪽.

은 더욱 높아갔을 것이다. 그러므로 북조선문화가 선진 소련문화와의 교류를 통해 발전할 수 있었던 것처럼, 인도와 애급을 비롯한 대부분의 아세아 아프리카 국가들도 북조선문화를 섭취함으로써 발전할 수 있다고 생각했고, 북조선 문화예술가들이 자발적으로 그들을 지도하는 것으로 도울 수 있다고 보았다. 그는 이것이 사회주의적 연대방법이라고 생각했을 것이다. 그렇다면 서로 동등한 권리가 전제되어야 하는 진정한 의미의 연대는 처음부터 불가능했다고 보아야 할 것이며, 그의 위계화된 시선은 지극히 당연한 결과라 하겠다.

1956~1960년은 한편으로는 중국과 소련 관계의 균열이 점차 드러나고 있던 때였다. 그러나 당시 중·소 갈등은 양국만이 아닌 사회주의 진영 전체로 분열을 확대시키는 문제였기 때문에 중국과 소련 모두 50년대 말까지 최대한 표면화하지 않았다. 중·소 이데올로기 분쟁은 1960년 봄부터 중·소 양단간에 비공개적인 논쟁과 추상적·상징적인 논문발표형태로 시작되었으나 이것이 표면화된 것은 1960년 6월 27일, 사회주의 12개국 공산당·노동자당 대표자 부쿠레시티 회의에서였다.[49] 북조선 역시 중국과 소련 사이에서 가능한 중립을 지키고자 했고 이것이 실제로 가능했는데, 아직 중소분쟁이 완전히 표면화되지 않았던 때였으므로 양국 모두 북조선에 양자택일을 강요하지 않았기 때문이다. 북조선은 양국에 균형 있게 접근하고 의존하는 극히 조심스러운 태도를 보였는데, 이 시기에 북조선이 '소련과 중공이 이끄는 사회주의 진영'이라는 말을 자주 썼던 것을 하나의 예로

---

49   이미경, 「1950-60년대 북한·중국·소련 삼각관계의 형성과 균열」, 『중소연구』 26권 4호, 한양대학교 아태지역연구센타, 2003. 참조.

들 수 있다.[50] 따라서 이 시기 한설야의 기행문에는 중국과 소련의 갈등이나 그 사이에서 북한의 중립노선에 대한 뚜렷한 특징은 드러나지 않는다. 오히려 소련이 전면화되고 중국은 중요하게 언급되지 않는 경향이 있는데, 이것은 사회주의 종주국으로서의 소련은 반둥회의부터 신생독립국들을 중심으로 한 반제국주의·반식민주의 흐름에 스폰서 국가를 자처하며 적극성을 띠고 있었던 반면, 중국은 그 영향력을 경제적인 부문에서 서서히 넓혀가고 있었으므로 어쩌면 지극히 당연한 현상이라 할 수 있다.

---

50  김학준, 「중소분쟁 속의 북한외교」, 『아세아연구』 27권 1호, 고려대학교 아세아문제연구소, 1984. 1., 58~59쪽.

# 논문 출처와 원제

1. 김성수, 「월북 작가 해금의 문화사적 의미」

   (원제: 「재·월북 작가 해금조치(1988)의 연구사·문화사적 의미」, 『상허학보』 55, 2019. 2.)

2. 천정환, 「다시, '우리의 소원'은 통일?: 통일·평화 담론의 변화와 새로운 지적·학문적 과제」

   (원제: 「4.27 판문점선언과 북미회담 전후 통일·평화 담론의 전변」, 『역사비평』 2018. 가을호.)

3. 이봉범, 「냉전과 월북, 해금 의제의 문화정치」

   (원제: 「냉전과 월북, (남)월북 의제의 문화정치」, 『역사문제연구』 37, 2017. 4.)

4. 이철호, 「해금 이후 1990년대 학술장의 변동」

   (원제: 「해금 이후 90년대 학술장의 변동-근대성 담론의 전유와 그 궤적」, 『구보학보』 19, 2018. 8.)

5. 정종현, 「해금 전후 금서의 사회사」

   (원제: 「'해금' 전후 금서의 사회사」, 『구보학보』 20, 2018. 12.)

6. 허  민, 「해금 전후의 역사 인식과 탈냉전의 문화사」

   (원제: 「6월 항쟁과 문학장의 민주화: 해금 전후(사)의 역사 인식과 항쟁 이후의 문학론」, 『기억과 전망』 41, 민주화운동기념사업회, 2019. 12.)

7. 한상언, 「월북 영화인 해금 30년의 여정」

   (원제: 「해금할 수 없는 것을 해금하기—월북 영화인 해금 30년의 여정」, 『구보학보』 20, 2018. 12.)

8. 유임하, 「해금조치 30주년과 근대문학사의 복원」

   (원제: 「해금조치 30주년과 근대문학사의 복원」, 『반교어문연구』 50, 2018. 12.)

9. 김미지, 「월북 작가 해금의 이면—'불화'의 소멸 그 이후」

   (원제: 「월북 문인 해금의 이면—'불화'의 소멸 그 이후」, 『구보학보』 20, 2018. 12.)

10. 장문석, 「월북 작가의 해금과 작품집 출판」

    (원제: 「월북 작가의 해금과 작품집 출판(1)—1985~1989년 시기를 중심으로」, 『구보학보』 19, 2018. 8.)

11. 오태호, 「홍명희 『임꺽정』 연구의 역사성과 현재성」

    (원제: 「벽초 홍명희의 『임꺽정』 연구의 역사성과 현재성」, 『상허학보』 55, 2019. 2.)

12. 정우택, 「월경(越境)의 트라우마와 38선의 알레고리」

  (원제: 「이용악과 러시아 연해주, 그리고 국경의 감각」, 『대동문화연구』 104, 2018. 12.)

13. 고자연, 「한설야의 제3세계 인식」

  (원제: 「한설야의 제3세계 인식 ‒ 1950년대 중·후반의 기행문을 중심으로」, 『상허학보』 55,
  2019. 2.)

엮은이  **김성수**

성균관대학교 학부대학 글쓰기교수.

대표 논저로는 『북한문학비평사』(역락출판사, 2022), 『미디어로 다시 보는 북한문학: 『조선문학』의 문학·문화사』(역락출판사, 2020), 『한국 근대 서간 문화사 연구』(성균관대출판부, 2014), 『통일의 문학, 비평의 논리』(책세상, 2001) 등이 있다.

주요 관심사는 남북한문학예술사를 비롯한 코리아문학 문화이다.

**천정환**

성균관대학교 국어국문학과 교수.

대표 논저로는 『자살론』(문학동네, 2013), 『시대의 말 욕망의 문장 - 123편 잡지 창간사로 읽는 한국 현대 문화사』(마음산책, 2015), 『숭배 애도 적대』(서해문집, 2021) 등이 있다.

근래 1980-90년대 문화사와 지성사에 관심을 기울여 연구하고 있다.


지은이  **김성수**

성균관대학교 학부대학 글쓰기교수.

대표 논저로는 『북한문학비평사』(역락출판사, 2022), 『미디어로 다시 보는 북한문학: 『조선문학』의 문학·문화사』(역락출판사, 2020), 『한국 근대 서간 문화사 연구』(성균관대출판부, 2014), 『통일의 문학, 비평의 논리』(책세상, 2001) 등이 있다.

주요 관심사는 남북한문학예술사를 비롯한 코리아문학 문화이다.

**천정환**

성균관대학교 국어국문학과 교수.

대표 논저로는 『자살론』(문학동네, 2013), 『시대의 말 욕망의 문장 - 123편 잡지 창간사로 읽는 한국 현대 문화사』(마음산책, 2015), 『숭배 애도 적대』(서해문집, 2021) 등이 있다.

근래 1980-90년대 문화사와 지성사에 관심을 기울여 연구하고 있다.

**이봉범**

성균관대학교 초빙교수.

최근 논문으로 「냉전텍스트 『실패한 신(The God That Failed)』의 한국 번역과 수용의 냉전 정치성」(2022), 「유신체제와 검열, 검열체제 재편성

**지은이**

의 동력과 민간자율기구의 존재방식」(2022), 『『북의 시인』과 냉전 정치성-1960년대 초 한국 수용과 현해탄 논전을 중심으로」(2020) 등이 있고, 공저로 『미국과 아시아:1950년대 세계성의 심상지리』(2018), 『한국 근대문학이 변경과 접촉지대』(2019) 등이 있다.
기존에 주력했던 검열, 매체, 전향, 등단, 법제, 문예조직과 이념 등 해방 후 한국문학제도사를 냉전과 결부시켜 한국의 냉전문화사 연구에 집중하고 있다.

### 이철호

대구교대 국어교육과 조교수.
대표 논저로는 『영혼의 계보: 20세기 한국문학사와 생명담론』(창비, 2013)이 있고, 공저는 『센티멘탈 이광수』(소명출판, 2013), 『저수하의 시간, 염상섭을 읽다』(소명출판, 2014), 『한국의 근대성과 기독교 문화정치』(혜안, 2016) 등이 있다.
주요 관심사는 이돈화, 류영모, 함석헌, 김지하를 포괄하는 개념어와 지성사 연구, 그리고 '역사-이미지'를 통해 한국소설을 다시 읽는 것이다.

### 정종현

인하대학교 한국어문학과 부교수.
대표 논저로는 『제국대학의 조센징』(휴머니스트, 2019), 『대한민국 독서사』(공저, 서해문집, 2018), 「노동자의 책읽기」(대동문화연구원, 2014), 「투쟁하는 청춘, 번역된 저항」(인하대 한국문학연구소, 2015)가 있다.
주요 관심사는 독서문화사, 냉전 문화 연구, 지성사, 비교문학 등이다.

### 허 민

노작홍사용문학관 사무국장, 성균관대 강사.
대표 논문으로 「민주화 이행기 한국소설의 서사구조 재편 양상 연구」(성균관대 박사논문, 2022), 「변혁의 주변에서: 6월 항쟁 이후 정치적 주체의 다기한 형상과 세대 인식의 교차」(고려대 민족문화연구원, 2020) 등이 있다.
주요 관심사는 1980년대에서 1990년대로의 사회(사)적 전환이 문학(장)의 이행으로 이어지게 된 구체적 양상들을 살피는 것이다.

### 한상언

한상언영화연구소 대표.
대표 저서로는 저로는 『조선영화의 탄생』(박이정, 2018)을 비롯해 『문예

지은이

봉 전』, 『강홍식 전』, 『김태진 전』(한상언영화연구소, 2019) 등 월북영화인 시리즈가 있다.
주요 관심사는 한국영화 속 식민과 분단문제이다.


**유임하**

한국체육대학교 교양교직과정부 교수.
대표 논저로는 『반공주의와 한국문학』(글누림, 2020), 『이태준전집』(전 7권, 공편저, 소명출판, 2015), 『북한의 우리문학사 인식』(소명출판, 2014), 『새민족문학사강좌』(공저, 창비, 2009), 『북한의 문화정전, 총서 '불멸의 력사'를 읽는다』(소명출판, 2009), 『한국소설과 분단이야기』(책세상, 2006), 『한국문학과 불교문화』(역락, 2005), 『기억의 심연』(이회, 2002) 등이 있다.
주요 관심사는 남북한 문학의 이데올로기, 문학 제도, 일상성, 글쓰기 양상 등이다.


**김미지**

단국대학교 국어국문학과 조교수.
대표 논저로는 『한국 근대문학, 횡단의 상상』(소명출판, 2021), 『우리 안의 유럽, 기원과 시작』(생각의 힘, 2019), 「1930년대 초 미국 좌익문학 수용과 매체 네트워크」(상허학보, 2022), 「한중일의 '제임스 조이스' 담론과 매체 네트워크」(구보학보, 2021) 등이 있다.
주요 관심사는 동아시아 비교 문학과 번역, 텍스트 및 매체 네트워크이다.


**장문석**

경희대학교 국어국문학과 조교수.
대표 논저로는 「수이성(水生)의 청포도 : 동아시아의 근대와 「고향」의 별자리」(2019), 「주변부의 세계사 - 최인훈의 『태풍』과 원리로서의 아시아」(2017) 등이 있다.
제국/식민지와 냉전의 너머를 상상했던 동아시아의 사상과 학술의 역사를 비판적으로 재구성하고, 어문생활사 및 출판문화사 아카이브를 구축하여 '앎-주체'의 역사를 아래로부터 서술하기 위해 공부하고 있다.

지은이 | **오태호**

경희대학교 후마니타스칼리지 부교수.

대표 논저로는 연구서 『한반도의 평화문학을 상상하다』(2022), 『문학으로 읽는 북한』(2020) 등이 있고, 문학평론집으로 『오래된 서사』(2005), 『여백의 시학』(2008), 『환상통을 앓다』(2012), 『허공의 지도』(2016), 『공명하는 마음들』(2020) 등이 있다.

주요 관심사는 한국 현대소설의 흐름, 동시대 문학의 현장 비평, 남북한 문학 비교 연구 등이다.


**정우택**

성균관대학교 국어국문학과 교수 및 대동문화연구원장.

『한국 근대 자유시의 이념과 형성』, 『한국 근대 시인의 영혼과 형식』, 『황석우 연구』, 『'시인'의 발견, 윤동주』 등의 저서를 간행했다. 「남·북의 아리랑 표상과 그 차이」, 「'한하운 시집 사건'(1953)의 의미와 이병철」 등의 논문을 썼다.

아리랑 답사를 통해 연구자의 길에 들어섰고, 한국 근대자유시 형성 연구, 한국의 근대시인과 시문학장을 탐색해 왔다.


**고자연**

인하대학교 프런티어학부대학 강사.

대표 논저로는 「해방 후 한설야 문학 연구」(인하대 박사논문, 2020), 『전후 북한 문학예술의 미적 토대와 문화적 재편』(공저, 역락, 2018), 「1950년대 북한의 외국문학 번역 양상 연구」(구보학보, 2020), 「김정은 시대 문학에 나타난 여성 형상화 연구」(국제한인문학연구, 2021), 「냉전기 북한 지식인의 아시아 인식」(한국학연구, 2022) 등이 있다.

주요 관심사는 북한 문학과 기행문, 아시아 인식, 비동맹운동, 북한 시사만화 등이다.

## 해금을 넘어서 복원과 공존으로
평화체제와 월북 작가 해금의 문화정치

초판1쇄 인쇄 2022년 9월 22일
초판1쇄 발행 2022년 10월 12일

| | |
|---|---|
| 엮은이 | 김성수, 천정환 |
| 지은이 | 김성수, 천정환, 이봉범, 이철호, 정종현, 허 민, 한상언, 유임하, 김미지, 장문석, 오태호, 정우택, 고자연 |
| 펴낸이 | 이대현 |
| 편집 | 이태곤 권분옥 임애정 강윤경 |
| 디자인 | 안혜진 최선주 이경진 |
| 마케팅 | 박태훈 안현진 |

| | |
|---|---|
| 펴낸곳 | 도서출판 역락 |
| 출판등록 | 1999년 4월 19일 제303-2002-000014호 |
| 주소 | 서울시 서초구 동광로 46길 6-6 문창빌딩 2층 (우06589) |
| 전화 | 02-3409-2060 |
| 팩스 | 02-3409-2059 |
| 홈페이지 | www.youkrackbooks.com |
| 이메일 | youkrack@hanmail.net |

ISBN 979-11-6742-396-2 93810